변방에
우짖는
새

현기영
장편소설

변방에
우짖는
새

차례

변방에 우짖는 새 ········ 6

초판 작가의 말 ········ 450
개정판 작가의 말 ········ 453

1

 철종 말년까지만 해도 유삼천리(流三千里)의 형을 받은 중죄인이 유적(流謫) 일번지인 제주목에 가닿으려면 거의 스무날이나 걸리는 행려의 길에 단단히 신고를 겪지 않으면 안되었다. 일찍이 이곳에서 귀양살이를 한 충암 김정이 말하였으되, 대저 가고 싶어도 못 가고, 가지 말자고 해도 안되는 곳이 제주섬이라 하였다.
 관청 부서는 태반이 내수사 따위 왕실 관계였고 국고의 대부분이 왕실 비용으로 쓰여 가례와 인산의 비용으로 수백만냥이 나가던 시절, 백성은 밭에서 추수를 하고 왕실과 사대부는 백성을 밭 삼아 농사를 지었다. 백성들은 사대육신 육천 마디를 쉴 참 없이 바지런히 놀려서 밭을 일구건만 사대부는 혓바닥 하나만을 움직이고 있어도 전곡이 곳간에 썩어지게 낭자했으니, 이를 일컬어 설경(舌耕)이라 하였다. 또한 이 짧은 일촌설(一寸舌)로 국사를 논한다고 하는 것이 백성은 안중에 전혀 없고, 대왕대비의 복상을 일년으로 하느냐 삼년으로 하느냐 하는 따위의 하찮은 문제를 최대의 국사 문제로 삼고 사분오열로 갈라져서 노론·소론 가타부타 침튀김질하다가 제물에 화를 입곤 하였는데, 이를 일컬어 설화(舌禍)라 하였다.

간사한 도당 무리의 투기(妬忌)를 입고 임금의 눈 밖에 나 일단 옥사(獄事)에 옭아들면 스물다섯근짜리 큰칼을 목에 쓰고 옥중에 덜컥 떨어지는데, 죄인은 장차 죽게 될지 살게 될지 몰라 주야로 전전긍긍 조바심 태우느라고 초주검 꼴로 몰골이 몹시 파리하고 초췌해지게 마련이었다. 물고죄를 간신히 면하여 유형으로 낙착되면 그는 그 쇠약해진 몸으로 곤장 오십대를 견뎌낸 다음, 보름쯤 장독이 얼추 삭기를 기다려 귀양길을 떠났다.

귀양길에 오르기 앞서 실낱같은 목숨을 붙여준 성은이 망극하여 왕궁을 향하여 머리를 여러번 조아리고 나서 선산에 잠깐 눈을 돌려 눈물을 뿌렸다. 그러고는 동작나루에서 목 놓아 우는 처자를 작별하고 수이 가자고 재촉하는 범 같은 관차들에게 떼밀려 나룻배에 올랐다.

모래톱에 발 구르는 처자의 애처로운 통곡 소리가 아등바등 질기게 배 꽁무니를 따라왔다. 그러나 울음소리는 차차 멀어져 끝내 들리지 않고, 강가에 몰려 있는 처자 권속들은 백사장에 땟자국처럼 눌어붙어버렸다. 그제야 적객(謫客)은 절벽절벽 뱃전에 부딪는 잔물결 소리가 귀에 들리고, 살아 돌아올지 죽어 돌아올지 모르는 귀양길을 가는구나 하는 생각에 새삼 가슴이 뭉클해졌다. 강을 건넌 다음 송파에서 일박하며 귀양 행장을 차리고, 날 새자 총총히 남행길에 올랐다.

경기 땅을 지나도록 혹시 뒤에서 관문을 가진 차사가 먼지구름 일으키며 말달려오지 않나 하고 자꾸만 뒤를 힐끗힐끗 돌아다보았다. 왕의 변덕에 따라 죄인은 귀양길 도중에라도 풀려나는 사문(赦文)을 받을 수도 있지만, 운수 사나우려면 유배지에 당도하기도 전에 사약 받고 죽는 수도 없지 않았다. 그래서 죄인은 높은 고개, 높은 재에 오를 적마다 북녘을 향해 열심히 머리를 조아리며 임 향한 일편단심을 거듭거듭 되뇌는 것이었다.

풍안경(風眼鏡)도 눈에 쓰지 않은 초라한 몰골로 모진 모래바람을 맞으며 경기 땅을 지내놓고 뒤뚝뒤뚝 충청도로 들어갔다. 구경 좋은 계룡산도 시름겨운 적객의 눈에는 한갓 적막공산일 뿐이요, 비단폭 굽이굽이 펼친 듯 물색 고운 금강도 울음 울며 흘러갔다. 역참마다 말을 갈아타고 고을마다 수령께 현신하여 점고를 받으며 고개 넘고 재를 넘어 호남길 더위잡아 허위허위 내려갔다. 대감집 개 죽은 데는 조문 가도 막상 대감 죽은 데는 안 간다더니, 소문 듣고 남행길 역로에 전별 나와 상목 서너자나 굴비 몇마리라도 행낭에 넣어주는 지방 친지는 별반 없었다.

가뭄 타는 호남 땅엔 흙먼지만 풀썩거려 떠나올 때 새로 입은 흰옷은 황토 흙물이 들어 누레지고 탈망건 바람이라 뒤범벅 상투머리 속은 흙먼지가 가득하고 일산(日傘) 써서 희던 얼굴은 불볕에 흙빛으로 오갈 들었다.

이렇게 보름 남짓 고생하여 마침내 강진읍 바닷가에 가닿으면 고량진미에도 멀미 내던 그가 껄끄러운 겉보리밥 한 사발을 된장 한 덩어리만으로 달게 먹어치우는 식성으로 변해버린다.

후풍(候風)이라 하여 출선하기에 알맞은 순풍을 기다리는 동안 적객은 강진 현옥(縣獄)에 임시로 갇혀 추녀 끝에 주룩주룩 내리는 빗줄기를 암연히 바라보며 며칠을 또 묵새겼다. 그러다가 비가 개고 때마침 북풍이 불어 이물에 나부끼는 흰 기가 남쪽을 가리키면 제주 가는 대중선은 북소리를 울리면서 쌍돛을 올렸다. 뱃손님은, 적객과 압송관 외에도 한달에 한번꼴로 나라 진상 갔다 돌아가는 제주 백성들이 탈 때도 있고, 때로는 신관 사또를 신연맞이하여 오는 제주목 아전붙이들이 타기도 하는데, 거기다가 육지 상인 한두명까지 끼어들어 모두 열댓명 이상은 되는 법이었다. 섬 백성은 공행(公行) 외에 사사로운 육지 출입을 일절 금하고 있어 장사꾼이라곤 육지인들뿐이었다. 다만 뱃사공에게만은 미역, 피물을 팔아서 한섬 쌀이나 소금을 무역하는 것을 허락하고 있었다.

하늘 아래 땅만 있는 줄 알던 적객은 생전 처음 눈앞에 하늘과 땅이 물로 가득 찬 망망대해를 대하자 그만 아연실색하고 만다. 세상에 저렇게 물이 많을 수가! 이틀 동안 물 위에 떠 있을 생각을 하니, 성은 입어 모처럼 붙은 목숨 수중고혼이 될까 두려웠다. 저 물을 건너느니, 차라리 저걸 벌물로 다 들이켜는 것이 더 쉬울 성싶었다. 바람도 쉬어 넘는 저 머나먼 물마루를 어디라고 넘어가나?

배 꽁무니에 북풍이 솔솔 불어와 배는 둥둥 반공에 떠 흘러갔다. 사공들은 키를 틀고 아디를 틀며 솜씨있게 배를 부렸다. 다도해 여러 섬을 요리조리 빠져나와 추자도를 마지막으로 제주 대양에 들어선다. 제주 바다는 바람이 없어도 이상하게 언제나 물결이 높다. 풍우가 대작하는 날이면 표몰하여 고기밥 되기 일쑤인 곳이었다. 사공들은 흰쌀밥을 얼른 지어 치성을 드리면서 양손에 북채를 쥐고 용총줄에 매단 북을 힘껏 쳤다. 그런 다음 돛대 하나를 지우고 부지런히 노를 저어 파도를 건넜다. 배는 앞뒤로 연상 곤두박질치고 이따금 집채 같은 물결이 뱃전을 뼈갤 듯이 후려치며 껑충 솟아올라 배 위를 덮치곤 했다. 사람들은 몸이 밖으로 굴러나갈까봐 바닥에 납작 엎뎄다. 물에 익은 뱃사공들만 수질이 없을 뿐, 나머지는 모두 뒤틀린 오장육부를 다 쏟아낼 듯이 토악질해댔다. 이렇게 제주 가는 배는 한바탕 무섭게 조리질쳐서 혼쭐을 쏙 빼놓고 초주검시켜놓은 다음에라야 적객을 조천포(朝天浦)에다 올려놓곤 했다.

적객은 겨우 정신을 수습하고 포구에 바싹 붙여세운, 임금을 그리워한다는 뜻의 연북정(戀北亭)이라는 정자의 다락으로 기어오른다. 갯물에 쫄딱 젖어 한기가 단단히 든 그는 북향 사배를 올리면서 연상 재채기를 터뜨렸다.

포구에는 육지 배 들었다는 소문에 구경 나온 촌민들이 수십명 떼를 지어 멀찍이 서 있었다. 거의가 갈중의, 갈적삼에 맨상투 바람인 그들은 돌처럼 무표정하고 말이 없었다. 적객의 눈에 비친 섬사람들은 퍽 무지하고 야만스러워 보였다. 쟁기를 쓸 줄 몰라 따비로 밭을 갈고, 돛배를 만들 줄 몰라 삼나무 뗏목을 타고, 그물을 쓸 줄 몰라 주낙 낚시를 하는 줄로 여겼다. 쟁기 보습이 두어치밖에 들지 않는 돌투성이 밭이라 오히려 따비가 편하고 섬 근해 바다가 물결 세고 칼날 같은 암초가 많은지라 그물이 별로 쓸모없는 줄을 서울 나그네는 알지 못했다.

그리고 고려조에 쌍돛을 다는 대중선을 진상했던 이 섬사람들이 돛배를 만들 줄 몰라서 뗏목배를 띄우는 게 아니었다. 조종조(祖宗

朝)에 혹독한 부역과 진상에 시달리다 못 견뎌 육지로 유망한 백성이 부지기수였던지라 인조(仁祖) 을묘년 이래 이백년 동안 출륙(出陸)금지령이 내려져 있었다. 그래서 섬사람들이 돛배를 만들어 부리는 것을 관령으로 금하고 있었던 것인데 돛배를 사용하게 하면 사람들이 고기 낚는다는 핑계로 먼바다에 나갔다가 육지로 도망칠 것이 뻔한 이치였다. 출륙금지령이 내린 이 섬에는 포구마다 기찰이 심하고 기껏 배라고 해봐야 먼바다에 나갈 수 없는 앉은뱅이 뗏목배들만이 해변을 맴돌 뿐이었다. 그리고 육지를 왕래하는 물길을 터놓은 곳은 오직 화북포(禾北浦)와 조천포 두군데뿐으로 배가 출선할 때마다 진장이 군관을 데리고 나와 출선기(出船記)와 대조하면서 몰래 출륙하는 자를 색출해냈으니, 진상 가는 전복 꾸러미에 달라붙은 초파리가 아닌 바에야 이 섬을 빠져나가기는 실로 어려운 일이었다.

 이리하여 서울 나그네는 물 막힌 섬에 갇힌 신세가 되어버렸다. 달무리처럼 먼 수평선으로 띠 두른 이 원악도(遠惡島)는 그야말로 물 위에 떠 있는 뇌옥(牢獄)이었다. 이렇게 도타할 구멍이라곤 전혀 없는 물 막힌 섬중이니, 귀양살이가 옥살이라 할 만했다.

 그러나 집 둘레에 가시울타리를 두르고 문밖출입마저 막아버리는 천극(栫棘) 유배 죄인이 아닌 바에야 제주섬 귀양살이가 그리 불편한 것은 아니었다. 백령도, 쑥도, 추자도처럼 인총이 드물고 살기가 팍팍한 작은 섬에 떨어진 적객 양반이라면 물론 북덕방 짚북데기 속에서, 틈새에 납작빈대가 낀 목침을 베고 자야 하고, 주인집 어려운 살림에 공헌밥만 똑 따먹고 앉아 있을 수 없어 보리훑기, 새끼꼬기, 자리치기 같은 상일을 도와주어야 하니 그 고생이 말이 아니리라. 그러나 이와는 달리 제주섬은 적객이 행세하기에는 안성맞춤의 곳이었다. 이 섬에는 여러 대 대물림하여 내려온 장자 집이 삼읍(三邑)을 통틀어 스무남은 집은 될 터인데 이 굵은 똥깨나 싼다는 토호들이 사뭇 앞다투어가며 적객을 제집으로 모셔가려고 기를 쓰는 것이다. 불우한 처지의 적객을 돕고 사귀어두었다가, 훗날 특사받아 귀양 풀려 관직이 회복되면 그걸 연줄 삼아 원 자리 하나 엽관해보려는 속셈이었다. 제가 글깨나 읽는 글선비라면 정의(旌義) 사또나 대정(大靜) 사또를 바랄 것이고, 제가 글속은 잘 모르지만 기골이 그럴듯하면 활선비인 체하여 명월진(明月鎭) 만호를 원할 것이다. 한창때 위세 좋기가 골패의 가보 끗수 같던 서울 양반일수록 크게 환대를 받았다. 한라산 산발이라 보습 날이 제대로 먹지 않는 박토가 대부분인 이 섬에서 살 깊고 기름진 밭만을 골라 가진 이들은 보리 천 바리는 쉽게 수확할 뿐 아니라 우마가 번성하여 말도 몇십마리요 소도 몇십마리였다. 어디 마소, 곡식만 잘되었던가. 첩을 셋 했으니 자식 농사 또한 풍년이었다. 밭농사와 목축은 소작 주고 종을 부려 했지만, 밤에 짓는 자식 농사만은 몸소 하지 않을 수 없었다.

 개중에는 한술 더 떠서 목사의 허락 아래 미역배까지 부리며 육지무역을 하는 축도 더러 있었으니 이들은 이백년간 섬 백성에게 출륙금지령이 내려진 것을 기화로 해촌을 개 싸다니듯 다니며 미역을 호되게 싼값에 긁어모아다가 육지에 내다팔아 막대한 상리를 취하고 있었다.

 돌짝밭의 밭고랑을 타고 뻘뻘 기어다니느라고 허구한 날 갈중의 적삼 헌 누더기를 벗을 겨를 없는 이 섬 가운데서, 서늘한 제량갓

받쳐 쓰고 내로라하면서 향교 출입하는 도포짜리들 또한 이들 토호나 그 겨레붙이가 대부분이었다. 그러나 말이 좋아 유생이지, 그들은 강학(講學)에는 별로 뜻이 없었다. 귀양 온 서울 나그네가 유림 행세하는 집주인을 속으로 '장사질이나 하며 사풍(士風)을 그르치는 자들이 유림이라니!' 하고 비웃는 것도 무리가 아니었다. 그러나 거기에는 그럴 만한 까닭이 있었다. 과거 시험이 제대로 베풀어져야 그걸 겨냥해서 실속있게 글을 읽을 텐데, 이 섬은 그렇지 못했다. 물 밖의 먼 섬이란 핑계로 조정에서는 정식(定式)을 따르지 않고 십여년 지나야 한번쯤 경시관(京試官)을 파견할까 말까 했으니, 그야말로 과거 보기가 천년 가뭄에 여우비 꼴이었다. 그렇다고 과거 없는 향교가 전혀 무용지물이냐 하면 또 그렇지가 않았다. 돈백깨나 들여서 향교 유안(儒案)에 오르면 이모저모로 이로운 점이 많았다. 유안에 의탁해야 신역(身役)을 면하게 되고, 신역을 면해야 양반 행세를 할 수 있었다. 게다가 사래 긴 밭 하나 팔아서 고을 좌수 직첩을 사고 싶어도 우선 유생 신분이 아니면 안되었다. 게다가 해마다 제강목(除講木)이라고 해서 목사에게 돈냥깨나 갖다 바치면 향교에 적만 두고 나와서 글 읽지 않아도 좋다는 허락을 받는데, 그것은 부자들에게 퍽 편리한 조치였다.

국초(國初)에 고씨, 문씨들이 세습해오던 좌우도지관을 폐하고 대신 경래관(京來官)인 목사를 파견하여 다스리는 판에 양반의 씨가 따로 있을 수 없었다. '한냥 반 주고 사니 양반이더라'라고 했듯이, 그저 돈만 있으면 하시라도 유안에 오르고 청색 도포에 흑색 띠 맨 청금 양반이 될 수 있었던 것이다.

백년 가야 한번 터질까 말까 하는 민란이 두려워 눈치를 보고 몸을 사릴 그들이 아니었다. 오히려 민란은 이들에게 전화위복이 되기가 예사였다. 그것은 민란 중에 피해 입는 쪽은 경래관인 목사, 현감, 비장뿐이고 지방 토호들은 무사하다는 말이 아니었다. 이 섬은 유난히 흉년이 잦고, 흉년이 들면 꼭 역병이 덮쳐 사람이 무더기로 죽곤 했다. 그런 흉년 살년에 저희들은 바다 건너 나주 영산 흰쌀을 사다가 먹으면서도 기민(飢民)을 먹일 한섬 좁쌀 내기에는 인색한 그들이었다. '꾼 값은 말 닷되'는 이때 생긴 말로서 토호들은 흉년에 좁쌀로 장리놀이를 하고 굶는 집 아이를 구휼한다고 데려가서는 평생 종으로 박아버리기 예사이니, 백성의 칭원 소리가 높은 것은 당연한 일이었다.

  동 동네 돈 부잣집에
  좁쌀 한되 꾸어다가
  연삼년을 못 물어 울어
  삼시 굶어 삼년에 무니
  변에 변 차리고 이에 이 차리니
  꾼 값이 말 닷되더라
  그 집 손대에 줄봉사 나라

 평소에 음으로 양으로 경래관의 토색질을 도와 원한을 쌓았으니 일단 난리가 나면 그들은 혼쭐나기 마련이었다. 그중에 특히 침학이 자심한 자는 난민에게 붙잡혀 모둠매 맞고 세간이 마당에 내쳐져 박살나고 불에 탔다.
 그러나 난괴자들이 저잣거리에서 효수되고 들끓던 난리가 진압

되면 이 토호들은 다시 기를 펴게 된다. 난리 후 뒤숭숭한 민심을 무마한다는 명목으로 조정에서는 어사에게 시제(試題)를 보내 크게 과거 잔치를 베푸는데, 급제자가 무려 사오십명이나 되었다. 숫제 까막눈이거나, 배웠다 해도 기껏 축지방 쓸 줄밖에 모르는 농투성이에게 과거 잔치란 허울 좋은 개살구에 지나지 않았다. 자연히 과장(科場)은 생활이 한가해서 더러 글줄을 읽어보았거나, 그렇지도 못하면 대필해줄 수 있는 시권(試券)을 돈 주고 살 수 있는 토호 자제들의 독천장이었다. 토호의 침학이 난리가 일어난 단초 중의 하나가 분명하건만 그들을 징치하기는커녕, 이렇게 과거에 대거 급제까지 시켜주었으니, 말인즉 호랑이에게 날개 달아준 격이 아니고 무엇일까?

그래서 섬 비바리들은 양반들이 쓰는 양태갓을 짜면서 이렇게 탄식조로 노래를 불렀다.

    나랑 죽거든 닥밭에 묻어
    나 몸 위로 종이닥 나라
    베어내여 대백지 만들어
    일천 선비 글발에 놀게

이들 토호들이 보살펴주는 적객의 생활이란 무엇 하나 아쉬울 게 없었다. 물 건너온 서울 양반은 섬에 들어도 물 건너온 흰쌀밥에 비린 반찬을 먹었다. 주인이 나주 영산 흰쌀밥을 삼시 거르지 않고 공궤했으니, 그가 섬사람들이 상식하는 조밥을 구경인들 했을 리 없다. 밑반찬이 입에 맞지 않아, 서울 집에 알려서 공행으로 일년 두번 다니는 세초선에 명란젓이나 굴비 같은 것을 부쳐다 먹기도 했다. 또 적객 주변에는 언제나 주육을 싸들고 오는 도포짜리 문객(門客)이 그치지 않는 법이니 적적하거나 무료할 리도 없었다. 이 서울 양반이 혹시 통정대부 따위 지체 높은 벼슬을 지낸 사람이라면 문전성시를 이루는 문객으로 오히려 사람멀미를 느낄 판이었다.

그러나 역시 나그네는 나그네였다. 나그네의 울적한 심사를 건드려놓는 것이 두가지가 있었으니, 하나는 한밤중 깨어나 듣는 파도 소리요, 또 하나는 찾아오는 손님도 끊긴 비 오는 날, 근처 이웃에서 먼 천둥소리처럼 우르릉거리는 맷돌 가는 소리와 함께 들려오는 비바리들의 구슬픈 맷돌노래였다.

    산디 쌀은 산 넘어가고
    나락 쌀은 물 넘어온다
    불쌍하다 좁쌀의 팔자
    정지에서 노는구나

    맷돌 갈아 품을 파니
    적삼 앞이 모지라지고
    방아 찧어 품을 파니
    치마 앞이 모지라진다

    어떤 새는 낮에 울고
    어떤 새는 밤에도 울리

그 새 저 새 날 닮은 새야
밤낮 몰라 울음새러라

성님 성님 사촌성님
설운 설운 나랑 죽거든
앞동산도 묻지 말고
뒷동산도 묻지 말고
가시밭에 묻어줍서

　비 뿌리는 객창에서 비바리의 구슬픈 맷돌노래를 듣는 날 밤이면 나그네는 어김없이 잠을 설쳤다. 밤새도록 갯가 자갈 위를 구르는 처연한 파도 소리를 들으며 눈물로 베갯귀를 적셨다. 저 바다는 들고 남의 진퇴가 있거늘 내가 귀양 풀려 돌아갈 날은 어느 세월인가? 화북포나 조천포에 배 들 때마다 혹시 나를 놓는 사문이 오지 않았나 맘 졸이기를 그 몇번이던가. 내가 오매불망 임을 잊지 않거늘 하마 임이 날 잊었을까? 이렇게 물 건너 만리 밖 구중심처의 임 생각으로 밤잠 설치기를 여러번 하던 나그네는 마침내 주위 사람들의 권고를 못 이기는 척 받아들여 제주 바다의 푸른 고등어같이 살갗이 매끄러운 비바리를 하나 취첩하여 객수를 달래는데 이를 일컬어 의실(義室)이라 하였다. 잠결에도 손을 뻗으면 한아름 안기는 참다운 임이 생긴 것이다. 이제 잠자리가 외롭지 않으니, 한밤중 그 청승맞은 파도 소리가 귀에 들려올 리가 없고 구슬픈 맷돌노래를 들어도 그저 무덤덤하기만 했다.
　적객이 귀양지에서 미희를 데리고 사는 것은 흔히 있는 일로서 조정에서도 묵인하고 있었다. 노상 울분에 젖어 지내다보면 혹시 무슨 꿍꿍이속을 품을지 모르니 차라리 여색에 빠지도록 함도 한 가지 방책이었으리라. 그렇지 않아도 조정의 차별대우에 불만 품은 섬사람들이 적객을 앞장세워 반란을 음모하다 발각된 사례가 더러 있고 하니 결코 안심할 일이 아니었다.

하여간 귀양 생활은 이렇게 호강에 겨워 요강에 똥 쌀 지경이었으니 저들이 제주섬을 물 위에 떠 있는 뇌옥이라 부르고 스스로 옥살이를 한다고 넋두리를 푸는 것은 도시 틀린 말이었다. 정작 물 위에 떠 있는 뇌옥에서 옥살이하는 것은 제주 백성이었다. 그것도 이백년 동안이나 물 가운데 유폐되어 있었다.

왜구가 자주 출몰하는 변방인 이 섬은 국초부터 관북 지방과 더불어 군역이 고되고 신공이 혹독하기로 정평이 난 곳이었다. 한라산의 산발 밑 돌투성이 박토인지라 이년쯤 갈아먹으면 으레 지력이 떨어져 곡식이 영글지 않게 마련인데 그때마다 새로 밭을 개간하느라고 애먹는 이 섬 백성들에게 호된 군역이 지워져 있었다. 큰 읍성 셋에다가, 섬을 뺑 두른 삼백리 환해장성(環海長城)을 따라 곳곳에 박혀 있는 방호소, 수전소(水戰所), 봉수대에 이르기까지 일년에 두어달씩 번차례로 나가 수직(守直)하였다. 이 섬 백성은 여섯살에 군적(軍籍)에 오르면 칠팔십이 되어도 법대로 노제(老除)를 못 받고 숨넘어가는 날까지 군역을 치르느라고 영일이 없는 한 평생을 보내야만 했다. 장수한다는 노인성(老人星)이 비치는 남극이라 그러한지 병 없이 나이 칠십을 예사로 넘기는 사람이 많은 고장이었다. 서울 나그네가 "북극성은 임 계신 북녘을 비추고 노인성은 남녘 끝 변방을 비춘다. 섬 백성들이 칠팔십이 넘어도 늙은 태가 전혀 없고 오히려 강건하여 오랫동안 군역에 응하여 혹은 구십 세에 이르는 자가 허다하니 이 어찌 노인성의 조화가 아니냐"하고 씨부려 노인성을 예찬했지만, 한밤중 찬 서리를 맞으며 망대를 지키는 이 백발이 성성한 노인 수졸들은 멀리 남녘 바다 끝에 등불처럼 떠 있는 노인성을 원망스러운 눈초리로 바라보며 "언제 죽어 이 고생 면할꼬?" 하고 탄식하였으리라. 살고 싶어 오래 사는 복된 목숨이 아니라 죽지 못해 연명하는 질긴 목숨이었다. 구십세가 넘어도 죽지 못하면 입번(入番)은 하지 않더라도 대신 평역미라고 쌀 여섯말을 내야 했다.

서울 나그네는 또, 집안에 노친이 병들면 약 쓸 생각은 않고 당나무 아래 엎드려 어서 돌아가게 해주십사 하고 비는 불효막심한 자식들을 더러 보았노라고 개탄하지만, 간고한 살림에 약은 어찌 구하며, 병석에 누웠어도 평역미와 신공을 바쳐야 하니 차라리 일찍 죽어 병 고통이라도 면하는 것만 같지 못했다. 그러니 이것은 슬퍼할 일이지 결코 비웃을 일이 아니었다.

그러나 이보다 더 괴로운 것은 나라에 진상하는 토산물을 마련하는 일이었다. 물론 나라 진상은 백성 된 도리로서 결코 소홀히 할 수 없는 막중한 사업이었다. 그러나 진상 수가 정식대로만 지켜진다면 오죽 좋으랴만, 나라에서 열을 징구하면 스물, 서른을 마련해야 하는 것이 진상물이었다. "진상은 꼬챙이에 꿰고 인정(人情, 뇌물)은 바리로 싣는다"는 속담이 조금도 틀린 말이 아니었다. 진상을 빌미잡아 위로는 사또 영감부터 저 아래 육방관속에 이르기까지 토색질을 일삼았으니, 섬 백성들은 허구한 날 굽힌 허리를 펼 겨를이 없었다. 중산촌에서는 말을 키워 공마하고, 귤을 가꿔 귤 진상하고, 진시황이 이 섬에서 찾다 못 찾은 불로초 외에 향심, 향부자, 안식향 따위 갖은 약재를 다 구해야 할뿐더러, 백랍, 표고버섯, 돗자리, 말총갓, 노루·사슴의 육포에다 별미라는 사슴 혓바닥과 꼬리까지 공헌해야 했다.

  해촌에 비하면 중산촌은 그래도 부역이 헐한 편이었다. 해촌의 포작 진상은 수량이 월등히 많아 포작인(어부)들은 일년 열두달 바닷속 열명길을 들락날락 자멱질하여야 했다. 노적가리만큼 큼직큼직한 진상 꾸러미를 만들어 전복, 미역, 청각, 우뭇가사리, 산호, 대모 외에 해중 귀물인 진주와 앵무조개를 찾아 겨울철에도 벗은 몸으로 바다에 들곤 하였다. 진주와 앵무조개 진상은 나중에 면제되었지만 그 대신 전복의 수량이 엄청 불어났으니 포작인의 고역은 말이 아니었다. 남정네 근력만으로는 도저히 감당할 수 없어서 마누라와 딸자식까지 벌거벗겨 물질을 시키건만, 걸핏하면 물량을 채우지 못하였다 하여 옥살이를 하고, 볼기 맞기를 섣달그믐날 흰떡 맞듯 하였다. 차차 포작인은 매달 초에 출선하는 진상선이나 공행이 있을 때마다 수시로 뜨는 토선의 사공으로 징발되는 수가 많아 포작일은 아예 여편네들이 도맡다시피 했으니 이른바 잠녀(潛女)가 그들이었다. 진상선은 바다를 건너다가 일년 열두번 중에 한두번은 꼭 표몰하였으니, 사대육신이 멀쩡한 여자치고 포작인 밑으로 시집와서 서방 잃고 생과부 되기를 누가 바라겠는가. 서방 잃은 과부 설움도 설움이지만, 죽은 서방의 신공(身貢)을 유전받아 평생 천역을 못 면할 것이 더 두려웠던 것이다. 육지에서 백골징포라고 하는 것이 바로 이것인바, 그래서 일생토록 홀아비로 늙어 죽는 포작인이 많았다.

귀양 온 서울 양반은 이런 사정을 모르지 않을 터인데 그저 말하기 좋다고 "포작인이나 잠녀나 물옷 바람의 적신(赤身)으로 물질을 하는데, 미역을 뭍으로 끌어올릴 때에는 벗은 몸을 부끄러워하지 않고 남녀가 서로 상잡하여 일하니, 가히 해괴한 풍습이라 하겠다" 하고 개탄했으니, 실로 가소롭기 짝이 없는 공담(空談)이었다.

 귀양 온 서울 나그네는 주인이 모처럼 생색내어 두어개 갖다준 귀한 귤을 바라보며

    쟁반에 놓인 귤 석양빛 비치니
    금방울 튀듯이 영롱하여라

하고 읊조려 귤을 예찬했으나, 섬사람들에게 귤은 독약이나 다름없었다. 읍성과 방호소 성안에 마련된 마흔두개의 귤 과원은 천명 가까운 과원지기들이 주야로 번 들며 수직하니 별문제지만 민가에 자라는 귤나무는 애물단지였다. 해마다 칠팔월이 되면 목사는 관속을 거느리고 섬을 한바퀴 순력을 도는데 이때 귤나무 있는 촌가를 곳곳이 찾아다니며 귤이 열린 수효를 헤아려 문부(文簿)에 적어두었다가 나중에 귤이 익으면 문부에 적힌 수효에 따라 상납하도록 하였던 것이다. 누가 몰래 따먹거나 병들어 떨어졌거나 까마귀가 쪼아 먹었거나 간에 결손난 수효는 그 집주인이 대전(代錢)으로 채워놓아야 했다. 귤나무는 제집 울타리 안에 있건만 주인은 엉뚱한 남이었다. 내 집 텃밭에 자란 귤을 내가 못 먹고 누가 먹는단 말인가. 아니, 먹기는커녕 혹시 누가 따먹지 않을까, 까마귀가 쪼아 먹지 않을까 주야로 근심이니, 세상에 이런 요사스러운 사물(邪物)

이 또 어디 있는가? 그래서 어떤 집에서는 몰래 땅을 파서 귤나무 뿌리를 잘라 말려 죽이고는 자연 고사한 것처럼 꾸미기도 했다.

천이백명쯤 되는 목장의 테우리들도 괴로운 천역이었다. 목초가 무성한 여름과 가을에는 말이 폐사하는 일이 별반 없으나 한겨울과 이른 봄, 풀이 말라 있을 때에는 말이 굶어 죽는 일이 허다했다. 말이 죽으면 테우리는 즉시 털가죽을 벗겨 관가에 납부하여 처분을 기다렸다. 그 털가죽이 마적(馬籍)에 기재된 털색과 일치하면 그 가죽으로 봉납받았다. 비록 털색이 같더라도 가죽에 일호라도 흠집이 있으면, 그 가죽은 퇴하고 말로 변상하도록 하고 있었다. 그러던 것이 나중으로 올수록, 삼읍 수령은 국마 수가 줄어들면 혹시 조정에서 시행하는 벌을 받지 않을까 두려워, 비록 폐사마의 털색이 마적과 틀리지 않고 흠집이 전혀 없더라도 이 핑계 저 핑계, 우격다짐으로 그 가죽을 퇴하고 말을 강징하였다. 가난하기 짝이 없는 게 테우리들이라 처음 한번은 집에 있는 농우소를 팔거나 솥단지를 팔거나 해서 간신히 말을 사놓겠지만 두번 세번째부터는 도저히 말을 사낼 여력이 없는지라 관가에서는 그 테우리의 원근 친척들에게 책임을 나눠 맡기기 일쑤였다. 그러니 징마(徵馬)에 시달리다 못한 친척들 중에 장본인인 테우리를 죽여서 이러한 곤욕을 면해보려는 자가 간혹 생겼던 것은 조금도 이상한 일이 아니었다.

올라가는 구관(舊官)이나 내려오는 신관이나 제주성의 산지 물을 사흘만 먹으면 모두 한가지로 탐관이 된다고 했거니와, 목사들은 항시 국축(國畜)의 손실만을 생각했지, 백성은 염두에 없었다. 가뭄이 오래 들면 한여름에도 초지가 마르는데, 이때를 당하여 혹시 말이 굶어 죽지 않을까 걱정해서 목장의 돌담을 허물고, 말을 목장 아래 보리밭으로 내몰아 먹어치우게 하였으니, 한마디로 목사는 목민관이 아니라 목마관에 지나지 않았다. 목사(牧使)가 아니라 목자(牧子), 즉 천한 테우리라고 해야 옳았다. 대저 짐승을 기름은 사람을 먹이고자 함에 있는 것이 아니었던가.

목사와 삼읍 수령들이 공작털 꽂은 전립에다 동달이를 떨쳐입고 삼읍 군민을 죄다 징발하여 한라산 밑의 광활한 목장에서 종횡무진으로 날칠 때가 일년 중 세번 있는데, 그것은 물론 왜구가 내침해와서도 아니고 적변에 대비한 군병 조련도 아니었다.

하나는 봄가을 두번에 걸쳐 일만필이 훨씬 넘는 말을 점마(點馬)하는 일인데, 여남은군데 목장별로 십리 길이나 되는 목책을 나무메로 두들겨 박고 흩어진 말을 몰아 그 울안에다 에워넣어 말의 수효를 헤아리고, 털빛 좋고 각이 잘 빠진 어승마(御乘馬)를 채택하는 행사였다. 그러나 수령들은 언제나 임금의 마음에 들 만한 어승마를 고르지 못했다는 거짓 핑계를 내세워 저마다 민가에서 키우는 준마를 괭이 한 자루 값에 끌어가기 예사였다. 그것도 수령 한명의 진상 정수(定數)인 세마리가 아니라, 이 기회에 육지에다 내다팔아 한몫 단단히 챙기려는 속셈에서 여남은마리씩 억탈해갔다.

다른 하나는 진상용 노루·사슴 가죽과 육포를 마련하기 위해 한라산 산록에서 수렵대회를 크게 벌여 일만 군민들이 몰이꾼 노릇을 하는 행사인데, 역시 진상 정수는 노루, 사슴 각각 예순마리이지만 수령들의 몫도 따로 챙겨주어야 하니, 자연히 몰이사냥은 농번기에 여러날 계속되게 마련이었다.

말은 물론이거니와 농우도 결코 무사하지 못했다. 삼읍 수령들의 문갑 속에는 으레 소를 가진 사람들의 이름을 기재한 우부(牛

簿)라는 장부가 있어 그 순서에 따라 한마리씩 끌어다 도살하여 주육이 낭자한 성찬을 즐겼으니 일년에 보통 한 고을에서 백마리 넘는 소가 무상으로 관식에 들어갔다.

올라가는 수령이나 내려오는 수령이나 한가지로 이 전철을 밟았다. 대대로 전례가 그러하였으니, 이들은 무엇 하나 마음에 기탄할 바가 없었다. 그저 전례에 따라 할 뿐이라는 핑계를 내세우기만 하면 마음이 홀가분하였다. 그것은 실로 전례라는 이름의 무서운 범죄였다.

물론 선정을 베풀어 오래도록 섬사람들의 칭송을 받아온 수령들도 없지 않았다. 해변 백성들이 전복을 캐느라고 날마다 고생하는 것을 안 뒤로는 차마 전복회가 목에 넘어가지 않아 상에 올리지 못하도록 했던 기건 목사라든가, 체임되어 돌아갈 때 평소에 아껴 타던 말은 물론, 말채찍까지도 토산물이라 하여 놓고 빈 몸으로 훌훌 떠났던 이약동 목사 같은 염관들이 더러 있었다.

그러나 이렇게 어진 이들은 가뭄에 콩 나기일 뿐, 대개는 염치를 모르는 탐관들이었다. 당하(堂下)에서 멀리 떨어진 극변(極邊)인데다가 백성들이 출륙 금지된 곳이니, 토색질을 하자고만 들면 앉은뱅이 턱 차기로 쉬웠던 것이다.

수령들의 작폐를 조정에 고변하려고 하여도 공행이 아니면 출륙을 금하고 있으니, 어찌해볼 도리가 없었다. 진상선 따라다니는 관속들이 있기는 하지만, 항시 수령과 한통속인 그들이 발고해줄 리는 더욱 만무한 것이었다. 섬 백성의 눈에 고름이 넘쳐도 알지 못하고 원성이 하늘에 닿아도 들리지 않았다.

이렇게 변방 방어의 군역과 왕실 진상의 막중한 책무를 진 채 이백년 동안 출륙을 못했으니, '물 위에 떠 있는 뇌옥'에 갇힌 수인은 섬사람들이지 결코 귀양 온 적객이 아니었다.

  그러면 1897년 섣달에 제주목으로 유배 간 한말(韓末)의 거물 김윤식은 이 섬에서 무엇을 보았던가? 당시는 출륙금지령이 풀린 지 어언간 오십년이 흘렀고, 제물포에서 화륜선을 타면 닷새밖에 걸리지 않을 만큼 세월이 달라져 있었다. 그러나 김윤식의 일기를 읽어보면, 제주목은 예나 제나 원악도의 신세를 면치 못하고 있음이 사실이었다.

2

운양(雲養) 김윤식이 을미사변의 연좌로 뒤늦게 제주섬으로 귀양 간 것은 사변이 일어난 지 두해가 훨씬 지난 광무(光武) 원년 섣달그믐께였다.

국왕을 폐립하고 민비(閔妃)의 족척을 몰아내려는 원세개(袁世凱)의 음모에 은근히 동조하였다 하여 면천에서 팔년 동안 귀양살이하던 중 특사받고 풀려난 그는 다시 외부대신에 오른 지 삼년 만에, 이번에는 일본 공사의 사주를 받아 죽은 민비를 폐비시키는 데 한몫 끼었다고 피죄된 것이었다.

난세에 정승 노릇 하기란 그야말로 서툰 광대 줄타기나 한가지여서 성명(性命)을 온전히 보전하기가 지극히 어려웠다. 친로파가 국왕을 아라사 공사관으로 파천시켜가자, 친일 내각은 일시에 붕괴되고 대신들은 국모 시해 죄인이라고 낙인찍혀, 친일파 죽이라는 성난 백성들에게 노상에서 맞아 죽거나 혹은 왜인들이 입는 하오리에 몸을 숨기고 일본 상선을 타 일본으로 망명하였다. 그러나 남이야 어찌 보든 잠시도 자신을 친일파로 여겨본 적이 없는 김윤식은 공연히 오해 살지 모르는 일본 망명은 아예 도모하지 않았다.

다행히 왕이 선포한 조칙에는, 일본으로 도망간 유길준 이하 여덟명에게만 포박령을 내렸을 뿐 나머지는 모두 무죄하니 안심하고 의심 품지 말라고 선무하고 있었다. 그러나 조령모개로 일쑤 바뀌는 것이 조칙인지라, 그는 잠시도 마음을 놓을 수 없었다. 부지불식간에 그는 중죄인이 되고 만 것이었다. 걸기에 따라서는 무거우면 모반죄요, 가벼워도 지정(知情) 불고지죄였다. 일본 공사와 한통속인 줄도 모르고 군부대신 조희연이가 날조하여 보낸 보고 내용 그대로 국모 시해를 일본의 흉모가 아닌, 민비 족척에게 불만 품은 훈련대의 소행으로 외교문서를 작성한 것도 결코 작은 죄가 아니거늘, 하물며 다른 대신들과 함께 시해된 국모를 폐위시키자고 왕께 진언했음에 이르러서랴. 살해된 국모를 폐위시킴은 시신 위에다 칼질하는 격으로 두벌주검 만든 것에 다름없었다.

그러나 그는 사건 당초에 시신이 발견되지 않아서, 민비가 임오군란 때처럼 어디로 피신했거니 생각했었다. 매양 정사에는 뜻이 없고 매관매직을 낭자히 하여 화리(貨利)만 좇는 민비와 그 친당의 짓거리에 울분을 품고 있던 그였지만, 민비가 이미 죽은 줄 알았다면 아무리 미우라(三浦) 공사(公使)가 강압한다 하더라도 어찌 그런 경솔한 짓을 했으랴. 미우라 공사가 여러 대신 앞에서 민비를 폐하여 서민으로 삼자고 권할 때, 왜 진작 그 내흉한 속내를 짐작 못했던가. 민비를 폐하지 않고 그대로 두면 인산을 치러야 하는데,

시신을 불태워 없앴으니 무엇으로 관을 채우며, 또 인산을 치르게 되면 고을마다 방리마다 분향소를 차려 통곡하고, 인산에 참례하러 수많은 백성이 방방곡곡에서 떼를 지어 장안으로 몰려들 텐데, 그때를 당하여 무슨 난리가 일어날지 미우라는 무척 두려웠던 게 틀림없었다. 그러나 민비 시해를 미리 눈치채지 못했던 그로서 미우라의 폐비론 뒤에 숨은 흉계를 알기는 더욱 어려운 것이었다. 하여간에 아무 물정도 모른 채, 지금이야말로 도망간 민비가 다시 궁궐에 들어와 만기를 농단 못하게 못 박을 다시없는 기회라고 생각했으니, 김윤식은 자신의 단견이 부끄럽기 짝이 없었다.

민비가 살았을 적에는 그렇게 원망하고 개탄해 마지않던 여론이 그가 시해당하자 국모를 잃은 슬픔과 분노로 완전히 뒤바뀌었다. 아무리 나빠도 역시 국모는 국모였나보다. 더군다나 임진년(壬辰年)의 원수 일본인에게 죽었음에랴. 노여워하는 백성의 눈에는 오로지 한가지만 보였다. 대신이라면 모두 왜대감이요, 관찰사라면 왜감사요, 군수라면 또 왜군수였다. 특히 탁지부대신 어윤중이 맞아 죽은 일을 생각하면 도무지 남의 일 같지가 않았다. 어느 모로 보나 죄 흔적이 없는 그가 백성의 손에 맞아 죽다니! 평소에 강직하고 청렴하기로 칭송이 자자하던 이가 아니던가. 함께 영선사(領選使)로 활약했던 젊은 시절부터 그는 어윤중과 각별히 친분이 두터운 사이였다. 국사를 논함에도 여러모로 의기가 투합하여 내각의 소장 친일파들로부터 이미 한물간 청나라에 아직도 연연하는 고루한 친청파로 의심을 받았다. 그런 속사정도 모르고 한데 싸잡아 친일파로 몰아치는 백성들이 김윤식은 퍽 원망스러웠다.

미리 사람을 놓아 일본 공사의 후원을 다짐받고 있었지만, 친로파 세상이라 도무지 마음이 놓이지 않았다. 사실 왕명이 관대하여 죄를 주지 않더라도 죽은 세 대신처럼 언제 난민에게 횡액을 당할지 모를 일이었다. 그래서 그는 집을 떠나 재동에 있는 사촌형인 전 판서 김만식의 집에 잠시 은거하고 있었다.

아닌 게 아니라 몇군데서 그의 죄를 성토하며 극률(極律)에 걸라는 상소가 올라갔다. 잔뜩 불안해진 김윤식은 강 건너 송파 아래쪽으로 피신했다. 물론 아무도 못 찾게 숨어버리자는 것이 아니라, 성 밖으로 멀리 물러나 조용히 근신하며 대죄(待罪)하는 태도를 보이고자 함이었다. 게다가 친일파를 징토하라는 여론이 비등한 장안에 그대로 머물러 있다간, 언제 난민들이 몰려와 무슨 봉욕을 줄지 알 수 없었다.

그래서 그는 송파에서 두어 참쯤 내려간, 호수 쉰남은밖에 안되는 방이골이라는 마을에 우거를 정하였다. 서울 집은 왕세자의 시종관으로 있는 외아들 내외와 면천 적거(謫居)에서 얻은 소실 덕산댁에게 맡기고 다른 소실인 탑골댁 모녀와 두살배기 어린 손자, 그리고 혹시 무슨 일이 있을지 몰라 행랑붙이들 중에 힘꼴이나 쓰는 젊은것 둘에다 부엌어멈 하나를 불러 어설픈 살림을 시작했다.

팔년 귀양살이에 이력이 난 몸이라, 허구한 날 조막만 한 방구석에서 묵새기는 일이 그리 불편스럽지 않았다. 병을 앓고 있다고 이웃에 소문내어 문밖출입을 삼가고 있었는데, 사실 그는 그즈음, 대단치는 않았지만, 걸핏하면 먹은 것이 체하고 속이 쓰라리는 위병이 생겨 자주 양위탕으로 위를 달래곤 하였다. 그것은 물론 장차 일신에 무슨 앙화가 닥칠지 몰라 항시 쥐가슴을 태우느라고 얻어걸린 병이 틀림없었다. 을미사변 이후 일어나기 시작한 의병은 해가 바뀌어도 누그러들기는커녕 오히려 국토 전역에 창궐하여, 왜놈과 친일 난신적자를 토멸하라는 소리가 드높았으니, 숨어 있는 김윤식으로서 심기가 결코 편할 리가 없었던 것이다. 당장 사람들이 고함지르며 몽둥이 들고 집을 에워쌀 것 같고, 순검들이 나인장(拿引狀)을 내밀며 들이닥칠 것만 같아 마음이 항시 놓이지 않았다.

한번은 야밤중에 장한 일곱이 침입하여 문간방에 잠자던 하인 둘을 아갈잡이를 해놓고 안방으로 우르르 몰려드는 바람에 혼겁하게 놀란 적이 있었다. 그중 한 놈이 장도칼을 바싹 코밑에 들이밀고 "대감, 순순히 굴지 않다간 배때기에 맞창을 뚫어줄 것이오!" 하고 눈을 부라렸을 때, 김윤식은 민비 시해를 보복하러 찾아온 난민인 줄 알고 정말 정신이 아뜩했었다. 그러나 다행히 그자들은 난민이 아니고 화적패였다. 화적들은 돈 몇백냥에다 항상 벽에 걸어두고 쓰지 않는 말총갓과 탕건, 그리고 거울마저 걷어가버렸다. 돈 몇백냥 빼앗긴 것은 조금도 아쉬울 게 없었지만 화적들마저 자기 은신처를 알고 있었다는 생각을 하니 그는 마음이 적잖이 불안했다. 그렇다고 의병이 득시글한 삼남 지방으로 피신할 수도 없는 노릇이었다.

이런 중에도 덕산댁 몸에서 아들을 낳았다는 반가운 기별이 강건너 왔다. 작년에 손자 심득이를 보더니 올해 또 아들을 얻었으니 경사가 겹쳤다. 비록 첩의 소생이지만 정말 기쁘기 한량없었다. 늙은것이 호색한다고 남들이 비웃을 줄 알면서도 여러해 외아들 편에 일점혈육 없어 후사를 걱정한 나머지 탑골댁과 덕산댁을 소실로 데렸던 터였다.

그러나 호사다마라고 덕산댁은 복남이를 낳고 산후 조리가 잘못

되었던지 얼마 후 중풍에 걸려 몸져눕고 말았다.

김윤식은 날마다 어린 손자와 놀면서 시름을 잊었다. 외아들이 낳은 단 하나뿐인 남아였으니 오죽이나 사랑스러웠으랴. 여러해 난마같이 뒤엉킨 정사에 얽매여 영일 없는 나날을 보내느라고 가솔을 돌볼 겨를이 없던 이 늙마에 접어든 정승의 무릎에는 이제 귀염둥이 어린 손자가 항시 앉혀 있었다. 갖은 풍상이 스쳐간 허연 턱수염이 철없는 어린 손자에게 아프게 잡아채여 눈물이 찔끔 나와도 그는 그저 너털웃음을 터뜨릴 뿐이었다.

"허허, 요 불효막심한 놈, 할애비 수염을 잡아당기면 못쓰느니라, 허허. 세상인심이 바뀌어 나보고 손가락질하더니 혹 너마저 이 할애비를 조롱하는 것은 아니렷다? 설마하니 우리 심득이가 그럴리 있나. 자, 심득아, 어서 수염을 놓아라, 어서."

이렇게 좌불안석에 앉아 일년 몇달을 지내놓고 보니, 세월이 약인지라 의병들은 관군과 일본 수비대의 협공을 받아 흩어져버리고, 들끓던 세상 여론도 많이 수그러져 있었다. 눈치 보느라고 발길이 끊겼던 친지, 문객들도 자주 드나들었다. 심득이는 하루가 다르게 무럭무럭 자랐다. 세살짜리가 못하는 말이 없고 고집이 드셌다. 찾아오는 손님마다 심득이는 장차 크게 될 그릇이라고 입 모아 말했다. 듣기 좋으라고 하는 말인 줄 뻔히 알면서도 김윤식은 조금도 싫지가 않았다.

이렇게 반년을 한시름 놓고 지내니 음울한 겨울이 찾아왔다. 동짓달이 되자 연일 강추위가 계속되었다. 장안에는 독감이 대치하여 자칫 생명을 잃은 어린것이 많다는 소문이었다.

그 무렵 사그라지던 불씨를 다시 불러일으키며, 을미년의 죄인 김윤식과 이승오를 벌하라는 상소문이 잇달아 올라갔다. 게다가 심득이가 독감에 걸려 여러날 고생하고 있었으니 근심으로 잠을 설치는 날이 하루 이틀이 아니었다. 어린 손자는 목에서 늘 가래가 끓고 기침이 끊이지 않았다. 백방으로 약을 써도 조금도 효험이 없었다. 날이 갈수록 기침이 심해지고 목이 아파 미음죽 먹기도 괴로워했다. 목이 아프다고 호소하는 어린 손자의 목소리는 늦가을 여치 울음처럼 가느다랗게 들렸다.

 어느날 저물녘에 심득이는 마침내 제 할애비 등에 업힌 채 숨을 거두었다. 귀에 쟁쟁 울리던 괴로운 기침 소리는 이제 더이상 들리지 않았다. 이것이 꿈인가, 생시인가. 눈물이 비 오듯 흘러내렸다. 드디어 앙화가 어린 손자에게까지 미쳤구나. 내가 무슨 적죄(積罪)를 그리 많이 했길래 집안에 상고가 이리 그치지 않는가. 면천에 귀양 가던 첫해에 조강지처 상을 만나고 잇달아 며느리와 그 몸에 난 손녀를 잃더니, 이번에는 하나뿐인 손자아이마저 구천에 보내고 말았으니, 이 모든 것이 내가 일찍 죽지 못한 죗값이란 말인가.

 그리고 나서 열흘 뒤에, 을미년의 죄인 김윤식과 이승오의 옥사에 관한 조칙이 내려졌다. 다행히 둘 다 극형을 면하고 제주목 종신 유배로 낙착되었다.

 아직 손자 잃은 슬픔에서 채 헤어나지 못하고 있던 김윤식은 이 반가운 소식을 듣자, 어린 심득이가 내 대신 구천에 갔거니 하고 생각하면서 남몰래 눈물을 흘렸다.

 종신 유배라면 사년 전 갑오경장 때 새로 생긴 형벌이었다. 종전의 유배형은 죄질에 따라 먼 곳으로 보내느냐, 가까운 곳으로 보내느냐 하는 차등은 있을지언정 형기가 따로 정해져 있지 않던 것인데, 갑오 이후부터는 새 제도에 따라 종신, 십오년, 십년으로 나뉘어 있었던 것이다. 얼핏 생각하면 제도가 퍽 달라진 듯 여겨지나, 그 어느 것이나 매한가지로 갑오 이전에도 임금이 회정하라는 부름만 있으면 불과 몇년 만에 풀려나올 수도 있고 부름을 끝내 못 받으면 여생을 배소에서 마치는 수도 있었다. 더군다나 요사이같이 역신이 되었다 충신이 되었다, 엎치락뒤치락하는 변화무쌍한 세태에는 목숨만 보전하면 특사를 언제 받아도 받게 마련이니 종신 유배나 십년 유배나 조금도 다를 것이 없었다.

그래서 운양은 퍽 홀가분한 마음으로 압송관 양주사를 따라 법부 고등재판소에 나아가 복죄하였다. 같은 죄를 입은 이승오가 먼저 순검방에 와 있다가 반색하며 맞이하였다. 백발이 성성한 이판서는 서로 못 만난 이태 사이에 몸이 퍽 수척해 있었다.

두 정승이 든 순검방은 아침부터 양가의 가속·친지·하인붙이들로 문전성시를 이루었다. 그런데 느닷없이 나중에 온 방문객들의 입에서 불길한 소식이 전해졌다. 의정부와 궁내부 대신들이 연명하여 임금께 상소하기를, 두 죄인에게 가율(加律)하여 극형에 처하도록 청하였다는 것이다. 가속 친지들이 근심 어린 낯빛으로 오후 내내 서성거리며 문 앞을 떠나지 않았다.

저녁이 되자 두 죄인은 재판소 한 귀퉁이의 좁고 어둑신한 방으로 끌려가 감금되었다. 불기라곤 전혀 없는 방이라, 집에서 넣어준 솜이불을 몸에 감고 어한하지 않으면 안되었다. 그날부터 문금(門禁)이 자못 엄해져서 가족 외에 다른 사람은 발길이 끊겼다. 재판소 구석방에 갇힌 그 나흘 동안은 실로 견디기 어려운 나날이었다. 친로파 일색인 의정부와 궁내부는 연일 반복하여 극률에 걸기를 상주하고, 심지어는 옥당과 성균관 유생들까지 상소를 올린다고 법석이니, 일이 장차 어찌 낙착될지 불안하기 짝이 없었다.

법부에 든 지 닷새 만에 두 죄인은 마침내 재판소 마당으로 끌려가 재판장인 법부대신 조병식 앞에 엎드렸다. 대청마루에 좌우로 여러 사람이 늘어선 가운데 조병식이 눈부신 사모관대 차림으로 의자에 버티고 앉아 있었다. 그도 소장을 올려 극형을 고집했던 장본인인지라, 두 죄인은 마음이 조마조마했다.

조병식은 연전에 충청 감사로 있으면서 백성들로부터 백만냥이 훨씬 넘는 돈을 늑탈하여 동학당 수만명이 보은 장내리에 모여 원정을 호소한 까탈을 만든 장본인이었다. 그러나 워낙 상납을 잘하기로 왕과 왕후의 총애가 자별했던 그인지라 잠시잠깐 눈속임으로 귀양 다녀오더니 작년에는 오히려 중용되어 법부대신에 오른 것이다. 올봄에 그는 당시 자신의 탐학을 어사의 협박에 못 이겨 낱낱이 토설한 심복 아전을 다른 평계를 걸어 여기로 끌어다 난장박살하여 분을 풀었다는 소문이 파다했다. 더군다나 운양에게는 마음에 꺼림칙한 일이 하나 있었다. 조병식이 충청 감사로 있을 때 운양은 면천에 귀양 가 있었는데, 감사가 누이네 종산을 억탈하려 한다는 전갈을 받고 살았을 적에 친분이 두터웠던 어사 어윤중에게 편지를 보내 일처리를 부탁했던 것이다.

대군주께서 과연 양단간에 어느 쪽을 택하셨을까? 처음 조칙 그대로 종신 유배일까, 아니면 저 조병식 같은 친로파 간활한 무리들의 청을 받아들여 극형을 내릴 건가? 두 죄인은 마음이 절박해진 나머지 땅바닥에 굽힌 두 팔이 부들부들 떨렸다.

이윽고 조병식이 자리에서 냉큼 일어나더니 두루마리를 펴들고 준엄한 목소리로 칙령을 읽어내렸다.

"너희 죄인은 듣거라. 죄를 짓고 벌받음은 당연한 이치이다. 오호라, 을미년의 사변을 어찌 말로 다 하랴. 실로 하늘이 노하고 땅이 통곡할 일이로다…… 음사를 꾸며 나라에 화를 입힌 난신적자를 징토하라는 여론이 세간에 비등하여 급기야 세 역신이 죽음을 당하였으니, 이는 모두 하늘의 뜻이다. 비록 너희가 혹은 추세에 따르고, 혹은 권력이 시키는 바 되어 그리했다 하나, 중책을 맡은 세록지신(世祿之臣)으로서 그것이 어찌 죄가 아니라 하랴……"

이렇게 읽어내려가던 조병식은 끝머리에 오자, 문득 읽기를 멈추더니 잔뜩 결기 품은 눈초리로 운양을 노려보았다. 그러고는 대청이 쩌렁쩌렁 울리게 큰 목청으로 소리쳤다.

"죄인 김윤식, 이승오 유(流) 제주목 종신 정배!"

이렇게 닷새 동안 단단히 곤욕을 치르고 난 김윤식은 관에서 대령하고 있으라고 정해준 남대문 밖 어느 민가에 들어, 따뜻한 아랫목에서 추위와 걱정으로 여러날 설친 잠을 벌충하였다. 끙끙 앓는 소리를 내며 이틀 밤낮을 내처 잠만 잤다. 아들은 부친을 하인들에게만 맡기지 않고 공사가 끝나는 대로 급히 달려와서 몸소 인삼탕을 달여 올리며 정성껏 간호하였다.

이렇게 아들과 함께 이틀 밤을 자고 난 새벽에 느닷없이 법부대신의 명령이 떨어졌다. 그날 오후 신시(申時) 정각에 제물포에서 출발하는 현익호를 타라는 것이었다. 제물포라면 낮이 짧은 동짓달에는 새벽같이 떠나야 겨우 해전에 닿을까 말까 한 먼 거리인데, 어느 겨를에 귀양 행장을 꾸리고 떠난단 말인가. 유배 죄인은 귀양길에 오르기 앞서, 신고 겪은 몸을 풀고, 귀양 행장을 꾸리는 데 적어도 닷새 말미를 받는 것이 상례이건만, 전례 없이 이리 득달같이 몰아붙임은 필시 끝까지 해코지해보려는 조병식의 악심에서 나온 것이 틀림없었다. 그렇다고 아무 행장 없이 빈 몸으로 떠날 수는 없는지라, 아들은 부리나케 말을 빌려 타고 성내로 들어갔다.

해가 떠오르자 소식을 전해들은 가속·친지들이 허겁지겁 달려와 울음을 터뜨렸다.

사시(巳時)가 되어 아들이 행구를 실은 부담마 한필에다 교군패 넷을 사서 데리고 왔으므로 얼른 교자에 올라 서둘러 출발했다. 그러나 길은 새벽녘에 내린 눈으로 발이 빠져 행보가 더뎠다.

마포에서 사촌형 김만식을 비롯한 여러 친척·친지들을 눈물로 전별하고 두껍게 얼음 언 한강을 건넜다. 덮개 없는 교자인지라 누비옷 위에다 갓두루마기를 입고 남바위로 뺨을 가렸지만 강바람은 살을 에는 듯 추웠다. 행중은 김윤식 외에 모두 여덟 사람으로 아들과 법부국장을 지낸 조카, 예문관의 기주(記注) 벼슬을 살았던 십년 문객인 나인영, 노복 둘, 그리고 압송관인 양주사와 순검 둘이 따라갔다.

오류동에서 점심 먹으면서 잠시 몸을 녹였을 뿐 하루 종일 찬바람 맞으며 서둘러 제물포에 당도했건만, 배는 떠난 지 이미 오래되어 있었다.

운양은 용동 마루터기에 있는 감리서 순검방에 들자 호된 독감을 만나 자리에 눕고 말았다. 소한에 집 나간 사람 찾지 말라는 그 모진 추위에 온종일을 길바닥에서 보냈으니, 가뜩이나 쇠약해진 몸에 병이 안 날 리가 없었다. 어찌나 톡톡히 한기가 들었던지, 순검방에서 다음 선편을 기다리는 동안 내내 신고를 겪지 않으면 안

되었다. 언제 선편이 있을지, 병도 채 낫기 전에 배를 태울까봐 부지런히 패독산과 구미강활탕을 달여 먹었다. 몸조리 잘한 보람이 있어 엿새 후 선편이 있다고 기별이 왔을 때에는 독감 기운이 많이 수그러져 있었다.

배는 자정에 출선하기로 되어 있었다. 그날 운양은 아침 일찍 자리에서 일어나, 탑골댁에게 중풍을 앓는 덕산댁과 복남이를 잘 보살펴달라고 신신당부하는 편지를 썼다. 그러고는 독충에 파먹힌 듯 뼛골이 욱신거리는 몸을 일으켜 방 안을 이리저리 거닐어보고 배 속이 허하면 뱃멀미를 한다기에 밥도 든든히 먹어두었다.

순검방 창문을 통해 멀리 보이는 월미도 앞바다에는 커다란 영국 병선 여덟척이 같은 간격으로 나란히 열립하여 수평선을 가리고 있었다. 비스듬히 동녘 하늘을 겨누고 번쩍거리는 포신이며 세개씩 나란히 솟아 있는 우람한 화통, 그 화통에서 엄청나게 토해져 나오는 시꺼먼 연기며, 하늘을 찌르는 높은 돛대 끝에 힘차게 펄럭거리는 깃발들…… 영국 함대는 한껏 위용을 뽐내고 있었다.

한달 전에 친로파 내각에서 영국인 재정고문을 해고하고 노서아 고문을 채용한 사건을 구실 삼아서 영국 병선 여러척이 거문도를 점거, 석탄 저장기지를 만들며 잔뜩 벼른다는 소문이 있더니, 이제 인천항에 그 위용을 나타낸 것이다. 아관파천 이후 어부지리를 얻은 노서아가 일본을 제치고 조선을 조종하게 되었으니 오랫동안 동양 경영에 패자 노릇을 해온 영국이 가만히 있을 리 없었다. 그러나 과연 십여년 전 거문도를 점거하여 노서아의 남하 책략을 저지했을 때처럼 이번에도 무리 없이 성공할 수 있을까?

이제 가면 살아 돌아올지 죽어 돌아올지 모르는 종신 유배길에 오른 운양은, 노서아와 친로파 내각을 규탄하는 저 영국 함대에 은근히 마음 쏠리는 것을 어찌할 수 없었다. 영국이 굳세게 간섭하여 노서아를 조선 내정에서 손 떼도록 해준다면 좋으련만. 전쟁이 일어날 염려만 없다면 말이다. 그러나 과도한 간섭은 반드시 전쟁의 화근이 되는 법이었다. 영국은 직접 싸움을 걸지는 않더라도 일본을 충동질하여 일을 벌일지 모를 일이었다. 아, 조선 땅이 다시 남의 전쟁터가 되어서야. 전쟁이 일어나면 당사국 못지않게 큰 피해를 입는 것이 조선 백성이었다. 저희들 나라에서 저희들끼리 싸운다면 오죽 좋으랴마는 남의 땅에다 싸움판을 벌여놓으니, 고래 싸움에 새우 등이 성할 리가 없는 것이다.

지난번 청일전쟁이 바로 그러하였다. 두 나라가 모두 조선의 자주독립을 보호하기 위하여 싸운다고 허울 좋은 명분을 내걸고 제각기 조선 백성과 물자를 징발하고 논밭을 유린하여 쑥밭으로 만들었다. 청일전쟁 후에 "평택이 무너지나 아산이 깨어지나"라는 속담이 생겨났지만, 사실 그때 대포 맞아 무너지고 깨어진 것이 어디 평택이나 아산뿐이었던가?

고개를 내밀어 창 아래쪽을 보니 돌로 쌓아 만든 길쭉한 부둣가에 작은 목선들이 바지랑대처럼 가는 돛대를 삐죽삐죽 내밀고 있고, 이보다 훨씬 떨어져서 큼직한 외국 상선이 여러척 정박해 있었다. 청일전쟁 전에 무척 붐비던 청나라 정크선은 눈에 띄게 줄고 대신 일본 화륜선이 많이 보였다. 그 뒤로 멀찍이 물러나서 일본 병선 두척이 닻을 내리고 제 나라 상선을 보호하고 있었다. 노서아 배는 얼른 눈에 띄지 않는 것이 아마 원산항 쪽에 몰려 있을 게 분명했다.

집채보다 더 큰 이 외국 상선들 사이로 짐 싣고 오락가락하는 초라한 우리나라 거룻배들…… 그의 눈에는 이 제물포항 풍경이 결코 예사롭게 보이지 않았다. 그것은 독 틈에 낀 약탕관 꼴로 열강의 모진 등쌀에 시달리는 우리나라 실상의 한 축도였고, 일국의 외교 책임자로서 저들의 강포에 못 이겨 질질 끌려다닌 자신의 초라한 몰골에 다름없었다.

밤에 이판서 일행과 더불어 배를 타러 부두로 나와보니 영국 병선 일곱척은 수많은 전깃불을 달고 한밤중에도 위용을 떨치고 있었다. 하늘의 별무리가 떨어진 듯 휘황찬란하게 빛나는 전깃불은 물 위에까지 번져 견문 넓은 그로서도 처음 보는 장관을 이루고 있었다.

운양은 아들이 마련해준 일등실 선표를 받아쥐고 창룡호에 올랐다. 귀양길에 따라나선 문객 나기주 인영과 하인 기동이, 그리고 압송관과 순검들도 탑승하였다. 하늘이 어두워 연기는 보이지 않았지만 빨간 불티들이 화통 주위에 어지럽게 날아다녔다. 부두에 서서 전송하는 아들과 집안 하인들이 들고 있는 석유 횃불도 불티가 날고 있었다.

이윽고 뱃고동을 울리며 창룡호는 움직이기 시작했다. 아들이 허리를 굽혀 하직인사를 하고는 손등으로 눈물을 닦았다. 하인들이 뒤따라 허리를 굽히면서 울음을 터뜨렸다.

"운양 대감, 원로에 태평히 가십시오."

운양은 목젖을 태우는 뜨거운 오열을 간신히 누르고 떨리는 소리로 대답했다.

"추운데 어서들 가거라."

이판서와 함께 일등 선실이라고 하는 데를 들어가보니 석자 길이 궤짝만 한 방을 벽 중간에 선반 하나를 붙여 위와 아래 둘로 갈라놓고 있었다. 그는 연상인 이판서에게 아랫자리를 양보하고 선반 위로 올라갔다. 천장이 낮아 서기는커녕 앉기조차 어려워 누워 있어야 했다.

유배 가는 두 대감이 한 배에 타고 있다는 소문을 듣고 뱃손님 둘이 찾아와 문안하였다. 하나는 한때 첨정 벼슬을 지냈고 지금은 제물포항에서 큰 여각을 경영한다는 자였고, 또 하나는 풀기 빳빳한 하이칼라를 턱에 받친 스물댓 난 일본 청년이었다. 여각 주인이 소개하는 말을 들으니 그 청년은 일본서도 이름난 고등중학교를 나온 수재로 지금 광주 관찰사의 만나자는 부름을 받고 찾아가는 길이라고 했다. 무슨 볼일인지를 묻자, 여각 주인은 자기는 모르는 일이고 그저 일본말 통변이나 해줄 요량으로 따라갈 뿐이라고 했다.

일본 청년은 하이칼라에 주름질까봐 그런지 턱을 잔뜩 치켜올린 품이 퍽 거만스러워 보였다.

여각 주인이 하는 말이 창룡호는 엿새 전 김윤식 일행이 제물포에 도착하던 날 출항한 현익호와 더불어 제물포에서 부산까지 왕래하는 연해 무역선으로 중간에 군산·목포를 경유하며 화물과 손님을 실어나른다는 것이었다. 서로 엇갈려 오고 가는 이 두 배는 번갈아서 보름에 한번꼴로 제주목에 들르는 연락선 구실도 하는데 바람 잘 날 없는 제주 바다는 풍랑이 심하기로 한달이 넘도록 연락이 두절될 때가 비일비재하단다.

"이 배가 아무리 튼튼한 화륜선이라고는 하지만, 여차직하면 제주섬을 눈앞에 두고 되돌아오는 수도 많습죠. 허지만 이 두 배가 생기고부터는 제주 가는 바닷길이 무른 메주 밟듯 쉬워졌지요. 그 전에야 어디 맘 놓고 다닐 수나 있었나요. 육로 천리, 수로 천리를 가자면 거진 한달이 걸릴뿐더러, 자칫하면 표몰되어 어복(魚腹)에 들기 예사였으니깐요. 운양 대감, 그만하면 우리 조선도 일본국 덕분에 많이 개명 안되었습니까? 한달 걸리던 곳을 닷새 만에 당도하게 되었으니 말입니다. 이 창룡호 선주도 우리나라 사람이지요. 몇 달 전에 만오천냥 주고 매입하였답니다."

그자가 이렇게 너스레를 떨자, 옆에서 듣고 있던 나기주가 못 참겠다는 듯이 불쑥 통을 먹였다.

"내 듣기로는 명의만 조선인으로 되어 있을 뿐, 내실은 여전히 왜놈 선주랍디다. 순전히 눈가림이지요. 요사이 개항지마다 하도 왜놈 상고배들이 판치니까, 되놈 아라사놈 할 것 없이 자기네 상리가 줄어들었다고 여간 아우성이 아니지 않소. 더군다나 앙숙인 아라사가 득세하여 해관 업무까지 고문을 보내 간섭하고 있는 판국이니 자연 왜놈들이 눈치를 안 볼래야 안 볼 수 없게 됐어요. 그래서 저들의 상거래 규모를 은폐하고, 또 해관의 관세도 덜 물리려는 간흉한 속셈으로 조선인을 앞에 내세우는 게 항용 있는 일이오. 이 무역선도 매한가지입니다. 이 배에 실린 화물도 보나마나 뻔할 것이오. 금·은·쇠·쌀·콩·목화 따위 천연 산물이 아니겠소? 이것들을 헐값에 사 모아다가 부산항에 부리면 왜배가 와서 저희 나라로 실어나르죠. 이 배가 부산에서 돌아올 때에는 화물 물종이 전혀 달라서 양과자·왜떡·양복·양화·옥양목·석유 따위 사치스러운 양물만 실어 들여온단 말입니다. 섬쌀을 팔아서 양과자 한 봉지 사먹고,

구름산 같은 목화 더미가 알량한 옥양목 한자 받고 팔리는 격이니, 이건 순전히 밥 팔아 똥 사먹기가 아니오? 요사이는 아라사가 득세한 것을 기화로 미국·덕국(德國, 독일)·법국(法國, 프랑스)·영국까지 죽은 송장에 파리 떼처럼 덤벼들고 있단 말입니다. 국토의 지혈을 뚫어 금은붙이를 마구 캐내고, 울창한 삼림을 뭉떵뭉떵 베어내고 있으니 이는 사람으로 치면 혈맥이 끊기고 터럭이 깎임과 한가지인 것이오. 박할(剝割)이란 바로 이를 두고 일컫는 말임이 옳소. 조선 국토의 껍데기를 벗기고 살을 베어가는 이들 왜적의 거간꾼 노릇 하는 건 누굽니까? 두말할 것도 없이 돈푼깨나 만지고 행세깨나 하는 조선 사람들이지요."

이 말에 문득 좌중은 말을 잊고 서먹서먹해졌다. 운양은 적이 심사가 언짢았다. 외부대신 등내(等內)시에 직책상 외국 상인의 활동을 살피고, 또 몇몇 중요한 통상 관계 문서에 도장까지 눌렀던 그인지라, 이 방약무인한 독설에 자격지심이 안 일어날 리 없었다. 나군의 말에 따르자면 그는 거간꾼이라도 보통 큰 거간꾼이 아닌 셈이었다. 여각 주인은 작은 거간꾼이고……

그러나 그는 나군의 독설을 한두번 겪은 게 아니었다. 특히 일본 얘기만 나오면 제가 모시는 대감의 심사야 불편하든 말든 개의치 않고 입에 바늘쌈지 물고 쪼아대는 성미였다. 원래 운양은 그 혈기 방장하고 의협심이 강한 성품에 끌려, 찢어지게 가난한 파락호 집안 출신의 이 젊은이를 스물네댓 어린 나이에 문객으로 삼아 성균관에 입학시켜주었던 터였다. 나군은 사랑방에 출입하는 여러 문객 중에 가장 나이가 어려 언제나 말석에 앉았지만, 부시(賦詩)를 짓고 시국을 논함에 조금도 막힘이 없었다. 이렇게 한 이년쯤 행랑

채에 들어 식객으로 얹혀 있던 나군은 그가 면천으로 유배 가는 바람에 여러해 떨어져 있었던 것인데, 그동안에 문과에 장원급제하여 기주관(記注官) 벼슬에 올랐었다. 면천에서 이 소식을 듣고 운양은 제 자식 일처럼 무척 반가워했다. 그러나 그가 특사를 받아 강화 유수를 거쳐 다시 외부대신에 올랐을 때 나군은 정반대로 벼슬을 팽개치고 초야로 내려와버렸다. 매관매직과 뇌물을 일삼는 무리들과 한통속이 되기 싫어 그만두노라고 했다.

나군이 비록 아들 나이뻘밖에 안되고 또 자기에게 신세를 진 식객이었다고 하나, 이렇게 매섭도록 강직한 기품을 대할 때면 불현듯 외경감이 일곤 하는 운양이었다. 게다가 친일 역적으로 죄를 받자 허다한 친지·문객들이 등을 돌려도 나군만은 고향의 처자까지 버리고 불운한 은사를 돌보려고 귀양길에 함께 나선 의인이기도 했다.

그러나 오늘은 나군이 좀 너무한다 싶었다. 문안차 찾아온 일본인을 코앞에 앉혀놓고 왜놈이라고 놈 자를 붙여 욕하다니, 너무 경솔하지 않은가. 이 일본 청년이 당장은 무슨 말인지 알아듣지 못해도 나중에 여각 주인에게 캐물을 것은 뻔한 이치였다. 결자해지(結者解之)라고 일본이 싫든 좋든 장차 귀양이 풀리려면 그쪽밖에 기댈 데가 달리 없는 몸인 바에야, 귀양길에 따라나선 심복 문객이 그런 객쩍은 소리를 하더라는 평판이 나서 그리 이로울 것이 없었다.

강화만을 벗어나 서해로 들자, 배는 제법 흔들리기 시작했다. 뱃손님들은 모두 잡담을 잃고 번듯이 드러누워 멀미를 참아냈다. 배 밑창에서 쉴 새 없이 울려오는 기계 소리에 턱살이 들들 떨리고 귀가 먹먹하였다.

이튿날 해질녘에 금강 하구 군산 앞에 닿은 창룡호는 하룻밤 쉴 양으로 닻을 내렸다. 나기주는 멀미에 시달린 대감을 모시고 뱃머리에 나와 바람을 쐬었다. 군산포는 야트막한 산 밑의 작은 해촌으로 백호 될까 말까 한 촌가들이 작은 솥단지 엎어놓은 듯 올망졸망 모여 있었다. 요즘 일본이 개항장으로 삼아보려고 눈독 들인다고 소문난 곳이었다. 해마다 추수기가 지나면 돛배들이 호남 지방의 세곡을 싣고 금강을 따라 내려와서 서울 가는 화륜선에 옮겨 싣는 이 포구에, 어장이 망하려면 해파리 끓는다고, 장차 일본 상선까지 뛰어들어 호남 쌀을 실어내갈 모양이었다. 여러해 별의별 무명 잡세를 만들어 세곡을 혹독하게 거둬들여 마침내 동학란의 빌미가 되었던 전운사 조필영의 세곡선에 실려가던 그 많은 호남 쌀. 세곡선을 타고 서울 구경 하는 것도 과분한데 이제 무역선에 팔려가 일본 구경까지 하게 되었으니, 이 무슨 팔자에 없는 호강일까! 나기주는 이런 생각을 하며 쌀섬을 실은 거룻배 네댓척이 천천히 노를 저어 다가오는 것을 바라보았다. 얼마 후 거룻배는 손님 몇을 싣고 돌아갔는데 그중에 여각 주인과 일본인 청년도 끼어 있었다.

이튿날 저녁 목포항에 도착해보니, 나기주는 개항이 과연 무엇인지 당장 실감으로 부딪쳐왔다. 개항한 지 불과 두달밖에 안되었는데도 벌써 일본 거류민들이 사는 목조 가옥이 수십호 들어서 있었다. 며칠 전 양력 설날 내다걸고 여태 내리지 않고 있는 듯싶은 일장기가 몇 집 대문 앞에 솟아 있고 이에 화답하듯 크고 작은 상선들과 멀리서 이를 보호하는 군함의 돛대 끝에도 일장기가 기세 좋게 펄럭거렸다. 군함만이 일본 상인들을 보호하는 게 아니었다. 어느새 주재 영사관까지 마련되어 있어서 영사관 통역이라는 일본인 하나가 대감께 안부를 여쭤왔다. 목포항 감리도 서찰을 보내 대감을 위로하였다. 그는 필시 대감이 벼슬을 살 때 밑에 데리고 있던 자인 듯한데 남의 이목이 두려워 몸을 사리느라고 몸소 찾아오지 못하고 사람을 보낸 모양이었다. 감리가 하는 일이 주사 서넛 데리고서 통상하는 형편을 살피고 해관세를 받아내는 것인데, 명색은 그러하되 아마 별 실속은 없으리라. 저렇게 군함까지 대놓고 털어가는 화적당에게 만국공법을 들먹이며 사리를 따져본들 무슨 소용이 있으랴.

　목포에서 일박한 창룡호는 이튿날 오시(午時)가 가까워 닻을 올렸다. 다도해는 비로 쓴 것같이 물결이 잔잔하였다. 푸른 솔숲을 등에 진 작은 섬들이 올망졸망 떠 있는 것이 흡사 물짐승 떼가 한가히 헤엄쳐다니는 듯 여겨졌다.

　소안도에서 하룻밤 묵고 새벽 미명에 닻을 올린 창룡호는 해가 떠오를 때 즈음 다도해를 완전히 벗어나 고깃배 한척 안 보이는 망망대해로 들어섰다. 이윽고 제주 바다 쪽에서 검은 구름이 떼 지어 몰려와 해를 가렸다. 눈발이 비껴 날고 거멓게 죽은 바다에 물결이 불안스레 뛰놀기 시작했다. 바람 잔 날에도 제주 바다 물마루를 건너려면 이상하게 뛰노는 파도로 곡경(曲境)을 치르기 예사라는데, 이렇게 풍세가 심상치 않으니 선객들은 모두 걱정이 태산 같았다.

　선실 바닥에 숨죽이고 드러누운 선객들은 멀미를 참느라고 낯빛이 핼쑥했다. 갈수록 배의 요동질이 심해져 몸이 이리 뒹굴 저리 뒹굴 흔들리는 바람에 등때기가 바닥에 붙어 있지 않았다.

　얼마 없어 서남쪽에 상투 튼 머리 모양으로 생긴 돌섬이 두개 나란히 나타났다. 이제부터 제주 바다의 험한 물마루가 시작되는 것이다. 이 섬은 생긴 모양대로 관탈도(冠脫島)라고 불리는데, 화륜선이 아니고 범선이 왕래하던 수년 전만 해도 멀리 맨상투 머리 모양의 이 섬이 보이면 배에 탄 경래관과 유배객들은 사공이 이르는 대로 갓을 벗고 한라산 신령님께 물마루를 무사히 넘게 해달라고 머리를 조아렸었다.

　제주 바다로 들자 불끈 일어선 파도 이랑을 타느라고 배가 몹시 앞뒤로 곤두박질쳤다. 배가 무섭게 조리질치는 통에 나기주가 든 삼등 선실 바닥은 사람, 짐짝, 기물 할 것 없이 한데 섞여 이리 쏠리고 저리 뒹굴고 부딪고 깔리고 비명 지르고 토악질하고, 정말 그런 난리가 없었다. 일등실도 요동질하기는 매한가지였다. 놋쇠로 된 대야, 타구, 요강 등속이 좁은 방 여기저기 부딪쳐다니며 시끄러운 징 소리를 내질렀다. 선반 위층에 그대로 누워 있다가는 자칫 밖으로 굴러떨어질지 몰라 운양은 아예 아래로 내려와 염치 불고하고 이판서 옆에 비집고 누웠다. 문을 꼭 닫았는데도 방은 소금기 머금은 눅눅한 습기로 가득하고, 휘장이 쉴 참 없이 너풀거렸다. 여러번의 구토 끝에 기진맥진해버린 두 정승은 한 요람에 든 두 아기처럼 이리 흔들리고 저리 흔들렸다.

　제주 바다는 이렇게 한바탕 몸부림쳐 선객들을 초주검시켜놓은 다음에야 입도를 허락하였다. 창룡호는 포구에서 한참 떨어진 바다 가운데 기계를 끄지 않고 잠시 머물렀다. 물 밑이 뻘밭으로 된 육지부 포구와 달리 해변이 온통 칼날 같은 난석이 뻬죽뻬죽 물속에 숨겨 있는지라 몸집 큰 화륜선은 포구 가까이 접근할 수 없기 때문이었다. 포구에 구경 나온 사람들이 흡사 기러기 떼처럼 멀리 보였다.

짐 실은 작은 돛단배 네척이 다가오는 동안, 운양은 멀미에 시달린 몸을 간신히 가누어 서울로 보내는 글 몇 줄을 급히 내갈겨 썼다. 무사히 제주섬에 도착했노라는 간단한 내용이었다. 창룡호는 부산에 들렀다가 다시 인천으로 되돌아가므로, 편지가 서울에 도착하려면 그럭저럭 열흘이 좋이 걸릴 터였다.

거룻배를 타고 산지포(山地浦)에 내린 운양은 엿새 동안이나 뱃멀미에 시달렸던 몸이라 구름밭을 걷는 듯이 다리가 허청허청 헛놀았다. 아직도 귓고막에는 화륜선의 기계 소리가 달라붙어 잉잉거리고 물씬 풍겨오는 흙냄새에 정신이 아뜩했다. 이판서는 노복의 부축을 받고 몇발짝 걷다 말고 아예 갯돌에 주저앉고 말았다. 뒤를 보니 적객 둘을 떨구고 돌아가는 창룡호는 멀리 거친 파도로 울퉁불퉁한 물마루를 넘느라고 몹시 곤두박질치고 있었다.

마침내 세상 끝까지 오고 만 것이었다. 형률이 지엄하여 이 물막힌 원악도에 내치어 종신토록 살라 했으니, 얼마 안 남은 여생, 꼭 죽어서야 저 물마루를 넘어 돌아갈 것만 같아 가슴이 무거웠다. 그다지 멀지 않은 곳에 거무칙칙한 성벽이 뻗어내려와 있었.

흙빛 갈중의적삼을 입은 구경꾼 가운데서 문득 아이들이 지껄이는 소리가 들렸다.

"귀양다리 왔다, 귀양다리!"

귀양은 알겠는데, 다리는 또 무엇일까? 아마 귀양객을 천하게 부르는 소리이리라. 어른들도 몇 마디 쑥덕거렸다.

"요사이 귀양 손님이 부쩍 느는 걸 보니, 서울 물정이 흉흉한 모양이여. 이러다간 왼 섬이 죄인 천지가 되고 말로고."

포구에서 주성(州城)까지는 활 두바탕 거리로 퍽 가까웠지만, 맨

상투 바람으로 압송되어가는 중죄인을 걸릴 수는 없는지라, 나기주는 구경꾼들 앞으로 나아가 도움을 청했다.

"삯은 후히 줄 테니, 누가 교자 두채 구해다줄 사람 없겠소?"

구경꾼들은 얼른 말뜻을 새기지 못해 잠시 서로 눈치만 보는데 떠꺼머리총각 하나가 앞사람의 어깨 너머로 머리를 내밀며 되물어왔다.

"교자가 뭐우꽈?"

"가마 말이오, 타는 가마."

그러자 구경꾼들은 뭐라고 저들끼리 수군거리는데 이번에도 그 총각이 들으라는 듯이 큰 소리로 말했다.

"가마는 시집가는 새각시나 타는 건데, 두 노인 양반이 이 섬에 시집온 것도 아니고…… 아마 육지법은 남자도 새각시 가마를 타는 모양이여."

그 말에 구경꾼들이 왁자하니 웃어댔다. 하는 거동으로 보아 섬 사람들이 평소에 유배인을 그리 달갑게 여기고 있지 않음이 분명했다.

이때 뒷전에 있던, 제법 의관을 갖춘 중년 사내가 분연히 사람들을 헤치고 앞으로 나와 총각을 윽박질렀다.

"이놈, 무식해도 유분수지. 가마라면 꽃가마밖에 모르다니…… 아무리 물 막힌 섬 중에 살기로 듣도 보도 못했느냐. 지체 높은 서울 양반들이 문밖출입할 적에 타고 다니는 교자 말이여. 목사 나리께서 행차하실 적에 타고 댕기는 가마도 구경 못했더냐? 발칙한 놈, 어느 앞이라고 실없는 언사냐."

머리빡을 소리 나게 쥐어박힌 총각은 비슬비슬 뒤로 빠져나가면서 투덜거렸다.

"체, 오위장 어른이사 미역 팔러 다닌다, 미역 판 돈으로 벼슬 사러 다닌다 하여 육지 나들이를 꽤 하였으니 알지, 우리 같은 무식쟁이사 어떵 압네까? 하여튼지, 이 섬 중에 가마 타는 남자라곤 목사 나리 한분뿐이니, 내 이제 동헌 들어가서 그 가마를 빌려오쿠다."

이 말이 끝나기가 무섭게 총각은 왼편 오르막길로 줄행랑을 놓고 있었다. 사람들은 다시 한번 낄낄 웃었다.

오위장 벼슬을 했다는 그 사내는 화가 상투 끝까지 치밀어올라 발을 동동 굴렀다.

"이놈, 이놈! 네놈이 도망간다고 못 찾아낼 내가 아니다. 벼룩이 뛰어봐야 장판이더라고, 네놈이 이 섬 밖은 못 벗어나렸다!"

이렇게 한바탕 고래고래 소리 지르고 난 오위장은 언제 그랬느냐 싶게 금세 다소곳한 몸가짐으로 앞으로 걸어나오더니 두 적객에게 깍듯이 인사치레를 했다.

"이 고장에 처음 온 손님들께 누추한 꼴을 보여드려 죄송합니다. 배우지 못한 섬것들이라 황당하기 짝이 없습죠. 실례지만 어딧 행차오니까?"

나기주가 두 대감의 함자를 일러주자 오위장은 화들짝 놀라면서 나기주를 재촉했다.

"갯바람 찬데, 어서 대감 어른을 모시고 저의 집으로 듭시다요. 누추하긴 해도 어한은 할 만합니다. 잠시 쉬고 계시면 제가 마필을 준비해놓지요. 교자가 없으면 어떻습니까. 걸음 좋은 제주 말이 있는데…… 이 고장에서는 교자 대신 늘 말을 타고 다니지요."

죄인을 말 태워 압송하는 법은 없지만, 물 밖에 나와서까지 구차하게 격식을 따지랴. 압송관 양주사는 쾌히 승낙해주었다.
 두 대감은 포구 어귀에 있는 오위장의 집에서 뜨뜻한 쌀미음으로 구토에 시달린 위를 달래고는 말에 올랐다. 김윤식은 문득 가마를 타겠다고 했더니 제주섬에 시집왔느냐고 빈정거리던 그 총각이 생각나서 쓴웃음이 나왔다. 이제 가마 대신 말을 탔으니 내가 제주섬에 장가온 셈인가.
 들물 때라 바닷물이 깊숙이 올라간 산지 내를 따라 얼마를 가니 성문이 나왔다. 문루(門樓)는 오래 돌보지 않아 단청이 퇴색되어 있고, 열여섯자 높이의 돌성은 잎 털려 앙상한 늙은 담쟁이덩굴이 촘촘하게 그물 치고 있었다.
 두 대감은 주성에 입성하는 대로 관덕정 근처에다 잠시 사처(私處)를 정하고 목사의 처분을 기다렸다. 유배 죄인은 본래 성 밖 출입만 못할 뿐 성내 아무 데나 임의로 거정(居停)을 정하여도 무방한 것이지만, 두 대감의 경우는 워낙 극률에 처하라는 상소가 많았던 옥사인지라, 또 무슨 곡경을 치를지 모를 일이었다. 아닌 게 아니라 양주사가 관문에 들어간 지 한 식경도 못되어 목사는 아전을 보내, 조칙이 지엄하여 민가에 거정을 정할 수 없으니 곧 감옥소로 들라고 명하였다.
 두 대감은 먼 여로에 시달려 쇠약해진 몸을 달랠 겨를도 없이 재촉하는 옥졸을 따라 그날로 감옥소에 들어갔다. 다행히 밥 지어주고 옥바라지할 하인 한명씩 데려 들어가는 것은 허락해주었다.

3

 북쪽 성벽 밑에 자리잡은 감옥소는 높다란 돌담 울타리로 에워져 있었다. 문 앞에서 나기주와 헤어져 안으로 들고 보니 명색이 주옥(州獄)이라고 하는 것이 크기가 삼간집에 지나지 않았다. 하기는 도둑이 없다는 고장인지라 감옥이 커봐야 별로 소용이 안될 터였다.
 옥사는 여러해 돌보지 않았던 모양으로 역병이 훑고 간 폐가처럼 을씨년스러웠다. 기왓골이 군데군데 주저앉아 말라 죽은 잡초가 무성하고 서까래 사이를 메운 흙은 죄다 떨어져 외로 엮은 잔나뭇가지들이 앙상하게 드러나 있었다. 띠풀로 이엉 덮은 차양도, 돌담 울타리에 얹힌 가시나무도 여러해 갈이를 하지 않아 풍우에 폭삭 삭아 있었다. 아마 평소에 죄수가 별반 없기로 저렇게 방치해 두고 있는 것이 틀림없었다.

털벙거지를 뒤꼭지에 잦혀 쓴 옥사장의 뒤를 따라 옥방으로 들어가니, 뭉떡뭉떡 박아놓은 목뢰기둥 너머로 죄수 다섯명이 바둑판에 몰려 있다가 일제히 문 쪽으로 고개를 돌렸다.

"이번 참에 서울서 대감 두분이 오셨소!"

하고 옥사장이 호기있게 소리치자 죄수들은 모두 화들짝 놀라면서 목뢰기둥께로 달려들었다. 목뢰기둥 틈으로 내다보는 다섯 얼굴을 대하자 김윤식은 깜짝 놀랐다. 같은 을미년 죄인으로 모두 아는 이들이었다. 승지 김경하, 왕태자 시종관 벼슬인 세마(洗馬) 정병조, 궁내부 참서(參書) 서주보, 위원(渭原) 군수 이범주, 그리고 낯은 설지만 채 서른도 못돼 보이는 저 젊은이가 아마 훈련대 소속 장교 이아무개이리라. 일년 전에 피죄되어 여기로 귀양 온 줄은 이미 소식 들어 알고 있었지만, 이들이 여태까지도 민가에 들지 못한 채 이렇게 옥중에 갇혀 있을 줄이야!

"아니, 운양 대감, 삼은 대감, 두분께서 이 어인 일이오니까?"

"대감 어른, 여기를 어디라 오셨소! 이리 어진 분들마저 내치니 참말로 세상 파장이로고."

죄수들은 목멘 소리로 이렇게 울부짖으면서 두 대감을 안으로 맞아들였다.

"묘당에 남아 있어 여러분을 위해 구명운동을 해야 할 우리마저 이 지경이 되었으니 참으로 면목이 없구료."

"자, 어서 듭시다요. 원행길에 얼마나 고생하셨소."

방바닥은 틈새가 벌어져 쿨렁쿨렁 노는 널마루였다. 벽 쪽에 때 묻은 요때기 다섯장을 잇대어 깔아 마룻바닥의 냉기를 막고 있었다. 두 대감이 요 위에 앉자, 적객들은 구유통같이 큼직하고 투박하게 생긴 돌화로에다 숯을 잔뜩 갖다넣었다.
 옥바라지할 하인들이 옥졸을 따라 부엌방으로 물러간 다음, 두 대감은 적객들에게 둘러싸여 한참 묵은 회포를 풀었다. 일년 가까이 손수 밥을 지어 먹으면서 옥살이를 해온 그들인지라, 두루미 같은 정갈한 때깔은 간데없고 꾀죄죄한 솜 누비옷이라든지, 머리를 가다듬지 않아 뒤범벅 상투가 된 몰골이라든지, 이골난 죄수티가 완연했다. 오십줄에 들어선 김승지, 서참서 외에는 모두 사십 이전의 혈기 방장한 젊은이들이었다. 서울 물정을 알고 싶어 노상 기갈 들어 있는 국사범들인지라 두 노인이 먼 여로에 피로한 줄 알면서 좀처럼 놓아주지 않았다.
 일곱명의 적객은 바싹 무릎을 맞대고 앉아 나직한 목소리로 쉴 새 없이 이야기를 주고받았다. 탄식하다가는 때로 분노하고 한숨 짓다가 문득 웃음을 터뜨렸다. 한시도 지체 말고 즉시 감옥에 들라는 목사의 엄포에 쫓겨 마음이 어수선해 있던 운양은 막상 감옥이란 데를 들고 보니 엄하기는커녕 허술하기 짝이 없는데다 뜻밖에 동병상련할 친지들까지 만나게 되었으니 마음이 여간 흐뭇한 게 아니었다. 돈이 제갈량이라고, 돈만 있으면 옥살이가 그리 큰 고역이 아닌 듯싶었다. 적객들은 거개가 가세가 넉넉한 한양 사대부들인지라, 씀씀이가 꽤나 헤펐다. 숯도 여러섬, 석유도 여러 초롱 사다놓고, 돌화로 두개에 노상 모닥불 같은 숯불을 이글이글 피우고, 밤새도록 석유 호롱을 끄지 않았다. 이 고장의 거친 조밥은 목이 메어 못 먹는 그들인지라 물 건너온 흰쌀밥에다 제법 비린 반찬을 입에 맞춰 먹을 뿐 아니라 이따금 술도 사 먹는 눈치였다.
 그런데 한가지 꺼림칙한 것은 이들이 일년 가까이나 옥살이를 하고 있다는 점이었다. 적객이 피수되는 경우는 한정된 배소 안에서 얌전히 근신하지 않고 배소를 무단히 이탈하거나, 적객 신분에 걸맞지 않은 행동을 보일 때이건만, 그들은 유배지에 도착하자마자 불문곡직 옥에 갇혀 일년 가까이 구류 살고 있으니, 이것은 어느 장정(章程)에도 없는 월권이었다. 이로 미루어보건대 운양 자신도 같은 죄를 지은 처지인지라 쉽사리 옥살이를 면할 것 같지가 않았다. 하지만 호강하려고 귀양 온 게 아닌 바에야 아무러면 어떠랴, 이렇게 뜻 맞는 벗들이 곁에 있는데. 장차 이 벗들과 어울려 고담준론을 벌이고 독서를 하고 시도 짓고 때때로 바둑을 둘 것이니, 암혈에 눈비 맞으며 일부러 고행을 사서 하는 거사도 있거늘, 이 어찌 고생이라 할 것이냐.

이승오가 불땀 좋게 벌겋게 이글거리는 숯불을 바라보며 걱정스럽게 물었다.

"이 엄동에 화롯불 두개로 어한이 되겠소?"

"글쎕니다. 워낙 한겨울에도 얼음 어는 법 없이 봄날같이 따순 고장이라 그럭저럭 지낼 만합니다만, 항시 오슬오슬 오한기가 가시지 않아요. 어디 쩔쩔 끓는 아랫목에 누워 등을 한번 지져봤으면 원이 없을 것 같습니다."

"그래도 저희들이야 아직 젊은 나이니까 별 탈 없지만, 연로하신 두분 대감께서 어떠하실지, 병환이 깃들지 않을까 저어되는군요."

"목사인지 눈 넷인지, 천벌을 받을 놈! 두분 대감의 옥체를 감히 이런 누추한 냉방에다 팽개치다니!"

이런 말을 듣던 운양이 짐짓 호탕하게 웃어 보이며 좌중을 둘러보았다.

"허허, 듣자 하니 우리 두 사람을 흡사 고려장 지내게 된 잔약한 늙은이쯤으로 치부하는 모양인데, 거 듣기에 매우 거북하오. 비록 근력이 예전 같지는 못하나 뜨거운 피가 펄펄 끓는 여러 젊은 동지들 틈에 끼여 자는데, 고뿔인들 걸릴 리 있겠소? 이 김윤식이 아직 늙어 이 빠진 호랑이가 아니오. 언제 다시 한번 대갈일성 벼락치듯 포효할 때가 분명히 올 것이오!"

운양의 서릿발같이 허연 턱수염이 노여움에 부르르 떨었다. 좌중은 숙연해져 잠시 말이 없었다. 이판서가 먼저 입을 열었다.

"이곳 목사의 학대가 자못 우심한 모양이구료. 일년 가까이 무단히 피수되어 있는 걸 보면."

제일 나이 어린 이부위(副尉)가 잔뜩 율기를 내어 씹어뱉듯 말했다.

"이병휘, 그 작자도 조정의 무뢰배들과 한통속이지요. 하기 좋은 말로 유독 우리만 옥살이시키는 것은 자기 뜻이 아니라 법부의 명령이라고 둘러댑니다만, 꼴에 을미년 죄인을 박해하여 조정 무뢰배들의 환심을 사보려는 속셈이 틀림없습니다."

이 말에 정세마가 거들고 나왔다. 그는 약관에 진사에 급제한 수재로, 시문에 특출날뿐더러 행서와 횡서에 다 같이 능하다고 장안에 정평이 난 젊은이였다.

"저 조정 무리들이 기껏 일본을 배척하고 용쓴다는 것이 아라사에 가 빌붙은 주제에 뭐 내세울 만한 명분이 있더이까? 국왕을 빼앗아 아라사 공사관으로 파천시킨 것이 무슨 자주이며 독립입니까? 순전히 권력 탈취 놀음일 뿐이지요. 명분 찾을 도리가 없으니까 결국 저 간사한 도배들이 백성의 배일사상에 교묘히 편승해서 을미 죄인을 징치한다 칭탁하고 반대파라면 멀쩡한 사람까지 역적으로 올가미 씌우는 판국 아닙니까. 여기에 귀양 와 있는 한참서, 김순화, 장감찰도 바로 그런 무고에 걸린 분들이지요. 몇 마디 시국 걱정하는 말을 한 것이 관에 염탐 들어가 국가 전복을 음모하였다는 백지 무근의 엄청난 죄를 뒤집어씌운 겁니다."

정세마의 목소리가 차차 격앙되자 이위원이 아연실색하면서 손을 내저어 말을 막았다.

"말소리를 좀 낮추게. 옥사장이가 듣고 또 고자질할지 모르니."

정세마가 입술을 모질게 깨물며 말을 받았다.

"들으려면 들으래지. 종신 유배에다 덤으로 옥살이까지 하는 막판 인생인데 뭐가 무서워 말 못하겠는가. 저들이 핍박하면 이에서 더하겠는가. 허기사 자네는 우리와는 달리 십년형이니까 조심되어서 하는 말이겠지만서도 저 무뢰배들의 세도가 십년까지는 못 갈 걸세."

언성이 자못 높아지자 김승지도 적이 불안했던지 중간에 끼어들었다.

"두분 대감께서 원로에 고단하실 텐데 이쯤 얘기 끝내고 편히 쉬게 해드립시다."

이 말에 연장자인 이판서가 맞장구쳤다.

"날이 많으니 시국담은 차차 두었다 하기로 하고…… 아직 저녁때가 일렀소? 어디 밥 짓는 솜씨나 좀 보여주구료. 뱃멀미로 구토를 여러번 했더니 쌍둥이 내지른 배 속처럼 허전하기 짝이 없구면."

이판서의 우스갯소리에 좌중은 웃음을 터뜨리며 자리에서 일어났다. 약간 궁지에 몰렸던 이위원이 그제야 투덜거렸다.

"내 말은 그런 뜻이 아니라, 공연히 긁어 부스럼 만들 건 없다는 거여. 두어달 전에도 부도한 말을 했다고 감옥 형방이 목사에게 발고하려는 걸 최군이 용케 눈치채서 도중에 무마했으니 망정이지……"

"최군이 누구요. 그도 적객인가요?" 하고 김윤식이 이위원을 건너보았다.

"최창순이라고 이 고장 토박이 청년입지요. 스물두엇밖에 안된 나이에 글이 좋고 영민하기로 읍내 소문난 수재랍니다. 본읍 구실 사는 젊은 주사나 아전들이 그와 친분이 두터워 우리가 도움을 많이 받습니다. 최군 외에도 제주 판관을 지낸 김응빈이란 이가 있어 우리를 음으로 양으로 도와줍지요. 아마 내일 당장 소식 듣고 두분 대감께 문안드리러 올 겝니다."

아닌 게 아니라 이튿날 목사가 엄중히 문금(門禁)을 내린 중에도 최생과 김판관이 찾아와 문안하였다.

사흘 후 압송관 양주사가 배를 타고 육지로 돌아가자, 자못 엄하게 굴던 문금이 유야무야되어서 종일 옥문이 개방되었다. 아마 목사는 법부대신 조병식의 눈치를 보랴, 우리 안에 갇힌 호랑이인 김윤식의 눈치를 보랴, 양단간에 이러지도 저러지도 못하고 어중간한 태도를 취하고 있음이 틀림없었다. 그래서 며칠 후부터는 문안객들이 안심하고 찾아오기 시작했다. 이틀에 한번꼴로 자주 드나드는 김판관, 최생 외에도 대정 현감을 끝으로 제주 삼읍 수령을 고루 지냈다는 송두옥 등 읍내 신사 대여섯명이 가끔 떡 채롱이나 달걀 꾸러미 같은 것을 하인에게 들리고 찾아와 한담을 나누곤 했다. 두 대감의 문객 나기주와 배윤경도 감옥소 바로 곁에다 함께 방 한 칸을 빌리고 아침부터 찾아와 옥방 안에서 하루 종일 같이 지내다 갔다. 감옥 밖의 적객들은 아무래도 죄인 신분이라 혹 목사에게 미운털 박힐까봐 근신하는지는 몰라도 두명만 다녀갔을 뿐 나머지 셋은 종내 얼굴도 비치지 않았다.

절해에 우뚝 솟은 한라산에 오고 가는 구름이 다 걸려드는지 제주의 겨울 하늘은 음울하게 구름 끼어 있는 날이 많았다. 흐린 날일수록 바람 끝이 아리도록 매워 옥문 자물쇠는 항시 열려 있었지만 마당 출입이 엄두가 나지 않았다. 이런 날에는 적객들은 옥방에 틀어박혀 숯불 좋은 돌화로 둘레에 모여 앉아 잡담을 하거나 바둑을 두었다.

따뜻한 남방 고장인지라 옥방은 돌화로 두개로 능히 한기를 물리칠 만했다. 그러나 이 따뜻한 남방 겨울은 이 옥방에서 적객들만 견디기가 수월한 게 아니라 벌레들이 월동하기에도 안성맞춤이어서 한겨울에 벽 틈에서 귀뚜라미들이 청승맞게 울고, 지네·그리마·노래기 따위 징그러운 벌레들이 사방에 뻘뻘 기어다녔다. 그중 소름끼치게 징그러운 것이 뼘 넘게 긴 청지네들인데 이걸 버선짝으로 덮쳐 잡으려면 손이 사뭇 덜덜 떨렸다.

어쩌다 날 갠 날이면 적객들은 마당가에 나가 북쪽 돌담 앞에 옹기중기 모여 앉아 볕바라기를 했다. 돌담이 높다란데다 주성 북쪽 성벽이 잇대어 솟아 있는지라, 매서운 바닷바람이 좀처럼 침노하지 못하는 포근한 마당이었다. 한겨울인데도 마당가에 파릇파릇 돋아 있는 풀포기가 신기했다. 그러나 높은 돌담과 성벽 때문에 그들이 건너온 제주 바다 물마루를 볼 수 없는 것이 못내 섭섭하였다. 하기는 물마루 건너 오락가락하는 배를 보노라면 자연히 고향 생각에 마음이 산란해질 터이니 차라리 안 보이는 게 속 편한 일인지도 몰랐다.

오직 보이는 것은 하늘과 구름과 한라산뿐이었다. 산 밑까지 걸어서 이십리, 상상봉까지는 칠십리가 좋이 걸린다는 한라산은 눈이 허옇게 덮인 우람한 자태를 보이고 있어서 한겨울에도 비가 추적추적 내리고, 어쩌다 눈이 와도 금방 녹아버리는 이곳 해변 속세와는 달리 함부로 범접 못할 신령스러운 비경처럼 여겨졌다. 그러나 산세는 조금도 험준하지 않고 완만하고 너그러웠다. 동서로 끝간 데 없이 밋밋하게 뻗어내린 산맥 밑으로 마소를 방목하는 목장이 질펀하게 펼쳐져 내려오는데, 양순한 암소가 엎드린 듯, 경주 고분이 솟아오른 듯 평퍼짐한 야산들이 띄엄띄엄 평지에 솟아 있었다. 이어진 산맥도 없이 평지에 불룩 솟아오른 이 야산들을 섬사람은 '산'이라 하지 않고 '오름'이라는 부드러운 말로 부른다는데 이 얌전하게 생긴 야산에는 퍽 어울리는 호칭인 듯싶었다. 산세를 좇아 사람이 난다고 했으니 이 섬 백성들이 다른 변경 지방과 달리 풍속이 순박하다고 일컬어지는 것도 이러한 산세 때문인 듯싶었다.

이렇게 낮 동안은 별로 지루한 줄 모르고 지내다가도 밤만 되면 으레 의기소침해지는 적객들이었다. 특히 신참 죄수인 늙은 두 대감이 더 심했다.

그렇지 않아도 수심에 겨워 걸핏하면 밤잠 설치기 일쑤인 이 적객들에게 바람 부는 밤은 더더욱 괴로웠다. 이 섬은 풍신(風神)의 고장답게 대풍이 몰아치는 날이 많았다. 파도가 크게 일어 해변을 때리는 굉음이 방 안에 가득 차 울리는 밤이면 으레 망상에 시달려야 했다. 지붕 위를 횡횡 지나가는 바람 소리를 듣노라면 다리 긴 두억시니 귀신이 지붕 위를 횡횡 넘나드는 것 같고 돌담 틈새로 쐑쐑 세차게 빠져나가는 바람 소리는 원귀의 휘파람 소리 같고 쉴 참 없이 덜컹거리는 널문은 마당에서 날뛰는 옥귀신들이 잡아 흔드는 것만 같았다. 형장 맞아 죽은 귀신, 태장 맞아 죽은 귀신, 주리 틀려 죽은 귀신…… 머리는 상투 풀려 산발하고 얼굴에는 핏자국이 얼룩지고…… 게다가 이 감옥 끝방에 든 토인 죄수 세명 중에도 머지 않아 옥중고혼이 될 중환자가 앓고 있었다.

바람 잔 날에도 잠 설치기는 마찬가지였다. 바람기라곤 이따금 마른풀이 흔들려 스적거리는 소리뿐, 사위가 죽은 듯 고요한데, 해변 자갈밭 위를 부드럽게 구르는 잔파도 소리가 바로 귀 밑에서 들리는 듯하는 밤. 철썩 쏴아, 철썩 쏴아. 밤이 이슥해질수록 잇달아 밀려오는 잔파도들은 번듯이 드러누운 적객의 가슴 복판 위에서 처연히 허물어지는 것이었다. 끝방에서 환자의 나직한 신음 소리가 들려오는 것도 이때였다. 감옥은 세 칸 방으로 되어 있는데, 그 방과 적객 방 사이에 노상 비어 있는 방이 하나 끼여 있어 그 신음 소리는 낮에나 바람 부는 밤에는 좀처럼 들리지 않았다. 땅속 깊은 데서 들려오는 듯 낮고 억눌린 신음 소리, 끊일 듯 말 듯 달막달막 숨 가쁘게 이어가는 그 소리를 듣노라면 도무지 심란하여 눈을 붙일 수가 없었다. 일년 동안이나 이 옥방에 지내온 젊은 적객들마저 바람이 광란하는 밤은 곧잘 참아내도 바람 잔 날 밤의 잔파도 소리와 낮은 신음 소리에는 오히려 잠 못 이뤄 뒤척거리곤 했다.

끝방에 든 죄수 세명은 이년 전 난민 수백명이 경무청에 돌입한 사건 때 피수된 자들이라고 했다. 그 무렵은 을미사변과 단발령에 분개하여 봉기한 의병란이 삼남 지방에 창궐하고 있을 때인지라, 이곳 민심도 사뭇 흉흉해 있었다. 몇달 전 상투 자른 목사가 새로 도임한 이래 단발머리가 아니면 소장을 못 올리고, 성문 출입도 자유롭지 못하던 터였다.

소요의 발단인즉, 소에 장작바리를 싣고 읍내 저자에 팔러 온 오등리 한 청년이 주막에서 점심 요기로 탁배기를 들면서 "상투 없는 왜대가리 왜목사가 어찌 조선 백성을 다스릴 수 있느냐" 하는 투로 몇 마디 부도한 말을 한 모양인데 그것이 염탐 들어가 경무청에 끌려가서 호되게 치도곤을 맞고 피수된 데서 시작되었다. 이 나무장수가 옥에 갇히자, 이튿날 오등리 사람 십여명이 작반하여 성내에 들어와 죄인을 풀어달라고 애소하였는데, 경무청에서는 이 하소연을 들어주기는커녕, 육혈포를 찬 순검을 풀어 그중 힘꼴이나 쓰는 장정 두엇을 잡아다가 모둠매를 치고 내쫓고 말았다. 이에 흥분한 마을 사람들은 다른 마을에 통문을 띄워 난민 수백을 모아가지고 경무청에 돌입하여 문부를 찢고 사무집기를 부수고 내친김에 동헌에 몰려가 "국모를 시해한 왜놈의 괴뢰"라고 성토하여 "왜놈의 속창자를 가진 왜목사는 하루바삐 물 건너 돌아가라"라고 핍박하더니 마침내는 그보다 댓해 전에 있었던 민란에 장두(狀頭)로 나섰다가 난민을 배신하고 목사에게 붙은 김지라는 자를 죽여 분을 풀었다.

이 소요는 결국 대정 군수 채구석이 자기 고을 산포수 수십명을 이끌고 입성하여 장두 네명을 가랑이 찢어 죽이고 그 시체를 저잣거리에 널어놓아서야 겨우 가라앉았다. 이 소요로 인하여 속수무책으로 동헌에 박혀 있기만 했던 목사는 인꼭지를 몇달 쥐어보지 못한 채 파직당하고 말았지만, 논공행상을 받은 채군수는, 약을 쓰지 않고는 일년 해먹기도 어려운 고을 수령직을 지금까지 내리 삼 년째 놓지 않고 있다는 것이었다.

대충 이런 사연이 한밤중 끝방에서 신음 소리가 들려오는 연유였다. 을미사변으로 죄를 입은 적객들에게는 듣기에 적잖이 거북한 이야기였다. 을미역적을 무찔러 설욕하고 말겠다는 의병들의 아우성에 한때 퍽 주눅이 들었던 그들인지라, 천리 물 밖 이 제주 섬까지 비슷한 난리를 치렀다니 결코 듣기에 상쾌한 얘기일 리가 없었다. 왕명으로 도임한 지방 방백, 수령을 욕보이고 심지어는 살해하기까지 한 자들을 난민이나 적당(賊黨)이라고 부르지 않고 의병이라 통칭함을 평소에 퍽 언짢게 여기는 그들이었다. 도대체 섬 백성들이 천리만리 물 막힌 섬 중에 산다고 누가 조선 백성이 아니라고 할까봐 육지의 의병 흉내를 냈더란 말인가. 눈만 뜨면 척박한 돌짝밭에 혀를 박고 끼니를 찾느라 여념 없는 농투성이 주제에, 가혹한 징세에 살 가망이 전혀 없어 소요를 일으켰다면 혹 모를까, '국모 시해'니 '왜놈의 괴뢰'니 제법 의리를 따지고 명분을 내세워 난동을 부린 게 도무지 가당찮게 여겨졌다.

하여간 옥살이에 익숙하지 못한 두 대감은 처음 사나흘 동안은 밤에 잠자리에 드는 게 두려워 낮·밤을 바꿔 잘 지경이었다. 며칠 밤을 바둑으로 지새우고 보니 워낙 나이가 나이인지라 당장 몸이 표나게 수척해졌다. 그래서 문안객들이 더러 들고 오는 이 지방 토주를 맛보기 시작했는데 취침 전의 서너 잔 술은 잠을 청하는 데 더없이 좋은 약이었다.

그럭저럭 보름을 넘겨 옥살이가 몸에 익어 견딜 만하니까 대정

군수 채구석이가 문안 왔다. 이 고장 사람인 채군수는 이년 전의 민란을 진압한 장본인답게 장골로 생긴 몸집에 목소리가 우렁우렁한 것이 꽤 담력이 있어 보였다. 그가 두 노인이 보석으로 나오도록 주선해보겠노라고 다짐 두고 가더니 아닌 게 아니라 며칠 후 제주 군수 김희주가 몸소 찾아왔다. 그도 역시 채군수와 마찬가지로 무과 출신으로 이 고장 사람이었다. 경래관인 목사를 제외한 제주, 정의, 대정 삼읍(三邑) 수령은 이 고장 출신 과거 급제자 중에서 발탁하는 게 상례였다.

김군수의 말인즉, 목사는 아직껏 고집을 세우고 있지만, 제주 성내의 적객을 다스리는 것은 본래 제주 군수의 소관이므로, 자기 직권으로 보석해주겠다는 것이었다. 목사가 무슨 꼬투리 잡힌 허물이 있는지는 몰라도 김군수는 제 상관을 퍽 얕잡아보는 기색이 역력했다. 그러나 목사의 허락 없는 보석은 언제 무슨 사달을 일으킬지 알 수 없는 일이었다. 혹시 불우한 처지에 빠진 거물 정객을 적시(適時)에 도와주어 생색내보려는 조급한 마음에서 무리를 저지르는 건 아닌지? 이런 생각에 운양은 일단 그 호의를 거절해보기로 했다. 한번밖에 없는 기회라면 몰라도 이쪽의 환심을 사보려고 안달 난 김군수인지라 머지않아 다시 찾아올 게 분명했다. 그리고 이왕 거절할 바에야 명분도 뚜렷하게 다른 적객들의 처지도 짚고 넘어가야 하겠다는 생각이 들었다.

"우리 두 늙은이를 염려해주는 마음은 고맙기 이를 데 없소만, 저이들을 옥중에 남기고 나가는 게 영 마음에 꺼림칙하구료. 같은 죄인인데, 누구는 일년 가까이 옥살이를 해도 보석될 가망이 없으니 어찌 우리 두 늙은이의 마음이 편켔소?"

운양은 이렇게 말하면서도 적당히 엄살 섞기를 잊지 않았다.

"물론 이 엄동에 늙은 몸이 옥중에 들었으니 기운이 여전할 리가 있겠소? 삼은 대감께서는 해수병으로 밤을 뜬눈으로 밝히기 예사요, 나는 나대로 이 냉방에 든 이래 복랭(腹冷)으로 체증이 가라앉아본 적이 없는 형편이오."

"바로 제 말이 그겁니다. 젊은 사람도 한겨울에 옥에 들면 생병 나기 쉬운데 연로하신 두분께서야 여북하시겠습니까. 그래서 병보석을 해드리자는 것이지요. 병보석은 장전(章典)에 명문화되어 있는데, 그게 무슨 불법이라고 목사의 눈치를 봅니까?"

"그래도 그렇지요. 일은 순리대로 해야 뒷말썽이 없지 않겠소? 좀 과분한 청인지는 몰라도 이왕 우리를 위해 애쓰는 바에 목사또 그 양반을 좀더 설득해보는 게 어떻겠소?"

김군수가 힘닿는 데까지 애써보겠노라고 다짐하고 간 그 이튿날부터 바깥 물정이 흉흉하다는 소문이 들려왔다.

삼읍에 은밀히 통문이 돌고 성문과 성벽에 목사의 탐학(貪虐)을 성토하는 익명의 괘서가 나붙어 민심이 크게 동요되었다. 화전민촌이 많은 대정 고을이 그중 심했다. 통문을 삼읍에 돌린 것도 대정의 화전민들이라고 했다. 몇달 전부터 화전세·장전세(場田稅)·호포세(戶布稅)를 정수보다 훨씬 넘게 남징하고 새 법에 따라 백성이 주관하게 된 사환곡(社還穀)을 목사가 제 마음대로 농단한다고 백성들의 원성이 자자하더니 기어코 일이 벌어질 모양이었다. 화전은 한라산 기슭 가시덤불 우거진 땅을 개간한 것이고, 장전은 그 밑에 펼쳐진 넓은 목장 구석구석에 새 뿌리, 억새 뿌리를 일궈 만든 밭인데, 중산간 마을에 이런 밭을 안 가진 집이 드물었다.

머지않아 삼읍 민인이 주성의 관덕정 마당에 모여들어 동헌에 소장을 올린다는 소문에 목사는 주야로 좌불안석이었다. 삼읍 군수들에게 신칙하여 백성들이 입성(入城) 못하게 엄중히 단속하게 하고 방리(坊里)마다 효유문을 게시하도록 하는 등, 백방으로 엄금했으나 일단 들끓기 시작한 민심은 좀처럼 가라앉을 기세가 아니었다.
　표적은 경래관인 목사일 뿐, 이 고장 출신 삼읍 군수들을 성토하는 소리는 없었다. 어째서 이들에게는 원성이 없었을까?
　이도(吏道)가 사뭇 문란한 세상이라 가난한 선비가 수령 되면 부자 되기 여반장이요, 부자 되면 수령 되기 또한 식은 죽 먹기였다. 그 어느 쪽도 백성들에게는 달갑지 않은 관장이지만, 그래도 후자가 견디기는 수월한 편이었다. 가난한 선비가 어쩌다 요행수로 수령을 따내면, 누대에 걸쳐 먹고살 재산을 일으킬 호기(好機)로 여겨 갖은 토색질로 민재(民財)를 늑탈하는 반면(이병휘가 바로 그짝이었는데), 비록 학문은 없더라도 부자가 수령이 되면 가세가 워낙 넉넉한지라 재산을 긁어모으려고 혈안이 되지는 않는 법이었다. 특히 이 섬고장 출신 역대 수령들은 부잣집 자제가 많지만 이들은 평소에 독서를 게을리하지 않아 제법 문자속도 헤아릴 줄 알았다. 본래 척박하기가 조선 천지에 둘도 없는 땅이라, 부잣집 자제가 아니면 글 읽을 겨를도 없거니와 멀리 물 밖의 변방이라 하대하여 벼슬길이 막혀 있는 형편에 수륙 이천리를 멀다 않고 상경하여 북촌의 공경대부 집 사랑을 드나드는 것도 이들 부잣집 자제가 아니면 도무지 엄두가 안 나는 일이었다. 이들은 육지의 어느 궁벽한 고을 원 노릇도 더러 하지만 대개는 제주 삼읍 수령으로 발탁되기 예사였다. 아무튼 제주 출신이 고을 원을 하는 것은 섬 백성에게 퍽 소망스러운 일이 아닐 수 없었다. 이병휘같이 일년 과객(過客)이나 다름없는 육지인이라면 맘 놓고 토색질하다 떠나버리면 그만이지만, 섬 출신 수령은 벼슬이 갈려도 이 고장에 붙박여 살아갈 신세인데 입 큰 대로 욕심을 채웠다간 두고두고 백성의 원성을 듣게 마련이었다. 물론 예전엔 이들도 목사에 못지않게 가렴주구가 심했다. 그러던 것이 오십년 전부터 제주섬을 이백년간 묶어놓았던 출륙금지령이 풀리자 백성들이 상경하여 수령의 탐학을 고변하는 사례가 발생하고, 두 차례 민란이 일어나 혼찌검을 당한 뒤로는 제법 분수를 차릴 줄 알게 된 것이다. 가세는 넉넉하겠다, 그저 권세 하나 누리는 것으로 만족했다. 이미 있는 부(富)에다 관장 벼슬을 따 귀(貴)를 얻어 부귀해졌으니 그 위에 더 무엇을 바라랴.

음력 1월 18일, 마침내 대정 화전민 수백명이 주성에 입성하여 소장을 올렸다. 장두(狀頭)는 방성칠이라는 팔십 난 노인이었다. 삼읍 민인이 다 몰려올 줄로만 알고 전전긍긍하던 목사는 제주·정의 두 고을에서 호응하지 않은 것에 적이 기세가 올랐던지 순검을 풀어 장두를 비롯한 수십명을 포박하고 나머지 회민들은 공포를 놓아 해산시킬 궁리를 틀었다.

그러나 두 고을에서 호응하지 않은 것은 목사가 생각하듯이 백성들이 겁먹어 그런 것도 아니고, 각 마을 동소임(洞所任)들이 백성들의 발을 묶어놓아서 그런 것도 아니었다. 다만 대정 화전민들이 일을 너무 크게 벌이다간 십중팔구 민란이 될 공산이 크므로 예정을 바꾸어 저희들끼리만 등소(等訴)하게 된 것이었다.

같은 섬 백성인 관속들은 이런 물정을 잘 알고 있는지라, 완력으로 탄압하려는 목사를 극구 만류했다. 비록 수효는 수백명밖에 안 되지만 거개가 혈기 방장한 젊은이들인데다 머리에 털벌립(소털 패랭이)을 쓰거나 흰 수건으로 머리를 질끈 동여맨 품이 도무지 호락호락 넘어갈 거조가 아니었다.

게다가 앞에 나와서 정중히 예를 갖추고 소장을 올리는 방노인의 풍모는 괴이하기 짝이 없었다. 소문대로 그는 팔십 난 노인인데도 백발만 성성할 뿐 늙은 태가 전혀 없고 육척이 훨씬 넘는 큰 키에 기골이 장대하였다. 그러한 풍모에다 담력이 뛰어나고 이십년 동안 계룡산에서 산제(山祭)를 지내며 도를 닦고 술법을 익혔다 하니 대정 화전민 사이에 이인(異人)으로 불리는 것도 무리가 아닌 듯하였다.

목사는 몸소 화전민이 회동한 관덕정 마당으로 나아가 그들의 애소(哀訴)를 일일이 듣는 시늉을 하면서, 세를 남징한 것은 자기는 모르는 일이지만, 아마도 관속들이 더러 밑에서 농간 부린 듯하니 당장 문부를 열람하여 과봉(過捧)한 액수가 있으면 모두 돌려주고 사환곡을 관에서 조종하는 폐단도 일체 혁파할 터이니 아무 의심 품지 말고 돌아가 생업에 힘쓰라 하고 자애로운 말로 타이르니 화전민들은 감격하여 눈물까지 뿌리며 돌아갔다.

그러나 이는 당장만 모면하려는 호도책일 뿐이었다. 영문(營門) 관속들이 목사또의 음흉한 속내를 모를 리 없었다. 횡령한 돈을 호락호락 게워낼 위인도 아니지만, 설사 그러고 싶어도 매달 선편이 있을 적마다 등짐으로 한 짐씩 되는 돈 꾸러미를 몰래 육지로 부쳐버렸으니 남은 돈이 있겠는가.

특히 목사의 하수인으로 세 징수를 맡았던 색리(色吏)들은 원성이 말이 아니었다. 목사또가 시키는 대로 했을 뿐인데 백성 앞에서 엉뚱하게 자기네들에게 허물을 돌리는 소리를 했다고 동헌에 몰려가 대성통곡하며 소란을 피웠다. 목사또야 한달 안에 서울로 갈려 가면 그만이지만 억울하게 죄를 뒤집어쓴 자기네는 어찌 목숨을 부지하고 사느냐, 백성들 손에 언제 맞아 죽어도 죽는다는 것이었다. 이 색리들 중에는 백성 앞에 자신의 결백을 발명하려는 듯이 아예 아전질을 걷어치우고 관문을 떠나는 자도 생기기 시작했다.

하여튼 이런 와중이었으니 옥에 있는 두 대감의 병보석 문제가 거론될 리 만무였다. 김군수가 다시 찾아온 것은 스무날이 훨씬 지난 후였다. 그렇게 고집 피우던 목사도 대정 백성의 등소를 겪고 풀이 죽었던지 두 대감뿐 아니라 다른 적객 다섯명도 일시에 보석해주었다. 젊은 적객들은 운양 대감 덕분에 일년 만에 바깥세상 구경하게 됐다고 고마워 어쩔 줄을 몰라했다.

"죽은 관운장이 조조 열은 당해낸다더니 운양 대감께서는 옥중에 갇혔어도 위광이 대단하십니다."

이 말에 운양은 짐짓 너털웃음을 터뜨리며 젊은 적객들의 어깨를 두드렸다.

"이것이 우리가 아직 퍼렇게 살아 있다는 증좌요. 한치 앞도 못 내다보는 이 오리무중 같은 시국에 충신과 역신이 뒤바뀌기가 여반장이란 걸 왜 이곳 벼슬아치들이 모르겠소? 얼른 귀양이 안 풀린다고 너무 조급하게 생각한 나머지 실망에 빠지지 말고 위수강에 낚시를 드리우고 세월 낚는 강태공의 심정으로다 느긋하게 기다립시다. 일찍이 이곳에 귀양 오셨던 충암 선생께서, 오고 싶어도 못 오고 오기 싫어도 와야 하는 곳이 제주섬이라 하셨으니, 이 얼마나 우리 같은 적객의 의표를 찌르는 달관이던가요. 우리가 이번 일이 아니더면 어느 세월에 이 멀고 먼 변방에 와서 저 한라 영산을 구경인들 하겠소. 적객 생활은 모름지기 무병한 것이 제일이라, 강호에 병들면 나라님이 부르셔도 나아가지 못하니 모쪼록 서로서로 몸 조신이나 잘합시다.”

사십일 만에 출옥하는 날, 여러 문안객이 몰려와 출영하는 가운데 김판관과 송대정이 나서서 제각기 제집으로 가자고 졸랐다. 둘 다 이 고장 일등 갑부이긴 마찬가지였지만, 한밤중 파도 소리에 한숨깨나 쏟았던 운양인지라 바다가 가까운 송대정 집은 마음이 썩 내키지 않아 김판관 집을 택했다. 남문 근처 생깃골에 터를 넓게 잡고 들어앉은 김판관네 집은 과연 듣던 대로 규모가 컸다. 재목 좋고 추녀 높은 기와집 세채가 디귿자 모양으로 추녀귀를 맞대고 있는데 널따란 마당의 반을 차지한 화원이 꽤 볼만하였다.

송악넌출이 휘감긴 망부석 크기만 한 괴석들이 여기저기 심긴 사이사이에 해묵은 용설란·파초·문주란·소철 따위들이 휜칠휜칠한 잎사귀를 모양 좋게 뻗어 있고 선혈같이 붉은 동백꽃이 무더기로 피어 있었다. 아무리 남방 고장이라 하지만, 겨우 엊그제 입춘을 지낸 절기에 청청한 푸른 잎과 화사하게 붉은 꽃을 보는 게 여간 신기한 게 아니었다. 어쨌든 화원을 꾸민 솜씨로 보아 주인 김판관은 비록 무변(武弁)으로 발신한 위인이긴 하지만 꽤 아취를 알고 풍류속이 있어 보였다.

두 대감은 안채로 모시겠다고 부득부득 우기는 주인의 호의를 굳이 사양하고 바깥채에 들었다. 두 대감이 함께 안방을 쓰고, 나인 영과 배윤경은 마루 건넌방, 그리고 가노들은 문간방을 차지했다.

같이 출옥한 적객 중에 각별히 운양을 따르는 서참서와 정세마는 담장 하나 격한 바로 뒷집에 같이 방 한 칸 빌려 가까이 왔다. 그날로 이 앞뒷집 적객들은 서로 한집처럼 자유로이 왕래할 요량으로 돌담 한 귀퉁이를 헐어뜨렸다. 명색이 병보석으로 나온 몸인지라 당분간 대문 출입을 안하는 게 좋을 듯싶어서였다.
 그러나 그것은 곧 쓸데없는 짓이 되고 말았다. 대문 출입을 삼간 지 불과 열흘 만에 대문 밖을 나서지 않으면 안될 일이 생기고 말았으니, 그것도 대문 밖만 나간 게 아니라 관가로부터 아무런 말미도 받음 없이 성문을 벗어나 멀리 배소(配所)를 떠나야 했던 것이었다.

 며칠 전부터 불기 시작한 높하늬바람은 적객들이 출옥한 이튿날인 이월 초하루가 되자 강풍이 되어 몰아붙였다. 이날은 바다 건너면 강남 천자국에서 일년에 한번 풍신(風神) 영등하르방이 제주섬 산천 구경 오는 날이었다. 긴 삼동을 물리고 처처에 동백꽃이 활짝 피고 복사꽃 망울지고 산빛도 물빛도 고와지는 때였다. 큰바람을 몰고 오는 이 영등하르방은 보름 동안 육방 관속을 거느리고 제주섬을 한바퀴 순력하는데 이르는 곳마다 영등제를 받아 잡수며 백성의 여쭙는 발괄을 귀 기울여 듣고, 세경 넓은 들에는 오곡 씨를, 세경 넓은 바다에는 미역·소라·전복 씨를 담뿍담뿍 뿌려주었다. 이 무렵이면 연일 큰바람이 불어치는데, 어쩌다 바람 잔 날에도 영등하르방이 떠나기 전에는 감히 먼저 고깃배를 못 놓는 법이었다. 고깃배를 띄우기는커녕 갯가에 나가 소라·고둥 잡는 것도 금기로 여겼다. 이때 갯바닥에 지천으로 많은 소라·고둥은 영등하르방의 몫이었다. 워낙 가난한 섬 백성이라 보잘것없는 굿떡으로 손님맞이하기가 민망스러워 소라·고둥이나 배불리 잡숫고 가라고 청하는 것이었다. 영등하르방이 한바탕 훑고 간 갯바닥은 으레 속이 빈 소라·고둥이 많은데, 그것은 이 식성 좋은 손님이 까먹고 간 때문이라 했다. 이때 이런 것 말고도 또 금기로 삼는 것이 있으니 밭에 거름을 하거나 지붕 이엉을 새로 갈거나 하면 그해 흉년 들고 빨래만 해도 된장에 구더기가 슬었다. 비록 영등제를 주장하는 것은 아낙네들이지만, 이때를 당하면 남정네들도 갯일이나 들일을 하지 않았다. 꼭 금기를 지켜서가 아니라, 영등바람이 드세게 불면 북덕방에 들어앉아 새끼 꼬거나 짚신 삼는 일밖에 할 수 없었다. 바람 끝이 살을 에는 듯 시릴 뿐 아니라, 배를 놓았다가는 풍파를 만나기 일쑤요, 갯가에 소라·고둥을 잡으러 가도 아직 절기가 일러 속 알맹이가 여물지 않고, 지붕 이엉을 이어도, 밭에 재거름을 해도 바람에 날려 일하기가 어려웠다.

　마을마다 아낙네들은 본향당에서 영등맞이 당굿을 벌였다. 해촌 아낙네들은 바람 센 갯가에서, 중산촌 아낙네들은 늙은 팽나무 신목 아래 모여 제각기 가져온 돌래떡 한 접시, 메 한 그릇, 사과 두 개, 어포 하나, 술 한 잔을 개다리소반에 올려 나란히 늘어놓고 심방(무당)을 불러다 축원을 올렸다.

　"영등하르바님, 영등할마님, 영등좌수, 영등별감님네, 제주 산 구경 물 구경 꽃 구경 오시는디, 불쌍한 우리 마을 백성들 소찬 차려 축원 올립네다. 영등하르바님, 어진 우리 하르바님, 밥이 없고 옷이 없는 마을 백성 부디 좋게 도와줍서. 우마 번성 오곡 풍성 미역 풍성 시켜줍서. 미역 씨 주고 갑서. 소라·전복 씨 주고 갑서. 산디 씨 주고 갑서. 좁씨도 주고 갑서. 모진 병, 관재구설(官災口舌) 모략도 막아줍서. 영문 차사(差使), 범 같은 나졸 군졸일랑 저 문밖으로 훨쭉 퇴송시켜줍서. 하르바님 아니며는 누게가 불쌍헌 우리 마을 백성 눈에 든 가시를 내어주며, 누게가 등창에 고름을 내어줍네까. 부디 좋게 도와줍서."

이렇게 북소리, 징 소리, 장고 소리가 요란하게 어우러진 가운데 아낙네들은 한참 신들린 듯 덩실덩실 춤을 추다가 심방이 '씨 들입서' 하는 소리에 일제히 물가로 내달려가 머리 풀고 곤두박질치는 파도에 아랫도리를 적시며 바다에 좁씨를 뿌리며 큰 소리로 외치는 것이었다.

"좁씨 들염수다(뿌립니다). 미역 씨 들염수다. 소라·전복 씨 들염수다. 많이 열게 해줍서. 우리 마을 백성 잘살게 하여줍서."

영등바람은 날로 점점 기운차게 불어제쳤다. 해변의 돌담 두른 굿터에는 바람에 날린 파도 비말이 비 오듯 내리고 중산촌 굿터에는 서른평 넘는 늙은 팽나무 가지들이 세찬 바람을 받아 쏴아쏴아 파도 부서지는 소리를 냈다. 바람에 휘청거리는 장대에는 오색 깃발이 찢어져라고 펄럭거리고 해변 굿터에는 흰 갈매기 떼, 중산촌 굿터에는 검은 까마귀 떼가 쌩쌩 바람을 타며 제상의 음식을 탐내 시끄럽게 우짖었다.

목사또가 초과 징세분을 민가에 돌려주겠다고 약조한 지 이제 열흘이 지났다. 목사또 임기가 며칠 남지 않았으니, 단단히 꾸미지 않았다간 자칫 닭 쫓던 개 꼴이 될 판인지라, 대정 화전민들은 곧 영문에 통첩을 보내 삼일 내로 약조를 지키지 않으면 삼읍 민인을 모아 관정돌입(官庭突入)도 불사하겠다고 다그쳤다. 이에 이병휘는 장군에 멍군 하는 격으로 민간에 반환하려면 절차가 번다하니 금년치 호포세로 대납(代納)시켜놓겠다고 둘러댔다. 그러나 이런 얄팍한 사술(詐術)을 곧이곧대로 신용할 사람은 아무도 없었다. 화전민들은 당장 다시 통첩을 띄워, 닷새 말미를 줄 테니 그간에 호포세 대납 업무를 끝내고 장부를 보여달라고 요구했다.

궁지에 몰린 이병휘는 최후 수단으로 제주 군수 김희주를 충동질하여 그의 향리인 조천 마을에 장정 육십명을 은밀히 모아놓고 야밤에 화전촌인 광청리(光淸里)를 덮쳐 방성칠 등을 사로잡을 궁리를 틀었다. 그러나 이 음모는 곧 화전민들에게 염탐 들어가고 말았다.

아직도 곳곳에 영등굿이 한창인데 풍편인 듯 대정 화전민들이 삼읍에 통문을 돌린다는 소문이 들려오더니 이틀이 못되어 각 마을 동소임 집에 그 통문이 도달했다. 2월 6일, 삼읍 민인은 매호당 장정 한명씩 내어 마을별로 성군작당(成群作黨), 주성으로 회동하라는 것이었다. 이에 민심이 흉흉하게 들끓어올랐다.

"목사인지 개아들놈인지 천하에 쥑일 놈이여! 백성을 속여도 유분수지, 약조를 지킬 생각은커녕 도리어 뒤에서 칼을 갈아? 에따! 잘됐져! 이참에 한번 죽을 똥 싸봐라!"

"그놈이 이젠 흉계가 탄로나니까, 버썩 겁이 나서 육지로 튈 궁리를 허는 모냥이라. 행장을 꾸려놓고 몰래 포구에다 배를 물색헌다는 거여. 집세(執稅) 색리들도 발쎄 자취를 감춰버린 놈이 많다는구먼. 이병휘가 종내 먹은 돈을 게워놓지 않고 도망갈 눈치니까 이거 큰일이다 싶어 숨어버린 거라. 이병휘가 홀연 육지로 튀는 날이면 자기들만 죄를 뒤집어쓰고 죽을 판인디, 그 밤쥐같이 약은 것들이 그냥 앉아서 화를 당허겄는가.”

"즈이들이 감히 튀면 어디로 튄다는 거여? 발쎄 포구마다 통문(通文)이 떨어져 일절 배를 못 띄우게 단속하는디!”

"허지만, 이병휘 놈이 관령이라고 윽박질러서 배를 빼앗으면 그만 아닌가?”

"아니여. 설사 저놈들이 배를 구한다고 해도 발 묶이긴 마찬가지라. 때마침 연일 강풍이 몰아쳐 저렇게 바다가 탁 뒤집어졌는디 가긴 어딜 가!”

"참말로 올해 영등바람이 일찌거니 터진 것도 한라산 산신님의 조화여! 산신님이 노하시어 영등하르방을 미리 부른 거라. 옛날 고려 적에도 몽고 놈들이 관음사 큰 구리부처를 빼앗아 배에 싣고 떠나자 백성들이 포구에 모여설랑 징 치며 하소연허니 한라산 산신님이 홀연 매로 둔갑하여 몽고 배를 쏜살같이 쫓아가 일진광풍으로 가라앉혔다지 않은가!”

"괘씸하고 토썸한 놈들, 즈이들이 도망가면 어딜 가! 이번 참엔 난리 나도 대난리가 될 거여. 매호당 장정 한명씩 몽둥이 들고 나오라고 했으니, 필시 여러 놈 죽을 거여!”

"하지만 목사 놈을 어찌하진 못할걸. 그저 아전붙이 한두명 물고 낼 뿐이쥬. 관장(官長)은 백성의 어버이라고 했으니, 감히 이병휘 그놈의 상투 끝인들 잡아당겨보기나 하겠어? 에이! 일산 쓴 큰 도둑은 놔두고설랑 그 밑에서 잔전 부스러기나 챙긴 아전 놈들이나 잡아 태질치면 뭘 해여?”

"아매도 이번엔 그리 시시부지 끝나지 않을걸.”

"그렇지만, 원통헌 일이 있으면 거듭거듭 애소(哀訴)로서 신원해사 백성의 도리가 아니카?"

"이 답답한 사람아, 여태 잠자코 있다가 기껏 헌다는 소리가 그 거라? 나라에서 탐관오리를 징치하지 않으니, 우리 백성 손으로 다스릴밖에 더 있는가! 누구는 백성 된 분수를 헤아릴 줄 몰라 이러나? 자고로 조정에서는 이 섬이 수륙만리 변방이라 하여 전혀 안중에 없고 버리기를 똥 버리듯이 해오지 않았는가. 난리가 터져 아우성이 하늘을 찌르고 사람 몇이 물고 나야 나라님은 삼일 강아지 눈 뜨듯 내려본단 말이여. 난리를 일으키지 않으면 도저히 골수에 맺힌 이 원한을 알릴 길이 없는 거라!"

"허지만 냉중 후환이 두렵기도 허고…… 나라에서 병대를 보내오면 우리 섬 백성들 어육을 면치 못하느니."

"허허, 이 사람, 갈수록 방정맞은 소릴 더 하네. 이번 일이 무슨 역적질이나 되어? 나라에서 병대를 보내게. 단지 백성을 침학하여 황상(皇上)을 욕되게 한 죄인을 징치하자는 것뿐인디."

"그 말이 네 귀 번듯한 말이여. 이건 민란이여. 병란(兵亂)에는 사람이 무수히 죽지만, 민란엔 난민들은 살아도 장두는 반드시 죽는 거여. 아아, 장두·모사(謀士)·집사(執事)들이 관덕정 마당에 작두칼로 목 버혀 죽는 거여. 방씨 하르방이 내 한 몸 안위만을 위한다면 왜 죽기를 스스로 택하겠는가? 진구렁에 빠져 허덕이는 이 백성들이 아니면 왜 섶을 지고 불에 뛰어들겠느냐 말이여. 그 어른이 몸 바쳐 나오지 않은들, 우리가 무슨 수로 원통함을 풀겠는가. 아아, 우리 젊은 나이가 부끄럽고나! 팔십 난 노인께 장두를 맡기다니. 우리 같은 겁쟁이는 오합지졸로 그저 우르르 따라댕기며 소리나 지르는 것뿐이고……"

변방에 우짖는 새

"………"

"바로 그 하르방이 영등하르방이여!"

영등바람은 연일 강풍으로 몰아붙였다. 바람에 휩쓸려 바다가 가마솥 물 끓듯이 끓어오르고 하늘에는 낮게 뜬 구름 떼가 억만 군병이 내달리듯 급히 몰려갔다. 영등맞이 굿터의 북소리, 징 소리는 덩덩 깽깽 바람 타고 사방에 울려퍼졌다.

"영등하르바님, 어진 하르바님, 하르바님 아니면 누게가 눈에 든 가시를 내주며 누게가 등창에 고름을 내줍네까. 영문 차사, 범 같은 나장이, 군졸들일랑 저 문밖으로 훨쭉 퇴송시켜줍서."

4

　이월 초엿샛날 이른 아침에 한라산 서편 기슭에 사는 대정 화전민 수백명이 먼저 주성을 향하여 출발하였다. 그들 중에 모사·집사·역사(力士) 수십명은 갈적삼 등에 '南'자를 쓴 흰 헝겊떼기를 붙이고 장두 방성칠과 강벽곡, 정산마 세 노인을 말에 태워 옹위하고 있었다. 화전민들은 광평참에 오자 두 패로 나뉘어 방노인과 정노인을 옹위한 한 패는 산촌 마을을 지나는 위 한길로, 강노인을 옹위한 한 패는 해촌 마을을 지나는 아래 한길로 북과 징을 울리며 떼몰려갔다. 행중에 걸음 빠른 젊은이 여남은명을 골라 아무 날 아무 시에 아무 마을 앞을 지난다는 노문(路文)을 띄워 보내니 이르는 곳마다 장정들이 성군작당하여 큰비 온 뒤 이 골물 저 골물 흘러내려 큰 내로 합쳐지듯 속속 큰길로 몰려들었다. 아이들도 북소리, 징 소리, 꽹과리 소리에 무슨 걸궁패라도 만난 듯 좋아라고 따라붙다가 어른들이 휘두르는 지팡이에 쫓겨나곤 했다. 한길에서 두어 참씩 떨어진 외딴 마을들도 소문 듣고 모여들었을뿐더러, 당초에는 백성 된 도리로서 감히 소요를 일으킴은 천부당만부당하다고 펄쩍 뛰던 유림촌까지도 장정을 넉넉히 내보냈다. 제법 문자속을 알아 순역(順逆)을 헤아릴 줄 안다고 자처하는 유림촌 동소임들이 이렇게 장정을 낸 것은 아마 나중에 있을지도 모르는 보복이 두려워 마지못해 그랬을 것이다.

모두가 하나같이 흙빛 갈중의적삼에다 털벌립이나 정당덩굴을 엮어 만든 패랭이, 또는 흰 무명 수건을 쓰고 등에 대엿새 먹을 양식을 담은 약돌기를 짊어진 것이 흡사 여럿이 모여 한라산 상산(上山)에 방목 중인 소를 찾아가거나 한라산 산발에 화전을 일구러 떠나는 차림새나 다름없었다.

저마다 손에 들려 있는 기럭이가 엇비슷한 윤노리 작대기도 소를 몰거나 산행길에 들고 다니는 지팡이였다. 이 지팡이는 소나 말이 길을 벗어나 남의 밭에 들어 풋보리 먹는 것도 막아내고, 뿔을 맞대고 뜸베질하는 소도 떼어놓고, 풀 뜯는 소의 다리에 휘감기는 누룩뱀의 잔등을 후려쳐 떨어뜨리기도 하는 퍽 긴요한 물건이었다. 방목 중인 소를 찾거나 표고버섯을 따러 산속을 뒤질 때 무수히 앞을 가로막는 가시덤불도 이 지팡이로 후려치면 쉽사리 길이 트이곤 했다. 삼읍 민인 수천이 관령을 받들어 농번기에 일손을 놓고 몰이꾼이 되어 한라산 한바퀴 뺑 두른 드넓은 목장에 방목 중인 국마를 십여군데 목장별로 한곳에 몰아 수효를 점검할 때도 손에 들리는 것은 이 윤노리 지팡이요, 목사가 삼읍 수령들과 더불어 성대하게 벌이는 노루 사냥놀이에 사냥터 인근 여러 마을 장정 수백명이 몰이꾼으로 징발되어 나아갈 때도 손에 들리는 것이 또한 이 것이었다.

이 회초리의 쓰임새가 어디 그뿐인가. 굵기가 손가락만 하지만 속이 딱딱하게 여물어 맞으면 맷결이 되우 맵기로, 죄인 볼기 치는 태장감으로 영문에 상납되기도 하였다. 그러니까 영문에서 환상미를 안 냈다, 세를 체납하였다 하여 형문에 걸린 백성의 볼기를 헌 짚신바닥 되게 치던 이 윤노리 회초리가 이번에는 반대로 백성의 손에 들려 영문의 범포(犯逋) 죄인을 징치할 참이었다. 말인즉, 이것도 몰이사냥이나 진배없었으니, 삼읍 백성을 징발하여 목장의 떼말을 몰고, 사냥터의 노루·사슴을 몰던 목사, 삼읍 수령, 그리고 육방 관속들이 이번에는 도리어 그 몰이꾼들의 포위망 안에 떨어진 노루 신세가 되어버린 것이었다.

그러나 과연 일이 어떻게 될지. 주성의 신식 제복을 입고 모양이나 내는 순검들이야 총검을 가졌다 하나 갑오경장 이후 그 수가 크게 줄어 열명도 못되니 두려울 게 없었지만, 주성 내 주민들이 목사의 위세에 못 이겨 군기고에 있는 무기를 들고 대적해오는 날이면 큰 낭패가 아닐 수 없었다. 대정의 화전촌 모사·집사들은 수차에 걸쳐 주성 내의 동소임들에게 단단히 신칙하여 다짐을 받고 있는 터였지만, 여전히 마음이 놓이지 않았다.

게다가 또 불안한 것은 주성의 동쪽 지방인 제주 고을의 좌면(左面)과 정의 고을이 과연 이번 거사에 화응하여 일어나줄까 하는 점이었다. 섬의 동 끝에서 주성에 이르는 동편 한길의 중간쯤에 유림촌인 조천리가 버티고 있는 게 적잖이 마음에 걸렸다. 조천리는 역대로 제주 삼읍 수령을 많이 낸 김해 김씨 가문이 큰 세력을 쥐고 있는 마을인지라, 그쪽 지방 사람들이 주성에 모여드는 것을 음으로 양으로 훼방놓을지 모를 일이었다. 더군다나 이번 참에 목사가 이 마을 장정 육십명을 모아 대정의 화전촌을 치려던 음모가 탄로난 판이니, 혹시 내친김에 숫제 이쪽을 대적하고 나설지도 알 수 없었다. 그러니 대세를 이쪽에 유리하게 이끌려면 주성의 서쪽 지방인 제주 고을의 우면(右面)과 대정 고을만이라도 사람을 모을 수 있는 대로 한껏 끌어모아보는 도리밖에 없었다.

선두에 선 화전민들은 천천히 행진하면서 더욱더 많은 사람이 몰려들기를 기다렸다. 마을 어귀에 이를 때마다 한참씩 지체하면서 북·징·꽹과리를 요란하게 울리고 함성을 질러대니, 그 기세에 눌려서도 마을에서는 장정을 있는 대로 내보내지 않을 수 없었다.

갈수록 사람의 행렬은 불어나 장사진을 이루고 그 위로 떠오른 먼지구름이 세찬 바람에 날려 무섭게 흩어지고 있었다. 흡사 내가 터져 마른 하상(河床)으로 물이 밀려가듯 수많은 사람이 한길을 가득 메우고 걸어갔다.

  어러려 얼하량
  어러려 어려돌돌
  이 산중에 놀던 말아
  저 산중에 놀던 말아
  굽이굽이 돌아들어
  구름같이 모여들라
  어러려 얼하량
  어러려 어려돌돌

선두에 선 화전민패 가운데는 쌍나란히 말을 탄 두 노인의 상체가 우뚝 솟아 있고 그 옆에 '대정창의대장방성칠(大靜倡義大將房星七)'이라고 먹으로 쓴 깃발이 기세 좋게 휘날리고 있었다. 타박타박 걸어가는 갈옷 무리 속에서 말을 타고 흰 두루마기에 제량갓을 받쳐 쓴 이는 방성칠, 정산마 두 노인뿐이었다. 두 노인은 똑같이 대춧빛 붉은 얼굴에 성에같이 허연 구레나룻이 덮여 있고 나이답지 않게 말 잔등 위에서 허리가 꼿꼿했다. 특히 장두 방노인의 체구는 걸출하였다. 정노인도 결코 작은 편이 아닌데 방노인은 머리통 하나 더 높이 솟았고 어깨 골격이 쫙 벌어진데다 화등잔같이 부리부리한 눈매가 소문대로 이인(異人)의 모습 그대로였다.

사람마다 장두의 이인 된 모습에 감탄하였다.

"팔십 난 하르방이 저리도 정정허카, 원."

"홍안에다 눈썹이랑 구레나룻이랑 허연 것이 절간 신선각에 그려진 신선 하르방 얼굴허고 여축없이 닮았고."

"저 하르방이 계룡산에서 스무해나 산제를 지내며 수도를 했댄 허니, 아무래도 늙는 것이 속세 사람하고야 다를 테쥬."

"도술 부릴 줄도 안다는 소문이라. 지붕도 훨쩍훨쩍 뛰어넘고 앉으면 천리 보고 서면 만리를 본댄 해여."

"헛소리! 화륜선이 다니는 개명천지에 도술은 무슨 도술이여."

"그러면 저 화전 백성덜 등때기에 써붙인 남녘 남 자는 무스거라? 부적 아니라? 댓해 전 동학 난리에 동학군들이 등때기에 총 맞아도 죽지 말랜 부적을 써붙였댄 허던디."

"남녘 남 자라. 남녘이면 우리 제주섬인디…… 하이간에 부적은 아닐 거라. 설마 영문 순검들이 감히 우릴 대항해서 총을 쏘카? 제 아무리 저들이 기계를 가졌기로 열명도 못되는 주제에 어디라고 감히……"
 "즈네들도 갈데없는 제주 백성인디 이 난리에 앞잽이는 못 설망정 설마 총을 쏠 텍이 있어? 그랬다간 즈이 가족들이 무사허질 못해여."
 "즈이들이 구닥다리 화승총으로 백번 쏘아봐야 눈먼 총알이 번번이 맞을 텍도 없쥬만, 우리가 누비 솜옷에다 가죽 같은 갈중의적삼을 덧입었으니 맞아도 뚫으질 못해여."
 "들일할 적에나 입는 이 갈옷이 이제 갑옷 노릇꺼정 허게 되었으니 호강이여, 호강. 무명에다 감물 멕이면 이렇게 가죽같이 질기는 중을 우리 조상들이 어떻게 알아냈을까?"
 "하여튼지 저 방성칠 하르방은 팔십 난 나이에 신체구간이 축간 데 없이 장대하고 눈이 뚜릿뚜릿헌 게 필시 범상헌 사람은 아니여."
 "그런디, 강벽곡 하르방 말고 저 두 하르방은 육지 사람이란 말이 있는디 거 사실인가?"
 "댓해 전에 같이 입도했다는디, 망명헌 동학군이라는 말도 있고, 한라산이 삼신산(三神山) 중에 하나라고 수도헐 요량으로 들어왔다는 말도 있고……"
 "아매도 삼신산을 찾아왔다는 말이 맞을 거여. 해변 길로 섬 일주를 하며 보면 한라산 생긴 모양새가 가는 곳마다 다르게 보이는디 말이여, 저 하르방들이 사는 무등이왓에서 보는 산이 제일 장관이라는 거여. 무등이왓겉이 산 높은 곳에 자리잡은 화전 마을도 없지 않애여? 증조부님 묘소가 그 근처에 있기로 일년에 한번 벌초 댕기며 보는디 말이여, 한라산 상상봉이 바로 눈앞 가차이 보일 뿐 아니라 골이 깊고 산맥이 빼어나기로 예로부터 명당자리로 손꼽히는 곳이여. 그러니 저 하르방들이 거기다가 터를 잡을 만도 허쥬."

"거 맞는 소리여. 무등이왓 처자들이 얼굴 곱다고 이름난 것도 그 수려한 산색 때문이라는 말이 있쥬."

"여자는 그래서 고운지는 몰라도 남자들은 산세를 좇아 성미가 표한허다는 거여. 우리 동네 문서방 말이여, 그 사람도 꽤 산안(山眼)이 높은 지관(地官)이 아닌가. 그 문서방이 허는 말이 무등이왓이나 그 아래 자단리·덕수리 겉은 화전촌들은 그 골 깊고 맥이 불끈 솟은 산세 때문에 역향(逆鄕)이 될 운수라는 거여."

"허허, 그 사람 말본새 보게. 실없는 풍수쟁이 말 믿고 함부로 입정 놀리지 말아. 역향이라면 저들이 난신적자라는 소리여? 저 화전촌 백성들이 들으면 큰 탈 날 소리!"

"자네가 도리어 생사람 잡을 소릴 하네. 내 말은 그런 뜻이 아니여. 대정 화전촌 백성들이 똑똑하고 야무져 죽어도 헐 말은 허는 대장부들이라는 말이쥬. 이참에 저 사람들이 먼저 몸 바쳐 나오지 않았던들 우리 섬 백성들이 골수에 맺힌 원한을 무슨 소리로 칭원헐 것이냔 말이여. 임술년 난리도 저 대정 화전 백성들이 주장한 것 아닌가."

"원래 역향이라 별명 난 것도 풍수지리에서 난 말이 아니여. 화전민들이 임술년 난리를 일으켰다고 영문에서 역향이라 낙인찍은 거쥬."

"저 앞에 가시는 동장 어른 마씸, 우리 젊은이들허고 애기 좀 허게 마씸. 환갑 넘겨 진갑 바라보시는 분이 어떵해연 이런 델 다 나 옵디까?"

"허허, 날 늙은이엔 사뭇 푸대접이로고. 도리어 자네들 겉은 젊은이들이 부끄러운 줄 알아사 해여. 이번 난리에 장두를 우리 노인들한티 빼앗겼이니 말이여."

"허긴 그렇수다만, 이 영등바람이 센 절기에 며칠 노숙도 헐지 모르는디, 걱정되어서 허는 말이우다."

"걱정은 고맙고마는, 내 젊어서 임술 민란을 겪어 이력이 나 있느니."

"그 난리에 참여했던 말씸이나 좀 해줍서. 그 난리도 저 화전 백성들이 일으키지 않았수꽈?"

"말이 '아'가 다르고 '어'가 다른데, 난리를 일으켰다니, 거 듣기에 거북해여. 의로운 일에 목숨 바쳐 일어났는디 어찌 난리를 일으켰댄 말허는고? 이건 창란(倡亂)이 아니라 창의(倡義)여, 창의. 저 앞에 솟은 깃발에 무엇이라고 써 있나 읽어들 보게. 대정창의대장 방성칠이라. 하이간에 임술년에도 대정 화전민들이 창의를 냈쥬. 그때 내 나이 열여섯이었이니, 서른댓해가 넘었고나. 아매도 자네들은 어멍 젖 빠는 물아기이었을 거고. 그때 장두로 나선 이가 강제검, 김흥채, 조만송 세 어른인디 그중 강제검 하르방이 키는 작아도 큰 영웅이랐쥬. 용력이 과인허고 일을 꾸밈에 빈틈이 없었어. 그 어른이 삼읍 백성을 일사불란하게 단속하고 영솔해설랑 주성을 일거에 함락허고 영이방(營吏房) 김종주 이하 간리(奸吏) 다섯을 모둠매로 장살내고 목사 임헌대를 섬 밖으로 축출해내니 참말로 통쾌하기 비길 데 없더라. 냉중에 새 목사가 도임하고 찰리사(察理使)

가 내려오자, 강제검, 김흥채, 조만송 세 어른은 섬 백성들이 억울하게 당한 사례를 조목조목 소장에 열거하여 다짐을 받아낸 다음 순순히 투항하여 작두칼 이슬로 사라지셨지. 강제검 그 하르방이 투항하면서 관덕정 마당에 가득 모인 백성들에게 하시던 말씀이 지금도 귀에 쟁쟁하고나. 자, 백성님네, 인젠 일이 다 끝났으니 모두들 귀향하여 생업에 안돈하시오! 이 말에 백성들이 모두 눈물을 펑펑 쏟으며, 장두 어른 장두 어른! 우리도 같이 죽겠습니다 하고 목메어 울부짖었지. 그 하르방들의 행동거지와 마음 씀이 이와 같았으니 참말로 거룩헌 어른들이 아니고 무엇이겄나. 민란이란 거는 극약과 한가지여. 백약이 무효허고 사람은 다 죽게 될 적에 마지막으로 한번 쓰는 극약 말이여. 극약을 쓴 보람이 있었던지, 그 난리 후 한 오륙년 동안을 목사들이 함부로 토색질 못했쥬."

"참말로 강제검 하르방은 불세출의 영웅입쥬. 민란의 장두로 목숨 바쳐 나오기도 어렵쥬만, 그 하르방겉이 빈틈없는 계책으로 수만의 삼읍 민인을 수족겉이 부려설랑 마침내 뜻을 관철시키기가 얼매나 어려운 일이우꽈! 팔년 전, 경인년 난리에 장두로 나섰다가 목숨이 아까운 나머지 백성을 배반허고 목사의 똥창에 붙어버린 김지라는 자는 얘기헐 건덕지도 없는 호로새끼우다마는 재작년 난리에 장두로 나선 송계홍이를 생각허민 참말로 가슴이 아픕네다. 계책 없이 분김에 울컥허여 졸속으로 일어났으니 삼읍 민인이 수이 몰려들 이가 있수꽈! 불 본 날벌레 신세입쥬. 군수 채구석에게 잡히어 관덕정 마당에서 사지를 찢겨 죽음을 당했으니 참말로 애통한 일이라 마씸."

"처음버텀 세폐(稅弊)를 들고 나와야쥬. 그건 뒷전에 밀치고 단

발령을 큰 시비로 삼았으니 일이 될 게 뭐우꽈? 물론 왜놈 말을 들어 제도를 뜯어고치고 상투를 자르게 허여 의관 문물을 해쳤으니 마땅히 분통 터질 일이우다마는, 일에는 순서가 있는 뱁이지, 당장 굶어 죽게 생겼는디, 의관을 찾어 뭘 협네까?"

"자네덜 말이 옳으이. 거사를 했으면 빈틈없이 계책을 세워 아퀴를 분명하게 지어사 헐 것 아닌가. 의분(義憤) 하나만으로는 안 되고 강제검 하르방같이 삼읍 민인을 한 페미에 꿸 수 있는 경륜이 있어야 해여. 허기사 아무리 장두가 잘났다 해도 한날한시에 죽기로 맹세헌 모사·집사·역사들이 많이 나와주지 않으면 다 헛일이여. 임술 난리에 죄를 입어 육지로 귀양 간 백성 열몇명 중에 광청리 화전민이 대부분이라. 그밖에 영문에서 곤장 태장 맞고 벌전(罰錢) 낸 사람은 부지기수고. 이렇게 화전 백성들이 워낙 단결이 좋으니까 강제검 하르방을 받들어 일을 성사시킬 수 있었쥬. 다른 곳 백성은 아니되어, 아니되고말고. 귀리 사람 김지가 그 모냥이고, 오등리 사람 송계홍이 또 그 모냥 아닌가. 이번 참에도 죽거나 귀양 가고 징역 사는 건 광청리 백성들이라. 참말로 저 사람들헌티 고개 숙여야 해여. 그저 남의 굿 보고 떡이나 얻어먹는 격으로 우르르 몰려만 댕기다 영문에서 총 한방 놓으면 에뜨거라 싶어 풍비박산 콩 튀듯 도망치지 말고, 단단히 합심허여야 해여."

"옳은 말씸이우다. 이번엔 삼읍 백성이 합심해설랑 되알지게 밀어붙여사 협쥬."

"지난 동짓달, 세곡(稅穀)을 기한 넹겼다고 영문 아전들이 병장기 든 장교·나졸들을 데리고 마을을 덮칠 때 일을 생각허면 이가 갈립네다. 집집이 들이닥쳐 밥 끓여 먹는 무쇠솥을 떼어가지 않나,

제기(祭器)를 뺏어가지 않나, 심지어 뒤주쌀을 퍼가질 않나, 참말로 그런 생난리가 없었어 마씸."

"우리 집 문지방도 그놈들이 걷어차는 바람에 아주 못쓰게 어긋나십쥬."

"대풍에 조이삭을 털려 소출이 가량없이 줄어버린 작년 겉은 흉년에 법대로 장계 올려 정퇴(停退)해줄 생각은 안허고 도리어 지지난해보다 곱쟁이나 세곡을 올려 받으니 우리가 무신 수로 그걸 당해내여. 그중 낫게 농사짓는다는 나도 세를 아귀 맞추어 내고 나니 보릿고개 넘길 일이 아득해여……"

"아이고, 그때 내가 영문에 옭아가 볼기 맞던 일을 생각허면 참말로 원통허고 절통해여 마씸."

"참 자네가 뒷집 승우어멍 편역들다가 그 봉욕을 당했지? 그중 만만헌 게 홀어멍 집들이라고 놈들이 패악질이 말이 아니었쥬."

"홀어멍 집이라고 얕봐도 분수가 있지, 작년 죽은 남편 호포세도 억울한데, 죽은 지 석삼년 되는 시애비 호포세까지 새삼스레 물어라 허니 세상 그런 뱁이 어디 있으며, 세를 못 냈다고 애지중지 키우는 중송아지를 끌어가다니, 그런 개불쌍놈들이 어디 있수꽈? 보다못해 내가 사리를 들어 좋은 말로 만류허니까, 아, 이것들이 아주 외로 틀고 나와설랑, 늬 눈엔 관령도 안 보이느냐, 어느 앞이라고 감히 대거리질이냐 하며 날 옭아가서 그 모진 매를 때립디다."

"이렇게 죽은 지 석삼년이 되는 망자(亡者)도 호적에서 삭제해주지 않아 호포세를 물어야 하고, 집안 노인이 육십이 넘어도 법대로 노제를 못 받으니 사내자식 많이 둔 집 패가망신하기 안성맞춤입쥬."

"이대로 가다간 집안에 숟가락 한 토막 남지 않을 거우다."

"사실이 그렇지. 놋이라면 숟가락꺼정 걷어가버려 홍합 껍데기로 밥 먹는 집이 있어."

"허기진 백성들은 송깃대 벗겨 먹고, 영문의 사모 쓴 큰 도적, 벙거지 쓴 작은 도적은 백성의 껍데기 벗겨 먹고……"

"이번 참엔 그 화적놈들을 단단히 정다스림시켜야 해여."

"우리가 구년지수에 해 기다리듯 강제검 겉은 장두가 나오기를 얼매나 기둘렸수꽈? 그간에 우리가 장두를 두번 겪기는 했수다마는, 김지란 놈은 백성을 배신허여 목사헌티 붙어불고, 송계홍이는 뜻은 장허나 경륜이 짤뤄놔서 일을 그르치지 않았수꽈? 오늘 대정 화전민들이 방성칠 하르방을 장두로 받들고 일어났으니, 이번엔 참말로 옳게 한번 밀어붙여사 헙쥬."

"그런디…… 장두 하르방이 육지 사람이라, 정의골 백성들이 수이 모다들지 어떨지 모를로고……"

"어따, 벨걱정을 다 해염고. 저 하르방들이 입도헌 지 댓해나 되었는디, 그만허민 이 섬 백성 다 된 거쥬. 여기 계신 동장 어른겉이 고·양·부 세 성씨 말고 이 섬 백성 종자가 따로 있는가? 이 섬에 살면 다 제주 백성이라. 느네 장씨나 우리 오씨나 육지서 난리 피해영 망명 온 자손들 아닌가. 동장 어른 마씸, 그렇지 않수꽈?"

"저 하르방들도 무등이왓에서 화전 갈아 먹는 우리 섬 백성이 틀림없쥬만, 저리 연로한 분들에게 장두를 맡긴 것은 우리가 크게 부끄러워해야 헐 일이여. 자네들, 저 앞에 가는 두 노인을 보게. 내 눈엔 저분들이 말을 탕 가는 게 아니라, 꼭 상여 탕 가는 것겉이 보염구나. 애통헌 일이여."

"동장 어른, 말소리 좀 낮춥서. 혹 누게가 들으면 큰일 날 소리. 그런디, 아무리 걸출헌 의인(義人)이라 해도, 다 늙은 나이에 저렇게 목숨 바쳐 나올 수 있으카 마씸? 민란의 장두는 꼭 죽기 마련인디……"

"계룡산에서 이십년 산제를 한 하르방들이니 소문대로 필시 무신 술수가 있일 거우다. 무신 도술을 부려서 죽지 않을 도리가 있기로 저렇게 장두로 나서십쥬, 그렇지 않고서야."

"도술이라니? 머리칼 한 오라기를 손바닥에 놓아 훅 불어 백만 군사 맹글고 작두칼로 목을 치려는 찰나에 참새로 둔갑해서 포르릉 날아가버린다 그 말이라? 원, 젊은 사람이 별 황당한 소문을 다 믿는구먼. 죽기를 작정하고 나온 분에게 그런 망칙헌 소릴 허면 못 쓰느니. 거죽으로는 비록 이인답게 보여도 속은 한갓 칠팔십 난 늙은이일 뿐이여. 노인이 무신 일을 헐 거여? 이번 일을 주장허는 사람은, 저 남녘 남 자를 등에 써붙인 모사·집사·역사들이라. 이번 일에 우리가 한녘으로 마음 든든헌 것은 장두를 잘 만나서가 아니라, 저 야무진 화전 백성들이 일을 주장해 나선 때문이라. 하여간 우리도 저 방씨 하르방이 죽어도 헛되이 죽지 않게시리 한번 결판지게 싸워보는 거라. 그런디 또 한녘으로는 마음 놓이지 않는 것이 조천 백성들이여. 조천인들이 좌면의 다른 마을들을 충동질해서 우리 쪽을 대적하고 나오면 참말로 큰 낭패여. 한길을 차단해설랑 정의 고을 백성들이 주성에 못 모이게시리 방해헐 거 아닌가. 정립(鼎立)이라고 솥도 세 발이 있어야 일어나는 법, 삼읍 중에 한 고을이 빠지면 일은 영 그르치고 말아. 그젠 사람끼리 죽창질허는 동족상잔이 벌어질 거여."

"조천민도 한 섬 백성인디 차마 우리를 대항해여 나오카 마씀? 목사가 화전촌을 치려고 은밀히 모은 장정이 겨우 예순명밖에 안 되지 않수꽈? 나머지 사름들이야……"

"겔쎄…… 장정 예순명 모아준 것은 다름 아니라 그 마을 세도가 김해 김씨 문중이란 말이여. 화전촌을 치려던 음모가 탄로된 마당이니 그 김씨들이 냉중 보복이 두려워서도 이판사판 대항하고 나올지 모르지. 배가 많아 선주요, 땅이 많아 지주인 김씨들인데, 마을 사람들이 누구 말이라고 거역하겠는가."

이런 불안 때문에 선두의 화전민패는 더 많은 사람이 모여들기를 기다리며 천천히 행진했다. 갈수록 사람들이 불어나고 동리마다 가지고 나온 북·징·꽹과리 소리가 시끄럽게 산야를 덮었다. 그날 중낮이 가까워질 무렵, 걱정했던 정의 고을 백성 수천이 조천리를 지나 주성으로 향한다는 반가운 첩보가 당도하자, 민당(民黨)의 사기는 하늘을 찌를 듯이 높았다.

이렇게 마을마다 한참씩 지체하였으니 주성까지 빠른 행보로 하루밖에 안 걸리는 백리 길이 그들에게는 이틀이 좋이 걸렸다. 8일 날 아침, 주성에서 십리 떨어진 다호 부락 앞에서 위 한길패와 아래 한길패가 합류하니 그 수가 거진 오천을 헤아렸다.

하늘은 영등바람이 몰고 온 구름 떼로 잔뜩 흐려 있었다.

주성 남쪽 오리 떨어진 광양 너른 벌에 먼저 당도한 이들은 정의 고을을 비롯한 동촌 백성들이 모여들기를 기다리며 영문의 목사 앞으로 통첩을 냈다. 주성을 범하여 관정작경(官庭作梗)하기를 원하지 않으니, 세금 과다 징수분을 금년치 호포세로 대납한다는 약조문첩 초본과 함께, 영이방 문가를 비롯한 집복 색리 셋을 결박하여 민당 앞으로 보내면 순순히 물러가겠노라는 내용이었다. 그러는 한편 성내 동소임들에게도 통문을 보내어 일이 원만히 타결되면 입성하지 않을 것이나, 사세부득하여 입성해야 할 경우, 성내 백성들이 일어나 내응(內應)하지 않으면 입성 후 어육을 면하지 못하리라는 으름장을 놓고 있었다.

성안의 동정을 살피고 들어온 나기주는 곧장 두 대감 있는 안방으로 갔다. 노상 병약하여 오래 앉아 있지 못하는 삼은 대감은 아랫목에 이불을 덮고 누워 있고 운양 대감은 서참서, 정세마와 함께 놋화로를 끼고 앉아 있었다.

"나군, 어서 드시오. 그래 바깥 민당의 기색이 어떻소?"

나기주는 정세마가 내미는 방석을 깔고 앉다가 대감 입에서 문득 튀어나온 '민당'이라는 말에 속으로 깜짝 놀랐다. 이 어른이 실언한 게 아닐까? 을미·병신년의 의병도 난민이라고 부르기를 서슴지 않던 이가…… 나기주는 제 귀가 의심스러웠다.

"동촌 백성들이 주성 시오리 밖 삼양 마을까지 다가왔다는 소문입니다. 이에 성내 백성들이 크게 동요하고 있습지요."

"성 밖의 민당에 화응해서 그런가요?"

역시 잘못 들은 게 아니었구나. 물론 의병이 성토하는 을미년 죄인 중에 자신도 끼인다는 자격지심에서였겠지만, 의병을 난민이라 부르고 심지어 갑오 동학당마저 민당이라 부르기를 꺼리고, 오직 민당이라면 신사·학생이 모이는 독립협회만 있는 줄로 알던 이가 갈옷 걸친 저 비천한 농민들까지 민당이라 부르니 놀라운 변화가 아닐 수 없었다. 더구나 성은을 입어 높이 영달했던 세록지신으로서 그것은 금기나 다름없는 말이었다. 갑오 봉기 이전이었는데도 어윤중 대감이 동학당을 민당이라 호칭했다가 조야에 큰 물의를 빚어 하마터면 피죄될 뻔한 적이 있지 않았던가.

"그게 아니고, 오히려 성 밖 민당이 입성할까 두려워서 그런 모양입니다. 영문의 벼슬아치 못지않게 민당의 입성을 두려워하는 게 성안 사람들입지요. 그들 역시 가혹한 징세에 시달려 원한이 많은 사람들이지만, 만일 성중에 전화(戰火)가 일어나면 집 태우고 가재도구 잃기 쉬우니 걱정이 안될 리 없겠지요. 그래서 쌀말이나 있는 집들은 그걸 숨기느라고 야단이고 또 성문에는 고리짝 짊어진 아낙네들이 아이들을 데리고 피란 간다고 법석입니다. 그러나 남정네들은 민당의 나중 보복이 두려워서인지 피란을 않고 있지요."

"허, 그럴 거요. 설사 민당이 유혈을 보지 않고 입성하더라도 그렇지, 그 수효가 만이 넘을 텐데, 온 성이 못자리처럼 사람으로 가득할 게 아니오. 그러니 자연 폐단이 없을 수 없지. 밥 한 끼니를 해줘도 만 그릇인데. 그리고 그런 북새통에는 승세하여 날뛰는 불량배들이 더러 있기 마련이고."

"그리고 듣는 바에 조천민들은 이번 취회에 참여 못하도록 엄금했다는군요. 혹 그들이 민당 속에 끼여 있다가 기회를 노려 반기를 들면 일이 낭패라는 거죠. 민당이 수가 아무리 많아봐야 장두와 모사·집사 몇명만 목 자르면 당장 대가리 없는 뱀 신세가 되고 마니까요."

"하여간 조천민들은 삼읍 민인이 다 일어났는데 홀로 외톨이 되었으니 불안한 마음이 이 성안 백성보다 더할 것이오. 모임에 가담하고 싶어도 장두의 전령이 그러하니 어쩔 도리가 없지."
정세마가 정색하고 얘기에 끼어들었다.
"참으로 막된 세상이구료. 탐욕한 목사 이병휘도 밉지만, 그렇다고 백성 된 도리로서 감히 떼 지어 소요를 일으키다니! 그래, 나형 생각엔 어떻소? 저 난민들이 과연 입성할 것 같소?"
'난민'이란 말을 일부러 또렷하게 힘주어 말하는 것으로 보아 정세마는 '민당'이란 호칭에 반대하는 눈치가 역력했다. 백성 된 도리로서 소요를 일으켜 관장을 능욕함은 인륜을 범하는 부도한 처사라는 것이다. 그러나 아무리 관장이 백성의 어버이라고 하나, 호구지책을 빼앗고서 인륜을 지키라니, 적반하장이 아니고 무엇이랴. 주린 호랑이가 원님을 알아볼 턱이 있는가. 나기주가 정세마를 알기는 이 섬에 입도한 이후이니, 겨우 한달 남짓밖에 안되었지만, 같은 동갑내기라 별 허물 없이 지내는 터였다. 하기는 젊은 나이에 문장과 서도 둘 다 일가를 이룬 수재답게 평소에도 좀 시건방진 데가 없지는 않았지만 이런 식으로 대립되기는 처음이었다. 더군다나 민당이라고 했다고 노정승을 은근히 나무라는 투이니, 괘씸하지 않을 수 없었다. 운양 대감도 심기가 언짢은지 평좌를 튼 앉음새 그대로 허리를 곧추세우고는 눈을 지그시 감았다. 문득 나기주는 정세마가 대대로 각별한 왕의 총애를 받아온 세록지손인 동래 정씨라 저런 소리를 하는구나 하는 생각이 들었다.
"글쎄, 지금으로선 알 수 없는 일이지요. 통첩에 죄인 넷을 민당 앞으로 내보내는 조건으로 입성 안하겠다는 것이니까……"
"죄인들이 벌써 전에 성 밖으로 잠적해버린 줄을 난민들도 모르지 않을 텐데, 필시 그 약조문첩 초본이나 틀림없이 받아내자는 꿍꿍이속으로 엄포 놓는 걸 거요."

"모두 도타한 것은 아니고 이방 문씨는 아직도 목사 곁에 남아 있는 모양이오. 어쨌거나 목사란 위인이 민당 측이 자기를 죄인으로 치부하지 않은 것에 우선 안심하는 모양입니다. 그래서 제법 호기있는 문투로다 민당에게 답통 내기를 말이오, 죄인들이 모두 잠적해버려서 당장은 찾아낼 도리가 없으니, 삼일을 기한하고 죄인들을 포착하여 목을 벨 터인즉, 아무 의심 품지 말라 했다는구먼요. 진국은 자기가 먹었는데, 겨우 훗국이나 핥은 아랫것들을 잡아 죽이겠다니, 참으로 맹랑한 소리죠."

나기주가 이렇게 정세마와 '민당'이니 '난민'이니 하며 마음속으로 다투며 말을 주고받는데, 삼은 대감이 자리에서 일어나 앉으며 한마디 했다.

"꼭 죽이지 않더라도 곤장 치고 징역 살리면 난민들이 조금은 분풀릴 게 아니겠소? 그쯤 하면 쌍방이 서로 양보해서 타결을 볼 수 있을 것도 같은데…… 제발 일이 더 커지지 말아야지, 난민이 입성하면 필시 아무 상관 없는 우리한테도 구정물이 될 거요."

서참서도 한마디 거들었다.

"장두·모사들이 여간 담력이 큰 자들이 아니고는 감히 입성을 못할 겝니다. 입성이 곧 범성(犯城)이요 관정작경이라, 그 죄도 작지 않을 텐데, 일단 입성하면 흥분한 군중들이 몽둥이도 손에 들었겠다, 몰려가 목사를 해칠지도 모르지 않소? 그리되면 소요가 아니라 역란(逆亂)이 되고 말지요."

이 말에 정세마가 또 맞장구쳤다.

"옳은 말씀이지요. 게다가 성중 백성이란 대저 이런 일을 당하면 영문의 눈치를 보랴, 양단간에 안절부절못하는 게 상례지요. 혹 알 수 없지 않습니까? 성중 백성이 관령을 좇아 성문을 닫아걸고 성을 지키게 되는지도…… 영문 무기고에 쓸 만한 기계와 화약이 꽤 있는 모양인데, 난민 쪽에서 두렵지 않을 리 있나요? 섣불리 입성을 못할 겝니다."

나기주가 다시 말을 받았다.

"글쎄요, 목사 임기가 모레로 끝이 나는 모양인데, 성중 백성들이 과연 그 사람 명령을 따를까요? 더욱이 성문을 닫아도 식수 때문에 단 열흘을 버티기 어렵답니다. 성안에 샘이 한군데 있기는 하나 겨울이라 말라붙어버리고 성 밖의 물을 길어다 먹는 형편인데, 성문을 닫아걸면 스스로 독 안에 든 쥐를 만드는 셈이지요."

"그래도 설마……"

하며 정세마는 고개를 갸우뚱해 보였으나 더는 말이 없었다. 잠시 침묵이 흐른 다음 운양 대감이 입을 열었다.

"목사가 세력 못 쓰게, 일부러 갈려 갈 임시에 일을 도모한 것을 보면 민당의 장두·모사·집사들이 꽤 모략이 있는 모양이오. 어째 예감이 일이 크게 벌어질 듯싶구먼. 통첩에 목사의 죄를 묻지 않은 것도, 주성을 범하지 않겠노라 한 것도, 필시 정의 고을 민당이 몰려들 때까지 시간을 벌자는 계책이 아니겠소? 그런데 나군, 주인 김판관은 여태 안 들어왔소? 아까 같이 나가더니."

"함께 영문에 들러 소식 듣고 나오다가 송대정 댁에 잠시 들렀다 온다고 하더군요. 거기서 성내 신사 여럿이 모여 이번 일을 의논하는 모양입니다."

"민당이 입성하면, 성내 부잣집들이 밥을 해대느라고 큰 욕을 볼 거요. 주인집도 쌀섬깨나 축날 테고……"
 서참서가 걱정스러운 빛으로 운양 대감을 향해 말했다.
 "난민들이 밥만 토식(討食)한다면 몰라도, 혹 난동을 부리면 우리도 무사하지 못할 텐데요. 김판관이 조천 김씨라는 것도 마음에 걸리는군요. 조천 세가인 김씨들이 거개가 족척일뿐더러, 김판관 자신도 워낙 근거가 그곳 아닙니까? 본처 자식들도 거기에 살고 있고……"
 "설마하니 조천 김씨라고 무단히 욕보이겠소? 목사를 도와 조천에 장정 육십명을 모아주어 큰 말썽을 일으킨 장본인이 아닌 바에야. 평소에 늘 목사의 탐학을 개탄하던 사람이 목사를 도왔을 리 없지. 게다가 내 듣기로는 주인이 판관 벼슬을 살 적에 선정을 베풀어 인심을 크게 얻었다는구료. 송대정도 산천초목이 거멓게 타버린 갑오년 흉년에 진휼미(賑恤米)를 여러섬 내어 기민을 먹였다 하오."
 "참, 나형, 오늘이 동궁마마 탄신일이지 않소. 영문에서 축연을 거행했답디까?"
 한때나마 동궁을 모셨던 정세마인지라 아무래도 걱정이 되는가 보았다.
 "이런 경황에 잔치를 벌일 수 있겠소. 아침나절에 삼읍 수령을 모아놓고 북향 사배를 하는 것으로 간단히 끝낸 모양입니다. 워낙은 집집마다 등을 달게 하고 세악성(細樂聲) 낭자하게 큰 잔치를 벌일 작정이었던가본데……"
 "백성 된 도리로서 소요를 일으킴도 미타(未妥)한 일이거늘, 하물며 그 많은 날 중에 하필이면 이같이 경사스러운 날을 욕되게 하다니, 아무리 왕화(王化)가 미치지 못한 변방 백성이기로, 이런 무례가 어디 있습니까?"

하고 정세마는 몸살 나게 혀를 찼다. 나기주는 한마디 오금 박는 소리를 할까 하다가 그만두었다. 운양 대감은 눈을 지그시 감은 채 아무 말이 없었다. 저 어른이 지금 무슨 생각에 골몰해 있을까? 정세마처럼 백성이 동궁 탄신날에 소요를 일으켰다고 개탄하고 있을까? 아니면 지금쯤 궁궐에서 탄신 잔치에 시중드느라고 동분서주하고 있을 아들 김유회를 생각하고 있을까? 아니면? 해마다 지방 방백·수령들이 민간에서 늑탈한 수만냥의 돈꿰미를, 네 돈이 세냐 내 돈이 세냐 앞다투어 상납해 올리는 동궁 탄신일. 제주 목사도 가난한 이 섬바닥에서 피나게 갈퀴질한 돈으로 상납했음이 틀림없거늘, 섬 백성이 동궁 탄신일에 소요를 일으킴이 어찌 그 뜻이 없을까.

지방 수령과 아전들은 나라에서 하나를 거두라 하면 열을 거둬 아홉을 착복하는 것이 상례였다. 정수 외에도 무슨 역가(役價)다, 무슨 인정비(人情費)다 하여 갖은 무명잡세(無名雜稅)로 백성이 피땀 흘리고 한숨 섞어 지은 일년 농사를 반 넘어나 갈취해가니, 백성들이 어찌 살겠는가. 목사의 임기가 짧은 것도 큰 폐단이었다. 길어야 이년이요, 보통은 일년에 그쳤다. 목사라는 게 수천냥 들여 얻어 쓰는 감투이고 보니, 그자들이 도임하면 자연히 그 돈을 벌충할 궁리를 하게 마련이었다. 목사 임기가 삼년쯤만 되어도 이 섬 백성들은 견디기가 좀 나을 것이다. 아무리 탐욕하기가 아귀 같은 목사를 만났다 하더라도 한 일년쯤 엽관 비용을 벌충한 후에는 그래도 좀 여유있게 공사를 벌이지 않겠는가. 진드기도 피에 식상하면 덜

뜯는 법이었다. 그러나 매관매직이란 왕실과 조정 무리들이 하는 영리사업이니, 고칠 리가 만무한 것이다.

중낮이 훨씬 겨워 동촌 백성 수천이 주성 동편 오리 밖 사라봉 고갯길을 넘어오는 것이 보이자, 성안은 온통 벌집 쑤셔놓은 듯 우왕좌왕 야단이었다. 숨길 게 별로 없어, 이럴 땐 가난이 상팔자라고 마음을 턱 놓고 있던 사람들도 그제야 새삼스럽게 정짓간에 뛰어들어 천장에 매달린 종자 망태를 내려다 마당귀에 있는 짚가리 속에다 쑤셔넣는 것이었다.

동촌 백성들이 모여들어 그 수가 거진 만명으로 불어난 민당은 삼성혈 솔숲 오른편에 펼쳐진 널따란 벌판을 가득 메우고 주성을 향해 연해 함성을 지르며 기세를 올렸다. 흰 기가 희뜩희뜩 올라갈 때마다 사람들은 일제히 함성을 터뜨렸는데, 그 소리는 오리 밖에 떨어졌어도 우렛소리처럼 주성 하늘을 뒤흔들었다. 이것을 보려는 사람들이 남쪽 성벽 위에, 근처 늙은 팽나무들 위에 하얗게 올라가 있었는데, 모두들 그 무서운 함성 소리에 넋을 잃었는지, 멍하니 광양벌에 눈을 준 채 내려올 줄 몰랐다.

저물녘이 되어 목사의 서찰에 대한 민당 측 회답이 도달하였다. 내용인즉, 세금을 남징한 네 죄인을 다스림에 사흘 말미를 달라 함은 백성을 속이려는 호도책일시 분명하므로, 명일 새벽 자시(子時) 정각을 기한하여 죄인들을 내보내지 않으면, 민당이 즉각 입성하여 스스로 죄인을 붙잡아 징치하겠노라 하는, 말하자면 최후통첩이었다.

목사는 속수무책이었다. 성내 세 동네에 관패(官牌)를 돌려 십오 세 이상 남정들은 일몰 즉시 한 사람도 빠짐없이 관덕정 마당에 모이라고 신칙하였지만, 누구 하나 얼씬거리지 않았다. 어서 모이라고 포정문(布政門) 종소리가 초조히 울려퍼졌다. 이양선(異樣船)이 나타났다, 왜배 들었다, 장정들은 관덕정 마당에 어서 모이라 하고 힘차게 울리던 저 종소리. 오늘은 저 혼자서 뎅강뎅강 청승맞게 울다가 제물에 그쳐버린다. 텅 빈 관덕정 마당에는 여전히 비루먹은 강아지 하나 얼씬거리지 않았다.

노을 한 줄기 흐름 없이 날이 저물자, 곧 주성은 칠흑 같은 어둠에 잠겨버렸다. 동궁 탄신을 기념하여 집집마다 대문에 등 달아 불 밝히라는 밤이건만 성내 민가는 불빛 한점 없이 깜깜하였다. 드문드문 싸리 홰를 켜들고 동네 고샅길을 다니며, "어서들 나오랍니다" 하고 맥 빠진 소리를 질러대던 영문 관속들도 하나둘 횃불을 끄고 슬그머니 어둠 속으로 잠적해버리더니, 술시(戌時)가 가까워 목사가 성문을 폐문하기로 작정하였을 때에는 영을 받들어 거행할 사령, 하인붙이들이 겨우 열 손가락으로 헤아릴 만큼 줄어 있었다. 그들마저 성문을 제 손으로 닫았다간 나중에 민당의 보복을 면하지 못할 터이므로 죽기를 한하고 영을 받들기를 거절하였다.

오리 밖 광양벌에서는 곳곳에 수많은 화톳불이 어둠을 사르며 벌겋게 타오르고, 이따금씩 우렁찬 함성이 터져나오곤 했다. 성내 사람들은 삼삼오오 야음 속에 몸을 숨기고 영문의 동정을 살피며 이웃을 감시했다. 어둠 속을 헤집고 민당 장두의 전령이 밤새처럼 날아다녔다.

5

 이튿날 아침 느직해서 해가 사라봉 위로 떠오르자, 수천 민당은 세 진(陣)으로 나뉘어 주성으로 진입하였다. 제주는 남문으로, 대정은 서문으로, 정의는 동문으로 일시에 함성을 올리며 노도같이 밀어닥치고, 관덕정에 이르는 그 세 갈랫길 연도에 늘어선 성안 백성들 또한 함성으로 이들을 맞이하니, 소리는 천지를 진동하고, 흙먼지는 해를 가렸다. 길갓집 돌담 울타리들이 떼 지어 몰려오는 군중에 밀려 우르르 허물어졌다.
 한달음에 관덕정 마당까지 내달려온 선두의 화전민들은 민첩하게 두 패로 나뉘어 한 패는 장두 방성칠, 모사 강벽곡, 정산마 세 노인을 옹위하여 관덕정에 오르고, 한 패는 마당 오른편에 있는 포정문을 밀치고 목사 동헌으로 돌입하였다. 뒤따라 수많은 군중이 포정문 안으로 벌 떼같이 몰려들었다. 장정 하나가 잔나비같이 잰 몸으로 포정문 종각에 기어올라 미친 듯이 종을 쳐댔다. 삽시간에 관덕정 마당을 가득 메운 군중은 동헌 쪽을 향하여 무섭게 발을 구르고 작대기를 휘두르며 아우성쳤다.
"목사또는 당장 민당 앞에 현신하라!"
"백성을 속여 재물을 늑탈한 자가 어찌 관장이냐! 어서 나와 꿇어라."
"목산지 눈 넷 달린 아귀 귀신인지, 어서 썩 나오거라!"
"제주섬 동티 낸 요망한 귀신아, 먹은 것 게워놓으라!"
사람이 잔뜩 밀려 포정문이 막히자, 혈기 방장한 젊은이들은 높다란 울타리를 기어올라 뛰어들기도 했다.
수천 군중이 이천평도 넘는 널따란 관덕정 마당을 입추의 여지 없이 들어서고도 훨씬 모자라 큰길은 물론 골목까지 그들먹했으니, 뒷사람들은 아무리 송곳눈을 가졌어도 앞에서 무슨 일을 하는지 뚫어볼 수 없었다. 다만 눈에 들어오는 것은 뿌연 흙먼지 속에 희끄무레 서 있는 관덕정뿐이었다. 정(亭) 안에는 장두 방노인을 에워싸고 모사·집사·역사 수십명이 올라 있었다.
동헌 울타리 안에서 함성이 터질 때마다 바깥 군중들도 이에 화응하여 와아, 와아 소리를 질러댔다. 동헌 마당에서 일어나는 아우성 소리가 갑자기 몰이사냥에서 노루를 막다른 궁지에 몰아넣고 마지막 일격을 가하려는 순간처럼 다급하고 무서운 소리로 변하더니, 마침내 영이방 문가가 맞아 죽었다, 목사가 매 맞고 인신(印信)을 빼앗겼다, 대정 군수도 매 맞았다 하는 소리가 관덕정 마당 위에 와자하니 퍼졌다. 관덕정 마당은 도가니 쇳물 끓듯 펄펄 끓어올랐다. 온 성이 떠나갈 듯 함성을 지르고, 흙먼지 구름이 차일처럼 성 위를 거멓게 드리웠다.

"아니, 영이방이 여태 숨지 않고 있었던가? 다른 것들은 벌쎄 밤 도망쳐부렀는디."

"제깐에는 의리를 내세워 목사를 지킨답시고 남아 있다가 그 꼴을 당헌 모양이여."

"지킬 게 따로 있쥬, 그런 썩은 나무토막 같은 걸 관장이라고 지키고 있으면 제가 살 줄 알았나. 살아서도 그렇더니 그놈이 목사와 똥창 맞아도 아주 개 홀레붙듯 꽉 붙은 놈이여."

"대정 군수도 옆에 있다가 되게 매를 맞은 모양이여. 그 양반 본래 탐욕한 위인이 아닌데……"

"이 사람, 까마귀 고기 먹었고. 이년 전 그 원통헌 일을 벌쎄 잊다니. 우리가 송계흥이를 따라 일어났을 적에, 우릴 쳐부순 장본인이 대정 군수 채구석이 아니여? 두고 보라마는, 배신자 김지가 재작년 난리 때 맞아 죽었듯이 이번에도 그때 채구석의 앞잽이 노릇 한 놈들 무사허든 못할 테니."

이때 관덕정 안의 장두로부터 떨어진 전령인 듯, 목사를 짚둥우리 태우라는 함성이 뒤로 파도처럼 밀려왔다.

"목사를 짚둥우리 태워 동문 밖에 내치라!"

"탐관을 축출경외(逐出境外)하라!"

그러자 곧 군중 한가운데를 뚫고 목사를 태운 들것이 나갔다. 들것은 짚둥우리가 아니라 재거름을 담던 헌 망태를 막대 두개로 꿰뚫어 만든 것으로 장정 넷이 가볍게 어깨에 올려 메고 있었다. 목사의 몰골은 말이 아니었다. 관복은 갈기갈기 찢겨 누더기가 되고, 머리는 맨상투 바람인데, 마구 잡아뜯겨 헝클어진데다 이마에는 돼지감자만 한 혹이 툭 불거지고, 퉁퉁 부은 인중에는 끈끈한 피가 엉겨붙어 있었다. 망태 속에 들어앉아 허공 중에 매달린 이병휘는 겁에 질려 안색이 창백했다. 실로 우스꽝스러운 목사 행차였다. 앞에서 길을 인도하는 장정들이 "예라끼라, 길 비켜라! 목사또 행차시다. 예라끼놈, 길 비켜라!" 하고 능청 떨며 길나장이 행세를 하고, 망태 멘 장정들 또한 이리 비틀 저리 비틀 일부러 망태를 흔들어 목사의 혼을 빼놓으면서 "아이고, 무거워 죽겠네. 우리 사또님, 식성 좋아 온 섬 재물 넙죽넙죽 잘도 잡숫더니, 그래서 이리 무거운가?" 하고 타령하니, 보는 사람마다 온통 폭소를 터뜨리고 손뼉을 쳤다.

"범 같던 양반이 인신을 빼앗기니, 여축없이 끈 떨어진 꼭두각시 한가지로고."

"저 망태기 속에 앉은 꼴 좀 보게. 똑 곯은 알 품은 씨암탉이여."

"목사 양반, 쌍교 타다가 불치(제)망태기 타는 재미가 어떻해여?"

"아이고, 그 양반 얼굴 곱기도 해라. 고량진미 삼시 먹언 살성이 저리 통통헌가, 일산 써서 낯색이 저리 흰가? 주름살 하나 없이 빤빤한 게 십년 두들겨먹은 목탁 같구먼."

"이 화적놈아, 가도 먹은 것 게워놓고 가라!"

이렇게 조롱과 욕설을 우박 맞듯 맞아가며 목사가 탄 헌 망태는 좌우로 흔들거리며 동문을 향했다.

"예라끼라, 길 비켜라! 목사또 행차시다. 예라끼놈, 길 비켜라!"

목사를 태운 망태 들것이 동문을 나가고, 얼마 안되어 이번에는 북문 길 쪽에서 왁자하니 떠드는 소리가 나더니 군중 사이를 뚫고 땟국에 까맣게 전 누비옷 차림의 사내 셋이 등에 업혀 들어왔다. 백지장같이 창백한 낯빛이며 피골이 상접하여 푹 꺼진 눈자위와 볼때기, 풀어져내린 산발머리가 영락없는 귀신 몰골이었다. 그 세 젊은이가 지지난해 민란에 집사 구실을 맡았다가 피죄되어 이태나 징역살이를 해온 오등리 사람들이라는 것이 밝혀지자 관덕정 마당은 또 한번 환호성으로 떠나갈 듯하였다. 사람들이 어느 틈에 주옥으로 몰려가서 옥문을 깨고 그들을 빼내온 것이었다. 세 청년 중 하나는 중환자로 아예 인사불성이고 나머지 둘도 갑자기 밝은 데로 나와 어질증이 일어나는지 눈을 차마 뜨지 못하고 맑은 눈물만 소리 없이 흘릴 뿐이었다. 세 청년은 등에 업힌 채 관덕정에 올라 잠깐 회민들에게 얼굴을 보이고 난 다음, 몸조리할 집을 안내받아 다시 군중 사이를 빠져나갔다.

 곧이어서 관덕정 축대에 높이 솟은 깃대 위로 흰 창옷에 유혈이 낭자한 영이방 문가의 시신이 데룽거리며 올라갔다. 장정 둘이 상체를 뒤로 발딱 잦히고 도르랫줄을 힘껏 잡아당기고 있었다. 시신이 주춤주춤 공중에 솟구쳐오를 때마다 군중은 좋아라고 함성을 지르고 발을 굴렀다. 평소에 멀리서 벙거지 끝만 보여도 얼른 등을 굽히고 자벌레처럼 뻴뻴 기어가는 그들인지라, 관속배 중에 우두머리 격인 영이방의 죽은 꼴이 여간 통쾌한 게 아니었다. 깃대 끝에 동동 매달린 시신은 공중을 치달리는 강풍을 맞아 좌우로 건덩건덩 흔들거리고, 어느새 냄새 맡고 몰려든 까마귀 떼가 정자의 용마루에 내려앉았다가는 사람들이 내지르는 함성에 놀라 공중으로 날아오르곤 했다.

 이제 관덕정 축대 위에는 남녁 남 자를 등에 써붙인 대정 화전민 백여명이 빽빽이 올라서서 정자를 둘러싸고, 서너 계단 위 거진 백평이나 되는 널찍한 정자 안에는 장두 방노인을 비롯한 모사·집사·역사 수십명이 올라서 있었다.

안반같이 빤빤하게 다듬어진 돌축대 위에다 수십개 아름드리 붉은 기둥으로 받쳐진 그 정자는 호남제일정(湖南第一亭)답게 웅대하고 단청이 아름다웠다. 관덕정은 일년에 두어번 삼읍 글선비를 모아 마당에 멍석 깔고 백일장을 하거나, 활선비를 모아 마당 끝에 살받이를 세워놓고 시사회(試射會)를 여는 곳으로, 이때 정자 안에는 타는 듯 붉은 갑사 비단 관복을 떨쳐입은 목사가 삼읍 수령과 더불어 풍악과 주육이 낭자한 기생 잔치를 벌였다. 게다가 이 관덕정은, 동헌 뜰이 따로 있건만, 관가의 위엄을 돋보이려고 구경꾼이 운집한 가운데 동헌치죄(東軒治罪)하는 곳으로도 사용되기 일쑤였다. 살옥(殺獄)이 나기는커녕 도적질도 없는 이 고장에서 죄인이라고 해야 제때에 납세 못해 매 맞는, 가난이 유죄인 상것들뿐이었다. 지금 영이방 시신이 매달린 저 깃대 꼭지에다 노란 바탕에 '帥'자를 써넣은 큰 기를 본때있게 게양하고 정자 밑 축대에다 형틀을 걸어 "첫매에 볼기 살점 묻혀 올려라!" 하고 목사의 추상같은 호령이 떨어지면 그 소리를 되받아 잇달아 일어나는 급창·형방(刑房)의 목청 높은 청령(聽令) 소리, 집장(執杖) 사령이 죽어라 내리치는 매질 소리, 애간장 터져나오는 비명 소리…… 그 무섭던 관덕정은 이제 매 맞던 백성들이 올라가서 눈을 부릅뜨고 호령하고 있었다.

아름드리 두 기둥 사이에 또 하나의 기둥인 양 장대하게 버티고 선 장두 방노인의 입에서 전령이 떨어질 적마다 계단 밑에서 집사 둘이가 쌍으로 어울려 복창하면서 마당에 운집한 군중을 향하여 목청껏 외쳐대는 것이었다.

"백성의 혈세를 범포한 영문 죄인들을 색출하시오! 영문의 집복 색리, 호적 색리들을 색출하시오!"

"성내 사는 백성들은 죄인 얼굴을 익히 알 터인즉, 각 동네별로 나누어 가가호호 샅샅이 뒤지시오. 그러나 성 바깥에서 온 사람들은 잠시도 자리를 뜨지 마시오. 죄인을 잡는다고 물색없이 설치다간 자칫 민폐가 되기 십상이오. 이때를 빙자하여 민가에 토색질하는 자는 반드시 군율에 걸어 엄중히 다스릴 터이니, 그리 아시오."

죄인을 색출하라는 전령이 입에서 입으로 삽시간에 뒤 끝까지 전해지자, 곧 성내 백성 수백이 우르르 몰려 관덕정 마당을 빠져나갔다.

그러나 수삼일 전부터 종적을 감춘 호적 색리, 집복 색리들이 여태 성중에 남아 있을 리가 없었다. 관청 청사는 물론 집집마다 마루 밑, 방고래, 뒤주 속, 돼지우리 할 것 없이 죄다 참빗 새 훑듯 샅샅이 뒤졌지만 한 사람도 찾아내질 못했다. 죄를 지은 장본인은커녕 그 혈육붙이들마저 화가 미칠까 두려워 피신하여 집을 비우고 있었으니 애꿎은 돼지들만 남아서 수난을 당했다. 죄인을 못 찾아 화가 치민 난민들은 세간을 때려부수고 돌담을 허물었는데, 그래도 분이 안 풀려 측간의 돼지를 마당에 끌어내 몰매 때려 죽였던 것이다. 죽은 돼지들은 그 당장 조짚불에 그슬리고 각을 떠 관덕정의 장두에게 바쳐졌다.

곧 장두의 명령으로 세 죄인 집 마당과 부엌에 동네 가마솥을 있는 대로 다 갖다 걸어놓고 고방에 잔뜩 쌓인 쌀을 내어 밥을 짓고 먹서리에 퍼 담아 관덕정 마당으로 져 날랐다. 물 길어오고 밥 짓는 일은 아낙네들이 도맡아 했다. 때를 같이하여 송대정, 김판관 같은 성내 부잣집 여남은 데를 골라 밥을 지어내라고 다그치니, 고방에 천정부지로 잔뜩 쌓인 쌀섬이 가량없이 팍팍 줄어들기 시작했다. 향리를 떠난 지 사흘째 되는 관덕정 회민들은 태반이 쫄쫄 굶은 속이었다. 통문에는 물론 닷새치 양식을 휴대하고 나오라 일렀지만, 이미 곡기가 끊겨 밀기울이나 칡뿌리 따위를 상식하는 처지이고 보니 좁쌀 한 됫박 마련도 쉽지 않았던 것이다.

 워낙 먹자고 벌린 입이 거진 오천이 되는지라 급식은 오후 반나절 내내 계속되었다. 장두의 명령이 지엄하여 밥을 다퉈 소란 피우는 일은 별반 없었다. 모두들 얌전히 앉아서 장도 없는 맨밥을 손바닥에 받아 먹었다. 사흘 낮, 이틀 밤을 한숨도 안 자고 걷고, 뛰고, 목청 터져라 외쳐댄 그들이라 강조밥 한 덩어리 목구멍에 넘어가자 대번에 무서운 식곤증이 천근 무게로 내리눌러 차례차례 고개를 떨구고 잠에 떨어지곤 했다. 조밥덩이를 받아먹은 사람들은 물론, 아직 제 차례가 멀어 한참 기다려야 하는 뒤켠 사람들도 오랜만에 궁둥이를 땅에 붙이자마자 잠이 쏟아져 눈을 뜰 수가 없었다. 사람이 워낙 빽빽이 들어차서 눕기는커녕 발 뻗을 틈도 없었지만, 드러눕자고 해도 맨땅바닥이 차가워 엄두가 나지 않았다. 모두가 앉은 채 말뚝잠을 잤다. 무릎을 세워 안고 웅크린 채 조는 사람, 퍼질러앉아 머리를 사타구니에 틀어박은 채 조는 사람, 짚단 모아 세운 듯 서넛씩 동아리져 어슷비슷 등을 맞대고 조는 사람…… 그런 중에도 용변 보러 들고나는 사람들이 끊임없이 줄을 잇고 있었다.

 밤이 되어도 회민들은 자리를 뜨지 않았다. 곳곳에 장작으로 화톳불을 대낮같이 벌겋게 피워 싸늘한 야기를 물리치면서 밤 도와 함성을 지르며 기세를 올렸다. 조천·신촌 백성이 혹 야습해올지 몰라 경계함이었다. 이날부터 등에 남녘 남 자 써붙인 화전민패 백여명은 그동안 비밀에 부쳤던 남학당(南學黨)이란 명칭을 공공연히 쓰기 시작했다.

이튿날은 영등바람이 몰고 온 꽃샘추위가 유별나게 기승부리는 날씨였건만 회민들은 아침부터 화톳불을 피우고 종일 자리를 뜨지 않았다. 아침나절에는 재작년 민요에 채군수를 도와 장두 송계홍을 잡아 죽인 대정 포수 강박의 아들이 죽음을 당했다. 스물두엇 난 그 청년은 도망간 아비 대신 애매하게 붙잡혀와 노한 군중 한가운데 내던져져 무참히 밟혀 죽은 것이었다. 그 시신 또한 밧줄로 목을 걸어 포정문 대들보에 현수되었다.

이날 중낮이 훨씬 겨워 한달 만에 모처럼 화륜선 현익호가 들었다. 그러나 산지포와 화북포에 거룻배를 띄우지 못하도록 엄금해 놓은 터라, 해변을 지척에 두고 있으면서도 승객과 화물을 내릴 수도 실을 수도 없었다. 관덕정 회민들이 일절 훤화를 금한 채 조용히 앉아 있었으니, 성중에 무슨 일이 벌어졌는지 배에서는 알 턱이 없었다. 아무 영문 모르는 화륜선은 한참 동안 뱃고동 울리며 기다려도 쪽박 하나 떠오지 않자, 별수 없이 뱃머리를 돌려 가고 말았다.

현익호가 물마루를 넘어가자 해가 지고 날이 갑자기 추워졌다. 썰렁한 기운이 소매 안으로 스멀스멀 기어드는가 싶더니, 차차 바람마저 드세게 불어제쳐 한기가 뼛골을 쑤셨다. 화톳불을 여러군데 피워올렸지만 도무지 어한이 되지 않았다. 여기저기서 재채기 소리가 무슨 돌림병처럼 잇달아 터졌다. 사흘 동안 밤잠 못 자 지칠 대로 지친 그들은 그 추위를 앉은 채 견디다간 자칫 무슨 생병 얻어걸릴지 몰라 하나둘 자리에서 일어나 여염집 헛간이나 말방앗간이나 찾아 어둠 속으로 사라지곤 했다. 조천·신촌 백성들이 오늘 밤 쳐들어올지 모르니 자리를 뜨지 말라고 축대 위에서 집사들이 신신당부하건만 밤이 이슥해질수록 빈자리가 눈에 띄게 늘어나고 있었다.

마침내 남학당 화전민 수십명이 화톳불에서 불붙은 장작개비를 빼어들고 마당의 남쪽 가에 자리잡은 호적고(戶籍庫)로 달려갔다. 의기소침해서 웅크리고 앉았던 회민들은 그제야 함성을 지르며 자리 차고 일어났다. 때마침 불어오는 강풍을 맞아 호적고는 삽시간에 불길에 휩싸였다. 기둥마다 서까래마다 벌건 불갈기가 달라붙어 무섭게 펄럭대고 땅땅 기왓장 터지는 소리가 밤하늘을 울렸다. 불꽃은 우렁우렁 불소리를 내며 우람하게 치솟아올랐다. 호포세·장전세·화전세·미역세·마장세(馬場稅)·어망세·염세 같은 갖은 명색의 집복 문부가 타고, 죽은 지 석삼년이 되어도 호적에서 삭제 안된 채 세를 물어야 했던 이름들, 죽어도 못 죽은 그 억울한 귀신 이름들이 불길에 활활 타고 있었다.

"잘코사니, 에이 시원허다. 우리네 호적을 즈네 밭문서로 삼아 곡석을 맘대로 앗아가더니, 에라 잘됐져!"

"묵은 호적 태워불고 새 호적 맹글라!"

"집복 문부를 공정하게 다시 맹글라!"

사람들은 길길이 뛰어오르며 목이 터져라 고함질렀다. 화광이 충천하여 사람마다 얼굴에 불그림자가 너울거리고 더운 불김이 사방에 훅훅 끼쳤다. 그 불은 한마디로 거대한 화톳불이라고나 할까. 사람들은 그 불에 몸을 덥히면서 그날 밤도 밤새 함성을 지르며 조천민의 내공을 경계하였다.

 그러나 그다음 날은 이른 아침부터 진눈깨비가 휘몰아쳐 더이상 회민들을 붙잡아놓을 수가 없었다. 사람들은 비를 피해 산지사방으로 콩 튀듯 흩어져 민가에 몰려들었다. 창의소에서 급식하는 밥 외에 민가에서 토식함은 물론 간장종지 하나라도 혓바닥 대는 자는 포정문 대들보에 목매달겠노라고 거듭 엄명을 내렸지만, 이백호도 못되는 민가에 만명이 들어가 박혀 바람벽 터지게 득실거리니 자연 민폐가 없을 리 없으리라. 창의소에서 주는 두어술 밥에 배부를 리 없는 그들인지라 혹시 무슨 노략질을 저지를지 모를 일이었다. 자칫 성내 백성들은 없는 살림에 세간 뿌리가 거덜날 판이었다. 일이 그 지경에 이르면 필경 자중지란이 일어나고 말리라. 지금까지 이틀 동안 밤낮으로 회민을 관덕정 마당 한가운데에 둔취시키고 자리를 못 뜨게 엄금한 데는 조천민의 내공을 경계하기 위함도 있었지만, 회민이 민간에 들어 작폐를 놓을까 두려웠기 때문이었다.

 장차 일이 어찌 되어갈 것인가? 정자 안에 잔뜩 몰려서, 진눈깨비 휘몰아치는 텅 빈 마당을 한참 망연자실 내려다보던 남학당 백여명은 하는 수 없이 정자를 떠나 관속들이 도망쳐 비어 있는 작청(作廳)과 사령청에 나누어 들었다.

 풍우에 휩싸인 관덕정 정자는 종일 먼 그림자처럼 희뿌윰하게 떠 있었다.

 생깃골 김판관 집에도 비를 피해 사람들이 떼거리로 몰려들었다. 회민들이 몰려오자 바깥채에 든 두 대감네는 여간 불안한 게 아니었다. 민당에게 밥을 대기 시작한 어제 낮부터 남학당 장정 예닐곱이 들어와 진을 치며, 주인 김판관에게 양식을 후히 내라고 삿대질하고, 김판관이 조천민과 내통하여 음모를 꾸밀까봐 문금을 사뭇 엄하게 하는 통에 적잖이 불안해 있던 그들에게는 꾸역꾸역 밀려들어오는 회민들이 두렵지 않을 수 없었다. 주린 범이 원님을 알아볼 리가 없었다. 여러날 씻지 못하여 빗물에 땟국이 얼룩진 얼굴이며 누덕누덕 기워 입은 갈중의적삼 차림에다 소 주둥이 가리는 부리망같이 띠풀로 얼기설기 엮은 약돌기를 짊어진 꼴이 영락없는 떼거지 몰골이었다. 하나같이 손에 작대기가 들려 있는데다, 밤잠 못 자 벌겋게 핏발 선 눈망울들이 섬뜩했다. 당장 이 큰 집을 한입에 삼켜버릴 것만 같았다.

  나기주는 황망히 재촉하여 동저고리 바람인 두 대감께 의관을 갖추어 보료 위에 나란히 앉게 하고, 삼은 대감의 문객 배윤경은 영창 앞 마루에, 하인 둘은 섬돌 위에 좌우로 늘어서서 시립하게 하였다. 혹시 회민들이 무슨 해코지를 해올지 모르니, 궁색하나마 그렇게라도 위의를 갖춰놓을밖에 없었다. 나기주 자신은 밖으로 나와 회민들을 안내하고 있는 주인집 머슴들을 거들었다. 공손히 안내하는 체하면서 사람들을 되도록 대감 두분이 있는 안방 앞으로 못 가게 따돌릴 요량이었다. 저들이 어찌 나올지 몰라 잔뜩 마음을 도사리고 있는데, 웬걸 뜻밖에도 회민들은 관덕정 마당에 시체 둘을 내걸고 밤낮으로 함성을 무섭게 내지르던 사람들 같지 않게 언사가 고분고분하고 행동거지가 다소곳했다.

  얼추잡아 백쉰명쯤 될 듯싶은 남정네들은 하인방, 헛간, 북덕방, 대문간, 나무광 할 것 없이 그득그득 메우고도 넘쳐, 비바람이 들이치지 않는 남쪽 추녀 아래 웅크리고 앉아 떨어지는 낙숫물에 발

등을 적시고 있었다. 더러는 엉거주춤 부엌으로 발을 들여놓았다가 밥 짓는 동네 아낙네들에게 타박 맞고 쫓겨나기도 했다. 안채와 바깥채에 널찍한 마루가 있어도 올라갈 생각은커녕, 툇마루에 앉기조차 꺼려했다. 김판관쯤은 업수이여겨도 두 대감에게만은 차마 그럴 수 없는지 퍽 조심하는 눈치였다.

 그러나 겉으로는 이렇게 고분고분해도 속으로는 주도면밀하게 여러 수를 헤아리고 있음이 분명했다. 장두의 명령이라 하여 문금을 전보다 더 엄하게 하여 김판관네 식구는 물론 두 대감에 딸린 문객·하인들도 문밖출입을 막는가 하면, 또 뒷집 적객들이 넘어다니느라고 허물어놓은 돌담도 도로 쌓고, 심지어 안채와 바깥채끼리 내왕도 엄금했다. 대정 화전민 집사가 나기주에게 공손히 하는 말인즉슨, 두 대감을 보호하려는 뜻에서 문금을 엄중히 하노라고 했지만, 내심은 조천 사람인 김판관이 혹시 산전수전 다 겪어 경륜 많은 두 대감이나 다른 적객들과 의논하여 무슨 술수를 내지 않을까 두려워서 하는 일이 틀림없었다.

 오직 물 길어 나르는 아낙네들만 문밖출입이 허락되었다. 널찍한 부엌 안에는 예닐곱 되는 크고 작은 솥마다 밥이 끓고 그것도 모자라 뒷마당 가에 임시로 만든 부뚜막 가마솥에도 불을 때고 있었다. 동네 아낙네 여럿이 물 길어온다, 마른 솔가지를 나른다, 나무삽에 잉걸불을 잔뜩 담아 남정네들에게 날라다준다 하며, 젖은 짚신발로 질척거리며 마당을 질러 바지런히 오고 갔다. 남정네들은 비좁아터진 데서 해바라기 씨 박히듯 옹색하게 몸 비비고 앉아 있는지라, 훈훈하게 피어오르는 몸김에 젖은 옷이 서서히 말라갔다. 급식은 이웃집에 들어 있는 사람들을 먼저 치른 다음 차례가

오게 되어 있는지라 한참 기다려야 했다. 모두들 변변히 먹지 못한 속에 바깥 한데서 풍우에 시달려 지칠 대로 지친 몸이라 밥 익는 고소한 냄새에 취한 채 어슬어슬 쓰러져 잠이 들었다. 장바닥처럼 시끌적하던 말소리들이 차차 뜨막해지고, 비 내리는 마당에는 밥 짓는 연기가 자욱했다.

거진 반나절을 내처 자기만 하던 남정네들은 중낮이 지나서야 밥 먹으라는 소리에 잠이 깼다. 조반 겸 점심으로 강조밥 한 덩어리를 삼킨 그들은 마당으로 쏟아져나와 항아리 물을 벌컥벌컥 들이켰다. 간장 하나로 거친 조밥을 먹었으니 목이 메기도 하겠지만, 그보다도 아이 주먹만 한 밥 한 덩어리로는 도무지 양이 차지 않아 물배라도 채워야 견딜 판이었다. 마침 진눈깨비도 그쳐 있고 해서 그들은 타작마당으로 쓰이는 뒤뜰에 잔뜩 모여서 마른 솔가지를 뽑아다 여러군데 모닥불을 피웠다. 모닥불에 헐어빠진 길목버선이나 빗물 먹어 비틀린 오이 꼴이 된 소털 패랭이를 말리기도 하고 고의춤을 까발겨 이를 잡기도 했다. 더러는 아예 웃옷을 홀랑 벗어 불 위에다 이를 털어내기도 했다. 닷새 낮밤을 소리 질러 목이 탁 쉬어버린 그들인지라 주고받는 말이 그리 높지 않았다.

"이월 영등바람에 검은 암쇠 뿔 구부러진댄 하더니, 참말로 맵긴 매운 날씨로고. 아까 비에 고뿔 들린 모냥이여, 몸이 오실오실 춥고 코에서 단김이 나오는 게."

"나흘 밤을 한데서 노숙했으니 우리 겉은 반늙은이치고 병 안 날 사람 있으까? 나도 고뿔이여, 간밤부터 줄창 콧물 사태로고. 그러나저러나 우리가 집 떠나온 지 발쎄 닷쇠 아니라? 도대체 이 난리가 언제 끝날 건고? 내 생각엔 그만하면, 더 할 일도 없을 것 같은디……"

"겔쎄, 도망간 죄인 세 놈이 안적 포착 안되고, 또 조천 백성이 어 떵 나올지 모르고 하니…… 아매도 새 목사가 도임해올 때까지는 기두려사 허지 않으카? 일을 벌였으니 중동무이해서는 안되고 단 단히 아퀴를 지어샤쥬. 새 목사한테 소장을 올려 억울한 원정을 호 소하고 다짐을 받아내사 해여."

"아이고, 그때꺼정 베랑 할 일도 없이 이 성중에서 묵새겨사 해 여? 난 집 걱정이 태산이여. 집에 중돝 한마리 키우는디, 그놈 굶는 걸 생각하면…… 그놈이 먹을 밀기울이나 보릿겨를 식구딜이 먹고 있으니 달리 무스거 멕여볼 게 있어야쥬. 집 아이들헌티 풀뿌리라 도 부지런히 캐다주렌 단단히 타일러놓고 나왔쥬만 걱정이여. 그 놈이 배고파 꽥꽥거리는 소리가 귀에 쟁쟁하염고. 우리 집 귀물이 그거 하나여. 하루해 전 그놈한티 매달려 풀뿌리, 나무뿌리 캐다주 고, 이웃 마실 가도 마려운 똥을 억지로 참고 와설랑 그놈을 멕이 며 간신히 연명시켜왔는디…… 연 닷새째 놈의 집 칙간에 똥을 누 어 놈의 집 도새기 좋은 일 시키니 참말로 애석한 노릇이여."

"에이, 그 사람, 냄새나는 똥 소리 그만해여. 그런디 이 집 김판관 네 도새기 말이여, 자네도 봤을 테쥬만 중송아지만치 물트락하게 살쪄 있어. 생전 그리 큰 놈 보기는 첨이여. 이런 춘궁기에 사람 먹 기도 어려운 낟알 곡식으로 도새기를 멕여 키우다니 기구한 우리 네 팔자, 부잣집 돝 팔자보담도 못하구나."

"하이간에 어서 집엘 보내줘사지, 도모지 허기져서 사람 살 수 있나. 말똥만 한 조팝 두 덩이 먹고 종일 소리 지르라 하니."

"이 사람 말허는 게 똑 품삯 받고 놈의 집 쌍일 해주러 온 뽄새로 밥 타령이로고. 그런 소리 저 사람들 들으면 매 없어 못 맞을 거여. 여기 있으나 집에 가나 배곯기는 매한가지 아니여? 곡기 떨어진 집 구석에 들어가봐야 조팝 구경이나 해보겠는가. 밀기울에 칡뿌리, 띠뿌리 씹는 것보다야 조팝 두 덩어리가 낫지. 낫고말고! 부잣집 것을 공허게 먹으니, 내 집 밀기울 축 안 나 좋고, 부잣집 곳간이 팍 팍 줄어 좋고, 좋고."

"자네, 참말 놀부 심사로고. 놈의 재물 축나는 것이 그리 청심환 갈아 먹은 듯 상쾌하단 말이여? 세금 안 내는 말이라고 함부로 하지 말아."

"허허, 부자 하나면 세 동네 망한다는 말도 못 들었어? 고팡에 쌀 섬을 뫼같이 쟁여놓고설랑 숭년 들기를 기두리는 게 부자놈 심보여. 숭년 삼년 들어 굶어 다 죽게 된 사람들에게 장리쌀 꾀어주어 이듬해에 못 갚으면 마소를 끌어간다, 밭뙈기를 뺏어간다, 냉중에는 심지어 아이꺼정 데려다 종으로 박으니, 말도 쉰마리, 소도 쉰마리, 토지는 만경이요, 기는 종도 열, 나는 종도 열이라, 그래서 부자가 되는 거쥬. 넨장, 부자가 땅에서 솟아나나, 하늘에서 내려오나. 세 동네가 망해사 부자 하나 생기는 거여. 이 난리를 주장해여 나선 대정 화전민들도 농토 뺏앗겨 유망헌 백성들 아닌가. 상놈 살림이 양반 양식이더라고, 양반집·부잣집 곳간에 쟁인 쌀이 실은 우리 겉은 상놈덜이 농사지은 것 아니여?"

"부자도 부자 나름이쥬. 이 집 김판관은 갑오년 숭년에 조 여러 섬 내어 주린 백성들을 멕인 어른이여. 그런 분을 욕하면 죄로 가는 뻡이여."

이날 해가 설핏해서 포정문 인경이 연해 울더니, 삼읍 수령을 혁파하고 대신 적객 최형순과 김낙영을 각각 좌우 대장으로 삼으며, 환상(還上)을 반감하고, 또한 성중 민당 수를 이천으로 줄인다는 방이 곳곳에 나붙었다. 회민이 너무 많아 민가에 폐가 될 뿐 아니라 통솔하기도 어려워 수를 반으로 줄인 것이었다. 그리고 이날부터 식량을 민가에서 구하지 않고 사창미를 풀어 조달한다는 소문이 돌았다. 귀향하게 된 사람들은 노약자를 우선하고, 유사시 다시 취회하기 용이하게 주성에서 멀지 않은 제주 고을의 중면·좌면·우면 백성들이었다. 수를 반으로 줄인 대신 관덕정 축대에 오른 남학당 백여명이 무기고에서 기계를 꺼내 들었으니, 이를 일컬어 내진(內陣) 또는 어남군(禦南軍)이라 하고 나머지 회민을 외진(外陣)이라 하였다.

저물녘에 제주의 중면·좌면·우면 백성들은 관덕정 마당에 모여 한바탕 함성을 질러 기세를 올린 다음, 각각 동문·서문으로 성을 빠져나갔다.

문금이 내린 이래 발길이 끊겼던 최창순이 초저녁에 운양 대감을 찾아왔다. 두 적객이 남학당에 가담한 덕분인지 사뭇 엄하던 문금이 오후부터는 풀려 있었다. 다른 회민들처럼 갈옷 차림에 소털 패랭이를 쓴 최생은 방에 들자마자 두 대감께 다가가 귀엣말로 중대한 밀기(密機)를 전했다. 나기주도 귀를 바짝 세워 들었다. 최창순은 첫마디에 장두 방성칠을 역적 놈이라 욕하면서 분에 못 이겨 몸을 부르르 떨었다.

"방성칠 그 역적 놈이 기어이 백성을 속이고 말았습니다. 백성의 억울함을 신원하겠다고 나선 장두가 알고 보니 흉중에 무서운 흑심을 품고 있더란 말입지요. 어젯밤 호적고를 불태울 때부터 너무

한다 싶더니…… 호적고에 불 지르고, 무기고에서 총검을 내어 무장시키고, 삼읍 수령을 혁파하여 대신 무인 적객 최형순과 김낙영으로 좌우 대장을 삼아 삼읍을 통솔하게 하였으니, 이젠 민란이 아니라 역란이 되어버린 겝니다!"

여기에서 최생은 잠시 말을 멈추고 가쁜 숨을 몰아쉬었다. 무슨 말이 나올까 잔뜩 궁금해진 나기주가 껴들었다.

"바깥 물정이 그렇다는 것은 우리도 아까 참에 대강 들어 알고 있소만, 저들이 아무리 어리석기로 설마……"

그러자 최창순이 아랫입술을 한번 잘근 씹고는 중동무이한 말을 이어나갔다.

"저도 처음 포정문에 나붙은 방을 보았을 때는 그런 생각을 했습지요. 이 물 막힌 섬 중에서 썩은 화승총 백 자루를 가지고 나라에 대적하여 역란을 일으킬 리는 없고 필시 조천민의 내공이 두려워 미리 방비해두자는 수작인 줄만 알았죠. 민당 수를 반으로 줄여 귀향시켰으니 무기를 들고 있어야 안심이 될 거 아니겠습니까? 그런데 그게 아니더란 말씀입니다. 그 역적 놈의 내흉한 속셈이 이제야 백일하에 드러났습죠. 실은 제가 시방 최선달한테 들렀다 오는 길입니다. 최선달이 두분 대감 어른께 잘 말씀 여쭤달라고 신신당부하는 말인즉 이렇습니다."

순간 나기주는 가슴이 뜨끔했다. 최선달이라면 오늘 막 난민 대장이 됐다는 최형순이 아닌가. 그자가 두 대감께 할 말이 있다니, 도대체 무슨 말일까. 두 대감은 눈을 크게 뜨고 최생의 입을 주시하는 것이 속으로 퍽 놀라는 눈치였다. 최형순과 김낙영은 같은 적객 신세이긴 해도 두 대감과는 여태 일면식도 없는 처지였다. 적객 열세명 중에서 한번도 인사차 찾아오지 않은 사람이 오직 이 둘뿐이었다. 둘 다 삼십 초반의 혈기 방장한 젊은이들로서 최선달은 대원군 측근의 사주를 받은 자객으로 친일 개화파 골수분자인 김학우 암살 사건에 연루되어 갑오년에 이곳에 종신 유배 왔고, 김도사는 을미사변에 연루되어 피신해 있다가 작년 말에 피체되어 역시 종신 유배를 받은 처지였다. 이렇게 중벌을 받고 있는 적객 신분으로서 조용히 근신하지 못하고 난리에 가담하여 난민 대장이 되다니, 이 무슨 경거망동일까?

"오늘 아침, 방성칠 그 역적 놈이 최선달과 김도사를 불러 일을 같이 하자고 여러 말로 꼬이더랍니다. 하도 해괴망측하고 부도한 짓거리인지라 입에 담기도 두렵습니다만, 말씀 아니 드릴 수 없구면요. 그 방 역적이 정감록에 의지하여 역란을 일으킬 흉계를 토로하더라는 겁니다."

운양 대감이 놀라워 눈썹을 더욱 치켜올렸다.

"아니, 그럼 역성혁명을 하겠다는 거여?"

"그렇습죠. 방 역적의 말인즉슨 나라 운세가 쇠미해지면 바다 섬에서 진인(眞人)이 나타나 섬 군사를 거느리고 방두지장(房杜之將)과 더불어 북상하여 계룡산에 도읍한다는 정감록 예언이 딱 맞아떨어지는 시기가 바로 지금이라는 겁니다. 방두지장의 방(房) 성이 자기 성씨와 상부할뿐더러, 예로부터 제주섬이 천문지리에 방성(房星) 분야로서 천자포정지궁(天子布政之宮)이니 왕후지지(王侯之地)라 일컬어지는데 그것도 제 이름과 상부한데다가 지금처럼 거물 정객이 다수 귀양 내려와 있은 적도 없고, 나라는 이미 국운이 기울어져 병대를 보낼 여력이 없으며, 일본과 아라사도 서로 다투고 있는 마당이니 어느 한쪽에서 감히 병대를 보내지 못할 터인즉, 이는 필시 하늘이 시키는 일이라, 천명을 받들지 않을 수 없다는 겁니다. 참으로 신인이 공노할 대역적 놈이지요."

단숨에 이렇게 말하고 난 최창순은 가쁜 숨을 몰아쉬었다. 좌중은 아연실색하여 서로 얼굴만 쳐다보며 잠시 말이 없더니 먼저 삼은 대감이 입을 열었다. 워낙 목에 가래가 끓는데다 노기로 말소리가 사뭇 떨려 나왔다.

"아니, 그럼 그 방 역적이 우리도 역모에 끌어넣겠다는 말인가?"

"대감, 그런 염려 마십시오. 최선달이 저보고 두분 대감께 여쭤달라는 게 바로 염려 마시라는 말씀입지요. 최선달 자신은 방 역적의 청을 거절했다간 무슨 봉패를 당할지 모르니 시늉이라도 화응하는 체할 수밖에 없지만, 이왕 형편이 그리된 바에야 두분 대감을 비롯한 다른 적객들에게 해악이 미치지 않게 돌보겠다는 결심인가 봅니다. 그래서 최선달이 방 역적에게 다짐 놓기를, 나를 쓸 양이면 반드시 내 말도 써야 한다. 적객 중에 우리 두 사람이 몸 바쳐 나갈 터이니, 다른 적객들은 끌어들이지 말라, 모두가 서울 사대부 집안에서 고생 모르고 글만 읽은 선비들인데 어찌 이 험한 일을 감당할 것이냐, 공연히 인명만 다칠 뿐이라고 하면서 방 역적을 설득해놓았답니다."

"글쎄……"

삼은 대감은 들릴락 말락 이렇게 중얼거리고는 눈을 지그시 감았다. 운양 대감도 화롯불에 눈을 준 채 잠시 생각에 잠긴 듯 아무 말이 없었다. 두 대감은 조금도 안심하는 눈치가 아니었다. 사실 나 기주가 생각해도 미심쩍은 것이 한두가지가 아니었다. 최·김 두 적객이 난민에 가담한 것은 과연 그들 말대로 남학당의 위협에 쫓겨서 어쩔 수 없이 한 짓일까? 혹시 스스로 좋아 자발적으로 나섰음에도 엉뚱하게 호도책을 쓰는 것은 아닌지? 역란이 실패하는 경우 빠져나갈 구멍을 마련하려는 수작으로 미리 두 대감께 핑계를 둘러대는지도 모른다. 그러나 일단 역란이 실패하면, 나중 후환이 두려워 사세부득 남학당에 가담했노라는 핑계만으로는 도저히 죄를 면할 수 없는 줄을 그들이 왜 모를까? 그리고 사세부득이라니, 청을 거절했다고 설마 죽이기까지야 하랴. 여러 말로 간곡하게 핑계를 대면 모면할 도리가 없지 않을 텐데. 그리고 대정 남학당들이 아무리 병법 모르고 물정 모르는 촌무지렁이라고 하지만 위협에 못 이겨 마지못해 응하는 자에게 대권을 쥐어주었다가 자칫 고양이에게 고기를 맡기는 격으로 화를 자초할지도 모르는 그런 어리석음을 범할 리도 없는 것이다. 혹시 종신토록 이 섬바닥을 벗어나지 못하게 된 자신의 기구한 팔자에 울컥 분이 치밀어 죽기 아니면 살기로 나선 게 아닐까? 적객치고 불만 없는 사람이 뉘 있으리요만, 듣는 바에 최선달이 그중 귀양살이가 고된 모양이었다. 집안이 워낙 간고하여 부쳐오는 돈은 일전 한푼 없는데다, 아이들을 모아놓고 천자문이라도 가르치고 싶어도 단 몇냥 안 줘도 살 수 있으리만큼 세상에 흔한 것이 선달이라 아이들이 모여들지 않았다. 그래서 주인집에서 반머슴 노릇 하면서 삼년 동안 겨우겨우 밥 얻어먹어온 터수이고 보니 평소에 혈기 방장한 그로서 속에 울화가 끓지 않을 리 없었으리라. 그리고 모략과 음해와 권모술수가 난무하는 서울 대처 바닥에서 잔뼈가 굵은 그인지라 이 맹랑한 『정감록』 맹신자들의 역모가 성공하기를 믿어서 가담하지는 않았을 테고 보면, 아마도 여차직하면 난민 대장의 명령으로 돛단배 하나를 징발하여 일본으로 튈 속셈일지도 모른다.

나기주는 무심중에 한숨이 토해져나왔다. 잠시 침묵이 흐른 뒤 운양 대감이 먼저 입을 열었다.

"허허, 정감록이 또 사람 여럿 잡아먹게 생겼구먼. 선조대왕 때 정여립 일당이 정감록을 믿고 역모를 꾸미다가 그 지경이더니…… 최생, 저들이 진인이라 일컬어 내세우는 정도령은 도대체 누구요? 모사 중에 하나인 정산마 늙은인가?"

"글쎄요, 아직은 달리 두드러지게 나타난 사람이 없습니다만."

"방두지장이라면 당 태종 때 이름난 두 장수 방현령과 두홍회를 일컬음인데, 방씨는 방 역적과 상부한다고 치고 그러면 두씨는 누구요?"

"그런 성씨는 팔도를 돌아다녀도 드문데 저 무리들 가운데 있을 턱이 없죠."

"방 역적은 진인이 해도에서 나타난다는 정감록 설을 가져다가, 제주섬이 임금이 솟아날 방성 분야라는 천문지리설에다 그럴듯하게 꿰어맞춰 혹세무민하는 모양인데, 참으로 기가 찰 노릇이야. 이 개명한 시대에 정감록이니 점성술이니 운운하는 것도 가당치 않은 일이지만, 설령 그 예언이 옳다손 치더라도, 해도에서 나타난다는 진인이 어찌 겨우 삼사년 전에 입도한 타관 떨거지들이겠는가? 이 섬의 풍수와 흙에서 솟아난 자라야 옳지."

"지당한 말씀이십니다. 우리 제주섬이 임금이 솟아날 방성 분야라 하여 고려조에서 호종단이라는 지사(地師)를 보내 혈맥을 끊고 정기를 제압하였다는 전설이 있습지요. 그래서 인맥은 물론이려니와 수맥(水脈)도 끊겨 이 섬에 물이 귀한 것도 그 때문이라고 우리 섬 백성은 믿고 있습지요. 아무튼 진인이 해도에서 나타난다 함은 이 섬의 산천 정기가 뭉쳐 솟아남을 일컫는 것이지, 저같이 어디서 굴러들어온 말 뼈다귀인지도 모르는 노망한 늙은이가 될 수는 없지요."

나기주가 한마디 거들기를,

"그 말은 뒤집어놓고 보면 이 섬사람들이 그들 가운데 진인이 나타나기를 학수고대하여왔다는 말도 되겠는데."

이 말에 최창순은 펄쩍 뛰었다.

"노형, 하다 그런 말 마십시오. 역적 나타나기를 고대하다니, 그러면 우리 섬 백성들이 무슨 불령도배(不逞徒輩)라도 된단 말입니까? 예로부터 자칫 수중고혼이 되기 십상인 저 험난한 물길을 허물하지 않고 갖은 진상물을 올려 바쳐 순종의 뜻을 표하여온 섬 백성들인데……"

"하하, 최형, 너무 노여워 마시오. 이를테면 그렇다는 것이지. 그렇지만 그처럼 과다한 진상물 마련과 탐관오리 발호에 시달릴 대로 시달려온 이 섬 백성들인데, 그들을 도탄에서 구해줄 진인이 나타나기를 바라는 마음이 왜 없겠소. 없는 게 이상한 일이지. 본토로부터 독립하여 진상과 세금, 부역이 없는 옛날 탐라국 시절로 돌아가 태평성대를 누리고 싶은 생각을 하는 것은 당연한 일이 아닐까요?"

잠시 시무룩해 있던 최창순이 약간 격앙된 어조로 말했다.

"말이 났으니 한마디 하지요. 글을 읽는 유생으로서 이런 말을 하는 게 도리가 아닌 줄 압니다만, 저 자신 섬 백성인 걸 어찌합니까. 우리 제주섬이 본토에 예속된 이래 수차에 걸쳐 민란이 일어난 것은 사실이지요. 그중 역란이라 일컬을 만한 것은 모두 고려조에 일어났는데, 이를테면 양수란, 문행노란 등 민란이 무려 열 손가락을 헤아리지요. 심지어 김통정이 이끄는 삼별초가 관군에 쫓겨 입도하자 도민들이 이에 합세하여 항파두리에 시오리 토성을 쌓고 크게 항전을 벌이기도 했습니다. 이렇게 여러 차례 항쟁하여봤지만 목숨만 무수히 잃을 뿐 도무지 불가항력인지라 본조에 들어서는 순순히 복종하여 역대 성왕의 양순한 적자가 된 것이지요. 물론 오백년이란 장구한 세월이 흐르는 동안에 한두가지 역모가 없었던 것은 아니지요. 선조대왕 때는 문충기가, 순조대왕 때는 양제해가 '제주는 제주인으로 자주(自主)하여 잘살자' 하고 각기 반역을 도모하다가 거사 직전에 탄로된 예가 바로 그것이지요. 우리 섬에서 반역 음모는 으레 밀고가 뒤따르기 마련이지요. 그러나 민란은 다릅니다. 삼십오년 전 강제검이 장두로 나선 임술년 난리는 삼차에 걸쳐 삼읍 민인이 다 궐기한 대란이었지만 그것은 막심한 세폐와 경래관의 침학에 견디다 못해 일어난 민란이었지 역란은 아니었습니다. 삼정의 문란으로 일어난 임술년 난리가 어디 이 섬에만 있었습니까. 진주를 비롯한 삼남 지방이 다 일어났던 일인데…… 팔년 전의 김지나 재작년의 송계홍이도 백성의 억울함을 호소해보고자 소요를 일으킨 것에 불과하지요. 그런데 육지 손님들 중에는 간혹 우리 도민을 순화가 덜 된 반골로 보는 분들이 더러 있어 듣기에 퍽 섭섭합니다. 오죽 못 견뎌야 민요가 일어나는지는 별로 염두에 두지도 않고…… 그러니까 호종단이 제주섬의 혈맥을 단혈(斷血)하고 기(氣)를 눌러버려 큰 인물이 나오지 않는다는 전설은 말입니다, 큰 인물이 나오면 반드시 역란을 일으켜 백성들을 사지로 몰아갈 터이므로 큰 인물이 제발 나오지 말아달라는 소망이 깃들어 있다고 봐야지요. 우리 섬에는 이 호종단 전설 말고도 겨드랑이에 날개 달린 아기장수 전설이 있는데, 아기가 장차 커서 역적이 될까 두려운 그 부모가 아기를 죽여버리거나 겨드랑이 날개를 인둣불로 지져버린다는 얘기지요."

한마디로 섬 백성들은 비록 역적은 바라지는 않지만, 어느 담대한 장두가 목숨 바쳐 나와 그들의 억울함을 호소해주기를 바란다는 것이었다. 민란을 찬양하는 흉설(凶說)이 되지 않도록 무척 조심하면서도 할 말을 다 하는 젊은 최생의 의기를 보자 나기주는 가슴이 뭉클했다. 그 말 속에는 이 섬의 척박한 땅과 가난한 사람들을 사랑하는 도타운 마음씨가 있음이 넉넉히 헤아려지고도 남았다. 대저 '글 읽는 유생'이란 무엇이냐. 글을 읽어 벼슬하고 벼슬하면 으레 민재를 늑탈하여 민란의 까탈이 되는 것이 유생이 아닌가. 벼슬에 뜻이 없어 초야에 묻힌 유생이라고 떳떳하달 수는 없으렷다. 그들은 그들대로, 배운 글을 허구한 날 다리를 개고 앉아 공리공담에다 허비하고, 관폐를 호소하는 억울한 백성들을 위해 소장 하나 쓰기도 꺼려하는 책상물림들이 아닌가.

나기주는 새삼스럽게 최생이 입은 칙칙한 갈옷에 눈이 갔다. 최생은 방에 들어오면서, 그 옷차림이 아니면 바깥나들이가 안된다고 미리 변명을 한 터이지만, 아마 속으로는 저 관덕정 마당에 모인 회민들과 한마음이리라.

삼은 대감이 의아한 듯 말했다.

"그렇다면 말이오, 세폐를 구하겠다고 나온 장두가 홀연 역적으로 둔갑해버린 이 마당에 회민들이 해산하지 않고 여태 모여 있는 것이 무슨 까닭인가?"

"백성들은 이 난리가 역적 난리인 줄 까맣게 모르고 있습지요. 남학당 중에서도 정자 안에 올라 방 역적을 둘러싸고 있는 모사·집사 대여섯과 최선달, 김도사만이 알 뿐이고 계단 밑 축대 위에서 총검 들고 포열한 소위 어남군들도 전혀 모르고 있습니다. 회민들이 알면 당장 등을 돌리고 해산해버릴 테니 비밀에 부칠 수밖에 없지요. 정감록에 눈먼 모사·집사들이라면 모를까, 오장육부를 온전히 갖춘 사람치고 승산 없는 싸움인 줄 번연히 알면서 왜 사지에 뛰어들겠습니까?"

운양 대감이 고개를 설레설레 흔들며 말했다.

"아닐세. 회민들이 알고 있더라도 이제는 별수 없네. 방 역적들이 정말 역란을 일으킬 양이면, 마냥 비밀에 부칠 리가 없지 않은가. 필시 조만간 회민들에게 알릴 걸세. 그땐 회민들에게 그야말로 날벼락이 떨어지는 셈이지. 남학당 백여명이 총기 들고 삼엄하게 단속하고 있는데, 감히 자리 털고 일어나 해산할 수 있겠는가."

"그러면 대감, 어찌하면 좋겠습니까?"

하고 최생이 초조하게 물었다.

"글쎄, 별도리가 있겠나? 아무튼 관군이 들이닥쳐 온 섬을 도륙내기 전에 도민 스스로가 일을 해결해놓아야 할 텐데…… 어제 현익호가 왔다 갔다는데 혹시 난리인 줄 눈치채지 않았을까?"

"글쎕니다. 아무리 기다려도 거룻배 한척 마중 나오지 않으니까, 무슨 심상치 않은 변고가 생긴 줄 알고 갔겠죠."

"설령 그 배가 난리 터진 줄 알고 갔다 해도 역란이 일어난 줄은 알 턱이 없지. 흔히 있는 민란쯤으로 알고 새 목사에게 순검 몇 붙여주고 도임을 재촉할 게 뻔해요. 아무튼 무능한 조정에서 관군을 보내려면 한달은 좋이 걸릴 테니 그사이에 무슨 일이 생겨도 생길 걸세. 저 남학당들이 지금 당장은 물색 모르고 미쳐 날뛰고 있지만, 여러 날 지내다보면 차차 흥분이 식고 제정신 돌아오면 화승총 백 자루로는 관군을 대항할 수 없다는 자각이 생길 거요. 이왕 버린 목숨이 되어버린 방 역적 일당 대여섯이야 끝까지 발악하겠지만 나머지 남학당은 심경 변화를 일으킬 공산이 커요. 노천에서 불안에 떨며 고생이 막심한 이천 회민들은 말할 것도 없고…… 하여간 지금 당장은 사태를 관망하는 도리밖에 없네."

이때 삼은 대감이 끼어들었다.

"글쎄요, 알 수 없는 일이지요. 나라 안 온 백성이 정감록이 퍼뜨린 흉설에 매혹되어 있는 세상이니, 이 섬 도민이라고 다르겠소? 아까 최생이 선조대왕 때 문충기 역모 사건이 있었다고 했는데 내 알기로는 그것이 정여립 잔당 길삼봉 등이 변성명해서 이 섬에 도피해 들어와 있다가 섬 백성 문충기 등과 더불어 역모를 꾸민 것이지요. 이로 미루어보건대 이 섬에는 옛날부터 정감록 신앙이 상당히 뿌리 깊은 모양인데, 이참에 방성칠이 나타났으니 도민들이 크게 화응해 나설지도 모르지요. 대란이 될까 두렵군요. 수년 전 동학당 대난리도 명분이 무엇이든 간에, 이씨조선 오백년 운수라는 정감록 말세론이 바닥에 깔려 있었지요."

이 말에 최생이 실색하면서 손을 내저었다.

"삼은 대감, 그런 천부당만부당한 소리는 마십시오. 설마하니 저 양순한 백성들이 남학당이 무서워 따를지언정 진심에서 화응할 리 있겠습니까?"

"저 백성들의 마음은 양반 자제인 최형과는 좀 다를 거요. 최형은 나라가 키우는 유생 신분으로 충군(忠君)하는 마음이 절실하겠지만, 저 상민들은 날이면 날마다 나라 원망으로 지새워온 사람들이오."

이때 관덕정 마당에서 갑자기 우레 같은 함성이 들려왔다. 소리에 놀란 개들이 사방에서 시끄럽게 짖어댔다.

나기주는 맷돌짝으로 짓눌린 듯 가슴이 답답했다. 사실 삼은 대감의 걱정도 무리가 아니었다. 세상은 바야흐로 『정감록』의 말세론에 휘말려 온통 야단이 아닌가. 수년 전 동학란은 물론 을미의병란도, 요즘 삼남에 벌 떼같이 일어난 화적당들도 이 참언에 선동됨이 컸다. 이제 나기주의 귀에는 "궁궁을을" 하고 중얼거리는 주문 소리가 귀에 들려오는 듯했다. "말세를 당하여 피신함에는 산도 이롭지 못하고 물도 이롭지 못하고 두 궁(弓)이 가장 좋으리라." 등에다 궁 자를 쓴 부적을 붙이면 죽지 않는다고 믿어 불 본 나방이 떼처럼 일본군을 향하여 돌진하던 동학군들이 눈에 선했다. "이씨 말년에 나를 죽이는 자 누구뇨, 머리 작고 발 없는 자이라" 하였으니 이는 국토에 창궐하는 삭발한 왜 오랑캐요, "이씨 말년에 천리에 이어 선 소나무가 일조에 희어진다" 했으니 이 또한 경성과 부산을 잇는 왜놈 전선주였다.

"이씨 말년에 궁중 과부가 주장하고 어린 임금이 나랏일을 날로 잘못하여 단신으로 의지가 없어 집집이 인삼이요, 촌촌이 물방아며, 사람마다 진사로다(매관매직). 마침내 붉은 해가 사흘 동안 비치고, 피가 궁중에 흐르고(민비 시해), 해와 달이 서로 싸우고(당파 싸움 혹은 청일·노일 상쟁), 검은 구름과 안개가 이레 동안 하늘을 덮고 계룡산 돌이 흰빛으로 변하고 초포에 배 다니고 혜성이 나타나 은하의 자미성을 침범하고 북두성에 옮아가면 대중화(大中華)와 소중화(小中華)가 함께 망할지니 이때를 당하여 진인이 해도에 나타나 섬 군사를 거느리고 방두지장과 더불어 북상하여 계룡산에 창업하리라."

이날 밤 이슥하여 삼십리 밖 조천 포구에서 풍선 한척이 몰래 떴으니, 배에 탄 사람은 관군을 부르러 가는 제주 군수 김희주였다.

삼경이 훨씬 지나 닭이 한홰 울 때쯤에, 나기주가 문득 퇴창이 나직이 흔들리는 소리에 잠을 깨고 보니, 창밖 어둠 속에 정세마가 서 있었다. 얼굴을 알아볼 수 없게 캄캄한 야음 속에서 그가 헐떡거리며 속삭이기를, 아까 자정 무렵에 몰래 담 넘어 들어온 남학당 모사 강벽곡으로부터, 방성칠이 자기에게 제주 삼읍 공사(公事)를 맡길 요량으로 있다는 엄청난 밀기를 전해 듣고 성 밖으로 피신하는 중이라는 것이었다. 갈옷 차림에 소털 패랭이를 써서 난민으로 변장한 그는 두 대감께 대신 인사 올려달라고 하면서 곧 황망히 어둠 속으로 빨려들어갔다. 방성칠은 젊고 재주가 뛰어난, 명문거족 동래 정씨 정세마를 정도령으로 추대하려는 의사임에 틀림없었다. 그런데 이렇게 중대한 진중 밀기를 방성칠의 심복인 강벽곡이 누설하여 정세마를 피신시킴은 정말 놀라운 일이 아닐 수 없었다. 과연 어찌 된 일일까? 강벽곡이 반역으로 치닫는 방노인을 가로막아 보려는 것일까?

잠이 설갠 귀에 너무 뜻밖의 소리를 들어 얼떨떨해진 나기주는 잠시 정세마가 사라진 어둠 속을 응시하며 우두망찰 서 있었다.

남학당이 정세마에게 손을 뻗는 것으로 미루어, 나머지 적객들도 결코 무사하지 못할 듯이 여겨졌다. 적객들뿐만 아니라 나기주 자신도 저들이 의중에 점찍어놓고 있는지 모를 일이었다. 이 일을 어찌하면 좋을까? 막상 저들이 찾아오면 차탈피탈 핑계 둘러대기도 괴롭거니와 설사 별다른 행악질을 놓지 않고 순순히 물러간다 해도 결코 안심할 일이 못되었다. 이쪽에서 거절하건 말건 저들이 멋대로 날조하여, 적객들이 모두 남학당에 가담했다고 관덕정 마당에 방을 써붙여버리면 그만이 아닌가. 이 소요가 역적 난리로 둔갑해버린 줄 알면 백성들이 크게 놀라 동요할 터이니, 그들을 안심시키기 위해서라도 두 대감을 비롯한 적객 열세명이 모두 남학당에 가담했노라고 공표할 공산이 컸다. 최선달이 방 역적에게 다른 적객들은 범하지 말라고 당부했다지만 하루도 못되어 저렇게 정세마를 손에 넣으려고 하고 있으니 그 말도 신용할 것이 못되었다.

나기주는 안방으로 건너가서 두 대감을 깨워 이 사실을 알렸다. 불 켜지 않은 어둠 속에서 두 대감은 나직이 탄식할 뿐 역시 별 묘책이 없었다. 화롯불에 불그레 물든 자리옷 앞자락만 보일 뿐 운양 대감의 얼굴은 방 안 어둠에 어울려 보이지 않았다. 화로전에 올려놓은 대통에서 담뱃불이 연상 바쁘게 붉었다간 자지러지곤 하는 것이 대감도 퍽으나 불안한 눈치였다.

이 밤이 새기 전에 얼른 피신해버리는 것이 상책이건만 그럴 수 없는 게 안타까웠다. 피란하기 마땅한 곳이라곤 주인 김판관의 향리인 조천리뿐인데, 김판관은 문금이 풀린 초저녁에 바깥 형편을 알아본다고 나간 채 여태 돌아오지 않고 있었다. 하기야 김판관이 없어도 저 북덕방에 자고 있는 머슴 하나 깨워 길라잡이 삼고 떠날

수는 있겠지만, 이수가 거진 삼십리 길인데, 도무지 엄두가 나지 않았다. 아무리 바빠 서둘러도 두 대감을 태울 마필을 구하고 행장을 꾸리려면 수식경이 걸릴 터인데, 아마 십리도 채 못 가서 날이 새어 행인들에게 들키고 말 것이 틀림없었다. 어차피 하루 낮을 지내며 기다려볼 수밖에 없었다. 혹시 그사이에 무슨 변통이 생길지도 몰랐다. 남학당 모사 강벽곡이 기밀을 누설한 것이, 그의 말대로 이 소요가 역란으로 치닫지 못하게 가로막으려는 갸륵한 뜻에서 나왔든지, 아니면 갑자기 목숨이 두려워져서 구명도생(救命圖生)할 꾀를 내는 것이든 간에, 이로 미루어볼진대 남학당의 지휘부에 분란이 일고 있음이 분명했다. 이미 저승 문턱을 넘어선 장두·모사·집사 대여섯명이야 이래 죽으나 저래 죽으나 어차피 죽을 목숨, 한바탕 관군과 결판지게 싸우다 죽고 싶은 심사겠지만 다른 사람들은 일이 더이상 커지기를 바랄 리가 없었다.

　이런 말들을 나직이 주고받으며 앞일을 의논하노라니 어느덧 날이 새어 지게창문에 희뿌윰한 새벽빛이 와닿았다. 나기주가 소피를 보려고 막 방을 나오는데, 별안간 골목 안으로 많은 사람이 와자지껄 떠들며 몰려들어오는 소리가 들렸다. 이 꼭두새벽에 웬 사람들일까? 혹시 이 집으로 몰려오는 게 아닐까? 잔뜩 긴장하여 마음을 도사리고 있는데 다행히 그들은 대문 앞을 그냥 지나치는 눈치더니 갑자기 "우아리오—" 하는 외침 소리가 들려왔다. "우아리오—" 여럿이 어울려 길게 꼬리 끄는 소리, 저건 벼슬아치가 문을 들고 날 때 사령들이 외치는 문소리가 아닌가. 이 난리 속에 어떤 지체 높은 양반이 있어 이처럼 새벽 행차란 말인가? 옳지! 정세마를 정도령으로 모시러 온 소위 신연하인들일시 분명하다! 신연하인들은 뒷집 대문 앞에 멈추더니 다시 한번 "우아리오—" 하고 길게 문소리를 냈다.

나기주는 얼른 신을 꿰고 살금살금 돌담 울타리께로 다가갔다. 얼멍얼멍 뚫린 돌담 구멍으로 횃불 불빛이 새어나왔다. 담 구멍에 눈을 대고 엿보니, 횃불 밝힌 대문 앞에 교자 한채가 놓여 있고 그 뒤로 횃불을 든 남정네들이 쌍으로 나뉘어 늘어서 있었다. 역시 짐작대로 그들은 방성칠의 명령을 받들고 정세마를 교자에 태우러 온 남학당패였다. 이제 곧 대문이 열리면, 그제야 정세마가 집에 없는 줄 알고 대판 난리를 칠 판이었다.

나기주가 급히 툇마루로 기어올라 두 대감께 이 사실을 알린 다음 동정을 살피려니까, 아닌 게 아니라 뒷집에서 곧 벌집 쑤셔놓은 듯 크게 야단법석이 일어났다. 장정 여남은명이 횃불을 들고 집 안팎을 싸돌아다니면서 샅샅이 뒤지고 주인과 서참서를 세워놓고 몹시 닦달하는 모양이었다. 한참 이렇게 북새를 놓더니 한 작자가 "당장 삼문(三門)에 통기하여 성문을 열지 말라고 하라!" 하고 소리치자 모두들 우르르 골목 밖으로 몰려나갔다. 앉은뱅이 천리 갈 그 시간에 정세마가 여태 성중에 남아 있을 턱이 없었다. 아마도 물이 말라붙은 남수구(南水口)의 홍예문 밑으로 해서 성을 빠져나갔으리라.

해가 이마에 닿게 떠오르도록 성문을 닫아건 채 정세마를 찾는다고 성안을 발칵 뒤집고 다니던 남학당패가 날 샌 올빼미 꼴이 되어 관덕정으로 되돌아갔다.

말로만 들을 때에는 설마하고 반신반의하던 나기주는 막상 남학당이 교자를 메고 정세마를 데리러 온 것을 보고 나자 크게 실망하였다. 이제 남학당은 변명할 나위 없는 역당임을 스스로 드러낸 셈이었다. 어제만 해도 남학당에게 은근히 호감이 가던 그였으니 난감한 심사가 아닐 수 없었다. 백성의 원한을 풀어준다고 창의를 일으킨 자들이 도리어 백성을 병화(兵火)의 불 속에 집어던지려고 하다니!

6

 아침참에 귀가한 김판관은 몹시 분개한 얼굴이었다. 친구 홍정의 집에서 밤새우고 오는 길이라고 했다.
 "초저녁에 저 남학당 역적 놈들이 시국을 의논하자고 부르기에 갔더니, 송대정도 함께 불러놓고 한다는 소리가 돈 이천냥씩 해내라는 게 아닙니까. 천참만륙할 놈들! 이제 보니까 방 역적보다도 그 밑에 집사라고 하는 젊은것들이 더 악독한 놈들이어요. 말인즉슨, 삼읍 공사에 비용이 많이 드니 후원하라는 것이지요. 허허, 저 난당 무리들이 날마다 우리 집에서 하루 수천 사발씩 먹어치워 거진 서른섬이나 되던 양식이 이제 내일모레면 아주 바닥 보게 생겼는데 그것도 부족하여 거금 이천냥을 내라고 하니, 저 역적 놈들이 송대정과 내가 돈푼깨나 있다니까 아주 패가망신시킬 심보가 틀림없어요. 아무리 돈 값어치가 떨어진 세상이지만 말이 이천냥이지,

이천냥이면 나락쌀 마흔섬이 아닙니까. 그놈들 앞에서는 수삼일 내로 마련해보겠노라고 고분고분 약조하고 나오긴 하였지만, 운양 대감, 제가 어디 일전 한푼이라도 낸다면 사람이 아닙니다. 제가 돈 이천냥에 아주 파락호로 떨어질 허약한 위인은 아닙니다만, 일찍이 국록을 먹고 조관(朝官)을 지낸 몸으로서 어찌 목에 칼 들어온다고 역적 놈들에게 돈을 내겠습니까!"

김판관은 붉게 상기된 얼굴로 이렇게 말하더니 돌연 입술을 모질게 깨물면서 주먹 쥔 손을 부르르 떨었다.

"홍정의와 밤새 의논해서 작정했습죠. 내 기어코 저 방 역적을 내 손으로 도륙 내어 그놈 고기를 씹고 말겠습니다. 오늘 밤 당장 조천에 가서 창의를 낼 요량입니다."

김판관이 조천·신촌 백성들을 이끌고 주성을 치면, 홍정의도 송대정, 채군수들을 재촉하여 성중에 창의를 내고 화응하기로 했다는 것이었다.

먼저 김판관의 젊은 첩이 젖먹이를 아기 업저지 등에 업히고 네살배기 놈은 걸려서 이웃 마을 가는 양 꾸미고 성 밖으로 피신했다. 길거리는 성 안팎을 드나드는 사람들로 종일 복작대고 있었다. 모든 준비는 김판관이 알아서 처리했다. 두 대감네 행장은 고리짝 두개로 줄이고 나머지는 믿을 만한 곳에 갖다 맡겼다. 피란 행장을 빨랫감으로 위장하여 이웃집 노파에게 두번에 나누어 등짐으로 져 나르게 하고, 말 두필도 비밀리에 물색하여 성 밖에 대기시켰다. 그동안에 나기주는 운양 대감과 친분이 두터운 적객 몇몇을 몰래 만나 피란 갈 의향을 타진하고 유시(酉時) 말에 사라봉 근처 연무정(演武亭)에서 만날 약속을 해놓았다. 시간을 그렇게 정한 것도 김판관의 의사를 좇은 것인데, 벌건 대낮보다도 성문을 닫기 직전인 초저녁 어스름 때가 아무래도 피신하기에 알맞을 성싶었던 것이다. 김판관이 장담하는 말로는 그 시간에는 주위가 어둑어둑하여 얼굴 분간이 어려울뿐더러 관덕정 모임에 참례했던 성 인근 촌민들이 많이 성 밖으로 빠져나가므로 그 속에 묻혀 나가면 그만이라는 것이었다. 일기는 종일 험상궂게 흐렸으나 다행히 비가 오지 않아 관덕정 회민들이 집 안에 몰려들지 않았다. 아침나절부터 밥을 지어 나르던 장정들도 저물녘이 되자 발길이 끊겼다.

　주위에 서서히 땅거미가 내리기 시작하자, 모두들 입은 옷 위에다 갈중의적삼을 덧입어 변복하고 미투리에 신들메를 단단히 죄었다. 두 대감도 마다않고 순순히 도포 위에다 칙칙한 갈옷을 끼워 입고 귀뺨을 가리는 휘양을 뒤집어쓰니 갈데없는 이 섬고장 촌로 행색이 완연했다. 여럿이 한꺼번에 대문을 나서다가는 혹시 골목에서 이웃 사람이라도 만나면 큰 낭패이므로, 김판관네는 따로 동문 근처 아는 집에 머물렀다가 떠나기로 되어 있었다.

　낯색을 분간 못하게 어스름이 짙어지자 골목 어귀에서 망보는 기동이가 손짓하는 대로 한 사람씩 집 밖으로 나섰다. 어슴푸레한 동문 길에는 김판관의 말대로 성문 닫기 전에 어서 성을 빠져나가려는 사람들로 붐볐다. 쫓기듯 조바심치며 골목을 나온 그들은 얼른 행인들 틈에 끼어들었다. 왁자지껄 떠드는 말소리들은 그저 건성으로 귀에 들려오고 내딛는 발걸음이 구름 위를 걷는 듯 허청허청 헛놀았다. 사람들에게 떠밀려 엉거주춤 성문 앞에 다다르자 때마침 삼문을 폐문하는 포정문 종소리가 까앙까앙 울려왔다. 성문 양옆에는 화톳불 불빛에 얼굴이 붉게 물든 젊은 장정 넷이 병장기

를 들고 수직하고 있었다. 그중 하나가 앞으로 썩 나서며,
"무엇들 그리 꾸물거렴수꽈? 빨리들 옵서! 종이 울렸수다. 곧 문 닫습네다. 재게재게 옵서!"
하고 큰소리로 다그치자 대번에 행인들 중에서 볼멘 목소리가 튀어나왔다.
"아따, 그 젊은이, 성미 한번 급살 맞게 바쁘네. 사람을 꼭 좁은 골목에 도야지 새끼 몰아치듯 해사 직성 풀리는가, 원."
"모처럼 능참봉 하니 하루 거둥이 열두번이라더니, 저 청년이 새로 영문 문지기 됐다고 위세 자랑함인가."
그 문지기가 듣다못해 팩 골을 내며 퉁방울눈을 굴렸다.
"에이, 쓸데기없는 소리 말고 빨리빨리 나갑서! 원, 팔자에 없는 문지기 노릇 잠깐 하단 보니 별 해괴한 소릴 다 듣네."
"난리가 나니 좋긴 좋구나. 범 같은 영문 문지기 앞에서 쌍지팽이 짚고 나서는 걸 보니. 전 같으면 어디 말 한 꼭지나 붙여볼 수 있었나. 성문 출입할 적에 그놈들한테 인정 안 바친다고 구박받은 일을 생각허면 치가 떨리느니. 자, 저 젊은이들 수고하는디 허튼소리들 그만허고 어서들 밖으로 납시다."

이렇게 농담이 오고 가는 중에도 두 대감 일행은 마음을 잔뜩 도사리고 있었다. 초저녁 어스름을 사르며 불땀 좋게 활활 타오르는 화톳불 앞을 지날 때에는 당장 문지기들이 달려들어 뒤꼭지를 잡아챌 것만 같았다. 다행히 문지기들은 전혀 이쪽을 눈여겨보지 않았다. 꾸역꾸역 몰려나오는 사람들 틈에 끼여 일행은 무사히 성 밖으로 빠져나왔다. 사람들은 성 밖으로 나오자마자 바삐 제집을 찾아 사방으로 흩어졌다. 일행은 숨 돌릴 겨를도 없이 오리 밖 연무

정을 향해 고갯길을 더위잡고 바삐 올라갔다. 그러나 몇 행보 못 가서 주위는 완전히 어두워지고 말았다. 몸이 쇠약하고 밤눈 어두운 삼은 대감은 아예 하인 등에 업히고, 운양 대감은 기동이의 부축을 받고 걸었다. 앞에서 떠들며 가던 한 패거리는 어느새 옆길로 빠졌는지 발소리도 들리지 않았다. 옆에서 귀뺨 때려도 모르게 깜깜한 어둠 속에서 돌투성이 고갯길을 오르자니, 자연히 행보가 더뎠다. 횃불을 든 난민패가 당장 성문을 열고 뒤쫓아올 것만 같아 마음이 다급한데, 도무지 발걸음을 얼른얼른 떼어놓을 수가 없었다. 운양 대감은 기동이의 부축을 받고도 여러번 돌부리에 채어 비틀거리곤 했다.

이렇게 장님 발 더듬듯 하여 연무정에 당도하니 겨우 오리 길을 오는 데 보리밥 한 솥 짓기가 착실히 걸렸다. 길가 밭담을 의지해서 쪼그리고 앉아 바닷바람을 피하고 있던 김판관과 적객들이 반색하며 길로 나왔다. 서참서, 김순화, 이부위, 그리고 어찌 연락이 닿았던지 정세마도 와 있었다.

고개 위에서 보니, 주성은 바로 눈 아래 지척인데, 관덕정 마당 곳곳에 벌겋게 타오르는 화톳불 불기운이 구름까지 넓게 번져 등골이 오싹하도록 귀기(鬼氣)를 발하고 있었다. 한시도 지체할 수 없었다. 저들이 지금쯤 눈치채고 장정을 뽑아 뒤쫓아올 채비를 하고 있을지 몰랐다. 김판관은, 대감 일행을 기다리는 동안 근처 대밭에서 베어내 만들어두었던 죽창을 나눠주었다.

"이 어두운 밤길을 가자면 지팡이가 꼭 요긴한 물건인데, 이걸 짚고 갑시다. 이 물건이 그냥 짚고 가면 죽장이지만 위급할 시엔 죽창이 되는 거지요. 창끝은 솜 누비옷을 찢어 싸맸으니 다칠 염려

없습니다."
두 대감을 제외하고 모두 죽창 하나씩 들었다. 두 대감이 미리 대기해놓은 말에 오르자 일행은 곧 서둘러 출발했다. 말 탄 이는 두 대감과 김판관뿐이고 나머지는 모두 걸어갔다. 하인들은 고리짝을 짊어졌어도 행보가 빨랐다.
갈수록 바람결이 맵고 드세어지더니 화북포 동구 앞을 지나자 바람은 무인지경의 들판을 말 달리듯 무서운 소리를 내며 내달렸다. 칠흑 같은 어둠을 미친 듯 휘젓고 길가 솔숲을 엉엉 울리고, 밭담에 스스로 이마를 쪼고 무섭게 비명을 질렀다. 바람 소리 때문에 죽창이 길바닥 돌에 부딪쳐 나는 메마른 소리도 더는 귀에 들리지 않았다. 눈을 뜨나 감으나 매일반인 어둠 속이지만 흙모래가 날리는 통에 눈은커녕 코도 열 수가 없었다. 흙모래는 입안까지 들어와 서걱거리고 있었다. 삼양 마을이 가까워질 즈음에서 바람에 밀린 구름 새로 언뜻언뜻 달빛이 새어 발끝을 비춰주는 듯하더니 금방 주위가 다시 깜깜해지면서 돌연 철 그른 함박눈이 휘날리기 시작했다. 검정 두루마기를 아낙네 쓰개치마처럼 뒤집어쓴 삼은 대감은 말 위에 엎드린 채 연신 괴롭게 기침을 내뱉고 있었다. 길바닥이 질척거려 길목버선이 금세 다 젖었다. 발이 칼로 도려내듯 시렸다. 그렇지만 땅이 젖어 흙먼지가 날리지 않는 것만도 다행이랄까. 아니, 이런 일기 불순한 밤일수록 행려가 두절되어 사람 눈에 띄지 않을 터이니, 오히려 하늘이 돕는다고 해야 하리라.
이렇게 시오리를 내리 강행한 일행은 무사히 면(面) 경계를 넘어 좌면으로 들어서자 적이 마음이 놓였다. 이때부터 나머지 길은 중간중간에 생솔가지를 꺾어다 불을 피워 언 몸을 녹이면서 쉬엄쉬

엄 걸어갔으니, 자정을 지내고 사경이 깊어서야 조천리에 도착되었다.

이 마을은 수년 전만 해도 이 섬의 큰 관문으로 주성 못지않게 번창하던 곳이었다. 진상선·무역선·세초선이 노상 들락거려 상고 배들이 흥청거리고 물화가 낭자하던 것이, 산지포에 화륜선이 다니기 시작한 이후로 퍽 한산해져 있었다.

일행은 해미 현감을 지낸 김판관의 맏형 김씨 댁에 들었다. 한기가 단단히 든 운양 대감은 미음죽을 몇술 뜨는 둥 마는 둥 하고 곧 안방 뜨뜻한 아랫목 맨장판에 등을 대고 누웠다. 차차 한기가 가시면서 전신이 촛농 녹듯 나른해졌다. 삼은 대감은 해수병이 크게 도졌는지 기침이 그치지 않아 숫제 이불을 펴고 앓고 있었다.

한 식경이 채 못되어 사람들이 몰려들기 시작하자 운양 대감은 홀로 일어나 옷매무새를 단정히 하고 일일이 문안객을 맞았다. 그들은 모두가 이 섬고장에서 제일 세도가 당당하다는 조천 김씨들이었다. 이들은 서로 이웃에 모여 사는고로 고래등 같은 기와집 삼십여채가 즐비했다. 몇대에 걸쳐 수령을 많이 배출한 이 명문갑족 조천 김씨 문중에는 현재 생존해 있는 수령 역임자만 따져도 여덟이나 되었다. 현직 군수인 김희주도 이 집안 사람이었.

제일 연상인 전 현감 김여산에서 스물댓 난 김주사에 이르기까지 거진 쉰명이 대청마루에 올라앉고 마당에는 또 이들이 데리고 온 하인붙이로 그들먹했다. 하인들 수효가 얼추잡아 오륙십은 될 듯싶은데, 모두 힘꼴깨나 있어 보이는 것이 사건 당초에 목사가 대정 화전촌을 급습할 요량으로 조천에 은밀히 모았다는 장정이 바로 그들인 듯했다. 민란이 역란으로 뒤바뀌었다는 말을 그제야 들고 김씨들은 놀랍고 흥분한 나머지 언성 높여 방 역적을 성토했다. 마당의 하인들도 웅성거렸다.

대청에 모인 김씨들은 문중회의를 시작하기 전에 운양 대감을 좌상에 모실 뜻을 비쳤지만 나기주가 얼른 가로막고 나섰다. 대감께서 여러날 잠을 설친데다 야행길에 몹시 한기가 들어 중병이 들까 걱정이니 잠시 주무시게 해드리자고 핑계를 둘러댔지만 실은 그보다도 대감이 모의에 가담했다는 말이 밖으로 새어 남학당의 귀에 들어갈까 두려워서였다. 대신 나기주가 정세마와 더불어 회의를 방청했다. 그러나 중구난방으로 여러 말만 오갈 뿐 정작 창의를 내자는 김판관의 주장에는 김판관의 사촌인 젊은 김주사 외에는 모두 난색을 보였다.

"내 비록 진갑을 바라보게 된 추한 늙은이에 불과하나 한때 성총을 입어 사환길에 올랐던 몸으로 왜 저 역적 놈을 토멸하고픈 의분이 없겠느냐만, 아직은 사세부득이라…… 홍정의, 송대정네들이 성안에서 내응하겠노라고 했다지만, 그게 말하드키 쉬운 일도 아니고…… 또 우리 문중이 아무리 조천과 신촌 백성들 간에 세력 있기로 대세가 이미 남학당 놈들에게 기울어졌는데, 우리 말이 호락호락 들어먹힐 리도 없고 말이여."

이렇게 말하는 주인 김해미의 이마 주름살에는 수심기가 잔뜩 서려 있었다. 김판관이 주저하지 않고 얼른 말을 받았다.

"형님, 그러니까 대세를 우리 쪽에 유리하게 바꿔놓아얍쥬. 저 백성들이 여지껏 남학당의 역적 흉모를 모르고 있으니까 한시바삐 입으로 전하고 통문을 띄워 이 난리가 역적 난리라는 걸 만천하에 알리는 것이 목전의 급선무이우다. 주성에서도 지금쯤 홍정의, 송대정네들이 몰래 사람들을 놓아 이 사실을 퍼뜨리고 있을 거우다."

이번에는 김여산이 역시 난감하다는 듯이 고개를 설레설레 흔들었다.

"그렇지만, 당장 입에 달면 삼키고 쓰면 뱉는 저 무지한 백성들이 순역(順逆)을 가릴 텍이 있나. 그저 눈치나 보다가 힘 있는 쪽에 붙을 궁리나 하는 것들인디……"

"그래도 그게 아닙쥬. 역적 난리에 가담했다간 내중에 육지에서 관군이 들이닥치면 숱한 목숨 잃는다는 걸 누누이 일깨워주어야 합네다."

"그렇다고 이 조천 백성들이 우리 말을 고분고분 들어먹을 것 같애여? 서른댓해 전의 임술 난리에 우리 문중의 집 두채와 미역선 한척을 불 지른 것도 우리 밭을 병작하던 놈들이 아니던가. 평소에는 굽실굽실해도 속은 엉큼하고 검은 것이 그놈들이여."

"그때는 그때고, 그 후제 우리가 저 소작인들한테 인심 잃은 게 뭣이우꽈? 소작료 칠할 하던 것을 오할로 줄여주고, 지난 갑오년 흉년에는 진휼미 수백섬을 내어 조천·신촌민들을 먹였는디……"

이 말 끝에 여러 사람이 한마디씩 했다.

"그러니까 은혜를 원수로 갚는다는 말도 있지 않애여."

"설마하니 저들이 우리를 원수로 삼고 나서기야 하겠냐만, 우리 문중을 위하여 목숨 바쳐 나오기는 무망한 일이여. 죽창으로 어찌 기계 가진 놈들을 대항하느냐 말이여. 게다가 적당은 수가 수천이요, 우리는 조천·신촌 장정을 다 모아보아야 천명도 안될 텐데."

"애시당초에 목사가 장정을 모아달라고 애걸할 적에 매정히 거절 못한 것이 큰 불찰이라. 내가 그렇게 말렸는데 공연한 짓을 해설랑 저 남학당 놈들의 원한을 사고 말았으니……"
"나도 그때 문중회의에서 반대한 사람이우다만, 이미 엎질러진 물, 자꾸 한탄해여 뭘 합네까?"
"그러니까 이번 일은 실수 없이 잘 생각해여 결정하자는 거여."
"설마하니 저놈들이 우리 조천을 칠까? 저놈들이 주성을 범한 지 닷새가 되었는디, 우리를 칠 양이면 발쎄 쳤을 텐데."
"저놈들도 우리가 만만치 않다는 걸 아니까 감히 쳐들어오지 못하는 것입쥬. 우리하고 부닥쳐보아야 피차간에 인명 피해만 생길 터이니…… 하여간에 가만있으면 무사히 넘어갈 일을 공연히 의병을 일으켜 도리어 화를 자초하게 되는 건 아닌지 모르쿠다."
"아니여, 이젠 일이 영판 글러먹은 것만 닮아 뵈여. 필시 저 적도들이 조만간 쳐들어올 거여."
"겔쎄……"
이 말 끝에 좌중은 갑자기 말을 잃고 잠시 어색한 침묵이 흘렀다. 나기주가 가만히 눈치를 보니, 모두가 김판관이 두 대감을 비롯한 여러 적객을 데리고 피신 온 것을 퍽 언짢게 여기는 모양이었다. 이런 생각은 결코 지나친 게 아니었다. 사실, 내로라하는 조천 김씨들 중에 특히 의협심이 강하고 용력이 뛰어난 위인으로 알려진 김판관이 혼자도 아니고 두 대감까지 모시고 조천으로 피신 왔으니, 남학당들이 결코 예사롭게 생각할 리가 없었다. 방 역적은, 김판관이 두 대감을 받들고 의병을 일으킬 것으로 지레짐작하고 당장이라도 선수 쳐 습격해올지도 몰랐다.
좌중은 불안하고 나직한 목소리로 밤새도록 중언부언 한 말을 되풀이 되풀이하면서 좀처럼 결정을 내리지 못했다. 나기주는 남의 제상에 대추 놓아라 곶감 놓아라 할 처지도 못되었지만, 그로서도 별 궁리가 없어 그저 난감할 따름이었다.

닭이 두홰 칠 무렵이 되어서야 좌중은 간신히 창의소(倡義所)를 세우기로 의견을 모았다.

김판관으로 창의 대장을 삼고, 그날 중으로 조천·신촌 등 인근 서너 마을에 통문을 띄워 민정(民丁)을 징발하기로 했다. 김주사가 옆방에서 창의문을 작성하는 동안 다른 사람들은 머리를 서로 맞대고 민정을 모을 계책을 꾸몄다. 우선 손쉬운 조천·신촌 두 마을에서 민정 천명을 모은 다음, 그 세력으로 옛개·함덕·뒷개 마을을 휩쓸어 수를 크게 늘린다는 것이었다. 그리고 무엇보다도 총을 가진 산포수를 모으는 일이 더 시급하므로 중산간 마을인 선흘·와흘 마을을 먼저 단속해놓기로 했다.

그러나 결전의 시기는 생각보다 빨리 왔다. 이렇게 대청마루에서 한창 논의가 진행 중인데 갑자기 바깥에서 시끌작 떠드는 소리가 나더니, 하인들 사이를 뚫고 장정 하나가 숨이 턱에 닿아 허겁지겁 툇마루로 기어올랐다. 주성에 남아 있던 김판관의 하인이었다. 삼십리 밤길을 단숨에 달려온 듯 추운 날씨인데도 얼굴에 땀이 비 오듯 했다. 가쁜 숨을 몰아쉬는 그 장정의 입에서 의외의 말이 나왔다.

방 역적이 남학당을 선봉에 세우고 좌우 대장 최형순, 김낙영과 더불어 민병 이천을 거느리고 오늘 낮 오시에 조천을 친다는 첩보였다. 자정녘까지 관덕정 마당에 모여 있던 난민들은 정자에서 이러한 전령이 떨어지자 무섭게 함성을 지르며 기세를 돋운 다음 출병을 위하여 미리 잠을 자두라는 지시에 따라 모두 민가에 흩어졌다는 것이었다. 이는 김판관이 두 대감을 모시고 피신한 것을 방역적이 뒤늦게 알아차리고 취한 행동일시 분명했다.

결국 올 게 오고 만 것이었다. 벌써 동녘이 뿌옇게 밝아오고 있었다. 모두들 창황히 자리에서 일어나 웅성거리는 가운데, 김판관이 벽에 걸린 석유 호롱 하나를 냉큼 떼어 손에 쥐고 분연히 툇마루로 나섰다.

"너희들은 듣거라!"

김판관의 우렁찬 목소리가 기왓골을 쩌르릉 울렸다. 마당에서 화톳불을 쬐고 있던 하인들이 화들짝 놀라며 일시에 이쪽으로 고개를 돌렸다.

"저 방 역적이 오늘 중낮쯤 해서 우리 조천에 쳐들어올 모양이여. 빠르면 아침나절에 들이닥칠지도 모른다는 거여. 너희들도 아까 들어서 알겠거니와 방성칠은 천참만륙할 역적 놈임이 백일하에 드러났다. 오죽이나 분노하셨으면 두분 대감께서 예가지 오셨겠느냐. 내 성안에서 듣기에, 이 난리가 벌어진 당초에 우리 조천에서 방 역적을 치려고 장정 육십명이 궐기했다더니, 그 대부분이 너희들일 터이다. 저 무지몽매한 백성들이 자기네를 위하여 목숨 바쳐 나온 장두를 해치려 했다고 너희들을 욕하더라만, 보라! 결국 그놈이 역적으로 탄로났으니 너희들 행동은 백번 천번 옳은 거여. 옳고 말고! 이제 방 역적이 그 일을 원한 삼아 우리를 치러 온다고 한다. 사람으로 태어나서 의로운 일에 흔쾌히 몸 던져 싸우는 것처럼 거룩한 일은 없는 거여. 자, 우리 다시 한번 심기일전하여 옳을 의(義) 자를 떠받들고 싸워보자. 우리와 너희는 비록 지체는 틀리나 한솥의 밥을 먹는 한식구일뿐더러 저번 거사도 동사동모하였으니, 어찌 한 꿰미에 꿰인 운명이 아니겠느냐. 살아도 같이 살고 죽어도 같이 죽자. 이번 일이 성공하면 너희들 중에 종문서에 올라 있는 자는 문서를 불살라 속량해줄 것이고, 그냥 고용살이를 하는 자는 밭마지기를 떼어주어 스스로 벌어먹게 해줄 터이다. 자, 어서들 가자! 가서 집집마다 문 두드려 사람들을 모으자!"

날이 새자마자 신촌·함덕·뒷개·선흘·와흘에 급주로 통문을 띄우고 마을 입구 세군데는 장정을 시켜 마을 사람들이 도피 못하게 차단해놓았다. 곧이어서 조천 김씨 집안의 성인 남자란 남자는 모두 의관을 정제하고 나와 앞장서고 그 뒤로 하인들을 따르게 하여 위풍당당하게 마을길을 돌기 시작했다. 나기주와 정세마도 돌아가는 형편을 알아보려고 뒷전에서 따라갔다.

징과 북이 낭자히 울리는 가운데 하인들이, "방 역적 쳐들어온다, 어서들 모이라!" 하고 고함치며, 집집마다 부서져라 대문을 두들기니 마을은 온통 벌집 쑤셔놓은 듯 술렁거렸다. 사람들이 그 엄청난 기세에 눌려 하나둘 주밋주밋 따라붙긴 하는데 한결같이 의기소침한 기색이었다.

그런데 이 무슨 망조란 말인가. 뒤따라오는 마을 남정들 사이에, 이번 창의는 귀양 온 두 대감이 주장한다는 엉뚱한 말이 짜하게 나돌고 있지 않은가! 뒷전에서 멀뚱멀뚱 따라가던 나기주와 정세마는 정신이 바짝 났다. 도대체 민정들의 사기를 높이려고 김씨들 쪽에서 일부러 이런 말을 흘린 것일까? 아니면 저들 나름대로 추측해서 하는 소리일까? 하기는 김씨들이 소문내지 않더라도 두 대감이 조천에 오자마자 창의를 내었으니 충분히 오해 살 만도 했다. 애초에 조천으로 피란 온 것부터가 실책이었다. 이번 거사가 실패로 돌아가면 두 대감은 물론 그 행중에도 큰 화가 미칠 게 틀림없었다. 이왕지사 일이 이 지경으로 뒤틀려버린 이상, 남학당패와 대적해서 싸울 도리밖에 없었다.

이때부터 나기주와 정세마는 민정을 모으느라고 혈안이 된 김씨들과 함께 몸소 동분서주 뛰어다니면서 집 문을 두들기고 창의를 내는 뜻을 설유하였다.

그러나 사람들은 생각처럼 호락호락 모여들어주지 않았다. 처음에는 매호당 한명씩 마지못해 내더니, 집을 부순다고 으름장 놓기도 하고 좋은 말로 달래기도 하여 간신히 두 집에 세 사람꼴인 육백명을 모았다. 아낙네들이 자기 남편, 자기 자식이 죽으러 간다고 길바닥에 퍼질러앉아 대성통곡하는 꼴은 참으로 목불인견이었다.

해는 벌써 반공을 훨씬 벗어나 중천으로 치솟고 있었다. 즉시 왕대밭 하나를 베어 넘겨 죽창을 만들어 하나씩 안겼다. 조천진 군기고를 여니까 화승총은 한 자루도 없고 활은 썩어 진토가 되어 있었다. 오직 철창 여든 자루만 내어 그중 젊은 축들에게 나눠주었다. 그런데 웬걸, 어이없게도 싸우러 나선 젊은이들이 철창을 내주니까 무겁다는 핑계로 모두 땅바닥에 뎅겅뎅겅 팽개쳐버리고 죽창을 드는 게 아닌가.

이 꼴을 보자 나기주는 맥살이 탁 풀렸다. 한 꺼풀 무명옷도 뚫기 어려운 죽창으로 솜 누비옷에다 갈옷을 덧입은 남학당패를 찌르겠다니 가당치 않은 소리였다. 아무리 설득해도 철창은 보기만 해도 지긋지긋하다면서 들기를 막무가내로 꺼려했다. 저런 오합지졸을 데리고 어찌 적당을 맞아 싸울 수 있으랴. 나기주는 한심스럽기 짝이 없었지만, 이왕 내친걸음, 갈 데까지 가보기로 했다. 여러 마을에서 사람들이 착실히 모여들어 민정 수가 많아지면 그때는 사정이 달라지리라. 선봉에 선 창의소 김씨들은 육백 민정을 이끌고 곧장 오리 밖의 신촌으로 향했다. 신명을 돋우려고 더욱 요란하게 북과 징을 치건만, 사람들은 가벼운 대나무창도 무거운 듯 질질 끌며 그저 묵묵히 따라올 뿐이었다.

신촌에 와보니 동소임들이 모아놓은 민정은 겨우 이백이었다. 이에 창의소 측은 조천민을 마을 구석구석에 풀어 문 두드리고 함성을 지르며 한참 북새질 놓아 이백을 더 징발했다. 이제 민정 수는 거진 천에 가까웠다.

해는 벌써 중천을 벗어나 있었다. 오시에 주성을 떠난 남학당패가 조만간 들이닥칠 판이었다. 동편 한길 끝에 연상 눈을 주며 기다렸지만, 함덕·뒷개·옛개 백성들은 좀처럼 나타나지 않았다. 당장 조천·신촌민 일천 무리를 이끌고 그 마을들을 차례로 휩쓸면 천명은 더 징발할 수 있을 것 같은데 이미 때가 늦어버렸다.

이제 승패는 불 보듯 빤했다. 천으로 어찌 이천을 당해내랴. 게다가 졸지에 모은 산포수는 겨우 여덟명에 불과했다. 신명을 돋우려고 걸궁패 허튼 장단으로 꽹과리·북·징을 요란하게 쳐댔지만, 사람들은 여전히 시무룩한 기색이었다. 조천 김씨의 위세에 눌려 나오긴 하였지만, 목숨이 걸린 싸움판이니 도대체 신명이 날 리가 없었다. 나라가 갖은 혜택을 주어 기르는 사대부라면 모를까, 평소에 앗아가기만 하고 베풀어준 바 전혀 없는 저 상민들에게 위군충의(爲君忠義)하라 설파한들 무슨 소용이랴. 신촌 앞 한길을 가득 메운 민정들은 시시각각으로 불안한 기색이 짙어지며 크게 술렁거렸다. 이제 창의소 김씨들 간에도 어차피 승산 없는 싸움, 인명만 헛되이

다치느니 차라리 해산시켜버리는 것만 같지 못하다는 의견이 나와 갑론을박 실랑이가 벌어졌다.

그러나 민정들은 창의소의 결정을 기다릴 것도 없이, 적당 무리가 오리 밖에 바싹 다가왔다는 첩보가 날아들자 일시에 죽창을 길바닥에 내던지고 물 만난 개미 떼같이 앞다퉈 도망가기에 바빴다. 더러는 들판을 가로질러 산 쪽으로 흩어지고 더러는 한길을 따라 동으로 우르르 떼몰려갔다. 그야말로 날 샌 올빼미 꼴이 되어 잠시 망연자실 서 있던 창의소 사람들도 곧 정신을 수습하고 한길 따라 동으로 줄행랑 놓는 사람들 뒤를 따라 달음질쳤다.

같이 따라와 동정을 살피던 나기주와 정세마는 오리 남짓한 길을 단숨에 뛰어 조천에 돌아와 적객들에게 이 사실을 알렸다. 정세마는 단도직입적으로 두 대감께 이 섬을 뜨기를 종용했다.

"이번 조천 창의가 두분 대감께서 주창하신 걸로 세상에 알려진 이상 한시바삐 이 섬을 뜨는 게 상책입니다. 말 다르고 풍속 다른 이 섬 중에서 단 하룬들 본색이 탄로나지 않고 숨어 지낼 수 있겠습니까? 이 섬 동 끝에 성산포라는 포구가 있는데 거기에 일본 어선이 수십척 정박하고 있다고 하니 그 선편을 이용하십시오. 저희들도 같이 따라가고 싶지만 여럿이 다니면 필시 의심받을 터이니, 저희들은 따로 산촌으로 들어가 숨을까 합니다. 자, 나형, 배형, 어서 대감을 모시고 출발하시오."

그들은 즉시 행장을 대강 수습하고 서둘러 피란길에 올랐다. 간밤에 두 대감을 태우고 온 말 주인들은 성산포까지 역가(役價)로 서른냥씩 주겠다고 하니 두말 않고 흔쾌히 응하고 나섰다. 그리고 피란 도중에 낯선 사람이 의심하여 말을 걸어오면 두 마부가 도맡아 말대꾸해서 슬쩍 따돌리기로 했으니, 다른 사람이 입을 열었다 간 당장 육지 사람이란 것이 탄로날 터이므로였다.

두 대감을 말에 태우고 황망히 마을 밖을 벗어나 한길에 오르니 멀리 오리 밖 신촌 마을 앞길에 민병 무리들이 함성을 지르며 구름처럼 몰려오는 게 보였다. 일행은 서둘러 길을 재촉했다. 두 대감은 반달음질로 종종걸음치는 말 잔등 위에서 연방 머리가 털썩털썩 흔들렸다. 병약한 삼은 대감은 어질증이 나는지 낯빛이 금방 핼쑥해졌다. 한길 위에는 두 대감 일행 외에도 뒤에 처진 조천 피란민 대여섯이 종종걸음으로 쫓겨가고 있었다. 서북풍은 여전히 강풍으로 몰아쳐 뼛골이 오그라붙는 듯 추웠다.

바람에 갓전이 발딱발딱 제껴지고 수염발이 날려 아프게 볼을 때렸다. 이렇게 급주로 오리를 달아나서 문득 뒤를 돌아보니 조천 마을 한가운데 돌연 불길이 치솟고 있었다. 민병들이 조천 김씨 집에 몰려가 불을 놓은 게 틀림없었다. 일행은 숨 돌릴 겨를도 없이 다시 서둘러 행보를 재촉했다.

조천에서 삼십리 상거한 김녕 마을에 닿자 날이 저물었다. 행중이 모두 점심 굶은 속에다 찬바람에 시달리며 삼십리 길을 장달음 놓고 온 터라 더이상 운신 못하게 몸이 지쳐 있었다. 잠시 인가에 들어 어한할 요량으로 마을길로 들어서는데 맞은편에서 한 사내가 걸어오다가 아무래도 행색이 수상쩍었던지 앞에 멈춰 섰다. 마부 박씨가 먼저 말을 붙였다.

"우린 조천 피란민들인데예, 어디 정지 구석이라도 불 좀 쬐고 갈 데가 없을까마씸? 저 집안 두 노인네가 추위에 여간 고생이 아니라마씸."

그러나 그 사내는 놀랍게도 첫눈에 두 대감을 알아보았다.
"내 눈엔 대감 행차에 분명해 뵈우다마는…… 내가 해코지할 사람은 아니매 안심합서. 아까 참에 조천 피란민이 많이 우리 마을에 왔는데, 두분 대감 어른 이야기를 많이 합디다. 자, 다른 사람 눈에 띄기 전에 어서 두분 대감을 모십시다."
신씨라고 하는 그 중년 사내는 제집은 좁고 누추하다고 바로 이웃에 사는 박선달 집으로 일행을 안내하였다.
주인은 처음에는 퍽 곤혹스런 기색이더니, 이내 공손히 예를 갖추며 두 대감을 안으로 모셔들였다. 그러고는 즉시 안사람을 다그쳐 저녁을 빨리 짓도록 하는 한편 신씨보고는 밖에 나가 동정을 살피라고 단단히 일러놓는 것이었다.
얼마 후 저녁상이 들어오자 모두 눈이 휘둥그레졌다. 온 섬이 양식이 바닥나 아우성인 때라 남의 집에 들어 좁쌀미음 몇술 얻어먹으면 다행일 테지 싶었는데, 웬걸 김이 모락모락 나는 조밥이 감투밥으로 수북하게 올라왔는데다 두 대감 몫은 하얀 쌀밥이지 않은가. 과히 넉넉한 살림도 아닌 듯한데 필시 제사에 쓰려고 아껴둔 나락쌀을 내어 밥을 지은 모양이었다. 모두들 나물국 하나로 밥 한 사발을 달게 먹고 나자 여러날 설친 잠이 일시에 몰려들었다. 잠시 모로 쓰러져 눈을 붙이는데, 밖에 나가 있던 신씨가 황급히 뛰어들었다. 조천을 떠난 남학당 민병들이 뒷개를 지나 이 마을을 향해 진군해오고 있는데, 이미 선봉대 십여명이 마을에 들어와 조천 창의 죄인들을 찾는다고 집을 뒤지고 있다는 것이었다. 자리에서 벌떡 일어난 두 대감 일행은 황급히 주인과 신씨와 작별하고 대문을 나섰다.

밝은 달빛이 환하여 한길로 나섰다간 자칫 행인들의 눈에 띨 터이므로 주인이 일러준 대로 밭과 밭 사이 돌담으로 에워진 오솔길로 바삐 걸어갔다. 그 오솔길은 오리도 채 못가서 한길로 이어졌다. 넓은 한길에 들어서자 오싹 두려워졌다. 중천에 솟은 열나흘 둥근 달은 대낮처럼 밝아 금방이라도 적당의 눈에 들킬 것만 같았다. 간밤엔 어두워서 고생이더니 오늘밤은 너무 밝아 탈이었다. 일행 여덟명은 한길 가운데를 피해 길섶의 돌담을 따라 일렬로 늘어서서 낮에처럼 반달음질로 길을 재촉했다. 바람은 밤이 되어도 도무지 누그러들 줄 모르고 매섭게 불어왔다. 파도 소리, 바람 소리에 귀가 먹먹하였다. 거친 파도가 뒹구는 황량한 바다를 바라보면서 나기주는 가슴이 답답해왔다. 영등바람이 이렇게 연일 그치지 않고 불어제치니, 죽을 고생 해가며 성산포에 닿은들, 배가 못 뜨면 무슨 소용이랴. 해변을 따라 끝 간 데 없이 멀리 뻗은 한길 위에는 달빛이 살얼음처럼 하얗게 깔려 있었다.

이렇게 숨이 턱에 닿게 오리쯤 쫓겨가서야 일행은 다소 안심이 되었다. 난리속이라 일찍 행려가 두절되었는지 다행히 길에는 인적이 없었다.

사경(四更)이 가까워 무사히 행원리에 당도한 그들은 김녕의 박선달이 귀띔해준 대로 길손님 접대를 잘하기로 소문난 이판관 댁을 찾아갔다. 주인 이판관네 식구는 마침 월정리 종갓집 제사에 가고 없고 그 집 마름으로 보이는 젊은이가 일행을 맞았는데 처음에는 잔뜩 의심하여 방색하더니, 금방 이쪽 행색을 눈치챘는지 접대가 여간 극진한 게 아니었다. 아까 김녕에서도 그랬지만 또 한번 본색이 탄로나고 보니, 두 대감은 미상불 심기가 언짢은 눈치였다.

물론 그 때문에 대접은 잘 받았지만 아무리 헐찍한 남바위에 갈옷을 입어 변복해도 백랍초같이 흰 얼굴이며 어설픈 행동거지가 눈에 띄게 표나는 모양이었다. 좁쌀 훔친 도둑이 자루 새는 줄 모르고 도망치는 격이랄까. 하여간 이 밤이 새기 전에 성산포에 당도하고 볼 일이었다. 나기주는 좁쌀미음 한 사발씩 들이켜자마자 대번에 소록소록 잠에 빠져드는 하인배들을 재우쳐 일으키고 행려를 출발시켰다.

대문을 나서니 뜻밖에 바람 끝이 퍽 누그러져 있었다. 바람세가 이대로만 불어준다면 능히 배 놓아 갈 것 같았다. 모두들 좋아하며 발걸음 가볍게 여로에 올랐다. 달은 밝은데 바람이 순조로워 행보가 빨랐다. 졸망졸망한 갯마을 서넛을 지나 이십리 길을 단숨에 지내놓고 나자 달이 졌다. 어둠 속에서 개헤엄치듯 허위적허위적 더듬어 십리를 더 가니, 이 섬의 동 끝인 종달리(終達里)가 나왔다. 마을 바로 뒤에 어둠 속에서 거무스름하게 산 하나 솟아 있는 게 보였는데, 지미산(地尾山)이라고 했다. 종달리와 지미산, 그 이름부터가 이 섬의 동 끝에 와 있음을 실감케 했다. 길은 여기서부터 남으로 꾸부러지는데 시오리 떨어진 곳에 목적지인 성산포가 있었다.

동녘이 희끄무레 밝아올 무렵, 역돌리에 당도하여 몰래 탐문해보니, 뜻밖에 적객 장감찰이 하루 먼저 와서 머물고 있다는 말을 듣고, 찾아가 대문 밖에서 잠깐 만났다. 자리옷 바람에 황급히 나온 장감찰의 입에서 너무 뜻밖의 말이 나왔다. 남학당이 전령을 내려보내 일절 배를 놓지 못하게 엄금하고 있다는 것이었다. 포구마다 배를 뭍에 끌어올리고 돛은 마을 경민장(警民長) 집에 모아놓고 있을 뿐 아니라 심지어 성산포의 일본 배들마저 마을 사람들이 뭍에 올려 붙잡아매놓고 밤낮으로 수직하고 성산포 마을 어귀도 낯선 사람의 출입을 막으려고 밤낮으로 지킨다는 것이었다.

 모두들 어안이 벙벙했다. 설마 일인들까지 난민들에게 꼼짝 못 할 줄이야. 오직 일본 배 하나 믿고 밤새 그 모진 고초를 겪으며 달려왔건만, 이제는 모든 게 허사였다. 주성에서 백리 길, 마침내 땅 끝에 왔으니 어디로 더 쫓겨간단 말인가. 저 한길을 따라 더 가봐야 개미 쳇바퀴 돌듯 섬 일주를 할 뿐이었다. 그래서 나기주는 두 대감과 의논해서 그 마을에 사처방을 구해 지내보기로 했다. 장감찰의 주선으로 부(夫)선달 집에 사처를 정하자, 일시에 피로가 몰려와 물 젖은 솜처럼 몸이 무거워진 일행은 입은 옷 그대로 방바닥에 쓰러져 조반도 거른 채 아침나절 내내 잠에 곯아떨어졌다. 나기주가 거진 중낮이 가까워 잠에서 깨어나보니, 운양 대감은 벌써 일어나 앉아 시름겹게 남초를 뻐끔뻐끔 피워대고 있었다.

 "대감, 그 왜놈 어부들 틈에 끼여 왜말 통변해주고 밥 벌어먹는다는 김아무개라는 작자를 한번 직접 만나 타진해보면 어떻겠습니까? 혹시 무슨 변통수가 있는지도 모르죠."

 "글쎄, 나도 시방 그 생각 중이네만……"

 이때 삼은 대감이 일어나 앉았다.

 "운양 대감이나 내나 이미 허리 부러진 호랑인데, 저들이 위험을 무릅쓰면서까지 도와줄 리 있겠소?"

 "하기는 저 왜놈들이 공연히 도민들에게 까탈 잡힐 일은 하기 싫어하겠죠. 그렇지 않아도 제주 어민들은 이곳에서 어로 행위를 하는 왜놈 어부들을 뱀 보듯 싫어하는 터에 자칫 민란의 화살이 저들에게 돌려질지 모르니깐요. 그러나 워낙 돈이라면 오금을 못 쓰는 무뢰배들인지라 뱃삯을 후히 낸다면 귀가 솔깃할 겝니다."
"허허, 그 사람. 왜놈 왜놈 하는 말버릇 영 고질병이로고. 그들한테 아쉬운 소리를 해야 할 우리 형편에 저네들 욕 너무 말게. 그 왜놈 소리 들으니 어쩐지 될 일도 안될 듯 불길하구먼."
대감은 불쾌한 듯 양미간을 찡그렸다.
"죄송합니다, 대감!"
했으나 나기주는 내심 반감이 뾰족하게 일어났다. 쫓기는 몸으로 더운밥 찬밥 가릴 형편은 물론 아니었다. 그러나 아무리 사세부득하여 왜놈에게 의탁해보려는 처지이기로, 체모를 잃어서야 어디 될 말인가! 그런데 이번엔 삼은 대감이 한술 더 떴다.
"운양 대감, 우리가 혹시 배를 구해 목포로 나가게 되거들랑, 경성에 전보 쳐서 관군을 요청하는 한편, 목포항에 정박 중인 일본 군함을 이곳에 파견토록 만듭시다. 대감께서는 목포 영사와 친분이 두터운 사이니, 제주에 민란이 일어나 일본 어민들이 크게 위협당하고 있다고 둘러대면 될 겝니다. 자국 어민을 보호할 목적으로 군함을 파견하는 데야 만국공법에 걸릴 것도 없지요."
"글쎄요……"
나기주가 참다못해 입에서 가시 돋친 말이 튀어나왔다.
"그건 작은 도적 잡으려고 큰 도적을 불러들이는 격이 아닙니까?"
이 말에 삼은 대감이 대번 노하여 끙 하고 돌아앉았다. 운양 대감은 쓰다 궂다 내색함이 없이 담배만 묵묵히 빨아대더니 나직이 말했다.
"어서 장감찰과 의논해서 그 일어 통변꾼을 이리로 데려오도록 하게."

이때 문득 밖에서 주인 부선달을 찾는 소리가 들려왔다. 누굴까? 나기주는 얼른 무릎걸음으로 다가가 바늘귀만큼 뚫린 창구멍으로 내다보니, 마침 대문 곁에 딸린 마구간에서 말 잔등을 솔질하던 부선달이 주춤 놀라는 빛이더니 곧 대문을 조금 열고 머리를 내밀었다.

"아니, 여럿이서 웬일들이여?"

"부선달, 실은 긴히 의논헐 말이 있어 왔네. 어떡허면 좋을꼬? 시방도 주성에서 통문이 날아들었는디……"

사람들 모습은 대문에 가려 보이지 않았으나 목소리가 커 방 안에서도 똑똑히 들렸다. 바로 코앞에 사람을 두고 저리 큰 소리로 말할 리는 없고 필시 방에 있는 대감 일행도 들으라는 듯이 여겨졌다. 두 대감도 양미간을 좁히고 귀를 기울이고 있었다.

"포객(逋客)을 숨긴 마을은 불 지른대는 거여. 어제 조천 마을 당헌 것같이 말일세. 장차 우리 마을에 앙화가 닥칠까 큰 걱정이여."

나기주는 더 듣지 않아도 저들이 하는 말을 능히 알 만했다. 포객이라면 필시 우리 일행을 겨냥해서 하는 말이리라. 인적 없는 신새벽에 이 마을에 숨어들었는데 어떻게 눈치를 챘을까? 바짝 긴장하여 귀를 기울이니, 주인이 짐짓 놀라는 척하며 능갈치는 소리가 들려왔다.

"무신 소리여? 그럼 우리 마을에 포객이 숨어 있다는 건가?"

"참으로 말하기 거북허네만, 자네가 두분 대감을 모시고 있다는 소문인디……"

이에 말문 막힌 부선달이 잠시 머뭇하더니 대뜸 분을 내어 소리쳤다.

"무스거? 대감 어른을 포객이라 칭하다니 무슨 해괴망측한 소리여? 두분 대감께서 적거 생활 중에 홀연 난리 만나 잠시 피해 오셨을 뿐인디 함부로 그런 상없는 소리를 하는가? 두분 대감이 계신 중 알면 들어와서 문안을 드릴 생각은 않고설랑, 이리 문 밖에 서서 해괴망측한 소리를 하니 이런 무례한 행사가 또 어디 있는가."
"이보게 부선달, 너무 노엽겔랑 생각 말어. 두분께서 어제 조천 창의를 주장하셨다는 소문이 파다허니, 우리로선 큰 낭패여."
"어떤 주리 틀어 죽일 것들이 그런 헛소문을 내는 거여? 도대체 두분 어른께서도 그 해괴한 소문에 여간 심기가 불편하신 게 아니여. 하여튼 당해도 내가 당할 일이니, 마을에서는 간섭 말어! 백리 길 원로에 오신 귀한 손님들을 무단히 축객(逐客)허라니, 참말로 마을 인심 씨받을 인심이로고."
부선달의 목소리는 조금도 거침없고 의기가 당당했다. 위험을 무릅쓰고 곤경에 처한 대감 일행을 보호하겠다는 그 갸륵한 정성에 나기주는 가슴이 뭉클했다. 아무튼 행색이 노출되어버린 이상 무슨 수를 써서라도 한시바삐 배를 구해볼밖에 도리가 없었다.
그 사람들이 다녀간 후 부선달 집은 흡사 역병이 든 집처럼 온 마을이 뒷전에서 손가락질하고 은밀히 감시하기 시작했다. 골목 어귀에는 중년 사내 서넛이 때없이 윷판을 벌여 이쪽을 기웃거리고 때로는 심지어 울타리 돌담 구멍에 집 안을 엿보는 눈망울들이 말똥거리기도 했다.
낮 동안 은밀히 사람을 놓아 통기해두었던 왜말 통변꾼 김가가 날이 저물자 사람 눈을 피해 찾아왔다. 말인즉 성산포에 막을 치고 있는 일인 어부가 모두 서른명가량 되는데, 그중에 우두머리 되는 카메이(龜井)라는 자에게 곤경에 처한 두 대감의 처지를 전했더니, 퍽 걱정하면서 힘닿는 데까지 도와보겠노라 했단다. 일인 막에 신식총 십여 자루가 있어 그까짓 성산포 어부들 수십명이 두려울 건 없지만, 섣불리 무력을 쓰다간 자칫 큰 말썽이 날 터이므로 몰래 배를 놓을 수밖에 없는데, 그러자니 자연 사람 눈에 쉽게 띄는 큰 배는 도무지 엄두가 안 나고, 겨우 손님 둘밖에 못 타는 돛대 하나짜리 작은 배라면 혹 가능할지 모르겠다는 것이었다.

이 일을 어찌하면 좋을까? 이제 운양 대감과 헤어져야 할 판이었다. 연로하신 대감께서 작은 돛배로 험한 제주 대양을 넘을 일을 생각하니, 나기주는 가슴이 미어질 듯 아팠다. 그야말로 만리창파에 일엽편주가 아니고 무엇이랴. 그렇게 여러날 극성맞게 불던 영등바람이 어제부터 누그러진 기색이지만 변덕스러운 제주 바다라 도무지 마음을 놓을 수 없었다. 만일 도중에 풍세가 틀려 왜풍을 만나면 어쩌랴. 제주 바다에 이리저리 방향 없이 불어제쳐 북새질 놓는 몹쓸 바람을 뱃사람들은 왜놈 바람이라고 왜풍이라 일컫거니와, 오랫동안 알뜰히 모셔온 대감을 왜놈에게 맡길 생각 하니 도무지 불길하고 미덥지가 않았다. 그러나 대감은 당장 쫓기는 위급한 신세인지라 달리 도리가 없었다. 뱃삯은 짐작대로 호되어 옥양목 열댓 통 값인 백원이었다.

선기(船期)를 약속한 그 이튿날은 다행히 동남풍이 터져 배 놓기가 퍽 알맞은 날씨였다. 그러나 그날 밤 삼경이 깊어지면 배를 마을 앞 포구에 대고 데리러 온다던 김가는 어찌 된 일인지 종내 꿩구워 먹은 소식이었다. 전전긍긍 밤을 뜬눈으로 새우고 새벽녘에 알아보니, 철석같이 믿었던 김가는 간밤에 배를 마을 앞 포구에 대다가 수직하고 있던 남정네들에게 들켜버렸다지 않은가! 그리고 일인 어부 둘은 아무 탈 없이 놓여났지만 김가는 붙잡혀 결박 지어 놓고 장차 남학당에게 보고하려는 것을 일인 막 두목 카메이가 총을 든 부하 서넛을 데리고 가 협박 놓고 빼내갔다는 것이었다.

이렇게 한 가닥 남은 기대마저 뚝 끊겨버리자, 운양 대감은 아예 될 대로 되라는 심사가 되어버렸는지 오히려 홀가분한 표정이었다. 여러날 근심으로 식욕이 없어 미음으로 끼니를 에우다시피 하고 잠을 자도 설핏설핏 노루잠 자던 이가 사발밥을 남김없이 비우고 오랜만에 잠도 달게 자는 것이었다.

그런데 이날 밤 이슥해서 뜻밖에 희소식이 왔다. 주성에서 한참서가 몰래 보낸 심부름꾼은 소맷부리 실밥을 뜯어내 꼬깃꼬깃 접힌 서찰을 내밀었는데, 펼쳐본즉 웬걸, 산촌에 숨어 있는 줄만 알고 있던 한참서, 정세마, 서참서 들이 모두 주성에 돌아가 있다는 게 아닌가. 처음 조천 위 산촌으로 피신한 그들은 가는 곳마다 의심하여 내쫓는 통에 이틀 밤낮을 꼬박 굶은 채 모진 바람 부는 들판을 헤매다가 도리 없이 위험을 무릅쓰고 주성으로 돌아간 것인데, 뜻밖에도 남학당은 조금도 핍박 주지 않고 맞이하더라는 것이었다. 알고 본즉, 그게 모두 적객 이교리(校理) 덕분이었다. 이교리는 당초부터 피란 가지 않고 성안에 눌러 있으면서 난민 대장인 최선달과 김도사를 은밀히 접촉하면서 무슨 일이 있더라도 적객들을 보호하라고 신신당부해둔 터였다. 그러니 두 대감께서도 아무 염려 말고 제발 출륙할 의사일랑 버리시라고 했다. 혹 두 대감이 출륙하여 관군을 청하면 오히려 남아 있는 적객들에게 해가 미칠까 두렵다는 것이었다.

7

한편 주성의 형편은 어떤가?

남학당은 최선달에게 민병 이천을 주어 조천을 친 그 이튿날, 대역사를 벌여, 몇군데 허물어진 성담을 보수하고, 적이 성 밑에 접근하면 내리칠 양으로 성 위를 뺑 돌아가며 머리통 크기의 단단히 여문 먹돌 수만개를 올려놓는 한편, 젖은 화약을 햇볕에 말리고 군기고에 남아 있는 붉은 녹이 더뎅이진 화승총 백여 자루를 수선하고 개 껍질도 못 벗기게 녹슬고 무딘 환도를 벼리고 창끝을 갈았다. 심지어 사용할 줄도 모르는 칠백근짜리 댕구(大碗口) 다섯문까지 성 위로 끌어올려놓았다. 이때만 해도 방성칠은 내친김에 『정감록』의 참언에 따라 이씨왕조에 대항해볼 각오로 이렇게 임전 준비를 시켰던 것이나, 이내 모사 강벽곡의 반대에 부딪혀 정도령을 모신다는 공론은 얼른 결말나지 않고 있었다. 정도령으로 점찍힌 정세마가 제 발로 주성에 돌아오고도 무사할 수 있었던 것도 바로 이 때문이었다.

장두 방노인은 정씨가 일어섬은 하늘의 뜻이요, 하늘의 뜻인 고로 저절로 이루어질 터인데 무엇이 걱정이냐고 호언장담했으나 『정감록』을 광신하는 젊은 집사 두엇만 이에 동조할 뿐 대개는 난색을 보였다. 공연히 일을 크게 벌여 숱한 인명을 다치게 하지 말고, 새 목사가 도임하기를 기다려 백성들의 억울한 사정을 조목조목 적어 소장을 바치고 나서 대죄하자는 것이었다. 이에 젊은 집사들은 이 거사가 무슨 잘못이길래 대죄하며, 대죄한들 목숨을 부지할 수 있겠느냐, 어차피 죽을 목숨, 한바탕 싸우다 죽어야 옳지, 내 목 처달라고 대죄하기는 싫다, 그리고 제주는 이 기회에 육지로부터 독립해야 한다고 주전론(主戰論)을 고집하고, 강벽곡은 비록 죄에 걸려 죽더라도 죽을 사람은 자기까지 합쳐 네댓명이면 족하니 온 섬에 앙화가 닥칠 일은 하지 말라고 간곡하게 만류했다.

이렇게 의논이 맞지 않아 며칠 엉거주춤하는 사이에 열화같이 타오르던 흥분은 차차 가라앉기 시작했다. 난리 소식을 밖에 전해 관군을 부를까봐 포구마다 배 못 뜨게 엄금하는 외에는 달리 하는 일도 없었다. 모두가 새로이 죄 될 일 하기를 꺼려했다. 날이 갈수록 남학당 지휘부는 불안해하는 기색이 역력해졌다. 비록 관군이 오지 않더라도 불원간 새 목사가 도임해올 터이니 어찌 두렵지 않으랴. 그들은 장두 방성칠, 모사 강벽곡, 정산마 외에 몇 사람은 더 죽어야 할 텐데, 그중에 자신이 끼이게 될지 몰라 전전긍긍하고 있었다.

이때를 놓칠세라 채군수, 송대정, 홍정의 들이 남학당의 역모를 고변하는 방을 몰래 붙이고 사람들을 놓아 소문을 퍼뜨려 회민들과 남학당 사이를 이간질 놓기 시작했으니 이에 민심은 크게 동요되었다.

이 무렵 방성칠은 매사를 최선달, 김도사하고만 의논을 하였다. 그런데 2월 20일, 그러니까 주성이 남학당에게 함락된 지 열이틀째 되는 날 아침에 관덕정 정자에 오른 장두 방노인은 느닷없이 마당에 모인 회민들에게 좌우 대장 최선달과 김도사를 대동하고 그날 당장 출륙 상경할 의사를 내놓았다. 말인즉, 간밤에 화북포에 돛배 하나 들었기에 선객을 붙잡아 문초해보니, 새 목사가 도임차 목포까지 왔다가 제주에 난리 났다는 소식 듣고 관군을 요청하러 서울로 돌아갔다 하니, 한시바삐 뒤쫓아 올라가서 나라님께 소장을 올리고, 사건의 자초지종을 아뢰어 관군 파견을 막는 게 상책이라는 것이었다. 방성칠은 덧붙여 말하기를, 소장을 올린 다음 나라에서 선처하겠다는 다짐을 받을 때까지는 전 도민이 계속 똘똘 뭉쳐 기개를 보여주어야 하므로 자기가 없는 동안에도 예의 경계하여 주성을 단단히 지키라고 준엄하게 신칙해놓았다.

이 말이 삽시에 관덕정 마당 뒤끝까지 전해져 회민들은 예서 쑥덕 제서 쑥덕 혹시 도망갈 궁리가 아닌가 하고 웅성거리기 시작했다. 화승총을 어깨에 올려 멘 남학당은 즉각 방노인을 옹위하고 회민들 사이를 뚫고 동문을 향했다. 항시 남학당에게 둘러싸인 채 회민들로부터 멀찍이 떨어져 있던 장두 방노인을 바로 옆에서 대하자 그의 남다른 풍모에 저절로 입이 벌어졌다. 갈기를 붉은 술로 단장한 백마 위에 높이 앉은 방노인은 정갈한 흰 두루마기 차림에 구레나룻이 백설같이 휘날리는 것이 여전히 신선 모습이었다. 저리 비범한 풍모를 지닌 노인이 설마 백성을 속이랴 싶었다. 여기저기서 안녕히 다녀오십사 하고 허리 굽혀 인사하는 사람도 많았다.

이 무렵 송대정이 남문 근처 홍정의 집을 몰래 찾아갔다. 홍정의도 송대정, 김판관과 더불어 이 고장에서 손꼽히는 갑부로서 이번 난리통에 회민들에게 양식을 대랴, 기부금 내랴, 적잖이 재산이 축난 터였다. 둘은 오십줄에 들어선 엇비슷한 나이로 평소에 친분이 두터운 사이였다. 방에 들자마자 송대정은 홍정의 곁으로 바싹 다가앉아 귀엣말을 건네었다.

"정의 영감, 내 시방 이교리가 만나자고 해서 댕겨오는 길인디, 중대한 밀계를 들었네."

"밀계라니? 바깥소문같이 방 역적이 일본 배를 타고 일본으로 튄다는 거여, 상경해설랑 상소를 한대는 거여?"

"실은 말이여, 최선달과 김도사가 방 역적을 배에 태우고 먼바다로 나가 모살(謀殺)할 계책이라네."

"거 참말이여? 난민 대장 노릇 하면서 갖은 패악질 놓던 자들인디. 조천을 친 것도 그자들이 아닌가?"

"내 말 들어보게. 원래 이교리는 대원위 대감 측근으로 있을 적부터 최선달과 친분이 있던 모양인디 이교리가 며칠 전 최선달을 몰래 만나 잘 타일러 충의(忠義)를 일깨우고 은근히 충동질하기를, 거죽으로는 방 역적에게 이용되는 척하면서 승기를 잡아 방 역적을 처치하라고 했다는 거여. 그러자 최선달은 눈물을 흘리면서 충의를 맹세하더니, 그저께는 김도사와 더불어 몰래 찾아와서는 하는 말이……"

"영감, 자네 목소리가 점점 커지네. 누가 엿듣는지 모르니 좀 낮

추게."

"최선달과 김도사 둘이서 방 역적을 감언이설로 꼬이기를 말이여, 지금 형편으로는 경군(京軍)이 들이닥치면 도저히 대항할 도리가 없으니, 제주 삼읍 호적을 성책(成冊)해설랑 일본 왕한테 바치고 부속을 청하면 쾌히 응낙하여 장군을 영원히 제주도 도주로 삼을 거라고 하니까 그 무식한 방 역적이 그 말을 달게 듣고 선뜻 응하더라는 거여."

"그리해서 바다 가운데로 꼬여내어 죽이자는 건가?"

"바로 그 말일세. 그거 장히 좋은 묘책 아닌가? 장두 잃은 난민이란 대가리 짤린 배암이여! 영감, 기회는 이때가 아닌가! 위군충성할 때가! 최선달네가 방 역적을 바다 가운데로 꼬여내는 즉시 우리가 성안에서 내응하자는 말이여! 이보다 더 좋은 기회가 없네. 방 역적이 도망친다는 소문으로 시방 성중 민심이 흉흉한데다가 남학당이 저들만 저렇게 성 밖에 나가 있으니 그저 성문을 닫아걸기만 하면 주성이 극복되는 것이여. 저 성 위에 설치해놓은 댕구 다섯문은 물론 군기고 안에 남아 있는 중포 이십문, 화승총 백여 자루도 모조리 우리 손에 들어온단 말이여. 화약고도."

"글쎄, 기회는 다시없는 기휀디…… 그런디 말이여, 의심 가는 것이 한둘이 아니네. 대정 영감, 찬찬히 생각해여보게. 제주 삼읍 호적을 백성 몰래 왜왕한테 바쳐설랑 제주섬을 왜국에 부속시킨댄 하니 어린애 장난도 아니고 그런 황당한 소리가 어디 있는가. 만국공법이 있는 세상인디, 아라사·미국·영국·법국 들이 눈뜬 봉사로 가만히 앉아 있을 것 같애여? 아무리 세상 물정 모르는 늙은이기로 그래도 장두로 나선 인물인데 그런 소릴 곧이듣겠나? 그리고 호적고가 불타부렀는디, 하루 이틀 새에 제주 삼읍 호적책을 다시 만들어냈다는 것도 말이 안되고⋯⋯ 그리고 말이여, 방성칠 일행이 비양도 일인 막에서 삼판선을 빌려 타고 간다니까 필시 배 부리고 길 안내할 왜놈 두엇쯤 있을 텐디, 그들 보는 앞에서 방 역적을 선뜻 죽일 수 있을까? 필시 저들이 속으로는 도망갈 궁리를 터놓고설랑 앞일이 어떵 될지 불안하니까 호도책을 쓰는 걸 거여. 그게 틀림없네."

"허긴 나도 그런 의심이 없는 건 아니네. 최선달이나 김도사나 본래 성미가 강꽉하고 경망스러운 위인이 아닌가. 난리 난 당초에 최와 김이 선뜻 난민 대장을 수락한 것도 필시 다른 속셈이 있었던 거라. 이 섬 바닥에서 종신토록 귀양살이하다 죽을 바에사, 차라리 난리 속을 틈타 일본으로 튀자, 아무리 배 못 뜨게 포구마다 엄금해여도 대장 권력이면 남학당 모르게시리 고깃배 하나 징발 못하랴, 하고 생각했을 걸세. 그새 일기만 좋았더면 발쎄 튀어부렀을 테쥬. 열흘이 넘도록 영등바람이 내처 불어제치니, 화륜선도 못 다니는 판에 쪽박만 한 괴깃배를 타고 가긴 어딜 갈 거여. 허허, 이제 수삼일 있으면 새 목사가 화륜선 타고 도임할 판이니, 똥줄이 오죽 타겠나. 목숨이 경각에 매였으니 이판사판이 되어 있는 거라. 그래서 방성칠에게 도망가자 꼬인 거쥬. 하여간에 말이여, 영감, 방성칠이가 바다 가운데서 당하든지, 아니면 최가, 김가와 함께 일본으로 튀든지, 장두 방성칠이는 이제 이 섬에서 없어지는 것 아닌가. 장두 없는 난민은 오합지중이니, 때는 이때여! 방 역적을 태운 배가 가물가물 물마루를 넘어가는 즉시, 창의를 내어 성문을 닫아걸고 성중 회민들을 설유(說諭)한 다음 무기를 내어 남학당을 공격함

세. 목사란 자는 화북포에 쫓겨나 앓아누워 있고, 채군수 또한 감시가 심하여 집 밖을 얼씬 못하니, 우리가 일어서지 않으면 안되네! 성내 백성에게 인망 높은 자네 형제가 빠지면 안되네! 자네 의사는 어떤가! 당장 결단 내리게! 시방 남학당 놈들이 마악 동문을 나서는 걸 보고 왔는디, 한시가 급해여!"

"겔쎄, 굳이 한 섬 백성끼리 총질해서 피 흘릴 필요가 있을까? 지금 방성칠이가 배를 타고 이 섬을 나간다는디, 장두가 없으면 이 난리는 짚불 사그라지듯 사그라지는 게 아닌가. 내일모레 새 목사가 도임하면 끝날 일에 공연히 모험할 건 없을 것 같는디. 비록 성공하더라도 냉중에 백성들과 불화가 클 텐디……"

"거 무신 소린가! 우리가 나라 녹을 먹어본, 대의명분을 안다는 대민(大民)으로서, 이 사태를 당하여 어찌 절(節)을 굽히고 수수방관만 할 거여? 또 자네 집이나 우리 집이나 살기가 좀 낫다고 난리 날 적마다 저 화전민 놈들한티 당해야 해여? 임술년에도 저 화전민들이 주장해설랑 이번 모양으로 전곡을 늑탈해가지 않았는가."

"그거사 속 편하게시리, 숭년 들어 없는 백성들에게 진휼미 내준 걸로 치부해부려야쥬."

"안될 소리! 이번 기회에 남학당인가 뭔가 하는 저것들, 툭하면 들고일어나는 버르장머리 단단히 정다스림해놔사 해여. 자, 시각이 다급하여 내 먼저 집에 들어가 있을 테니, 즉시 아우님에게 통기해서 거기로 모이게."

한 식경도 채 못되어 영뒷골 송대정 집에 홍정의 형제(둘 다 정의 현감을 지냈다), 송대정 아우가 총총히 모여들긴 했으나 홍정의 형제는 창의를 내자는 데 한결같이 난색을 보였다.

그런데 이날 공교롭게도 남학당패가 방성칠 일행을 옹위하고 산지포에 다다르자, 샛바람에 비가 억수로 쏟아지기 시작했다. 아무리 풍랑에 잘 견딘다는 일본 삼판선이라도 그런 불순한 날씨에 험한 제주 바다를 건너기는 극난한 일이었다. 성에 돌아와 기다렸으나 오후가 되어도 비바람은 도무지 잘 기미가 없었다. 초조한 나머지 그들은 다시 산지포로 나가 악천후를 무릅쓰고 배에 올랐는데, 겨우 물마루 근방까지 가긴 했으나 더는 갈 수 없어 되돌아오고 말았다. 출선(出船)은 하루 뒤로 미뤄졌다.

이에 다시 한번 기회를 얻은 송대정은 저녁에 홍정의 형제를 찾아가 기어코 설득을 시켜놓았다.

밤중에 모의는 숨죽이고 은밀히 진행되었다. 먼저 적객 이교리를 찾아가, 내일도 혹 일기가 불순하여 배가 물마루까지 갔다 돌아오는 한이 있더라도 방성칠을 배 안에서 처치한다면 성안에서 즉시 남학당을 치겠으니, 이 뜻을 최선달과 김도사에게 전해달라고 단단히 부탁했다. 만약 방성칠을 죽였을 시는 붉은 기를 돛대 끝에 달아 신호를 보내라는 다짐도 잊지 않았다. 송대정 형제, 홍정의 형제, 채군수는 한편으로는 성내 무관 출신들을 포섭하고 집안 권속, 친지를 단속해두고 한편으로는 뭇 백성들이 알기 쉽게 언문으로 창의문과 사발통문을 작성하느라고 뜬눈으로 밤을 새웠다. 특히 댕구를 다룰 줄 안다는 양첨사는 멀리 이십리 밖 애월에서 데려왔다.

그 이튿날 방성칠은 아침 일찌거니 남학당을 거느리고 산지포로 나갔다. 성중의 회민들은 북성 성담 위에 까맣게 올라서서 산지포 쪽을 바라보고 있었다.

비는 그쳐 있었지만 풍세가 왜풍이라 여전히 배 놓기가 마땅치 않은 날씨였다. 왜풍은 서남과 서북 방향 사이를 흡사 화냥 난 계집처럼 이리 훅, 저리 훅, 천방지축 갈래 없이 불어제쳤다. 갈바람인가 해서 배를 놓을라치면 어느새 서하늬바람으로 바뀌곤 했다. 그러나 방성칠은 관군 파견을 막으려면 시각을 다투어 상경해야 된다고 하면서 출선을 재촉했다. 산지포에 전송 나온 남학당 장정 백여명은 출선을 알리는 북소리가 둥둥 울리자 일제히 함성을 지르며 화승총을 쳐들고 흔들어댔다. 옹골차게 생긴 일본 삼판선은 때마침 불어오는 갈바람에 쌍돛을 빗달고 쏜살같이 내달려 삽시에 포구를 벗어났다.

성 위에 몰려서서 이 광경을 지켜보던 사람들이 크게 술렁거리기 시작했다.

"저 하르방이 필시 도망치는 모양이여. 그런 줄도 모르고 저 남학당패가 잘 댕겨옵서 하고 인사하고 있으니, 원."

"거, 난장 맞아 죽을 소리 말아! 아니, 섬 백성의 신망을 한 몸에 모으고 있는 장두의 몸으로, 또 팔순을 바라보는 나이로 살면 얼매나 더 살겠다고 그런 용렬한 짓을 할 거여? 새 목사가 관군 데리고 온다는디, 자넨 그래도 좋다는 거여, 뭐여?"

"아니라. 최선달과 김도사의 꾐에 빠진 게 분명해여. 저들이 적객 신분으로 난민 대장 노릇 한 입장이라 필경 무사하지 못할 터인즉, 방씨 하르방을 꾀어 일본으로 도망치려는 수작이여. 그럴 궁리가 아니면, 하필 왜놈들을 사공으로 삼고 왜배를 탈 것이 뭐라? 그 많은 제주 배는 놔두고."

"그거사 같은 풍선이라도 왜배가 훨씬 풍랑에 잘 견디고 빠르니 그렇쥬."

"두고 보라만, 속셈이 그게 아닐 거여. 넨장 빌어먹을, 난리를 일으킨 김에 비양도, 성산포에 있는 왜놈 막사들을 쳐부수고 머구리선을 불태우지는 못할값에, 장두라는 자가 원수 놈의 배를 타고 도망을 치다니!"

"거참, 함부로 입정 놀리지 말라니까 그러네. 저 방씨 하르방이 그럴 사람이 아니여. 용력이 뛰어난 이인이라고 소문난 사람인데······."

"하여튼지 이번 참에 저 왜구 놈들을 무찔러부려야 속 시원할 건디. 잠수기 갖춘 머구리배로 갯바닥을 마구 훑어 전복, 미역 씨를 멸종시키고 있으니, 우리 해촌 백성들 어떵 살 건가?"

"참말로 분한 생각 같아선 저 왜놈들을 당장 도륙 내고 싶지만, 저들 패거리가 수백인데다 모두 신식 양총을 가지고 있으니 어찌 대적해볼 도리가 있어야쥬."

"하이간 이렇게 백성의 생업이 왜놈 해적들에게 빼앗기는 걸 보고도 나라에서는 당최 손을 못 쓰니, 생민을 안보치 못하는 나라가 어찌 나라라 할 수 있는가."

"나라가 망조 든 게 완연해여. 욕심 같아선 이통에 우리 제주섬을 육지로부터 아주 떼어놓았으면 좋겠건만······ 어제만 해도 남학당이 정도령을 받들고 군사를 일으킨댄 하더니······."

"이 사람, 정신 나간 소리 해염고. 정신을 빼다 뒤꽁무니에 찬 미치광이가 아닌 바에사 부싯돌 총 백 자루로 이 섬에 정씨조선을 세우겠다니, 말이 되여? 이삼십년 전같이 배 다니기 어려울 때라면 혹 해외임을 믿어 웅거한다 할지 모르나 넉넉잡고 삼일이면 화륜선으로 관군을 실어나를 수 있는 세상에 그야말로 작대기로 범 콧

구멍 쑤시는 격이지 뭔가!"

"허허, 모르는 소리! 총이 어디 저 남학당이 멘 저것뿐인 중 아나? 군기고에 백 자루는 더 있더라. 그저께 군기고에 들어 있는 무기를 내어 녹을 닦아내고 수선하여 도로 넣을 적에 이 눈으로 똑똑히 보았쥬. 철창은 부지기수고 말이여."

"그러면 무신 때문에 그 총은 우리한테 노나주지 않는 거여? 필시 영 못 쓰게 고장난 고철덩어리 아니던가?"

"이 사람아, 그게 아니라, 생각 좀 해여봐. 아무 속내도 모르는 사람들한티 총을 들려주었다간 혹 어떤 악질 종자가 총으로 방씨 하르방을 쏘아부리면 어떡헐 거냔 말이여. 그래서 믿는 심복 남학당만 무장시킨 거쥬."

"하이간, 썩어빠진 부싯돌 총 백 자루가 있든 이백 자루가 있든 간에 경군을 당해내지는 못해여. 어디 관군이 혼자 올 듯싶은가? 사세부득하면 왜놈 병대를 데리고 오든지 아라사놈 병대를 데리고 오든지 할 테쥬."

"………"

"사람도 늙으면 죽고 나라도 쇠하면 망하는 법, 죽지 않는 사람 없고 망하지 않는 나라 없는 거여. 그런디 신라가 망하여 고려가 대신하고 고려가 망하여 이씨조선이 서듯이 이씨조선이 망하여 정씨조선이 대신해준다면사 오죽이나 좋겠나. 그러나 지금 판세는 이씨조선이 망하면 왜놈이나 아라사놈 세상이 되고 마는 거여. 참으로 통탄할 노릇이여."

"이 사람, 들자하니 애국 열사 같은 소릴 해염고. 수륙만리 떨어진 섬 중에 한갓 불개미 같은 농사꾼 신세로 나라에 무슨 은혜를 입었다고 나라 걱정인가. 원, 기가 막혀서. 제주섬 백성한테는 왜놈도 원수지만, 이씨조선도 원수여. 우리 제주는 자주독립해야 해여!"

"허허, 겔쎄, 썩어빠진 부싯돌 총 이백 자루 가지고는 독립이 안 된다고 하니까 자꾸 그러네."

이때 방성칠네가 탄 배는 물마루 근처까지 순조롭게 가는 듯하더니 돌연 역풍을 만났는지 돛을 둘 다 내리고 엉거주춤 멈춰 섰다. 한참 그렇게 오도 가도 않고 물 위에 둥둥 떠 있더니 다시 돛을 올리고 뱃머리를 해변으로 돌렸다. 다시 서하늬바람이 불기 시작한 것이었다. 배는 쌍돛에 바람을 붕긋이 안고 갈 때만큼이나 빠르게 바람에 밀려왔다. 그러나 돛대 끝에는 여전히 붉은 기가 오르지 않고 있었다.

성담 위에서 이 모양을 지켜보던 사람들 가운데 누군가 큰 소리로 외쳤다.

"한라산 산신님의 조화로고! 장두가 백성을 속여 왜배를 타고 왜국으로 도망치니 왜풍이 아니 불 텍이 있나!"

이제 성안 여론은 장두 방성칠이 일본으로 도망칠 꾀를 내고 있다는 쪽으로 기울어져 크게 동요하기 시작했다. 이런 줄도 모르고 방성칠과 남학당패는 포구에 그대로 머문 채 다시 바람 자기를 기다리고 있었다.

만반의 준비를 해놓고 돛대에 붉은 기가 오르기를 눈이 빠지게 기다리던 창의소 측의 실망은 여간 큰 게 아니었다. 아직 창의문만 내걸지 않았을 뿐, 성내의 유권자(有權者)들에게 이미 사발통문을 돌려놓고, 여차직하면 성문을 닫아걸 요량으로 성문마다 장정 수십명씩 배치해놓고 있는 터이니 머지않아 이 음모가 남학당 귀에 들어갈 게 뻔했다. 최선달과 김도사는 왜 방성칠을 죽이지 않았을까? 두려워서? 변심한 것은 아닐까? 성중 음모를 알고 있는 저 두 사람이 이제 과연 어떤 태도를 취할 것인가? 다시 배 뜨기를 기다려 기회를 엿보자는 것일까? 아니, 그때는 이미 늦다. 남학당은 곧 이쪽 기색을 눈치채고 말리라. 진퇴양난에 빠진 창의소 사람들은 시시각각으로 불안이 깊어졌다.

이때 갑자기 산지포에서 총소리가 수십발 터지더니 웬 사람 둘이가 먼지를 일으키며 말을 급히 몰아 달려오는 게 보였다. 남학당이 그 뒤를 쫓아 우르르 달려오며 총을 놓았다. 그러나 총알이 이십보도 못 가 떨어져버리는 구식 화승총으로 훨씬 앞에서 말 타고 내달리는 두 사람을 맞힐 수는 없었다. 두 사람은 질풍같이 말을 몰아 동문으로 향해 달려왔다. 최선달과 김도사였다. 성 위에 까맣게 올라 있던 사람들이 흡사 성담 무너지듯 우르르 성안으로 뛰어내렸다. 남학당은 불과 수백보 밖에서 아우성치며 달려오고 있었다. 두 사람은 성문 안으로 들자마자 헐떡거리는 목소리로 다급하게 소리쳤다.

"우리는 좌대장 최선달, 우대장 김도사다! 홍정의, 송대정, 채군수 영감은 어디 계시냐?"

아무 대답이 없자, 둘은 환도를 빼어들고 무섭게 눈을 부라렸다.

"대장 명령이다! 어서 성문을 닫아라! 어서!"

사람들은 어찌할 바를 모르고 주춤주춤 뒷걸음질치는데 돌연 사람들을 헤치고 홍정의 형제가 창황히 나타나 벽력같이 소리쳤다.

"성문을 폐문하라!"

이 소리가 떨어지기가 무섭게 사람들 틈에 끼여 대기하고 있던 장정 쉰남은명이 몸에 숨겼던 한자 남짓한 짧은 죽창을 빼어들고 와아 함성을 지르며 달려들더니 눈 깜짝할 새에 성문을 닫아걸고 그 앞을 막아섰다. 한 사내가 깨져라고 무섭게 징을 두들겨댔다. 이에 호응해서 사방에서 징 소리가 요란히 울리고 함성이 일어났다. 나머지 성문 두개가 일시에 닫혔다.

이때를 같이하여 회민을 가장하여 포정문 밑에 대기하고 있던 장정 백여명이 벽력같이 고함을 내지르며 선달 김남윤의 뒤를 따라 포정문 안의 군기고를 향해 돌진해 들어갔다. 고함 소리도 무섭거니와 앞장선 김선달과 산포수 두 사람이 총을 쏘는 바람에 남학당 수직군 다섯명은 혼겁하여 총을 놓고 줄행랑을 놓고 말았다. 군기고를 깨뜨려 화승총으로 무장한 장정 백여명은 화약과 포환이 든 상자를 운반하여 서문을 향해 함성을 올리며 내달렸다.

그러나 남학당은 사세 불리함을 깨닫고 이미 성 밖을 돌아 서편 한길로 멀찍이 달아나고 있었다. 두어마장 밖이라 어림없는 거리였지만, 남학당과 성안에 남아 있는 회민들에게 엄포를 줄 요량으로, 양첨사는 댕구에 화약을 잔뜩 재고 화심에 불을 댕겼다. 곧 천지를 진동하는 폭발 소리가 터졌다. 성 위에 올라선 장정들이 좋아라고 총을 휘두르며 함성을 질렀다. 처음 듣는 댕구 소리에 놀란 수천 회민들이 갈피를 못 잡고 우왕좌왕하는 가운데, 각 성문에 가 있던 창의소 사람들이 짤막한 죽창을 든 장정들에게 에워싸여 징을 울리며 당당하게 걸어들어왔다. 먼저 동문 쪽에서 홍정의 형제, 최선달, 김도사가 들어오고 이어서 남문 길, 서문 길로 송대정 형제, 채군수, 김첨사, 고오위장, 강사과, 김주사, 오낭청 들이 들어왔다. 창의소 사람들과 함께 온 장정 이백여명은 곧장 군기고로 안내되어 죽창 대신 철창으로 무장하고 축대 위에 올라 창의소 사람들을 에워쌌다.

곧 관덕정 마당 곳곳에 덕석만 한 대백지에 주먹만 하게 큼직큼직한 글씨를 쓴 창의문을 게시하고 송대정이 회민들에게 격앙된 목소리로 창의를 일으킨 연유를 밝혔다. 방성칠이 제주섬을 일본에 부속시킬 흉모를 꾸미다가 최선달, 김도사의 칼에 맞아 죽었다는 송대정의 말이 입에서 입으로 삽시에 뒤 끝까지 전해지자 수천 회민들은 모두 놀라서 웅성거리는 소리가 물 끓듯 일어났다. 이어서 몇군데서 악다구니가 튀어나왔다.

"그런 대역적 놈이 있나! 우리 제주섬을 즈이 맘대로 원수 같은 왜놈들에게 바쳐?"

"저 화전 것들, 노망한 육지 늙은이한티 장두를 맡기더니 꼴좋다! 육지 놈을 믿느니 썩은 도낏자루를 믿쥬, 원."

"에이, 그 늙은이 잘 죽었져! 하마터면 그놈 따라 우리가 역적질 한 뻔했네."

"역적의 남학당을 무찔러사 해여! 송대정 영감 말씸대로 우리 손으로 저 역적 놈들을 처치해사 해여."

이렇게 몇몇 사람이 주먹 쥐고 흔들며 흥분했는데 이들은 이번 난리에 수천 난민들을 겪느라고 곤혹을 치른 성중 백성들일시 분명했다. 그러나 회민 대부분은 쓰다 궂다 말이 없었다. 옆사람과 나직이 말을 주고받으면서 몰래 한숨을 토할 뿐이었다. 보름 가까이 남학당과 더불어 한뎃잠 자며 목 터져라 함성을 지르며 애타게 붙잡고 있던 일이 이렇게 허망하게 무너질 줄이야. 그들은 흡사 성문이 잠긴 이 성안에 포로로 붙잡힌 듯한 느낌이었다.
 때는 어느덧 중낮이 가까워지고 있었다. 창의소는 곧 남학당을 토벌할 준비를 서둘렀다. 사실 방성칠은 아직 죽은 게 아니었다. 최선달, 김도사는 방성칠을 죽이고 도망 온 게 아니라, 성중 기색이 심상치 않음을 눈치챈 남학당이 그 둘을 크게 의심하므로 도망쳐 온 것을, 창의소 측이 성중 회민을 호도할 요량으로 방성칠이 죽었다고 선전하고 있는 것이었다. 하여튼 방성칠이 살아 있으니, 한시라도 지체할 수 없었다. 하루만 늦춰도 워낙 신망이 좋은 남학당이라 쉽사리 제주 우면과 대정 백성 수천을 징발해낼 것이었다.
 관덕정 회민이 이천 가까이 되어도 그중 성내 백성 오백을 뺀 나머지는 보름 가까이 남학당과 한통속이 되어 생사고락을 같이해 온 터라 남학당 토벌대로 편성함은 도무지 마땅찮았다. 창의소 사람들은 거개가 성내에 거주하는 유권자들이라 성내 백성들만은 능히 다스릴 만하였다. 그리고 성내 백성들로서도 이번 난리에 더러 민폐를 겪어 남학당에 불만이 큰 게 사실이었다. 그래서 창의소 측은 믿을 만한 조천·신촌·화북촌에다 즉각 민정을 내라는 통문을 띄우는 한편 성내 백성 오백으로 전대(前隊)를 삼고 나머지 후대(後隊) 오백명을 관덕정 회민들 중에서 징발했다. 남학당과 같은 고을인 대정 사람들이 제외되었음은 물론이다. 그래도 마음이 놓이지 않은 창의소 측은 남학당과 접전이 붙으면 후대에서 혹 반란이 일어날까 두려워 이를 다섯개 소대로 분리하였다. 전대는 군기고를 탈취하는 데 공을 세운 김선달과 최선달이 영솔하고 후대는 오낭청, 강사과, 고오위장, 송선달 등이 이끌도록 했다. 그리고 주성에 남은 회민 천여명을 단속하고 성을 방비하는 것은 김도사가 맡았다.

 해가 기울기 시작한 미시(未時) 정각에 토벌대 천명은 주성이 떠나가라 함성을 지르며 서문을 출발했다. 갑오경장 이후로 창고에 버려져 썩고 있던 구식 순검복을 입은 백여명이 화승총을 메고 맨 앞에 서고, 그 뒤로 철창·죽창이 숲을 이루어 따라오는데다가 대장기·청동기·영기·순기, 심지어는 의장기까지 있는 대로 꺼내어 쳐들었으니, 멀리서 보면 그야말로 오색 기치와 창검이 일월을 가리는 형국이었다. 그만하면 남학당 쪽에서 방금 서울에서 내려온 경군으로 오인할 만했다.

 창의소 계략이 이리 주도면밀하였으니, 어찌 이기지 않고 배기랴. 주성 사십리 밖 파군봉 밑 마을인 귀리에 머물러 중화를 먹던 남학당은 졸지에 뒤쫓아온 토벌대를 맞아 변변히 싸워보지도 못하고 패주했다. 장두 방성칠, 모사 강벽곡, 정산마는 역시 한갓 칠십 넘은 노인들에 불과했다. 그들은 멀리 달아나지 못하고 김선달이 이끄는 선봉대에게 포위되어 총에 맞고 혹은 창에 찔려 허무하게 목숨을 잃고 말았다. 이 세 노인을 보호하려고 끝까지 남아 대항하던 집사 넷도 운명을 같이했다. 죽은 방성칠의 염낭에서 목사로부터 탈취한 인장(印章)이 나왔다.

 파군봉(破軍峰). 문자 그대로 그 옛날 삼별초의 장군 김통정이 이끄는 섬 군사가 김방경의 관군에게 패하여 급기야 멸망을 초래했던 이 산 밑에서 방성칠의 남학당 역시 같은 운명을 맞았으니, 이 무슨 우연의 소치일까?

 이 무렵 주성에서는 김도사가 죽었다. 남수구 위 성담에 올라 성 밖 동정을 살피던 그는 홀연 누가 뒤에서 떼미는 바람에 성 밑으로 떨어졌는데 마침 그 밑에 대기하고 있던 장정 여남은명이 달려들어 돌로 쳐서 숨을 끊어놓고는 산 쪽으로 줄행랑 놓았던 것이다.

창의소는 이러한 보고를 들어도 병장기를 든 민정 대부분을 토벌대로 보낸 터라, 그저 속수무책일 뿐이었다. 아니, 오히려 이번에는 자기네들이 횡액을 당하지 않을까 걱정이었다. 관덕정에 남은 일천 회민이 느닷없이 난동을 부려 창의소를 범하고 도망치면 그만이 아닌가. 그러나 다행히 별일은 없었다. 다만 시간이 흐를수록 삼삼오오 작반하여 성 밖으로 빠져나가는 사람이 늘 뿐이었다.

저물녘이 가까워 조천·신촌·건들개(삼양)·화북 민정 삼천이 몰려오고 이어서 파군봉에서 승리한 토벌대가 북소리·징 소리 요란하게 울리면서 입성하자 온 성이 떠나갈 듯 함성이 터졌다.

이튿날 아침 목 잘린 머리 일곱개가 성문에 현수되었다. 동문에 셋, 남문과 서문에 각각 둘씩이었다. 사람 왕래가 많은 동문 대들보 밑 어중간한 허공에는 노끈으로 상투를 붙잡아맨 세 노인의 머리가 데룽거리고 있었다. 머리칼은 태모시 올같이 하얗고 숱이 적었다. 핏기 가신 고등어 빛깔로 푸르딩딩한 낯빛에, 눈은 무슨 생각에 잠긴 듯 지그시 감겨 있었다. 허연 구레나룻이 뻗어내려 잘린 목을 가리고 있어 얼핏 보면 탈바가지 매달아놓은 듯도 했다. 대들보 아래로 내려뜨려 붙인 종이때기에는 '대역죄인 방성칠, 강벽곡, 정산마'라고 씌어 있었다. 성문을 드나드는 사람들은 그 밑에 오면 흠칫 목을 옴츠리고 얼른 지나쳐버리곤 했다. 성문 밖에 잔뜩 모여 구경하는 사람들이 낮은 소리로 수군거리고 있었다.

"목 그루터기에 회칠했는가? 허연 것이……"

"회칠이 아니라, 재를 멕인 거쥬. 목 자르고 독한 재를 멕여사 머리가 도로 몸뚱이에 와 붙질 않는댄 해여."

"원, 저 하르방들이 무신 도술을 부린다고, 창질을 일곱번씩이나 해서 쥑였는디, 그래도 살아날까봐 목 자르고 재를 뿌린대는 건가!"

"참말로 처참해서 낯 들고 못 보겠네. 한번 쥑였으면 그만이쥬, 꼭 목을 잘라 두벌죽음 시켜사 직성 풀리는가, 순 백정 놈의 심사로고. 그것도 칠팔십 난 노인네를 말이여. 즈이들 집엔 늙은 애비, 할애비도 없나, 원."

"일이 어찌 이 꼴이 되었는고. 만사가 허사로고, 허사."

"저 방 하르방이 참말로 우리 제주섬을 일본에 넘기려고 했을까?"

"아니, 제주섬이 무신 대동강 물인가, 봉이 김선달이 팔아먹게. 아무리 세상사에 어둑헌 늙은이기로 그런 황당한 생각을 할 리가 있나. 하이간에 그 비밀을 아는 자가 최가·김가 두 놈뿐인디, 김가가 죽은 마당에 아는 건 최가 놈 혼자여."

"김도사, 그 배신자 놈, 누가 죽였는지 참말로 속씨언하게 잘 죽였져."

"창의소에서 저 하르방들이 역적질했댄 허니까 우리사 그런가부다 믿을 도리밖에 없지 않애여?"

"모르는 소리! 저 창의소 것들도 쥑일 놈들이여! 목사 이병휘 그 웬수 놈을 모셔다가 다시 삼읍 공사를 보라고 맡겼댄 허니, 두말할 것 없이 한 꿰미에 꿰어 쥑일 놈들이여. 천참만륙해도 분이 안 풀릴 놈이 모처럼 살려주니까, 다시 우리 상투 꼭대기에 올라타 앉아 호령해여? 허, 참말로 분통이 터질 노릇이여."

"그 말이 옳으이. 이병휘가 방성칠보담 더 큰 죄인이라. 무릇 창란자(倡亂者)라 함은 난을 불러일으킨 자를 일컬음인디, 목사의 탐학이 아니더면 왜 난리가 일어났겄냔 말이여. 난을 일으킨 자보담 난을 일으키게끔 까탈을 만든 자를 더 큰 죄로 다스려사 해여! 그런디 그놈은 살아서 거들먹거리고…… 만사 허사로고……"

역돌리 피란처에서 난리가 진압되었다는 소식을 듣고 나기주는 두 대감 일행을 모시고 주성을 향해 발행하였다. 그동안 이쪽을 기피하여 퍽으나 방색하던 역돌리 사람들은 그제야 술 한 병에 삶은 닭을 들고 와 정중히 고별했다. 올 때에는 칠흑같이 어두운 밤길을 쥐가슴 태우며 숨어 왔지만, 이제 돌아가는 길은 훤한 대낮에 천천히 관광하며 갈 수 있어 좋았다. 영등바람은 물러가고 처처에 봄빛이 완연했다. 길섶에 납작납작 엎드려 겨울을 지낸 개자리 떼가 멍들어 거뭏던 잎에 생생한 초록빛이 떠올라 있고 길가 밭담 구멍으로 잿빛 굴뚝새들이 이리 호록 저리 호록 들락거렸다. 지나가는 마을마다 동백꽃은 붉고, 복사꽃은 만개하여 구름 같은데, 바다에 물오리 떼같이 떼 지어 물질하는 잠녀들의 숨비소리 호이호이 한가로웠다. 그러나 남정네들이 주성으로 징발되어버린 마을 안은 휑뎅그레 비어 을씨년스러웠다. 주성 소식을 알아보려는지 몇몇 노인네만 마을 어귀에 나와 앉아 행인들을 살필 뿐이었다.

아무튼 봄은 와 있었다. 그 모진 영등바람이 몰고 온 난리가 끝나자 문득 절기가 봄이 된 듯이 여겨졌다. 갖은 신고를 겪으며 쫓겨다닌 적객의 푼수로서는 난리가 가라앉은 게 여간 다행스럽지 않았지만, 영등바람 타고 구름같이 일어나 오는 봄 가로막고 골수에 맺힌 원한을 토로하여 함성 지르던 섬사람들이 끝내는 아무것도 못 이루고 가슴에 대못 박힌 채 주저앉아버린 것이 마음 한구석 측은하게 여겨졌다.

조천에 들르니, 민정이 천명가량 주성에 징발되어 마을은 대낮인데도 인적이 드물었다. 해미 영감은 두 대감을 맞아 반가워서 눈물을 글썽거렸다. 서른채 넘는 김해 김씨 집 중에 불에 탄 것은 난리 당초에 목사에게 장정 육십명을 은밀히 모아주었다가 들킨 김여산 문중의 대소가 일곱채였다. 그중에 현직 제주 군수 김희주의 집도 끼여 있었다. 그런데 조천 창의를 주장하여 민정을 천명 모았다가 실패한 김판관과 김주사 집은 오히려 피해가 적어 창문과 세간만 박살났을 뿐 가옥은 온전하게 남아 있었다. 이로 미루어보건대 김해미 문중은 평소에 꽤 인심을 얻고 있는 듯싶었다.

대감 일행이 왔다는 소식에 앞다퉈 달려온 김씨들은 퍽 초췌해진 두 대감의 안색을 대하자 왈칵 눈물을 쏟았다. 그들도 그동안 마을을 떠나 뿔뿔이 흩어져 피란했다가 그저께야 돌아왔던 것이다. 김판관은 주성으로 돌아가고 없었다. 해미 영감은, 주성에는 아직도 수천 민정이 득실거리고 있어 혼잡스럽고 잠자리나 조석 공궤도 여의치 못할 터이니 며칠 묵었다 가시라고 간곡히 청했다. 입성을 서두를 하등의 이유가 없는지라 두 대감은 선뜻 이에 응하고 행장을 부렸다.

성내 소식을 들은즉, 방성칠 등 남학당 일곱명이 살해되었다는 소식이 삼읍에 퍼지자 다시 민심이 흉흉하게 끓어올라 그중 제주 우면과 대정이 특히 자심한지라, 창의소는 아직껏 배를 못 타 화북포에서 묵새기고 있던 전 목사 이병휘를 맞아들여 죽은 방성칠의 몸에서 나온 목사 인장을 돌려주고 그 인장을 누른 효유문을 삼읍에 띄우게 했단다. 그런데 웬걸, 통문을 받은 백성들은 방성칠보다 이병휘가 더 죽일 놈이라고 오히려 더 들썽거렸다. 이에 당황한 창의소는 창의소 명의로 다시 효유문을 보내고 선무 공작을 펴는 한편, 김선달, 오낭청, 강사과, 최선달에게 각각 민병 오백씩 주어 삼읍을 돌며 무력으로 위세를 보이고 남학당 잔당을 색출하도록 하였다는 것이다.

　이튿날 점심참에 두 대감은 포구에 잇대어 세운 유서 깊은 연북정에 올라 주인이 마련한 주과를 들면서 일망무제로 펼쳐진 잔잔한 바다를 바라보았다. 날씨가 쾌청하여 관탈도는 물론 물마루 너머 멀리 추자도, 소안도도 가물가물 보였다. 두달 전 이곳으로 귀양 올 제 차례차례 지나온 저 섬들을 이제 와 다시 보는 적객의 마음은 퍽으나 산란해지는 것이었다. 관탈도를 지나 추자도, 추자도를 얼른 넘어 소안도, 소안도에서 잠깐 가면 육지였다. 오늘같이 동남풍 솔솔 불어 외돛배라도 하루 천리 갈 만한 날씨에 왜 내가 못 가는가? 배가 없어 못 가는가? 정자 밑 포구 안에 어선들이 저리 엮은 듯 총총히 많은데…… 그러면 사공 없어 못 가는가? 허허 그렇구나, 사공 없어 못 간다. 사공은 모두 징발되어 주성에 들어가버렸으니…… 방성칠도 끝내 못 넘은 저 물마루, 얼마 안 남은 목숨 끝내 여기서 죽는가?

　화륜선이 다니지 않던 오륙년 전만 해도 제주 제일 관문인 이 조천포를 통하여 입도하던 경래관, 적객들이 이 정자에 올라 성은을 입어 무사히 도착했노라고 중얼거리며 북향 사배했다는 얘기를 듣기도 하고, 정자 벽에 그 선인들이 남겨놓은 희미한 글자취를 더듬어 읽어보니 심사가 더욱 울적해지는 것이었다. 선조 때 어사로서 문충기 역모 사건을 안핵하러 이곳에 왔던 대학자 청음(淸陰) 김상헌(金尙憲) 선생의 시구도 있었다.

> 만리 밖 혼자 몸 귀밑머리 희어지고
> 임은 멀어 천리라도 일편단심 밝았네.
> 객지에 떠도니 절기를 못 가리고
> 여윈 몸 병 깊으니 신음 소리 괴롭구나.
> 돌아갈 마음 더더욱 간절하여
> 문득 고개를 돌리니 흐르는 눈물 수건을 적시네.

 이날 해가 설핏해서 주성에서 적객 정세마와 김순화가 보낸 교자 한채와 교군 넷이 당도했다. 교군들은 두 대감께서 이미 발정한 줄 모르고 역돌리까지 갔다 오는 길이라고 했다. 환란에 처해 제 한 몸 챙기기도 경황이 없을 터에 어른을 모신다고 교자까지 마련해 보낸 젊은 벗들의 지극한 정성에 두 대감은 퍽 고마워하는 눈치였다.
 이튿날 두 대감을 태운 교자는 걸음 좋은 교군 넷이 풍우같이 몰아 단숨에 주성에 닿았다. 귀양 온 죄인으로서는 참으로 분에 넘치는 호사였다.
 두 대감이 탄 교자가 호기있게 들어간 동문 대들보 아래는 두 대감과 엇비슷한 연배인 세 노인의 목 잘린 머리가 데룽데룽 매달려 있었다.

8

 난리는 결국 방노인 등 일곱이 죽은 외에 집사·역사 열다섯명이 붙잡힘으로 해서 끝이 났다. 찰리사를 겸해 도임한 새 목사 박용원은, 그렇잖아도 죽은 일곱 사람의 원한을 풀고 말겠다고 민심이 크게 비등하고 있는 터에 한두 죄인이라도 더 주살(誅殺)했다간 자칫 섶을 안고 불을 끄는 꼴이 될지 몰라 붙잡힌 그 열다섯명을 태장 삼십대로 다스린 뒤 주옥에 수삼개월 처역시켰다가 속전 얼마씩 받고 방송해주었다.
 무릇 난리 끝에 도임하는 관장치고 어질고 청렴하다 일컬어지지 않은 관장이 드물지만, 박용원도 백성의 울울한 심사를 제법 다 독거릴 줄 알았다. 타다 남은 문부를 거둬들여 새로이 호적을 닦고, 민란의 까탈이 된 작년치 호포세와 화전세·장전세 중에 과람하게 징수한 것을 금년치로 옮겨 대납시켜주었을 뿐 아니라 관에서 농간 부려 원한 깊은 환상미(還上米)를 사환미(社還米)라 개칭하고 민간에서 관리하도록 하였다.

  결국 방노인 이하 일곱 사람의 죽음은 결코 헛된 것이 아니었다. 환상미 혁파는 박용원의 재량은 물론 아니었다. 정부에서는 이미 삼년 전인 을미년에 환상미를 민간에서 관리하도록 사환 조례를 내렸건만, 이 지방에서는 그동안에 거쳐간 두 목사가 육지 물정에 어두운 해외임을 믿어 백성을 속여오다가 마침내는 이번 난리의 한 단초가 되고 말았던 터였다. 환상이라는 것이 한섬 빌려주고 두 섬 받아내는 곱쟁이 장리 놀이인데다, 백성이 원하든 말든 억지로 떠맡기는 애물단지이던 차에 이제 백성 스스로가 관리를 맡게 되었다니 그 얼마나 듣기에 상쾌한 처사더냐.

  그러나 이 기쁨은 잠시잠깐일 뿐 두어달도 못 가 환상미를 팔아 작전해 올리라는 정부의 훈령이 득달같이 떨어지고 말았다. 거듭된 흉년과 동학 난리에 국고가 비어 있는데다 왕실 비용은 낭비가 많아 정부에서는 궁여지책으로 팔도 방방곡곡의 환상미를 팔아 재정에 충당해보려는 수작이었다. 박용원은 이만석이 넘는 삼읍 환상미 중에 사천석만 삼읍에 돌려 사환으로 쓰게 하고 나머지는 죄다 팔아치워 탁지부에 납부하고 말았다.

  방성칠란으로, 내직으로 갈려 가던 목사 이병휘가 파직된 것은 물론이고, 대정 군수 채구석도 그가 다스리는 대정군 경내에서 난리가 발단하였다 하여 역시 파직되고 말았다. 법부에 소환되어 잠시 조사를 받고 놓여난 채구석은 내친김에 서울에 그대로 머문 채 시시각각으로 변하는 국내 물정을 눈여겨보면서 다시 사환길에 오를 궁리를 하고 있었다.

최창순은 난리가 끝나자, 과시(科試) 준비로 몰두해 있던 독서를 팽개치고 서울 나들이를 시작했다. 과시도 이제 유명무실해졌을 뿐더러, 갑오·을미개혁이니 하여 국가 장정(章程)을 서양식인지 일본식인지 졸지에 뒤바꿔놓고 국내인은 실무를 볼 줄 모른다 하여 외국 고문관들을 데려다 나라 정치를 통째로 맡기고 있는 형편에 주자학을 읽어 무슨 소용이 있으랴. 이런 생각은 최창순뿐만 아니었다. 몇해 전만 해도 삼천재·사마재·공신재에 모여서 글을 읽던 젊은이들은 요즘 들어 그림자도 비치지 않고 있었다. 벼슬길에 오르기로 마음을 굳힌 바에야 시속(時俗)을 따라 경성의 개화 신사들과 어울려 견문을 넓히고 실무를 익힘이 급선무였다. 그래서 집안이 그닥 넉넉하지 못한 최생은 제 낫살 또래의 야심만만한 젊은 글벗 두엇과 어울려 아예 육지 장사로 나섰다. 말린 전복, 미역 꾸러미를 화륜선에 싣고 가 팔면 그럭저럭 두달쯤 서울에 머물 만한 비용이 빠졌는데, 내려올 적에는 금계랍·회충약·안경 같은 것을 갖다 팔면 또한 한밑천이 되던 것이다.

창의를 냈던 읍내 신사들 중에 송대정과 홍정의, 그리고 선달 김남윤은 그 공을 높이 사 품계를 정삼품인 통정대부로 올려주었다. 물론 명예일 뿐 직함은 없었다. 역시 가재는 게 편이라 적객들이 입 모아 최선달을 논공행상하여 감형하도록 장계 올리라고 권했지만, 찰리사 박용원은 믿을 수 없다고 퇴척하고 말았다.

피란 갔다 온 이후로 삼은 대감네는 약국 하는 정씨 집으로 옮아갔다. 적객들과 몇몇 읍내 신사들은 두 대감 처소를 번갈아 돌면서 한담을 즐겼다.

적객들의 생활은 그야말로 태평하고 한가로웠다. 문밖은 물론 성 밖 출입도 자유로웠다. 날 좋은 날이면 북성 위 공진정 정자에 올라 질펀한 제주 바다 바라보기를 잘했다. 낮 바다에는 떼를 지어 물질하는 잠녀들과 뗏목배들이 한가롭고, 해가 빠지는 저녁 바다는 온통 붉은 낙조에 물들어 간담 서늘한 장관을 이루곤 했다. 밤 바다 또한 볼만했으니, 온 바다가 명경같이 밝아지는 달밤은 물론이려니와, 어두운 밤에도 멀리 갈치밭에 수십척 떠 있는 주낙배의 어화(漁火) 불빛이 아물아물 고왔다. 서문 밖 경치 좋은 용연(龍淵)에서 배 띄워 놀기도 하고, 남문 밖 삼성혈 노송 숲에서 좁쌀로 빚은 토주를 마시기도 했다. 수시로 부시회(賦詩會)를 열어 시를 지어 청아한 목소리로 낭송하고, 돌아가며 책도 읽고 바둑도 두고, 이따금 퇴기(退妓) 두엇 불러다 가무를 즐겼으니 귀양살이가 그만하면 신선놀음이라 할 만했다.

  그런 중에도 운양 김윤식은 항시 서울 집 걱정이 머리에서 떠나지 않았다. 중풍이 점점 깊어져 반신불수에서 전신불수로 되고 정신이 오락가락 사경을 헤맨다는 후처 덕산댁, 오랜 기침병으로 혈담이 나오고 오한 두통에 시달린다는 병약한 외아들 세마. 궂은 날씨도 아닌데 한달 보름가량 화륜선이 오지 않아 몹시 조바심 태우던 어느날 뜻밖에 바다 건너 흉보가 날아들었다. 아내 덕산댁과 그 몸에서 난 아들 복남이가 죽었다는 기별이었다. 불치병에 걸린 아내의 죽음은 이미 각오한 바이지만, 세살 난 복남이마저 비명에 갔다니, 너무 뜻밖의 날벼락이었다. 한달이나 이질 설사병을 앓다가 죽고 말았다는 것이었다.

  작년에 손자 심득이를 잃고 이제 어린 아들 복남이마저 구천에 보내고 말았으니 이 무슨 앙화이며, 전생의 업보란 말인가! 이제 집안에 남자라곤 병약한 외아들과 늙은 정승 단둘뿐이었다. 서른 두살 젊은 나이로 죽은 덕산댁을 생각하니 더더욱 비감해져 눈물이 베갯잇을 적셨다. 그토록 현숙하고 어여쁘던 이가 추악한 병마에 덮씌어 대소변도 못 가리고 뼈만 남은 귀신 몰골로 죽다니! 면천 유배시에 그 고장 소년과수로 있던 그네를 맞아 부부의 정을 맺은 지 꼭 팔년, 그동안 난세에 재상 노릇 하랴, 역적으로 몰려 숨어지내랴 하다보니 한방에서 같이 지내보기는 다 합해서 겨우 백일이 될까 말까 했으니, 죽어도 차마 눈감지 못할 한 많은 죽음이었다. 모든 것이 지아비가 부덕한 탓이었다.

두 모자가 종산에 묻히던 날 비가 억수로 쏟아지더라 했다.

병으로 조강지처를 잃고, 소실 탑골댁은 아이를 못 낳아 대를 이을 후사를 걱정한 나머지, 늙은이가 호색한다고 뒷전에서 손가락질하건 말건 덕산댁을 후처로 맞아들였던 것인데, 그게 다 허사가 되고 말았다. 이제 집안에 남아 있는 남자라곤 칠십 고개를 바라보는 늙은이 하나와 애비 닮아 자식모를 제대로 못 심은 병약한 외아들뿐이었다. 과연 후사를 이을 일이 막연했다. 그래서 운양은 다시 마음을 독하게 먹고 즉시 아들에게 편지를 띄워 소실을 마련하라고 다그치는 한편, 자신도 씨받이 여인을 맞이할 궁리를 했다.

석달 뒤 운양은 망처의 졸곡(卒哭)이 끝나자 열여덟살 어린 퇴기 초렴이를 맞아들였다. 적객 신분으로 여염집 여자는 언감생심이고 퇴기라도 감지덕지였다. 그러나 아무리 기첩(妓妾)이라도 적객 분수에는 도무지 어긋나는 행사인지라 운양은 밥 짓고 빨래하는 드난살이를 둔 것처럼 꾸미려고 초렴이 모녀를 함께 집안에 들였다.

그러나 주위에서는 그리 쉽게 속아넘어가주지 않았다. 운양이

기첩을 데리자, 매양 잠자리가 허전하여 잠 설치기가 일쑤이던 다른 적객들도 기다렸다는 듯이 너도나도 기첩 하나씩 꿰차고 신방을 꾸미기 시작한 것이다. 갑오경장 이후 관가 비용을 줄이기 위해 관속배는 물론 관기도 많이 내보냈던지라, 성중에는 아직 웃음을 파는 떡장수, 들병장수로 나가지 않고 삯바느질로 근근이 끼니를 에워가는 불쌍한 퇴기들이 더러 있었다.

    길갓집에 도실(桃實)나무 심어
    쓰냐 다냐 맛볼 이는 있어도
    데려다 살 이는 전혀 없네

이것이 기생 팔자였다. 더러는 부자 양반을 만나 첩실로 들어앉기도 하지만, 추한 늙은이의 노리개일 뿐이었다.

    배고픔도 하도나 서러워
    갓스물에 여든 임 얻으니
    두벌 세벌 물들은 밥을
    씹어달라고 앙탈이더라

그러나 기첩을 데린다는 게 그리 만만한 것은 아니었다. 이들은 대개 홀몸이 아니고 늙은 어미나 동생 한둘 혹 붙어 있는 법이라 가난뱅이 적객으로서는 도무지 엄두를 못 낼 일이었다.
    고향 본가로부터 별 도움을 못 받고 있는 최선달과 이부위가 바로 그 꼴인데, 서른 안팎의 어린 나이에 주제넘게시리 덩달아 기첩을 장만하긴 했으나 당장 먹여살릴 도리가 막연했다. 그래서 둘은 짝패가 되어가지고, 탁지부 국장 하다가 귀양 온 이세직의 일어 교습소에 나가는 한편, 그 시원찮은 왜말을 밑천 삼아 일본 상인의 거간꾼으로 나섰던 것이다. 토산 표고버섯·고사리·전복·미역 따위를 호되게 헐한 값에 흥정 붙여 일본 상인으로부터 구전을 받았다.

 귀양 온 국사범들이 이렇게 분에 넘치는 생활을 하여도 목사 박용원은 아예 모른 체 내버려두고 있었다.

 적객들이 운양 대감을 에워싸고 성 안팎을 무상출입하며 노닐다가 우연히 바람 쐬러 나온 목사 일행과 마주칠 때가 있는데, 먼저 다가와서 인사를 하는 것은 오히려 목사 쪽이었다. 바야흐로 친로수구파 내각이 절영도 조차 사건과 김홍륙 독다(毒茶) 사건을 계기로 독립협회가 주도하는 만민공동회의 성토를 받아 크게 궁지에 몰려 붕괴될 조짐이 큰지라 박용원은 권토중래를 꿈꾸는 거물 김윤식의 눈치를 안 볼 수가 없었다.

 정부에서 부산의 절영도를 노서아에 조차를 허락한데다 친로파 골수분자 김홍륙이 차에 독을 타 왕과 왕세자에게 올린 사건이 터지자 세론이 크게 비등하여 온 장안이 떠들썩했다. 시민 수천명이 종로 거리에서 만민공동회를 열어 내각을 규탄하고 연일 상소가 올라갔다. 마침내 국내 여론에 굴복한 노서아는 절영도를 포기하는 것은 물론 세운 지 석달밖에 안되는 저들의 은행도 폐쇄하고 군사 고문관을 철수하기에 이르렀고, 노서아 공사의 간섭으로 재판이 석달이나 끌었던 김홍륙은 마침내 온 장안 시민의 떠나갈 듯한 함성 속에 군문 효수당하고 말았다. 노서아가 이렇게 순순히 양보한 데는 필시 나름대로 그럴 만한 사정이 있을 터였다. 이미 여순·

대련을 청국으로부터 강탈하여놓았겠다, 조선보다는 만주를 경영해볼 속셈이 틀림없었다.

이 두 사건 이후로 백성들 사이에서는 장차 일본이 우세하리라는 공론이 휜자했다. 재야의 정객들 중에는 벌써부터 일본 공사에게 추파를 던지는 애들이 있었다. 시세가 이런 형편이라 목사는 어지간하면 적객들의 행패에 눈감아줄 요량인 듯싶었다.

그런데 목사로서 난처한 일이 하나 발생하였으니, 일어 교습소가 그것이었다. 장차 조선 땅에서 일본이 우세하리라는 소문에 곳곳에서 일어를 배우려는 사람들이 늘어갔는데, 이 고장에서도 적객 이세직이 사마재에다 일어 교습소를 차려 학도 십여명을 모으고 있었다. 적객 최선달과 이부위 외에는 대개 스물 안팎의 소년들이었다. 그런데 다른 곳도 아니고 오백년이나 나라의 기틀로 삼아온 주자학을 강독하던 재(齋)에서 강토를 침노하는 왜놈 말을 가르쳤으니 말썽이 안 날 리가 없었다. 갑오 이전만 해도 이 사마재는 삼천재·경신재와 더불어 읍내 유생들이 가득 모여 글 읽는 소리가 낭자하던 곳인데, 개화라 하여 시속이 뒤바뀌는 바람에 젊은 축들은 다 빠져나가버리고 노인네들만 남자, 그들마저 삼천재로 옮겨놓고 사마재는 세를 놓아 유회(儒會)의 경비에 충당하고 있었다. 이때 세 들어 있던 이국장이 일어 교습소를 낸 것이다.

그런데 두달이 지난 어느날 저녁 돌연 사마재의 훈장 이노인이 찾아와, 여기가 어떤 곳인데 감히 왜말을 가르치느냐, 왜말을 가르치라고 집을 빌려준 바 없으니 당장 나가라, 철없는 어린것들을 데려다 왜놈 몽구리 만들려고 하느냐 하고 크게 호통치면서 이국장을 닦아세웠다. 이에 분이 난 이국장은 이튿날 아침 공부하러 온

변방에 우짖는 새 189

최선달, 이부위 등 제자 열명을 데리고 가서 이훈장 노인을 끌어다 사매질을 놓고 뜰 가운데 반나절 세워 벌을 주었던 것이다. 그러나 읍내 선비 가운데 명망 높은 이훈장이 이런 봉변을 당했으니 무사할 리가 없었다. 당장 그날로 유생 서른아홉이 목사 동헌으로 몰려가 호곡을 하며 떠들썩하게 송사를 벌였다. 마땅히 두문불출하고 죄를 뉘우치며 근신해야 할 적객 몸으로 방자히 학도를 모아 일어를 교습했을뿐더러 양반 노인을 구타하는 패악질을 저질렀으니 도저히 죄를 면할 구실이 없었다. 그런데도 목사는 적객들에게 관대하여 다만 일어 교습소를 폐쇄하고 사마재를 유생들에게 돌려주라고 했을 뿐 더이상 문죄하지 않고 애꿎은 제자 아이 둘만 옥에 집어넣었던 것이다.

그러나 그것으로 안심할 일이 아니었다. 목사가 눈감아주었다고 조정에서는 귀가 없는가. 혹 조정에서 알기라도 하면, 사건 당사자인 이국장, 최선달, 이부위는 물론 다른 적객들에게도 구정물이 튈지 몰랐다. 그렇잖아도 기첩 하나씩 꿰찬 신세라 혹 조정의 미움을 살까 두려운데, 적객 중에 왜말을 가르치고 배우는 자들이 나타나 말썽을 피웠으니 미상불 걱정이 아닐 수 없었다. 친일했다고 귀양 온 터수에 왜말을 가르치다니! 운양은 심히 불쾌했다. 그토록 친일파 소리를 듣고 싶어 환장했더란 말인가! 만민회의 성토로 아라사 세력이 한풀 꺾였다고는 하나 당장 일본 천지가 되는 것도 아니지 않은가. 물론 일본이 득세하면 운양 자신도 귀양이 풀리고 다시 요직에 오를 것이다. 그렇다고 마냥 달갑게만 여길 일도 아니었다. 일본 공사가 을미사변의 원흉인 줄도 모르고 그 뒷설거지를 맡았다가 이 지경이 된 자신을 생각하면 한심스럽기 짝이 없었다. 그러나 귀양이 풀리려면 도리 없이 일본의 원조를 받아야 할 신세인 것을 어찌하랴. 운양에게 일본은 병 주고 약 주는 요물이었다.

이 무렵 나기주는 처소를 따로 정하고 있었다. 운양 대감이 초렴 모녀를 집안에 들인 후로는 같이 있기가 늘 쑥스럽던 차에, 마침 같이 있으면서 말벗이나 되어달라는 젊은 유생이 있어 그리로 옮아갔던 것이다. 대감은 이제 식구가 불어나 씀씀이가 수월찮을 테니 내 한 입이라도 덜어드려야 도리일 듯싶었다. 조석으로 정세마와 더불어 대감께 문안을 드리며 한담 나누는 외에는 다른 적객들과 별반 어울리는 법 없이 독서에 몰두했다.

책은 흔했다. 나기주 자신은 물론 적객들마다 귀양 행장에 읽을 책을 묵직하게 넣어온 터라, 읽을거리가 없어 무료하지는 않았다. 과시 공부 할 때처럼 사서오경만 되풀이 읽는 외곬 독서가 아니라 선대(先代)의 문집, 사서(史書), 지지(地誌)에서 만국공법, 법리문 같은 신학문의 글까지 두루 읽으니, 재미도 있으려니와 안목이 트이고 식견이 넓어져 좋았다.

심지어 『정감록』까지 구해다 읽어보았다. 몇달 전 피란 갔다 돌아오는 길에 보았던 세 노인의 효수된 머리가 영 뇌리에서 떠나지 않던 거였다. 금서(禁書)인 『정감록』이 과연 무엇이길래 민간에 뿌리 깊은 신앙이 되어 있는가? 단지 백성이 어리석어 요사스러운 참언에 현혹된 것일까?

그러나 막상 읽고 보니 그렇지만은 않았다. 『정감록』은 예언서라기보다는 그렇게 되기를 바라는 백성의 간절한 소망을 적은 글이라 함이 옳았다. 도탄에 빠진 생민에게 활로를 열어줄 진인(眞人)을 기다리는 축원문이라고 할까. 특히 왜의 침노를 경고하면서,

그러나 어떤 내우외환에 처해도 강토를 이민족에게 빼앗기지 않고 이씨에 이어 정씨가 일어나고 정씨가 쇠하면 범씨가 대신하며 면면히 국맥을 이어간다는 예언은 실로 가슴을 치는 대목이었다. 그렇다. 이씨가 망한다 하여 이 강토가 그대로 왜나 아라사에게 먹힐쏘냐? 성문에 매달려 데룽거리던 세 노인의 잘린 머리, 대역죄인 방성칠, 강벽곡, 정산마. 그러나 백성들이 역적 나기를 고대하는데 어찌하랴! 그러나 남학당의 저 세 노인은 역적이 아니라 살신성인(殺身成仁)한 영웅이라 일컬을 만했다. 무릇 영웅이란 제 한 몸 바쳐 만인을 살리고 그 원수를 갚는 사람일진대.

 나기주는 이제 만민회에 기대를 걸고 있었다. 만민회는 한창 승세를 몰아 노서아뿐만 아니라 일본·미국·영국·덕국·법국 모두 한데 싸잡아 성토하고 그들에게 국가의 재정권·병권(兵權)을 넘겨준 간신배들은 물러가라고 정면에서 규탄하고 있었다. 땅속의 귀중한 금은보화도 캐가라, 바다의 물고기도 잡아가라, 울창한 삼림도 베어가라, 전차·철도 놓고 조선 백성의 쌈짓돈도 긁어가라, 쌀·콩도 가져가라, 게다가 나라 땅 저당 잡히고 일본 차관까지 들여오니, 이것이 곧 국가 재정권의 박탈이요, 재정을 줄이라는 일본의 말을 달게 들어 갑오·을미개혁으로 수만 조선 군사를 단 구백명으로 줄여놓았는데, 일본은 저희가 가설한 전신주를 보호합네, 개항지 거류민을 보호합네 하여 수비대를 수백 들여놓은데다 저희 어선·상선을 보호한다고 군함도 수십척 연안을 배회하고, 왕궁 경비는 노서아 고문관에 이어 이제는 미국 고문관에게 맡겼으니, 이것이 곧 병권의 박탈을 뜻했다.

 나기주는『황성신문』의 짤막한 기사 몇 줄만 읽어도 만민회 연설장의 의기충천한 기세를 느낄 수 있었다. 만민회의 함성이 귀에 쟁쟁 들려오는 듯했다. 그 함성은 돌연 몇달 전 관덕정 마당에서 무섭게 터져나오던 제주민의 함성으로 변하여 귓고막을 때렸다. 뒤이어 을미년 의병의 함성, 갑오년 동학군의 함성, 임오년 병정들의 함성이 잇달아 우렁차게 울리는 듯했다. 그렇다. 저 아우성 소리들을 한데 모아 태풍처럼 몰아붙이면 못할 일이 없으리라. 백성의 힘이 저리 막강한데 정부는 왜 그 힘을 한데 모아 외적을 물리칠 생각을 못하는가. 위망지경에 빠진 강토를 보전하겠다고 백성들은 저리 피를 토하며 절규하는데, 반대로 위정자들은 행여 떨려날세라 앉은 자리나 보전하기 급급하고, 강토를 팔아먹는 거간꾼으로 나서 구전을 챙기느라 여념 없으니, 도무지 통분을 금할 수가 없었다. 이 무렵 나기주가 받아본 『독립신문』에는 만민회 여러 연사 중에 채구석의 이름 석 자도 눈에 띄었다.

  그러나 애석하게도 만백성의 기대를 모으며 승승장구 크게 기세를 떨치던 만민회는 그해를 다 못 넘기고 정부의 탄압을 받아 영영 해산되고 말았다.

  예견한 대로, 이국장은 일어 교습 사건이 조정에 염탐이 들어가 두달 뒤 추자도로 이배(移配)되어 갔다.

  이렇게 일년이 십년 같던 다사다난한 무술년을 보내고 기해년을 맞이하니 또 세초부터 상서롭지 못한 일이 일어났다. 겨울바람이 유난히 음침하게 불더니 광견병이 발생한 것이었다.

  멀쩡하던 개들이 하나둘 병들기 시작하더니 삽시에 온 성안 개들이 발광하고 말았다. 거진 열흘 동안이나 성안은 미친개들 세상이었다. 사람들은 낮에는 미친개가 무서워 바깥출입을 못하고 밤에는 개들의 울부짖는 흉측한 소리에 잠을 못 이루었다. 집집마다 역신을 쫓는다고 놋대야를 울리고 마루청에서 바가지를 긁는 소리에 온 성이 떠나갈 듯 시끄러웠다. 개들은 인적이 끊긴 대로 한길을 맘대로 싸다니면서 사람 그림자만 보아도 무섭게 달려들었다. 저들끼리 물어뜯어 죽이기도 했다. 여러마리씩 몰려다니는지라 몽둥이로 때려잡을 수도 없었다. 흡사 개들이 사람을 상대로 반란을 일으킨 형국이랄까. 미친개들이 제물에 죽기를 기다리다 못해 목사는 마침내 순검들을 풀어 총을 놓게 했다. 미국 선교사도 성능 좋은 양총으로 쏘아 죽였다. 개들은 총 맞아 죽기도 하고 제물에 죽기도 하여 한길에는 수백마리 시체가 늘비하게 널려 있었다. 미친개에 물린 사람이 스무명가량 되고, 한 아이는 즉사했는데, 어느 집 사대 독신이라는 일곱살 난 그 아이는 미친개 세마리에게 먹혀 뼈만 남았더라고 했다.

이때 광증은 다른 가축에도 미쳤으니, 시골 어느 마을에서는 미친 말이 사람을 해쳤느니, 고양이가 제 꼬리와 네 발을 뜯어 먹고 죽었다느니, 관덕정 근처 돼지 시장에 갔더니 머리 꼭대기에 꼬리가 달리고 코끝에 눈이 달린 돼지새끼가 있더라느니 하는 소문이 세간에 파다하게 퍼졌다. 온 섬에 광기가 가득했다. 이게 모두 작년 동짓달부터 노랑머리 양귀자(洋鬼子) 하나 섬에 들어와 미신을 퍼뜨리더니 섬 땅을 동티 내어 그렇다고 사람들은 입을 모았다.

양귀자라 함은 야소교 미국 선교사를 일컬음이었다. 양귀자와 양과자. 생전 처음 보는 이상하게 생긴 양인(洋人)이 섬에 들어온 것만도 큰 변괴인데, 양과자로 아이들을 꾀어내어 서양 귀신을 믿으라 하고 돌아다닌다는 소문이라 여간 불안하지 않던 터였다.

선교사가 직접 양총을 들고 다니며 미친개를 많이 죽여주었지만, 사람들은 조금도 달갑게 여기지 않았다. 선교사가 이 섬을 떠나야만 광증이 물러간다는 것이었다.

미친개에 물린 사람들은 대개 두달 석달 사이에 병독이 나타나, 개 짖는 소리로 컹컹 울부짖으며 발광하다가 하나둘씩 죽어갔다. 광견병으로 미쳐 죽은 사람이 성안에서만도 스무명이 훨씬 넘는다는 소문이었다. 어떤 젊은이는 개에 물린 바도 없는데 홀연 발광하여 개 짖는 소리를 내다가 죽고 말았다고 했다. 이때쯤 한동안 보이지 않던 미친개들이 다시 나타나 사람을 물기 시작했다. 김판관네 부엌 하님의 어린아이도 미친개에 허벅지를 물렸다.

민심이 이를 데 없이 흉흉했다. 육축(六畜)이 미치고 사람이 미쳤으니, 장차 초목도 미쳐 벌겋게 흉년들 거라는 둥, 질병이 크게 일어날 거라는 둥, 삼읍에 다시 난리가 일어날 것이라는 둥 불길한 풍설이 나돌았다. 모든 게 양귀자 때문이라고 했다. 선교사는 매일 밤 옆집에 아낙네들이 모여 귓고막 찢어지게 징을 울리며 푸다시 굿판을 벌이는 바람에 도시 잠을 잘 수 없었다.

"잡귀야 잡신아, 요건 보니 잡귀로다. 쑤어나라, 쑤어나라, 물 넘어 가라, 산 넘어 가라, 요놈의 잡귀야, 헛쉬!"

견디다 못한 미국 선교사는 결국 입도한 지 넉달 만에 섬을 뜨고 말았다. 다시 크게 번질 듯하던 광견병은 공교롭게도 미국 선교사가 떠날 임시쯤 해서 감쪽같이 자취를 감추어버렸다.

조선인 김신부와 법국인(法國人) 배신부가 입도한 것은 음력 사월 초승께였다. 그러니까 야소교가 발 못 붙이고 떠난 지 한달 만에 성교(聖敎, 천주교)가 들어온 것이다. 양귀자가 나갔다고 좋아하다가 또 한 사람이 들어왔으니, 섬 주민들로서는 대경실색할 노릇이었다. 또 무슨 동티가 나도 날 모양이라고 크게 야단들이었다.

마침 때가 익은 보리 내음이 바람에 물씬 풍겨오는 보리누름 철이라 모두 일손이 바빠서 큰 물의는 없었다. 그러나 두 신부가 막상 집을 구하려 하니, 값을 시세보다 더 쳐주겠다고 해도 응하는 사람이 없었다. 목사의 호의로 비어 있는 장청(將廳)에 잠시 머물면서 서울에서 소개받은 적객 김승지를 통해서 여기저기 물색해봤으나 살 사람이 신부라는 걸 알자 모두 머리를 내젓는 것이었다. 결국 속임수를 써서 적객 장감찰의 명의로 해서야 겨우 집 한채를 살 수 있었다.

이렇게 방색이 심하니 전교가 뜻대로 될 리가 없었다. 너무 드러내놓고 나섰다간 오히려 주민들의 반감만 부채질할 뿐인지라 사세를 살피면서 신중히 행동했다. 김신부는 곧 신자 여섯명과 함께 전교에 나섰다. 법국인 배신부는 당분간 바깥나들이를 삼가는 게 좋을 듯해서 빼어놓았다. 신자 여섯 중 한 사람은 두 신부와 함께 육지에서 온 박고스마이고, 나머지 다섯은 모두 이 고장 사람으로 양베드로, 신아오스딩 형제, 강도비아, 김진사였다. 양베드로는 이년 전 서울에 머물 때 우연히 성교를 알아 영세 입교하고 열심히 교리를 익힌 다음 고향에 내려와서 나머지 네 사람에게 전교했던 것이다. 민주교께 이 섬에도 목자를 보내달라고 여러번 간청한 것도 그였다.

그러나 한해가 저물도록 입교하는 사람은 드물었다. 사람들은 아예 말도 못 붙이게 방색하거나 더러 귀 기울여 듣다가도 제사를 금한다고 하니까 혀를 차며 돌아앉아버리곤 했다. 기껏 응수한다는 게 저번에 왔던 야소교 선교사는 입교하면 백냥 주겠다고 조르는 걸 거절했는데 성교에서는 얼마를 주는가 하는 식이었다.

이 고장 사람들보다 적객들이 오히려 설득하기 쉬웠으니, 장감찰과 최선달이 먼저 입교하였다. 그야 물론 귀양 풀릴 길이 막연하여 행여 법국 공사의 줄을 탈 수 있지나 않을까 하고 입교했겠지만, 동기야 어떻든 유식하고 말 잘하는 양반 둘을 얻었으니, 장차 전교에 큰 도움이 될 듯싶었다.

이 무렵 시국은 하 수상하여 호남의 고부·무장에서 누대에 걸쳐 갈아먹던 농토를 무단히 왕실에 빼앗긴 농민들이 서학당(西學堂)이라 칭하여 무장봉기하고, 강진·해남에서도 소요가 일어나는가 하면, 영남의 상주·안동 쪽에서도 비적 수백 무리가 떼를 지어 출몰한다는 소문이었다. 일본은 바야흐로 조선에서 성시를 만났으니, 경부선 부설권을 얻어내고 경인선을 미국으로부터 양도받은 데 이어, 법국이 가진 경의선 부설권마저 양도받으려 혈안 되어 있는 한편, 개항지마다 풀어놓아 상권을 장악하고 있는 수만의 저희 상인들을 통해 은전은 물론 지폐·엽전까지 싹싹 쓸어가니, 온 나라가 돈이 씨 말라 전황(錢荒)에 시달리고 물가가 천정부지로 치솟았다. 어부 또한 수만명 조선 영해에 침범하여 모든 어장을 유린했으니 제주도가 그중 외진 곳이라 피해가 심했다.

개항 직후부터 제주도에는 잠수기를 갖춘 머구리배들이 몰려들어 갯바닥을 훑어 미역·전복을 쓸어가고 있는지라, 겨우 물안경 하나 쓰고 자멱질로 먹고사는 해촌 사람들은 도무지 살 가망이 없었다. 뿐만 아니라 이들은 신묘년을 전후해서 삼년 동안 해촌 민가에 들어 닭·돼지·식량을 약탈해가고 부녀 겁간에 인명 살상까지 예사로 하였으니, 삼년 동안 저들의 칼에 맞아 죽은 이가 수십명이었다. 이에 몇 차례 어민들의 소요가 일어나고 정부는 일본에 사망자에 대한 보상을 해줄 것과 일본 어선이 제주에 통어(通漁)를 금할 것을 요구했다. 그 결과 살인·겁간·약탈 행위는 없어지긴 했으나 머구리배들은 오히려 점점 불어나 이 무렵에는 거진 삼백척이 근해에 장사진을 이루고 있었다.

여름 어느 무더운 날 나기주는 바람 쏘이러 관덕정에 나왔다가 뜻밖에 그 왜어부들을 보게 되었다. 그자들은 수십명 떼를 지어 왜가리새 떼 모양 알 수 없는 소리로 시끌작 떠들면서 관덕정도 돌아보고 영문 청사가 즐비하게 늘어서 있는 포정문 안도 기웃거리며 거드럭거드럭 거닐고 있었다. 한결같이 모질게 빡빡 깎은 머리를 하고, 개다리 모양의 당꼬바지 차림에 흉측한 닛뽄도를 차고 있었다. 길 가던 아낙네들이 황급히 종종걸음 치며 피해갔다. 그걸 보자 그자들은 야릇한 괴성을 지르며 징그럽게 낄낄거렸다. 더러운 놈들! 나인영은 분기가 발끈 치밀어올랐다. 며칠 전부터 산지포에 왜배 열두척이 들었다더니 저자들이 틀림없었다. 행색이 관광나온 듯하지만, 행여 무슨 작폐를 저지를지도 모를 일이고, 나중을 위해서라도 저자들의 본색을 확실히 알아두어야 되겠기에 염낭에서 필죽(筆竹)을 꺼내들고 그들 앞으로 다가갔다. 그들 중에 제법 글을 아는 자가 하나 있어 필담해보니, 자기네는 일본 나가사끼(長崎) 어부들로 제주 남단의 작은 섬 가파도에 머물다가 며칠 전 이곳으로 옮아와 전복을 잡고 있는데 배 하나에 잠수부 둘이라 하루 채집량이 서른접, 즉 육백개나 된다는 것이었다. 이 고장 잠녀들보다 열 배가 넘는 실로 막대한 이득이었다. 이 섬에 출어하는 머구리배가 이삼백척이 된다 하니, 장차 수삼년 내에 제주섬에 전복 씨 마른다는 섬사람들의 말이 조금도 엄살이 아니었다. 나기주는 내심 불쾌하기 짝이 없어 더이상 묻지 않고 필죽을 챙기고 횡하니 돌아서버렸다.

이때 네거리 길목에 어느새 모여들었는지 백명 가까운 장정들이 웅성거리며 왜어부들을 지켜보고 있었다. 사람들은 나기주가 가까이 다가가자 우르르 몰려와 왜놈들이 뭐라고 하더냐고 묻더니, 더한층 술렁거리기 시작했다.

"저 몽구리 놈들, 아무리 관광이라고 허쥬만 이 엄중한 성안엘 칼 차고 들어오다니, 시상에 저런 행패가 어디 있는가! 주성을 범하다니. 목사또는 뭣 하는 거여, 당장 내쫓지 못허고."

"그 냥반 멍석에 조 널고 지켜앉아 참새나 쫓는 모냥이여."

"원, 보자 보자 허니, 저것들이 이젠 못허는 짓거리가 없고. 전복밭·미역밭 빼앗더니, 이젠 우리 안방꺼정 검은 까마귀발로 들어와? 시상에 저런 악독한 강도 놈들이 없느니."

"아이고, 작년 난리 적에 저놈들 막사를 불 질러 혼꾸녁 내주어사 허는 건디, 그냥 두었더니……"

"하이간에 저놈들이 민가에는 못 들게 막아사 해여."

이때 주민들의 낌새가 심상치 않음을 눈치챈 왜어부들은 일부러 태연한 척 꾸미고 슬슬 관덕정을 떠나 동문으로 향했다. 남정네들도 멀찍이 떨어져서 뒤따라갔다. 어느새 준비했는지 뒤켠에서 따라가는 장정 여남은명이 자갈이 든 망태를 어깨에 메고 있었다. 여차직하면 돌팔매를 날릴 거조였다.

그러나 그날은 아무 일도 없었다. 왜어부들은 어김없이 동문을 나가 곧장 산지포로 내려가고, 성안 남정들은 동문까지 따라갔다가 돌아와버렸다.

정작 일이 벌어진 것은 그 이튿날이었다. 해가 설핏해질 무렵에 밖에서 놀던 주인집 아이가 헐레벌떡 뛰어들어오며 하는 말이 동문 밖에서 왜놈들과 싸움이 벌어졌는데, 지금 왜놈들이 쫓겨서 산지포로 도망치고 있다는 것이었다. 나기주가 주인 박생과 함께 급히 내달아 북성에 올라보니, 왜배 열두척이 연방 총을 쏘아대며 앞서거니 뒤서거니 서둘러 포구를 빠져나가는 중이었다. 총알이 닿지 않을 만큼 멀찍이 떨어진 곳에 장정 백여명이 주먹을 휘두르며 우레같이 함성을 질러대고 있었다. 그 뒤로 뒤늦게 소식 듣고 달려가는 사람들로 한길이 가득했다. 마침내 왜배들이 모두 포구 밖을 벗어나 먼바다로 도망치고 사람들은 포구에 몰려가 좋아라고 함성을 질렀다.

성에서 내려와 얘기를 들은즉, 어제 그 왜어부들이 오늘은 동문 밖 민가에 들어 고샅길을 싸다니다가 종내는 처녀들이 모여 망건 짜는 집 마당에 들어가 흰수작을 놓은 게 사건의 발단이었다. 그자들의 거조를 시종 감시하고 있던 동네 젊은이들이 이에 크게 격분하여 징을 치며 성안에 들어가 장정들을 불러모아 왜놈들을 습격한 것이었다. 왜놈들은 빗발치는 돌에 맞아 삽시에 여럿이 벌겋게 피투성이가 되어 쓰러졌는데, 그들 중에 육혈포를 가진 자가 있어 응수했으니 망정이지, 자칫 몰사죽음 당할 뻔했다는 것이다. 이쪽에서는 한 젊은이가 육혈포에 맞기는 했으나 다행히 팔에 가벼운 부상을 입었을 뿐이었다. 나기주는 그날 참으로 여러 해포 만에 가슴이 탁 트이는 듯한 통쾌감을 맛보았다.

이럴 즈음 거진 일년 동안 서울에 머물고 있던 채구석이 다시 대정 군수가 되어 금의환향했다. 그러니까 전임 신재우는 임기 이년을 절반밖에 못 채우고 물러난 것인데 그 내력인즉 이러했다.

신대정은 원래 이 고장 토호로 놀부 심사에다 돈밖에 모르는 위인이더니 돈으로 군수 자리를 사 호기있게 도임한 후에는 평소에 금전 관계로 사이가 안 좋던 양별감이란 사람을 권세로 눌러 앙갚음할 궁리를 틀었다. 십칠년 전인 임오년에 빚 주었다가 이자까지 받아낸 몇백냥 돈을 받은 바 없노라고 시침 떼고 우격다짐으로 다시 받아내려고 한 것이었다. 설마 네가 청장문기(淸帳文記)를 십칠년이나 지니고 있겠느냐 싶었던 모양이었다. 그런데 웬걸 양별감이 선뜻 그 문서를 내놓으니, 그런 망신이 없었다. 분기충천한 신대정은, 양별감이 수년 전 관으로부터 정정당당하게 매입하여 갈아먹던 논을 공토(公土)라고 본전도 안 주고 빼앗고 말았다.

이에 양별감은 여러날 식음을 전폐하고 관문 밖에서 울부짖더니 끝내 목에서 피를 토하고 죽고 만 것이었다.

이런 내용의 대정민 상소가 올라갔으니, 조정에서는 오죽 핑계가 좋겠는가. 될수록 많은 수령을 파출(罷黜)시켜 그 자리를 팔아 돈 벌 궁리에 여념이 없는 그들인데, 백성을 위하고 또 돈도 벌리는 일을 왜 마다하겠는가. 이 무렵 집권파 민영주·조병식 들은 오십여군데 수령을 바꾼 지 불과 여섯달 사이에 또 백여군데를 갈아치우고 있었다. 채구석도 그 자리를 얻으려고 돈냥깨나 축냈으리라. 물론 탐관(貪官)이야 응당 그래야 되겠지만, 청렴한 수령까지 무능하다 하여 마음대로 파출하였으니, 이 무렵 파직당한 정의 군수 강인희가 바로 그런 경우였다.

돈독 오른 조정의 고관대작들은 수령 자리는 물론 주사·군관 자리도 돈을 받고 팔았다. 이에 돈푼깨나 있는 자들이 때 만났다고 서울로 몰려들어 벼슬 사기에 혈안이었는데, 이들을 등쳐먹는 협잡배 또한 적지 않았다. 아무 연고가 없는데도 모처 모 대감에게 줄이 닿으니 구전을 달라고 하여 떼먹기 일쑤요, 일이 성사될 때까지 어느 상회에 돈을 전부 맡기고 어음을 갖고 있으라고 꾀어, 그 돈을 서너달 마음대로 굴려 장사를 하여 재미 본 다음, 일이 어찌 잘못 틀어졌다고 오리발 내밀면서 돈을 돌려주기 예사였다.

목사도 갈려, 난리 후 제주 백성을 잘 무마해주어 칭송이 자자하던 박용원이 내직으로 옮아가고 이상규가 도임했다. 박용원이 산지 포구에 나가 배를 타던 날, 읍내 대소민들이 구름같이 모여들어 이별주를 권하며, 혹은 웃고, 혹은 울면서 오랫동안 작별을 아쉬워했다. 그것은 참으로 보기 드물게 아름다운 광경이었다. 요사이 수령치고 뒤가 구리지 않은 자가 드물어 벼슬 갈려 돌아갈 때면 이별주를 얻어먹기는커녕, 백성들에게 봉욕당할까 두려워 심지어 밤도망치기까지 하는 세상이 아닌가. 백성들이 병든 노인을 부축하고 헐벗은 자식들을 이끌고 수백명 떼 지어 수령이 돌아가는 길을 가로막고 늑탈한 전량을 돌려달라고 울며불며 아우성치는 일이 팔도에 비일비재하였다.

이상규는 전임 목사와는 전혀 딴판이었다. 어디 급전을 취해다 벼슬을 샀던지 도임하자마자 돈을 긁어모을 궁리부터 했다. 그러기 위해서는 먼저 위의(威儀)를 갖추는 게 필요했던 모양이다. 도임 삼일 만에 갑오년에 혁파된 나졸을 수십명 모집하는가 하면, 관노·사령도 장정(章程) 외로 수십명 더 늘렸으니, 관속배가 갑오 이 전보다 오히려 많게 되었다. 이들의 월급은 민간에 떠맡겼음은 물론이다. 이렇게 위의를 대단히 꾸몄으니, 목사가 관문을 들고 날 때에는 배행(陪行) 소리가 온 성이 떠나갈 듯 드높았고, 관덕정에 좌기(坐起)하여 송사를 볼 때에는 청령 소리 또한 멀리 산지포까지 들렸다.

그러는 한편 방이 차다, 음식이 정갈치 못하다, 갖은 트집을 잡기 시작하다가 마침내 무죄한 아전 넷을 관덕정 마당에 끌어다 곤장을 치고 옥방에 넣었으니, 그 죄가 곧 관장 능멸죄였다. 차제에 아전을 갈아 몇백냥씩 임채(任債)를 받았으니 그 재미 또한 수월찮을 터였다. 향직도 팔아, 좌수는 천냥이요, 별감이면 몇백냥이었다.

그러고는 새로 쓴 아전·나졸·사령들을 풀어 밥술깨나 먹는 집에 혹시 트집 잡을 거리가 없나 염탐해서 죄를 꾸미느라 여념이 없었다. 그 죄안인즉, 불효·불목(不睦)·음행·협잡·잡기 따위 인륜·풍기에 대한 것이 대부분이었다. 이미 민란을 여러번 치러 백성을 두려워하는 토호들인지라 민간에 작폐가 그리 심하지 않아 다른 죄는 없었던 것이다. 일단 죄안이 구성되면 속전(贖錢)이 매우 호되어, 심심풀이 묵 내기 골패놀음하다 걸려도 수백냥 바치지 않으면 풀려나오기가 어려웠다. 그러나 워낙 풍속이 순박한 고장인데 부잣집이라고 패륜아가 그리 흔할 리 있겠는가. 그래서 첩을 둘 거느린 자들을 골라 삼읍 공사에 비용이 많이 드니 부조금 내라고 협박까지 했으니, 첩이 하나라면 모를까 둘이면 음행질이나 한가지라는 것이었다.

마침내 목사가 도임 스무날 만에 늑탈한 장전(贓錢)이 수만냥이라는 소문이 파다하더니, 성문에 목사의 탐학을 고변하는 괘서(掛

書)가 잇달아 나붙었다. 심지어 아무 날 아무 시에 삼읍 민인은 관덕정 마당에 모이라는 글귀도 있었다. 돌멩이를 싼 협박문이 동헌 뜰에 떨어지기도 했다. 그러나 목사는 진작 꾀가 약아 민란의 까탈이 되는 호포세·화전세·장전세 따위에는 일절 혀를 대지 않았으니, 큰 걱정은 없었다. 사돈이 논 사면 배 아픈 것이 인지상정이라 돈깨나 있다고 행세하는 집들이 수난당하는 꼴을 보면 없는 백성들은 오히려 고소하게 여길 게 아닌가.

적객 최선달과 이부위가 형문에 걸린 것도 이 무렵이었다. 이때 두 적객은 왜상인의 거간꾼 노릇도 하는 한편 직접 장사에 손을 대고 있었다. 그런데 장사를 해도 얌전히나 했으면 모를 텐데 갖은 협잡질을 능사로 했으니, 결국 뒷덜미가 안 잡힐 리 없었다. 특히 최선달은 더했다. 딴에는 방성칠란 때 위세 떨치던 것만 생각하고 한몫 단단히 거머쥘 욕심이었지만, 간에 붙고 쓸개에 붙어 대장 노릇 해먹은 협잡꾼인 줄 익히 알고 있는 터에 섬 주민들이 호락호락 당할 리가 없었다. 몇 차례 민가에 개 싸다니듯 설쳐다니면서 공갈쳐서 한약재, 표고버섯 따위를 호되게 헐값으로 사들이고, 몇몇 마을 동소임들에게 지난 난리 때 남학당에게 민정을 모아준 죄를 발고하겠다고 위협하여 돈냥을 늑탈하더니, 급기야 영문에서 옭아가는 신세가 되고 말았던 것이다. 치도곤을 맞아 되게 단련받고 두 달 넘게 옥살이를 하고 나온 최선달은 영 풀이 죽어 있었다. 최선달이 먼저 입교한 장감찰의 권에 따라 성교에 마음을 두게 된 것은 바로 이때였다.

이부위도 토산 콩을 몰래 일본으로 밀무역하다가 들켜 한달 옥살이를 했다. 제주는 육지와 무역하기 어려운 외딴섬인데다 토산

곡식으로도 섬 백성의 끼니를 잇기 어려운 처지라 방곡령(防穀令)이 내려 있어 곡식을 밖에 못 팔게 되어 있던 터였다.

그해 여름에 김윤식은 초렴의 몸을 빌려 이목구비가 또렷하고 체모가 제대로 빠진 남아를 하나 얻었다. 씨는 여물지 못해도 밭이 좋았나보다. 몇몇 다른 적객들도 이를 전후해서 애가 생겼는데, 불행히 서참서의 기첩은 산후 조리가 잘못되어 죽고 말았다.

이렇게 또 한해가 가고 경자년이 되니 하필이면 정월 초하룻날부터 불길한 징조가 나타났다. 꼬리가 대빗자루같이 생긴 혜성이 셋 나타나서 동북방 밤하늘을 쓸고 갔던 것이다. 혜성은 예로부터 임금의 악정을 꾸짖어 하늘이 내리는 재앙별이라고 했다. 재앙별이 나타나면 그해 큰 재앙이 있거나 대란이 일어나 그 빗자루같이 생긴 꼬리로 사악한 무리를 쓸어낸다는 것이었다.

이월달에는 산간촌인 죽성 마을에 알에서 깬 지 사흘밖에 안되는 병아리가 장닭처럼 능히 활개를 치며 꼬끼오 하고 길게 운다는 해괴한 소문이 들려왔다.

과연 나라 안팎 정세는 심상치 않았다. 혜성이 진성(軫星) 머리에 나타나서 은하 사이에 들어 어찌어찌하면 소중화가 대중화와 더불어 함께 망한다는 정감록의 참언이 들어맞기도 할 듯이 조선과 청국은 바야흐로 외우내환의 극에 달해 있었다. 중국에는 오월달부터 나라 땅을 좀먹는 양인들을 물리치자고 백성들이 대난리를 일으켰으니 이것이 곧 의화단 난이었다. 조선 안은 도처에 혹독한 가렴주구로 잔망민이 속출하고 이 잔망민들은 유리걸식하는 거지떼로 몰려다니거나 화적패가 되어 경향 각지에 출몰하고 있었다. 그중에 부잣집을 털어 빈민에게 나눠주는 의적들이 호남과 영남에 창궐하고 있었으니 이들이 곧 활빈당이었다.
 국토는 죽을병에 걸려 인사불성으로 누워 있고, 벌써 송장 냄새를 맡은 외적 무리들은 까마귀 떼처럼 몰려들어 날카로운 부리로 살점을 뜯어내는 중인데, 조정의 잡류들은 정사를 본다는 것이 고작 풍수쟁이 말을 좇아 동대문 밖에 있는 민비의 홍릉을 금곡으로 옮기는 따위 황당한 짓거리나 하고 있을 뿐이었다. 이미 인산 비용이 호되게 들었는데 다시 금곡으로 옮기는 대역사를 벌였으니, 그 막대한 비용이 모두 백성의 고혈이 아니더냐. 묘역은 사방 십리인지라 그 안에 있던 백성들의 가옥·전답은 물론 수천기(基)의 조상 묏자리까지 빼앗겼으니, 한 아녀자의 무덤으로 산 자는 생업을 잃고 죽은 자는 유택을 잃었던 것이다.
 이렇게 낭비가 심한 왕실은 전에 없이 봉세관을 팔도에 내려보내 궁토세·화전세·어장세 따위를 다시 사검(査檢)하여, 수령·아전들이 자기네 몫으로 누락시켜놓은 것을 적발하는 한편, 영(營)·읍(邑)·진(鎭)·역(驛)에 딸린 공토(公土)와 갑오 이후 관속이 크게 줄어 쓰지 않는 관청 건물들은 모조리 팔아 올리게 했다.
 이 고장에도 작년 말부터 왕명을 받든 봉세관 강봉헌(姜奉憲)이 입도하여 호포세·장전세·화전세·어장세·선세 등 각종 세를 일일이 조사하여 집세하고 있었다. 세액은 물가 오른 핑계로 정수보다 두 배 가까이 올려 받았으니 고깃배 대여섯척 될까 말까 하는 작은 포구 하나에 어망세가 무려 팔백냥이었다. 강봉헌은 또 한편으로 공토와 관청 건물을 민간에 팔았다. 본래 둔토(屯土)가 없는 고장이라 공토라면 귤을 가꿔 나라에 진상하던 과원과 말을 길러 상납하던 한라산 주위의 드넓은 목장이었다. 관청 건물과 십여군데 과원은 그럭저럭 팔려나갔지만, 밭도 아닌 잡초만 무성한 들판을 살 작자는 없었다. 그래서 열두군데 목장은 마을마다 갈라 맡겨 목장세를 받아냈으니 없던 세가 하나 더 늘었다. 갑오 이후 목장이 폐지되자 말 진상 대신 돈으로 대납해왔는데, 그 공마대전(貢馬代錢) 마련도 힘겨운 터에 목장세가 가설(加設)된 것이다. 그리고 목장 안에 토질이 쓸 만한 곳은 예로부터 장전(場田)이라 하여 꼬박꼬박 세금 물고 갈아먹고 있었으니, 이 장전세까지 치면 목장 하나 때문에 세금이 세가지라, 일물삼세(一物三稅)가 바로 그것이었다. 게다가 소출이 넉넉한 장전일수록 공토라고 빼앗아 다른 사람에게 팔아치우는 것이었다. 중산촌 사람들뿐 아니라, 멀리 해촌에서도 삼십리 길을 걸어다니며 장전을 일궈 먹는 가난한 사람이 많은데, 그렇게 고생고생하여 띠 뿌리, 억새 뿌리, 찔레 뿌리를 캐고, 말똥·소똥으로 지력을 키워놓았건만, 결국 죽 쑤어 개 바라지한 꼴이 되어버린 셈이었다.

　가혹한 징세로 난리 일어난 지 이년도 못되어 세폐가 다시 머리를 든 것이었다. 봉세관은 재작년 난리를 모를 리 없건만, 세를 호되게 매기고 가혹하게 징수하는 데 조금도 기탄함이 없었다. 너희들이 감히 왕명을 거역할 것이냐, 징세를 빙자하여 사욕을 채운 수령·아전을 대항해서 소란을 피웠을지언정, 감히 왕명을 받든 봉명사신(奉命使臣)을 어찌하진 못하리라, 오랜 흉년과 난리로 국고가 피폐하여 나라 기틀이 누란지경에 처했는데 백성 된 도리로서 세가 좀 과중하다고 어찌 거납(拒納)할 것이냐 하는 태도였다.

　봉세관이 이렇게 전곡을 갈퀴질하는 데 혈안이니, 그 수하에 마름이나 집세 감색(監色) 노릇 하는 자들의 작폐는 또 오죽했으랴.

삼읍의 공토·화전·장전·포구·염전을 일일이 조사하고 집세하려면 마름과 집세 감색이 쉰명쯤 필요했는데 그 대부분을 성교 신자들로 메우고 있었다. 작년 말까지만 해도 장감찰·최선달 외에는 신입 신자가 거의 없다시피 했는데 어째 불과 몇달 사이에 신자가 백명 가까이 늘어났으며, 또 어떻게 봉세관의 마름을 맡게 되었는지 그 사연인즉 이러했다.

새해 들어 섬고장 기후가 맞지 않아 내내 고생하던 배신부가 갈려 가고 역시 법국인 구신부가 들어왔다. 구신부는 갓 서른 난 혈기 방장한 청년이었다. 활동적인 구신부를 맞이하자 교당 측은 아연 활기를 띠기 시작했다. 교리 해설만으로는 도무지 신자를 모을 수 없음을 깨달은 두 신부는 이때부터 전교 방식을 완전히 바꾸어 발 벗고 나선 것이다. 우선 최선달과 평소에 친분 있는 봉세관 강봉헌과 손을 잡아 봉세관의 마름으로 교인을 쓰도록 한 것인데, 마름이 되면 제집 몫의 세금은 모두 면제받는 큰 혜택이 있었다.

두 신부는 이에 그치지 않고 더 나아가 극악이나 다름없이 위태로운 방법조차 서슴지 않고 썼으니, 법국 신부를 '여아대(如我待)' 하라는 왕의 칙령과 법국 공사의 세력을 이용한 것이었다. 육지 신부들은 진작부터 이 방법을 써 크게 교세를 확장하고 있는 터였다. '여아대'하라 함은 '나와 같이 대우하라'는 뜻으로 수삼년 전부터 법국 신부들에게 발급한 호조(護照)에 명문화되어 있었다. 순교자 일만명이 피를 뿌린 대원군의 박해 속에서 죽음을 무릅쓰고 상복에 방갓을 쓰고 숨어 다니며 전교하던 법국 신부들이 이십여년이 지난 지금 치외법권이나 한가지인 이런 호조까지 휴대하게 되었으니, 성교는 바야흐로 성시를 맞았다 할 것이다. 이 호조는 신부들이 전교하는 데 크게 유리했다. 신부들은 이 호조를 십분 이용하여 탐관오리 등쌀에 시달리는 교인들을 감쌌는데, 일단 교인이 되어 신부의 보호를 받으면 지방 수령들은 도무지 맥을 못 추던 것이다. 임금이 '나와 같이 대우하라' 하였는데 어찌할 것인가.

이리하여 가난한 이 고장 주민들 중에는 봉세관의 마름이 되어 과중한 세금을 탕감받는 한편 억울하게 당하는 관재(官災)를 막아 보려고 교인이 되려는 자가 속속 늘어갔다. 가세가 넉넉한 집일수록 목사에게 꼬투리 잡혀 속전을 많이 내게 마련인지라, 부자들도 적잖이 입교하고 있었다. 봄에 한라산 너머 정의 고을 한논 마을에 교당을 하나 더 마련하더니, 이 한논 교당에서 노인 치사 사건이 발생한 섣달그믐께에는 영세 교인 오십에다 예비 교인이 삼백명을 헤아렸다.

그러나 교세가 번창해갈수록 육지와 마찬가지로 이에 따른 폐단 또한 크게 늘어났다. 교인 중에는 열심 교우도 많았지만, 신부의 세력을 믿고 협잡·난봉을 일삼는 불량 교인도 허다했다. 마을 부랑자, 소악패치고 한바탕 떵떵 위세 부리고 신명나게 놀아볼 이 좋은 기회를 왜 놓치겠는가. 성교에 투입했으면 교리에 순화되어 새사람이 된다면야 오죽 좋은 일일까만, 이들은 애초부터 염불에는 뜻이 없고 잿밥에만 눈독 들인 자들이었다. 원성 높은 봉세관의 마름질 하는 것만도 크게 미움 살 노릇인데, 이를 기화로 작당하여 다니면서 민간에 갖은 패악질을 놓는 것이었다. 고생하여 일궈놓은 장전을 빼앗아 다른 사람에게 경작시키기, 세를 적게 매길 테니 인정을 쓰라고 요구하기, 마을 공동 소유인 동산이나 냇가 공터를 봉세관으로부터 사들여 수백년 묵은 팽나무를 베어 팔기, 판 지 석삼년 되어 값이 두 배 오른 집이나 밭을 본전 주고 빼앗아가기, 남의 종산에 함부로 투장(偸葬)하기, 교리책 맡기고 책값 받아내기, 남의 빚 받아주고 사례금 챙기기, 야음에 작당하여 남의 재물 늑탈하기, 남의 처자를 푸대쌈하여 업어가기 등등 그 패악질은 이루 헤아리지 못할 지경이었다.

관가에서는 그야말로 속수무책이었다. 순검이 잡으러 오면 교당으로 뛰어들어가 신부의 보호를 받으면 무사하고, 밖에서 붙잡히더라도 교인들이 신부를 앞세우고 뒤쫓아가서 도중에 빼앗아버리면 그만이었다. 게다가 교당에는 형틀·채찍·태장은 물론 구류간까지 마련하여 수틀리면 마을 사람들을 데려다 매질하고 구류를 살렸으니 그 위세가 관가를 방불케 했다. 마을 사람들 중에 혹 혈기 있는 자가 있어 교폐를 들어 시시비비를 따질라치면 훼교(毁敎)한다고 당장 신부에게 고해바쳐 붙잡아가 용형(用刑)하기 일쑤였다. '유신문사 즉위착래사(有訊問事 卽爲捉來事)'라고 쓰인 교당의 호출장을 '까막바지'라고 했는데, 백성들은 이 까막바지를 관령만큼이나 무서워했다.

신부들이 나들이할 때면 그 위의가 또한 대단하여 목사 행차에 조금도 진배없었다. 물색 좋은 검정 수단옷에 긴 장죽을 물고 사인교에 올라 교인들로 하여금 전배·후배 세워 구름같이 몰려다니는 것이었다. 그야말로 교를 안 믿는 섬 백성들은 두 나라 관장을 섬기는 꼴이었다. 이렇듯 육지 관장 섬기기도 힘겨운데 양인(洋人) 관장까지 섬겨야 하니, 안팎곱사등이가 이 아닌가.

이러한 교폐는 비단 제주도에 국한된 게 아니었다. 작년에는 관북 안변과 황해도 옹진 두 곳에서 신부와 교인의 작폐에 참다못한 군민(郡民)들이 분기하여 소요를 일으키더니 올해는 원산에서 비슷한 사건이 있었다. 이들 사건은 법국 공사와 주교의 간섭으로 교인 쪽에 유리하게 결말 났음은 물론이다. 올해 팔월에는 법국 공사와 주교가, 십년 전 사교(邪敎)를 믿는다 하여 적몰(籍沒)되었던 교인의 전토(田土)를 되찾아주었는데, 관으로부터 그 땅을 사들여 농사짓다가 졸지에 변을 당한 농민 132명이 내부(內部)에 올라가 보상해달라고 호소했으나 허사였다.

이렇듯 법국이라면 조정의 대신들도 사족을 못 쓰는 판에 일개 지방 목사가 어찌하겠는가?

목사 이상규는 그야말로 전당 잡힌 촛대 꼴이었다. 돈깨나 있는 자들은 교당에 투입해버리고, 이삭줍기 재미가 수월찮은 세 징수 또한 봉세관에게 빼앗겨버렸으니, 돈 생길 구멍이 따로 있을 턱이 없었다. 목사는 노상 울분에 젖어 관속들을 거느리고 한라산 목장에 노루 사냥 다니며 소일하고 있었다.

한편 젊은 기첩의 간드러진 아양에 정신 팔려 세월 가는 줄 모르던 적객들은 이해 여름이 되자 돌연 불안한 먹구름에 휩싸였다. 조정에서 다시 을미년 죄인들을 성토하기 시작한 것이다. 법부대신에서 경무대신으로 옮겨앉은 조병식의 주동 아래 만조백관들이 연명으로 상소를 올리고 있었다. 때마침 법국인 고문관이 형률을 개정하여 국사범과 왕실범 중에 증거가 뚜렷한 자는 목을 베고 재산을 적몰하도록 하였는바, 을미년 죄인들을 이 형률에 걸어 정법(正法)으로 다스리라는 상소였다.

필시 고생하라고 귀양 보낸 적객들이 도무지 근신하는 태도는 보이지 않고 기첩을 꿰차고 호강하는 꼴에 영 배알이 뒤틀렸던 모양이다. 조병식은 특히 앙숙지간인 운양을 겨냥하고 일을 꾸미고 있음이 틀림없었다. 귀양 오기 직전에도 중벌에 걸기를 고집하여 무던히 애를 먹이더니 이번에도 표독스럽게 물고 늘어질 모양이었다. 적객 중에는 고목나무 곁에 있다가 날벼락 맞게 됐다고 뒷전에서 운양을 원망하는 사람들도 있었다. 국왕은 여러 차례 퇴를 놓았지만, 조병식 들은 고집을 꺾지 않고 줄기차게 상소를 올리는 것이었다.

불안에 싸인 적객들은 모두 바깥출입을 삼가고 조바심으로 나날을 보내며 대죄하고 있었다. 부시회도 흐지부지 없어졌다. 중죄인인 두 대감과 정세마, 서참서는 걱정으로 밤잠을 설치는 날이 많았다. 밤에 산지포에 뱃고동 울리면, 혹시 흉보가 오지 않았나 흠칫흠칫 놀라는 것이었다.

노약한 삼은 대감은 이때 크게 낙담하여 병을 얻더니 한달 남짓 시름시름 앓다가 숨을 거두고 말았다. 늙은 서방 해서 송장치레만 남는다더니, 삼은 대감의 아리따운 기첩 취운(翠雲)이가 바로 그 처지였다. 서울 식구들이 부음 듣고 내려올 때까지 거진 한달 동안이나 시취(屍臭)가 진동하는 관을 안방에 모시고 팔자에 없는 상주 노릇 하며 곡을 해야만 했다.

삼은 대감의 초라한 상여가 돛단배에 실려 육지로 떠나던 날, 산지포에 모여 영결하던 적객들은 서럽게 호곡하며 눈물을 뿌렸다. 살아서 못 가고 죽어서야 환고향하는 적객 신세가 더없이 서러웠다. 그 죽음이 도시 남의 일 같지가 않았다.

이교리와 이위원이 불안에 쫓긴 나머지 법국 공사에 줄을 대어 자구책을 구해볼 요량으로 성교에 입교한 것도 바로 이때였다.

그러나 운양은 그리 호락호락 당할 위인이 아니었다. 일본 공사의 입김이 크게 쏘였던지 석달이 지나 가을이 깊어지자 을미년 죄인 성토는 슬며시 사그라지고 말았다. 운양은 다시 적객들을 모아 부시회를 이끌어갔다. 이교리와 이위원은 성교에 입교한 뒤에도 부시회에 자주 나왔을뿐더러, 심지어 봉세관 강봉헌까지 이따금 참석했다. 강봉헌은 올 적마다 술값을 후히 내놓곤 했는데, 그런 날이면 젊은 적객들은 모두 곤죽이 되도록 취하여 술타령하기가 일쑤였다. 봉세관의 더러운 돈으로 술을 마시다니! 나기주는 일절 모임에 얼굴을 비치지 않았다. 바야흐로 온 섬바닥이 봉세관과 교인에 대한 원성으로 들끓고 있는 판에 운양 대감이 그런 잡류들과 어울려 노는 게 여간 못마땅하지 않았다. 그러나 대감은 오는 사람을 어찌 막느냐고 너털웃음만 터뜨릴 뿐이었다.

드디어 또 한해가 저물어갔다. 섣달 중순께 운양은 기와집 한채를 팔백오십냥에 매입하여 사년 동안 신세 지던 김판관 집을 나왔다. 이 무렵 한논 성당에서 유생 오신락 노인의 치사 사건이 발생했으니, 이것이 바로 이듬해 신축년 대난리의 불씨가 되고 말았다.

9

  왕실 비용 마련에 혈안이 된 봉세관은 나중에는 심지어 국유지도 아닌 백성의 소유인 이유지(里有地)까지 헐값에 무단히 팔아치우고 있었다. 마을 사람들이 마소를 올려 풀을 뜯기고 푸새 땔감을 해오던 마을 근처 야트막한 야산들이 교인들의 개인 소유로 들어가버린 것이 많았다. 값은 호되게 헐했다. 그렇지만 뭐 하나 두려울 게 없는 교인이 아니고서는 나중에 반드시 말썽이 생기게 마련인 이유지를 탐낼 사람은 아무도 없었다.
  그런데 교인들에게 야산보다 월등 흥미로운 게 있었으니 그것은 할망당(堂)의 신목(神木)이었다. 봉세관은 마을 아낙네들이 수백년 동안 섬겨 받들어온 신목도 아무 기탄 없이 교인들에게 팔아넘기고 있었던 것이다. 수백년 묵은 팽나무를 베어 넘기면 미신 타파도 되거니와 값비싼 목재를 얻어 좋았다.

할망당은 마을마다 모시지 않은 곳이 없어 그 수가 몇백을 헤아리는데 그중 십여군데가 교인들에게 파괴되었다. 개 짖는 소리도 닭 우는 소리도 듣기 싫어 마을에서 멀리 떨어진 한갓진 곳, 우거진 팽나무 그늘 아래에서 수백년 조용히 좌정해오던 당 할망들이 불시에 날벼락을 맞고 만 것이었다. 수난당한 것은 대개 여드렛당이었다. 할망당에 좌정한 신위(神位)치고 교인의 눈에 잡귀·잡신이 아닌 게 없지만, 그중에도 여드렛당이 모시는 뱀신이야말로 제일 가증스러운 악귀였다. 그러니 여드렛당의 신목 벌채는 마을 공소(교인들이 모이는 분회소) 지을 재목을 얻는 외에도 마을 아낙네들을 홀리는 사탄을 쫓아낸다는 명분이 있었다.

이와 똑같은 명분으로 할망당들이 파괴된 일이 예전에도 한번 있었다. 원래 이 섬에는 '절 오백, 당 오백'이라는 구전이 있듯이 절과 당이 퍽 흔했는데 숙종조에 들어서 목사 이형상이 혹세무민하는 음사(淫祀)를 근절한다 하여 절과 당을 수없이 파괴했던 것이다. 이목사는 제주 삼읍을 순력하면서 당과 절을 찾아가 신령이 있으면 보이라 하여 보이지 못하면 그 즉시 불태워버리거나 도끼로 찍어넘겼는데 심방에게 굿을 치게 하여 눕힌 왕대가 저절로 일어나면 신령이 있고 그렇지 못하면 없는 것으로 단정했다. 신령이 약하여 왕대가 달달 떨면서 반쯤 일어나다가 도로 쓰러져버려 파괴를 당한 할망당이 오십군데가 넘었다. 그러나 변을 당한 이 당신들은 신령이 약하여 이목사에게 흉험(凶險)을 주어 그 당장 즉사케는 못했지만, 어린 두 아들의 팔을 사내끼 꼬듯 배배 꼬아 곰배팔이로 만들어버렸다. 섬 아낙네들은 할망당의 타고 남은 잿더미 속에 어린 팽나무를 심어 키우면서 이렇게 목사 이형상의 행장을 무가(巫

歌)에 올려 이백년 동안 대물림으로 저주해오던 터였다.
 토산당 신목이 베어지던 날, 마을 아낙네들이 구름같이 모여들었다. 토산당은 이형상 목사 때 신령이 세어 파괴를 면한 할망당 중의 하나로, 심방의 굿소리에 누운 왕대가 벌떡 일어났을 뿐 아니라 성큼성큼 걸어서 한라산을 넘고 주성까지 갔다는 전설로 유명하였다.
 당나무를 베러 온 교인 열댓명은 선뜻 할망당 안으로 들어가지 못하고 얼마 동안 엉거주춤 서 있었다. 워낙 흉험이 세다는 당집이고 보니 혈기 팔팔한 젊은 그들로서도 막상 당나무에 손을 대자니 망설여지지 않을 수 없었다. 그들 중에는 어릴 적에 어머니 손에 이끌려 와서 팽나무 가지에다 대님 한 짝 걸고 치성 올리던 토산리 젊은이도 더러 끼여 있으리라.
 잎새 무성한 송악덩굴에 밑동부터 가지 끝까지 휘감긴 늙은 팽나무 두그루는 커다란 배암 형상 그대로였다. 무수한 송악 잎새들이 바람에 흔들려 비늘처럼 번쩍거렸다. 두 나무는 곁가지를 서로 비벼대며 어우러져 큰 그늘을 드리웠는데 그 주위로 아낙네들이 들일 다니며 하나씩 하나씩 쌓아올린 돌무더기가 높다랗게 둘려 있어 할망당은 한낮인데도 어둠침침하고 섬뜩한 냉기가 흘러나왔다. 뱀고사리, 발각고사리가 무성한 나무 밑동에 널찍한 반석을 괴어 만든 제상 위에는 들쥐들이 호록호록 내달리고 그 위로 드리워진 팽나무 아랫가지에 헝겊 쪼가리들이 주렁주렁 매달려 있었다. 이렇게 할망당 구석구석 스며 있는 귀기(鬼氣)를 불러 일깨우려고 마을 아낙네들이 모여 굿을 대판 벌이고 있는 참이니 교인들은 미상불 의기소침하지 않을 수 없었다.

마을 아낙네들은 교인들이 무서워 감히 할망당 앞에는 못 가고 멀찍이 떨어진 띠밭머리에 모여 앉아 굿판을 벌이고 있었다. 토산리 심방들은 큰심방, 작은심방, 새끼심방 할 것 없이 죄다 모여들어 징·북·장구를 두드려대니 원근 산야가 떠나갈 듯 시끄러웠다. 바야흐로 애지중지하던 신주(神主)를 잃고 실업(失業)하게 된 심방들은 거의 실성한 꼴이었다. 울음에 목멘 소리로 무가를 읊조리다가는 쾌자자락 찢어져라 펄떡펄떡 날뛰고 관격 들린 사람같이 마른 풀 위를 떼굴떼굴 구르며 대성통곡하다가는 벌떡 일어나 신칼을 꼬나잡고 교인들 쪽을 향해 찌르는 시늉을 했다.

 "오방신장(五方神將) 불러다 저놈들을 결박하고 지옥에 가두어라. 천하 명장 쓰던 이 칼, 이 칼은 사람 잡는 칼이 아니라 귀신 잡는 칼이여. 너희놈 잡귀 귀신들아, 이 칼을 받으라. 너른 마당 번개 치듯 좁은 마당 벼락 치듯, 네놈들을 도륙 내키여."

 몇자 땅속 깊이 컴컴한 팽나무 뿌리에 서리서리 감겨 있는 배암 할망, 귀가 달리고 몸통 굵기는 다섯섬들이 항아리요, 아가리를 벌리면 위턱은 하늘에 붙고 아래턱은 땅에 붙는 이무기, 이를 범한 자는 흉험 받아 불에 탄 형체로 거멓게 죽는다고 한다. 군졸을 데리고 김녕 사굴(蛇窟)의 이무기를 죽인 서련 판관은 비로 쏟아지는 이무기의 피를 맞아 즉사하고, 예촌 마을 할망당 배암을 범한 허좌수는 자손이 씨 마르고, 이형상 목사는 두 자식이 병신 되었단다.

 신도 회장 박고스마가 멍하니 굿판을 바라보는 교인들을 다그쳤다.

 "어따 한눈파는 것이여? 자, 시작해보더라고."

 한 사내가 좀 자신 없는 투로 중얼거렸다.

"막상 손 붙이자니 어째 으시시헌디…… 탁배기나 한 사발 먹고 올 걸 했수다."

"이 사람, 사탄을 무찌르는 하느님의 군사가 그리 신심이 약해서 쓰는가. 구렁배암은 저 고목나무에 깃들어 있는 것이 아니고, 저기 굿허는 여편네들 머리빡에 들어 있단 말이여. 우리가 저 고목을 베어도 흉험은커녕 아무 개뿔도 걸리지 않았다는 걸 만천하에 보여주어야 하는 거여. 그래야만 저 무식헌 여편네들 머리빡 안에 또아리를 틀고 앉은 황구렁이를 내쫓고 우리 성교에 귀의케 할 수 있단 말이여."

"그러면 회장님, 주모경이라도 한번 큰 소리로 외우고설랑 일을 시작합쥬."

"거 좋은 생각일세."

교인들은 일제히 그 자리에 무릎 꿇고 앉아 큰 소리로 주모경을 다섯번씩 되풀이 외고 나서 십자기를 든 박회장의 뒤를 따라 와아 소리 지르며 할망당 안으로 몰려들었다. 박회장은 곧 두 팽나무 사이에 십자기를 힘있게 눌러 꽂고는 품속에서 붉은 물감으로 십자를 그린 종이 두장을 꺼내 한장씩 나무 밑동에다 붙였다.

"옛날에는 이형상 목사가 당나무를 벨 적에 붉은 글씨로 '관령(官令)'이라 써붙여 귀신을 제압했다는데 관령보다야 우리 십자가가 천배 만배 위력이 세지. 사탄이란 것은 십자가만 보면 도망가는 거여. 자, 어서들 톱을 대시오!"

교인 둘이 큰 통가리톱을 마주 들고 달려들어 팽나무 밑동에 갖다대자 나머지 교인들은 좌우로 늘어서서 톱 양쪽에 달린 밧줄을 잡았다. 톱질이 시작되었다. 양편은 서로 갈마들며 힘차게 밧줄을 잡아당겼다.

"이어싸나!"

"이어싸나!"

팽나무 높은 가지 끝에 앉았던 멧새들이 하늘로 날아오르고 톱날은 나뭇가루를 뿜어내며 거침없이 나무 밑동을 쓱쓱 먹어들어갔다. 이제 굿소리는 경풍 들린 듯 더욱 요란해지고 아낙네들의 호곡 소리가 낭자하게 터졌다. 그럴수록 교인들은 더 힘차게 '이어싸나'를 메기며 톱줄을 잡아당겼다. 톱은 쉬지 않고 나무 속살 깊이 파고들었다.

이윽고 나무가 와지직와지직 소리 내며 기울기 시작하자 교인들은 얼른 톱을 놓고 달려들어 마지막 명줄을 끊어놓으려고 나무를 힘껏 떠밀었다.

"와라차차!"

하는 고함 소리와 더불어 늙은 팽나무는 태산준령이 무너지듯 요란하게 아래로 쓰러졌다. 돌무더기가 와르르 허물어지고 잡목들이 우두둑우두둑 부러졌다. 흙먼지가 구름처럼 자욱하게 일어났다. 아낙네들은 당 할망이 해코지할까 두려워 마을 쪽으로 달아나기 시작하고 심방들만 남아서 미친 듯이 울부짖었다.

"할마님, 할마님, 이날 운수 불운하여 무도한 허맹이를 만나 봉욕을 당했으되, 넋을 살리옵서. 혼을 살리옵서. 머리가 상허였거든 머리를 살리옵서. 살이 상허였거든 살을 살리옵서. 허리가 상허였거든 허리를 살리옵서. 비늘이 상허였거든 비늘을 살리옵서."

이해 시월경에 조정에서 시찰관(갑오 이전의 암행어사)이 내려와 염찰하고 가더니, 한달 후에는 목사 이상규가 장전죄(贓錢罪)로 면직되었다. 그동안 이목사가 부민(富民)들로부터 기부금 명목으로 거둔 돈은 차치하고, 있는 죄 없는 죄 다 덮어씌워 민간에 늑탈한 돈이 수만냥이었다. 사람을 병신 되게 구타하거나, 남의 산터에 투장을 하거나, 빌려쓴 돈을 일부러 갚지 않거나, 또는 부녀를 겁간하여 죄안에 오른 사람도 있었지만, 말 한 꼭지 잘못해서 걸려든 사람도 적지 않았으니 민요를 음모한 죄, 동학을 믿은 죄, 무함죄가 그것이었다.

이상규가 이렇게 송사를 팔고 협잡질해 긁어모은 수만냥 중에 이만냥이 왕실로 들어갔다. 장전이란 도둑이 훔친 돈을 말할진대, 도둑을 잡았으면 응당 그 돈을 원주인에게 돌려주어야 옳지, 사냥개 언 똥 삼키듯 그 더러운 돈을 냉큼 가로챘으니, 왕실의 체통이 말이 아니었다. 죗값으로 낸 속전이니 민간에 돌려줄 수 없다는 핑계일 텐데, 그중에 아무 죄 없이 기부금 명목으로 돈 뜯긴 백성은 없더란 말인가. 정 핑계가 그 핑계라면 제주 삼읍 공용(公用)에 쓰라고 기탁함이 순리가 아닌가. 대저 왕이 어사를 보내는 뜻은 생민을 보호하고자 함인데, 이제 어사란 한갓 왕실 비용이나 마련하러 다니는 마름에 불과했다.

어쨌든 봉고파직(封庫罷職)이나 진배없이 망신당한 이상규는 새 목사가 도임하여 인신(印信)을 넘겨주기까지는 오도 가도 못하고 동헌에 엉거주춤 머물러 있어야 했다. 이미 관직이 삭탈된 몸으로 인(印) 꼭지를 잡고 행공하자니 여간 구차스러운 게 아니었다. 관령을 내려도 관속배들은 어디 까마귀가 우짖느냐고 들은 체 만 체 할 뿐 아니라, 전날 그에게 속전을 호되게 뜯긴 죄인들이 성교에 투입하여서는 신부를 통하여 돈을 돌려달라고 핍박해오니 앉은 자리가 그야말로 바늘방석이었다. 이미 내장원에 납부해버렸는데 무슨 돈이 남아 있다고 돌려주느냐고 둘러댔지만 교인들은 좀처럼 물러날 거조가 아니었다. 내장원에 빼앗기고 남은 만여냥 돈마저 자칫 거덜날 판이었다.

그런데 늦잡아도 보름이면 오리라 믿었던 새 목사는 한달이 넘도록 종무소식이었다. 아마 작자가 없는 모양이었다. 건지가 많아야 얻어먹을 국물도 많은 법인데, 집세는 봉세관이 도맡아버리고 교폐는 심하여 관령이 무용지물인 고장에 무슨 장맛으로 천금 내어 목사 자리를 살 것인가. 이렇게 새 목사 발령이 늦어지자 이상규는 한 꾀를 내었으니, 조정에서는 제주 목사로 쓸 만한 인물이 없어 다시 이상규를 눌러앉힐 모양이라는 헛소문을 퍼뜨렸다. 이 꾀가 들어맞아 관속들은 대번에 고분고분해지고 교인들도 그리 심하게는 집적거리지 않았다.

그러나 시찰관이 다녀가도 목사보다 더 폐단이 심한 봉세관과 교당에 대해서는 별다른 조치가 없었다. 다만 한논 교당이 소재한 정의 고을이 삼읍 중 교폐가 특히 심하다고 정의 군수 김재용을 파직하고 제주 군수 김희주를 그 자리로 옮겼을 뿐이었다. 왕명을 받든 시찰관 자신도, 봉세관 수하에서 갖은 민폐를 저질러 크게 악명난 교인 아전 고백령을 내쫓았다가 봉세관과 법국 신부가 좌우에서 크게 핍박하는 통에 쫓겨나다시피 섬을 떴거늘, 일개 고을 수령이 무슨 권세로 일익 창궐하는 교폐를 막을 것인가. 하여간 김재용은 떨려 나가고 김희주가 돈의 조화인지 관운이 좋은 탓인지 제주 군수 삼년에 이어서 이번엔 정의 군수가 된 것이었다.

정의 고을의 한논 교당에 오신락 치사 사건이 일어난 것은 김희주가 도임한 지 보름밖에 안된 때였다.

한논 교당이 있는 서홍리에서 동으로 십리 상거한 곳에 죽은 오 노인의 마을인 효돈리가 있었다. 이 두 마을은 근처의 서귀포, 호근리와 더불어 한라산 정남에 있어 한겨울에도 모진 북풍이 침노 못하는 퍽 따뜻한 곳이었다. 그리고 이 섬의 다른 지방은 폭우가 며칠 내린 뒤에나 잠시 흐르다 그치는 건천(乾川)이 대부분이라 걸핏하면 가뭄 타기 일쑤지만, 이곳은 사시장철 흘러내리는 에이릿내, 손밭내, 효돈내의 시원한 물소리에 항시 귓속이 맑았다. 넓은 논밭을 굽이굽이 적시며 흘러내린 이 냇물들은 바닷가에 이르러 열길 넘는 기암절벽에 비단폭 드리운 듯 폭포수로 내리꽂혀 천하장관을 이루니, 천지연·정방·소정방 폭포가 그것이었다. 이렇게 물이 풍부하니 한논(大畓)이란 이름 그대로 논이 많아 밭농사가 주장인 이 섬에서 귀한 나락쌀을 내는 곳도 이 고장이었다.

그러나 제주 삼읍 수십 마을 중에 가장 살기 좋다는 이 고장을 봉세관이 가만 놔둘 리가 없었다. 논농사를 지어 살기가 좀 낫다고 다른 데보다 세금을 갑절 높게 매겼는데다 집세 감색으로 나선 한논 교당 교인들이 뇌물을 챙기려고 농간이 자심했으니 피땀 들인 일년 농사가 말짱 헛일이 되고 말았다. 낟알은 남이 털어가고 짚북데기만 남은 농사였다. 마을 사람들은 한겨울 그 서러운 짚북데기에 파묻혀 꺼질 듯 한숨을 몰아쉬며 멱서리나 덕석을 잣고 있었다. 사람마다 하냥 그 탄식이 그 탄식일 뿐 누구 하나 떳떳이 세폐와 교폐를 성토하고 나서는 사람이 없었다.

그러다가 섣달 중순쯤에 효돈리 사람 전 훈장 현유순, 전 장의(掌議) 오신락이 분연히 떨치고 일어났다. 송판때기 두장에다 격문을 새겨 하나는 정의 고을 여러 마을 동소임들이 돌려가며 회람하도록 띄워 보내고, 하나는 현훈장 집 대문에다 떡 내다붙였다. 정의 고을 백성들은 일치단결하여 교폐를 물리치자는 이 당돌한 격문을 흰 송판때기에 무섭게 파이도록 인둣불로 시꺼멓게 태워 새겨 놓고 있었다. 현훈장 집이 마을 어귀 일주도로변에 자리잡고 있어서 격문은 쉽사리 행인들의 눈에 띄었고 당장 소문이 인근 마을에 쫙 퍼져 일부러 구경 오는 사람들로 하루 종일 문전성시를 이루었다. 사사로운 언쟁에도 교당에 끌어다 치도곤을 안겨 분을 풀기 일쑤인 교인들인데 이 일을 당하여 장차 어떤 거조로 나올지 사뭇 궁금하였다. 현훈장과 오장의는 둘 다 기질이 대쪽 같기로 이름난 정의 향교의 교임을 지낸 이른바 청금 선비인지라 도무지 호락호락 당할 위인이 아니었다. 특히 현훈장은 그 장녀가 새로 도임한 김군수의 맏며느리로 들어가 있었다. 과연 교인들이 일읍(一邑)에 명망 높은 두 청금 양반을 착거해다 사매질 놓을 수 있을까?

수삼십년 전 정의 향교 유생들은 나라에서 임명한 신임 사또를 쫓아낼 만큼 위세가 당당하였다. 그때 강씨라는 무당이 있어 워낙 단골이 많기로 돈을 꽤나 모았는데, 천냥으로 정의 현감을 사서 내려왔다. 이도(吏道)가 문란하기는 그제나 이제나 매한가지라 천냥이면 현감이요, 만냥이면 방백이었다. 무당질로 혹세무민하여 번 돈으로 벼슬을 사서 도임한 이 천냥짜리 허재비를 관장이라고 섬기게 되었으니 정의 향교 유생들이 오죽 분통이 터졌으랴.

강씨가 도임 즉시 관속을 거느리고 향교의 문묘(文廟)에 알성(謁

聖)하러 오자 유생들은 대문을 밀어 닫고 들여놓지 않았다. 유생들이 나와 집례(執禮)를 해주지 않으면 한발짝도 향교 안에 들여놓지 못하는 법인지라 몹시 화가 난 강씨는 신임 성주(城主)가 왔는데 어찌 나와서 개문영입(開門迎入)하지 않느냐고 대문에다 대고 고래고래 소리 질렀다. 그러자 한 선비가 쪽문을 밀고 냉큼 나오더니 종이때기 한장을 문에다 떡 붙이고 들어갔는데 글 내용인즉 이러했다.

"動動鳴鼓之子 何爲謁聖也(동동 북 두드리는 자가 어찌 문묘에 알성할 수 있느냐)."

이에 분기충천한 강씨는 대문을 벌컥 밀어젖히고 안으로 뛰어들자 이번엔 수복(守僕)이 두 놈이 앞을 가로막았다.

"어떤 놈이 집례도 않고 학궁(學宮)을 범하느냐!"

하도 기가 막혀 어쩔 줄 모르고 발을 동동 구르는데 장의 하나가 계단 위에 썩 나타나서 호통 쳤다.

"아무 예도 거행함 없이 학궁을 범했으니 국법으로 다스릴 일이지만 원로에 온 노고를 생각하여 통인을 대신 벌을 줄 테니 그리 알고 돌아가시오!"

그제야 정신 들어 바라보니 자기 통인 아이가 어느새 끌려갔는지 계단 밑에 꿇려 있는 게 아닌가.

문묘에 알성한 연후에야 좌수가 인신(印信)을 바치고 관장 노릇을 할 수 있는데 그 의식을 못 치렀으니 어찌하랴. 결국 강씨는 도임 못하고 쫓겨가고 말았다.

이러한 정의 향교 유생들의 추상같은 기질을 모르지 않는 교당측에서는 우선 관권에 의탁하여 해결을 보려고 했다. 그래서 한논 교당의 젊은 김신부가 군수 김희주를 찾아가 현훈장과 오장의에게 벌주기를 청한 것인데, 그만 일언지하에 거절당하고 말았다. 두 사람이 주고받은 말은 대략 이런 것이었다.

"우리 조선 형률에는 그런 일로 벌주라는 항목이 없소이다. 의로운 일을 한 사람에게 상을 못 줄망정 벌을 주다니, 그런 천부당만부당한 청이 어디 있소!"

"무슨 말이오? 백지 무근한 언사를 퍼뜨려 인민을 현혹한 자를 두고 의로운 일을 했다니! 형률에 명기된 조언혹민죄(造言惑民罪)가 바로 그것이 아니고 무엇이오. 당장 그 두 놈을 잡아 가두고 앞으로는 그런 일이 없도록 단단히 금제하시오. 영감이 현유순과 사돈지간이라고 죄인을 두둔하면 그 죄 또한 가볍지 않을 겝니다."

"허허, 조언혹민죄라. 그건 바로 내가 할 소리요. 요사스런 교리를 유포하여 혹세무민하는 자는 당신 같은 천주학쟁이들이 아니고 누구요?"

"영감! 시방 그 소리 진심에서 하는 말이오? 듣자 하니 진짜 와주(窩主)는 영감이 맞소. 현유순도 분명 영감이 시켰을 테고. 하여간에 주교 각하께 내 편지 한장이면 영감도 그 자리 오래 부지하진 못할 겝니다."

"도대체 젊은이는 어느 나라 사람이오? 조선 사람이오, 법국 사람이오? 내 보기에는 언어나 외양이 갈데없는 조선인이 분명한데, 웬일로 조선 청년이 법국인 행세를 하는 거요? 당신은 천주학 선생이니 그렇다 치고 당신 밑에 거느린 교인들마저 법국인이라 일컬어 중죄를 저질러도 법국인을 조선 국법으로 다스릴 수 없다고 죄인을 감싸니 도대체 이런 행패가 어디 있소?"

"이보시오, 내가 데리고 있는 교인들은 당신 같은 탐관오리의 등쌀에 살길 없어 입교한 불쌍한 생민들이오. 관리에게 의식주 빼앗기고 양반들에게 개돼지 취급받아 산야에 버려진 저들을 우리 성교가 아니고 누가 거두어 돌봐주겠소? 나는 목자로서 당신 같은 광포한 이리들로부터 양의 무리를 보호할 의무가 있는 거요. 하여간에 영감이 죄인을 못 다스리겠다니 부득불 우리가 손쓸 수밖에 없소."

혹 떼러 갔다가 혹 붙인 격으로 이처럼 크게 모욕을 당하고 돌아왔으니 김신부가 오죽 화가 났으랴. 당장 그날로 신도 회장 박고스마를 비롯해서 교인 여덟을 보내 두 노인을 붙잡아오도록 하였는데, 그들마저 오노인의 두 아들이 앞장선 마을 장정들의 돌팔매질에 빈손으로 돌아오고 말았다. 그중 두명은 돌에 맞아 머리가 터져 있었다. 이에 분기충천한 교당 측은 밤새 인근 마을에 통기하여 교인 중에 힘깨나 쓰는 장정 사십여명을 모은 다음 그 이튿날 새벽 미명에 효돈리로 쳐들어갔다.

현훈장 집과 오장의 집은 당장 쑥밭이 되고 말았다. 돌담 울타리가 와르르 허물어지고 장독대가 와장창 박살이 났다. 장독뿐 아니라 쌀독·물독·오줌독·개수통·요강 할 것 없이 옹기란 옹기는 죄다 뭇 몽둥이에 맞아 왓상팟상 깨어졌다. 해묵은 동백나무에서 붉은 꽃이 우수수 떨어졌다. 집안이 온통 사금파리투성이고 낭자하게 쏟아진 간장·오줌·개숫물로 발밑이 질척거렸다.

현훈장과 오장의는 잡혔으나 전날 투석질을 주동한 오장의의 두 아들은 이미 도망가고 없었다. 교인들은 홧김에 오장의의 상투를 길이가 두발쯤 되는 빨랫줄 토막에 이어 말 꼬리에다 붙잡아매었다. 말은 밑구멍이 보이게 꼬리가 쳐들리자 놀란 듯 연신 뒷발질을 해댔다. 오노인이 실성한 사람처럼 울부짖었다.

"이놈들아, 이 개백정놈들아, 양반에게 이런 무지막지한 행패가 어디 있느냐. 차라리 나를 죽여라!"

"저 늙쟁이가 어느 앞에서 양반 찾는 거여. 양반은커녕 단돈 반 푼어치 고깃값도 안 나갈 늙은이 주제에."

교인 중에 한 젊은이가 말 잔등에 냉큼 올라타고 "이랴!" 하고 발로 옆구리를 지르자, 말은 뒷발질하다가 말고 주춤주춤 발을 떼어놓기 시작했다. 발을 구르며 욕설하던 오노인은 금세 얼굴이 새파랗게 질려 말을 잃었다. 젊은이는 멈칫거리는 말을 재촉하여 무섭게 호령 지르고 연신 발로 말 옆구리를 내질렀다. 말은 마침내 경중경중 반달음치기 시작했다. 말 꼬리에 상투 끝이 매달린 오노인은 금방 앞으로 고꾸라질 듯 허겁지겁 따라갔다. 자칫 돌부리에라도 걸려 넘어지는 날이면 당장 말 발에 차일 판이었다. 그 뒤로 결박당한 현훈장이 종종걸음 치며 따라가고 있었다. 교인들이 좋아라고 깔깔 웃어댔다.

"양반입네 우세하더니 꼴좋다. 양반이라 말 똥구멍 본 적도 없나 저리 졸졸 따라가게."

"뒤뚱데뚱하는 꼴이 영락없이 끈에 매인 꼭두각시여."

해는 벌써 지붕 위로 동동 떠올라 있었지만 어느 집에도 밥 짓는 연기가 오르지 않았다. 동백꽃이 붉게 떨어진 마을 안길은 텅 비어 누구 하나 얼씬거리지 않았다. 돌담 뒤에 숨어 담구멍으로 훔쳐보고 있는 걸까?

두 죄인을 앞세운 교인 일행은 왁자지껄 떠들면서 한길로 몰려갔다. 손에는 여전히 몽둥이가 들려 있고 자주 바탕에 황금색으로 수를 놓은 십자기가 기세 좋게 펄럭거렸다. 교인들이 씽씽 날파람 일으키며 떼몰려가는 서슬에 행인들은 모두 놀란 토끼같이 오솔길로 숨어들었다. 길가 밭에 보리싹을 쪼아 먹던 까마귀들도, 잎 털린 먹구슬나무, 느릅나무, 찔레 덤불에 앉아 열매를 쪼던 작은 멧새들도 떼 지어 까맣게 날아올랐다. 참새·지빠귀·콩새·굴뚝새·동박새, 북풍이 몰아치는 한겨울이면 온 섬 새들이 한라산 넘어와 월동하는 이 따스한 고장. 오늘도 햇빛은 봄병아리 뽀얀 털처럼 노랗고 부드러운데, 이 무슨 변고란 말인가. 말은 쉬지 않고 반달음질 놓고 오노인은 수치감과 땀으로 뒤범벅된 얼굴로 죽을 둥 살 둥 끌려가고 있었다.

이렇게 달리는 말 꽁무니에 상투를 매달고 십리를 끌려간 오노인은 기진맥진 초주검 꼴이 되어 현훈장과 함께 구류간에 처넣어졌다. 그리고 아랫마을 서귀포로 피신해 있던 오노인의 두 아들도 부친이 자기들 때문에 모진 고초를 당하며 끌려갔다는 말을 전해 듣고 곧장 뒤쫓아가 교당에 자수했다. 그러나 두 아들이 자수한 보람도 없이 오노인은 끝내 죽고 말았다. 사인은 분명치 않았다. 오노인의 두 아들과 현훈장은 형문 맞아 죽었다고 하고 교당 측은 감나무에 스스로 목매달아 자살했다고 주장이 서로 엇갈렸다.

이틀 후 오노인의 시신이 거적에 말려 나왔다.

옥사(獄事)가 났으니 관에서 응당 시비곡직(是非曲直)을 가리고 죄인을 색출해야 할 터인데, 김군수는 꿔다놓은 보릿자루같이 영맥을 못 추었다. 형리(刑吏)에게 교졸(校卒) 댓명을 붙여 교당에 보내긴 했지만, 그들은 교당 문턱도 못 넘어보고 터덜터덜 되돌아오고 말았다. 신부가 앞에 나서서 오노인이 죄를 뉘우쳐 스스로 목매 달아 죽은 것이 뻔한 사실인데 조사는 무슨 조사냐고 도리어 호통을 치더라는 것이었다. 김군수는 자신의 무력함에 통탄스럽기 그지없었다. 아무려나 이 사달을 원만히 처리 못하면 관장 위세에 똥칠됨은 물론이려니와 장차 큰 분란이 발생할지 알 수 없었다. 타살이든 자살이든 간에 한 고을의 명망 있는 청금 선비가 교당에서 죽었으니 결코 예사롭게 넘길 일이 아니었다.

이렇게 제 고을에서 소요가 일어날까 두려운 나머지 김군수는 직접 교당으로 신부를 찾아가 간청하기에 이르렀다. 이 일이 화근이 되어 소요가 일어나면 교당 측에도 큰 불행일 터이니 죄인 한 사람만 넘겨주면 눈가림으로 한달가량만 구류시켰다가 무사히 석방해주겠노라고 했다.

그러나 김신부는 단호히 퇴짜를 놓았다.

"한달은 고사하고 단 이틀이라도 못 내주겠소. 없는 죄인을 만들어 보내라니 도저히 당치도 않은 소리요. 저번엔 영감이 거절했지만 이번엔 내가 거절할 차례요. 내 영감이 하던 말을 흉내내어 말해보리다. 우리 성교 계율에는 그런 일로 벌주라는 구절이 없소이다. 의로운 일을 한 사람에게 상을 못 줄망정 벌을 주라니 천부당만부당한 말이오. 영감, 흉설을 퍼뜨려 우리 성교를 훼교하는 자를 데려다 타이르는 것이 어찌 잘못입니까? 더욱이 저들이 돌팔매질로 교우들을 상하게 하는데 가만있을 수 없지 않소? 눈에는 눈, 이에는 이로 갚음하라는 성서 말씀이 있소."

김군수는 노여움으로 말이 떨려 나왔다.

"그렇지만 달리는 말에 십리를 끌려가 벌써 이승 반 저승 반 초주검 꼴이 된 노인에게 매를 붙였다니 너무 과도한 처사 아니오?"
 "곤장 녁대 친 것뿐이오. 가새주리를 안긴 것도 아닌데 아무리 약질 노인이기로 곤장 녁대에 죽는단 말이오? 공연히 탈잡지 마시오. 똑같이 맞았어도, 그 노인 두 아들과 현훈장은 저렇게 퍼렇게 살아 있지를 않소? 오노인은 밤중에 스스로 허리띠로 목매달아 죽었단 말이오. 영감은 어째 저 무뢰한들 말만 듣고 우리 말은 종시 신용하지 않는 거요?"
 "허기는 스스로 목매달아 죽었다는 것도 그리 이치에 벗어난 말은 아닌 듯하오. 죄를 뉘우쳐 스스로 명줄을 끊었다는 것은 말도 안되는 소리고…… 하여간 양반 신분에 말 꼬리에 상투를 매단 채 십리를 끌려갔으니 늙은 기운에 고통도 고통이지만 그 치욕을 어찌 견뎌냈겠소? 게다가 아비 된 자로서 아들 앞에서 매 맞고 또 아들이 매 맞는 꼴을 제 눈으로 보아야 했으니 도대체 그보다 더한 형벌은 없을 겝니다. 그렇게 능욕을 당하고 어찌 낯 들고 살아가겠소. 차라리 죽는 게 낫지."
 이 말에 김신부는 눈을 무섭게 치뜨고 으름장을 놓았다.
 "거 무슨 발칙한 소리요? 영감은 우리하고 원수로 지내기가 그렇게 소원이오?"
 "………"
 "하여튼지 영감은 법국이 어떤 나라인지 익히 알 터인즉, 즉시 고을 백성들에게 관문을 내어 경거망동을 못하도록 단속해두시오. 만약 고을 백성들이 물색 모르고 난리를 벌였다간 온 섬바닥이 쑥밭 된다고 말이오."
 오노인이 월라산(月羅山) 기슭에 묻히던 날, 산길을 더위잡고 허위허위 올라가는 상여 뒤에는 흰 두루마기 행렬이 수백명 장사진을 이루었다. 효돈리 인근 서너 마을은 물론 사방 삼십리 안팎 지경에 있는 마을치고 조문객을 보내지 않은 마을은 없었다. 젊은이들보다 나이 든 축이 많았는데 특히 축지방깨나 쓸 줄 아는 사람은 빠짐없이 참례하고 있었다. 부줏술이나 기주떡이 든 망태를 어깨에 메고 온 사람도 많고 만장(輓章)을 들고 온 사람도 많았다. 정의 향교 유생들이 마련한 비단 만장 외에는 대개가 대백지로 만든 물건이었다. 특별히 생베 두건까지 쓴 향교 유생 이십여명 중에는 마침 육지 장사에서 돌아와 있던 최창순도 부친을 모시고 와 있었다.

마소 두엇 겨우 다닐 만한 좁은 산길이라 장례 행렬은 멀리 오리 밖까지 뻗치고 그 위로 수많은 만장이 바람에 떠올라 보기 좋게 너풀거렸다. 정승 죽은 장례도 아닌데 이렇게 조객과 만장이 많기는 전례 없는 일이었다.

상여는 슬픔에 겨워 비틀거리고 망자의 두 아들은 매 맞은 다리를 쩔뚝쩔뚝 절며 뒤따르고 있었다.

    어여야 어야로다
    산천초목 다 버리고
    인생 주검 웬 말이냐
    짧은 인생 살다가
    북망산천 웬 말이냐
    어여야 어야로다
    부모 동생 영이별하고
    일가친척 영이별하고

삼천 벗님 하직하고
어여야 어야로다

"아이고, 참말로 애통 터져 못 살로고. 문서 없는 상전 노릇 하는 저 웬수 놈들을 어떤 품앗이해사 분이 풀릴꼬."
"모처럼 이렇게 많이들 모였으니, 입관 끝내면 모여서 무슨 의논을 해도 할 테쥬."
"오늘 당장 유림대회를 열어서 저 못된 법국 놈들을 성토하고 소장을 맹글어사 해여!"
"다 헛일이여. 아무 쓰잘데없는 소장이나 맹글어 이름 석 자를 연명(連名)하면 무얼 하나. 법국 신부가 목사또 군(郡)사또 상투 위에 올라타 앉아 있는 판국에 소장은 맹글어 어디다 디밀 거여?"
"저 상여를 떠메고 한논 교당으로 처들어가지 못하는 것이 한이로고."
"신부는 물론이고 교인 한 사람이라도 해쳤다간 법국 군함이 처들어온다 허는디……"
"거 다 법국 신부들이 공갈치는 소리가 아니라? 조선 백성도 교인이 되면 법국 사람이라고 하니 그런 망발이 어디 있는가. 아무리 천주학 믿어 오장육부가 뒤뀌었기로 조선 땅에서 조선 밥 먹는 것들이 어찌 법국인이란 말이여."
"하여간 저것들이 오장육부가 바뀌어도 보통 뒤바뀐 게 아닐세. 하늘같이 모시던 부모 신주를 불태워불고 대신 코 크고 머리 붉은 외방 귀신을 애비라고 모시니."
"어디 그뿐이라. 즈네 집 제사를 폐한 것은 물론이고 친척집 제

샃날 찾아가 미신을 믿는다고 제상을 엎어버리는 개아들놈도 한둘 아니라."

"낫살깨나 먹은 축들은 그래도 자중허는 모양인디, 젊은것들이 영 물불을 안 가리고 날치는 거여."

"왼 섬 소악패들이 다 모여들었으니 오죽해여."

"재작년만 해도 저 젊은것들이 어른 말이라면 까딱을 못했는디…… 아무리 불량한 놈이라도 멍석에 말아 한 식경쯤 거꾸로 세워두면 얌전해지질 않던가."

"허, 무신 시상이 이 지경이 되었는고. 이젠 도리어 우리가 저 어린것들한티 멍석걸이를 당하게 생겼으니…… 내 아우가 동네 경민장(警民長)으로 재작년 춘궁기에 술 먹고 행패 부리는 놈들을 잡아다 다른 동소임들과 의논 끝에 멍석걸이로 동형(洞刑)에 부친 일이 있는디 그놈들이 냉중에 성교에 투입해설랑 품앗이하더란 말이여."

"그래도 자네 아우는 멍석걸이로 끝났쥬만 호근리 경민장은 밭갈쇠(황소)꺼정 빼앗겼다 허지 않는가."

"저 젊은것이 미친병 걸려 실성헌 거여. 작년에 광견병이 돌아 개가 미치고 마소가 광절하더니, 이젠 옳게 사람이 미친 거여. 정신이 온전하고서야 어찌 이럴 수가 있는가."

"아이고 답답이여. 생떡 먹은 가슴이냐, 말이 물은 가슴이냐, 소가 찌른 가슴이냐. 아이고 답답함도. 누가 썩 나서서 이 썩는 가슴에다 불을 확 싸질러주었으면……"

"아매도 이번 일엔 장두가 안 나올 걸세. 장두 일곱이 죽은 재작년 난리가 바로 엊그제 같은디, 그 누게가 감히 저승 문고리를 잡고 장두로 나서겠는가."

"현훈장이 장두로 나선다는 소문인디……"

"마음은 그래도 어려울 거라. 군사또하고 사돈간인디 못하게 말리면 어떡헐 거여. 오늘도 장지에 사람이 많이 모일 듯허니까 교졸을 보내설랑 현훈장을 아예 집 밖에 못 나오게시리 막아불지 않았는가. 다 허사여, 허사."

그러나 이날 현훈장은 몸은 비록 장지에 못 나왔어도 은밀히 소장을 써보내 스스로 소두(疏頭)가 되었다. 맥없이 달구노래를 부르며 오장의를 묻고 나서 허탈감에 빠져 있던 조객들은 현훈장의 아들 규석이가 두루마기 소매 속에서 소장 두루마리를 꺼내 펼치자 아연 활기를 띤 것인데, 그것은 직접 상경하여 나라님께 올릴 소장이라고 했다. 사람들은 오장의의 봉분을 겹겹이 둘러싸 앉아 소장에다 차례차례 정성 들여 제 이름을 써넣었다. 현훈장의 이름은 이미 맨 앞에 씌어 있었으니 그가 장차 이 일에 모든 책임을 질 소두였다.

오노인이 죽고 보름 만에, 그러니까 신축년 새해 벽두부터 제주 삼읍에 현유순의 이름으로 통문이 나돌기 시작했다. 그러나 그것은 오신락 노인의 억울한 죽음을 비롯한 교인의 작폐를 조목조목 밝혀 질타하는 성토일 뿐 모월 모일 관덕정에 모이라는 창의 격문은 아니었다. 그런데도 민심은 크게 동요되었다. 장두를 목마르게 기다리는 백성들은 물에 빠진 자 지푸라기 잡듯 창의 격문도 아닌 현훈장의 통문에 잔뜩 기대를 걸고, 관덕정에 모이라는 날이 이제나 올까 저제나 올까 기다리기 시작했다.

현훈장으로서는 실로 곤혹스럽기 짝이 없는 일이었다. 조정에 올릴 상소문의 소두가 된 것은 스스로 자청한 바이지만, 창의를 내어 장두로 나설 만큼 담력이 큰 위인은 못되었다. 그래서 현훈장은 더 지체하고 있다간 자칫 억지로라도 장두에 내세워질 판이라 아들 규석을 데리고 서둘러 섬을 떠버렸다. 상경하여 조정에 교폐를 고변하는 소장을 올릴 작정이었다. 서울 물정과 지리에 밝은 최창순이 길 안내를 맡았다.

 교당의 감시 눈을 피하려고 야밤에 풍선으로 떠난 관계로 현훈장의 출륙 사실은 당분간 세간에 알려지지 않았다.

 현훈장의 통문에 일단 자극된 민심은 갈수록 뒤숭숭해졌다. 교당뿐만 아니라 봉세관까지 한데 싸잡아 성토하는 익명의 통문 몇 종류가 나돌더니 급기야는 현훈장이 정월 보름께 삼읍 민인을 관덕정에 모아 교당 측과 담판할 계획이라는 낭설이 파다하게 퍼졌다. 다시 한번 난리를 겪게 될까 두려운 주성 사람들은 집 안팎을 들락거리며 곡식과 세간을 감추느라고 전전긍긍이었다. 누구 한 사람 분연히 일어나 소리치면 당장 만인이 구름처럼 일어나 천지를 진동하는 함성으로 화응할 기세였다.

 이에 당황한 교당 측은 서둘러 통문을 띄워 교인을 죄다 주성 안으로 모아들였으니, 육백명 가까운 교인들이 즉각 주성에 의거하여 방어태세에 들어갔다. 말하자면 교당 측에서 먼저 선수를 쳐 유리한 거점을 확보한 것이니, 만일 사태가 발생하면 주성의 군기고·화약고가 모조리 그들의 수중에 떨어지게 될 것이다.

 이렇게 교인들이 똘똘 뭉쳐 무력으로 대항해올 기세이니, 교폐를 놓고 말로 담판한다는 것은 아예 어불성설이었다. 이렇게 사세가 이롭지 못한데다 현훈장이 육지로 나간 사실이 뒤늦게 알려지고 때마침 제주 군수 겸 목사 서리인 김창수가 도임해오자 흉흉하던 민심은 슬며시 가라앉고 말았다.

파직된 후 한달가량 동헌에 머물러 있던 구목사 이상규는 목사 서리 김창수에게 인궤(印櫃)를 넘겨주고 영문 밖 교련청으로 물러났다. 교련청에는 머물고 싶어 머문 게 아니었다. 육지로 나가는 선편을 만나려면 어디 가서 며칠을 묵새겨야 하는데, 성내 백성 중에 누구 하나 자기 집에 들자고 청하는 이가 없었다. 성내 부민(富民) 치고 기부금 명목으로 토색질당하지 않은 자가 없는데 누가 그를 달갑게 여기랴. 한두군데 말을 놓았다가 퇴박만 맞은 이상규는 상갓집 개같이 추레한 몰골로 교련청에 기어들었다. 그에게는 도임할 때 데리고 온 장성한 아들 하나와 집안 노복 셋이 딸려 있었다. 아비가 외읍(外邑)에 관장질로 나가면 자식을 버린다는 옛말이 하나도 그르지 않아, 이 책방(冊房) 도련님은 아비가 토색질로 벌어들이는 금전 회계를 맡아보면서 어린 나이에 주색에 곯다 떠나던 터였다.

교련청은 봉세관이 일년 내내 매물로 내놓았으나 아직껏 작자가 나서지 않은 퇴락한 기와집이었다. 마당은 마른 잡풀이 우거져 바람에 쓸리는 소리가 유난히 스산스러웠다. 휑뎅그레 비어 있는 교련청 한 귀퉁이에 영문 관노 아이들 서넛이 거처하는 조그만 방이 있었는데 이상규 일행이 묵은 게 바로 거기였다. 단 이틀간이라지만 관장을 지낸 자가 묵을 데가 없어 하인방 신세를 졌으니 그런 망신이 또 있을까. 그런데 이상규가 겪은 수모는 이에 그치지 않았다. 때마침 난리 일어난다는 풍문에 주성에 모여들어 있던 교인 중에 전날 이상규에게 속전을 뜯긴 사람들이 있었으니, 그들이 이 기회를 놓칠 리 없었다. 그들은 물론 신부의 권세로 잃은 돈을 찾아보려고 입교한 자들이었다.

　얼핏 봐선 이상규 일행의 귀향 행장은 퍽 단출하고 정갈해 뵈었다. 옷고리짝과 책궤가 전부일 뿐, 마른 전복이나 한약재 꾸러미 같은 토산품은 끼여 있지 않은 듯했다. 그러나 그것이 귀양 왔다 풀려가는 적객의 행장이라면 모를까, 관장질하다가 돌아가는 이로서는 도무지 걸맞지 않은 행장이었다. 누가 봐도 소불알만 하게 큼직한 자물통이 달린 책궤가 아무래도 심상찮은 물건이었다. 외읍에 관장질 나가는 사람이라면 으레 돌아올 때 노략질한 물건을 많이 가져오기 쉽게 빈 몸이나 다름없는 가뿐한 행장으로 도임하는 세상인데, 아무리 글 욕심이 많은 선비이기로, 등짐으로 두 사람 몫인 그 무거운 책궤 둘을 수륙 이천리 물 밖에 가져갔다 가져올 지경으로 황당한 사람이 어디 있겠는가. 필시 두 책궤 속에는 돈꾸러미가 수십마리 구렁배암처럼 똬리 틀고 잔뜩 들어앉아 있을 터였다.

　한논 교당의 박회장을 앞세우고 교인 수십명이 교련청에 몰려가 돈을 돌려달라고 아우성쳐댔다. 그러나 탐욕한 자일수록 성깔 또한 모질기가 콩싸라기라더니, 이상규가 대거리하고 나오는 태도가 여간 만만치 않았다. 이왕 망신살이 뻗친 바에야 나중에 뭇매를 맞고 돈궤를 빼앗기는 한이 있더라도 버틸 대로 버텨보자는 심사였다.

　이상규는, 이미 내장원에서 몰수해가버렸는데 무슨 수로 없는 돈을 내주느냐고 잡아떼고, 교인들은 교인들대로 따로 챙겨둔 돈이 있을 테니 그걸 풀어놓으라고 다그쳤다. 갈수록 교인들은 언사가 험악해져 여차직하면 방으로 뛰어들 기세였다. 때마침 이 소문을 들은 신임 사또가 교졸 예닐곱명을 보내주었으니 망정이지 하마터면 큰 봉욕을 당할 뻔했다. 창검을 든 교졸들에게 억지로 내쳐진 교인들은 더욱 분개하여 이번엔 사또 동헌으로 몰려가 아우성쳤다. 사또가 몸소 돈을 받아내주지는 못할망정 왜 훼살 놓느냐는 것이었다.

관의 위엄을 지키려면 비록 전관(前官)이 허물이 있더라도 백성 앞에서는 감싸주어야 하는 게 신관의 도리였다. 그래서 김창수는 제법 맘을 독하게 먹고 교졸을 보내 위엄을 부려본 것인데 그게 교인들에게는 통하지 않았다. 도임 초부터 이 지경이니 앞날이 막연했다. 여하간에 한시바삐 골치 아픈 애물단지인 이상규를 배 태워 보내는 게 상책이었다. 사세는 다급한데 언제 올지 모르는 화륜선을 마냥 기다릴 수 없어 삼판선 하나 띄우기로 했다. 그렇잖아도 아전 두명을 공무로 상경시키려던 참이라 핑계가 좋았다. 사또가 배를 마련하여 이상규를 몰래 내보냈다는 소문이 나면 결코 이롭지 못할 테니까.

배는 사람 눈을 피해 해 저문 뒤에 몰래 뜨기로 되어 있었다. 해가 떨어지고 미처 달이 돋기 전의 초저녁 어스름을 타서 이상규 일행은 서둘러 행구를 챙기고 산지포로 나갔다. 포구에 닿자 말곳거리던 초저녁 별떨기들을 쓸어내면서 보름달이 둥두렷이 떠올랐다. 질펀한 바다에 달빛이 번져 잔물결이 은빛을 튀기며 뛰놀았다. 바람세가 배 놓기에 십상 알맞았다.

그런데 교인들이 한발짝 먼저 와 있을 줄이야! 물 젖은 갯돌들이 달빛에 번들거리는 부둣가에 웅게중게 모여 앉아 있던 교인 수십명은 이상규 일행이 나타나자 일제히 일어나 앞을 가로막았다.

박회장이 앞으로 불쑥 나서며 큰 소리로 으름장 놓았다.

"게 서시오! 용렬하게시리 야반도주를 하다니! 돈을 돌려주지 않으면 예서 한발짝도 못 나갈 것이오!"

교인들은 순식간에 이상규 일행을 에워쌌다. 달빛에 하얗게 바랜 얼굴들이 무섭게 일그러지고 숨소리가 거칠게 들려왔다.

간이 큰 이상규도 가슴이 섬찟하게 놀랐으나 짐짓 어이없다는 듯 헛웃음쳐 보였다.

"허허, 또 그 소리요? 내 워낙 부덕한 소치로 이런 봉욕을 당하기는 자업자득이오만, 없는 돈을 어찌 내겠소? 돈은 이미 내장원에서 몰수해갔다고 하지 않았소?"

이런 넉살에 여기저기서 분에 찬 욕설이 튀어나왔다.

"무스거? 돈이 없어 못 주겠다니, 거 무신 삶은 호박에 이 안 들어갈 소리여, 엉? 저 책궤에 구리전 동록 냄살(냄새)이 물씬 풍기는디!"

"잔말 말고 저 책궤를 푸시오!"

교인들은 이상규 일행을 둘러싸고 바싹 죄어들었다. 책궤를 짊어진 하인 두 놈이 겁에 질려 비칠거리다가 자갈밭에 엉덩방아를 찧었다. 교인들은 바로 코앞에 들이닥쳐 삿대질해댔다.

"자, 좋게 말헐 적에 책궤를 여시오. 영감이 못 열면 우리 손으로 자물통을 부술 거여!"

"우린 영감 따문에 패가망신헌 사람들이여. 차라리 벼룩의 간을 내어먹지 우리네 가난뱅이 살림을 결딴내여? 굶어 죽으나 법에 걸려 죽으나 죽기는 매한가지여. 어디 너 죽고 나 죽어보자, 이놈!"

점점 흥분된 교인들은 이제 이상규 부자를 이리 잡아채고 저리 떠밀기 시작했다. 갓 철대가 부서지고 겨드랑이 실밥이 뜯어져 도포 소매가 덜렁거렸다. 견디다 못한 이상규는 자갈밭에 퍼질러앉아 양다리를 버르적거리며 소리를 고래고래 질러댔다.

"이놈들, 관장이란 것이 백성의 부모인데, 이 어인 행패냐? 네놈들은 국법이 두렵지 않느냐?"

때마침 출선기(出船記)를 점검하러 나와 있던 교졸들이 달려들어 뜯어말렸으니 망정이지 자칫 발길질까지 날아들 험악한 기세였다.

이 일은 결국 소문이 영문에 들어가고 사또가 몸소 교당을 찾아가 구신부에게 도움을 청해서야 비로소 수습이 되었다. 구신부는 즉각 복사 둘을 거느리고 산지포로 나와 교인들을 말리고 자갈밭에 주저앉아 날 죽여라고 막무가내로 버티고 있던 이상규 부자를 일으켜 배에 태웠다.

이렇게 여러 시각을 지체한 연후에야 이상규를 태운 배는 닻을 올려 산지포를 떠났다. 하기는 이상규의 전임 목사 박용원도 배 놓아 가던 날 출발이 오래 지체되긴 하였지만 그러나 그것은 전혀 사정이 달랐다. 무릇 외읍에 나간 수령이 현관인지 탐관인지 알려면 벼슬이 갈려 돌아갈 때의 행색을 보라 했거니와, 박용원이 떠나던 날은 이별을 슬퍼하는 백성들이 못 가게 소매를 붙잡고 이상규가 떠나던 날은 이렇게 돈을 돌려달라는 백성들이 못 가게 소매를 붙잡았던 것이다.

10

 당초에 백성들이 김창수에게 건 기대는 여간 큰 게 아니었다. 탐욕스러운 전 목사 이상규야 제가 싼 똥에 주저앉아 뭉그적거리느라고 맥을 못 추었지만, 새 목사야 무슨 탈 잡힐 게 있어 교인들에게 쩔쩔매랴 싶었다. 게다가 김창수는 시속의 때가 덜 묻은 서른 안팎의 활달한 청년인데다 세도가 당당한 경무사(警務使) 김영준의 조카라는 소문이었다. 그래서 사람들은, 비록 교폐를 낱낱이 가려 교구(矯捄)해주지는 못할지언정, 오신락 사건만이라도 납득이 가게 처리해주겠거니 잔뜩 기대를 걸었던 것이다.
 김창수 자신도 단단히 속치부하고 왔던 모양으로 도임 초 행동거지가 꽤나 사람들의 이목을 끌 만했다. 도임 절차부터가 제법 상식 밖이었다. 새로 도임하는 관장은 으레 길일(吉日)을 택하려고 날짜를 넉넉히 잡아 뜸을 들인 다음, 백성들이 연도에 나와 출영하는 가운데 잔뜩 위의를 뽐내며 동헌에 들게 마련인데 김창수는 암행어사같이 한밤중에 몰래 삼판선으로 입도하여 삼읍 물정을 탐문한 다음 동헌에 올랐던 것이다. 그리고 공사도 도임 삼일 후부터 보는 게 상례인데, 첫날부터 인꼭지를 잡아 서둘러 관령을 내렸으니 그 급선무가 감옥소를 개조하는 일이었다. 그날 당장 목수·토역장이를 수십명 성화같이 불러모으고 산지포 주민들을 재촉하여 한 집에 가시나무 두 짐씩 해오게 했다. 감옥은 원래 옥방이 세 개인데 각 방마다 뒤주 속같이 깜깜한 방을 하나씩 만든 것이었다. 퇴창을 전혀 내지 않았으니, 햇빛은커녕 공기도 불통이었다. 게다가 벽 둘레와 천장 위에 가시나무를 베어다 잔뜩 쌓아놓았으니 그 형용이 무시무시하기 이를 데 없었다.

이렇게 신관 사또가 도임 초부터 만사를 제쳐놓고 감옥을 수리한다는 소문이 주성 안팎에 퍼지자, 사람들은 필시 오노인을 치사케 한 한논 교당의 불량죄인을 잡아 가둘 모양이라고 좋아라 떠들어댔다.

그러나 그게 다 헛일이었다. 법국 신부를 여아대(如我待)하라는 왕의 칙령이 엄존하고 있는 마당에 일개 지방 수령이 감옥을 하나 개조했다고 될 일이 아니었다. 때마침 난리가 일어난다는 풍문에 교인 남정 육백명이 즉각 주성에 몰려들어 크게 기세를 올려버리자, 김창수는 당장 의기소침 주눅이 들고 말았던 것이다. 게다가 갈려 가는 구관 사또를 붙잡아 단단히 혼쭐내고, 이를 말리는 신관 사또까지 닦달해댔으니, 관가의 위엄이 그 무엇이던가.

결국 오신락 사건은 이렇게 유야무야 끝나고 말았다. 행여 민란이 일어날까 한때나마 전전긍긍이던 교인들은 주성에 몰려들어 기함을 올리며 철석같은 단결력을 보인 뒤로는 더더욱 사기가 올라갔으니, 이제 이 섬 안에서 감히 교당에 대적하고 나설 세력은 없는 듯했다.

이렇게 큰 성세를 만난 교당은 이 무렵 교인 수가 눈덩어리처럼 삽시에 불어나, 영세 받은 자가 이백오십명, 예비 신자가 칠팔백명에 이르렀다. 교리책이 동이 나고, 교당이 비좁아터졌다. 대신 마을 공소가 속속 늘어나 교리를 암송하는 소리가 거리에 낭자하게 흘러나왔다.

이렇게 입교하는 자가 연일 줄을 잇는데, 뜻밖에 배교자(背敎者)가 한 사람 나타났다. 그는 대정 고을 상천리 사람 강우백으로 대정 고을 별감을 지낸 바 있는 마흔살 난 젊은 유생이었다. 강우백이 신병을 칭탁하고 열흘 가까이 마을 공소에 나오지 않자, 베드로 양용항이가 집으로 찾아갔다. 안개비가 흩뿌리는 날이었다. 강별감은 마루방에서 짚 한 단 추려다 짚신을 삼고 있었다. 여느 때 같으면 얼른 일손을 놓고 어서 들어오라고 손을 잡아끌며 반색하던 이가 이날따라 인사를 받는 둥 마는 둥 시큰둥한 기색이었다.

양베드로는 빗물 젖은 대삿갓을 벗어 기둥 말코지에 걸고는 마루방으로 올라갔다. 우백은 무슨 언짢은 일이 있는지 이쪽을 거들떠보지도 않고 신날만 꼬고 앉아 있었다. 망건편자가 뚝 끊어지게 잔뜩 이마를 찌푸린 우백을 건너다보며 용항이 조심스레 입을 뗐다.

"벨감, 고뿔 들어 고생헌다는 말은 들었네만, 좀 기운이 어떵해여?"

우백은 들은 척도 않고 더욱 미간을 찌푸리며 손바닥에 침을 퉤 퉤 뱉으며 힘주어 신날을 꼬았다. 어찌나 모질게 비벼 꼬는지 질긴 억새 속대가 섞인 신날이 당장 바스러질 것만 같았다. 용항은 문득 불길한 생각이 치밀었다. 혹시 심경 변화가 생긴 게 아닐까? 설마 그럴 리야…… 용항은 잔뜩 마음을 도사리며 슬며시 말머리를 돌렸다.

"원, 비가 저리 병아리 눈물만큼 찔끔찔끔 와서야 가뭄이 해갈될 턱이 있나. 발쎄 가뭄이 두달째여."

이때 우백이 낯을 번쩍 쳐들더니 모질게 말을 씹어뱉었다.

"베드로! 나 성교 안 믿기로 작정했으니 그리 알고 가게!"

용항은 가슴이 철렁했다. 역시 짐작대로였다.

"아니 벨감! 거 무신 뚱금없는 소리라? 이번 부활절에 영세 받을 사람이……"

"영세 받기 전에 빠져나와사쥬. 자네겉이 발목 잽히기 전에 말이여."

우백은 이렇게 또려지게 쏘아붙이고는 대통에다 담배를 꾹꾹 눌러 담았다.

"성교가 어찌 이 모냥이 되어부렀는가. 기어코 교당 안에서 살인꺼정 나고 말았으니. 허허, 이 지경에 이르러 교인 명색허고 어디 낯 들고 댕기겠는가?"

용항이 난처한 듯 손을 내저으며 말을 가로막았다.

"살인이라니! 제발 그런 소리 말게. 제 눈으로 보지도 않고 함부로 그런 말 허는 게 아니라. 생각을 해보게. 다른 사람도 아니고 교인인데 어찌 그런 천벌 받을 짓을 허느냔 말이여. 다 지어낸 터무니없는 소리여!"

이 말에 우백은 당장 통방울눈을 부릅뜨고 언성을 높였다.

"뭣이여? 자넨 제 눈으로 보고 허는 소린가? 설사 자살이라고 해도 그렇지. 오죽 매질했으면 참다못해 목매달아 죽었겠느냔 말이여. 참말로 분통 터질 노릇이네, 참말로!"

"그래도 그런 게 아니라."

"하여간 내 결심은 요지부동이니, 그리 알고 돌아가게. 내 어쩌다 자네 말 듣고 잠시 미신에 한눈판 일 생각하면 몸서리나느니!"

이 말에 용항이 발끈해져 언성을 높였다.

"미신이라고? 교리책 읽고 감복해설랑 천주학이야말로 참다운 학문이라고 말할 땐 언제여?"

"교리책에 쓰인 말과는 실지가 영 딴판이더라 이거여. 천주 십계(十戒)를 열심히 수계(守戒)할 생각은커녕 도리어 욕되게 허니, 그런 개망나니들이 천당 가는 교라면, 난 죽어서 지옥불 속에 떨어질지언정 그런 교는 못 믿어. 마방(馬房)이 안되려면 당나귀들만 들어온다더니, 시방 교당이 그 꼴이 아닌가. 왼 섬 몽니꾼, 심술패기는 다 모여들었다고 해도 과언이 아니쥬."

우백은 빠지직빠지직 소리 나게 담배 대통을 서너모금 연거푸 빨아대더니 말을 이었다.

"억울헌 사정을 호소할 길 없어 교당에 의탁하는 사람들을 나무라는 게 아니여. 억울헌 일이 있으면 관가에 호소하는 것보다 성교에 입교허는 것이 훨씬 빠른 세상인디 어찌 말리나. 돈 있으면 이기고 돈 없으면 지는 게 관가 송사(訟事)인지라 억울헌 일이 있어도 소장 한번 디밀지 못허고 벙어리 냉가슴 앓듯 허는 백성들이 신부에게 의탁허는 것도 무리는 아니쥬. 그런디 교당이라 하는 곳이

진실로 억울헌 일도 신원해주지만 천부당만부당헌 거라도 교인들의 이익을 위해서라면 발 벗고 나선댄 말이여. 제주 본당은 목사 동헌이 바로 코앞에 있고 말깨나 하는 양반들이 득시글한 곳이라 조금은 눈치를 보는 모냥인디, 이곳 한논 교당은 한라산 너머 외진 곳에 있음을 기화로 그 작폐가 가히 종횡무진 아닌가. 빚값에 농우소를 끌어가도 두둔하고, 남의 처자를 푸대쌈해가도 좋다, 산터 싸움, 물꼬 싸움, 심지어 사소한 말다툼에도 편역들어 분을 풀어주기를 본분으로 삼더라 이거여. 내가 교당에 댕긴다 허니까 오던 벗들도 발을 끊고, 문중 어른들도 노발대발이여. 글깨나 읽고 향직에 몸담았던 선비가 저 인간 말종들하고 상종헌다고 말이여. 허허, 교당이 어찌 이 꼴이 되었는가. 봉세관 꼬붕이로 나서설랑 갖은 농간질로 민폐를 끼치는 것도 부족해서 이제는 협잡질·도적질·간음, 심지어 살인까지 자행허니, 그게 천주 십계를 지키는 도리여? 남의 처자를 약탈해가지 않나, 남의 선산에 투장하지를 않나, 닭·도새기는 물론 농우꺼정 끌어다 잡아먹질 않나, 남의 초상집, 제사집을 찾아댕기며 공술을 얻어먹고 그 갚음으로 한바탕 술주정을 하질 않나, 그러고서 어디 사람이 살 수 있나. 사람들이 참다못해 조금만 궂은 소릴 해도 당장 교당에 끌어다 매질을 놓고……"

용항은 노여움으로 낯빛이 하얘졌다. 일순 두 사람의 눈길이 맞부딪쳐 불똥을 튀기는 듯했다.

"교인을 모다 한통속으로 몰아붙이진 말아! 그래도 불량 교인보다는 열심 교인이 더 많아!"

"열심 교인이라면 아녀자들밖에 더 있는가. 허기사 남자 교인들 중에도 자네처럼 신심이 깊은 사람도 더러 있긴 허쥬만, 거개가 제사리사욕을 채우려고 입교헌 자여. 부처를 믿건 늙은 고목나무를 믿건 간에 무엇이든 믿는 일이라면 으레 아녀자들이나 하는 짓으로 치부하고 거들떠 안 보던 남자들이 왜 성교에는 장터에 장꾼 몰려들듯 모여드느냐 말이여?"

"어째 사람이 그렇게 뒤틀린 모과나무 심사로 비딱하게만 보는가. 남자들 중에도 영세 교인은 심성 바르고 열심히 수계하는 사람들이여. 예비자들이 문제쥬. 시방은 아무 분수도 모르고 날치는 저 예비자들도 조만간 하느님의 은총을 입어 순화될 걸세. 언문도 못 깨친 무식한 사람들이라 교리를 익히는 것이 더디지만, 조만간에 영세를 받게 될 테고, 영세를 받으면 사람이 달라지는 법이여. 우리 성교는 선인, 악인, 빈부귀천을 가리지 않고 만백성을 평등하게 대접하는 종교여. 심성이 바르지 못한 자일수록에 천주님의 품 안으로 인도하여 사람 되게 허는 것을 우리는 큰 보람으로 삼는 거여. 그리고 불량 교인이란 것이 다 헐벗고 불쌍헌 사람들 아닌가. 가난이 유죄라 매양 돈 있는 양반들한테 쥐여지내던 사람들이여. 남의 집 종살이, 홀애비로 늙는 사람, 품 팔아 간신히 연명허는 사람, 양반한티 괄시받고 억울헌 일 당해도 콧김 한번 되게 못 쏘아본 힘없는 백성들이여. 오죽 그동안 천덕꾸러기로 눌려 지냈으면 저리 발악허겠는가."

"아니, 그렇다고 불탄 밭에 쇠 뛰듯 날뛰어사 해여? 저리 패악질을 맘대로 허다가도 영세만 받으면 다소곳이 순화된다니, 그런 해괴한 소리가 어디 있는가. 시방 교당이 불량배를 양성허는 소굴이지, 어디 예배 보는 전당인가? 신부라는 자는 그저 무슨 수를 쓰든지 간에 교세를 늘릴 생각뿐이고, 저 불량 교인들을 교화하기는커녕 도리어 행패를 조장하지 않는가 말이여. 허, 그리도 교세 확장이 소원이던가!"

용항은 울대머리로 치솟는 울화를 삭이느라고 눈을 지그시 감았다. 낮은 목소리가 부들부들 떨려 나왔다.

"우백이, 이런저런 사정을 난들 왜 모르겠나. 천상의 하느님께서는 더 잘 알고 계시지. 하느님은 무슨 궁리가 있어 잠시 기다리고 계신 거라. 기다리면 조만간 필연코 사필귀정이 될 걸세."

"기다리라니, 섬 백성이 발쎄 모래 위에 오른 물고기모냥, 잿속에 든 지렁이모냥 살길을 잃었는디 기다리라니!"

"우백이, 우리가 한두해 사귄 벗인가. 아이 적 동접 친구가 아닌가. 이런 일로 가벼이 의절할 사이가 아니여. 제발 마음을 고정허게. 이런 때일수록에 자네겉이 명망 있는 선비가 남아서 도와주어야 허느니."

"그렇게 해서 교폐가 고쳐진다면사 오죽 좋을 일인가. 그러나, 저 신부라는 작자가 자네 말도 퇴박 놓는 터에 한갓 예비자인 내 말을 들을 텍이 있나. 다 헛일이라. 자네와 사귄 정리를 생각하면 가슴이 미어지는 듯 아프네만, 도리가 없네. 비록 배교자가 걸어갈 길이 지옥문이라도 할 수 없네. 백 사람 백 말 하고 천 사람이 천 말 해도 이제 나는 요지부동이여."

이렇게 말하는 우백의 눈에는 어느새 눈물이 그렁거리고 있었다. 용항은 기진한 듯 벽에 등을 기대고 다시 눈을 감았다.

"용항이, 미안허네. 자네 겉은 어진 이사 무신 죄가 있나. 자네가 교폐를 바로잡아보려고 신부와 다투기를 그 몇번이던가. 다 소용없지 않던가? 회장이 못되어 불평헌다고 자네를 따돌려놓기나 했지."

 용항은 여전히 눈을 감은 채 맥없이 중얼거렸다.
 "고양이 쥐 걱정허는 소리 그만해여."
 "자네가 회장을 했으면 교폐가 이 지경에 이르지는 않았을 거라. 자네 세례명이 베드로, 그 뜻이 반석(盤石)이라고 하지 않았나. 주교가 몸소 이 세례명을 자네에게 주면서 제주 성교 발전에 반석이 되라고 했다는디⋯⋯ 또 사실이 그렇고. 이 섬에 성교가 발붙일 터전을 잡아놓은 것이 자네가 아닌가. 모처럼 길 닦아놓으니까 미친년이 먼저 지나가더라고, 어디서 뭣사 해먹다 들어온지 모르는 그 육지 것한티 회장을 맡겼으니⋯⋯"
 우백은 울음을 참느라고 두 눈이 붉게 충혈되어 있었다.
 "박회장이 나보다사 월등 낫쥬. 교리에 밝고 언변이 좋아 설교함에 막힘이 없는 사람이여."
 "말이 그렇게 좋으니 협잡질도 능사로 하쥬. 신부도 신부지만 그놈이 원흉이여."
 "아닐세, 자네 말을 빌리면 원흉은 바로 나여. 주교 각하께 신부를 보내달라고 청한 것이 바로 나니까."
 이렇게 맥없이 말끝을 흐리더니 용항은 다시 정색하고 우백을 바라보았다.
 "자네 참말로 배교할 의향인가?"
 우백은 대답 대신 고개를 주억거렸다. 그러자 용항은 두말없이 자리에서 일어났다. 우백도 뒤따라 일어났다. 그러나 둘 사이에는 그 흔한 작별의 말도 오고 가지 않았다. 용항은 기둥에 걸린 삿갓을 떼어 머리에 쓰고는 뒤도 안 돌아보고 횡하니 대문 밖으로 나가버렸다.
 한라산은 비구름에 허리까지 잠뿍 잠겨 있는데 감질나게 찔끔거리던 가랑비는 어느새 그쳐 있었다. 봄가물은 좀처럼 물러날 기색이 아니었다.

 흉년 탓에 작년에도 춘궁기가 일찍 들더니, 올해는 아예 삼동을 채 물리기도 전부터 절량 농가가 속출했다. 지난가을 모진 바람으로 서속 소출이 팍 준데다 봉세관은 세를 다락같이 올려 받고, 꾸어 먹은 환곡도 변리를 차려 바쳐야 했으니 무엇이 더 남겠는가. 보리가 익으려면 석달을 좋이 기다려야 하는데 관가에서 꿔어준 환곡은 한 집에 두어말이 고작이었다. 쌀독 바닥을 긁어버린 절량 농가들은 환곡으로 꾸어온 좀벌레투성이 좁쌀 아끼느라고 매양 먹는 것이 톱밥처럼 목이 각각 메는 거친 범벅이었다. 밀기울 범벅은 없어서 못 먹고 돼지 먹이로 두었던 겉보리 속겨에 썩은 고구마 꼬랑이를 썰어 넣은 범벅을 상식했다. 멀리 사십리 밖 한라산 기슭에서 따온 메갈대 열매나 상수리 열매를 맷돌에 갈아 먹기도 했다. 아이들은 범벅 위에 드문드문 뿌려져 있는 금싸라기 같은 좁쌀을 닭 모이 쪼듯 숟갈 끝으로 골라 먹다가 어미한테 꾸중 듣기가 일쑤였다. 이렇게 돼지 먹이를 먹으니 똥도 돼지 똥같이 물기 없이 퍼석 말랐다. 찢어지게 가난하다는 말이 있거니와 이런 거친 음식을 먹었으니 어찌 항문이 성할 것인가? 항문이 막혀 발목이 시도록 오래 앉아 미주알에 힘을 주어 끄응 용을 쓰다보면 이따금 피가 섞여 나왔다. 힘이 부쳐 제대로 대변을 내리지 못하는 어린것들은 숫제 호미 끝으로 파내기도 했다. 어느 제면 보리 익어 소라 알맹이같이 곱고 반드러운 똥을 싸볼까.

이렇게 고픈 배를 주리 참듯 참아가는 이 서러운 사람들에게 날씨 또한 원수였다. 가뭄이 좀처럼 물러가지 않아 올 보리농사가 여간 걱정이 아니었다. 겨우내 눈비 내리는 날이 드물어 가물더니 입춘이 지나도 여전히 해갈될 기미가 보이지 않았다. 이대로 가다간 자칫 보릿겨 범벅은커녕 솥 안창이 녹슬어 보미(녹) 범벅 해 먹기 십상이었다.

구관 목사 이상규가 교인들에게 호되게 혼찌검을 당하고 섬을 뜬 지 보름이 채 못되어 적객 세 사람이 감옥에 갇혔다. 갇힌 사람은 공교롭게도 모두 김윤식의 측근이었으니, 서참서, 정세마, 이위원이 그들이었다. 목사 서리 김창수가 오신락 사건을 해결하지 못한 울분을 적객들에게 풀어볼 심산이었을까. 하기는 초장부터 교인들에게 낭패를 당한 김군수로서는 큰맘 먹고 수리한 감옥이 자칫 무용지물이 될 판인지라 꿩 대신 닭이라고 교인 대신 만만한 적객 몇을 골라 집어넣을 꾀를 낼 만도 했다. 그러나 눈치를 본즉 김창수는 도임할 때 운양과 앙숙지간인 조병식의 밀령을 받고 온 것이 틀림없었다. 그렇지 않고서야 열한명의 적객 중에 하필 운양의 수족이나 다름없는 사람들만 골라서 가둘 까닭이 없었다. 죄인즉, 적객 신분으로 근신하지 않고 분수에 넘는 생활을 한다는 것인데, 적객치고 기첩을 데리지 않은 자가 누가 있는가. 조병식은 작년에 김윤식을 겨냥하여 을미 죄인을 가중 처벌하자고 주장하다 여의치 못하자 이런 식으로 보복하려는 게 분명했다.

김군수는 아예 처음부터 얼혼을 빼놓을 작정이던지 꼭두새벽에 자는 사람을 일깨워 감옥에 처넣었다. 기첩을 품에 안고 새벽 단잠에 취해 있다가 돌연 이런 봉변을 당했으니 그 놀라움이 오죽했으랴. 게다가 끌려간 감옥이 세상에 둘도 없게 흉측스러운 곳이었다. 운양은 종일 탄식하며 젊은 벗들을 걱정했다.

나기주가 보고 온 감옥 형편은 소문보다 더 끔찍했다. 사면의 벽과 천장은 뭉뚝뭉뚝한 통나무를 빽빽이 잇대놓고 거멀못을 쳐 만들었는데 그 위에 다시 흙도배를 하여 바늘구멍만 한 틈도 없게 해놓고 있는데다 천장 위에서 바닥까지 가시덤불이 구름같이 덮여 있었다. 예로부터 중죄인이 귀양 가면 천극 죄인이라 하여 집 울타리를 가시나무로 둘러쳐 바깥출입을 막는 일은 있어도 이렇게 뒤주 속같이 컴컴한 옥방에 넣고 그 위에 가시덤불로 뒤집어씌우기는 듣도 보도 못하던 것이었다.

밖은 이렇게 가시덤불로 뒤덮이고 안은 또 보릿짚을 잔뜩 깔아놨으니, 자칫 잘못으로 실화할 경우 타 죽기 안성맞춤이었다. 두꺼운 널빤지로 된 출입문은 성문 자물쇠같이 무지막지하게 큰 놈을 구해다 걸어놓고 문 밑에 반달 모양의 작은 구멍이 있어 밥그릇이 드나들게 되어 있었다. 대소변도 방 안에서 처리하라고 방구석에 똥통이 놓여 있으니, 허구한 날 무덤 속 같은 깜깜한 암흑 속에 앉은뱅이로 붙박여 지내야 할 판이었다. 그야말로 산 사람을 가두는 감옥이 아니라 죽은 사람을 가두는 지옥이라 할 만했다.

멀리 떨어져 있어도 숙적 조병식의 음흉한 속셈을 꿰고 있는 운양으로서는 젊은 벗들이 자기 때문에 화를 당하고 있구나 하는 자격지심을 도무지 떨쳐버릴 수 없었다. 말하자면 세 젊은이는 늙은 고목나무 곁에 있다가 벼락 맞은 꼴이었다. 이날 정오쯤에 김군수가 처음으로 명함을 보내 인사치레를 했거니와, 아마도 사세부득

한 일이니 양해해달라는 뜻이었으리라.

 적객 세 사람이 옥에 갇혔다는 소문이 퍼지자 온 성안이 물 뿌린 듯 숙연해졌다. 나머지 적객들은 일절 두문불출하고 혹시 다음은 자기 차례가 아닐까 하고 하루 종일 안절부절 어찌할 줄을 몰랐다. 목사 동헌으로 들어가는 포정문은 전에 없이 단청이 새로워 보이고 준엄한 기상이 감돌았다. 포정문을 지키는 순검들도 이날따라 퍽 근엄한 모습이었는데 떡 벌어진 앞가슴에 줄줄이 달린 놋단추가 보기 좋게 번쩍거렸다. 그 앞을 지나는 행인들은 두려운 듯 목을 움츠리고 황망히 걸음을 재촉하는 것이었다.

 그러나 일단 땅에 떨어진 관가의 존엄을 되살리기는 그리 쉬운 일이 아니었다. 하필 세 죄인 중에 교인이 끼여 있어 말썽이 벌어진 것이다. 김군수가 이위원이 교인인 줄 알고도 굳이 잡아 가뒀는지, 모르고 그랬는지는 알 수 없으되, 일단 옥에 집어넣은 죄인을 풀어준다는 것은 제 도끼에 제 발등 찍히는 격으로 큰 망신이 아닐 수 없었다. 구신부가 복사 둘을 동헌에 보내어 이위원을 내놓으라고 어르기도 하고 협박하기도 하였으나, 김군수는 나라의 명령이라 어찌할 수 없다고 막무가내로 버텼다.

 이튿날 아침 식전에 나기주는 옥에 갇힌 죄인들이 간밤에 어찌 지냈는지 궁금하여 감옥소에 가볼 요량으로 집을 나섰다. 감옥은 어제부터 감시가 엄하여 바깥손님 출입을 일절 막고 있는 터라 옥졸을 통하여 죄인들의 형편을 알아볼 생각이었다. 삼년 전 운양 대감이 잠시 옥살이할 제 매일같이 감옥소를 드나들던 그인지라 낯모르는 옥졸이 없었다.

 한라산 봉우리에 묵은 솜같이 우중충한 구름덩이 하나 얹혀 있을 뿐 하늘은 여전히 멀겋게 비어 있었다. 봄가뭄이 벌써 두달째로 접어들고 있었다.

감옥소 대문 앞에 당도하고 보니, 마침 세 죄인의 집에서 조반을 날라다 옥방에 들이고 있는 중이었다. 나기주는 핑계 좋다 싶어 늙은 옥졸에게 들여보내달라고 조르니 옥졸은 처음엔 난처한 기색이더니 얼른 들어갔다 나오라고 다짐을 두면서 문을 열어주었다.

옥방 앞에는 기첩들의 심부름으로 밥 바구니를 날라온 아낙네 셋이 서성거리고 있었다. 밥을 들이느라고 바깥 옥문이 열려 있어 고슴도치같이 험상궂게 가시덤불로 뒤덮인 옥방이 그대로 드러나 있었다. 옥졸 하나가 반달 모양으로 빠끔하게 뚫린 구멍으로 찬그릇을 들여넣다 말고 고기 산적 두어점 집어서 날름 입에 넣고 씹다가 나기주와 눈길이 마주쳤다. 옥졸이 금방 눈이 회동그래졌다. 나기주가 인사 삼아 한마디 던졌다.

"예끼, 이 사람. 그 못된 손버릇 여전하구먼."

"이 음식을 다 넣어주어봐야 안에 있는 분들이 입도 안 대는디, 쇤네가 좀 맛보기로 뭐 그리 대숩네까, 헤헤. 아니, 그런디 기주 어른께서는 여길 어디라고 들어오셨소? 형방 나리가 알면 우린 죽습니다요."

"염려 놓게. 나도 이 부인네들하고 같이 밥을 날라온 사람일세."

"원, 둘러치시기는…… 아이고, 하여간 큰 탈 났네. 어제 먹은 빈 그릇을 챙기는 즉시 나가셔사 합네다."

옥졸은 서둘러 음식 그릇들을 안으로 밀어넣고는 그 구멍에다 대고 어제 먹은 빈 그릇을 빨리 내보내라고 다그쳤다. 곧 구멍 밖으로 그릇이 밀려나오는데, 옥졸 말대로 두어술 뜨다 만 음식이 그대로 담겨 있었다.

나기주는 바깥 옥문 앞까지 바싹 다가가서 그 껌껌한 구멍을 겨냥하여 큰 소리로 말했다.

"어, 안에 계신 분들, 나, 나인영이오. 간밤에 어찌들 지내셨소."

그러자 옥졸이 대경실색하며 앞을 내달았다.

"아이고, 이 어른 참말로 큰일 낼 분이로고. 죄인하고는 일절 말 못하게 되어 있는디 어서 나서시오!"

나기주는 옥졸에게 떼밀려 주춤주춤 뒷걸음치며 하던 말을 마저 이었다.

"밖에 우리가 있으니 너무 근심들일랑 마시오. 자칫 생병이 날까 두렵소. 설마 이 옥살이가 오래야 가겠소? 이왕지사 마음을 태평히 먹고 계시오. 밥도 이렇게 남기지 말고 일삼아 꼭꼭 씹어 잡숫고. 뭐 불편한 거 있으면 말하시오."

곧 구멍 밖으로 흰 손이 나오고 정세마의 목소리가 새어나왔다.

"나형, 고맙소. 아직 바닥 흙이 덜 말라서 냉기가 심하니 요를 한 채씩 더 들여보내줄 수 없겠소?"

이때 돌연 대문 밖에서 여러 사람이 몰려와 싱갱이 벌이는 소리가 떠들썩하게 들려왔다. 옥졸들이 화들짝 놀라 창을 거머쥐고 내달았다. 그들이 채 대문에 닿기도 전에 와하는 함성 소리가 터지더니, 문을 활짝 밀어젖히고 장정들이 떼 지어 몰려들었다. 나기주는 얼른 갓을 숙여 낯을 가리고 돌담 곁으로 자리를 피했다. 아낙들도 밥 바구니를 안고 황급히 따라와 돌담에 붙어섰다.

교인들이었다. 장정 오십여명이 십자기를 앞세우고 교자를 태운 구신부를 옹위하고 기세 좋게 들어왔다. 모두들 머리에 흰 수건을 질끈 동이고 눈을 두릿두릿 무섭게 굴리는 품이 여간 심상치가 않았다. 파옥하러 온 것이 틀림없었다. 구신부의 복사로 일한다는 최선달도 무리 중에 끼여 있었다. 대문가의 옥졸 두 놈은 어느 결에 창을 빼앗겼는지 빈손으로 우두망찰 서 있고, 그중 한 놈은 벙거지가 벗겨져 등 뒤에 붙은 것도 모르고 입을 떡 벌리고 서 있었다. 교인들이 들어오고 뒤따라 구경꾼들이 꾸역꾸역 몰려들자 마당 안은 발붙일 데 없이 사람들로 가득 차버렸다.

교인들은 볼썽사나운 옥방 앞에 몰려들어 와자지껄 떠들어댔다.

"고금천지에 저리 흉악한 감옥은 다시없을 거여. 두더지가 아닌 바에 생사람이 저 안에 들어가 단 이틀을 견뎌내겠는가?"

"옥문만 부술 게 아니라, 이참에 저 옥방을 영 못 쓰게 부숴붑시다."

"자, 지체할 것 있나, 화딱 해치우쥬! 순검들이 오기 전에 말이여."

"제까짓 중이(쥐) 좆만 한 것들 와봐야, 어느 앞이라고 거드럭거릴 거여!"

이때 최선달의 부축을 받고 교자에서 내려온 구신부가 사람들을 헤치고 곧장 옥방 앞으로 나아갔다. 서른살 청년인 신부는 얼굴이 반 넘게 붉은 수염으로 덮이고 눈초리가 예리했다. 최선달이 십자기를 들고 뒤따라가면서 크게 소리쳤다.

"다들 뒤로 물러가시오!"

최선달은 여러달 못 본 사이에 외모가 몰라보게 달라져 있었다. 상투를 친 단발머리에 안경까지 걸쳐 제법 개화꾼 티가 났다. 그동안 구신부의 복사가 되어 교당을 악명 높은 봉세관과 결탁시키는 둥 그 행각이 가히 천방지축이라는 소문이었다.

최선달이 다시 소리쳤다.

"자, 조용히들 하시오, 조용히! 신부님께서 한 말씀 하실 터이니 모두 조용히 경청하시오."

이 말에 떠들썩하던 사람들이 일시에 물 끼얹은 듯 숙연해졌다.

신부는 조선말이 유창했다.

"여러분, 여기에 우리 예비 교우 이범주 씨가 갇혀 있소. 아주 열심히 교리 공부하는 착실한 신자입니다. 이번 부활절에 영세를 받아요. 그이는 여기에 유배 온 지 육년이 되고 앞으로 사년 있으면 형이 끝납니다. 여기 갇힌 다른 두 죄인처럼 종신형 받은 중죄인이라면 모르되 이렇게 죄과 가벼운 사람을 중죄인과 똑같이 이 감옥에 가뒀으니, 그런 부당한 처사가 어디 있습니까! 우리 이범주 씨가 교인이라고 군수가 미워한 것이 틀림없어요. 저것 보시오! 죄인을 불태워 죽일 작정이 아니면 왜 저렇게 가시나무를 쌓아놓았겠소. 당장 오늘 밤 일이 알 수 없는 거요. 나는 어린양을 지키는 목자로서 위험에 빠진 내 신도는 구해내야 합니다."

여기서 신부가 잠깐 말을 멈추자, 교인들은 일제히 옳거니 소리치며 발을 구르고 주먹을 휘둘렀다. 분에 못 이긴 장정 댓명이 팔을 걷어붙이며 앞으로 내달았다.

"어느 누가 교인을 감히 가두어? 신부님! 이 일을 저희들한티 맡깁서!"

"그 군수란 작자, 어디서 굴러들어온 비루먹은 당나귀 같은 게 감히 하늘 높은 줄 모르고!"

당장 옥문 앞으로 달려갈 듯이 씩씩거리는 장정들을 밀어내며 신부가 외쳤다.

"물러가시오! 이것은 여러분이 섣불리 할 일이 아니오. 내 손수 하겠소. 여러분들이 손대면 나중에 또 말썽이 생길지 모릅니다. 자, 여러분 모두 뒤로 다섯발짝 물러나시오!"

사람들은 웅성거리며 뒤로 주춤주춤 물러났다. 최선달도 손에 들고 있던 십자기를 옥방 앞에 꽂아놓고 사람들 속으로 끼어들었다.

신부는 미리 준비해온 나사로 된 끌을 손에 들고 성큼성큼 옥문 앞으로 다가갔다. 사람들은 모두 숨을 죽이고 신부의 일거수일투족을 눈으로 좇았다. 신부는 즉시 옥문에 달라붙어 끌로 문고리를 파내기 시작했다. 나사로 된 끌은 손잡이를 돌릴 때마다 뿌지직뿌지직 소리를 내며 나무 속을 파고들었다.

이것을 바라보는 나기주는 숨이 막혀 가슴이 터질 것만 같았다. 친지들이 저 속에 갇혔으니, 과연 신부의 처사를 고맙게 여겨야 하랴. 아니, 천부당만부당한 소리! 이미 재판받고 귀양 사는 사람을 다시 감옥에 넣은 조정의 처사도 괘씸하지만 그렇다고 옥을 깨뜨리는 것이 어찌 능사랴! 하물며 양인이 조선 감옥을 파괴하는 데야. 때리는 사람보다 말리는 사람이 밉다는 격으로, 아무리 못나도 내 나라요, 말리는 척하면서 내심은 흉계가 무서운 것이 저 양인들이 아닌가.

젊은 신부라 힘이 좋았던지, 담배 한대 참이 채 못되어 문고리가 빠져나왔다. 어린애 머리통만 한 자물통이 문고리에서 벗어나 땅바닥에 털썩 떨어지자, 교인들은 일제히 손뼉 치며 와하고 환호성을 올렸다. 신부는 즉시 옥문을 활짝 열어젖히고 안으로 성큼 들어가 이위원을 부축하고 나왔다. 교인들이 몰려들어 신부와 이위원을 둘러쌌다. 모두 기뻐서 어쩔 줄 몰랐다. 머릿수건을 풀어 흔들며 덩실덩실 춤을 추는 사람, 서로 얼싸안고 껑충껑충 뛰는 사람, 심지어 감격한 나머지 눈물을 줄줄 흘리는 사람들도 있었다.

 문득 고개를 돌리니 열린 옥문 밖으로 서참서와 정세마가 얼굴을 내밀고 서 있는 것이 보였다. 나기주는 얼른 그쪽으로 달려갔다. 망건 벗긴 이마에 하얗게 망건 자국이 나 있는 두 적객은 간밤에 한숨도 못 잤는지 안색이 몹시 초췌한데다 맨상투 머리에 지푸라기 몇 가닥 붙어 있는 것이 하루 새에 죄수티가 완연했다. 둘은 나기주를 보자 당장 눈이 휘둥그레지며 반색하였다.

 정세마가 초조한 빛으로 물었다.

 "일이 어찌 될 것 같소, 나형?"

 "글쎄…… 군수가 어떤 거조로 나올지는 두고 봐야 하겠지만, 아마 도리가 없을 거요. 순검 여남은명으로 어디 맥을 추겠소? 썩은 새끼로 범 잡기지. 하여간 좀 기다려봅시다. 신부에게 죄수를 빼앗긴 마당에 무슨 체면으로 두분을 오래 감금하겠소?"

 이때 돌연 사람들을 헤치고 신부와 최선달이 급히 앞으로 걸어나왔다. 최선달이 허우덩싹 웃으며 세 사람에게 눈인사를 보냈다. 신부는 두 적객 앞으로 다가가 대뜸 손을 내밀었다.

 "자, 다들 나오시오."

 두 적객은 흠칫 놀라 방 안으로 한발짝 뒷걸음쳤다.

 "아무 염려 말고 나오시오, 내가 책임질 테니."

 서참서가 얼떨떨한 눈으로 정세마와 나기주를 돌아보면서 중얼거렸다.

 "그렇지만……"

나기주는 얼른 중간에 끼어들었다.

"두 형장은 잘 생각해서 처신하시오! 여죄가 있든 없든 간에 가시를 친 감옥에 들었으니 이른바 천극 죄인이오. 천극 죄인이 무단히 탈옥하는 게 어디 예삿일이오?"

이 말에 대번 최선달이 눈을 치뜨며 나기주를 노려봤다.

"아니, 나형은 도대체 어느 편이오? 무죄한 사람을 천극 죄인이라니. 쳇, 이제 보니 나형도 조정의 잡류들하고 한통속이네."

나기주가 어이가 없어 입을 다물자 최선달은 두 죄인 앞으로 몸을 숙이고 나직이 속삭이듯 말했다.

"도대체 뭐가 걱정입니까? 예비 교인이라고 하면 그만인 걸 가지고······."

"자, 시각을 끌어 이로울 게 없으니, 어서들 나오시오" 하고 신부가 재촉했다.

이때 정세마가 분연히 고개를 쳐들고 입을 열었다. 마당에 모인 사람이 다 들리게 목소리가 높았다. 온 마당이 물 끼얹은 듯 조용했다.

"이토록 우리 두 죄인을 염려해주시니 고맙기 이를 데 없소만, 우리는 교인이 아니라 그 뜻을 따를 수 없소이다. 우리가 여기에 갇힘은 한마디로 자업자득일 뿐이오. 나라에 큰 죄를 지어 이 섬에 유배 온 중죄인이 죄인 된 분수를 저버리고 방자한 생활을 했으니 이런 형벌을 받음은 마땅한 일이오. 누구를 원망하고 누구를 불평하겠소? 비록 관령이 부당해도 백성 된 도리로서 순종해야 옳거늘, 이리 죄 많은 몸인데 입이 열개인들 무슨 말을 하겠소."

이 말 끝에 정세마는 북받쳐오르는 설움을 주체하지 못하여 오열을 터뜨렸다. 서참서의 눈에서도 눈물이 소리 없이 흘러내렸다.
"자, 돌아가시오. 우리 두 죄인을 사하사 옥 밖에 내주실 분은 황상폐하 한분밖에 없소. 우리가 이 무덤 같은 감옥에서 썩어 진토가 될지언정 관령이 아니면 출옥을 못하오."
정세마는 이렇게 말을 끝내고는 꺼이꺼이 울면서 옥문을 잡아당겨 닫아버렸다. 감옥은 문이 닫히자 다시 볼썽사나운 이전의 모습으로 돌아갔다. 조용하던 사람들이 일시에 술렁거렸다. 교인들은 아연실색하고 교인이 아닌 구경꾼들은 눈물을 글썽거렸다. 심지어 목 놓아 통곡하는 사람도 있었다. 이 무렵 구경 나온 사람들이 부쩍 늘어나 감옥소 밖 세거리길을 잔뜩 메우고 있었다.
정세마가 신부의 청을 조용히 거절할 수도 있을 텐데, 그렇게 온 마당이 울리게 목청 높여 말한 데는 필시 제 의사 표명이 군수의 귀에 들어가게 하자는 속셈이 분명 있을 터였다. 그렇지 않고서야 성정이 강인한 그가 쉽사리 울음을 터뜨릴 리도 만무였다.
아무튼 이러한 정세마의 언동은, 신부에게 상투 잡혀 태질당한 꼴이 된 김군수로선 여간 큰 위안이 아니었으리라. 교인들이 죄인 이위원을 데리고 물러가고 한 식경이 채 못되어 김군수는 몸소 감옥에 나타나 두 죄인을 출옥시켜주었다.
"노형들, 날 너무 섭섭하게 여기진 마시오. 조정의 명령이 지엄하여 그리하였을 뿐 애당초 오래 고생시킬 의사는 없었소이다. 하여간 이제 법국 신부가 옥을 깨뜨려 천극 죄인을 놓아버린 이 판국에 조정 명령이 무슨 소용이 있겠소이까? 국법을 능멸한 교인을 놓치고, 순량한 노형들만 가둔대서야 말이 안되지요. 정작 이 감옥에 가두어야 할 죄인은 저 천인공노할 법국 신부외다!"

김군수가 벌겋게 상기된 얼굴로 이렇게 울분을 토하며 두 적객을 양옆에 부축하고 나오자, 그때까지 감옥 밖에 진을 치고 있던 구경꾼들은 와하고 환호성을 지르며 박수를 쳤다.
"아무렴 그렇지. 나라에 법이 있는데 법국 신부 꾐에 빠져서야 쓰나?"
"그 젊은 귀양다리 양반 참 똑똑도 하다!"
"군사또도 잘하셨소!"
"군사또, 힘내시오!"
"신부를 섬 밖으로 추방하시오!"

법국 신부 구마슬이 파옥하여 천극 죄인 이범주를 놓아버렸다는 소문이 한창 삼읍 방방곡곡에 터져나가고 있을 즈음, 강우백이 마찬삼을 찾아갔다. 마찬삼은 대정 향교의 장의로서 재망(才望)이 있는 갓 서른의 젊은 선비였다.
우백이 대문을 밀고 들어서자 찬삼은 외양간 두엄을 치다 말고 반색하며 내달았다.
"아이고, 성님! 마파람에 불려 옵데가, 샛바람에 불려 옵데가. 이리 먼 데를 다 오시고…… 자, 어서 안으로 듭서."
찬삼은 쇠스랑을 두엄 더미 위에 꽂고 우백의 손을 끌었다. 헌 갈옷에서 거름 냄새가 물씬 났다.
"거 일하는디 와서 방해되는 거 아니라?"
"원, 성님도. 쇠털같이 많은 날에 오늘만 날이우꽈? 오늘 못허면 내일 허고, 내일 못허면 모레 헙쥬. 그러나마나, 이놈의 쌍일도 보리 접죽 범벅 먹은 뱃심으로는 힘 부쳐 못허쿠다."

둘은 툇마루에 걸터앉았다.

"자네 헛부지런이로고. 그리 부지런해봐사 올해 농사도 죽 쒀 개 주는 꼴이 되고 말 거여."

찬삼이 쌈지를 꺼내 우백이 대통에다 담배를 담아 건네주면서 말했다.

"세금이 무섭다고 농사를 안 지을 수도 없고…… 도리 있수꽈? 농사꾼이 죽어도 밭고랑에 혀 박고 죽을밖에."

"나도 목장밭에다 지슬(감자)을 심으려면 거름을 쳐 날라사 할 텐디…… 세금도 세금이쥬만, 일껀 거름해놓으면 성교꾼 마름이 와설랑 나라 땅이라고 경작권을 뺏어 남한티 주어버릴까 무섭네. 이 지경이니 원, 당최 아귀쌈이 풀려 쇠스랑은커녕 호미자루도 못 잡을로고."

"맞수다. 성님이 성교를 뛰쳐나왔다는 소문이 한 고을에 파다한디, 저 성교꾼들이 가만있지 않을 거우다. 필연 무슨 해꾸지를 하고 말 거라마씸. 성님, 비단 경작권을 빼앗는 것으로 그치지 않을 거우다. 보복이 두려우니 명심합서. 당분간 집을 나와 있는 것이 상책일 듯한디……"

"겔쎄 말이여……"

이때 갑자기 방 안에서 어린애 우는 소리가 자지러졌다.

"저놈이 또 똥을 싼 게로구먼. 어제 아침버텀 설사를 물 쏟듯 하니, 원……"

찬삼이 이렇게 심란한 듯 중얼거리는데, 그의 아낙이 애 우는 소리를 듣고 당장 뒤꼍에서 쪼르르 달려나왔다. 우백을 보자 얼른 머릿수건을 벗어 검정 치마에 붙어 있는 검불을 털어내는 시늉을 하고는 고개 숙여 인사했다.

"벨감 어른, 오십데까?"

우백이 얼른 자리에서 일어나 인사를 받으며 길을 비켜주었다.

"어서 들어가봅서."

문을 밀고 방 안으로 들어가는 찬삼의 아낙은 치마꽁지에 콩깍지 부스러기가 잔뜩 붙어 있었다. 아마 콩짚에 혹시 털다 남은 콩이 있을까 싶어 들쑤셔보다가 나온 모양이었다. 마을마다 한 집 건너꼴로 양식이 떨어진 춘궁기라, 사람들은 땔감으로 쌓아놓은 조짚가리, 콩짚가리를 다시 허물어서 쭉정이 한톨이라도 찾아내려고 혈안이었다.

찬삼의 아낙이 땟국에 찌든 요때기를 걷어내자, 네살 난 아이의 벌건 아랫도리가 드러났다. 똥이 묻을까봐 아예 아랫도리를 벗기고 맨장판에 뉘어놓은 모양이었다. 악을 쓰고 울어대는 아이를 안아 옆으로 비켜 누이자, 장판에 푸르죽죽한 물찌똥이 질펀하게 쏟아져 있는 것이 보였다.

우백이 상을 잔뜩 찌푸린 찬삼을 건너다보며 말했다.

"요사이 양석 떨어진 집 아이들이 들에 나가 아무거나 파먹고 배탈 나는 모양인디, 거 혹시 못 먹을 거 줏어먹어서 탈난 거 아니라?"

"겔쎄 마씸. 무엇사 줏어먹었는지. 우리도 양석 떨어져 요 며칠 전버텀 보리체(속껍질)에 썩은 감저(고구마) 꼬랑이 섞은 범벅을 먹게 된 신세우다만, 저 어린것만은 차마 거친 음식을 멕일 수가 없어 조팝을 해주는디……"

"쑥을 대려 멕여보았는가?"

"쑥이 이제사 게오 눈곱만 하게 돋아나왔는디, 약에 쓸 수가 있습네까? 좀 커서 독이 올라사쥬."

찬삼의 아낙은 썩어 문드러진 시커먼 걸레뭉치로 똥에 뒤발한 아이의 엉뎅이를 대강 닦고는 밖에다 대고 "워리! 워리!" 하고 개를 불렀다. 벌써 똥 냄새를 맡고 툇마루 밑에 와 끙끙 앓는 소리를 하던 삽살개가 부르는 소리에 쏜살같이 방 안으로 뛰어들었다. 흉년 개답게 바싹 여윈 놈이었다. 개는 뼈가래 앙상한 옆구리를 헐떡이며 똥을 핥아 먹기 시작했다. 물찌똥에 덤비는 꼴을 보니 어지간히 굶주린 모양이었다.

우백은 개가 찰싹찰싹 똥 핥는 소리에 그만 점심 굶은 속이 메슥거려 눈을 돌렸다. 담 너머 늙은 먹구슬나무가 앙상하게 빈 가지를 하늘 높이 쳐들고 있었다. 동네 아이들이 따 먹었는지 노란 먹구슬 열매는 별반 보이지 않았다. 아이들이 오죽 허기졌으면 새나 쪼아 먹는 그 쓴 열매를 따 먹었을까? 아마 저 아이도 먹구슬 많이 먹고 배탈 난 모양이다.

찬삼이 우백을 곁눈으로 힐끔 바라보고는 제 아낙에게 핀잔준다.

"에이, 그 사람, 걸레로 닦지 못하고 더럽게시리 개를 방 안에 불러들이는 거여?"

그러자 대뜸 아낙이 되받는 말에 뾰로통 가시가 돋쳤다.

"이것도 목숨 붙은 산 짐승인디 굶겨 죽일 수야 없지 않수꽈? 멕일 것도 없는디, 어서 잡아먹든지 하지는 않고……"

우백이 한마디 거들었다.

"요사이 사람들이 먹을 게 없어 제집 개를 먼저 잡아먹고설랑 남의 개에 눈독 들이는 판인디, 훔쳐가기 전에 한시바삐 잡아먹는 게 수여."

"곙쎄……"

이때 머리칼이 파뿌리같이 허옇게 센 노파가 대문 안으로 황급히 들어섰다.

"아기 어멍 집에 있잉가?"

노파는 당장 숨넘어갈 듯이 목쉰 소리로 다급하게 물었다.

"예, 안에 있수다만, 무신 급한 일이 생겼수꽈?"

찬삼이 웬일인가 의아스러워 눈을 크게 뜨는데, 마침 아내가 우는 아이를 들쳐업고 나왔다. 노파는 얼른 입을 못 열고 사뭇 초조하게 두 손을 맞비비고 비비 틀고 하더니,

"아이고, 아기 어멍, 어려운 부탁이여마는 곤쌀(흰쌀) 있거들랑 두어 줌만 꿔어주게. 집에 손님이 와서 밥 대접해사 허는디……"

"아니, 할마님, 거 무신 황당한 소리우꽈? 보리체 범벅 먹는 이 숭년에 조상귀신도 못 먹는 곤밥으로 손님 대접해여 마씸?"

찬삼의 아낙이 어이없다는 듯이 혀를 찼다. 이 말에 노파는 대번 눈물이 쑥 빠지면서 꺼질 듯 한숨을 몰아쉬었다. 찬삼이 아내를 보고 눈을 흘겼다.

"저 여편네, 물색없이 주책이로고. 피치 못할 귀한 손님이라 그럴 테쥬. 혹시 사둔어른이라도……"

노파는 저고리 고름 끝으로 눈물을 찍으며 울먹거렸다.

"하이고 이 사람아, 사둔이 왔으면 작히나 좋을꼬. 성교꾼들이여, 성교꾼! 아이고, 이런 원통헐 데가 어디 있이까? 시방 우리 집에 성교꾼 둘이 들이닥쳐설랑 세금을 매긴다고 허질 않애여? 원, 시상에, 벌어먹지도 않은 화전 묵정밭에 세금 나오니 이런 날벼락

이 어디 있는고? 그러면서 또 허는 수작이, 성교에 들면 세금을 반감해주겠다고 꼬이지를 않애여? 원, 괘씸헌 놈들. 조상 제사도 못 뫼시게 인륜을 끊어버리는 교를 어찌 믿느냔 말이여. 하이간에 저 사람들한티 사정을 해보자면 밥 대접이라도 해사 헐 텐디…… 제사 때 쓰자고 두어 됫박 마련해둔 쌀을 누게가 호락호락 꾸어주는 사람이 있어야쥬. 여기 오기 전에 두 집을 들렀쥬만, 모두 도리질이여."

"허허, 봉세관이 해묵은 묵정밭에 세를 매긴다는 소문이 있더니, 그게 과연 사실이로고!"

우백이 이렇게 탄식하자, 찬삼이 칵 가래침을 돋우어 내뱉었다.

"저런 괘씸하고 토씸한 놈들! 자루 벌린 놈이나 퍼담는 놈이나 도둑은 매한가지라더니, 봉세관은 자루를 벌리고, 성교꾼은 퍼담고. 천벌 받을 놈들!"

"아기 어멍, 시방 며누리한티 솥에 물 부어 불 때고 있으라 해놓고 왔는디, 어서 쌀 두어 줌만 꿔어주게."

노파는 초조한 나머지 발을 동동 구르다시피 했다.

"우리도 제사쌀로 여투어둔 것이 게오 한 됫박 될까 말까 한디……"

아내가 난처한 듯 이렇게 중얼거리자 찬삼이 재촉했다.

"어서 내드리쥬. 제삿날이 아직은 멀었으니……"

찬삼의 아낙이 애를 업은 채 마루를 질러 고방에 들어가더니 곧 작은 사기사발에 쌀을 떠가지고 왔다.

노파는 모지락치마 앞자락을 벌려 쌀을 조심스레 받았다.

"아이고, 이런 고마울 데가…… 저것들도 사람이면 이렇게 쌀 꾸어다 밥 대접하는 늙은이에게 박절히 굴지는 않을 테쥬."

노파는 서너번 고맙다는 말을 되뇌고는 서둘러 대문 밖을 나갔다.

우백은 노파가 사라진 대문께에 눈을 준 채 노기 띤 음성으로 말했다.

"큰일 큰일 해도 정작 큰일은 지금부터여. 신부가 옥을 깨어 죄인을 놓아 자기 권세가 목사 하나쯤은 능히 압도하고 남음이 있음을 만천하에 선포한 판국인데, 저 성교꾼들이 앞으로 오죽 기세등등할 건가?"

"가시 두른 천극 죄인을 놓았는디, 그게 어디 일개 목사또에 그칠 일이우꽈? 나라님을 능멸한 것입쥬."

"허허, 자네 제법 나라 걱정 하네그려. 임금인지 능금인지 빌어먹을, 나라가 성교꾼의 행패를 막지는 못하고 도리어 성교꾼을 마름으로 써서 백성의 고혈을 빨아가니, 이 어찌 나라라 하겠는가. 좌우간 한논 교당에서 오노인이 죽은 이후로 성교꾼이 범같이 사나워졌는디 신부란 작자가 이번 사달을 일으켜 그 범에게 날개를 달아준 격이니 이제 섬 백성들은 살아남들 못해여. 성교꾼의 행패를 관가에서 못 막으니 힘없는 백성 도리 있나? 성교꾼의 행패를 모면하려면 성교꾼 되는 길밖에 없으니. 허, 온 섬 백성이 성교꾼 되어사 교폐가 없어질는지. 두고 보게, 이 후제 사람들이 교당에 모여들기를, 말 죽은 밭에 까마귀 모여들듯 헐 테니."

"맞수다. 이삼년 못 가 이 섬바다 법국 천지가 될 것이 틀림없어 마씸. 믿음이라는 것이 심산유곡 같은 조용한 곳에 처하여 안분(安分)해사 옳지, 온 섬바닥이 발칵 뒤집어지게 저리 교세를 늘리려고 혈안이니 아무래도 거조가 수상해여 마씸. 이치가 그렇지 않수꽈?

교인은 신부를 등에 업고 신부는 법국을 등에 업으니, 국법은 무용지물이라. 교인 중에 죄인 있어 관가에서 다스리려 해도 교인은 법국인이니 조선 국법으로 다스릴 수 없다, 이겁네다. 신부는 법국의 앞잽이가 틀림없수다. 신부가 이 섬 백성을 모조리 성교꾼으로 맹근 다음, 이 섬 땅덩어리를 법국에 넘길 흉계가 아니면 왜 저리 교세를 늘리려고 환장허느냔 말이우다."

찬삼은 치받치는 노여움에 몸을 부르르 떨었다.

"허기는 법국이 안남(安南)이라는 나라를 따먹을 적에도 그런 수법을 썼쥬. 신부들이 먼저 들어가서 내정을 탐지하고 길을 닦아논 후제 병대를 몰아 쳐들어가더란 말이여. 법국뿐만 아니라 영국·덕국도 다 같은 수법이라. 중국 백성들이 오죽 서양 오랑캐들한티 시달렸으면 난리를 일으켰겠는가? 작년 오월달 대륙을 휩쓴 의화단 대난리 말일세. 나라를 살리고 양인을 토멸하자고 부청멸양(扶淸滅洋)의 기치를 높이 쳐들고 양인을 무찌르고 양관 건물, 양품, 양서 따위, 좌우지간 양(洋) 자가 붙은 것은 닥치는 대로 때려부수고 불사른 거라. 관이 무능허니 백성이 들고일어난 거쥬!"

"참말로 애석한 노릇입쥬. 겔국 오랑캐 연합군의 총칼 앞에 숱한 인명을 잃은 채 무릎을 꿇고 말았으니······"

"정감록에 대중화와 더불어 소중화가 함께 망한다더니······"

강우백은 심화가 끓어올라 잔뜩 상을 찌푸렸다. 찡그린 콧잔등에 땀방울이 송글송글 맺혀 있었다.

"성님! 시방 우리 섬 백성이 마주하는 강적은 둘입네다. 봉세관과 성교꾼이 그것입쥬. 나라가 생민을 보호해주기는커녕 도리어 봉세관을 내려보내 성교꾼과 야합시켜 침탈을 일삼는 마당에 백성이 살 도리가 있습네까? 업(業)을 잃고 굶어 죽을밖에. 굶어 죽으나 총칼에 맞아 죽으나 죽기는 매일반이라 마씸. 성님, 그렇지 않수꽈?"

찬삼은 격정에 겨워 잠시 말을 멈추고 가쁜 숨을 몰아쉬더니 돌연 우백이 옆으로 바싹 당겨 앉았다. 귓전에 와닿는 그의 숨결이 뜨거웠다.

"성님, 우리 대정 고을에 자위단을 맹급시다! 우리가 살길은 오직 단합하는 것뿐이우다!"

순간 우백의 눈이 불똥 튀듯 번쩍 빛났다.

"찬삼이! 고맙네!"

우백은 덥석 찬삼의 양손을 붙잡았다.

"성님! 성님이 그 일 때문에 오신 줄 내 벌써 짐작했수다."

찬삼의 눈에서 굵은 눈물방울이 뚝 떨어졌다.

"고맙네, 찬삼이! 이렇게 수이 의기투합될 줄이야? 우리가 책권을 읽은 선비로서 어찌 불의를 보고 모른 체할 것인가! 자, 가세! 오좌수 어른을 만나러!"

두 사람은 손을 마주 잡은 채 벌떡 자리에서 일어났다.

11

 이리하여 단 열흘 만에 대정 고을 유생들을 근간으로 하여 자위단이 결성되었으니, 이름하여 상무사라 하였다. 애초에는 교인의 학대를 방어하기 위한 비밀결사답게 '象武社'로 할 요량이었으나, 채군수의 충고를 받아들여 '商務社'로 바꾸었다. '商務社'란 여럿이 모여 영리 사업을 벌이는 회사라는 뜻이었다. 회사라면 이 섬에서 상무사가 최초인 셈인데, 말이 좋아 신식으로 회사라 한 것일 뿐, 실은 계모임이나 다를 바 없었다. 어쨌거나 비밀히 사람을 모으다간 금방 교인들에게 염탐 들어가 덜미 잡힐 공산이 크므로 아예 영리를 꾀하는 회사로 둔갑시켜 공공연히 사람을 불러모으는 것이 상책 중의 상책이었다. 사업이란 것이 또한 실로 거창하여 중문천(中文川)을 끌어다 수만평의 메마른 밭을 적셔서 논으로 바꾼다는 것이었다. 예전 같으면 누가 들어도 산을 깎아 바다를 메우는 격으로 황당무계한 소리였으리라. 그러나 유생들이 편당 짜기에 급급한 나머지, 사람을 끌어모으려고 허무맹랑한 낭설을 조작한 것은 아니었다. 이 사업은 견문 넓은 채군수의 머리에서 나온 것이었다. 자위단을 결성하기 앞서 유생 댓명이 군수 채구석을 찾아가 의논을 했는데 거기에서 뜻밖의 묘책이 나왔던 것이다. 그렇잖아도 채군수는 이년 전 서울에 머물 때 토산 석회보다 질 좋고 값싼 양회(洋灰)를 눈여겨본 뒤로 언젠가 관직에서 물러나면 고을 백성들과 함께 양회를 써서 논에 물 대는 수로를 만들어보자는 생각을 흉중에 품고 있었던 터였다.

"수로를 파는 거사 몸으로 때우면 되는 게고, 그저 양회값으로 엽전 석냥만 출자(出資)하면 되는 겁쥬. 그야말로 일석이조가 아니우꽈? 밭이 논이 되니 좋고, 교인들의 의심을 받지 않고 사람을 모을 수 있으니 좋고. 속가량 없이 무턱대고 일을 벌였다간 단 하루도 못 가서 성교꾼들한테 들키고 말 거요. 그러면 모처럼 마음먹은 일이 다 허사로 돌아갈뿐더러 애꿎게 교당에 끌려가 큰 봉변을 당하는 거우다. 오노인처럼 목숨을 잃을지도 모르고⋯⋯ 하여간에 저 성교 패거리와 맞서 대거리하려면 사원 수가 당장 백명을 넘어사 할 거우다. 용력을 쓸 만한 장정을 모으는 것도 시급한 일이쥬만, 여차직하면 민정 수천을 모을 수 있게 각 마을 유력자인 동소임을 누락됨 없이 끌어들여사 합네다. 그 전에는 결코 자위단의 본색을 드러내서는 안되어 마씸. 그리고 또 중문천 수전(水田) 개발도 당분간은 비밀에 부쳐놔사 합네다. 성교꾼들이 알면 먼저 선수쳐 이 사업에 손댈 게 뻔한 사실 아니우꽈?"

이렇게 채군수는 처음부터 상무사에 깊숙이 관여하기 시작했다. 좌수 오대현이 사장에 오르고, 강우백·마찬삼·강희봉 들은 간사직을 맡았다. 채군수는 공직에 있는 몸이라 뒷전에 물러나 있었지만 대신 통인 이재수를 집사로 들어앉혀 줄을 대고 있었다. 비록 집사라는 것이 회사 내 궂은일을 도맡아 치다꺼리하는 심부름꾼이나 진배없었지만, 이재수가 스물한살 어린 나이에 그것도 천한 관노 신분으로 근엄한 도포짜리 유생들 틈에 끼여 제법 한몫하게 된 것은 그만큼 용력이 뛰어나고 행동거지가 민첩한 까닭이었다. 재수는 본래 오좌수의 집에서 찬밥깨나 축내면서 잔뼈 굵은 미천한 노비였는데 용력이 자못 쓸 만하다 하여 채군수가 삼년 전부터 통인으로 데리고 있던 터였다.

이렇게 결성된 상무사는 불과 열흘 만에 사원 수가 백여명에 이르렀다. 고을 좌수를 비롯한 명망있는 선비들이 주장하는 사업인데다 또 군수가 뒤를 봐준다는 소문이니, 무엇을 의심하랴. 중문천을 끌어 수전 개발한다는 소리는 일절 입 밖에 내지 않고, 다만 중문천 물이 사시장철 흘러내리듯이 재운(財運)이 더럭더럭 들이닥칠 게라고 변죽만 울려 선전해도, 사람들은 두말 않고 따라왔다. 무슨 사업인지 가르쳐주지 않으니 오히려 더 호기심이 나는 모양이었다.

신입 사원 중에는 특히 방성칠란 때 용맹을 떨쳤던 남학당 장정들도 수십명 끼여 있었다. 그중에 집사로 활약이 컸던 강박이라는 젊은이는 상무사의 간사로 뽑아올렸다.

해마다 이맘때가 되면 멀리 한라산 밑 넓은 목장에 화입(火入)이라 하여, 마소에 달라붙어 피를 빨아 먹는 진드기알을 태워 없애려고 불을 놓는데, 올해 목장 불은 유난히 크고 무서웠다. 불을 그렇게 크게 놓는 데는 진드기 죽이는 것 외에도 다른 까닭이 있을 테니, 석달이나 가물어도 여전히 비 내릴 기미가 없는 청천 하늘에다 연기를 올려 구름을 부르자는 뜻이었으리라. 연기가 곧 비구름이 되는 것은 아니지만 오죽하면 원수같이 푸른 하늘을 연기로 그을리랴. 재수가 있으려면 쌀뜨물에도 애 서는 법, 가뭄 들면 상산에 올라 연기를 올리는 풍습은 육지나 이 섬이나 매일반이었다.

그러나 시절이 하 수상하다보니 섬사람들 눈에는 그 들불이 결코 예사롭게 보이지 않았다. 불은 마소 피를 빠는 진드기는 물론, 섬 백성의 고혈을 빠는 인간 진드기마저 멸망시킬 듯이 시시각각으로 거침없이 번져나갔다. 낮에 연기가 자욱하게 덮여 있던 목장은 밤만 되면 벌건 불밭으로 변했다. 밤에 보는 목장 불은 처연하기 그지없었다. 수만평에 번진 불은 나직이 떠 있는 연기구름을 붉게 물들여 피걸레로 만들고 우렁대는 불소리도, 미친 듯이 펄럭대는 불갈기도, 뜨거운 열기도, 맵싸한 냄새도 없이 냉엄하게 야금야금 제 터전을 넓혀갔다. 그것은 흡사 재앙불처럼 무서웠다. 삼읍에 곧 대난리가 일어나리라는 풍문이 파다했다. 사람들은 밤마다 불안한 눈초리로 들불을 지켜보았다. 저러다가 불을 잡지 못하여 한라산 숲에 옮아붙으면 어찌하나? 비록 목장이 돌로 쌓은 잣성으로 에워져 있긴 하지만, 혹 때 이르게 영등바람이라도 들이닥치는 날이면 강풍에 불티 날려 산불이 날지 몰랐다.

이 무렵 교당을 헐뜯는 갖은 흉설이 민간에 퍼졌다. 말하자면, 신부가 교리를 가르친다 빙자해서 아낙네들을 불러다 간음한다느니, 아이를 죽여 눈알과 골을 빼어 먹고 나머지는 가루를 만들어 사진약을 만든다느니 하는 황당무계한 소문들이었다. 이는 교당에 여자 단골을 많이 빼앗긴 무당들이 조작해낸 흉설일시 분명했다. 하기는 곳곳에 당나무가 잘려나가고 단골도 빼앗겨 실업하게 된 마당이니 무당들은 배 속 가득 울분이 들들 끓을 터였다. 어떤 여자 무당은 실성한 나머지 말고삐를 풀어다 목매달고 죽었다는 소문이었다.

다행히 영등바람은 닷새나 기승부리던 목장 불이 제물에 꺼진 다음에야 불어댔다. 이때 곳곳에 벌어진 영등굿은 전에 없이 유난히 징 소리·북소리가 시끌작했는데, 아마도 딴에는 영등신의 힘을 빌려 잡귀를 쫓아낸다고 그리 야단이었으리라.

영등제가 끝나고, 얼마 없어 신부 두 사람이 육지로 떠났다. 물색 모르는 무당들은 이 소문을 듣자 영등신의 조화로 잡귀가 물러갔다고 한때 좋아했지만 실은 해마다 열리는 피정(避靜) 모임에 참례하러 잠시 서울 나들이 갔을 뿐이었다.

제주 교당과 정의 교당은 두 신부가 없음을 기화로 혹 있을지 모르는 민란이나 관가의 보복에 대비하여 전 교인에게 계엄을 내려 단단히 단속하고 있었다.

극성맞은 굿소리를 실어나르며 드세게 불어제치던 영등바람이 꼬리를 끌며 사라져버리자 금세 봄볕이 따스해졌다. 그러나 볕이 따스하면 무얼 하나, 먹을 게 있어야 양지바른 데 앉아 이를 잡지. 이제 보리누름까지 두달, 해가 원수같이 길어지는 삼사월이 눈앞에 다가왔다.

　　동지섣달 긴긴 밤에
　　임 없이 살아져도

삼사월 긴긴 해에
점심 없인 못 살레라

풍년 든 이듬해도 매양 춘궁기가 있어 점심 굶기를 조상 적부터 내력으로 삼고 있는데, 올해 같은 흉년 살년에야 말하여 무엇하랴. 이제 양식 떨어진 집이 두 집 건너 하나꼴로 늘어났다. 그러나 산 사람 입에 거미줄 치지 말라고 갯가에는 파래빛이 고와지고 밭머리에는 들나물 싹이 파릇파릇 돋아났다. 보릿겨 범벅 먹던 세궁민들은 들로 갯가로 쏟아져나갔다. 냉이·쑥·원추리·소루쟁이 같은 들나물은 먹기도 수월했지만 우선 대변이 부드러워 좋았다.
그러나 마소가 아닌 바에야 풀만 먹고 어찌 견디랴. 쓴 나물도 맨으로 먹으면 속이 아려 밀기울이나 보릿겨에 버무려 먹는데, 곡기가 끊긴 배 속은 항시 회가 요동치고, 허전하기 이를 데 없었다. 사람들은 주린 배로 허리가 굽으싸한데 허웃허웃 걷는 본새가 영락없이 새끼 낳은 개 형용이었다. 기운이 약한 노인네들은 숫제 방구들에 진종일 드러누워 지냈다. 속이 허해 일어날 기운도 없었지만, 가만히 드러누워 있어야 배가 쉬 꺼지지 않았다.
동네 부잣집에서 방아를 찧거나 보리밭에 김매는 날이면 너도 나도 앞다퉈 삯꾼으로 나섰다. 하루 품삯이 점심 얻어먹고 죽은 쭉정이 좁쌀 한되가 고작이지만 곡기에 환장한 사람들이라 그것도 감지덕지였다. 삯꾼 아낙네들은 어린것들도 줄줄이 줄참외 달듯 달고 가서 본 지 오랜 밥을 구경시키고 한술씩 떠먹었다. 언제면 내 밭의 보리에 배동 올라 풋보리라도 그슬러 먹을까? 그런데 가뭄 타는 보리들은 한뼘도 못 자란 채 오가리 들어 시들시들했다. 보리밭은 퍼석 말라 김매는 호미 끝에 흙먼지가 풀썩풀썩 피어올랐다. 연못물이 바닥 보이게 줄어들어 미꾸라지·붕장어들이 뻘흙에서 바들락거리고 마소들은 뻘물을 먹었다. 사람들도 물을 아껴 세수는 물론 국도 제대로 끓여 먹지 못했다. 하늘은 천치같이 휑뎅그레 비어 있었다. 어쩌다 구름이 끼어도 병아리 오줌같이 찔끔거릴 뿐 바람만 건듯 불면 그만 흩어져버리곤 했다. 들머리에는 아지랑이만 허깨비같이 춤을 추고 있었다. 사람들은 밤에 깊이 잠들었다가도 경풍 들린 듯 깜짝깜짝 깨어나 장독대에 귀를 기울이곤 했다. 그러나 빗소리는 좀처럼 들려오지 않았다.

날이 뜨뜻무레해지자 올해도 거르지 않고 마마병이 돌기 시작했다.

이 섬에는 재작년 말부터 종두의(種痘醫) 한 사람이 파견되어 일을 보고 있었지만 성교 교인들 외에는 그 효험을 믿는 사람은 별반 없었다. 워낙 빼앗기기만 하고 나라로부터 한번 베풂 받아본 적이 없는 섬사람들이라, 멀쩡한 어린아이 생살을 찢어서 마마를 방지한다니 곧이곧대로 신용할 리가 없었다. 효험은 믿을 수 없는데, 우두 맞은 아이들은 대개가 상처가 덧나서 여러 날 큰 고생 하기 일쑤일뿐더러, 아무리 치례를 잘해도 양어깨에 돈짝만 한 흠집 세 개가 그대로 남았다. 그 흠집이 어찌나 흉측한지 티 없이 맑은 어린 자식 몸에 흡사 종놈 낙인이라도 찍힌 듯 여간 꺼림칙한 게 아니었다.

마마신은 바다 건너 외국 땅에서 해마다 바람 등을 타고 봄나들이 오는 외방귀신이었다. 이 못된 귀신이 억만 대병을 이끌고 섬에 들이닥치자 집집마다 바가지로 마루청 긁어대는 소리가 오뉴월 장마에 맹꽁이 떼 울듯이 시끌작했다. 여유 있는 집에선 무당을 빌려다 굿을 벌여 꽹꽹 요란하게 징을 울렸다. 소음을 내어 귀신을 쫓아내자는 것이었다. 대문 밖에 소금 뿌리고, 금줄 치고, 가시 많은 찔레 덤불을 베어다 앞을 막았다. 그리고 삼태기나 헌 짚신 따위 여자 음부같이 생긴 물건들을 툇마루 밖에 세워놓기도 했으니, 그 우묵한 데다 잔뜩 약 오른 홍두깨를 질러 욕심을 풀고 물러가라는 뜻이었다. 마마귀신이 풀어놓은 억만 군졸은 바람 타고 벌 떼같이 종횡무진 날뛰면서 닥치는 대로 창을 꽂아 빠끔빠끔 구멍을 팠다. 그 바람을 독하게 맞은 아이들은 얼굴이 벌집 같은 창 자국으로 뒤덮여 얼금뱅이가 되게 마련이었다. 이 섬바닥 돌은 대개가 구멍이 숭숭 뚫린 곰보돌인데, 말하자면 그것도 마마신 군졸의 창에 맞아 그리된 것이었다. 그런데 올해따라 유별나게 마마에 걸린 아이가 많았다. 성교 교인들은 우두를 안 맞더니 꼴좋다고 코웃음치고, 일반 백성들은 또 그들대로 신부들이 섬 땅을 동티 내 그렇다고 원성이 자자했다. 백성들 눈에는 법국 신부들도 마마신이나 한가지로 물 건너온 외방귀신인 셈이었다. 아니, 법국 신부가 바로 마마신이었다.

 생후 일년 아래 젖먹이들이 그중 수난이 컸다. 병에 걸리기도 쉽거니와 자칫하면 목숨마저 잃기도 했다. 어린 몸에 뜨거운 열꽃이 피어 사나흘 동안 이승 반 저승 반 하다가 그때를 무사히 넘기면 독이 잔뜩 오른 뾰루지가 온몸에 치솟고, 그러다가 차차 열이 식고 뾰루지가 농익어 한 열흘쯤 진물이 질분거리고 나면 딱지가 앉고 딱지가 떨어지면 복성스럽게 곱던 얼굴이 그만 콩타작하고 난 마당 바닥같이 구멍이 빠끔빠끔 뚫리고 마는 것이었다.

바람이 셀수록 젖먹이를 둔 아낙들은 호호근심이었다. 바람 부는 밤이면 아기 어미들은 개다리소반에다 정화수 한 사발, 쌀 한 보시기, 실 한 타래를 올려놓고 산신(産神)할머님을 부르며 아기를 돌봐달라고 애원하는 것이었다.

"산신할마님, 산신할마님! 이 아기는 할마님 자손이우다. 부디 이 자손 좋게 해여줍서!"

밖은 먹장을 갈아 부은 듯 깜깜한데 바람은 종횡무진 어둠을 휘젓고 다녔다. 허공을 내달리는 바람은 무시로 아래로 내리덮쳐 마당에 널린 검불을 획획 날리고, 빈 장독을 울려 횡횡 귀신 울음소리를 내고, 겉창을 닫아걸었는데도 때때로 바람 끝이 비집고 들어와 문풍지를 흔들었다. 투루루투루루 문풍지가 투레질할 때마다 개다리소반 위에 놓인 정화수에 물살이 일고, 어미는 흠칫 놀라 쏭쏭 잠을 자는 어린 새끼를 보듬어 안는 것이었다.

"산신할마님, 산신할마님, 우리 아기 좋게 해여줍서. 할마님이 내우고 할마님이 키운 할마님 자손이우다. 나 인생 보옵소서, 무슨 때를 아오리까. 무쇠솥에 화식(火食) 먹는 인간이 무슨 분수를 아오리까. 할마님 자손 할마님이 거느려주십서. 천금에도 지중(至重)한 이 자손, 만금에도 지중한 이 자손, 부모 조상 기일 제사에 분향 자리 메울 이 자손, 부디 좋게 해여줍서. 할마님이 못할 일이 있겠습니까. 부디 저 외방귀신 마누라(마마)와 그 군졸들일랑 섬 밖으로 훨쭉 퇴송시켜주십서."

바야흐로 세상은 산신할망과 마마신 사이에 싸움이 한창이었다. 할머님은 옥황상제의 분부를 받아 한 손에 번성꽃, 한 손에 환생꽃 들고 인간에 내려와 하루 천명 잉태 주고, 하루 만명 환생 주는 생불왕(生佛王)이었다. 할머님의 점지를 받아 아기가 들어서면, 아비 몸에 흰 피 석달 열흘 어미 몸에 검은 피 석달 열흘 받고, 살이 붙고 뼈가 붙기를 또 석달 열흘, 열달을 다 채우면 할머님이 몸소 아기 어미의 늦은 뼈 오므리고, 오므린 뼈 늦추어 열두 구애문을 열어 해복(解腹)시켜주었다. 섬 아기들은 모두 할머님 자손이니 탄생 후에도 비가 오나 눈이 오나 병든 아기를 찾아다니며 좋은 것도 좋수다, 궂은 것도 좋수다, 일천 간장 다 썩이며 어린 자손 돌보시는 할머님, 그 은길 같은 손길로 이마를 쓸어주면 거뜬하게 죽어가던 아기도 궂은 밤 날 새듯, 구름산에 안개 걷듯 파릇파릇 살아나는 법이었다. 이렇게 지성으로 아기들을 키우는 할머님인데, 외방 귀신 마마가 들어와서는 그 자손 고운 얼굴을 박박 얽은 속돌(浮石) 화로, 불 그슬린 나무토막으로 만드니 오죽이나 화가 나랴! 괘씸하고 토심한 놈, 네놈의 흉험이 아무리 세다 해도 기어이 나에게 굴복할 때가 있으리라! 할머님이 분기충천하여 번성꽃으로 마마신 아낙에게 유태(有胎)를 시켜놓으니, 열달이 되어도 열두달이 되어도 스물넉달이 되어도 해복을 아니 시켜준다. 바가지 엎은 것만 하던 배가 항아리가 되고 나중에는 남산만큼 불어올라 아낙이 사경을 헤매게 되자 마마신이 도리 없이 할머님을 찾아가 섬돌 아래 굴복하여 두이레 열나흘 궂은비 맞아가며 울며불며 사죄한다. 그제야 할머님이 노기를 누르고 하는 말이,

"그만하면 하늘 높고 땅 낮은 줄 알겠느냐? 소원대로 느이 각시를 해복시켜줄 테니, 내 자손 얼굴에 울긋불긋 솟은 종기를 다 걷어내고, 느이 군졸을 모두 거두어 느이 나라로 바삐 돌아가라!"

이렇게 크게 기승부리던 마마병이 스무날쯤 지나자 한풀 꺾여

누그러지는 기색이었다. 그러나 가뭄은 여전히 해갈될 기미가 안 보였다.

마침내 2월 24일, 목사 서리 김창수는 기우제를 올렸다. 몸소 남문 이십리 밖의 산천단에 올라가 한라산 산신께 살진 송아지 하나를 희생하여 바치고 축문을 읽었다. 교인들은 교당에 모여 비 내려 주십사 천주께 기도하고, 성내 무당들도 질세라 신통력 좋기로 이름난 무녀 쟁반두리를 앞세워 기우제를 올렸으니, 서문 밖 용연(龍淵)못에 비 내릴 생각은 않고 물속에 잠든 용신(龍神)을 깨운다고 징 소리가 시끄러웠다.

기우제 덕분인지 며칠 뒤 과연 비가 흠뻑 내렸다. 연 삼일 밤낮으로 내린 비에 흙먼지를 쓰고 이울어가던 보리들은 당장 야들야들 생기가 돌았다. 보리밭뿐 아니라 온 들녘이 하루가 다르게 푸르러져 초록빛이 점점 한라산 쪽으로 기어올라갔다. 나물 캐는 아낙네들도 풀을 뜯는 마소들도 그 뒤를 좇아 차츰차츰 산으로 옮아갔다. 불탄 목장은 이제 빗물에 검은 재가 가라앉고 은은한 초록빛이 드러나기 시작했다. 며칠만 더 있으면 목장에는 고사리 꺾는 아낙네들이 하얗게 널리고 남정네들은 띠 뿌리, 억새 뿌리가 질긴 목장밭을 일구어 감자 씨를 심을 것이다. 보리가 익으려면 아직도 두달이 실히 남았다. 사람들은 하늘에 해 박힌 날이면 줄창 들녘에 나가 나물을 캐며 허기를 주리 참듯 참아내고 있었다.

이렇게 가파른 보릿고개를 더위잡고 죽을 둥 살 둥 기어올라가는 섬 백성들의 등줄기에 또 한번 날벼락이 내리쳤으니, 작년에 이어 올해도 전에 없던 세(稅)가 신설된 것이었다. 이러한 조정의 훈령이 떨어진 것은 이월 말께였다. 신설된 세는 지세(地稅)와 삼림세(森林稅)였다. 제주섬은 예로부터 워낙 토질이 척박하기로 지세를 내지 않는 대신 말·귤·전복·버섯·한약재 따위 진상물을 바쳐온 터인데, 이제 지세를 따로 물게 되었다. 게다가 삼림세란 것이 생겨, 임자 있는 솔밭은 물론, 무주공산의 상수리 숲, 마을 안 둥구나무, 마을 밖에 교인들이 벌목하고 남은 신당(神堂)의 당나무에도 세를 매겨 마을 공동으로 부담시키고, 집 뜰 안의 귤나무, 유자나무, 감나무에도 세가 나왔으니, 나무가 크면 열냥이요, 작아도 다섯냥이었다. 심지어 삼림세는 잡초에도 적용되어 지붕 이엉 이는 띠밭에도 세가 나왔다. 더욱 기가 막힐 노릇은 일곱해 전인 갑오년 대흉년에 일부 면제해주었던 호포세까지 납부하라는 독촉이었다. 작년에는 각종 세를 두 배나 올린 외에 목장세·공토세(公土稅)를 신설하여서는 백성들을 껍데기 벗겨 저렇게 들판에 내몰더니만, 올해는 그나마 달막달막하는 목숨 명줄마저 끊어버릴 모양인가? 이는 말하자면 작대기로 깨다발을 직사하게 치는 형국인데 사람이 어찌 깨다발인가, 치는 대로 깨알이 쏟아지게. 다만 사람만 결딴날 뿐이었다. 이렇게 가혹한 세 징수는 섬 개벽 이래 처음 있는 일이었다. 호포세·지세·화전세·장전세·어망세·삼림세…… 줄잡아도 열 종류가 넘었다. 조정의 훈령을 받은 즉시 봉세관 강봉헌은 이 많은 세 중에 두세가지만 군수들에게 맡기고 나머지는 모두 교인 마름·감색을 삼읍에 풀어 세를 매기도록 했다.

작년에 이어 다시 일거리를 만난 교인 마름·감색들은 살판난 듯이 마을 안팎을 휘젓고 다녔다. 공토 마름들은 마을 남정네들이 한창 감자 심기에 바쁜 목장밭에 올라가 세를 매기는데 수틀리면 그 당장에 경작권을 빼앗기 일쑤이고, 지세 감색들은 장차 작황이 어떨지 모르는, 이제 겨우 배동 오른 보리밭에 세를 매기고, 선세·어망세 감색들은 포구에 지켜 섰다가 어민들이 잡아오는 물고기·미역·전복을 반 넘어 빼앗았다. 조상 적부터 내려온 살 깊고 기름진 사유지를 목장밭(공토)이라고 억울하게 빼앗긴 사람들도 더러 있었다. 호세(호포세)는 집 칸수를 헤아려 매겼는데, 헛간·잿간은 물론 감색을 잘못 만나면 뒷간까지 세가 붙었다. 마소뿐만 아니라 개·돼지·닭에도 호세가 나왔다. 죽은 병아리에나 세가 없을까, 계란에도 세가 붙었으니, 계란이 열이면 다섯은 내놓아야 했다. 선산을 지키는 소나무·배롱나무도, 뒤꼍의 유자나무도, 목장의 잡초도 세를 못 면했다. 그야말로 산천초목 조수어별(鳥獸魚鼈)이 죄다 난리를 만난 것이다. 삼읍에 돈씨 마르고 소·말·땅값이 크게 떨어졌다.

민심은 걷잡을 수 없이 들끓어올랐다. 현유순 부자가 상경하여 오노인 치사 사건을 발고하여도 뒤이어 김군수가 법국 신부의 파옥 사건을 장계에 올려 보고하여도 교폐에 대해서 쓰다 궂다 일언반구 없던 조정이 도리어 이런 기상천외의 훈령을 내려보냈으니, 그 얼마나 통분할 노릇이던가. 그야말로 조정이라 하는 것이 물라는 쥐는 안 물고 씨암탉을 무는 못된 고양이나 진배없었다. 애당초 나라에 기대를 건 것이 잘못이었다. 물불을 가리지 않고 가렴주구에 혈안이 된 조정의 무리들인데, 더럭더럭 세를 걷어다주는 교인들을 왜 배척하겠는가. 아마 교인들이 아니었더라면 민란이 나도 벌써 일어났을 것이다. 관권은 땅에 떨어지고 관령이 한갓 휴지 조각인데, 종전처럼 목사에게 이런 가혹한 집세를 맡겼다간 민란이 일어날 것은 불 보듯 환한 이치인지라 조정에서는 막강한 천주교

세력에 의지하여 마음껏 욕심 부려보자는 것이었다. 게다가 봉세관 강봉헌은 왕명을 직접 받들어 공행(公行)한다고 어사 마패를 차고 있으니, 어찌할 것이냐. 어사를 거역함은 곧 왕을 거역함이었다.

이 무렵 현유순 부자와 함께 오노인 치사 사건을 법부에 발고하러 갔다가 아무 소득 없이 돌아온 최창순이 김군수의 눈에 들어 주사에 임명되고, 뜻밖에 아내의 상을 만난 나기주는 고향에 다녀오려고 배편을 기다리는 중이었다.

봉세관이 마름 감색들을 풀어 독쇄(督刷)를 시작한 지 보름 만에 돌연 대정 고을의 읍성이 있는 보성리에서 일이 터졌다. 드디어 대정 군수 채구석이가 교인을 끌어다 동헌치죄를 한 것이었다. 지난 일년 가까이 아무리 흉악범이라도 교인이라면 감히 손을 못 대고 콧김도 한번 되게 뿜어보지 못하던 관가에서 교인을 끌어다 치도곤을 안겼으니 미상불 큰 사건이 아닐 수 없었다.

죄인은 대정군 아전 최제보로 남의 처첩을 푸대쌈해간 죄였다. 그런데 그 여자가 하필이면 오좌수의 첩이었다. 교인들이 남의 집 처자를 푸대쌈해다가 데리고 살기는 종종 있는 일이지만, 한 고을의 큰 어른인 좌수의 첩을 빼앗아갔으니 이만저만 큰일이 아니었다. 오좌수는 늘그막에 여간 망신스럽지 않았다. 쓸쓸한 초로인생에 다소 위안이 될까 하여 교태가 아리따운 젊은 기생첩을 하나 두었는데, 그게 그만 화근이 될 줄이야. 사장이 이런 봉욕을 당하자 분기충천한 상무사 유생들은 이 기회에 교인들에게 본때를 보여주어야 한다고 길길이 날뛰었다. 이제 상무사는 결성된 지 한달 남짓만에 큰 시련에 봉착하게 된 셈이었다. 명색이 교폐를 막자는 자위단인데 그것도 다른 사람도 아닌 그 우두머리가 욕을 당했는데 어찌 가만있을 것인가. 그리고 교인이 이번 사달을 일으킨 데는 필시 다른 목적이 있을 거라는 게 중론이었다. 그렇지 않고서야 아무리 여자가 탐난다고 일개 아전 나부랭이가 감히 고을 좌수이자 상무사의 우두머리를 욕보이겠느냐는 것이었다. 이는 필연코, 한달 남짓 사이에 사원이 거진 이백명으로 불어난 상무사를 더 크기 전에 제압해보려는 교당 측의 술책이 틀림없다고 한결같이 입을 모았다.

상무사 유생들이 이렇게 최제보를 끌어다 앙갚음할 거조를 차리자 채군수가 창황히 말리고 나섰다. 그대로 두었다간 보나마나 교당과 상무사 사이에 충돌이 일어날 것이고 일단 충돌이 일어나면 곧장 민란으로 번질 공산이 컸던 것이다.

그래서 채구석은 우선 법으로 죄인을 다스려보기로 했다. 참으로 오랜만에 관가가 교인을 겨냥하여 칼을 뽑아든 것이었다. 과연 그 녹슨 칼이 제대로 먹혀들까?

채구석은 교인들이 눈치 못 채게 아침 일찍 최제보가 길청에 등청(登廳)하는 즉시 뒷짐결박 지어 동헌 마당에 꿇어앉혔다. 동헌 울타리 밖에는 사람들이 모여들어 바싹 귀를 기울이고 있었는데 그중에 상무사 유생들이 다수 끼여 있었다. 최제보는 짐작한 대로 호락호락 죄를 승복하려 들지 않았다. 채군수는 제법 인자한 태깔로 문죄를 시작했다.

"죄인 최제보 듣거라! 네 죄는 네가 바로 알렷다. 네가 남의 처첩을 푸대쌈해갔으니, 그게 사실이냐? 일호의 거짓 없이 자세히 자복하여라. 본심으로 뉘우치는 빛이면 태장 열대만 맞혀 방송해줄 터이지만, 그렇지 않을 시는 법대로 태장 삼십대를 치고 감옥에 착수

(捉囚)하리라."

이렇게 채군수는 뒤탈이 없게 관대히 처분할 요량이었는데, 장군에 명군 하는 격으로 처음부터 최가가 대거리하고 나오는 꼴이 가관이었다. 낯색 하나 변하지 않고 대뜸 잡아떼는 말이,

"소인은 남의 처첩을 범간한 일이 없소이다."

채군수가 당장 발끈하여 눈을 흡떴다.

"네 이놈, 어느 앞이라고 감히 죄를 은휘하느냐! 네놈이 오좌수의 첩을 푸대쌈해간 것은 아홉 동네, 열 동네가 다 아는 사실, 감히 관장을 기망하려 들다니?"

이 말에 최가가 문득 낯을 쳐들고 앙천대소하더니,

"사또, 소인은 다만 마귀의 발굽에 차인 한 어린양을 구출하여 천주의 품에 인도했을 뿐이우다. 마귀는 오좌수요, 불쌍한 어린양은 월계(月桂)라는 불쌍한 여성입쥬. 오좌수란 자는 우리 성교를 배척하고자 소위 상무사라는 것을 맹글고 그 우두머리로 앉은 마귀일뿐더러, 어리디어린 여성을 노리개로 삼아 제 욕심 채우기에 분방한 늙은 색마가 옳수다. 첩 대접도 못 받는 기첩이란 얼마나 처량한 신세우꽈? 홀애비로 늙는 사람도 적지 않은 터에 늙은것이 호강에 겨워 각시를 여벌로 더 두어 노리개로 삼다니, 그것이 과연 옳은 행사오니까? 사람이 사람을 노리개로 삼아 학대함은 큰 죄악이우다. 하늘 아래 만백성은 평등한 것, 양반이나 천기나 지극히 높은 하느님 아래에서는 높낮이 층하가 없는 거우다."

이 당돌한 언사에 채군수는 그만 어안이 벙벙해지고 뜰아래 관속들은 목을 내두르며 혀를 찼다. 담장 밖에서도 웅성거리는 소리가 들려왔다. 분한 생각 같아선 당장 매를 톡톡히 내려 다듬어놓고

자복(自服)을 받았으면 싶었지만, 채군수는 애써 분기를 누르고 말로 으름장을 놓았다.

"발칙한 놈 같으니! 똥 싼 주제에 매화타령이라더니, 네놈이 내 앞에서 교리를 설법하려 드는 것이냐? 우리나라 풍습에 사대부가 기첩을 데리는 것은 아무 허물이 없는 관행으로 되어 있거늘 무슨 망발이냐? 기생이란 워낙 그 직분이 남자의 노리개요, 더군다나 퇴기라 하는 것이 의식주가 어려운 불쌍한 것들인데, 오좌수가 그중 하나를 거두어 기른다고 그것이 그다지 허물이더냐? 그래 네놈은 처가 없는 늙은 홀애비라 남의 처첩을 푸대쌈해갔단 말이냐? 고얀 놈, 번연히 처가 있는 놈이 얻다 핑계를 둘러대는 거냐. 입이 두루 광주리라도 할 말이 없는 놈이 말본새가 아주 관장을 능멸하기로 드는구나. 이노옴! 먼저 주리질을 톡톡히 앵겨야 실토할 테냐?"

그러나 죄인은 태연자약했다.

"주리질을 앵기든 난장박살하든 간에 사또 좋으실 대로 합서. 마는 무죄한 교인을 형벌해서 과연 후환이 없으까 마씀? 소인은 아무 죄가 없는 사람이우다. 사또 말씀대로 기생의 직분이 남자 노리개라면, 설사 소인이 좀 상관했기로 무슨 탈 잡힐 일이우꽈? 동가식서가숙하는 게 기생의 풍습이라면 오좌수 혼자 독차지하라는 법이 어디 있습네까?"

이 말에 채군수는 상방 마루를 발로 꽝 차며 벌떡 일어났다.

"옳다구나! 이제사 네놈이 본심을 털어놓는구나, 앙큼한 놈! 평등이니 어쩌니 운운하더니, 뭣이여! 기생과 상관했기로 무슨 대수냐고? 비록 월계가 한때 관기였다 하나 시방은 오좌수의 어엿한 첩실로 들어앉아 있는 거여. 아무나 후려가도 되는 임자 없는 들병장수 매소부가 아니란 말이여. 자, 저놈이 죄를 실토했으니, 두말할 것 없다. 여봐라! 당장 형틀 들여라."

그러자 툇마루에 엎드려 대령하고 있던 통인 이재수가 박박 얽은 낯을 쳐들고 쩌렁쩌렁한 목소리로 외쳤다.

"듣주어라. 형틀을 들이랍신다!"

이어서 뜰아래 사령들 여남은명이 일제히 허리를 굽실거리며 "듣주어라!" "예이!" 하는 청령 소리가 떠들썩한 가운데, 흉측하게 생긴 형틀이 들어왔다. 형틀이 눈앞에 덜컹하고 놓여도 최가는 겁을 먹기는커녕 오히려 눈을 부릅뜨고 대들었다.

"사또, 환언하거니와 무죄한 죄인을 매질해서 결코 무사하지는 못할 것이오. 상무사의 진짜 두목은 오좌수가 아니라 대정군 사또인 줄은 삼척동자도 아는 사실, 자, 정 나를 패고 싶거들랑 어서 바삐 서두르시오. 시방 우리 교인들이 수백명 위 한길로 구름같이 달려오고 있을 텐데, 동헌에 들이닥쳐 나를 구출해버리면, 닭 쫓던 개 꼴이 되지 않겠소? 바삐 서두르시오. 허허."

형틀을 들이대면 다소곳해질 줄 알았던 최가가 오히려 더 기가 살아 이같이 야료를 부리니 채군수는 실로 낭패스럽기 짝이 없었다. 죄인이 적반하장으로 이렇게 관장을 능멸하는데 어찌 볼기 열대 치는 것으로 가벼이 다스린단 말인가. 아무리 후환이 두렵기로 이 지경을 당하여 관가의 존엄을 못 살리면 두고두고 백성들에게 웃음거리가 될 것이다. 최가의 방약무인한 탯거리에 놀란 관속들이 서로 얼굴을 쳐다보며 술렁거리는데, 담장 밖에서는 사뭇 아우성이었다. 사나운 목소리가 담장을 넘어 획획 날아들었다.

"저녀러 자슥, 어디서 관정(官庭)발악이여?"

"저것이 죽자고 실성했나?"

"사또, 어서 그놈을 볼깃살 한점 안 남게 매우 치시오!"

"그놈의 조둥아리를 찢어놓으시오!"

마침내 채군수가 툇마루로 썩 나오며 소리쳤다.

"천하에 못된 놈, 아무 근거 없이 나를 상무사와 한패로 몰아 위협하다니! 내 애초에 너를 관대히 처분할 의향이었거늘, 네놈이 도리어 관장을 업신여겨 욕보이기를 이다지도 낭자하니, 법대로 용형할밖에 도리 없다. 여봐라! 저놈을 형틀에 올려 태장 삼십대를 매우 쳐라!"

이 말이 떨어지기가 무섭게 사령 댓 놈이 달려들어 순식간에 최가를 형틀에다 엎어놓더니 팔다리를 묶고 바지를 까내렸다. 벌건 볼깃살을 드러낸 채 형틀에 엎드린 최제보는 첫짐 지는 송아지같이 버르적거리며 미친 듯 악을 써댔다.

"너희 중에 어느 놈이든 내 몸에 매를 대는 놈은 그냥 두지 않으리라. 냉중에 교당에 끌어다 요절을 내고 말 테다!"

이 말에 사령들이 기겁하여 비슬비슬 뒤로 물러서는데, 채군수가 눈을 부릅뜨고 호령했다.

"어서 거행 못하고 뭣들 하느냐! 집장 사령이 어느 놈이냐, 썩 나서거라."

그제야 사령 한 놈이 꽁무니를 잔뜩 빼고 엉금엉금 기어나오는데 꼴이 여간 울상이 아니었다. 사령 놈은 마지못해 회초리를 잡아들긴 하였으나, 최가가 다시 입에 게거품 물고 으름장을 놓자 대번에 주눅 들어 우는 시늉으로 사또를 돌아다보았다. 사또가 발로 툇마루를 차며 호령했다.

"허, 이놈! 너 먼저 맞을 테냐. 냉큼 쳐라!"

이때 돌연 통인 이재수가 앞을 내달으며 우렁찬 목소리로 외쳤다.

"사또, 소인이 집장 사령을 맡겠소!"

재수는 사또의 허락도 기다리지 않고 곧장 집장 사령께로 달려가 회초리를 낚아챘다.

이렇게 최제보를 태장 삼십대로 징치하고 옥방에 넣은 즉시, 채군수는 오좌수도 끌어다 태장 십오대를 쳤는데, 죄목인즉 처첩을 도둑맞게 집안 단속을 잘못했다는 맹랑한 것이었다. 채군수가 오죽 후환이 두려웠으면 비록 시늉일망정 피해자까지 볼기를 쳤을까.

그러나 성교꾼들은 중낮도 채 되기 전에 어김없이 몰려왔다. 몽둥이 들고 관정에 돌입한 성교꾼 오십여명은 당장 옥문을 부수어 최제보를 꺼낸 다음 채구석을 에워싸 밀고 당기며 갖은 욕설을 퍼붓는 한편, 숨어버린 통인 재수를 찾느라고 동헌 안팎을 발칵 뒤집어놓더니 곧 향청으로 몽둥이를 휘두르며 몰려갔다.

마침 사태를 의논하러 모여 있던 상무사 유생 십여명은 성교꾼들이 고함을 지르며 마당 안으로 몰려들자 얼른 뒷담을 허물고 줄행랑을 놓았다. 미처 도망 못 간 유생 네명이 교인들에게 붙잡혔는데 그중에 마찬삼도 끼여 있었다. 성교꾼들은 곧 유생들을 결박 지어 앞세우고 의기양양하게 성문을 빠져나갔다. 온 성안 사람들이 길거리에 나와 웅성거리고 있었다.

성교꾼들이 성을 벗어나자마자 피신해 있던 상무사 유생들이 총총히 향청에 모여들었다. 태장 맞고 잠시 집에 누워 있던 오좌수도 머슴의 부축을 받고 나타났다. 길가에 구경 나와 있던 사람들은 이제 향청에 모여들어 초상집같이 마당 안팎이 득시글했다. 곧 장정들을 모집했다. 툇마루에 올라선 오대현, 강우백, 강박이 번갈아 울분을 토하며 붙잡혀간 유생들을 구출하자고 호소하자 젊은이들이 너도나도 앞다퉈 나왔다. 삽시간에 응모한 장정이 백명이 넘었다. 한시가 급했다. 장정 백명은 즉시 강박과 이재수를 선봉에 세우고 질풍같이 성 밖으로 내달았다. 성교꾼들이 붙잡은 유생들을 시오리 밖 사계리 공소에 끌어다 보복할 것이 틀림없는지라 도중에 빼앗아오려면 급히 서둘러야만 했다.

성교꾼들이 눈치 못 채게 한길을 버리고 들판을 가로질러 달려갔다. 뒤에서 쫓아오는 줄 알면 성교꾼들이 포로 네명을 흠씬 두들겨패 초주검 만들고 도망칠 게 뻔했다. 돌부리에 차이고, 가시덤불에 종아리를 할퀴며 거진 십리를 단숨에 달려 바곰지오름〔簞山〕모롱이에 오자 수십보 앞에 성교패가 태평스레 떠들며 건들건들 걸어가는 뒷모습이 보였다. 상무사패는 숨 돌릴 겨를도 없이 몽둥이를 쳐들고 벼락같이 함성을 지르면서 내달았다. 워낙 중과부적인 데다 창졸간에 당한 일이라 혼겁하게 놀란 성교꾼들은 산지사방으로 흩어져 도망가기에 바빴다. 다친 사람은 별반 없었다. 몸이 굼떠 뒤처진 성교꾼 예닐곱명이 붙잡혀 몽둥이로 볼기를 두어대씩 맞았을 뿐이었다. 상무사패는 곧 길바닥에 패대기치고 버리고 간 유생 네명을 거두고 크게 기함을 올리면서 의기양양하게 읍성으로 돌아갔다. 이날이 3월 17일이었다.

그러나 사태는 정작 이제부터가 문제였다. 수일 내로 교당 측은 무리를 크게 모아 내습해올 것이 틀림없었다. 두달 전, 오노인 사건으로 민란이 일어나리라는 헛소문에도 삽시에 주성에 모여 철석같은 단결력을 과시하던 그들이 아닌가. 그때 주성에 모인 장정 수가 무려 육백에 달했다. 달걀로 바위 치기지, 백명으로 어찌 육백명을 당해내랴. 그렇다고 그냥 앉아서 당하기는 더욱 못할 노릇, 이왕 내친걸음 갈 데까지 갈 도리밖에 없었다.

결국 오좌수를 둘러싸고 구수회의를 연 상무사 유생들은 삼읍민인 만명을 모아 대회를 열기로 합의를 보았다. 그러나 막상 장두를 정하자니, 선뜻 나서는 사람이 없었다. 장두는 반드시 목숨을 바쳐야 하는데 어찌 두렵지 않으랴. 이번 대회가 요행히 뜻과 같이 피 한 방울 흘리지 않고 오로지 성토와 담판만으로 끝나준다면 혹 모를까, 아무리 단속하여도 노한 군중은 으레 죄인 한둘을 집어삼켜야 직성이 풀리는 법이니, 장두가 살 가망은 전혀 없다고 봐야 했다. 한참 서로 눈치만 보며 한숨만 꺼질 듯 몰아쉬는데 태장 맞은 장독으로 앉기가 불편해 비스듬히 벽에 기대 있던 오좌수가 벌떡 상체를 일으켰다.

"어느 모로 보나 장두는 내가 적임인 듯하오. 우리 상무사가 주장하는 이 거사에 명색이 사장이란 자가 장두가 못되면 누가 되겠소? 또 내가 고을 좌수이기도 하것다, 그만하면 내 이름 석 자가 통문을 띄우는 데 과히 부끄러울 게 없을 것 같수다. 첩을 성교꾼한테 빼앗겨 좀 망신스럽긴 하지만…… 허허."

이렇게 입가에 쓰디쓴 자조의 웃음을 흘리던 오좌수가 돌연 눈을 부릅뜨고 불끈 힘주어 말하기를,

"그렇소! 애당초 이 사달이 내 첩으로 인해 발단된 것인즉 한사코 내 손으로 아퀴를 짓고 말겠소! 황년을 당하여 우리 대정 고을에 양식 떨어져 나물범벅 먹는 집이 절반이 넘는데 내가 좀 살기가 넉넉하다고 기생첩을 데려 호사하다가 이런 망신을 당했으니, 참

말로 고을 백성 보기가 부끄럽기 짝이 없소. 이 모든 수치를 씻을 길은 오직 백성을 위해 장두로 나서는 것뿐이오!"

일순 오좌수의 눈은 눈물이 핑 돌더니 이내 숯불처럼 이글이글 타올랐다.

"좌수 어른!"

좌중은 일시에 울음을 터뜨리며 오좌수를 향해 엎드렸다.

"자, 고개를 듭서. 이제 장두가 나왔으니 어서 착착 거사 계획을 꾸밉시다. 이것은 시각을 다투는 일, 한시가 급하오. 저놈들도 시방 무리를 모으려고 삼읍에 통문 돌릴 궁리를 하고 있음에 틀림없수다. 어느 편이 단시일 내에 더 많은 사람을 모으느냐에 이 싸움의 승패가 달려 있는 거요."

오좌수가 장두를 자청하고 나오자 회의는 아연 활기를 띠었다. 모두들 눈에 그렁그렁한 눈물을 손등으로 재빨리 아물리고 바싹 다가앉았다. 마찬삼이 맞장구를 쳤다.

"좌수 어른 말씀대로 어서 서둘러사 합네다. 어리석고 힘없는 것이 백성이라, 비록 교를 믿지 않아도 이참에 마을 성교꾼들이 자기 편에 안 들면 죽이겠다고 위협하면 도리가 없지 않수꽈? 그편에 들 밖에. 그리되면 저놈들의 세력이 팔백이 아니라 수천이 될지도 모릅쥬. 한시바삐 통문을 돌려사 합네다. 그럼 통문 문안을 생각들 해 봅쥬."

먼저 오좌수가 부리부리한 눈매로 좌중을 싹 훑고는 입을 열었다. 벌써 장두다운 사나운 기상이 물씬 풍겼다.

"교폐는 물론이고 세폐도 이참에 짚고 넘어가사 합네다. 아니, 오히려 세폐가 목전의 급선무요! 자고로 이같이 혹독한 세 징수는 두번 없던 일이우다. 죽은 닭에도 호세를 매긴다더니, 지금이 바로 그 지경이 아니오! 내 손으로 씨 뿌리고 내 손으로 검질(김)매고 내 손으로 거름 주어 키운 곡석을 내가 못 먹고 남이 먹다니! 입으로 가져가는 밥술을 빼앗아가다니, 나는 새가 아닌 바에야 어찌 벌레를 쪼아 먹겠는가! 대저 하늘이 임금을 둔 뜻은 백성을 기르라 한 것이지, 굶겨 죽이라고 했던가! 차제에 봉세관 강봉헌이를 욕보이고 섬 밖으로 축출해사 해여!"

목소리는 억눌려 낮았으나 시끈거리는 입김은 풀무 바람처럼 뜨거웠다. 모두가 비장한 낯빛이었다. 이제 표적은 둘이 되었다. 법국을 등에 업은 교당과 왕실의 수족인 봉세관. 이 두 강적을 맞아 과연 상무사가 삼읍 백성을 이끌고 선전 분투할 수 있을까?

이때 강우백이 입을 열었다.

"좌수 어른! 내 못난 소견이우다만, 한가지 경계해야 할 점이 있음직하우다. 성교꾼 뒤에는 법국 군함이 도사리고 있다는 것입쥬. 안남국을 집어먹고도 성에 안 차, 또 따먹을 땅덩어리가 없나 눈에 쌍심지 켜고 핑계를 찾는 것이 법국 놈들이라, 이번 일에 가만있을 텍이 없어 마씸."

강희봉이 대뜸 말을 가로막으며 눈을 부라렸다.

"아니, 우백이! 법국 군함이라니 거 무신 뜽금없는 소리여? 원, 자다가 봉창 두들긴다더니. 우리가 신부 두 놈을 어쩌자는 것도 아니고, 다만 민회를 열어 교폐를 성토하고 담판 짓자는 것뿐인데 법국 군함이 왜 온다는 거여? 신부 두 놈이 조선 내정을 탐지하는 법국 앞잽이인 걸 생각하면 참말로 이가 갈리느니. 사세부득이라 두 놈을 아주 섬 밖으로 몰아내지 못할망정 교폐를 성토하는 것도 그리 두려운가? 제발 그런 찬물 끼얹는 소릴랑 아예 말게."
"허허, 그 사람 성급하긴. 내 말을 끝꺼정 듣지 않고설랑은……
철옹성도 쥐구멍 하나로 무너지는 법, 만일의 사태를 염두에 두어야 하는 거여. 우리는 말로 하자는데 저놈들이 무기를 들고 대적해 오면 어떡할 거여? 그 지경에 이르면 피차에 인명 피해가 적잖이 생길 걸세. 그래서 내 말은 교폐와 세폐를 따로 볼 게 아니라 하나로 싸잡아 보자 이거여. 성교꾼의 작폐란 기실 그 태반이 봉세관이 시킨 것일진대 세폐가 없어지면 자연히 교폐도 줄게 마련 아닌가? 그러니 통문에다 곧이곧대로 교당을 배척한다는 글귀를 써넣어 공연히 성교꾼들을 자극해설랑 화를 자초할 게 없다는 거쥬. 뭐니 뭐니 해도 이번 민회는 인명 살상이 없어사 해여. 그래야 우리 상무사도 냉중 후환이 덜할 테고 말이여."
"거 장히 좋은 생각이오!"
모두들 좋다고 이구동성으로 말했다.

상무사는 그날로 당장 대정군 좌수 오대현의 이름으로 통문을 수백장 만들어 삼읍에 급주로 띄웠다. 대회 날짜는 음력 3월 28일, 장소는 주성에서 동남쪽으로 십리 떨어진 황사평 벌판이었다. 대회 날까지 앞으로 열하루, 그사이에 교인들의 내습을 받아 허를 찔릴 염려가 있으므로, 상무사는 바로 이날부터 대정 고을 백성들을 끌어모으기 시작했다. 통문을 먼저 받은 인근 대여섯 마을은 당장 그날 밤으로 장정을 모아 보냈다. 광청리·덕수리·일과리·사계리 등 읍성이 가까운 마을부터 차례차례 횃불을 밝혀 들고 징을 치며 모여들었다.

그 이튿날은 삼십리 상거한 오좌수의 고장 예래리를 비롯해서 창천리·감산리·화순리·색달리 같은 큰 부락들이 참가하고, 삼일째 날은 오십리 밖 정의군과 접경지역인 월평리·대포리·중문리 등에서 모여들었다. 통문에는 매호당 민정 한명 이상씩 내되 만약 그렇지 못하여 민정을 적게 낸 마을은 동소임들을 문죄할 터이니 식별하기 좋게 마을 기와 동네 기를 만들어 들고 나오라고 으름장 놓고 있었다. 이렇게 서슬 퍼렇게 다짐 놓지 않더라도 산천초목 조수어별이 죄다 세금 난리를 만나 굳은 장마에 해 기다리듯 장두 나타나기를 고대하던 백성들인데 무엇을 주저하랴. 모여드는 사람 수가 삼년 전 방성칠 난리에 비할 바가 아니었다. 한 집에 한명꼴이 아니라, 집 지킬 아녀자들만 남겨놓고 심지어 노인들까지 따라 나선 집이 많았다. 갈중의적삼에 소털 패랭이를 쓰거나 흰 수건을 머리에 동여맨 것이라든지, 대엿새 먹을 양식이 든 약돌기를 등에 짊어진 것은 삼년 전 난리 때 모습 그대로이나 손에 작대기가 들려 있지 않은 게 달랐다. 게다가 널찍한 마을 기를 앞세우고 올망졸망 동네 기가 뒤따른데다 동네별로 양식 바리를 실은 조랑말 한두필이 딸려 있었다. 동네에서 쌀말깨나 남아 있는 집들이 길양식에 보태라고 내놓은 것이었다. 이 모든 것이 통문에 지시한 대로였다.

이렇게 대정 고을 동편 마을들이 사흘 동안 앞서거니 뒤서거니 사태 난 듯 몰려들어 보성리 안팎이 사람들로 인산인해를 이루게 되자 상무사는 각 마을 동소임들을 모아 행동강령을 시달하고 곧 황사평을 향해 출발시켰다. 민당의 수는 거진 이천에 달했다. 대정 민당은 중산간 마을들을 꿰뚫는 위 한길과 해변 마을을 지나는 아래 한길, 두 패로 나뉘어 천천히 행진을 시작했다. 이날이 3월 21일,

대회 날까지는 아직도 이레가 남았지만, 이틀 길을 이레 동안 천천히 가면서 대정 고을의 나머지 마을과 제주 고을의 우면과 중면을 차례차례 휩쓸어 민정을 모을 요량이었다. 낭자한 징 소리·북소리는 원근 산천이 떠나가게 울리고, 수많은 깃발이 찢어져라고 펄럭댔다. 때때로 우렁찬 함성이 터져 천지를 진동하니 그 기세에 풀잎조차 눕는 듯했다.

> 어러려 얼하량 어러려 어려돌돌
> 이 산중에 놀던 말아, 저 산중에 놀던 말아
> 굽이굽이 돌아들어 구름같이 모여들라
> 어러려 얼하량 어러려 어려돌돌
> 제주도 한라산 목장 떼말이 몰려온다
> 상잣 넘고 중잣 넘고 하잣 넘어
> 넓은 들 내달려서 구름같이 내려온다
> 어러려 얼하량 어러려 어려돌돌

위 한길과 아래 한길은 흡사 마른 내가 터지는 형국이었다. 장맛비에 사방 물이 몰려들듯이 지나가는 마을마다 사람들이 속속 모여들어 용용한 흐름을 이루는 것이었다. 모두가 흉년을 치르느라고 기름 마르고 피 말라 피골이 상접한 몰골이었다. 갯마을을 지나는 아래 한길에는 아낙네들도 상당수 따라붙었는데, 물질할 때 쓰는 흰 머리띠를 두르고 상여 뒤를 좇는 사람들처럼 '아이고, 아이고!' 하고 호곡을 하는 정경은 참으로 처연하기 이를 데 없었다. 게딱지만 한 갯마을에 어망세가 무려 팔백냥, 흉년으로 곡가는 다락같이 뛰고 해물값은 바닥에 떨어져 연 사흘 두 내외가 물질하여도 쌀 한 줌 바꿔 먹지 못하는 처지에, 매호당 중송아지 금에 맞먹는 삼사십냥을 물라 하니, 그 생돈이 어디서 솟아나나? 심지어 오징어 철도 아닌데 마른오징어를 바치라 하니 이런 기막힐 노릇이 또 어디 있는가. 관이라 하는 곳이 잠수기로 갯바닥을 박박 훑어가는 왜놈 머구리배들을 쫓아줄 궁리는 도무지 없고 그저 버썩 마른 백성의 껍데기만 벗기기로 드는 것이었다.

    아이고 어떵 살꼬
    아이고 어떵 살리
    어떤 사람 팔자 좋아
    고대광실 높은 집에
    부귀영화 누리건만
    우리 같은 무산자는
    혼백상자 등에 지고
    푸른 물속을 오락가락
    삼시 굶어 물질하여
    한푼 두푼 모은 돈은
    세금으로 앗아가고
    바람으로 밥을 먹고
    구름으로 똥을 싸라 하는구나
    상놈은 입이 없더냐
    밥 삭일 오장 없더냐
    아이고 어떵 살꼬

아이고 어떵 살리

　대정 민당이 군(郡) 경계를 벗어나 제주 고을 중면으로 들어서자, 정의 민당이 출발했다는 기별이 왔다. 정의 민당은 대정 민당과 반대로 한라산을 동으로 돌면서 각 마을 민정을 모으기로 되어 있었다. 민정 단속은 각 동네별로 동소임이 맡아 했다. 취사도 동소임 감독 아래 공동으로 했는데, 식량을 아낄 요량으로 행군을 쉴 때마다 들판과 갯가에 사람들이 까맣게 퍼져 들나물을 캐고, 우렁이·게 따위를 잡았다. 남의 밭 풋보리를 그슬려 먹다가 동소임에게 들켜 매 맞은 일도 더러 있긴 했지만 사람들은 대체로 큰 민폐를 끼침 없이 규율을 잘 지켰다.

　시시각각으로 들불처럼 번져가는 민당 세력에 지레 겁을 먹은 교인들은 강풍 만난 낙엽같이 쫓겨가기에 바빴다. 비록 민당의 통문에 성교를 배척한다는 글귀가 안 보이고 손에 몽둥이도 들려 있지 않았지만, 봉세관을 겨냥한 화살이 언제 그들에게로 돌아올지 모르는 일이었다. 이때 마침 제주 교당에서 모이라는 통문이 와서 대다수는 주성으로 달려갔지만, 통문을 무시하고 들과 산으로 피신한 사람도 더러 있었다. 주성에 모여든 교인 칠백여명은 즉각 최형순을 대장으로 삼고 백방으로 물색하여 총 십여 자루 마련해 방어할 준비를 차렸지만 민당이 워낙 많아 중과부적인데다 마침 두 신부마저 피정 가고 없고 보니, 여간 불안한 게 아니었다. 성안 주민들은 또 한번 호되게 난리를 치르게 될지 몰라 크게 술렁거리고 있었다.

12

 3월 22일, 거진 한달 만에 화륜선 현익호가 부산 가는 길에 들렀다. 화륜선이 멀리 물마루 위에 나타나자 교당의 마당 안팎에 잔뜩 모여 수심에 차 있던 교인들은 아연 생기가 돌았다. 행여 피정 갔던 두 신부가 돌아온 게 아닐까? 신부들이 돌아왔건 안 돌아왔건 간에 마침 배편을 만났으니, 육지로 나가 주교에게 구원을 청하는 전보를 치는 것이 급선무였다.
 교인 수십명이 즉시 산지포로 달려갔다. 산지포 좁은 바닥은 금세 수많은 사람으로 득시글거렸다. 배에 실을 물화를 바삐 챙기는 장사치들과 인부들, 공문을 찾으러 나온 영문 관리들, 구경 나온 인근 주민들로 발 디딜 틈이 없었다. 편지를 찾으러 온 적객 심부름꾼들도 더러 끼여 있었다. 고대광실같이 커다란 화륜선은 뱃고동을 우렁차게 울리며 산지포구 밖 한참 떨어진 바다 가운데 머물렀다. 선객과 물화를 가득 실은 거룻배 두척이 돛을 올리고 쏜살같이 미끄러져갔다.

거룻배에 탄 선객 중에는 허름한 두루마기로 변복한 봉세관 일행이 몰래 끼여 있었다. 난리가 터진 수일 전부터 바깥출입이 두려워 김군수의 처소에 틀어박혀 쥐가슴 태우던 강봉헌이 때마침 배편을 만나자 얼씨구 살았구나 하고 도망치는 중이었다.

과연 짐작한 대로 신부들은 어김없이 그 배로 돌아와 있었다. 전보 치러 가는 두 교인으로부터 난리 소식을 들은 구신부는 노자를 넉넉히 보태주며 한 사람은 목포에서, 한 사람은 부산에서 전보를 치도록 조치했다. 구신부와 동행한 신부는 같이 피정 떠났던 김신부가 아니라 문제만이라는 법국 신부였다. 두 법국 신부를 태운 거룻배가 산지포로 돌아오자 출영 나온 교인들은 좋아라고 만세를 불렀다. 이렇게 신부 두 사람을 부리고 대신 봉세관 강봉헌을 실은 화륜선은 곧 뱃방귀를 붕붕 뀌며 물마루를 넘어갔다. 한달 넘게 두 신부가 한꺼번에 자리를 비워 적잖이 의기소침하던 차에 민란이 일어나 전전긍긍 갈피를 못 잡던 교인들은 이제 크게 사기가 진작된 대신, 봉세관을 붙잡아 담판하려던 민당 측은 닭 쫓던 개 꼴이 된 셈이었다.

화륜선이 떠난 지 얼마 안되어 운양 김윤식의 거처에 최창순이 찾아왔다. 마침 운양은 나기주와 함께 현익호 편에 부쳐온 한달치 『황성신문』을 돌려보며 서울 물정을 담론하고 있는 중이었다. 최주사는 운양 대감께 너부죽이 엎드려 문안드리고 나자 대뜸 나기주 옆으로 다가앉았다.

"아니, 기주 형님! 도대체 어찌 된 일입니까? 이번 배로 고향에 다녀온다고 하더니."
 나기주는 짐짓 농조로 말을 받았다.
 "최형은 또 웬일이오? 대정 백성들이 주성을 향해 오고 있는 판국에 영문의 주사로서 이리 한만히 놀러 댕기니."
 "원, 성님도 둘러치기는…… 내 시방 산지포에 나갔다 오는 길이오. 한달 넘게 배편을 눈 빠지게 기다리더니, 왜 배를 안 탔죠? 성님이 꼭 가는 줄만 알고 하던 일을 뿌리치고 얼른 부두로 달려갔는데…… 별안간에 웬일입니까?"
 최주사가 이렇게 투덜대자 나기주는 망건 뒤를 긁적거리며 피식 웃었다. 운양 대감도 싱긋이 웃었다.
 "허허, 거 공연한 수고를 했구먼. 저 벗이 여간 고집쟁이가 아닐세. 나 걱정일랑 아예 말고 어서 다녀오라고 타일렀건만 막무가내더란 말이야."
 최주사가 알겠다는 듯이 크게 머리를 주억거리며,
 "저도 그런 줄로 짐작은 했습니다만, 난리가 또 터졌으니 대감을 모신 성님으로서야 오죽 걱정이 되겠습니까?"
 "그렇지만 다른 일도 아니고 부인이 별세했는데……"
하고 운양 대감이 손에 들었던 신문지를 놓으며 말끝을 흐렸다.
 "장사 지낸 지 석달이 지나 시신이 벌써 진토가 되었을 텐데 빨리 간들 무슨 소용이 있겠습니까."
 "그래도 그렇지가 않네. 자네가 집을 버려두고 천만리 머나먼 이 섬에 나를 따라온 지 어언간 사년, 그동안에 부친상을 당해도 모르고 부인상을 당해도 몰랐으니, 그 불효가 빈복한 나로 인한 것이 아닌가. 내 무슨 면목으로 자네를 붙잡겠는가. 비록 자네의 두 아들이 장성했다고 하나 어미가 없으니 고아나 다름없는 처지야. 어서 가서 다독거리고 거두어주어야 하네. 이 불운한 늙은이가 또 난리 와중에 휘말릴까봐 곁에 있어주려는 자네의 충정이야 백번 고맙네만, 어디 내 편한 생각만 해서야 되겠는가. 다음 선편에는 필히 떠나도록 하게!"

"예, 명심하겠습니다."

나기주는 머리를 조아렸다.

작년 섣달 중순께 위병으로 죽었다는 아내를 생각하면 가위눌린 듯 죄책감으로 괴로워지는 그였다. 위병이라면 갑작스레 죽는 병이 아니고 한두해는 좋이 앓았을 텐데, 아내는 그동안 편지에 일언반구 내색함이 없었다. 십년 가까이 가족을 초개같이 버리고 타관생활 하는 못난 남편을 대신하여 손바닥만 한 땅뙈기를 부치며 두 아이를 키워낸 아내, 이 불쌍한 아내의 죽은 소식은 운양 대감의 서울 본가에 전해지고 다시 이 섬까지 오는 데 두달이 걸렸다. 게다가 배편을 기다리느라 또 한달을 허송했으니, 이제 아내는 땅속에 묻힌 지 석달이 되었다. 참으로 허망한 죽음이었다. 두 눈에 흙이 들어가도 오히려 눈을 못 감는 한스러운 죽음이었다. 이제는 대감 곁을 떠나야 할 때가 왔다. 먹여주고 공부시켜준 사부(師父)의 은혜를 갚으려고 대감을 따라 이곳에 온 지 햇수로 오년, 젊은 나이에 언제까지 이대로 묵혀 지낼 것이냐. 그동안 책을 읽었다 하나 이 난세를 만나 선비가 어찌 독서만이 능사랴. 비록 만권을 읽어도 행함이 없으면 허무한 일이요, 나라 걱정하는 말이 비록 사리에 맞고 간절하다 하나 행함이 없으면 역시 공리공담일 뿐. 팔자에 없는 귀양살이를 마냥 자청해서 할 게 아니라 장부가 갈 길을 찾아 나서야 한다. 말로는 대감께 고향에 돌아가 과년한 딸아이의 혼처를 구해놓고 두어달 후에 돌아오겠다고 했지만 그것은 거짓말이었다. 이제 가면 아주 가는 것이다. 아내의 무덤을 찾아가 실컷 오열을 토한 다음, 참다운 일거리를 찾아 대처 바닥으로 나가리라. 대감 곁을 아주 떠나는 몸, 이제 마지막으로 성심껏 모셔보리라. 이런 생각에 잠시 골몰하던 나기주는 불현듯 눈을 들었다.

"그런데 최형, 일이 장차 어찌 되어갈 것 같소?"

"글쎄요. 봉세관이 섬을 떴으니, 제발 난리가 제물에 가라앉아주었으면 좋으련만……."

"아마 그렇게는 안 될 거요. 무릇 민란이란 일어나긴 쉬워도 가라앉기란 어려운 법, 민당이 호락호락 물러나지 않을 거요. 명분이 있어야 해산하지."

운양 대감이 잠깐 생각에 잠겨 허연 구레나룻을 내리쓸더니,

"생각하기 나름인데, 봉세관을 놓쳤다고 분개할 게 아니라, 거꾸로 봉세관을 통쾌하게 내쫓았다고 생각하면 그것으로 곧 명분을 얻은 셈이지."

"혹시 내친김에 화살을 교당 쪽으로 돌리지 않을까요? 시방 한라산을 넘어오고 있는 정의 민당은 오노인의 두 아들을 장두로 내세우고 있다는 소문입니다."

최주사의 말이었다.

"그래도 섣불리 교당과 대적하려 들진 않을걸. 신부들이 돌아왔겠다, 현익호 편에 전보를 치도록 조치해놓았겠다, 민당이 감히 넘보지는 못할 걸세."

나기주가 고개를 갸우뚱하며,

"주교에게 전보를 친 것이 오히려 화근이 될지 모르죠. 민당 장두들이 관군이 오든 법국 군함이 오든 어차피 죽을 목숨, 이판사판으로 나올 공산도 없지 않습니다."

"최군, 구신부가 조선인 김신부 대신 법국 신부를 데리고 왔다는데, 그게 사실인가?"

"예, 대감. 조선 이름으로 문제만이라고 하는 모양입니다."

"차제에 주교가 오노인 치사 사건으로 민간에 큰 원한을 사고 있는 김신부를 갈아치운 것은 현명한 처사야. 교당이 그 점 잘못을 뉘우치는 태도를 보였으니, 섬 백성들도 다소 생각하는 바가 있어야 할 걸세."

이 말에 나기주가 도리질쳤다.

"글쎄요. 그것 가지고야 어디 사죄가 되겠습니까, 대감? 오히려 법국 신부가 하나 더 늘었으니 교인들은 더욱 기고만장해질 테죠."

"기주 형님 말이 맞습니다. 교인들은 시방 두 법국 신부를 맞아 사기충천입니다. 아무래도 조선인 신부보다는 법국 본바닥 신부가 더 믿음직스러운가봅니다. 그런데 대감, 아까 산지포에서 들으니까, 불원간에 법국 신부가 하나 더 들어오고 대정 고을에도 교당을 세운답니다. 이런 추세로 가다간 온 섬 백성이 죄다 성교꾼이 되지 않을까 두렵습니다."

"허허, 최형, 아니할 말로 섬 백성이 다 성교꾼이 되면 교폐 운운할 게 없어 좋겠소. 법국이 안남을 보호령으로 만들 제도 이렇게 먼저 신부들이 첨병으로 들어가 길을 닦아놓았지, 허허."

나기주가 이렇게 어처구니없다는 듯이 실소를 터뜨리더니,

"대감, 전번에 최선달이 문안 와서 하던 소리 기억나십니까? 조

선 내정이 착란하여 민생은 도탄에 빠지고 민란은 우후죽순으로 일어나니, 차라리 법국의 보호령이 되는 것만 같지 못하다. 그리되면 외우내환이 없어져 인민의 생명 재산이 보호되니 그 아니 좋으냐 하던 소리 말입니다. 순 매국노 같으니라구!"

나기주의 목소리는 분노로 몹시 떨려 나왔다. 그렇다! 그가 귀향 날짜를 미룬 것은 비단 운양 대감이 걱정되어서만은 아니었다. 제주 바다 해일처럼 불끈 일어난 저 제주 백성이 일심동력으로 벼락같이 몰아붙여 세폐와 교폐를 한꺼번에 말끔히 쓸어버리는 기막힌 장관을 꼭 보고 싶었던 것이다.

"너무 비뚜로만 보지 말게. 조정의 간상배들이 나라를 그르치는 꼴이 오죽 한심스러우면 그런 소릴 했겠나. 몇달 전 세도가 민영주란 놈이 인천 월미도를 일인에게 몰래 팔았다가 탄로나도 그 흔한 귀양 한번 안 가고 무사한 세상이야."

이렇게 요령부득이 타이르는 대감에게 나기주는 대들 듯이 또 한번 언성을 높였다.

"최선달이 아닌 다른 교인 설객이 선전하는 소리를 들어도 참으로 맹랑하기 짝이 없습니다. 서학(西學, 성교)을 공부하면 우리 조선국도 개화되어 부강한 나라가 된다고 떠벌리는데, 서학이 곧 서양 학문은 아니지 않습니까? 대감께서 늘 동도서기론(東道西器論)을 주장하고 계시지만, 서학은 서양 오랑캐의 도(道)일지언정 우리가 배울 기(器)는 아니지요. 또 저들이 반상(班常) 차별 없이 평등을 위주로 한다고 선전합니다만 법국 신부들의 행동거지가 가관이지요. 평등을 일컫는 자가 스스로 교인들의 아비라 일컫고 교인을 하인으로 부려 교자를 메게 하니 도대체 그런 언어도단이 어디 있습니까? 조선 백성은 국모를 성모라 부르는데 교인들은 외방귀신을 성모라 부르고 저를 낳아준 아비가 있음에도 법국 선교사를 아비라 부르고 낳은 아비가 준 성명 삼자가 엄연히 있음에도 요안이니 아오스딩이니 하여 서양 이름을 본명으로 삼으니, 이는 필경 조선 백성인 이 섬 주민의 혼을 빼어 법국인으로 만들 흉계일시 분명합니다. 이런 것이 개화라면 참으로 죽 쒀서 개 바라지하는 꼴이지요. 그건 개화(開化)가 아니라 법국의 개가 된다는 개화, 즉 견화(犬化)가 아닙니까? 대감 말씀대로 개화란 동도(東道)를 고수한 위에 서기(西器)를 배워야 옳지요. 민족혼이 손상됨이 없어야 해요."

"허허, 그 사람, 입이 험하기가 마구 난 창구멍이구먼. 자넨 이 섬이 당장 법국 아가리에 먹힐 듯이 말하는데 침소봉대지는 말게. 오늘 온 이 신문에도 났지만, 내장경 이용익이 법국 차관 오백만원을 들여오려고 하다가 일본·영국이 군함 십여척 이끌고 인천항에 들어와 시위를 벌이니 꼼짝 못했다고 하지 않던가. 법국이 미국과 마찬가지로 노서아에 빌붙어 이권을 챙기느라 혈안인 것은 사실이지만, 조선을 삼키려는 일본의 흉계를 제압하는 데 한몫을 한다고 봐야지."

"허울 좋은 독립, 조선 독립을 보장한다, 조선을 개화시킨다는 구실 아래 이권이란 이권은 저 오랑캐들이 다 차지해버렸으니 피폐한 국가 재정을 무엇으로 메꿉니까? 오로지 헐벗고 주린 백성들의 고혈을 빨아 국가 재정을 세우고 왕실 비용을 충당하니⋯⋯"

이렇게 나기주가 한탄하는데 이번엔 최주사가 끼어들었다.

"조정 것들은 외국에 이권을 넘겨주고 구전 챙기는 거간꾼에 불과하죠. 그중 폐하의 총애가 가장 두터운 내장경 이용익의 발호가 가히 좌충우돌입니다. 벌써 수백만금 모아 천하 거부가 되었다는 소문 아닙니까? 왕실 비용을 마련한다고 두만강·압록강의 드넓은 삼림 채벌권을 노서아에 양도하질 않나, 법국 차관을 들여올 궁리를 하지 않나, 봉세관을 팔도에 보내 세금을 더럭더럭 앵기고 있는 것도 그 작자의 사업입죠. 그중 우리 제주섬은 제일 만만하게 보아, 선산을 지키는 구부러진 소나무 한그루에도, 띠풀 같은 잡초에도 세를 붙이니, 어찌 소요가 안 일어나겠습니까? 뭐니 뭐니 해도 세액이 많은 지세가 큰 시빗거리입죠. 천지개벽 이래 수천년 동안 우리 제주섬엔 지세라곤 없었습니다. 지세 대신 진상물을 꼬박꼬박 바치고 있는데, 그 위에 또 지세까지 내라니, 이런 부당한 처사가 어디 있습니까, 대감.”

"자네 누가 들으면 큰일 날 소릴 하는구먼, 허허. 지세라면 별칭이 왕세(王稅)인데 제주섬도 조선왕의 땅이거늘, 왕세는 내야 함이 도리가 아닌가. 요 근래는 진상도 하지 않는 모양인데…… 귤 과수원도 봉세관을 시켜 민간에 팔아치워 폐지하지 않았는가.”

"대감, 잘못 알고 계십니다요. 진상이 없어진 게 아닙죠. 귤 진상은 폐지된 게 사실입니다만 전복 진상은 어망세에 갖다붙이고, 말 진상은 공마대전(貢馬代錢)이라 하여 돈으로 납부하고 있습니다.”

나기주가 입을 열었다.

"흠, 그렇다면 말이 안되지요. 그런데 진상이란 원래 속방(屬邦)이 종주국에 바치는 예물이 아니오? 예로부터 이 섬에 왕세 대신 진상의 의무를 지운 것은 별다른 뜻이 있는 거지요. 왕화(王化)가 미치지 못하는 수천리 물 밖에 있음을 기화로 자주 토란(土亂)을 일으켜 조정에 거역하는 섬 백성들을 무마시켜보려는 고육지책이죠. 왕세가 없고 진상이 있음은 곧 제주섬이 아직도 탐라국의 전통을 보전하고 있다는 뜻이오."

이 말에 최주사는 펄쩍 뛸 듯이 놀란 얼굴로,

"원, 형님도, 탐라국이라뇨? 우리 섬 백성들도 어엿한 폐하의 적자인데…… 다만 섬 땅이 척박하여 세곡 마련이 어렵기로 대신 진상물로 백성 된 도리를 하고 있는 것뿐입니다."

"하하, 최형, 꽤나 몸을 사리는군. 내가 최형을 반역죄로 발고할까봐 그러시오? 하하하."

나기주가 이렇게 껄껄 호탕하게 웃고 최주사는 고개를 숙인 채 난처한 듯 뒷머리를 긁었다.

"가까이 방성칠란만 봐도 알지 않소. 아무리 아니라고 해도 섬 백성들 마음 한구석엔 옛날 탐라국 시절의 태평성대로 돌아가고 싶은 생각이 은연중 있는 거요."

이때 운양 대감의 꾸짖는 소리가 들렸다.

"그러나 이번 민회(民會)에 다른 세폐와 진상의 폐는 거론할지언정 왕세만은 시비 삼아서는 안되는 거여. 왕세를 거역함은 국왕을 거역함이니!"

"지당하신 말씀입니다."

하고 최주사가 머리를 조아렸다.

"하기는 이번 대회가 방성칠란 때와 달리 백성 된 대체 도리를 아는 유생들이 주장하고 나선 일이라 크게 염려는 안되지만서도……"

"대감, 실은 내일 아침 일찌거니 사또가 회민을 효유하러 민회소에 행차하는데 저도 배행하게 되었습니다. 신분이 국록 먹는 주사로서 너무 당돌한 소리입니다만, 대감, 저 회민들이 이왕 벌인 일 끝까지 밀고 나가 뜻을 관철했으면 하는 것이 저의 솔직한 심정입니다. 민회소에 갈 수도 안 갈 수도 없고 참말로 난감하기 이를 데 없습니다."

이 말에 운양 대감이 다시 정색하며 꾸짖어 타이르기를,

"거 무슨 소린가. 자칫 민당이 교당과 다투는 날이면 곧바로 법국과 전쟁이라는 걸 왜 모르나? 그렇잖아도 법국이 구실 없나 찾는 판에 난리 와중에 법국 신부라도 다쳐보게, 그때는 나군 말마따나 이 섬이 법국 땅이 되는 거여. 미연에 방지해야지. 가서 말로만 타이를 게 아니라, 민당이 제시하는 세폐를 일일이 경청하여 기록하고 즉시 성첩(成帖)하여 조정에 띄우는 한편, 교당과도 담판해서 민당이 해산 후 보복이 없도록 약조를 받아놔야 하네."

"잘 알겠습니다, 대감."

"민당은 지금 어디에 와 있는가?"

"육십리 밖 명월진에 머물고 있는 모양입니다."

그 이튿날 아침 일찌거니 김군수는 조반을 들자마자 즉시 관속들을 재촉하여 명월진 민회소를 향하여 출발하였다. 영문 순교(巡校)·사령 중에 대여섯명만 남겨놓고 나머지 삼십여명을 모조리 배행꾼으로 몰아세워 위의를 갖췄다. 사또의 순력 행차에 삼십여명이라면 갑오경장 이전의 반도 못 미치는 수이지만 그만하면 아쉬운 대로 관가의 체면을 세울 만했다. 울긋불긋한 영기·용기·숙정기가 쌍으로 어울려 펄럭거리고 주장(朱杖) 몽둥이를 든 군뢰들과 창을 멘 교졸들이 두 줄로 행렬을 이루었는데 닐리리·뚜따·쌍나

발이 연해 울고 덩덩 북소리가 제법 낭자했다. 그 가운데 김군수는 화사하게 붉은 불갑사(甲紗) 관복을 떨쳐입고, 말 두필이 앞뒤에 서 이끄는 채색 고운 쌍마교(雙馬轎) 안에 비슷이 기대앉아 있고 그 뒤로 최창순을 비롯한 영문 주사 넷과 좌수·별감이 조랑말을 타고 따라갔다. 목사도 아닌 목사 서리 신분으로 쌍마교를 탄다는 것은 법도에 어그러진 행사일시 분명하지만, 이렇다 할 경륜도 없고, 턱수염도 흡족히 안 난 갓 서른 난 애송이 관장으로서 어찌할 것이냐. 다른 일도 아니고 노한 난민들을 선무하러 가는 중차대한 행차인데, 이렇게 해서라도 관가의 위엄을 보일 수밖에.

여느 때 같으면 마을마다 구경 나온 사람들이 길목에 잔뜩 있게 마련인데, 이날따라 길바닥은 인적이 끊겨 휑뎅그레 비어 있었다. 길가 돌담으로 에워진 밭에는 갓 이삭을 피워올린 보리들이 가득 실려 갯바람에 이리저리 물결치며 풋풋한 애보리 냄새를 풍겨내고 있었다. 일렁거리는 보리 물결 속에 허리 아래를 담그고 귀리풀이나 깜부기를 뽑는 아낙네들이 이따금 눈에 띄었는데, 그 흰 적삼이 멀리서 보면 흡사 해오라기 형상이었다. 그 해오라기들은 사또 행차가 다가갈 때마다 깜짝깜짝 놀라 보리 물결 속으로 자맥질해 숨어들곤 했다. 이렇게 이따금 눈에 띄는 것은 아낙네들뿐이고 남정네들은 전혀 보이지 않았다. 사또 행차를 외면하기로 작심한 모양이었다. 아마 남정네들은 마을 둥구나무 아래 모여 낼모레 이 한길로 가득 몰려올 대정 백성들에게 합세할 궁리에 골몰하고 있으리라.

그래도 체면을 지켜주느라 동소임들만은 이미 노문(路文)을 놓은 대로 이르는 마을마다 빠짐없이 마중 나와 있었다. 사또는 교자를 탄 채 그 앞을 호기있게 지나치면서, 장차 대정민에게 부화뇌동한 자는 엄벌에 처하겠노라고 큰소리로 으름장 놓곤 했다.
 이렇게 위엄을 뽐내며 육십리 길을 활보하여 가던 사또 행차는 저물녘에 막상 명월진 민회소에 당도하자 그만 맥이 탁 풀리고 말았다. 명월진 초입에 구름같이 모인 민정들이 야유를 지르며 길을 떡 가로막은 것이었다. 우우 하는 야유 소리 속에 방자한 욕설까지 툭툭 터져나왔다. 욕을 하는 자들은 뒷전에 숨어 있어 얼굴이 보이지 않았다.
 "저놈의 취타수, 어디서 방정맞게 뚜따뚜따 나발 부는 거여. 당장 주둥이를 찢어 언청이를 만들 놈 같으니!"
 "사또는 돌아가시오!"
 "천하 죄인 강봉헌이를 도망시킨 주제에 무슨 볼 낯으로 여길 왔소? 사또는 강봉헌을 도망시킨 죄를 지시오."
 "죄인 강봉헌이를 내놓으시오!"
 "꼴도 보기 싫소. 냉큼 돌아가시오!"
 "우우우우."
 육십리 원행길을 하루 종일 짚신 바닥이 수세미 되게 걸어온 관속들은 하릴없이 맥 풀린 다리로 우두망찰 서 있었다. 입술이 꽈리처럼 부풀게 종일 나발 불던 취타수도, 어깻죽지가 시큰하도록 북채를 휘두르던 고수도, "예라끼라 비켜라" 목청 좋게 벽제(辟除) 소리를 외치던 길나장이도, 정작 요란하게 한판 벌여야 할 이때에 그만 꿀 먹은 벙어리가 되어버린 것이다. 이렇게 관속들이 주눅 들어 옴짝달싹 못하는데도 사또는 불호령을 내려 단속하기는커녕, 아예 교자 밖으로 얼굴도 내밀지 않았다. 그렇잖아도 종일 흔들리는 교자 속에서 멀미에 시달려 기운이 빠진 터에 야유를 바가지로 뒤집어쓰고 보니 미상불 맥살이 풀린 모양이었다.

모두들 어찌할 바를 모르고 우물쭈물하는데 최창순이 혼자 댓발짝 앞으로 걸어나갔다. 기세등등한 회민들의 거조로 보아 도무지 말이 먹혀들어갈 계제가 아니었지만, 호령 한번 못해보고 망신만 당할 수는 없는 노릇이었다. 최주사는 목청껏 소리쳤다.

"도대체 이 어인 행패요? 안전께옵서 여러분의 억울한 사정을 들으러 불원천리하고 오셨는데 이리 길을 막고 패악스런 언사를 쓰다니! 자, 어서 길을 열어 이 행차를 장두 앞으로 영입하시오!"

아닌 게 아니라 회민들은 어디 하룻강아지가 짖느냐는 듯이 오히려 욕설이 더 낭자하게 쏟아졌다.

"저너러 자슥이, 뒤꼭지에 피도 안 마른 어린것이 어디서 빠락빠락 악을 쓰는 거여, 엉?"

"무스거, 억울한 사정을 들어주겠다고? 허, 고양이 쥐 생각허는 격이로고."

"네놈도 갈데없는 봉세관 강봉헌의 꼬붕이렷다!"

"강봉헌이 도망쳤으니 이참에 너희들, 강봉헌의 개 노릇 한 아전놈들은 살지 못하리라."

이에 사람들은 일제히 옳다고 소리치며 주먹을 휘둘렀다. 최주사는 모골이 송연하게 놀랐으나 짐짓 너털웃음을 웃어 보였다.

"허허, 제발 생사람일랑 잡지 마시오. 본인은 아전이 아니고 이번에 새로 임명된 영문 주사요."

"넨장맞을, 탐관오리 씨가 따로 있다더냐? 시방은 깨끗한 척해도 몇날 못 가 속창자가 시꺼멍해질 거여."

이어서 우우 하는 야유 소리. 욕설을 하는 사람들은 앞에서 서너 사람 건너 뒷전에 숨어 있어 여전히 얼굴이 보이지 않았다.

"좌우지간에 젊은 주사 냥반, 우리는 죽어도 해산 못한다고 사또께 여쭈시오. 세폐가 시정되지 않으면 이 길바닥에서 영 죽을지언정 결단코 집에 돌아가지 않을 것이오."

"나는 한그루에 세금 열냥씩 나온 뒷마당 유자나무·비파나무를 도끼로 찍어 화목(火木)으로 때버린 사람이여."

"시상에 이런 독한 세금 봤나. 올 보리농사는 말깡 허사여, 허사! 애지중지 키운 곡석, 하이고, 죽 쒀서 개 바라지하는 꼴이 되어부렀으니. 차라리 저 보리밭에 불을 확 싸질러부리고 싶은 심사뿐이여!"

"곡석 뺏겨 어차피 굶어 죽을 목숨, 법에 걸려 죽든 총에 맞아 죽든 간에 한바탕 난리 치고 죽는 거여, 우린!"

"봉세관이 도망갔다고 우리가 얼씨구나 좋다고 물러날 멍충인 줄 아시오? 강봉헌의 주구 고백령 애비 아들놈과 고시준, 김수석이 남아 있으니, 그놈들을 도륙 내어 설분하지 않고는 이 민회를 해산할 수 없소!"

그것은 욕설이라기보다 차라리 피맺힌 절규였다. 기어코 제 한 몸 활활 타는 불길에 내던져 타죽고 말겠다는 결의가 역력했다. 격정에 못 이긴 회민들이 여기저기서 울음을 터뜨리는데 무심한 해는 어느덧 솔숲 너머로 가라앉고 하늘에는 꼭두서니빛 붉은 노을이 흐르기 시작했다. 홀연 카랑카랑 새된 목소리가 귓전을 때렸다.

"최주사, 어서 사또를 뫼시고 돌아가시오. 이미 우리는 쏘아놓은 살이요, 쏘아놓은 살. 어느 놈의 가슴팍이든 과녁에 가 박혀사 하는 거요. 아무도 우리를 막을 수 없소. 우리 장두 어른은 사또와 아무 용건이 없소. 어서 뫼시고 돌아가시오."
 '최주사'라고 성씨를 알고 있는 것으로 보아 이쪽 사정을 잘 아는 상무사 유생일시 분명했다. 그렇구나! 사또 행차를 가로막는 것은 다름 아닌 상무사의 책동이었다. 회민들이 아무리 노했기로 저희들 마음대로 상무사의 명령 없이 사또 행차를 노상에 세우고 저리 무섭게 닦아세울 리 없는 것이다. 상무사의 뜻이 이토록 결연할진대 담판으로 회민을 해산시키는 일은 전혀 무망한 일인 듯 여겨졌다.
 최주사는 맥없이 고개를 떨구고 뒤돌아섰다.
 이날 사또 일행은 오던 길을 되짚어 오리쯤 물러가 바닷가 한림리에 사처(私處)를 구해 하룻밤을 보냈다.
 이날 밤이 이슥하여 괴이스럽게도 초여름에 날씨가 한겨울처럼 오싹 추워져 명월진 성 안팎에 화톳불을 놓고 노숙하던 회민들이 민가로 쫓겨 들어갔다. 이튿날 철 그른 추위에 밤잠 설치고 집 밖으로 나온 회민들은 한라산을 바라보고 놀라움으로 입이 딱 벌어졌다. 밤사이 눈이 얼마나 왔던지 한라산은 멧부리마다 흰 눈이 덮여 있었던 것이다. 백설을 인 멧부리들은 아침 햇살을 받고 눈부시게 빛났다. 초여름에 눈이 오다니 천기마저 자못 심상치 않았다. 사람들은 한라산 봉우리 백록담에 산신령이 강림하였다고 입을 모았다. 백설같이 흰 사슴을 타고 백발을 날리며 눈밭을 내달린다는 한라산 산신령 전설을 들먹이며, 이번 거사는 산신령의 조화로 끝내 이기고 말리라고 떠들었다.
 이날 아침참에 김군수는 응원 나온 대정 군수 채구석과 더불어

다시 한번 명월진으로 갔다. 채군수 덕분으로 간신히 장두 오대현을 만나기는 했으나 그 철석같이 굳은 결심을 꺾을 수가 없었다. 백성의 소원대로 모든 세폐는 조정에 장계를 올려 혁파해줄 터이니 아무 의심 말고 해산하라고 두 사또가 입 모아 애걸했지만, 오좌수를 비롯한 상무사 유생들은 여전히 태산같이 요지부동이었다.

"두분 영감님 말씀이 비록 간절하지만, 우리는 결단코 준신(遵信)할 수 없소이다. 어찌 이 중대사를 공허한 말로써 유야무야 끝내려고 하시오? 빈말이 아니라 믿을 만한 신표(信標)가 중요하오이다."

이 말이 끝나기가 무섭게 김군수가 통인에게 어서 필묵을 내라, 인궤를 열라 다그치더니,

"좋소, 오좌수! 신표를 만들어주지요. 자, 소원을 말하시오. 조목조목 기록하여 약조 문서를 만들고 관인(官印)을 누르면 되지 않겠소?"

그러자 오대현이 파안대소하면서 말하기를,

"허허, 사또께서는 어찌 그리 다급하시오? 조인(調印) 날짜를 삼일 후인 3월 28일로 잡읍시다. 시방 삼읍 방방곡곡에서 민정들이 무리 지어 속속 황사평에 모여들고 있는 중인데 3월 28일에 거기서 삼읍 민인대회가 열리오. 그때 각 지방의 세폐 사례를 모으고 혁파 조건을 공론(公論)하여 소장을 만들어 올릴 테니, 부디 사또께서는 소장에 조인하여주시고 또 조정에 올리는 장계도 발송 전에 우리 민회 측에 미리 보여주어야 하겠소. 하기야 세폐를 혁파하겠다는 조정의 다짐을 장중(掌中)에 넣을 때까지는 민회를 풀지 말아야 옳겠지만 경향(京鄕) 간에 왕래하려면 한달 반은 좋이 걸릴 터인즉,

차마 그때까지 기다릴 수는 없고, 다만 사또께서 우리 민회가 제시하는 혁파 조건을 장계에 올려 조정에 보고하면 그것으로 만족하여 해산할 작정이오."

두 사또는 그만 말문이 막혀 멍하니 오좌수를 바라보았다. 오좌수의 얼굴은 바늘로 찔러도 진물 하나 안 나오게 돌같이 딱딱 굳어 있었다. 채군수는 가슴이 천 갈래 만 갈래 찢겨나가는 듯했다. 며칠 전만 해도 자기 밑에서 고을 일을 보좌하던 오좌수가 이젠 영판 딴사람이 되어버린 것이다. 이 난리가 자기 고을에서 발단한데다 그 자신 상무사에 암암리에 관여했으니 장차 화가 그에게 미칠 것은 명약관화했다. 채군수는 한숨 섞인 소리로 오좌수를 달랬다.

"오좌수! 소장으로 끝날 일이면 오죽이나 좋겠소. 회민들이 봉세관 수족이던 교인 아전들에게 원한이 깊은 모양인데, 분김에 그 중 한둘이라도 해쳐보시오. 난리가 일어나고 말지."

"사또, 정작 해산해야 마땅한 것은 교당 무리들이지, 우리가 아니오. 보시다시피 우리 회민들은 작대기 하나 들지 않은 적수공권이오. 아무도 해칠 의사가 없소이다. 민회의 용건은 오직 세폐의 혁파일 뿐 교당과는 무용건입니다. 그 점 통문에 명시한 바 있거늘, 교당 무리들은 어째 무단히 총칼을 들고 주성에 둔취하고 있는 겝니까? 그러나 저들이 먼저 우리를 치지 않는 한 우리는 싸움을 피할 작정이오."

"오좌수의 뜻은 비록 그럴지 몰라도, 사람이 많다보면 통솔이 어려워 무슨 일이 발생할지 모르지 않소. 그래서 황사평에 삼읍 백성이 다 모여들기 전에 여기서 타결 짓자는 것이오."

"그 점 염려 마시오. 마을별로 동소임들이 단속하고, 동소임들은 우리 상무사가 장악하고 있으니. 차제에 규율을 더욱 엄하게 챙길 작정이오. 이런 우리의 뜻을 두분 사또께서는 틀림없이 교당에 전해주시오. 그래도 대적해오면 그땐 우리도 맞서 싸울밖에 도리 없는 것이오."

이렇게 두 사또가 오좌수와 대면하고 있을 제, 육십리 떨어진 주성에서는 그 전날 소식이 그제야 전해져 민심이 크게 동요하고 있었다. 명월진에 당도한 사또가 장두를 못 만난 채 도로에서 방황한다느니 민당은 도망간 봉세관 대신 교인 아전 넷을 잡아 죽일 거라느니, 주성을 두어달 포위하여 교인들은 물론 성안 주민들도 모두 굶겨 죽인다느니 하는 소문이었다. 사람들이 저번 난리 때처럼 양식이나 세간살이를 터앞에 파묻어 숨기거나 성 밖 외촌(外村)에 옮기느라고 종일 경황이 없었는데, 날이 저물어 명월진에서 김군수가 보낸 통첩이 교당에 도달했다. 민당 장두로부터 교당과 일절 시비를 벌이지 않겠다는 약조 문서를 받았으니 교당 측이 먼저 도발하는 일이 없도록 하라는 경고였다.

몇몇 교인 유지들이 구신부 사제관에 모여 사태를 의논했다. 모인 사람은 적객으로서 입교한 이교리, 최선달, 장감찰, 이위원과 한논 교당의 박회장, 양베드로, 그리고 오좌수의 첩을 탈취해 사건의 발단이 된 최제보였다. 불평만 일삼는다고 노상 개밥에 도토리같이 따돌림받던 양베드로가 모처럼 그런 자리에 끼게 된 것은 그가 본시 대정 향교 유생으로 그쪽 사정을 잘 알기 때문이었다. 최선달과 이교리는 처음부터 명월진을 기습해서 장두 이하 상무사 유생들을 생포하자는 주장을 폈다. 이교리가 말하기를,

"두분 신부님, 저놈들 말은 조금도 신용할 게 못됩니다. 뱃속이 음흉한 놈들이죠. 삼일 후 황사평 대회를 열면 당장 태도가 표변하고 말 겝니다. 난민 수가 불기 전에 해붙여야 합니다. 자고로 민란이란 괴수 몇 놈만 없이하면 당장에 자멸해버리는 게 상례입니다. 저번 난리에도 방성칠 이하 몇 놈을 잡아 처참하니 짚불 꺼지듯 사그라들지 않더이까?"

이위원이 최선달과 이교리를 추켜올렸다.

"신부님, 저번 난리도 이 두분의 모략과 용력이 아니더면 아마 진압이 어려웠을 겝니다."

"이런 난국에 두분 같은 용사가 옆에 있다니 참으로 마음 든든하기 비길 데 없소."

구신부가 흐뭇한 표정으로 이렇게 말하자, 모두들 그렇다고 고개를 주억거리는데 양용항이 주위 눈치를 보며 조심스레 입을 떼었다.

"내 못난 소견으로는 저들이 감히 우리를 넘보지 못할 듯합니다. 명색이 사리 분별할 줄 안다고 자처하는 유생들인데, 우리와 싸워 이로울 게 없다는 것쯤은 깊이 요량하고 있을 거요. 예나 제나 유생들이란 소장을 올리고 대죄(待罪)함을 본분으로 삼거늘, 설마하니 사또와의 약조를 어기고 경거망동할 리가 있을까요? 혹시 우리가 가만있어도 될 일을 공연히 긁어 부스럼을 만드는 건 아닌지……"

그러자 최선달이 당장 눈을 홉뜨며 윽박질렀다.

"뭣이, 긁어 부스럼이라고? 어째 당신은 사사건건 훼살 놓는 소리만 골라 하시오? 저 사탄의 무리들의 음흉한 꾀를 왜 모르시오?

소위 상무사의 정체가 무엇이고, 그 괴수로 앉은 오대현이란 자가 누구인지를 벌써 잊었소? 정의 고을 무리들은 왜 오신락의 두 아들 놈을 괴수로 앉혔소? 사탄은 불면불식 호시탐탐 이 기회를 노려온 거요!"

양용항은 무섭게 쏘아보는 최선달의 눈길을 똑바로 받으며,

"글쎄, 저들이 우리한테 억하심정을 품고 있는 줄을 낸들 왜 모르겠소만, 사세가 원체 중대하다보니 걱정되어서 하는 소리요. 이번 일은 도무지 저번 난리처럼 괴수 몇 놈 죽였다고 끝날 일이 아니오. 기어코 세폐를 구하지 않으면 죽느니만 못하다고 모두들 악에 받쳐 외치고 있질 않소? 저들이 먼저 시비를 걸어오지 않는 한, 섣부른 행동은 금물이오. 허허, 백성들이 관을 상대로 세폐를 하소연하는데, 왜 우리가 나서서 살받이 노릇을 해야 하오? 남의 싸움에 뛰어들 건 없다고 봅니다."

이 말에 최선달은 당장 손찌검이라도 올려붙일 듯 낯색이 험악해졌다. 나오는 말이 숫제 반말이었다.

"아니, 당신이 교인이여, 뭐여? 듣자 하니 하는 말본새가 영락없이 상무사 놈들과 한가지로구먼. 이것이 남의 싸움이라니! 설사 백보 양보해서 저놈들이 직접 우리와 싸울 의사가 없다고 해도 그렇지, 저리 방자하게 세폐를 거론하고 날치는 꼴을 그냥 수수방관만 해야 옳단 말이여? 엉? 세폐를 운운함이 곧 우리 성교를 헐뜯는 것이여! 도대체 세폐라니, 그리 부도한 언사가 천하에 어디 있어? 백성 된 도리로서 마땅히 봉행해야 할 세납을 거역하고, 누가 해도 하게 마련인 감색 마름을 우리 교우들이 맡았다고 투기를 부리고 비방을 낭자히 하니, 저 불측한 무리들은 나라에는 난신적자요, 우

리 성교에는 악독한 사탄이여. 도저히 좌시할 수 없는 거여!"

이 척박한 섬 땅에 재앙처럼 내려 짓누르고 있는 세폐를 두고 세폐가 아니라니, 이런 어거지가 있나. 과연 교인들을 봉세관의 마름·감색으로 주선하여 성교에 오명을 씌운 장본인다운 소리였다. 그러나 좌중은 모두 최선달의 말이 옳다고 맞장구쳤다. 그렇다. 세폐와 교폐는 따로 떼어 생각할 수 없는 불가분의 관계였다. 왜 이 사람들은 가당찮게도 마름·감색 따위를 교회가 따놓은 이권으로 생각하여 연연하고 있는가. 이 기회에 나라에서 혹시 백성의 호소를 들어 일부라도 세폐를 줄여주면, 그만큼 교폐도 줄게 되어, 교회가 오명을 씻고 면목을 일신할 수 있지 않은가! 양용항은 끓어오르는 심화를 꾹 누르고 눈을 감았다. 버릇처럼 고죄경(告罪經)이 입안에 맴돌았다. 전능하시고 자비하신 주는 우리의 죄를 용서하시고, 풀으시고 사하소서. 아멘.

이튿날 교인 육백여명은 법국인 두 신부를 교자에 태우고 명월진으로 향했다. 잔뜩 불안에 찌들어 있던 주성 백성들은 두 신부가 민당의 장두를 만나 그 소원을 듣고 화해하러 간다는 소문에 모두들 살았다는 듯이 안도의 숨을 내쉬었다. 교인들은 시오리쯤 가서 주성으로 돌아오는 사또 일행을 만나 같이 동행하자고 청했다. 갈 때와는 달리 잔뜩 풀이 죽어 돌아오던 김창수는 교인들이 민당과 화해하러 간다는 소리에 금방 신색이 환해져 두 신부의 큰 아량을 극구 칭찬하면서 당장 그 뜻을 장두 오대현에게 알리는 서찰을 급히 휘갈겨 급주로 띄웠다. 그러고는 교인들과 더불어 다시 명월진으로 향했는데 관장 행차가 교인들과 섞여 있으면 백성들이 보기에 꼴불견인지라, 사또 일행은 서너마장 거리를 두고 앞장서 갔다.

해가 설핏해질 무렵, 명월진에서 이십리 상거한 애월리에 당도한 교당은 십리 밖의 곽지에 머문 김군수를 통하여 민당에 통첩을 보냈다. 이튿날 오시(午時)를 기하여 쌍방이 각각 열명씩 명월진과 애월리 중간에 위치한 대림리에 모여 담판을 벌이자는 내용이었다. 이때 위 한길로 행진하던 민당의 다른 패가 명월진으로 내려와 합류했다는 첩보가 들어왔다. 잠시 마을에 든 교인들은 솥을 빌려 저녁을 해 먹고는 즉시 마을 위 야산 밑으로 옮아가 넓은 풀밭에 진을 쳤다.

소나무 굵은 밑가지 한아름씩 땔감으로 해오라는 명령에 사람들은 벌 떼같이 근처 솔숲에 몰려갔다. 와지끈! 뚝! 딱! 나무 꺾는 소리가 한바탕 콩 볶듯 터지더니, 빽빽하던 솔숲은 어느새 껑충하게 줄기만 남은 소나무들로 듬성드뭇해져버렸다. 풀밭 한가운데 군막(軍幕)을 치고 그 주위로 교인 육백여명이 겹겹이 둘러싸 앉았다. 해가 떨어지자 여기저기서 화톳불이 피어올랐다. 사람들이 풀밭에 주저앉아 짚신감발을 풀고 맥이 내려 퉁퉁 부은 발을 주무르며 노독을 푸노라니, 군막으로부터 내일을 대비해서 수직꾼·망군(望軍) 이외에는 모두 일찍 잠을 자라는 명령이 내려졌다. 그렇잖아도 하루 종일 걸어서 고단한 그들인지라, 어슥비슥 풀밭에 몸을 눕히자 금세 잠에 곯아떨어졌다. 썰렁한 야기를 몰아내며 화톳불들이 불땀 좋게 활활 타올랐다. 군막 속에서는 두 신부와 최선달, 장감찰, 이위원, 박회장 들이 모여 앉아 밤을 새우고 각 반 반수(班首)들이 수시로 들락거렸다. 교인 육백여명은 수일 전부터 열개 반으로 편성되어 있었는데 그 우두머리가 곧 반수였다. 오대현의 첩을 빼앗은 최제보, 교인들을 끌고 가 최제보를 구출했던 김진사도 반수였다. 양베드로는 일반 교인들 속에 섞여 있었다.

밤이 이슥해질수록 야기가 써늘해져 화톳불에서 멀리 떨어진 사람들은 잠결에 억새풀 포기 밑으로 기어들어 이슬을 피하곤 했다. 바람이 없어 화톳불은 나무를 심어놓은 듯 곧게 솟아 있었다.

자정 가까이 되어 명월진 민당으로부터 내일 회담에 응하겠다는 회신이 오자 교당 지휘부는 즉각 행동을 개시했다. 각 반 반수들이 이리 뛰고 저리 뛰며 사람들을 깨웠다.

"쉿, 조용히! 훤화를 금한다! 조용히!"

먼저 깬 사람들은 반수가 시키는 대로 쉬, 쉬, 입술에 손가락을 대며 다급하게 이웃을 흔들어 깨웠다. 명령은 반수들을 통해서 신속하게 입에서 입으로 전해졌다.

"이 밤에 적당을 기습한다!"

"모두들 신들메를 단단히 고쳐 매라."

민당 측과 말로 담판 짓는다더니 갑자기 웬일일까? 선잠 깬 교인들은 아닌 밤중에 홍두깨 격으로 어리둥절해 있는데 군막 앞에서 최선달이 장정 열두명을 모아놓고 총을 한 자루씩 안기고 있었다. 더욱 놀랄 일은 두 신부마저 치렁치렁한 검정 수단복 위에 양총을 올려 메고 나란히 서 있지 않은가. 두 신부의 교자 속에 총들을 숨겨 가지고 온 게 틀림없었다. 명령은 계속 숨 가쁘게 속삭이는 소리로 뒤로 전해졌다.

"우리 중에 필시 적당의 염탐꾼이 있을 터인즉, 아무도 이탈 못하게 단단히 감시하라!" "옆 사람을 살펴라!" 곧이어서 "각자 몽둥이를 잡아라!" 하는 명령이 떨어지자 각 반별로 댓 사람씩 달려나와 쌓아놓은 화목을 한아름씩 날라갔다. 땔감이 몽둥이로 둔갑한 것이다.

자정이 훨씬 넘어 삼경이 깊은 밤이었다. 북두칠성은 앵돌아져 바다 위에 걸리고 은하수는 동서로 비껴 흘렀다. 최선달을 선봉장으로 삼고 산포수 열두명을 앞세운 교인들은 말소리를 죽여가며 조용히 자리를 떴다. 혹시 들킬까 염려되어 한길을 버리고 들길을 따라 걸었다. 달도 없이 어두운 밤, 오직 별빛만 흐릿하게 발부리에 흘려주었다. 삼라만상이 다 잠든 이 밤, 오직 교인들만 홀로 깨어 어둠 속에서 꿈틀거렸다. 밤늦게 내일 있을 담판에 대비하여 의논하던 상무사 사람들도 지금쯤 자리에 들어 잠을 청하고 있으리라.

이렇게 일부러 먼 길로 우회한 관계로 명월진 동편 외각 상수리 숲에 이르렀을 때에는 이미 새벽이 가까워 마을에서 닭 우는 소리가 연해 잦아졌다. 때마침 동편 하늘에 조각달이 떠올라 주위가 희끄무레 밝아지자 교인들은 쫓기듯 숲 속으로 기어들었다. 이슬 젖은 풀을 깔고 앉아 얼른 주먹밥을 삼킨 다음 이슬에 흠뻑 젖은 발감개를 풀어 쥐어짜고 닳아빠진 짚신바닥을 뒤집어 신는 사이에 동녘이 부옇게 밝아왔다. 거무칙칙한 명월진 돌성이 드러나고 성 안팎 마을은 온통 밥 짓는 연기로 자욱했다. 기다리던 때는 이때였다. 회민들이 밥 지어 먹으려고 민가에 흩어져 있을 때 급습해야 한다. 최선달이 이끄는 총수 열두명은 갈옷에 털벌립을 눌러써 회민 행색으로 꾸미고 아무 기탄 없이 성안으로 들어갔다. 총은 장작짐으로 꾸며 세 사람이 져날랐다. 나머지 교인들은 풀 위에 찰싹 엎드려 숨죽이고 기다리는데, 날은 점점 밝아오고 참으로 일각이 여삼추였다.

그러고서 한 식경이 좀 지났을까, 과연 새벽하늘을 찢어발기는 요란한 총성이 수십발 터졌다. 총소리를 신호로 교인들은 일제히 숲 밖으로 튀어나와 성을 향해 벌 떼같이 내달았다. 두 신부는 연방 쌍혈포를 하늘에다 쏘아대고 교인들은 무섭게 함성을 지르며 몽둥이를 휘둘러댔다.

 이렇게 사전 계획이 물샐틈없이 용의주도했으니 어찌 승리하지 않고 배기랴. 장두 오대현 이하 상무사 유생들은 한집에 들었다가 창졸간에 총을 난사하며 들이닥친 최선달의 포수들에게 무더기로 사로잡히고 생전 처음 듣는 총소리에 놀란 회민들은 먹던 밥을 팽개치고 산지사방으로 튀어 줄행랑 놓기에 바빴다. 총은 화약만 터뜨려 공포를 쏘았으므로 인명 피해는 단 한명도 없었다. 다만 마을 근처 보리밭들이 도망가는 사람들에게 짓밟혀 엉망이 된 것만 유감이라면 유감이었다. 뒷짐결박 당한 채 흠씬 얻어맞아 피투성이가 된 상무사 유생들은 절뚝거리며 법국인 두 신부 앞으로 끌려갔다. 상무사 간부 일곱명 중에 오직 강우백만 도망치고 나머지는 모두 붙잡혔으니, 오대현, 강박, 마찬삼, 강희봉, 송희수, 이성규가 그들이었다. 교인들은 두 신부 앞에 죄인들을 꿇어앉혀놓고 공포를 팡팡 쏘아대고 몽둥이를 흔들고 미친 듯 소리 지르며 환호작약했다. 괴수들이 일망타진되었으니, 난리는 끝났다. 우리 신부님 만세이! 선봉대장 최요안 만세이! 누구든지 덤빌 테면 덤벼라. 우리를 대항할 자 누구냐! 명월진 밖으로 쫓겨난 수천 회민들이 아직도 멀찍이 떨어진 한길 끝에 모여 함성을 지르고 있지만, 잔뜩 겁먹은 똥개가 꼬리를 사타구니에 끼고 컹컹 짖어대는 꼴과 무엇이 다르랴. 날이 저물면 뿔뿔이 제 마을로 흩어져 돌아갈 것을. 뱀도 대가리가 잘리면 한동안 꿈틀거리는 법이렷다.
 뒤미처 소식 듣고 황급히 달려온 김군수는 구신부로부터 포로들을 넘겨받자 좋아서 어쩔 줄 몰랐다. 인명 피해 한명도 없이 난리를 진압했으니, 그 공을 황상폐하께 알려 훈장을 내리도록 하겠다고 두 신부를 잔뜩 추켜올렸다. 이때 사또한테 공치사 한마디 못 듣고 멀뚱히 서 있던 최선달이 대뜸 퉁명스럽게 오금 박았다.
 "사또, 우리 덕분에 불로소득했소이다. 저놈들을 데려가서 삶아 잡수든 구워 잡수든 사또 식성대로 하시되, 절대로 오래 살려둬서는 안됩니다. 우리가 지켜볼 테니 알아서 하시오."
 "글쎄, 일단 조정에 장계를 올려 훈령을 기다려야 하는데……"
 하고 사또가 난처하다는 듯 말을 더듬자 최선달이 언성을 높였다.
 "사또, 무슨 말씀이오? 민란의 난괴자는 부대시군문효수(不待時軍門梟首)하여 후사를 경계하라 하지 않았소? 저 여섯 놈은 오늘내일 사이에 목을 베시오!"
 사또가 상을 찌푸렸다.
 "아직은 민회일 뿐이지 민란은 아니지 않소? 그러니 내 임의대로 처리할 수는 없소."
 최선달이 심통이 난 줄 알고 구신부가 얼른 말을 돌렸다.
 "사또, 너무 괘념 마시오. 최요안은 능히 그런 말 할 자격이 있는 사람이외다. 이번 일에 공을 세운 이는 다른 사람이 아닌, 나의 충실한 복사 최요안이오. 장차 나라에서 은사가 있다면 마땅히 최요안에게 내려서 귀양을 풀어주어야 합니다."
 이 말 끝에 구신부는 자애롭게 만면에 웃음을 띠며 김군수의 손을 덥석 잡았다.

"사또, 자, 우리 손을 잡읍시다! 저번에 내가 옥문 열었다고 나를 무척이나 미워하시더니만, 오늘 노여움이 좀 풀렸소? 하마터면 사또께서 난리를 진압 못한 죄로 관직이 삭탈당할 뻔했지 뭡니까, 하하. 자, 과거사는 묻지 말고, 오늘 이 시각부터 관가와 교당은 서로 손잡고 일합시다. 우리들은 지금 곧 사또를 앞에 모시고 대정 고을을 거쳐 섬을 한바퀴 순력한 뒤 주성으로 개선할까 합니다. 저 한길 끝에 아직도 물색 모르고 모여서 소리 지르는 어리석은 무리들은 멀리 고향으로 몰아 내치고 다시 이런 불장난을 못하게 단단히 무력시위를 해보여야 하지요. 사또께서는 물론 우리와 동행하시겠죠?"

김군수가 얼결에 좋다고 승낙하자, 보고 있던 교인들은 좋아라고 박수 치고 환호성을 올렸다.

그러는 사이에 해는 어느덧 높이 치솟아 중낮이 가까워졌다. 교인들은 위에서 시키는 대로 민가에 들어가 회민들이 먹다 만 밥을 배불리 먹고 행군할 채비를 챙겼다. 그런데 출발할 임시해서 김군수가 갑자기 태도를 바꾸어 같이 동행할 수 없다고 통고했는데, 핑계인즉 주성을 오래 비워둘 수 없다는 것이었으나, 실은 최창순을 비롯한 주사들이 반대한 때문이었다. 국가의 체통이 있는데 어찌 관가가 교당에 이끌려다닐 수 있느냐 하는 주장이었다.

곧 교인들이 십자기를 휘날리며 와아 함성을 지르며 한길로 몰려나왔다. 앞장선 포수들은 연방 공포를 쏘아대고 북소리·징 소리가 요란했다. 서쪽 한길 끝에 운집해 있던 사람들은 사방으로 흩어져 도망가는데, 반수는 한길을 가득 메우고 서쪽으로 줄달음질치고, 반수는 개미 떼같이 들판을 덮고 산 쪽으로 달아났다. 한길로 달아나는 것은 해촌 사람일 테고, 산 쪽으로 달아나는 것은 중산간 백성들일 것이다.

　이렇게 한바탕 숨이 턱에 닿게 내달려 기함을 올린 다음, 교인들은 한길을 따라 행진하면서 해촌 백성들을 서쪽으로 몰아갔다. 쫓겨가는 회민들은 이를 갈며 분해했지만 빈주먹인 걸 어찌하랴. 더러는 분에 못 이겨 대성통곡을 터뜨리고 있었다. 그들은 쫓겨가면서도 이따금 뒤돌아서서 함성을 지르고 주먹을 휘두르며 제법 기개를 보이기도 했으나 다 허망한 일이었다. 지나는 마을마다 사람들이 무더기로 빠져나가 회민 수는 갈수록 줄어들었다.

　한편 산 쪽으로 도망간 회민 천여명도 위 한길에 모여 우왕좌왕 갈피를 못 잡고 있었다. 주성을 향해 가고 있는 사또 행차를 덮쳐 장두를 구출하자는 둥, 산포수를 모집하자는 둥, 산포수는 몇명 안되니 비양도 왜어부 막사에 가서 양총을 사자는 둥, 양총 살 돈이 없으니 차제에 주성에 쳐들어가 군기고를 깨자는 둥, 아니 그것은 국법에 걸리는 일이니 황사평으로 가서 동촌 백성과 합세하자는 둥, 설왕설래 중구난방으로 입방아를 찧을 뿐 장두 없는 무리들이라 의견이 모아지지가 않았다. 무엇보다 새로운 장두를 얻는 것이 시급했다. 장두 어른 나와줍서. 어느 어르신네 나와서 우리 장두 되어줍서! 우린 집에 못 돌아갑네다. 죽기 전엔 못 돌아갑네다. 어서 장두 어른 나와서 억울한 백성들을 이끌어줍서. 사람마다 이렇게 장두 나오길 애타게 울부짖으며 호소하나, 분연히 몸 바쳐 나오는 사람은 한 사람도 없었다.

　멀리 들판 아래 해안길에는 쫓는 교인들과 쫓기는 회민들이 장사진을 이룬 채 뿌연 먼지를 일으키며 멀어지고 있었다. 이따금 총소리가 나고 그때마다 함성이 들려왔다.

저물녘에 소요의 발생지인 보성리에 당도한 교인들은 총을 쏘아대고 함성을 지르며 벼락같이 성안으로 돌입했다. 그러나 그렇게 설칠 필요 없이 성안은 이미 휑하니 비어 있었다. 백명 남짓한 남정네들이 민회에 안 나가고 남아서 성을 지키고 있었는데 교인들이 쳐들어온다는 소리에 성 밖으로 피해버린 것이었다. 동헌으로 몰려가 채군수를 찾았으나 그 역시 출성(出城)하고 없었다.

채군수에게 죄인을 배척한 죄를 물어 엄중히 따지려다 허탕 친 교인들은 홧김에 동헌 상방에 뛰어올라 한바탕 북새질을 놓았는데, 늙은 관노 서넛이 남아 있다가 애꿎게 몽둥이찜질을 당했다.

잠시 후 더이상 할 일이 없어진 교인들은 아녀자들만 남은 민가에 저녁밥을 해놓으라고 엄명을 내리고 성문을 닫아건 다음, 활터에 모여 휴식을 취했다. 오랜만에 땅에 궁둥이를 대자, 이틀 동안 천근 무게로 쌓인 피로가 일시에 몰려와 모두들 땅바닥에 피식피식 쓰러져 잠에 곯아떨어졌다. 해는 산방산(山房山) 뒤로 뉘엿뉘엿 지고 성안은 교인들이 먹을 저녁밥을 짓느라고 연기가 자욱했다.

이때쯤에 김군수 일행도 주성에 도착했는데, 붙잡혀온 상무사 유생들의 얼굴을 보려고 온 성안 주민들이 몰려나왔다. 결박 지인 채 달구지에 실려온 죄인 여섯은 몰골이 참혹했다. 단아한 선비 모습은 간데없어, 갓은 벗겨져 맨상투 바람인데 눈은 감았는지 떴는지 모르게 퉁퉁 붓고, 피멍 든 얼굴에 도포 앞섶이 피로 칠갑되어 있었다. 이를 보는 사람들의 눈에는 눈물이 홍건했다.

이제 소요는 일단락되었다. 내일 중으로 장두들이 붙잡힌 사실이 삼읍에 알려지면 소요는 저절로 가라앉을 것이다. 김군수는 주사들의 의견을 좇아 즉시 조정에 올리는 장계를 꾸몄다. 소요가 종식된 마당에 나흘 전 교당에서 친 전보 내용만 믿고 관군을 파견하든지 법국 군함을 보내든지 하면 오히려 평지풍파가 일 터이므로, 한시바삐 서둘러서 소요의 자초지종을 알리지 않으면 안되었다. 장계를 초(草)한 최주사는 소요의 발생 원인이 세폐와 교폐에 있음을 분명히 명시해놓았다.

이날, 밤이 야심해서 사또는 산지포에 쌍돛배 한척을 띄웠다. 장계를 휴대한 최주사와 신임 목사 이재호를 맞이하러 가는 신연 하인들이 그 배에 탔는데, 거기에 고향으로 돌아가는 나기주가 편승하고 있었다. 달은 없었지만 별빛이 고운 밤이었다. 여러 적객이 포구에 나와 전송해주었다. 떠나가는 나기주는 퍽으나 울적한 심사였다. 오랫동안 못 만나게 될 운양 대감과의 작별도 아쉬웠지만, 행여나 기대를 걸었던 민회가 교인들에게 무참히 짓밟힌 것이 못내 가슴이 아팠다. 그 자신도 교인들에게 내쫓겨 섬을 뜨는 느낌이었다. 이후로 교세는 파죽지세로 온 섬을 석권할 게 틀림없다. 일 이년 사이에 섬 주민의 태반이 교인이 되리라. 도대체 이 섬은 어디로 표류하는 배냐. 도사공이 법국 신부이니 필경 가 닿는 곳은 법국 땅이 아닐까? 별이 총총한 남녘 하늘에 거무스름하게 솟아 있는 한라산, 그 아래로 질펀하게 펼쳐진 암흑, 동아줄이 그물처럼 얽혀 있는 초가집들은 어둠에 묻혀 보이지 않았다. 온 섬 백성들이 집을 나와 어두운 길바닥에서 방황하며 울부짖는 소리가 귀에 쟁쟁 들리는 듯했다. 싸릿대 횃불을 밝혀든 대감의 주름진 눈에도 눈물이 글썽거렸다. 이 난세에 우리가 언제 다시 만나게 될꼬? 오년 동안 정들었던 제주섬, 그동안 생사고락을 같이하던 운양 대감. 나기주는 뜨겁게 용솟음치는 눈물을 삼키며 대감께 작별을 고했다.

그러나 정작 일은 지금부터였으니, 나기주가 탄 배가 산지포를 벗어날 무렵 보성리에서 교인들에 의한 인명 살상이 발생했다.

교인들에게 쫓기던 회민들이 초저녁부터 몽둥이를 들고 보성리 밖에 몰려들더니 날이 저물자 천여명이 성을 에워싸고 함성을 질러댔다. 지휘하는 장두가 없는데도 저희들끼리 서로 이끌어 모여든 것이다. 장두를 없애면 회민들이 쉽사리 흩어질 줄 알았던 교당 측은 여간 낭패스럽지가 않았다. 구름이 덮여 별빛도 없는 칠흑 같은 밤, 사방은 지척을 못 가리게 어두운데, 함성 소리는 송두리째 읍성을 떠나보낼 듯이 천지를 뒤흔드니, 아무리 총을 가진 교인들이라도 간담이 서늘할 수밖에 없었다. 성은 오래되어 퇴락한 곳이 많은데 혹시 야음을 타 난입해 들어오면 어둠 속에 피아를 구별 못해 총이 있어도 무용지물일 터였다. 최선달이 이끄는 산포수들은 성 위에 올라, 회민들이 접근 못하게 때때로 어둠 속에다 총을 쏘면서 삼엄하게 경계를 폈다. 두 신부는 양총을 들고 각기 북성루(北城樓)와 남성루에 올라앉아 어둠 속을 노려보고 있었다.

그런데 밤이 이슥해지자 돌연 성 밖에 몇군데서 화약불이 번쩍거리며 총소리가 터졌다. 기어코 저들이 산포수를 불러들인 것이다. 총소리로 미루어 산포수는 대여섯에 지나지 않는 듯했으나 회민들의 사기는 크게 진작되어 총소리가 날 때마다 우레 같은 함성이 터졌다. 사태가 도무지 심상치 않았다. 비록 아직은 회민 측 포수가 대여섯에 불과하고, 총알이 두 배나 멀리 나가는 두 신부의 양총이 두려워 감히 접근을 못하고 있지만, 밤사이에 포수가 더 늘지 모르고, 야음을 타 성 바로 앞까지 와서 저격할지도 알 수 없는 일이었다. 이에 최선달은 신부의 허락을 얻어 동헌 근처의 군기고를 깼다. 몽둥이 대신 화승총·환도·철창을 손에 쥔 교인들은 곧 두 패로 나뉘어 북성문과 남성문 앞으로 몰려갔다. 구신부가 양총을 허공에 쏘자 그것을 신호로 교인들은 일제히 총을 난사하고 무섭게 함성을 지르며 성 밖으로 치달았다. 급습당한 회민들은 어둠 속에서 갈팡질팡 넘어지며 엎으러지며 물 만난 개미 떼처럼 죽을 둥 살 둥 도망치기에 바빴다. 순식간의 일이었다. 총을 난사하여 성 밖 수백보 앞까지 내달았던 교인들은 즉시 성안으로 퇴각했는데 한바탕 북새질 놓은 효험이 있어 회민들은 다시는 모여들지 않았다.

그러나 불행히도 이 일로 해서 회민 쪽에서 인명 피해가 발생했다. 비록 회민들을 위협하여 쫓아낼 요량으로 총을 쏘았다 하나, 어둠 속에다 대중없이 내갈겼으니 뒤에 처진 사람들이 어찌 무사하랴. 한 사람은 즉사하고 세 사람이 중상을 입었는데, 그중 하나는 총알이 배 속에 박혀들어 조만간에 죽을 목숨이었다.

창졸간에 인명 살상만 저지르고 만 교인들은 은근히 앞일이 걱정스러웠다. 혹시 저 난민 무리들이 무기를 들고 대항해오지 않을까? 무엇보다 주성을 비운 것이 큰 걱정이었다. 지금 동촌 백성들이 한창 황사평에 모여들고 있을 텐데, 자칫 주성에 난입하여 군기고를 여는 날이면 모든 게 끝장이었다. 이리하여 두 신부와 최선달은 삼읍 순력을 포기하고 곧 주성으로 돌아가기로 합의를 보았다.

13

그날 밤, 도망가던 회민들 가운데서 새로운 장두가 솟아났다. 그가 바로 상무사 간부로 유일하게 남은 강우백이었다. 차마 죽을 용기를 못 내고 구차하게 종일 회민들 속에 끼여 이리 몰리고 저리 쏠려다니던 그가 교당이 총으로 인명을 살상하기에 이르자, 마침내 결단을 내린 것이었다. 상무사 집사인 이재수와 조사성이 이끄는 젊은 패거리 수십명은 즉시 횃불을 밝혀들고 장두 강별감을 겹겹이 에워싸는 일방, 어둠 속을 휘젓고 다니면서, 갈팡질팡 흩어져 도망가는 사람들을 향하여 벼락같이 소리쳤다.
"새로 장두가 나오셨다!"
"대정 고을 별감 강우백 어른이 장두 되셨다!"
"모두들 광청리로 올라가시오! 한 사람도 빠짐없이 광청리로 올라가시오!"

이 소리는 즉각 꼬리 물고 사방에 메아리쳤다. 여기저기서 만세 소리도 터져나왔다.

"장두 어른 나왔다! 적당을 무찌르자!"

"강별감 만세이!"

"가자! 광청리로 가자!"

"저 법국 놈들을 개구리 밟듯 박박 밟아 죽이자!"

"장두 어른, 저 법국 종내기들을 이 섬에서 씨 멸족시켜줍서!"

광청리는 보성리에서 십리 떨어진 한라산 기슭에 있었다. 임술년의 강제검 난리와 지난번 방성칠 난리를 주장했던 그 마을에 올라가 대오를 가다듬고 권토중래의 모략을 세움도 뜻있는 일이었다. 이번 거사에도 광청리를 비롯한 인근 화전 마을 젊은이들이 한몫 단단히 하고 있으니, 새 장두 강별감을 호위하고 있는 패거리가 바로 그들이었다. 지난 난리에 남학당 역사(力士)로 활약하여 용맹을 떨쳐 보였던 이 젊은이들이 이재수와 조사성을 패두(牌頭)로 삼아 장두를 보호하고 회민들을 단속하는 중대한 임무를 맡고 있었.

횃불을 밝혀든 장두 일행이 총에 맞아 죽은 김봉년이라는 젊은이의 시체를 들것에 떠메고 앞장서 걷기 시작하자 사람들은 엉엉 울면서 너도나도 앞다퉈 따라나섰다.

이슬 젖은 풀숲을 차며 들판을 질러 광청리에 당도하자 어느덧 새벽녘이 가까웠다. 마을 밖 공터에 화톳불을 피우고 진을 치니 따라온 사람이 얼추 천여명은 될 듯싶었다. 이때 교인들이 보성리를 나와 아래 한길로 주성을 향하고 있다는 첩보가 들어왔다. 곧 마을에서 관을 얻어와 진중(陣中)에다 김봉년의 시체를 매장했다. 흉탄에 맞아 죽은 의로운 죽음이라고 의장(義葬)이라 하였다. 산역꾼도 많고 조객도 많은 죽음이었다. 산역꾼 하나가 달굿대를 부여잡고 울부짖듯 선소리를 메길 때마다 천여명 회민들이 일시에 "에에롱성 달구" 하는 소리가 태풍처럼 일어나 산악을 흔들었다.

    천추만년 네 살 집을 달굿대로 지어보자
    에에롱성 달구
    천지간에 영을 받고 칠성님께 남(生)을 받고
    에에롱성 달구
    제석(帝釋)님 전 복을 빌어 부모에게 살을 받고
    에에롱성 달구
    이 세상에 탄생하니 몇백년을 살을쏘냐
    에에롱성 달구
    천추만년 네 살 집을 달굿대로 지어보자
    에에롱성 달구

달구 노래가 몇 순 못 돌아 금세 봉분이 올라갔다. 당장 할 일이 태산 같은데 한가하게 슬픔에 마냥 빠져 있을 수는 없었다. 횃불을 대낮같이 밝힌 무덤 둘레에 사람들이 밀려와 아이고, 아이고 곡성을 낭자히 터뜨리는 가운데, 강별감은 각 마을 동소임 이십여명을 무덤 앞에 꿇어앉혀 간단히 제례를 치른 다음 곧 회의를 열었다. 먼동이 희끄무레 밝아오기 시작했다.

  강별감을 좌상에 두고 동소임들이 삥 둘러앉았다. 마을에서 존위(尊位)·경민장(警民長)·기찰장(譏察長)·동장(洞長) 따위를 맡고 있는 이들은 대개 향교 출입을 한 적 있는 유생들이라 이 북새통에도 의관을 단정히 갖추고 있었다. 장두 강별감 뒤에는 이재수를 비롯한 장한 십여명이 몽둥이를 손에 들고 병풍처럼 둘러섰다. 강별감이 단호하게 입을 뗐다.

"사태는 돌변하였소. 우리 의민(義民) 중에 이미 한 사람이 죽고, 또 한 사람은 배에 총알이 들었으니 오늘낼 중으로 죽고 말 것이오. 그외에 중상자 두명도 오래 살지는 못할 것이오. 여러 말 할 것 없이, 총칼을 듭시다! 사악함을 물리치고 정의를 세움은 글 배운 사람의 도리가 아니오? 나라의 허가 없는 싸움이라고 망설일 것 없소!『춘추』에 이르기를, 난신적자는 사람마다 이를 죽일 수 있다 하였소! 지금이 바로 척사(斥邪)·척양(斥洋)의 기치를 높이 들고 의군(義軍)을 쓸 때요!"

"옳은 말씀이오!"

모두들 눈을 빛내며 이구동성으로 외쳤다. 강별감이 다급히 말을 이어,

"무엇보다 군기를 갖춤이 급선무요! 대정 읍성의 군기고는 이미 적놈들이 털어버렸소. 주성의 군기도 저놈들 차지요. 따라서 우리는 시급히 삼읍을 돌아 백오십 동네 산포수를 다 모으는 한편, 모슬·차귀·서귀·별방·조천·화북·명월·애월진 등 각 진(鎭)의 군기고를 열어야 합네다. 그러자면 당연히 우리가 삼읍을 한바퀴 돌아야 하지 않겠소? 그것도 단시일 내에 말이오! 그러니 내 말은 의군을 둘로 갈라 한 패는 동으로, 한 패는 서로 돌자는 의논이지요. 편한 대로 동진(東陳)과 서진(西陳)이라 부릅시다."

장두의 두 눈에서 사나운 기운이 뿜어져나왔다. 횃불 빛이 너울거려 얼굴은 무섭도록 일그러져 불길 속에서 악마를 치는 금강야

차의 사나운 형용 그대로였다.
 "참으로 지당한 말씀이오!"
 모두들 송구스러워 머리를 조아리는데 강별감이 이번엔 목소리를 가라앉혀 은근히 호소하기를,
 "그러니 장두가 둘이 필요합네다. 동진을 내가 맡는다 하고, 서진을 맡을 장두는 여러분 중에서 나와주셔야 합네다."
 이 말에 좌중은 하나같이 고개를 푹 숙이고 대답이 없었다. 강별감과 눈이 마주칠까 두려워 감히 낯을 못 들고 한숨만 꺼질 듯 몰아쉬었다. 얼마간 안쓰러운 침묵이 흐르는데 강별감 뒤에 있던 이재수가 불쑥 앞으로 나왔다. 키는 작달막하나 가슴팍이 떡 벌어진 게 여간 다부진 몸매가 아니었다.
 "벨감 어른, 소인은 어떠하우꽈? 소인을 써주신다면 이 천한 목숨 내던져 힘껏 싸워보겠습니다만."
 갓전이 땅에 닿게 고개를 푹 숙이고 있던 동소임들은 그제야 얼굴을 들었다. 나이도 어린 하인 신분에 당돌맞게 백성의 장두가 되겠다니, 모두들 난처하다는 듯이 고개를 모로 꼬았다. 그러나 역시 목숨은 하나밖에 없는 두려운 것, 하인 아이놈에게 능멸당하고 있다는 가책이 절실하였지만 여전히 서로 눈치만 볼 뿐 장두로 나서겠다는 사람은 없었다.
 좌중이 썩 내키지 않는 기색이자, 재수는 대뜸 비분강개한 목소리로 항변했다.
 "소인이 미천한 관노라고, 옳을 의(義) 자를 위해 죽지도 못합네까? 난신적자를 토멸하는 데 어찌 반상의 구별이 있습네까? 대의를 위해 죽는 것이 관노 신분에 가당치 않다면 관노가 상전을 위해

죽는 것도 안됩네까? 잡혀간 오좌수 어른은 소인이 다년간 받들어 모신 상전이우다. 소인은 좌수 어른의 원수를 꼭 품앗이하고야 말겠소!"

이 말 끝에 재수는 울분을 못 참고 강별감 앞에 풀썩 엎으러져 울음을 터뜨렸다.

"장두 어른, 소인의 천한 목숨 바쳐 올리니 부디 거두어 저 불쌍한 백성을 위하여 제단에 희생물로 삼아주십서!"

좌중은 일시에 숙연해졌다. 모두들 재수의 조리있는 언변에 놀랐다. 오죽 담차고 영민했으면 채군수가 통인으로 데렸을까! 오죽 용력이 뛰어나면 상무사 집사가 되었을까! 모두들 감복하여 고개를 끄덕거리는데, 입꼬리가 위로 휘어지게 입을 굳게 다물고 있던 강별감이 갑자기 자리 차고 일어났다.

"여러분, 돌이켜 생각하니 과연 그렇소! 이번 거사는 다름 아닌 의병을 일으킴에 있은즉 민회와는 달리 반드시 용력이 뛰어나고 날랜 장두가 나와야 하겠소! 유림을 대표해서 내가 나섰으니, 다른 장두는 이 용맹스러운 젊은이를 내세움이 좋을 듯하오. 이 청년은 이미 이번 민회에 집사로서 크게 활약했던바 내 보기에 능히 장두에 값할 만한 인물이오. 자, 어떻소, 상무사 집사 이재수를 장두에 추대합시다!"

"좋소!"

모두들 흔쾌히 승낙하면서 요란하게 박수를 쳤다. 강별감이 엎드린 재수의 두 손을 덥석 잡고 일으켜세웠다.

"재수야, 그만 일어나거라. 네 말대로 난신적자를 토멸하는 데 어찌 반상의 구별이 있겠느냐! 다만 네 얼굴 얽은 것이 좀 흠이다만, 박박 얽은 당유자도 제상에 먼저 오르는 법 아니냐. 하하하."

강별감이 이렇게 농을 하며 파안대소하자, 재수는 마맛자국에 고인 눈물을 손바닥으로 닦으며 수줍게 벌쭉 웃었다. 좌중이 한바탕 웃음을 터뜨렸다.

"하하하! 재수야! 이제 네가 나와 한가지로 장두가 되었으니, 해라 말라 하댓말 쓰는 것도 이것이 마지막이로구나."

하고는 강별감은 뒤에 늘어선 젊은 패들에게 큰 소리로 호령했다.

"자, 도새기를 들여라! 삽혈위맹(歃血爲盟)하자!"

곧 다리 묶인 중돝 한마리가 꽥꽥 발악하며 질질 끌려들어왔다.

"모두들 일어나시오! 자, 어서 거행하라!"

명령이 떨어지기가 무섭게 칼잡이가 돼지 뱃구레를 지즐타고 서슴없이 난도칼로 숨통을 찔렀다. 돼지는 소름이 끼치도록 무섭게 외마디 비명을 내지르고는 이내 숨이 넘어갔다. 이어서 칼잡이는 능숙하게 칼을 놀려 금방 목을 따냈다. 머리가 떨어져나간 동체는 푸들푸들 떨고 잘린 목 그루터기에서 피가 물컥물컥 용솟음쳤다. 피비린내가 주위에 확 끼쳤다. 칼잡이는 준비해둔 양푼을 얼른 그 밑에 갖다놓았다. 콸콸 쏟아지는 피는 금세 양푼에 넘쳐 풀밭을 적셨다. 피는 어둠에 어울려 거무칙칙했다. 횃불 빛이 그 위로 너울거렸다. 모두들 두려워 숨을 죽이고 있는데 강별감이 앞으로 썩 나서며 소리쳤다.

"우리 중에 배반자는 바로 이 꼴이 될 것이오! 자, 천지신명께 삽혈 맹세를 합시다. 우리가 나기는 각각 달리 났으나 죽기는 한날한시에 죽는 것이오. 모두 입술에 피를 바르시오!"

강별감이 먼저 양푼의 돼지 피를 손으로 찍어 입술에 발랐다. 이재수가 그 뒤를 좇고 이어서 삼십여명이 차례차례 입술에 피를 칠했다.

날이 밝자 대정 민당은 두군데 왕대밭을 쓰러뜨려 죽창을 만드는 한편 서둘러 통문을 작성하여 삼읍에 급주(急走)로 띄웠다. 이 통문 급주는 실로 번갯불에 콩 튀겨 먹기로 화급한 것이었다. 한 급주꾼이 죽을 둥 살 둥 힘껏 십리를 달린 후 노상에서 행인을 만나면 이름만 묻고 다짜고짜 통문을 가슴팍에 더럭 들이미는데, 이번엔 그 사람이 또 십리를 달려 다른 사람에게 전하는 식이었다. 만약 전달이 늦을 시는 치도곤을 맞게 되어 있었다. 특히 황사평은 지금 삼읍 민인 대회를 하루 앞두고 동촌 백성들이 제주의 중면과 좌면, 정의 고을에서 다수 모여들었을 텐데, 그들이 뒤늦게 명월진 소식을 듣고 실망한 나머지 해산해버리면 큰 낭패이므로 한시바삐 통문을 전달함이 급선무였다. 급주꾼들은 길을 좇아 사방으로 쏜살같이 내달았다. 산포수는 빠짐없이 총을 들라! 어른은 죽창 들고, 아이는 망(望) 동산에 봉홧불을 올려라! 포구의 배는 모두 뭍으로 끌어올리되 돛과 키는 동네 경민장이 보관하라! 대장간마다 창과 칼을 벼려라!

그 뒤를 좇아 민당은 강우백이 이끄는 동진과 이재수가 이끄는 서진으로 나뉘어 서로 반대 방향으로 삼읍 순력길에 올랐다. 꿈틀거리는 행렬 위로 죽창은 숲을 이루고 깃발이 해를 가렸다. 동네기(洞旗)·마을기(里旗) 외에 척사기(斥邪旗)도 수십개 나부끼고 있었다.

격!

오호라! 오늘날 탐라 백성이 업을 잃고 도로와 산골에 방황하야 생계의 도를 자유치 못하니, 그 민폐의 근본이 무엇이뇨! 이는 곧 살생과 폭행과 재물 늑탈을 일삼는 교도 무리로 말미암은 것이니, 저들은 교도가 아니라 폭도요, 저들이 믿는 것은 교가 아니라 미신이로다. 모여라! 모여라! 영웅, 열사여! 무릇 대의를 세움에 영웅호걸을 사귀지 아니할 자가 있지 아니하며, 대적(大敵)을 토벌할 제 의병을 먼저 쓰지 않으면 능히 성공치 못할지라. 피 있는 자 일어날지어다! 지금 아니면 때가 늦다. 저들의 칼날에 죽을지니! 일어날지어다! 제주 도민들아, 용약 어깨를 떨치고 저 무뢰한 폭도들을 토멸할지어다!

　　　　　　　　　　　　　　　　신축년 삼월
　　　　　　　　　　　　　　　　대정 창의소
　　　　　　　　　　　　　　　　강　우　백
　　　　　　　　　　　　　　　　이　재　수

　이리하여 왕실의 가렴주구를 성토하러 모였던 회민들은 삽시에 무기를 든 군사로 돌변하여 표적을 교당으로 돌리게 되었다.
　서진은 먼저 북쪽 해안가 차귀진으로 내려가서 군기고를 깨고 철창 수십 자루와 고철이 다 된 화승총 몇 자루, 젖은 솜화약, 썩어 문드러진 활, 화살과 솜누비 전복(戰服)을 꺼냈다. 장두를 호위하는 산포수들은 갑오 이전에 차귀진 진장(鎭將)이 입던 군복을 찾아내어 장두 이재수에게 입혔다. 산포수 열댓명 중에는 재수의 친한 벗이 서넛 끼여 있어, 흡사 스물한살 총각인 재수를 장가라도 보내는 듯이 군복을 입히는 데 여간 정성을 들이지 않았다. 깡똥하게 짧은 더그레 대신 보기 좋게 치렁치렁한 쪽빛 동달이를 입히고, 수세미 같은 쇠털벙거지 대신 산호 구슬끈이 달린 전립(戰笠)을 씌우고, 짚신 대신 가죽신(木靴)을 신기고, 허리에 두른 전대에 큰칼을 채워주고, 심지어 어디서 구했는지 먼지바람 막는 풍안경도 씌우고 꿩털도 구해다 전립에다 꽂아주고, 곰팡이 핀 가죽신을 돼지기름으로 윤나게 닦아주었다. 이렇게 정성껏 치장하여 말 위에 앉히니, 천한 하인 몰골은 간데없고 늠름한 장수의 기상이 완연했다. 군사들이 모습을 일신하고 말 위에 오른 장두를 보며 환호성을 지르는데, 이재수는 냉큼 환도를 뽑아올려 "야잇!" 하는 벽력같은 기합 소리와 함께 옆의 동백나무 위를 후려갈겼다. 그 순간 붉은 동백꽃들이 선혈을 뿌리듯 우수수 땅에 떨어졌다.

"내 적당의 목을 이같이 버히리라! 용사들아! 가자! 주성으로! 법국이 무엇이며, 신부가 무엇이냐! 우리 의병 가는 길에 한갓 초개일지니!"

이재수가 고삐를 그러쥐고 칼등으로 말 배를 치자 말은 히히힝! 힘차게 울음을 뽑으며 앞으로 내닫기 시작했다. 말을 탄 장두를 따라 군사들은 먼지구름을 일으키며 물밀듯 아래 한길로 몰려갔다. 민정을 모으려고 한참씩 지체할 필요 없이 가는 곳마다 죽창 든 사람들이 한길에 마중 나와 있었다. 해가 설핏해질 무렵에 명월진에 들이닥쳐 군기고를 타파한 다음 한림리에 이르렀는데 마을 앞바다에 있는 비양도 섬 왜어부 두목 황천(荒川)이란 자가 패거리 댓 명을 거느리고 한길에 나와 있다가 장두 만나기를 청했다. 말을 탄 이재수 앞으로 인도된 황천이란 자는 허리를 굽혀 깍듯이 예를 차리더니, 웬걸 차고 있던 일본도를 풀어 바치는 게 아닌가?

"장두께 이 전가의 보검을 드리니 아무쪼록 무운장구하기를 빕니다."

제주인인 왜말 통변꾼이 이렇게 황천의 말을 전하고는,

"일본도는 예리하고 강하기가 조선 환도에 비할 바가 아닙쥬. 단칼에 사람 목이 무 밑동 잘리듯 헙니다. 헤헤."

하고 방정맞게 웃으며 반죽을 쳤다. 그러나 평소에 섬 백성을 안하무인으로 여기는 왜어부들이 이렇게 굽실거리며 예물을 바칠 때에는 그만한 까닭이 있을 것이다. 섬 백성이 무장봉기했으니 그 불똥이 혹시 저희들에게 튈지 모른다는 두려움에서 미리 장두의 환심을 사두자는 수작이 분명했다.

재수는 여전히 마상에 앉은 채 썩 내키지 않은 듯 거만스레 칼을 받아들더니, 칼 몸을 쑥 뽑아보았다. 칼집을 벗어나 허공에 놓인 칼 몸은 생김새가 날렵하고 눈부신 백색이었다. 푸르딩딩하고 무거운 무쇠 환도만 보아온 재수는 서릿발같이 오싹한 냉기를 뿜으며 살아 있는 듯 푸들거리는 칼을 보자 저도 모르게 탄성이 나왔다.

"과연 보검이로고!"

재수가 문득 통변꾼을 내려다보며 묻기를,

"이분 함자가 황천이 맞소?"

"예, 황천, 일본말로 아라까와라 합쥬."

이 말에 이재수가 짐짓 호탕하게 웃음을 터뜨렸다.

"으하하하! 우리가 오늘 장도에 올라 귀인을 만났는가? 황천검이라! 이 칼의 임자가 황천이라 황천검인가, 폭도를 목 베어 황천길 보내라고 황천검인가? 하하하! 하여간 고맙게 받겠소!"

재수가 이렇게 농치며 넉살부리자 주위 사람들이 왁자하니 박장대소했다. 아직 코밑 수염발이 제대로 잡히지 않은 애송이 장두가 어디서 저런 임기응변이 나올까? 모두들 감탄하여 혀를 내둘렀다.

이 무렵 위 한길로 주성에 당도한 채군수는 목사 서리 김군수에게 교인들이 다시는 주성을 장악 못하게 폐문하라고 종용했다.

"영감, 관의 입장에서 보면 민당이나 교당이나 똑같이 엄중히 다스려야 할 난민들이 아니오? 난민들에게 주성을 범하도록 방치하였다간, 후일 조정의 추상같은 문책을 어찌하시려오? 어서 결단을 내리시오. 교인들에게 주성을 내주면 관이 설 땅은 없는 것이오. 군기고는 저들에게 넘어가 관권은 무용지물이 될뿐더러 민당으로부터 관이 교당과 한 무리라고 공연한 오해를 사고 말 겝니다. 엄정히 중립을 지켜 둘 사이 불화를 조정하여 이 난리를 극복함이 관의 임무일진대, 결단코 교인들을 입성시켜서는 아니 되오. 영감, 어서 폐문령을 내리시오! 그리고 군기고를 열어 주성 민정들을 무장시키시오!"

이렇게 채군수가 반 위협조로 폐문하기를 종용했으나 교당 세력이 두려운 김군수는 종내 응하지 않았다.

저물녘에 교인들은 주성으로 돌아왔다. 보성리에서 탈취한 환도와 철창을 휘두르고 함성을 지르며 제법 보무당당하게 입성하긴 했으나 뒤미처 날아든 대정 민당의 무장봉기 소식에 그만 풀이 죽고 말았다. 게다가 십리 밖 황사평 들판에는 삼읍 민인 대회를 하루 앞두고 벌써 동촌 백성 수백명이 모여 있다고 했다. 마음 같아선 민당이 더 불어나기 전에 당장 황사평으로 쳐들어가서 회민들을 쫓아내고 싶었지만 짚신 두어켤레를 결딴내면서 종일 백리 길을 강행하여 지칠 대로 지친 그들인지라 도무지 엄두가 나지 않았다. 기어코 대란이 일어날 낌새가 분명했다. 두 신부는 다시 법국 군함에 구원을 청하는 전보를 치기로 했다. 그러나 이미 포구마다 배를 못 띄우게 민당 장두의 전령이 떨어져 있어 배를 구하는 일이 실로 막연했다.

종일 흥분으로 들떠 있던 사람들은 해가 떨어지자 교당·민당 할 것 없이 모두 노천 바닥에 쓰러져 잠에 떨어졌다. 관덕정 마당의 교인들이나, 황사평 들판의 동촌 백성들이나, 주성에서 사십리 떨어진 곽지리에 머문 이재수 진이나, 한라산 뒤를 돌다가 서귀포에 당도한 강우백 진이나 모두 은하수 별빛을 맞으며 사나운 꿈에 시달리고 있었다. 쌍방 간에 염탐꾼들만 칠흑 같은 야음 속에서 준동할 뿐 사위는 죽은 듯 고요한데 밤새도록 망(望) 동산마다 봉홧불이 활활 타오르고, 어두운 밤바다는 꿈틀꿈틀 몸을 뒤채며 해변 자갈밭에 곤두박질쳐 머리 찧고 아우성치며 뭍으로 기어오르려고 무진 애를 쓰고 있었다.

3월 28일

이날 황사평 넓은 들에는 전날부터 모여들기 시작한 동촌 백성들 천여명이 진을 치고 있었는데, 해가 설핏해서 이재수가 끌고 온 서촌 백성 삼천여명이 도착했다. 이제 한라산 뒤 정의 고을을 돌고 오는 강우백 진이 내일 중으로 도착하면 민당 수는 육칠천으로 불어날 터였다.

채군수는 어제 주성에 들어온 이후로 교인들의 눈을 피해 내내 내동헌에 머물러 있었는데, 이날 김군수와 더불어 황사평 민당을 효유하여보려고 성문을 나서다가 교인들에게 붙잡혀 크게 봉욕을 당했다. 교인들은 채군수를 말에서 끌어내려 밀고 당기면서, "상무사 괴수 채구석이가 난민을 효유한다는 핑계로 도망가려 한다! 저놈 죽여라!" 하고 크게 소란을 피웠다. 다행히 김군수가 간신히 뜯어말려 다친 데는 없었지만, 몸보다 더 귀중한 의관이 상하고 말았다. 사모는 벗겨져 짓밟히고 물색 좋은 관복은 찢겨나갔으니, 관장 신분으로 그런 망신이 또 있을까?

결국 김군수 혼자서 관속 예닐곱을 거느리고 출성하였는데, 떠나면서 주위 교인들에게 처연히 눈물을 흘리면서 하는 말이,

"그저께 명월진 일로 해서 내가 저 난민 무리로부터 크게 원한을 사고 있는 바이라, 이번 행차가 곧바로 저승길이 안될는지 모르겠소. 죽든 살든 아무려나 저들을 효유하여 마음을 돌이켜놓기 전에는 돌아오지 않을 작정이오!"

채군수를 붙잡고 옥신각신하던 교인들은 이 말에 모두 숙연해졌는데 그것이 거짓 눈물인 줄 아는 이는 아무도 없었다. 대정민에게 신망 있는 채군수와 동행하여도 말이 들어먹힐까 말까 한데, 교당과 한통속으로 낙인찍힌 신세에 혼자서 효유해보겠다니 도무지 가당찮은 소리였다. 김군수의 꿍꿍이속은 다름 아닌 피란이었다. 이제 더 버르적거려봐야 군수 자리 떼이기는 이미 받아놓은 밥상인데, 교당의 손아귀에 들어간 주성 안에서 한갓 개 때릴 부지깽이만도 못한 관권을 쥐고 앉았으면 무엇하랴. 주성이 민당에게 함락되는 날이면 교인들과 한가지로 놀아났다고 화를 당할지 모를 일, 차라리 난민을 효유한다는 핑계로 성 밖에 나가 피해 있는 것만 같지 못했다.

날이 어두워지자 사라봉 꼭대기에 봉홧불이 불끈 치솟아오르더니 동문 밖 어둠 속에서 갑자기 함성이 터지며 총성이 나기 시작했다. 민병은 서너마장쯤 떨어진 곳에 있어 총알이 닿기에는 어림없는 거리이고 십중팔구 화약만 터뜨리는 공포일 테지만 성 위의 교인들은 자못 긴장하여 무섭게 고함지르며 마구 총을 쏘아댔다. 이렇게 쌍방 간에 갈마들며 쏘아대는 총성이 몇각 동안 콩 볶듯 일어나는데, 뒤미처 급히 성 위에 올라간 두 신부가 화약불이 번쩍거리는 곳을 잘 겨냥하여 쌍혈포를 서너방 쏘아붙이니 금세 총성이 멎고 우르르 튀어 달아나는 소리가 들렸다. 총알이 천팔백보나 나가는 양총이라, 그중 총 맞은 자가 생긴 모양이었다. 그러나 밤사이 민병이 언제 또 내습해올지 모르는 일, 교인들은 성가퀴에 몸을 도사리고 밤새 계엄을 펴는 한편, 영문의 군기고와 화약고를 열었다. 이제 화승총을 가진 자가 삼백명에 가깝게 불어나 사기가 크게 진작되었다.

그러나 교인들은 이날 밤도 배를 구하지 못했다. 주성에서 가까운 포구들은 하나같이 배를 뭍으로 끌어올려 죽창 든 장정들이 화톳불을 피워놓고 삼엄하게 지키고 있었던 것이다. 이제는 비양도의 왜어부 막사를 찾아갈 도리밖에 없었다. 그러나 걸어서 종일 걸리는 육십리 길인데, 혹시 난민들에게 들키면 어찌하나. 어쨌거나 이왕 험로를 무릅쓰고 가는 바에야 양총 구입도 교섭해보리라.

이날 밤, 김군수는 사라봉 건너 화북포에 머물고, 교인들에게 혼찌검을 당한 채군수는 또 보복이 있을까 두려워 운양 대감 거처에서 밤을 보냈다. 밤늦도록 잠을 못 이뤄 뒤척이는 운양의 귀에 문득 멀리서 한 외침 소리가 들려왔다. 누군가 어둠 속에 몸을 숨기고 외치는 소리였다.
 "성교꾼들은 성 밖으로 나가라! 느이들 때문에 성안 백성 다 죽게 생겼져! 성교꾼들은 성 밖으로 나가라!"
 비바람이 몰아치기 시작한 새벽 미명에 또 한 차례 민병의 내습이 있었는데 이번에는 남문 밖이었다. 사방은 먹칠한 듯 깜깜한데 민병 포수들은 남문에서 수백보 떨어진 민가에 숨어 총을 난사하고 그 뒤로 총알이 닿지 않게 멀찍이 떨어진 신산마루 위에서 우렁찬 함성 소리가 터져나왔다. 비록 총알이 와닿기에는 여전히 먼 거리였지만, 지척을 분간 못하게 어두운 밤이라 여간 두려운 게 아니었다. 비바람은 남쪽에서 정면으로 몰아쳐 성 위의 교인 총수들은 눈은커녕 코도 뜨기 어려웠다. 함성과 총소리는 바람에 실려 큰 파도처럼 성벽을 엄습하고 교인들 자신이 쏘는 총소리마저 바람에 밀려 뒷전으로 흩어지는 것이었다. 게다가 번개와 우레가 연상 갈마들며 볶아치니 주성 안은 그야말로 아수라장 속처럼 눈귀가 먹먹했다. 번갯불이 번쩍, 거대한 청룡언월도같이 하늘을 가르고 뒤이어 우르르 꽝꽝 하는 우렛소리가 주성을 흔들었다. 그때마다 "우레 장군 내려보내라! 베락 사자 내려보내라! 비야, 비야, 올 테면 악수로 퍼부어라, 주성을 쓸어가게" 하는 민병들의 고함 소리가 바람에 실려 획획 날아들었다. 바람이 심하여 자기 총에서 터지는 화약불이 손등에 달라붙고, 매운 화약 연기에 쏘여 연방 재채기를 터뜨렸다. 설상가상으로 화약이 점점 비에 젖어 불붙이기가 어려웠다. 뺨과 손등에 화상을 입지 않은 자가 없었으니, 삼백명 가까운 교인 총수 중의 거개가 총을 처음 만지는 풋내기들이니 오죽하랴. 노루 제 방귀에 놀라듯, 얼결에 총을 쏘아놓고는 깜짝깜짝 놀라는 그들이었다. 민병들이 이런 형편을 알고 총공세를 펴오면 도리 없이 성은 함락될 판이었다. 모두들 겁에 질려 쩔쩔매는데, 다행히 민병 포수들은 날이 밝자 총질을 거두고 물러가주었다. 아마 한바탕 시위를 벌인 것으로 만족한 모양이었다.

 그러나 민병들은 황사평으로 돌아가지 않고 오리 밖의 광양촌에 머물러 여전히 주성을 넘보고 있었다. 성안 민심은 크게 동요되었다. 바야흐로 주성이 전쟁터로 화하였으니, 어찌 처신해야 옳을꼬? 난리 날 때마다 독 틈에 약탕관 격으로 끼어서, 관령을 따르자니 성 밖 민당의 보복이 두렵고, 민당에 내응하자니 관령이 무섭더니, 이번에는 민당과 교당 사이에 처하여 호되게 곡경을 치를 판이었다. 더군다나 지난 방성칠란 때 주성 남정네들이 창의소 의용군이 되어 남학당을 쳤으니 차제에 처신을 잘못했다간 큰 보복을 당할 것이 뻔했다. 어찌할까? 과연 처자를 사지(死地)에 버려둔 채 성 밖에 나가 민당에 가담해야 옳을까? 누구보다도 걱정이 큰 사람은 다름 아닌, 저번 난리에 창의를 냈던 송대정, 홍정의, 김판관 들이었다. 이들은 아예 피란 갈 궁리를 세우고 값진 가재기물을 숨기기에 바빴다. 원체 이름난 부자들인지라 그 많은 세간을 다 숨길 수는 없는 노릇, 그중 값진 것만 골라 아는 집에 맡기는 것이었다. 김판관도 귀중품이 잔뜩 든 농 한짝과 상자 둘을 운양 대감 거처에 갖다놓았다.

 이렇듯 불안과 걱정으로 전전긍긍하는 사이에 어느덧 비는 그치고 해가 중천에 나타났는데, 느닷없이 포정문 종소리가 미친 듯이 뗑강뗑강 울면서, 사문(四門)이 차례로 닫히는 소리가 꽝꽝 요란하게 들렸다. 법국 신부가 기어코 폐문하라는 영을 내린 것이다. 아뿔싸! 때가 늦었다! 이젠 성 밖에 나가 민당에 가담하고 싶어도 이미 늦었다! 어쩔거나, 어쩔거나? 성문이 닫히자마자 길 가던 행인들은 약속이라도 한 듯 종종걸음 치며 사라지고, 길거리는 삽시에 휑하니 비어버렸다. 남정네들은 남정네들끼리, 아낙네들은 아낙네들대로 이 골목 저 골목에 모여 겁에 질린 낯을 맞대고 가쁜 숨을 몰아쉬며 수군거리고 있었다.

불안하기로 말하면 교인들도 매한가지였다. 성안 주민들이 이쪽에 등을 돌리고 저들끼리만 뒷전에서 수군거리는 게 여간 마음에 걸리지 않았다. 허수히 다스렸다간 필경 민당에 내응할지 모를 일, 초장부터 단단히 본때를 보여주지 않으면 안되었다. 이에 교당 측은 한바탕 무력시위를 벌여볼 궁리를 했다. 양총이 두 자루나 있으니 무엇이 두려우랴. 양총은 화승총보다 대여섯 배나 멀리 나가는 쌍발총으로 누구도 한마장 거리 안으로 접근할 수 없었다.

해가 중천을 벗어나기 시작하여 광양촌 벌판에 밥 짓는 연기가 자욱해지자, 두 신부와 최선달은 불질 잘하는 포수 이십여명만 거느리고 남문 밖을 내달았다. 양총을 든 두 신부를 가운데 두고 포수들이 양옆으로 날개 펼치듯 늘어서서 연방 총을 갈기며 달려가니, 흡사 양 떼 가운데 뛰어든 범의 형용이었다. 여기저기 노천에 솥 걸어놓고 밥 지으며 젖은 옷을 말리던 민병들은 졸지에 급습당하자 비명을 지르며 뻔질나게 사방으로 줄행랑을 놓았다. 역시 짐작한 대로 민당은 수만 많았지 기율이 없는 오합지졸에 불과했다. 교인들은 달아나는 민당의 뒤를 쫓으며 마구 총질을 해댔다. 중과부적이라니! 너희 같은 비루먹은 강아지 몇백만이면 다 무슨 소용이냐! 하느님의 군사 성교꾼을 감히 대적할 놈이 누구냐!

이날 광양촌 기습은, 민당이 완전히 공포에 질려 다시는 주성을 넘보지 못하게끔 작심하고 살육을 벌인 것이니 과연 사상자가 많이 발생하였다. 즉사한 자가 십여명이요, 부상자가 이십여명인데, 그중 중상자가 다수 끼여 있어 금명간에 죽고 말 목숨이었다. 사망자 중에는 보리밭에 들어 귀리풀을 뽑다가 애꿎게 변을 당한 아녀자도 서너명 끼여 있었다.

이렇게 살육이 낭자했으니 어찌 두렵지 않으랴. 광양촌에 둔취했던 민당은 십리 밖 황사평으로 쫓겨가 우왕좌왕하고 주성 남정네들은 법국 신부의 추상같은 엄명을 좇아 그날 밤부터 교인들과 함께 성 위에 올라 수직하게 되었다.

그런데 이날 오후 늦게 뜻밖에도 교인 한명이 희생되었다. 민당이 멀리 도망친 사이에 집이 근동에 있는 교인들에게 두어 사람씩 작반하여 먹을 양식을 가져오게 했던 것인데, 한 패가 경솔하게도 멀리 오라위 마을까지 올라갔다가 대정 민당에게 걸려들어 한 사람은 도망치고 한 사람은 그 당장 몰매 맞아 죽은 것이었다. 교인으로서는 이것이 첫 희생이었다.

4월 1일

간밤에 교인들과 같이 불침번을 선 성내 주민들은 이날 아침나절에도 교인들을 도와 군기고에서 꺼낸 칠백근짜리 대포 넷, 사백근짜리 중포 열다섯문, 그리고 소포 백여문을 성 위로 끌어올리고 멍석에다 습기 찬 솜화약을 널어 햇볕에 말렸다. 그러나 반란이 두려워 성내 장정들에게는 일절 군기를 내주지 않았다.

한편 이때쯤, 한라산 뒤를 돌던 강우백 진 천여명이 동편 산허리를 넘어 황사평에 당도하고 그밖에도 각처에서 뒤늦게 모여든 사람들이 허다했으니, 황사평과 오라위 벌판은 구름밭처럼 끝 간 데 없이 온통 사람들로 덮여 있었다.

최선달이 사라봉에 올라 천리경으로 황사평의 동정을 살피고 오던 중, 민당의 염탐꾼을 하나 붙잡았는데, 오늘부터 민당은 마을에 남아 있는 교인들을 색출하기 시작했다는 것이었다. 광양촌 학살은 결국 민당에게 겁을 주기는커녕 오히려 불에 기름을 끼얹은 결과가 되고 만 것이다. 교인들은 사기가 크게 떨어져 밤사이 성벽을 타고 도망친 자가 수십명이었다.

4월 2일

날이 밝자 남문 근처 성 밑에 편지쪽지를 매단 화살 네댓개가 떨어져 있는 것이 발견되었다. 글의 내용인즉 이러했다.

"우리 의군(義軍)은 각 마을 동소임에게 마을에 잔존해 있는 교인들과 교인의 처자 권속을 포착, 진중에 압송하라고 영을 내렸는바, 이는 장차 주성으로 진격할 제 진전(陣前)에 세워 총알받이로 삼고자 함이니, 너희 주성의 교인 무리들은 감히 총으로써 경거망동 말라. 그래도 총으로 대적해올 시는 너희 처자 부모 형제를 너희 목전에서 몰살할지니라. 대정 창의소"

이에 주성 안은 이른 아침부터 온통 벌집 뒤집어놓은 듯 뒤숭숭하더니 문득 남수구(南水口)를 통하여 사람들이 성 밖으로 도망친다는 소리가 들려왔다. 두 신부와 최선달이 총을 들고 급히 달려갔으나 이미 때는 늦어 수백명이 물 흐르는 남수구 홍예문을 빠져나간 뒤였다. 잠깐 사이에 교인들 태반이 도망친 것이었다. 김판관,

송대정, 홍정의도 그중에 끼여 있었다.

이렇게 성중 민심이 걷잡을 수 없이 흉흉한 가운데 운양은 이교리와 이위원을 집으로 불렀다. 정세마도 자리를 같이했다. 두 교인 적객은 여러날째 난리를 겪느라고 안색이 초췌하고 눈이 붉게 충혈되어 있었다. 운양이 그 노고를 위로하면서 탄식하기를,

"허, 큰일이구료. 교인의 사기는 말이 아닌데 민당 세력은 날로 창궐하니…… 간밤에도 배를 못 구했다니 사실이오?"

"예, 어제는 궁여지책으로 왕복 이틀 거리인 비양도 왜놈 막사까지 사람을 보냈는데 일언지하에 거절당하고 말았습니다."

하고 이위원이 괴로운 듯 한숨을 토하더니 문득 분개하여 언성을 높였다.

"쥑일 놈들입죠! 그 왜놈들이 말하는 꼬라지가 아예 외로 틀고 나오더랍니다. 배를 빌려주면 법국 군함을 불러다 조선 백성을 죽일 것이 뻔한데 어찌 알면서 빌려주겠느냐, 양총도 이미 하루 전에 민당에서 세 자루 사가서 여분이 없을뿐더러, 설령 있더라도 어찌 서양인에게 같은 동양 사람을 죽이라고 팔겠느냐, 이거지요. 놈들은 아주 터놓고 난민을 돕겠다는 수작인가봅니다."

운양이 놀라 눈을 크게 떴다.

"아니, 민당이 양총 세 자루를 사갔다는 게 사실이오? 허, 큰일이로고?"

이교리가 말하기를,

"양총이 생겼으니 저리 날뛰지, 그렇지 않고서야 광양촌에서 그렇게 혼벼락 맞고도 언감생심 덤벼들겠습니까? 하여간 미치광이한테 흉기를 안겨준 셈입지요."

"그러길래 광양촌에서의 인명 살상은 아주 잘못된 행사란 말이오. 내 모처럼 두 벗에게 싫은 소리 하리다. 도대체 교당은 민당과 강화할 의사가 있는 거요 없는 거요? 다만 무력 행사만 능사로 알고 사태를 이 지경으로 악화시켰으니! 피는 피를 부르는 법이오!"

운양의 노기 띤 음성에 두 적객은 고개를 떨구고 한숨만 길게 내쉬었다.

"이제 제주섬은 육지와 연락이 두절되고, 주성은 민당으로 포위되었으니, 이것이 섬 중에 섬이 아니고 무엇이겠소? 오직 살길은 민당과 강화를 트는 것뿐이오. 우두망찰 정신 놓고 있을 게 아니라 채군수를 황사평에 보내시오! 그리고 교당이 착수하고 있는 오대현 들을 방송하여 환심을 사시오. 내 이 말을 하려고 두 벗을 불렀소."

이위원이 난처한 듯 고개를 꼬며 말하기를,

"대감, 채구석이란 놈은 안됩니다. 그자가 난민의 와주(窩主)임은 천하가 다 아는 사실이 아닙니까? 서진 장두 이재수도 그놈의 통인이라는 것이 밝혀졌습니다. 난리가 끝나면 적도율(賊盜律) 모반죄에 걸려 죽은 목숨인 줄 저 먼저 알고 있을 텐데 성 밖에 내보내보십시오, 얼씨구나 하고 당장 배를 구해 타고 도망갈 게 뻔합니다."

"글쎄, 내 여러해 겪어보았지만 그리 용렬한 사람은 아니오. 그렇다고 채군수 외에 저 대정 민당을 효유할 만한 사람이 누가 있겠소?"

"김군수를 통하면 되지 않겠습니까?"

하고 이위원이 말했다.

"하하, 그 사람, 명색이 목사 서리라는 자가 시방 효유합네 하고 기실은 화북포에 피란 가 있는 거요."

정세마가 맞장구쳤다.

"옳은 말씀입지요. 김군수는 어제 황사평에 올라가서 제법 장두를 만나보기라도 한 듯이, 장두가 칼로 땅을 치고 통곡하면서 억울하게 죽은 스물한명의 원수를 갚기 전엔 도무지 물러날 수 없다고 하더라는 서찰을 영문 주사에게 써보냈지만 기실은 가는 시늉만 하고 무서워서 도중에 돌아와버렸답니다."

"자, 내 말 믿고 채군수를 보내시오. 채군수도 허무한 누명을 썼다고 여간 상심하고 있질 않은데, 이번 기회에 기를 쓰고 공을 세워 누명을 벗어보려고 할 거요."

"말씀 듣자니 과연 그렇군요."

하고 이교리가 고개를 끄덕거렸다.

이날 오시가 채 못 되어 신부로부터 출성 허락을 얻은 채군수는 관속 셋을 거느리고 동문 밖을 나섰다. 성 위에서 묵묵히 내려다보는 교인들의 수많은 눈총이 등 뒤에 따가웠다. 채군수 일행은 동문 밖 오르막길을 쫓기듯 기어올라갔다. 화북포에 먼저 들러 김군수와 함께 황사평에 갈 요량이었다.

보리밭들은 벌써 누런빛이었다. 망종(芒種)이 스무날쯤 남았으니, 아직 보리누름 철이 일렀건만 워낙 가뭄에 시달린 보리들이라 황(黃)이 든 것이다. 가는 보릿대 끝에 매달린 쭉정이 이삭이 보기에 안쓰러웠다. 제주 삼읍 중 특히 가뭄이 심한 대정 고을은 아예 보리농사를 파장 보고 말았다는 소문이었다. 교인들은 그것 보라고, 대정민들이 하느님의 저주를 받아서 그렇다고 채군수를 비웃었다.

인적 끊긴 길은 찔레꽃 내음만 물컥거릴 뿐 조용히 숨죽이고 엎드려 있었다. 타고 가는 말방울 소리만 딸랑거릴 뿐 사위는 소름 끼치도록 조용했다. 황사평은 밤에 활동하려고 낮잠을 자두는지, 항시 귓고막에 달라붙어 떨어지지 않던 아우성도 총소리도 들리지 않았다. 그러나 망군들은 어딘가 돌담 뒤에 숨어 초롱초롱한 눈망울을 밝히고 일행의 일거수일투족을 주시하고 있으리라. 새벽에 무더기로 성 밖에 도망쳐나온 교인들은 어디로 갔을까? 아마도 대낮이라 민당이 무서워서 멀리는 못 가고 어딘가 보리밭 가운데 숨어 밤이 되기를 기다리고 있으리라. 문득 돌아보니 주성은 멀어져 성 위의 사람들은 조막만 하게 보였다. 괴괴하기 짝이 없는 이 한낮, 바다도 배 한척 띄우지 않고 잔잔한데, 중천에 솟은 해만 저 혼자 명랑하게 번들거렸다. 삼라만상이 모두 밤이 되기를 기다리는 듯했다.

채군수는 흡사 구름밭을 걷는 듯, 지금 이 순간이 도무지 생시가 아닌 듯이 느껴졌다. 정녕 꿈이라면 얼마나 좋으랴. 총소리도 아우성도 없이 세월이 이대로만 멈춰 가지 않으면 또 얼마나 좋을꼬! 교인들로부터 민당의 장두로 낙인찍혀버린 이상, 그는 도리 없이 뭍에 오른 물고기 신세였다. 운양 대감과 정세마는 이 기회에 공을 세워 환심을 사보라고 권했지만, 사태는 말로 담판하기에는 이미 때가 늦었다. 아무튼 목숨은 이미 육신을 떠나 허공에 떠 있는 신세, 그저 가는 데까지 가보는 수밖에 없었다.

오시가 조금 지나 화북포에 당도하니 김군수는 여태 잠자리에서 일어나지 않고 있었다. 이방이 댓돌 아래로 쪼르르 마중 나와 목소리를 잔뜩 낮춰 사정하기를, 사또는 시방 관기 관옥이를 동품하고 주무시는 중이니, 제발 무안당하지 않게 유념해달라는 것이었다. 대관절 어느 경황에 관기까지 불러다가 농탕질이란 말인가! 화가 치민 채군수는 바로 코앞에 선 이방을 두고 삼이웃이 다 들리게 큰 소리로 꾸짖었다.
"지금이 어느 땐데 몸과 마음이 그리 한가하여 똥구멍에 해가 비치도록 늦잠이라더냐! 냉큼 사또를 일깨워라!"
채군수의 서슬 퍼런 호령 소리에 방에서 화들짝 놀라 깨는 소리가 들리더니, 이내 마루 쪽문으로 관옥이란 년이 치마꼬리를 여며 잡고 황급히 빠져나갔다.
잠시 후 채군수는 마루에 올라가 김군수와 대좌했다. 버썩 무안당한 김군수는 얼굴이 말고기 자반같이 벌겋게 달아 있었다. 그러거나 말거나 채군수는 거침없이 쏘아붙였다. 김군수는 갓 서른 나이로 채군수보다 십년 연하였다.
"영감, 간밤에 취흥이 자못 도도하셨던가보오, 허허."
이 말에 김군수는 버럭 역정 낼 줄 알았는데 오히려 사뭇 처량한 목소리로 변명하기를,
"대정 영감, 울적한 심사 잠시 술로 달랬기로 너무 나무라질랑 마시오. 내 운수 기구하여, 모처럼 환로(宦路)길에 오른 지 이제 겨우 두달 보름, 이것으로 내 관운(官運)은 마감이 되어버렸소. 그동안 참으로 영일(寧日)이 없는 나날이었소. 이 난리를 당하여 불면불식 나름대로 애를 써봤소. 그러나 결국 모든 게 허사가 아닙니까? 이제는 그저 술에 취해 지내다가 서울로 돌아갈 생각뿐입니다."

김군수는 서러움이 북받치는지 울먹이며 말끝을 흐렸다. 빌어먹을! 관장이란 자가 저리 눈물이 헤프고 심약하다니! 채군수는 불쾌하여 눈살을 찌푸렸다.

"하기는 그렇소. 남들은 외읍에 관장질 나가면 술에 계집에 잘도 호강하건만, 영감께선 모진 곤욕만 치르다가 떠나게 되었으니 오죽 심란하시겠소. 심란한 마음을 달래려고 잠시 주색을 찾았는데 그것이 무슨 탈잡힐 일이오? 그러나 갈려 갈 때에는 갈려 가더라도 당장은 목사 서리로서의 직분을 다해야 옳지 않소? 이렇게 나 몰라라 하고 주성을 내버린 채 홀로 피란 왔으니, 이것이 결코 관직 삭탈에만 그칠 일이 아니오! 장차 조정의 엄중한 문책이 두렵지 않소?"

이런 식으로 한참 무섭게 다그치고 나니, 김군수는 그제야 주성으로 돌아갈 뜻을 비쳤는데 그러나 막상 황사평에 동행하자는 말에는 짐작대로 고개를 흔들었다. 그저께 황사평에 갔다가 장두에게 말 한 꼭지 붙여보지 못한 채, 도중에 난민들에게 에워싸여 크게 봉변만 당하고 왔노라고 막무가내로 가기를 꺼려했다. 이에 채군수는 혼자 가기로 마음을 굳히고 우선 관속 한명을 보내 내일 오전에 대정 군수가 효유차 왕림할 터이니 신변 보호를 해달라고 통기했다.

이날 채군수는 화북포에 머물렀다.

4월 3일

새벽 미명에 화북포 동쪽 조그만 포구인 감을개에서 어선 한척이 몰래 닻을 올렸다. 말할 것 없이 법국 군함을 부르러 가는 교당 측 배였다. 배를 구하기 시작한 지 나흘 만에 돛단배 한척을 훔쳐 낸 것인데 이 배에 탄 교인은 적객 장감찰, 최제보 외에 여섯 사람 이었다.

날이 밝자 북성 위에 몰려든 교인들은 바다 한가운데 둥둥 떠가는 쌍돛단배를 바라보며 환호성을 질렀다. 천기는 명랑하고 바다는 잔잔한데 때맞춰 서남풍이 솔솔 불고 있었다. 이런 날씨라면 내일 새벽 안으로 목포에 대이리라. 늦어도 삼일만 기다리면 법국 함대가 올 것이다.

이때 법국 신부들은 교당 마당의 해묵은 녹나무 제일 높은 가지에다 장대를 붙잡아매고 그 끝에 법국기를 게양했다. 이는 신부의 위세를 주성 내외에 과시하려는 뜻 이외에도 법국 군함이 오면 정박할 위치를 알려주는 표시이기도 했다. 하여간에 관권의 상징인 주성의 하늘에 법국기가 방약무인하게 휘날리고 있으니, 이를 바라보는 섬 백성들의 분노는 컸다. 이제 잔뜩 불안에 찌들었던 교인들은 아연 활기를 띤 반면에 황사평 민당은 크게 흔들리기 시작했다.

아침참이 지나 장윤선이 탄 배가 멀리 물마루 근처에서 가물거릴 무렵 배를 도난당한 선주가 마을 장정들에게 맞아 죽었다는 소문이 들리는 가운데 채군수는 관속들을 재촉하여 황사평으로 올라갔다. 석자 길이 흰 광목천에 '大靜郡守曉諭次來到'라고 쓴 백기를 앞세우고 말라붙은 배릿내〔禾北川〕를 따라 들길을 오리쯤 올라가 평지에 이르니 불과 두마장 밖에 민회소가 보였다. 황사평 푸른 들판은 온통 검은 구름 떼로 덮인 듯 회민 수가 실로 어마어마했다. 줄잡아 만명은 좋이 될 듯싶었다. 그러니까 섬 백성들이 네명에 한명꼴로 모여든 셈이었다. 잔뜩 겁을 집어먹고 멈칫거리는 관속 셋을 재우쳐 수백보를 더 가니, 진중에서 포수·창수(槍手)·기수 각각 한명씩 나와 마중하였다.

채군수 일행이 가까이 다가가자 회민들은 우우 야유를 지르며 눕혔던 죽창과 깃발을 쳐들고 흔들어댔다. 수많은 죽창과 깃발들. 흡사 평지에 큰 숲이 불쑥 솟아난 형국이었다. 그러나 채군수는 야유 소리에 조금도 동요하는 빛 없이 말 위에서 상체를 꼿꼿이 세운 채 진중으로 들어갔다. 사령기(司令旗)·척사기들이 너풀거리는 군막 앞에 오자 포수 삼백여명이 진을 치고 있었다. 포수들은 명월진 등 각 진에서 수십년 동안 썩고 있던 솜 누비 전복과 쇠미늘 달린 갑옷 따위를 입고 있어 제법 사나운 군사의 기상이 엿보였다.

이때 귀 따가운 야유 소리가 잠시 멎는 듯하더니, 채군수가 군막 앞에 말을 세우자 이번에는 포수들이 느닷없이 총을 들어 공포를 쏘는 게 아닌가! 수백발의 총성이 벼락 치듯 하는데, 뒤이어 회민들이 일제히 함성을 질러대어 흡사 태산이 무너져내리는 듯 정신이 아뜩했다. 놀란 말이 앞발을 번쩍 쳐들고 허공을 할퀴는데, 채군수는 안장 고리를 단단히 붙잡고 간신히 몸을 가누었다. 관속 세놈은 혼비백산하여 풀밭 위에 나뒹굴고 있었다.

채군수가 포수들에게 눈을 부릅뜨고 소리쳤다.
"내 너희들을 위하여 단신으로 찾아왔거늘 도대체 이 어인 행패냐? 과연 나를 해치려고 하느냐?"

그제야 군막 포장을 들치고 장두 강우백과 이재수가 여러 집사에게 둘러싸여 밖으로 나왔다. 모두가 비장하게 굳은 표정이었다. 강우백은 환도만 찼을 뿐 여전히 다듬잇발이 서 있는 소매 넓은 도포에 갓을 쓴 맑은 선비 맵시인 데 반해 날렵하게 동달이 군복을 떨쳐입고 일본도를 찬 이재수는 영판 몰라보게 딴 모습이었다. 강우백이 무뚝뚝하게 말했다.

"사또, 오시느라 신고하셨소이다. 저 백성들이 불민(不敏)하여 방포질을 낭자히 한 모양인데, 너무 괘념하질랑 마시오. 자, 어서 안으로 듭시다."

군막 안으로 들어가 서로 마주 앉자 잠시 무거운 침묵이 흘렀다. 모두가 채군수를 외면하여 눈을 내리깔고 있었다. 이재수는 숫제 고개를 푹 숙이고 들지 않았다. 이 무슨 기구한 대면일까? 오랜만에 서로가 만났는데 왜 그 흔한 인사말도 제대로 오고 가지 못하는가. 강우백, 이재수, 오대현의 사촌인 오을복, 그리고 조사성, 이정규, 박영선, 강암석 등 모두가 상무사 벗들이었다. 아하! 상무사가 기어이 예까지 오고 말았구나! 채군수는 이렇게 속으로 탄식하며 한숨을 쏟았다.

"강별감! 장차 어찌할 셈이오? 신부가 법국 병선을 부르러 보냈으니……"

채군수가 이렇게 운을 떼으나 강별감은 여전히 눈을 내리깐 채 양미간을 찌푸릴 뿐 묵묵부답이었다. 채군수는 더 대답을 기다리지 않고 말을 이었다.

"분한 생각 같아서야 당장 불 속에라도 뛰어들고 싶을 거요. 허나 지금은 냉정을 찾아야 할 땝니다. 승산 없는 싸움을 피해야 하오. 법국과 싸우는 날이면 이 섬 땅이 아주 망하고 마는 거요. 강별감! 법국의 음흉한 속셈을 잘 알지 않소? 작년 청국의 의화단 사건 결말이 어찌 났소? 법국을 비롯한 서양 각국이 제 나라 거류민을 보호합네 하고 병대를 투입하여 대량 살육하고 급기야는 땅과 막대한 이권을 차지하지 않았소? 법국 함대는 시방도 청국 태고(太沽)에 머물러 있는데 이곳까지 단 하루면 도착할 수 있는 거리라 하오."

그제야 강우백이 개연히 입 열기를,

"사또! 무슨 말씀이시오! 우리가 싸우지 않고 물러간다고 이 섬 땅이 온전합니까? 차제에 저들을 엄중히 징치하지 않는 한, 그 세력이 온 섬에 창궐하여 저절로 법국 천지가 될 거우다. 저 주성 하늘 높이 휘날리는 법국기를 봅서!"

"강별감! 이후로는 저 무리들이 민폐를 끼치지 못하게 단단히 약조를 세우면 되지 않겠소?"

"허허, 단단히라니요? 한갓 사기꾼에 불과한 신부 놈들과 무슨 강화조약을 맺는단 말이시오! 명월진에서 강화하자고 속여 우리를 이 지경으로 만든 자가 대관절 누구우꽈?"

이때 이재수가 숙였던 고개를 번쩍 들었다.

"아니, 저런 인간 말종들과 강화해여 마씸? 당최 언어도단이우다. 무고한 양민을 스물한명이나 죽인 잔인무도한 난당 무리를 토벌하지 않고 강화하라니!"

채군수는 제 통인더러 하오말을 쓰며 달랬다.

"분을 참아야 하오. 분기를 누르고 사세를 냉정히 관망해야 하오. 팔팔 뛰는 혈기만 믿고는 도저히 될 일이 아니오. 빈대를 죽이려고 초가삼간 태우겠소?"

"초가삼간 태우더라도 빈대 멸망 좋지요. 이 땅에 독균을 뿌리는 저 법국 종내기들을 모조리 멸망시켜사 해여 마씸. 아, 원수 놈들!

참으로 분통 터져 못 살로고!"

하고 재수는 주먹으로 제 복장을 쾅쾅 내지르더니,

"사또, 우리는 이대로 물러갈 수 없소! 저 잔인무도한 폭도들에게 학살당한 스물한명의 원혼이 구천에서 울고 있수다. 아, 우리도 황사평 이 한곳에 모여 있다가 법국 군함이 쏘는 대포 한방에 몰사 죽음 하기가 소원이오!"

하고 주먹 같은 눈물을 뚝뚝 떨구었다. 이에 뒷전에 앉은 집사들이 일시에 흑! 하고 흐느껴 울었다. 채군수도 눈물이 핑 돌았다. 이때 강우백이 손등으로 눈물을 아물리고 입을 열었다.

"사또! 시방 이장두가 한 말이 저 일만 회민의 목소리임을 명심하십서. 이장두나 내나 아무리 무지하고 완명(頑冥)하기로 큰 화란이 목전에 닥친 줄 왜 모르겠소? 왜 법국 군함이 두렵지 않겠소? 회민이 일만이라도 개미 떼가 태산을 움직이겠습니까? 영감님 말씀대로 강화하는 길밖에 타개책은 없습죠. 허나, 강화는 장두 임의대로 못합니다. 저 분기충천한 일만 회민을 봅서. 광양촌에서 열세명의 피를 본 뒤로는 모두 눈이 확 뒤집혀 진격 명령을 내려달라고 여간 아우성이 아니우다. 벌써 뒷전에서 교인 둘이 살해된 모양인데, 이런 판국에 장두란 자가 강화 두 자를 들고 나올 수가 있수꽈? 당장 몰매 맞아 죽지, 살지 못합니다. 십여년 전 난리에 장두 김지가 왜 백성들한테 맞아 죽었수꽈? 저 회민들을 통솔하자면 장두도 똑같이 미치지 않으면 안되어 마씸!"

여기까지 단숨에 말한 강별감은 잠시 좌중을 훑어보고는 채군수를 향해 결연한 목소리로 끊어 말했다.

"사또! 저 노한 민인을 달래어 강화로 이끌어들이려면 제물이 필요하우다! 민인 쪽에서 무고한 목숨 스물한명이 희생되었으니, 법국 앞잽이 신부 두 놈과 그 수족으로 창귀 노릇 한 십여명을 마땅히 목 베어야 할 것이로되, 강화하는 마당에서 크게 양보하여 선봉장 최형순 한 놈만 보내라고 전해줌서! 무술년의 원수 최가 놈은 결단코 살려둘 수 없소. 만약 오늘내일 중으로 최형순이를 보내지 않을 시는 진중에 붙잡아다놓은 교인들과 교인 처자 권속 수십명을 먼저 죽이리라는 것도 아울러 전해줌서!"

결국 효유에 실패한 채군수는 화북포로 돌아가 김군수에게 보고하고 김군수는 또 주성에 사람을 놓아 이 사실을 신부에게 알렸다.

저녁에 민당은 황사평에 일부를 유진(留陣)시키고 동진과 서진으로 나뉘어 교인 포로들을 결박 지어 앞세우고 주성 가까이 바싹 다가갔다.

동진은 연무정 근처, 서진은 용연 근처에 주둔했는데 성에서 불과 활 두바탕 거리였다.

14

4월 4일

이렇게 민당이 주성을 포위하자 사태를 크게 우려한 채군수는 자꾸만 주저하는 김군수를 성화같이 재촉하여 함께 민당 장두를 만났다. 두 군수는 반나절 넘게 동진과 서진을 번갈아 왕래하며 효유하느라고 모진 신고를 겪었다. 나중에 조정에서 장두의 죄를 논할 제 유리하게 증언해주겠노라고 회유하기도 하고, 눈물로 애소하기도 했다. 이렇게 입술이 타고 목이 쉬도록 효유한 결과, 철석같던 두 장두도 마침내 마음을 돌려 강화할 의사를 비쳤다. 이리하여 민당은 금일 중으로 신부에게 교폐를 기록한 등장(等狀)을 보내, 신부가 여하히 다짐하느냐에 따라 진퇴를 결정할 테니, 교당 측은 등장을 가지고 가는 사람들에게 총을 쏘지 말고 성문을 열어 영입할 것을 요구했다. 아직은 등장 내용이 무엇이 될지 알 수 없으되

고집불통의 장두들을 담판에 끌어들인 것만 해도 큰 성과가 아닐 수 없었다.

이에 두 군수는 희색이 만면하여 주성으로 돌아와 이 말을 교당 측에 전했는데, 웬걸, 이에 대한 교인들의 공론은 실로 엉뚱했다. 민당은 곧 법국 군함이 들이닥칠 일을 크게 겁을 먹고 강화하자는 듯한데, 아쉬운 쪽은 저들이라, 등장을 보내려면 성문 문틈으로 드밀고 갈 것이지, 성문 열어 영입하라 함은 가당치 않다는 것이었다. 이런 공론이 민당의 귀에 안 들어갈 리가 없었다. 그 때문이었던가, 과연 민당의 등장은 날이 저물도록 종내 들어오지 않았다.

화의(和議)는 마침내 무산되는 듯, 밤이 되자 쌍방 간에 총질이 시작되고 민당이 교인 포로 열다섯명을 죽였다는 소문이 성내에 파다하게 나돌았다. 민당은 기어코 살육을 벌이기 시작한 것일까? 아니면 성내 교인들을 겁주려는 엄포일까? 혹시 성 밖 민당에 내응하는 성내 주민들이 조작한 것은 아닐까?

성문 위에 안치된 대포들이 두려웠던지 민당은 밤새도록 감히 주성에 접근하지 못했다.

4월 5일

날이 밝고 보니 성문 위에 안치된 대포 네개의 포문 아가리에 오줌이 흥건하게 괴어 있었다. 간밤에 교인들과 함께 성을 수직하던 성내 주민들의 소행일시 분명했다. 그렇게 오줌으로 적시지 않아도 성 위의 대·중·소포들은 녹이 잔뜩 슬어 하나같이 쓸모없는 고철 덩어리였다. 게다가 포문 아가리로 화약과 포탄을 넣게 된 구식 포들이라 무예를 좀 안다는 최선달도 다룰 줄 몰랐다. 다만 시위용으로 가져다놨을 뿐이었다.

아침 일찍 김군수는 여태 오지 않은 등장 문서를 재촉하기 위해 순교 두명을 서진에 보냈다. 엊저녁부터 민당이 교인 포로들을 학살하기 시작했다는 소문에 되우 놀란 신부들은 그제야 강화할 생각이 본심에서 우러나왔던지 장문의 편지를 써놓고, 등장이 들어오면 즉시 발송할 요량으로 기다리고 있었다.

오후에 순교가 등장 문서를 가지고 돌아왔는데 내용인즉 대략 이러했다.

"우리 제주 민인들은 당초에 봉세관의 막심한 세폐에 참다못해 그 원통함을 호소하려고 모였던바, 교인들이 무단히 난을 일으켜, 회민 중 여섯명을 포로로 잡고, 대정읍에 난입, 여덟명을 포살하고 군기를 탈취터니 급기야는 주성을 점거하고 군기를 탈취, 광양촌에서 무고한 양민 열세명을 학살했으니, 고금천지에 이런 잔인무도한 행사가 어디 있는가. 교인 중 평소에 민폐가 자심한 최형순, 박전대, 나운경, 이기선, 고백령 등 다섯명을 민당 앞으로 착송하면 당장 해산할 것이로되 만약 이를 어길 시는 주성을 함락하여 교인이라 이름한 자는 가차없이 몰살할지니라."

이는 등장이 아니라 그야말로 선전포고문이나 한가지였다. 어제만 해도 민당 장두들이 최형순 한 사람만 보내면 해산하겠다고 막무가내로 고집하는 것을 두 군수가 간신히 설득해봤던 것인데 하룻밤 사이에 완전히 표변하고 만 것이다. 필시 장두는 화해하고 싶어도 민중이 반대한 모양이었다.

저물녘이 되자 서진 포수 수백명은 대담하게도 성 밖 몇백보까지 바싹 근접하여 무섭게 총을 쏘아댔다. 성 위의 대포들이 아무 쓸모 없는 고철인 줄 알아차린 모양이었다. 흡사 왕대밭에 불을 놓은 듯 총소리가 낭자히 터지고 성문 근처 민가에 총알이 날아들어 벽과 대문에 박히고 장독 깨뜨리는 소리가 요란한데, 홀연 여기저기서 "서문으로 민병이 쳐들어온다! 교인들은 죄 도망쳤겨!" 하는 고함 소리가 들렸다. 이에 성안이 온통 발칵 뒤집혀 길마다 바닷가 북성 쪽으로 피해 달려가는 사람들로 메워져 울고불고 그런 아우성이 없었다.

그러나 실은 민병이 입성한 것도, 교인이 도망한 것도 아니었다. 교인들은 공연히 헛방놓아 탄약을 허비 말라는 신부의 명령에 따라 성가퀴에 엎드려 총질을 삼가고 있었는데, 물정 모르는 주민들은, 민병들은 총질이 낭자한데 성 위에서는 기척이 없자 교인들이 모두 도망간 것으로 오해한 것이었다.

아무튼 이날도 민병은 두 신부가 쏘는 양총에 네명의 전사자만 내고 패퇴하고 말았다. 화승총으로 열아홉자 높이의 주성을 함락하기는 썩은 새끼로 범 잡는 거나 마찬가지로 무모한 짓이었다. 민병은 성 밖에 환히 노출되어 있는 반면에 성교꾼들은 성가퀴 뒤에 찰싹 엎드려 빠꼼하게 뚫린 총안(銃眼)으로 총을 쏘아대니 어찌 당해내랴.

죽마고우 임신문을 비롯하여 산포수 넷을 한꺼번에 잃은 이재수는 완전히 눈이 뒤집혀버렸다. 죽은 벗 신문의 총 맞은 가슴팍을 열어 엉겨붙은 핏덩이를 두 손으로 움켜쥐고 울부짖더니, 당장 교인 볼모 중에 신체 건장한 젊은이 넷을 끌어내 미친 듯이 일본도를 휘두르며 목을 날렸다. 이를 본 민병들이 횃불을 흔들며 통쾌하다고 길길이 날뛰었다. 분출하는 피는 어두운 땅바닥을 흘러 횃불 빛에 번들거렸다. 그러고는 곧 죽은 포수들을 진중에 파묻어 의장을 지냈는데, 잘린 교인의 머리 넷은 하나씩 개다리소반에 담아 네 무덤 앞에 진상되었다. 머리 위에는 수저 한 벌씩 얹혀 있었으니, 그것이 바로 제물이었던 것이다.

4월 6일

이제 서진 민병들은 장졸(將卒) 할 것 없이 모두 실성하여 제정신이 아니었다. 하늘이 무너져라고 밤새도록 악성(惡聲)을 질러대며 뜬눈으로 밤을 새우더니 날이 밝자마자 나머지 교인 볼모들에게 벌 떼같이 달려들었다. 흡사 주린 고양이 쥐 만난 격이었다. "법국 놈 죽여라! 법국 년 죽여라! 법국 종내기는 다 죽여 없애라!" 하는 무서운 아우성 속에 주먹만 한 돌덩이가 비 오듯 쏟아지고 새벽하늘을 찌르는 비명 소리가 낭자했다. 삽시에 열세명이 돌무더기에 파묻혀 죽었다. 반수가량이 노인과 아녀자들이었다. 골이 깨져 허옇게 쏟아진 뇌수가 흙에 범벅이 된 참혹한 죽음이었다.

시체들을 성에서 잘 보이게 향교 마당에 높이 자란 은행나무 가지에 주렁주렁 매달아놓은 다음, 서진 민병들은 격문을 쓴 방패연 두개를 띄워 주성 안으로 흘려보냈다. 격문 내용인즉, 민당에게 총질하면 즉시 보복하겠노라고 진작에 예고했거니와 교인 볼모 열세명을 물고 낸 것은 바로 그 때문이며, 그리고 성내민들이 지난 무술년의 죄를 뉘우치지 못하고 교인들과 야합하여 성문을 닫고 항거하고 있으니 장차 입성하는 날이면 교인과 한가지로 어육을 만들겠노라, 특히 교당에다 쌀을 파는 자는 먼저 목 베겠노라는 공갈이었다.

이에 당황한 법국 신부들은 민당의 환심을 사서 한번 강화를 꾀하여볼 요량으로, 오대현, 마찬삼 등 상무사 유생 여섯명과 광양촌에서 붙잡은 민병 여섯명을 일시에 방송하였다.

그러나 다 헛된 일이었다. 오대현 등을 돌려보냈다고 감지덕지하고 물러날 민당이 아니었다. 여전히 최형순 등 오적(五賊)의 모가지를 내놓으라는 요구였다. 게다가 이재수를 잘 타일러 담판에 응하도록 해달라고 신신당부해두었던 오대현은 그날로 당장 강우백과 더불어 동진 장두가 되고 말았다.

사세가 이렇듯 뒤틀리고 보니, 성내 주민들은 물론 교인들도 크게 불안을 느껴 뒷전에서 두 신부를 원망하는 소리가 높았다. 다섯 사람 때문에 숱한 목숨이 죽어야 옳으냐, 다섯 사람을 버리고 숱한 목숨을 살려야 옳으냐. 그들을 차마 민당에게 못 넘기겠으면 감옥에 넣는 시늉이라도 해놓고 담판을 벌여야 옳지 않은가! 그러나 그자들은 항시 신부 곁에 붙어 다른 사람의 접근을 막았으므로 도무지 신부한테 말 붙일 계제가 없었다.

사세가 이렇듯 뒤틀리고 보니 성내 주민들의 공포는 말이 아니었다. 교인들이 하자는 대로 마냥 끌려다니다간 큰 화가 닥칠 판이었다. 이날 오후 성내 아낙네 백여명이 관덕정 마당에 모여 아이고 아이고, 살려달라고 서럽게 호곡했다. 남정네들은 이미 태반이 도망쳐 노약자가 대부분인지라, 할 수 없이 아낙네들이 나선 것이었다. 아낙네들은 차마 교인을 배척한다는 소리는 못하고, 열흘 가까이 성문이 닫혀 땔감은 물론 양식마저 동이 났으니, 하루만이라도 성문을 열어 왕래하게 해달라는 하소연이었다. 이 말에 교인들은, 성문을 열어 폭도들을 맞아들이겠다는 수작이라고 펄쩍 뛰었다.

이것은 조금도 엄살이 아니었다. 그렇지 않아도 흉년이라 여간 곤궁하지 않은 터에 여러날 성안에 교인 수백명이 들끓었으니, 양식이 남아돌 리가 없었다. 촌에 비해 살기가 좀 낫다지만, 이 흉년에 쌀말깨나 넉넉히 장만해둔 집이 어디 그리 흔할까. 몇 됫박 안 남은 곡기를 아껴 먹느라고 벌써부터 들에 나가 나물 캐고 갯가에 나가 해물 잡던 집이 태반인데, 성문이 여러날 닫혔으니 과연 산 입에 거미줄 칠 판이었다.

더 큰 일은 마소 먹이였다. 겨우내 취사용, 마소 먹이로 들어가고 얼마 안 남은 콩짚이나 조짚도 교인들과 같이 쓰느라고 동이 난 것이다. 교인들은 조짚을 취사용은 물론 횃불감으로도 썼으니, 오죽이나 헤펐으랴! 끼니 끓이긴 고사하고 자칫 가축을 굶겨 죽일까 두려웠다. 땔감은 아예 말똥·소똥을 말려 쓰고, 몇뭇 안 남은 조짚은 마소를 먹였다. 성문이 열려야 들에 놓아 먹이든지, 꼴을 베어다 먹이든지 할 게 아닌가. 곳곳에서 마소들이 배고파 우는 소리가 청승맞았다. 바야흐로 주성은 인축(人畜)이 다 현황(玄黃)에 빠져들 지경에 이른 것이다. 이제 주민들은 더이상 교당 측에 질질 끌려가지 않겠다는 의사가 역력했다. 두 신부는 번갈아가며 입에 침이 마르도록 회민들을 설득했다.

"여러분의 괴로운 사정을 왜 우리가 모르겠소. 그러나 이왕 같이 고생한 바이니 며칠만 참아주시오. 단 사나흘을 못 참아 성문을 여는 날이면 큰 화가 닥칠 게 뻔한데, 나중에 그 책임은 여러분이 지겠소?"

이런 식으로 한참 달랬더니, 회민들도 도리가 없는지라 묵묵히 해산하고 말았다. 그러나 이날부터 교인과 주민은 완전히 분리되었으니, 교인과 함께 불침번 서던 성내 남정네들은 다시는 성 위에 오르지 않았다.

이날 밤 성내 주민들 중에는 교인 몰래 양식을 풀어 가난한 집에 무이자로 뀌어준 사람이 여럿 있었다. 교당에 쌀을 판 자는 목벤다는 통문이 떨어진 마당에 여분의 쌀을 갖고 있다간 큰 화가 미칠 게 뻔했다. 교당이 총칼로 위협하는 데야 쌀을 팔지 않고 어찌 배기랴. 게다가 민란이 나면 부잣집 곳간은 으레 난민의 양식으로 들어가기 마련으로 민당이 입성하는 날이면 쌀 한톨도 건지지 못할 터인즉, 이렇게 미리 가난한 집에 뀌어주어버리는 것이 약은 꾀였다.

이날 저녁에도 서진 민병들은 교인 여덟명을 죽였으니 하루 새에 도합 스물한명이 희생된 것이다.

4월 7일

이날 서진 집사들은 이재수에게 명월진 만호(萬戶)가 입던 타는 듯 붉은 갑사 전복을 갈아입히고 대장이라 호칭하면서 머리를 조아렸다. 재수의 명령으로 죽은 교인 수가 무려 스물다섯명, 무자비할수록 위엄은 커지는 법이니, 이제 재수는 누구도 감히 범접 못할 무서운 장수가 되어버린 것이다. 그 위엄은 대개가 유생들인 동진 장두들을 제압하고 남았으니, 재수는 옛 상전인 오대현과 강우백에게 통문을 보내, 주성 공격을 한만히 하고 교인 징벌을 기피한다고 호되게 질책했다. 그렇잖아도 왜 우리는 교인들을 가만두느냐고 민병들의 항의가 성화같던 터라 동진 장두들은 마지못해 교인 처단에 착수했다.

이날부터 서진과 동진은 똑같이 군막 앞에 도르래 달린 돛대를 심어놓고 교인들을 목매달았다. 동진의 오대현과 강우백은 붙잡혀 온 교인들을 일일이 사핵(查覈)하여 그중 민폐 끼침 없이 안분(安分)한 자는 많이 놓아주었는데, 두 장두의 입에서 "물러가라!" 하면 방면이요, "내치라!" 하면 처형이었다. 그러나 절친한 벗이 전사한 이후로는 성정이 불같이 사나워진 이재수는 교인이라면 병든 노인까지 가차없이 돛대에 목매달아 죽였다. 살기등등한 그의 눈에는 교인들은 이미 동족이 아니고 법국 놈, 법국 년이었던 것이다.

돛대는 어른 키 두 배 높이라 뒤에서도 처형 광경을 똑똑히 볼 수 있었다. 매양 뒤에서는 죽는 교인 코빼기도 안 보인다고 불평하는 군중들을 위해 특별히 마련한 것이었다. 재수의 입에서 행령(行令)하라는 호령이 떨어지면, 먼저 거꾸로 매달아올려 얼굴이 푸르딩딩 흙빛이 되도록 얼추 혼을 뺀 다음, 목을 걸어 돛대 끝에 끌어올렸다. 돛대 끝에 매달린 교인은 잠시 허공에다 발길질하며 버둥거리다가, 배내똥을 바짓가랑이 아래로 흘리면서 축 늘어지곤 했는데 그때마다 군중은 좋아라고 껑충껑충 뛰어오르며 악성을 질러 댔다.

이날 오후에 민병들이 동문과 서문 밖 인가에 숨어들어 성을 향해 한참 총질을 해대다가 전사자 세명만 내고 패퇴하더니, 밤이 이슥해지자 이번에는 불화살로 이른바 화공(火攻)을 벌였다. 한때 낭자한 총소리와 함께 밤하늘을 유성같이 나는 수많은 불화살이 제법 볼만했다. 그러나 군기고에서 수십년 썩던 활들인데 튕겨대는 탄력이 신통할 리가 없었다. 불화살은 멀리 날지 못하고 대개 성벽 중동에 맞고 맥없이 떨어져버리고 용케 성을 넘은 것들도 불 꺼진 채 성 바로 밑 길바닥에 박히기 일쑤였다. 그렇다고 교인들이 쏘아 내는 총알이 빗발치듯 하는데 성에 바싹 근접하여 공격할 수도 없는 노릇, 하릴없이 민병들은 집 한채도 못 태운 채 도로 물러나고 말았다.

그래도 도깨비불처럼 나는 불화살을 처음 본 교인과 주민들은 여간 놀란 게 아니었다. 밤중에 다시 화공을 벌일지 모른다고 이웃끼리 도와 물 축인 멍석을 지붕에 올려 덮고, 밤늦도록 놀란 가슴 진정치 못해 컴컴한 골목에 모여 웅성거리고 있는데, 자정 무렵 홀연 출처를 알 수 없는 통문이 비밀리에 나돌았다. 내일 아침 조반을 일찍 먹고 해가 사라봉 꼭대기에 걸리면 모두 관덕정에 모이라는 통문이었다.

4월 8일

날이 밝자 남문 근처에 또 종이쪽지를 매단 화살이 서너개 떨어져 있었다. 그것은 민당이 성내 주민들에게 보내는 통문으로, 즉시 성문을 개문하거나 최형순 등 오적을 잡아 성 밖에 내치든지 하지 않으면 입성 시에 교인들과 한가지로 진멸(盡滅)할 것이라는 내용이었다.

아침참에 천명 가까운 사람들이 관덕정에 모여들었다. 전일에 비해 열 갑절이 더 많은 수였으니, 성내 백성 남녀노소가 거의 다 모인 셈이었다. 관덕정 마당을 가득 메운 회민들은 요전날처럼 아이고 아이고, 대성통곡하며 성문을 열어달라고 호소했다. 그러나 무슨 궁리를 하는지 법국 신부들은 좀처럼 나타나지 않았다. 아마도 그 말이 그 말일 테니 아예 모른 체하는 게 상책이라고 여기는 모양이었다. 아무려면 적수공권인 저들이 감히 교당에 대들랴. 너희들은 꼭 성문 열기를 원해서 모였다기보다는, 성 밖의 민당이 두려운지라 이렇게 해서라도 환심을 사보려는 약은 수작이 아니냐.

그러나 수식경이 지나도록 신부들이 얼씬하지 않자 회민들은 흥분하기 시작했다.

"법국 신부는 냉큼 우리 앞에 현신하라!"

"배고파 죽겠다! 어서 성문 열라!"

"최형순을 성 밖에 내치라!"

이렇게 험악한 언사가 중구난방으로 터져나오는데 돌연 서문 근처에 벌건 불길이 불끈 치솟았다. 웬 불일까? 회민들은 모두 자리 차고 일어나 불난 곳으로 우르르 달려갔다. 총을 쥔 교인들도 수십 명 떼 지어 내달았다.

푸른 잡초만 우거진 성 밑 공터에 땅속에서 솟아났는지 난데없는 불기둥이 하늘로 뻗쳐오르고, 인근 초가집 한채가 처마에 시뻘건 불덩어리를 달고 있었다. 초가집 불은 이내 잡았으나 공터에 타는 불은 도무지 엄두가 나지 않았다. 그것은 화약불이었다. 명석 두장에 잔뜩 쌓아놓고 햇볕에 말리던 솜화약에 불이 난 것이었다. 화약을 지키던 교인 셋이 화상을 입고 땅바닥에 나뒹굴고 있었다. 눈썹과 앞 머리칼이 타고 이마와 콧등이 삶은 감자처럼 껍질이 홀러덩 벗겨져 있었다. 평지에 다락같이 솟은 화약불은 불빛마저 푸른색이 감돌아 보기에도 섬뜩할뿐더러, 화약 연기가 어찌나 매운지 감히 접근하는 사람이 없었다. 교인들은 그 많은 화약이 회진되는 것을 보면서 안타까이 발만 동동 굴렀다.

"대관절 어찌 된 일이여, 엉?"

"이런 변고가 있나, 원."
이때 한 교인이 대뜸 회민들에게 손가락질하며 외쳤다.
"필시 저자들의 소행이여! 저자들의 소행이여! 저자들 중에 누가 불을 던진 거여!"
그러자 회민들이 당장 발끈해서 소리쳤다.
"아니, 어따 둘러씌우는 거여, 둘러씌우긴?"
"즈이들이 담배 먹다가 불을 내놓고설랑에 멀쩡한 우릴 죄인으로 몰아? 원, 적반하장도 유분수지."
이번엔 다른 교인이 눈을 부릅뜨고 쏘아붙였다.
"아니라니! 당신네들 소행이 아니고 누구 짓이여? 분명히 적당과 내통하여 불을 놓은 거여! 이참에 적당과 똥줄을 맞대고 있는 놈들은 가만두지 않을 테여!"
이 말에 눈이 확 뒤집힌 회민들은 "저놈 잡아라!" 아우성치며 앞으로 밀고 나왔다. 앞에 선 아낙네들 댓명은 숫제 옷고름을 쥐어뜯어 가슴을 젖히며 대들었다. 성정이 사납기로 이름난 서문 근처 돼지 장수들이었다.
"자, 쏠 테면 쏴라!"
"너 죽고 나 죽자!"
삽시에 교인들과 회민들은 뒤죽박죽 섞여 이리 밀리고 저리 밀렸다. 몇 사람이 화약불에 데어 비명을 질렀다.
"어어, 이 예펜네들이 참말로 죽자고 실성했나?"
"가차이 오면 참말로 총을 쏠 거여!"
교인들은 연방 이렇게 엄포를 놓았지만 속수무책이었다. 화승에 불을 댕겨 공포라도 한방 놓아야 할 텐데, 발이 동동 들리게 사람들 틈에 꼭 끼여 옴짝달싹할 수 없었다. 어물어물하는 사이에 화재를 회민 탓으로 돌렸던 두 교인이 붙잡혀 군중 속으로 끌려들어왔다. 돼지 장수 아낙네들이 머릿수건을 풀어 돼지다리 묶던 솜씨로 두 팔목을 비끄러맸다.

"그 두 놈을 당장 때려죽여라!"

"화약불 속에 집어넣으라!"

그제야 정신 차린 나머지 교인들이 얼른 화승에 불을 붙이고 공포를 수십발 쏘아붙였다. 총소리에 기겁한 회민들은 교인 둘을 팽개치고 에쿠데쿠 비명 지르며 관덕정 쪽으로 냅다 튀어 달아났다.

그러나 사태는 이에서 끝나지 않았다. 다시 관덕정 마당에 모여든 회민들은 더욱 분개하여 성문 열라고 징·꽹과리 치며 아우성쳤다. 형세가 자못 심상치 않았다. 누군가 일어나서 성문을 열자고 소리치면 당장 와하고 따라나설 기세였다. 이에 법국 신부들은 발등의 불을 끌 요량으로 회민들에게 욕을 한 두 교인 중 한 사람을 붙잡아 김군수에게 넘기고 당장 볼기를 치게 했다. 그것이 효험이 있어 회중은 잠시 누그러지는 듯하더니, 신부 일행이 관덕정을 빠져나가려고 하자 돌연 아낙네 이십여명이 달려나와 에워쌌다. 돼지들이 총소리에 놀라 제물에 죽거나 도망가버려 파산한 돼지 장수 아낙네들, 신부를 철천지원수로 삼는 무녀들, 그외에도 만성월·만성춘·상절·모제비 같은 퇴기들도 여럿 끼여 있었다. 그중 육십 난 노파로 제일 연상인 쟁반두리가 삼도리 경민장인 이언방 처와 더불어 이 민회의 숨은 장두였다. 여태 회민들 속에 숨어 있던 장두가 마침내 대담하게 몸을 드러낸 것이다. 소문난 무녀답게 몸피가 훤칠하고, 숱 많고 검은 머리칼이 조금도 늙은 태가 없었다. 쟁반두리는 구신부의 옷소매를 붙잡고 늘어졌다.
"못 간다, 못 가! 이 자리에서 날 죽이든지, 성문을 열든지 하기 전엔 못 간다!"
쟁반두리는 입에 게거품을 물고 악을 바락바락 썼다. 구신부는 몸에 송충이가 붙은 듯 질색하여 소매를 뿌리치며 "마귀년 물러가라!"고 소리쳤다. 그러나 노파는 소매에 동동 매달려 한사코 떨어지지 않았다.
"마귀는 바로 네놈이다. 이놈 양귀신아! 어서 성문을 열어라! 왜 성문을 열지 않느냐? 기어코 우리 성안 백성을 다 죽여먹을 작정이냐? 교인도 아닌 우리가 왜 죽어야 하느냐! 썩 성문을 열어라!"
노파의 악에 받친 절규는 잠시 조용하던 회중을 온통 들쑤셔놓아 성문을 열라는 아우성이 연해 터져나왔다. 이때 한 젊은 사내가 팔을 걷어붙이고 용약 앞으로 튀어나왔다. 사내는 우락부락하게 생긴 얼굴 그대로 목소리도 우렁우렁했다.
"여러분, 특히 남자분네들 들읍서! 이 민회에 여자 장두는 있고 남자 장두는 없다니 대관절 어찌 된 일이오? 근량깨나 나가는 불알을 차고서 육십 난 할머니한테 장두를 맡기다니, 부끄럽지 않소? 내 보다 못해 이렇게 나왔수다. 나는 얼마 전에 절도죄로 징역 살고 나온 김남학이란 자로 몸은 비록 더러운 징역꾼이나 한번 의로운 일에 헌신하여 속죄할 결심이오. 자, 여러분! 내가 개문(開門) 장두가 될 터이니 내 말을 따르시오!"
이에 회중은 일제히 쌍수를 들고 와아 함성을 올려 우렁차게 화답했다. 특히 노상 뒷전에 처져 있던 남정네들은 여간 기고만장한 게 아니었다. 김남학은 즉각 두 신부를 향해 무섭게 닦아세웠다.

"때도 늦은데 구구히 여러 사설 늘어놓을 것 없소. 한마디로 신부는 죄인 다섯을 지금 당장 민당에게 넘기시오. 천번 죽어 마땅한 다섯 죄인 때문에 하 많은 교인이 죽어가고 있을뿐더러, 장차 우리 성안 백성들도 몰사하게 생겼으니, 대관절 이리 잔인무도한 처사가 어디 있소! 신부는 지금 당장 죄인 다섯을 민당 앞으로 보내시오. 만약 이에 응하지 않으면 우리 스스로 성문을 열겠소! 자, 신부는 가부간에 이 자리에서 대답하시오!"

바야흐로 관덕정 마당은 광풍이 휘몰아치듯 걷잡을 수 없이 들끓어올랐다.

"신부는 바삐 대답하라!"

"오적을 묶어 민당 앞으로 보내라!"

"가자! 성문 열러 가자!"

이렇게 무섭게 볶아쳤으니, 어찌할 것이냐. 그렇다고 여자가 태반인 회민들 낯짝에다 총질할 수도 없는 노릇이었다. 궁지에 몰린 신부들은 마침내 삼일 후인 4월 11일 오시 정각에 성문을 열기로 약속하기에 이르렀다.

법국기는 여전히 교당 하늘 높이 펄럭거리고 있었지만 신부들은 이제 초조한 빛이 완연했다.

성 밖에도 적, 성안에도 적, 그야말로 사면초가였다. 신부들은, 채군수는 물론 김군수마저 난민에게 붙어버렸다고 여간 개탄해 마지않았다. 김군수는 회민들이 성문을 열라고 아우성쳐도 시종 수수방관할 뿐, 일언반구 효유하는 말이 없었다. 효유하기는커녕, 오히려 이 난국을 타개하는 길은 오직 민당 요구에 응하여 교인 다섯을 내주는 것뿐이라고 난민들과 똑같은 소리를 하지 않는가! 그야말로 관민이 한패가 되어 교당을 배척하고 나선 듯이 여겨졌다. 김창수, 채구석 두 군수가 효유한다는 명목으로 날마다 순교 두명을 성 밖에 내보내고 있지만, 그 꿍꿍이속을 누가 알랴! 효유합네 하고 난민과 내통하고 있는지도. 특히 어제 효유차 성 밖에 나갔던 순교들이 가지고 온 소식은 사실인지 낭설인지 헤아리기 어려웠다. 육지로 건어물 장사 나갔던 풍선이 돌아와 전했다는 소식인즉 이러했다.

바야흐로 영남과 호남 지방은 민란이 크게 휩쓸고 있는바 영남은 활빈당이 창궐하고 호남의 나주 등지에서는 천주교의 교폐로 인해 난리가 일어났는데 곳곳에 전선줄은 절단되어 경성과 통신이 두절되고 지방대는 패퇴하여 강화 진위대가 내려가 토벌 중이라는 것이었다. 만약 이것이 사실이 아니고 민당이 조작한 낭설이라면 아마 이렇게 풀이할 수 있으리라.

"전선이 절단되었으니 전보 치러 장윤선을 보낸 것은 이미 허사요, 관군은 경군(京軍)이나 지방대나 영남·호남 지방의 민란 진압에 투입되어 제주에 파견할 여력이 없으니, 교당은 어서 항복하라!"

장윤선은 어찌 되었나? 과연 전선이 절단되어 전보를 못 치고 만 걸까? 아니면 그가 탄 배가 도중에 풍랑을 만나 표몰되어버렸나? 장윤선이 목포로 떠난 지 이제 엿새째, 넉넉잡아 나흘만 기다리면 구원병이 올 줄 알았는데 여태 꿩 구워 먹은 자리니 어찌 된 것이냐? 기한은 앞으로 삼일, 그사이에 구원병이 오지 않으면 대참사가 벌어지고 마는 것이다. 교인들은 기도문을 외우며 애타게 법국 군함을 기다렸다. 그러나 바다는 연일 잔잔한데 쪽박 하나 떠오지 않고, 무정한 한라산은 태연히 평좌를 틀고 앉아 모른 체하고 있었다.
　이제는 양식 구하는 일도 난감했다. 어제 그제 사이에 성내 부민들은 몰래 양식을 민간에 처분해버린 것이다. 그러나 난민이 두려운 것이 부자들이라, 민당이 입성하면 헌납한다고 더러 숨겨놓은 게 있을 터였다. 이날 오후 내내 양식을 구하러 다니다 지친 교인들은 총을 든 채 어느 부잣집에 들이닥쳐 다짜고짜 조짚가리를 허물었는데 과연 그 속에서 숨겨둔 조 석섬이 나왔다. 돈을 내놓고 팔라고 다그치니 바깥양반은 이 앓는 시늉으로 울상 짓고, 아낙은 숫제 마당에 퍼질러앉아 살려달라고 울부짖었다. 팔자 하니 민당이 두렵고, 거절하자니 교당이 무서운 것이다. 그러거나 말거나 돈을 집어던지고 빼앗아가려는데 웬걸, 돌아다보니 대문 밖에는 어느새 구경꾼들이 잔뜩 몰려들어 웅성거리고 있지 않은가! 동네 사람들을 보자 집주인은 기운이 살아나 사또의 허락을 받아오기 전엔 결코 팔 수 없노라고 버텼다. 그래서 두 신부는 하릴없이 군수를 찾아갔는데 그 역시 난민의 보복이 두려운 사람이라 짐작대로 고개를 흔들고 만 것이었다.
　이날 횃불감이 떨어진 교인들은 동네 연자방앗간의 지붕 이엉을 벗겨갔다. 나중에 지붕 이엉을 새로 이어주겠다고 거듭 다짐했지만 주민들은 여간 노한 눈치가 아니었다.
　이날이 사월 초파일, 해가 저물어도 서문 밖 해륜사(海輪寺)에서도, 동문 밖 만수사(萬壽寺)에서도 종소리는 울려오지 않았다. 대문에 종이등을 달아 밝힌 집도 없었다. 부처님이 해물(海物)을 풍성하게 몰고 온다는 이날 밤, 여느 때 같으면 북성 밖 갯가에는 게·소라·고둥을 잡느라고 수많은 횃불이 장관을 이루고, 집집마다 해물

삶는 구수한 냄새가 성안에 자욱할 텐데……

4월 9일

양식이 태부족한 교인들은 어제부터 밀기울죽 사발로 두 끼니를 때우고 있는 반면에 민병들은 먹을 것이 흡족했다. 난리가 커지고 살육이 낭자히 벌어지자, 마을 부민들은 에뜨거라 싶어 너도나도 앞다퉈 양식을 내고, 들에는 들나물, 갯가에는 해물이 지천으로 많으니 배곯을 리 없었다. 포수를 제외한 각처 민병들은, 전대·후대로 나뉘어 사흘돌이로 교대하여 주성 밖에 번(番) 들었는데 그때마다 각자 사흘 먹을 양식을 휴대하고 왔다. 게다가 때때로 아낙네들이 떼를 지어 떡바구니를 짊어지고 오기도 했다.

이렇게 교대하여 번 들었지만 성 밖의 민병 수는 항시 오천 아래로 내려가는 법이 없었다. 그러나 수만 많았지, 여전히 주성은 난공불락이었다. 민병은 이날 낮에도 성을 에워싸고 한 차례 총을 무섭게 쏘아댔으나, 쏘아 맞힌 것은 기껏 성 위에 세워놓은 허수아비 몇개뿐, 오히려 두명의 전사자만 내고 말았다.

성을 칠 적마다 대여섯명씩 노상 피해를 입는 민병들은 대신 교인 포로를 죽여 분풀이하곤 했는데, 이날은 특히 대량 살육이 벌어져 근 오십명이 떼죽음당했다.

민병들은 번을 마치고 향리로 돌아가면 마을 안팎을 참빗으로 서캐 훑듯 교인 색출에 광분했는데, 주성을 도망쳐나온 교인 수백명 중에 아예 한라산으로 도피한 자들은 무사했지만 고향 집으로 숨어든 자들은 거개가 붙잡히고 말았다.

이렇게 붙잡힌 교인들은 곧 장두 앞으로 끌려가 만중(萬衆)이 환호하는 가운데 돛대 끝에 매달려 숨져갔다. 열명 중에 일고여덟은 서진에서 살해되었는데, 동진 장두들이 무죄하다고 놓아준 교인들도 민병들이 몰래 서진으로 끌고 가 이재수의 손을 빌려 죽이곤 했다. 오대현과 강우백이 누차에 걸쳐 교인 징벌은 옥석을 가려 죄 있는 자만 죽이라고 극구 타일렀지만, 이재수와 서진 집사들은 막무가내로 듣지 않았다. 차제에 법국 종자는 마른 이 죽이듯 죽여 없애야 한다는 것이었다.

죽은 자는 비단 교인뿐만 아니었다. 악질 지주, 혹독한 빚쟁이, 소악패, 불효막심한 자, 간음한 자 등 악종이란 악종은 내친김에 멸종시켜야 한다고 연달아 돛대 끝에 매달았다. 이재수는 양반들까지도 사정 두지 않고 여럿 죽였으니, 백성들의 통쾌함이란 비길 데 없었다. 백성들은 차제에 장두의 손을 빌려 뼈아픈 원한을 풀고자 너도나도 못된 양반들을 엮어다 바치는 것이었다. 전곡을 뀌어주고 변리를 터무니없이 받아내는 자, 빚값에 남의 처자를 빼앗은 자, 마을 곗돈을 떼먹은 자, 백성의 선산에 억지로 투장한 자…… 모두가 이 천한 관노 앞에서는 파리 목숨이었다. 죄질에 따라 흉악범은 이재수가 직접 일본도로 찔러 죽이기도 했다. 장대(將臺) 높이 버티고 선 이재수의 불갑사 전복은 활활 타는 불꽃처럼 휘황찬란했다. 이재수가 우렁찬 목소리로,

"백성님네 들으십서! 이 김진사란 놈은 소위 대민(大民) 명색으로 백성을 보살피기는커녕 도리어 양반 우세하여 평생 백성을 못살게 굴기를 업으로 삼던 놈이오! 숭년에 이놈의 장리쌀 꾸어다 먹고 패가망신한 집이 한둘이 아니라 마씸. 심지어 빚값에 아이꺼정 빼앗아 종살이시키질 않나, 당최 이건 사람이 아니라 사람 피 빨아

먹는 진드기우다! 과연 이놈을 죽여야 옳소, 살려야 옳소?"
하고 외치면 수천 민병들은 일제히 죽이라고 악을 쓰며 발을 구르
는 것이었다. 심지어 어떤 물정 어두운 부자는 양반 된 도리로서
난민에게 양식을 댈 수 없다고 했다가 애꿎게 끌려와 죽음을 당하
기도 했다. 재수의 "행령하라!" 소리에 목매단 죄인이 돛대 끝으로
동동 떠올라가면 일제히 "와아!" 함성이 터지고 총소리·북소리·
징 소리가 귀청 떨어져라고 낭자히 울려퍼졌다. 사람들은 모두 실
성하여 길길이 날뛰며 울고 악을 써댔다. 그야말로 아수라장이었
다. 그러다가 한참 무섭게 난타하던 북소리·징 소리가 덩덩 깽깽
느리게 장단을 맞추기 시작하면 사람들은 보리타작 노래를 불러대
는 것이었다. 죽창을 도리깨 삼아 앞을 치는 시늉을 하면서,

어야홍 어야홍 하야도하야
억만 군사야 모다들어
마당질로 뚜드려보자
오월 염천 벼락치듯
좁은 목에 번개치듯
어야홍 어야홍 하야도하야
요놈은 개구리 보린가 풀짝 튄다
조놈은 양반 보린가 세기도 하다
어야홍 어야홍 하야도하야
이놈도 때릴 놈
저놈도 때릴 놈
요기여 조기여

때리고 때리라
때리고 때릴 놈
요기여 조기여
어야홍 어야홍 하야도하야

시체 보고 몰려든 까마귀 떼가 동진과 서진 하늘을 까맣게 덮고 까악까악 시끄럽게 우짖고 있었다. 이날까지 죽은 사람은 동진·서진 합하여 거진 백명에 가까웠다. 물론 대다수가 교인이었다. 시체들은 매장하거나 멀리 치우지 않고 진중에 그대로 방치하였으니 그 썩는 냄새가 수천명이 싸대는 똥오줌 냄새, 때에 전 땀냄새에 뒤범벅이 되어 그 고약한 악취가 천지를 진동했다.

이날도 교인들이 가슴을 졸이며 애타게 기다리던 군함은 종내 오지 않고 말았다. 시한은 앞으로 이틀, 성 위의 교인들은 그야말로 좌불안석이었다. 난리가 터진 지 이십일, 그동안 한시도 맘 못 놓고 북 나들듯이 뻔질나게 이리 뛰고 저리 뛰고, 성 위에서 찬 이슬 맞으며 새우잠 자기를 일과로 삼았으니, 기운인들 여전할 리 없었다. 게다가 어제 아침부터는 끼니가 밀기울죽 두 사발이라 모두 허기져서 두 눈이 퀭했다. 이리 허약한 기운으로, 성벽에 사납게 와 부딪치는 저 노한 황파(荒波)를 어찌 막아내랴. 이날 저녁에 느닷없이 한 소문이 성안에 나돌아 교인들이 적잖이 동요했는데 장윤선 등이 탄 배가 표류하여 제주섬 동 끝 우도(牛島)에 표착했는데 곧 민당에게 발각되어 잡혀 죽었다는 것이었다. 이는 필시 흉악한 성내 무당 년들이 조작하여 퍼뜨린 낭설일 테니 안심하라고 신부들이 타일렀으나, 교인들 불안이 좀처럼 누그러들지 않았다. 불안에 찌들 대로 찌든 교인들은 이제 최형순 한 사람이라도 희생시켜 민당과 화해하여야 한다는 소리를 공공연히 입 밖에 내기 시작했다. 금 간 기와 몇장 아끼다가 대들보 썩는 줄 모른다고 신부들을 원망했다.

밤에 구신부가 홀로 동헌으로 두 군수를 찾아가 개문 날짜를 며칠만 늦추도록 주선해달라고 청했다.

"글쎄, 김남학을 불러 타일러보긴 하겠소만, 보나마나 말을 듣지 않을 거요. 타일러서 될 일이라면 왜 우리가 이렇게 넋 잃고 앉아 있겠소?"

김군수가 이렇게 지친 목소리로 맥없이 대꾸하자 구신부는 붉은 턱수염을 바르르 떨며 언성을 높였다.

"사또, 저 난당 무리들이 성문을 열게 우리가 그냥 놔둘 줄 아시오? 저들이 기어이 성문 열기로 든다면 부득불 총질을 안할 수 없소. 그러니 두분 영감께선 백성들에게 경거망동하여 공연히 목숨만 잃지 말고 15일까지만 참아달라고 설득해주시오! 문신부와 나는 이미 죽기로 각오한 사람, 성문이 열리는 날이면 우리 두 신부가 맨 앞에 서서 항쟁하다 죽을 작정이오. 법국인 두 사람이 죽으면, 두분 영감은 물론 조선국에 결코 이롭지 못한 중대사가 벌어질 것이오!"

채군수는 욱하고 화가 치밀었다. 도대체 일을 망쳐놓은 장본인이 누군데 어디서 큰소리냐! 한입 가득 올라온 욕설을 눌러 삼키느라고 온몸에 소름이 쫙 끼쳤다. 김군수는 숫제 울먹이며 하소연이었다.

"아, 대인! 어찌하면 좋겠소? 이같이 무력한 관장이 할 일이 대관절 무엇이오? 참으로 난감하기 짝이 없소!"

서슬 퍼렇던 구신부도 금세 풀이 죽어 괴로운 듯 두 손으로 머리를 감쌌다. 좌중은 잠시 한숨만 내쉴 뿐 말이 없었다. 한숨 바람에 촛불이 날려 까물거렸다. 마침내 채군수가 단호한 어조로 입을 열었다.

"곧 김남학과 쟁반두리, 이언방 처를 불러 감언이설로 달래보겠소만, 보나마나 헛수고일 게 틀림없소. 물론 나도 성문을 열지 말자는 의논엔 적극 찬성이오. 허나 백성의 요구를 아주 묵살한 채 일을 도모할 수는 없는 것이오. 다섯 교인을 백성들에게 내주지 못할망정 감옥에라도 넣는 시늉을 해서 성의를 보여야 할 게 아닙니까? 시각은 촉박한데 다른 방도는 없소! 무슨 수를 써서라도 목전에 닥친 대참화를 막아야 하오. 대인! 제발 부탁이오! 대인께서 용단을 내리시어 내일 오전 중으로 다섯 교인을 결박 지어 우리한테 넘기고 사과문을 작성하여 민당 앞으로 보내시오! 그것만이 다섯 사람을 죽이지 않고 일을 해결하는 방법이오."

구신부도 다른 계책이 없는지라 교당으로 돌아간 즉시 교인 다섯을 불러 모아 이삼일만 감옥에 들어가 있으라고 간청했다. 그러나 그들은 하나같이 펄쩍 뛰며 고개를 내둘렀다. 그렇잖아도 오적으로 점찍혀 여러날 사나운 꿈자리에 시달려온 그들인지라, 의심이 버쩍 났던 것이다. 신부가 혹시 감옥에 넣는다고 속여 실은 난민에게 넘길 심산이 아닐까? 모두들 불길스러워, 감옥에 들기 싫다고 버텼다. 심지어 최선달은 감옥에 가느니 차라리 자살하고 말겠다고 환도를 빼어들고 설쳐대기도 했다. 구신부는 결단을 못 내려 우물쭈물하다가 결국 그 말을 철회하고 말았다.

한편 두 군수도 이날 밤 순교를 놓아 개문 장두를 찾아오게 했는데, 온 것은 김남학 혼자뿐이고, 이언방 처와 쟁반두리는 이미 이틀 전에 집을 비운 채 행방이 묘연했다. 관에서 부를까봐 아예 숨어버린 게 틀림없었다. 성문 개문은 워낙 여자들이 주장하는 일이라, 김남학 하나만 구워삶아서 될 일이 아닌데다 김남학마저 고집불통이었다. 여자들로부터 배신하면 죽인다는 위협을 받고 있는 터라 어찌할 수 없다는 것이었다.

하루 두 끼니 좁쌀죽으로 연 이틀 동안 버티고 있는 교인들 중에는 마늘밭의 마늘을 뽑아다 횃불에 구워 먹으면서 성을 지키는 사람도 더러 있었다.

4월 10일

이제 시한은 단 하루뿐. 아침에 신부들이 김남학을 교당으로 불러 주식(酒食)을 권하며 백방으로 위협도 하고 달래기도 해보았지만, 역시 헛일이 되고 말았다.

바다는 뜻없이 잔잔하기만 하고 군함은 여전히 오지 않았다. 하늘과 바다가 조개입같이 꽉 맞물려 있는 물마루, 과연 기다리는 군함이 저 물마루를 열고 나타나줄는지…… 교당 위 높이 솟은 깃대 끝에 호기있게 나부끼던 법국기도 축 늘어져 까딱하지 않았다.

주민들은 이 골목 저 골목 이웃끼리 모여 정신없이 쑥덕거렸다. 시간이 흐를수록 길거리는 인적이 드물어 흡사 역병이 쓸고 간 마을같이 괴괴했다. 교인들은 총대 잡은 손이 부들부들 떨리고 두려움으로 가슴이 터질 것만 같았다.

이렇게 주성 안은 시시각각으로 불안이 커지는데 오후 늦게 민병들이 성을 에워싸고 무섭게 핍박해왔다. 불화살에 실패 본 민병들은 이번에는 꽁지에 불꾸러미를 단 가오리연들을 띄웠다. 울긋불긋 험상궂은 귀면(鬼面)을 그려넣은 가오리연들은 들기름 먹인 진달래 가지에 불을 붙여 매달고 너울너울 성안으로 날아들었다. 총알은 쌩쌩 날아와 성 근처 민가에 박히고 함성 소리가 무섭게 밀어닥쳤다. 기어코 오늘 밤 안으로 결판낼 듯한 기세였다. 교인들은 필사적으로 총을 쏘아댔다. 주민들은 모두 집 밖으로 나와 이리 쏠리고 저리 쏠리며 우왕좌왕하고, 소·말·닭·돼지·개들도 놀라 미친 듯이 울부짖었다.

그러나 그 화공도 역시 실패하였다. 가오리연들은 공중에 솟아오르자 세찬 바람을 맞아 꽁지불이 확 부풀어오르는 듯하다가는 미처 성벽을 넘기도 전에 제물에 꺼져버리기 일쑤이고, 용케 불을 단 채 성을 넘어도 성벽 안에 늘어선 네댓그루의 늙은 팽나무 가지에 걸려버리곤 했다. 어쩌다 민가 지붕에 떨어지는 것도 더러 있긴 했지만, 그 위에 젖은 멍석이 덮여 있어 아무 해를 입히지 못했다.

그러자 이번엔 방법을 바꾸어 동문과 남문에서 황소를 내몰아 화공을 감행해왔다. 양 뿔에 횃불을 단 황소가 달구지를 끌고 무섭게 성문을 향해 돌진했다. 달구지 안엔 불붙기 시작한 조짚이 하나 가득 실려 있었다. 되우 놀란 교인들은 달려오는 소를 향해 마구 총을 갈겨댔다. 동문에서는 소가 명중되어 성문 바로 앞에 쓰러졌지만, 남문에서는 총을 설맞은 소가 무섭게 울음 뽑으며 달려들더니 성문을 쾅 들이받았다. 다음 순간 조짚불은 그 속에 들어 있던 화약에 옮아 불길이 크게 치솟았다. 이에 그 성문 바로 위에 있던 교인 십여명이 혼비백산하여 우르르 성안으로 뛰어내리고 민병들은 와아 환성을 올렸다. 불길에 휩싸인 황소는 길길이 날뛰며 성문을 여러번 쾅쾅 들이받더니 처절한 울음을 토하며 벌렁 나동그라졌다. 불길은 더욱 커져 성문을 완전히 가려버렸다.

그러나 성문은 끝내 타지 않았다. 화약불은 한참 만에 꺼졌는데 탄 것은 소와 달구지뿐, 철갑 입힌 성문은 여전히 요지부동이었다. 민병은 두번 더 소를 몰아 화공을 꾀했으나 역시 실패로 돌아가고 말았다.

저물녘에 민병들이 물러가자 지칠 대로 지친 교인들은 성 위에 그대로 널브러져버렸다. 변변히 못 먹은 속이라 뱃가죽이 등에 달라붙는 듯 허기가 극심했다. 종일 구름 뒤에 숨어 있던 해는 잠깐 반짝하고 얼굴을 내비치더니, 이내 물마루 뒤로 빠져들어갔다. 구름 빛이 검게 변했다. 구름은 검은 장막을 친 듯 서녘 하늘을 덮고 주성 하늘까지 뻗쳐 있었다. 주성 하늘에 불끈불끈 치솟아오른 검은 구름 봉우리들은 흡사 저마다 분기탱천 질끈 주먹 쥔 거대한 팔뚝처럼 보였다. 멧부리에 머물러 빛나던 잔광(殘光)마저 사라져버리자 한라산도 검게 어두워졌다. 주황빛 노을빛이 흐르는 남녘 하늘을 등지고 검은 자태로 솟은 한라산은 거대한 날개를 편 검은 수리 형용으로 변하여 금방이라도 주성을 향해 날아와 덮칠 듯이 보였다.

어둠은 시시각각으로 짙어져 주성을 숨 막히게 눌러댔다. 땡그랑땡그랑, 교당에서 때늦은 만종(晩鐘) 소리가 울려왔다. 성 위의 교인들은 화들짝 놀라 일어나 무릎 꿇고 성호를 그었다. 주모경을 되풀이 되풀이 외어도 심장을 틀어쥔 공포감은 조금도 누그러들 줄 몰랐다. 군함은 종내 안 오고 마는 걸까?

이때 홀연 오리 남쪽 광양촌에서 함성이 나더니, 어둠 속에서 봉화 크기만 한 불이 서너군데 불쑥 솟아올랐다. 웬 불일까? 성 위의 교인들이 의아하여 모두 그곳으로 눈길을 모으는데, 불은 삽시에 커다랗게 부풀어올랐다. 아뿔싸, 방화불이다! 마을에 불 질렀다! 불은 서너 곳에 그치지 않고 잇달아 여기저기에서 불쑥불쑥 치솟아올랐다. 그때마다 무서운 함성이 뒤따랐다. 금세 광양촌은 불바다로 변해 벌게졌다. 불타는 집이 스무채도 넘을 듯싶었다. 화공에 실패한 분풀이로 교인 집을 골라 방화한 것이 틀림없었다.

불기운은 너른 들녘을 붉게 물들이고 연기를 타고 올라가 구름까지 뻗었다. 성벽에도 붉은빛이 번들거렸다. 성 위의 교인들 얼굴에도, 골목에 나와 웅성거리는 주민들 얼굴에도 불빛이 눌어붙어 있었다. 남문 근처 성 위에는 그 마을 출신 교인들이 모여 서럽게 울고 있었다.

교인들은 이제 완전히 두려움에 질려버렸다. 성 위에 드러누워 괴롭게 몸부림치다간 벌떡 일어나 예수, 마리아를 부르면서 도무지 부접지 못했다. 시한은 오늘 밤뿐, 내일 일이 꿈만 같았다.

"아이고, 어떡할꼬, 어떡할꼬."

"이것도 천주님이 시키는 일일까?"

"신부님들도 한심한 어른이여. 매사에 저 다섯 놈 하자는 대로 오냐오냐하니!"

"아이고, 저 흉악한 다섯 놈 때문에 우린 다 죽게 생겼져! 아이고, 아이고!"

"시각이 촉박한데 매양 타령만 할 게 아니라, 그놈들을 우리 손으로 잡아 내쳐사 해여!"

"최형순이 한 놈이라도 푸대쌈합시다."

이렇게 교인들마저 기색이 심상치 않은 가운데 밤은 자꾸만 깊어가고 성안은 점점 터질 듯한 긴박감으로 팽만해졌다. 푸대쌈당할까봐 겁을 잔뜩 집어먹은 다섯 교인은 아예 두 신부의 옷자락을 붙잡고 싸고돌며 일절 교당 밖으로 나오지 않았다. 자정녘이 되어 광양촌 방화불은 차차 사그라지고 이따금 마소들이 배고파 우는 소리가 청승맞게 들릴 뿐 사방은 죽은 듯 고요한데, 돌연 아낙네들의 날카로운 목소리가 야음을 뚫고 들려왔다.

"성내 백성들은 한 사람도 빠짐없이 내일 아침 몽둥이 들고 관덕정에 모입서!"

"교인들은 최형순 등 오적을 묶어 성 밖에 내치라!"

이들은, 숨어 있는 이언방의 처와 쟁반두리의 시킴을 받은 만성월과 만성춘 등 여덟명의 퇴기와 무녀들이었다. 이들은 떼 지어 이 골목 저 골목 뛰어다니면서 이렇게 외쳐댔으나, 이를 저지하는 사람은 아무도 없었다.

이에 버썩 겁이 난 최선달은 신부도 못 미더웠는지 아예 목사 동헌으로 몸을 피했다. 평소에 관장 알기를 발살의 때꼽재기만도 못하게 여기던 최선달이 계하(階下)에 꿇어앉아 제발 불쌍한 목숨 거둬달라고 애걸복걸하였으니, 그 얼마나 꼴불견이던가! 간신히 사또의 허락을 얻은 최선달은 먼지투성이 동헌 마루 밑으로 기어들어가 숨었는데 성교꾼 선봉대장이란 자가 이 지경이니 나머지 교인들의 사기야 말해 무엇하랴?

15

4월 11일

드디어 성문 열기로 된 날이 왔다. 하늘은 쾌청한데, 교당의 깃대에 뱅뱅 말린 법국기는 개 꼬리 흔들듯이 끄트머리만 할랑거리고 있었다.

날이 밝자 민병들은 다시 성을 에워쌌다. 이날따라 성문을 열라고 함성만 지를 뿐, 총질은 없었다. 혹시 성내민들이 총질에 겁을 내어 관덕정 회합이 무산될까봐 자제하는 것이 틀림없었다. 그러나 사람들은 좀처럼 모여들지 않았다. 아침참이 훨씬 지나도 관덕정 마당은 텅 비어 걸뱅이 하나 얼씬거리지 않았다. 길에도 사람의 왕래가 끊겨 있었다. 해는 성문을 열기로 된 오시 정각을 향해 거침없이 치솟아올랐다. 성 밖 민병들의 함성이 갈수록 커졌다.

현익호가 나타난 것은 바로 이때였다. 성 위에서 이를 먼저 본 교인들이 환성을 질렀다.

"관군이 온다!"

화륜선은 물돼지 물 가르듯 양옆에 흰 물이랑을 일으키며 기세 좋게 달려왔다. 교인들은 쉴 새 없이 소리 지르며 십자기를 흔들어댔다. 마침내 칼을 든 하늘의 천사가 온 것이라고 교인들은 굳게 믿었다. 민병들은 얼마 동안 주춤하더니, 곧 동진 포수 삼백여 명이 산지포로 내달았다. 배는 연방 뿡뿡 뱃고동을 울리며 산지포 밖에 바싹 다가오더니 전마선 두척을 물 위에 내렸다. 저 콩깍지만 한 전마선으로 관군을 상륙시키겠다니 우릴 뭘로 보는 거여? 포수들은 즉각 총을 쏘아대기 시작했다. 그러자 현익호는 에뜨거라 싶었던지 얼른 전마선을 끌어올리고는 황망히 뱃머리를 돌리는 것이었다. 너무 싱겁게 물러나는 것으로 보아 관군을 실은 배가 아니라, 여느 때처럼 목포나 부산 가는 길에 잠깐 들른 게 틀림없었다.

이에 기세등등해진 민병들이 당장 성을 허물 듯이 함성을 질러대는데 사시(巳時) 정각이 되자, 먼저 서문 근처 돼지 장수 아낙네들 십여명이 용약 고함지르며 내달았다.

"모두들 관덕정으로 모입서!"

"어서들 나옵서. 몽둥이 들고 어서 나옵서!"

돼지 장수 아낙네들은 선불 맞은 산돼지같이 이 골목 저 골목 미친 듯 뛰어다니며 고래고래 소리 질렀다. 이 소리를 들은 사람들은 때가 왔다는 듯이 너도나도 몽둥이 들고 앞다투어 집 밖으로 튀어 나왔다. 금세 성안은 온통 벌집 쑤셔놓은 듯 시끌작했다.

"가자! 관덕정으로 가자!"

"안 나오는 집은 당장 때려부수켜!"

이 골목 저 골목에서 사람들이 꾸역꾸역 떼몰려나왔다. 운양 대감 집에서도 회민 한 사람을 내었으니, 대감의 첩모(妾母), 초렴의 늙은 어미가 부지깽이 하나 들고 뒤쫓아갔다.

관덕정에 모인 회민 이천명은 역시 태반이 여자들로 칠십 난 노파들도 적지 않았다. 남녀 모두가 머리에 흰 수건을 동이고 손에 몽둥이를 들고 있었다.

여자 장두들의 조종을 받는 김남학은 관덕정 축대에 올라 씩씩하게 이천 회민을 지휘하기 시작했다. 김남학이 소리치며 양팔을 번쩍 쳐들 때마다 회민들은 일제히 함성을 질러대며 기세를 돋우니, 성 밖 민당도 이에 호응하여 우렁찬 함성이 터져나왔다. 금방 주성이 박살나 무너질 듯이 무서운 함성이었다. 성 위의 교인들은 바람 센 날 높은 가지에 앉은 어린 새들처럼 바들바들 떨고 있었다.

채군수와 김군수는 신부에게 사람을 보내, 일각이 급하니 빨리 다섯 교인을 포박하라고 성화같이 재촉했다. 그러나 이미 늦었다. 좀 전만 해도 신부들의 옷자락을 붙잡고 싸고돌던 그들이 어느새 자취를 감춰버린 것이다. 두 신부는 난감했다. 그러나 어찌 생각하면 차라리 잘된 일인지도 몰랐다. 이제는 형세가 급전하여, 도무지 감옥에 넣는 것으로 끝날 기미가 아니었다. 그렇다고 수족처럼 아끼는 다섯 총사의 목숨을 적당에 넘겨주기는 차마 못할 짓이었다. 그러니 지금 회민들 앞에 나아가, 도망간 다섯 죄인을 당장 포박하기가 어려우니 내일 오시까지만 기다려달라고 사정하여 하루라도 시간을 버는 것이 상책이었다. 이렇게 핑계가 생긴 신부들은 잠시 목에 걸린 묵주를 만지며 묵주 신공을 외운 다음, 함께 관덕정으로 나아갔다.

신부들이 나타나자 회민들은 일제히 몽둥이를 휘두르고 발을 구르며 성문 열라고 아우성쳤다. 흙먼지가 구름같이 일어나 뿌옇게 하늘을 가렸다. 성 밖에서도 연해 함성이 터져 노도같이 성을 넘어 밀어닥쳤다. 기세가 험악하여 도무지 말이 먹혀들어갈 계제가 아니었다. 두 신부는 김남학을 붙잡고 내일까지만 기다려달라고 매달려보았으나, 김남학은 일언지하에 거절했다. 내일까지 기다릴 것 없이 교당에서 허락만 하면 당장 회민을 풀어 잡아내겠노라고 하는 데야 말문이 막힐밖에 없었다.

그러는 사이에 해는 어느덧 한라산 꼭대기 위에 솟아올라 오시 정각이 임박했다. 이제 회민들의 아우성은 극에 달하여, 일촉즉발의 위기가 완연했다. 무서운 아우성 소리에 기가 질린 두 신부가 양총 멘 어깨를 잔뜩 옴츠리고 섰는데 별안간 포정문 앞에서 소란이 일어났다. 민당이 지목하는 오적 중의 하나인 박전대가 회민들 틈에 숨어 있다가 발각되어 매를 맞는다는 전갈이었다. 채군수와 김군수가 급히 관속을 거느리고 내달았다. 신부들도 얼른 양총을 벗어들고 뒤따라갔다.

"비켜라!"

채군수가 먼저 사람들을 헤치고 들어가니 박전대는 결박당한 채 못매를 맞고 코와 입에서 피를 흘리고 있었다. 두 신부가 얼른 뛰어들어 박전대를 감싸자, 여기저기서 무서운 욕설이 날아들었다.

"죄인 박가 놈을 내놓아라!"

"썩 비켜나라, 이 양놈들아! 느이놈들은 무사할 줄 아느냐!"

"정작 죽일 놈은 저놈들이여!"

"이 양귀신아, 그 총으로 애매한 백성 얼매나 죽였느냐! 자, 쏠 테면 쏴라!"

사람들은 몽둥이를 휘두르며 무섭게 으름장 놓았다. 두 신부는 얼어붙은 듯 총도 들지 못하고 얼굴이 하얗게 질려버렸다. 사람들은 두 신부를 에워싸고 주춤주춤 앞으로 밀어붙여 불과 두어발짝 사이를 두고 바싹 죄어왔는데 돌연 청년 둘이 "야잇!" 하고 몸을 솟구쳐 신부들을 덮쳤다. 순간 다른 사람들이 일제히 곤두박질치듯 거기로 뛰어들었다. 신부들은 금방 총을 빼앗기고 땅바닥에 나뒹굴었다. 형세가 자못 위급해졌다.

채군수가 얼른 앞을 가로막고 벽력같이 소리쳤다.

"고정들 하시오! 이 무슨 낭패요! 외국인을 해치는 날은 우리 제주가 망하는 날인 줄 모르시오? 그리고 죄인 박가 놈은 민당이 입성하면 넘겨주어야지, 이 자리에서 때려죽이면 어찌하오? 우리가 그동안 동헌에 감금하고 있을 테니, 안심하고 물러나시오!"

회민들이 잠시 주춤하는 사이에 옆에 있던 김군수가 관속들에게 호령했다.

"뭣들 하느냐! 어서 이 세 사람을 동헌으로 데려가라!"

이 말이 떨어지기가 무섭게 관속들이 달려들어 세 사람을 포정문 안으로 밀어넣었다.

신부들이 두 사또와 관속들에게 둘러싸여 황급히 문 안으로 빠져 들어가자, 관덕정 축대 위에서 장두들이 에라 잘됐다는 듯이 내달으며, 신부와 사또가 다시는 못 나오게 포정문을 닫아걸라고 소리쳤다. 이에 근처 사람들이 벌 떼같이 달려들어 포정문을 쾅 밀어 닫고 바깥 쇠문 고리에 굵직한 몽둥이를 질러 박았다. 이때, 성 위의 교인들이 사방으로 흩어져 달아나 민가에 숨어들고 있다는 전갈이 들어오자, 관덕정 마당은 환성으로 들끓어올랐다. 곧 한 사내가 포정문 곁의 높다란 종각 위로 민첩하게 기어올라갔다. 와아! 때는 왔구나. 오시 정각이다! 오정(午正) 종을 울려라! 성문을 열러 가자! 종각 끝에 오른 사내는 잠시 이마에 손을 대고 멀리 사방을 둘러보더니 축대 위의 장두들을 향해 소리쳤다.

"성교꾼은 다 도망쳤소! 성 위엔 쥐새끼 하나 없소."

이에 회민들은 다시 목이 터져라 만세를 부르고 환성을 올렸다. 이때 장두들이 잠시 서로 말을 나누더니, 삼도리 경민장 이언방이 축대 끝으로 바싹 다가섰다. 검정 두루마기에 소털 패랭이를 젖혀 쓴 그는 육십 가까운 노인이었다. 손에는 괭이자루가 들리어 있었다. 회중은 일시에 물 끼얹은 듯 조용해졌다. 그 위로 이언방의 우렁우렁한 목소리가 울려퍼졌다.

"여러 백성님네, 내 말 들읍서! 성문을 열기 전에 몬저 해야 할 일이 있수다! 저 교인 놈들은 우리 손으로 잡읍시다. 교인 행색을 잘 아는 우리 성내 백성이 잡아내야지, 민병들에게 맡겼다간 큰 탈 납네다. 민병이 입성하면 온 성안이 사람으로 그득할 텐데, 그땐 피아를 구별 못하고 옥석을 분간 못해 우리 중에 무고한 사람 많이 죽고 성안이 쑥밭이 되게 마련이우다. 자, 시방 교인 놈들은 혼비백산하여 총도 버린 채 쥐구멍 찾기에 급급하고 있는 중이오. 자, 갑시다! 일도리·이도리·삼도리, 각 마을별로 나누어 교인들을 색출해냅서! 자, 종을 쳐라! 교인 사냥 가라! 종을 쳐라!"

이 말이 떨어지자 종각에 올라간 사내는 미친 듯이 종을 난타하기 시작했다. 캉캉캉캉…… 회민들은 일제히 와아! 함성 지르며 몽둥이를 휘두르며 동서남북으로 떼 지어 달려갔다. 사방으로 물밀 듯 성에 들이닥치니 과연 교인들은 달아나고 성 위는 텅 비어 있었다. 아낙네 수십명이 용약 성 위에 뛰어올라 성 밖 민병들에게 환성을 보내며, 교인들이 버리고 간 총·칼·창을 성 밖으로 내던져 주었다. 어느 여장부는 아무 쓸모도 없는 칠백근 대포를 성 아래로 밀어뜨리기도 했다. 그러자 멀찍이 떨어져 있던 민병들이 와아! 함성 지르며 동·서·남문을 향해 구름처럼 몰려들었다. 이에 당황한 이언방 등 성내 동소임들이 즉시 성 밖에 내달아 동·서진 장두들에게 잠시 후면 교인들을 모두 잡아 올릴 테니 그동안 입성 말고 기다려달라고 청했다. 두 장두는 쾌히 허락했다.

곧 주성 안은 마을별로 교인 색출이 시작되었다. 벼룩이 뛰어봐야 장판이더라고 성 밖은 민병이 둘러쌌는데 도망가면 어딜 도망가랴. 마침 성내 민가들이 거의가 비어 있는 터라 교인들은 다수 거기로 숨어들어 있었다. 사람들은 마을 초입부터 차례차례 집을 뒤져나갔다. 죽창·철창으로 천장, 마루 밑, 방고래를 쑤셔대고, 대숲·헛간·고방, 심지어 돼지막까지 뒤졌다. 이렇게 한바탕 가택을 훑고 나니, 잠깐 사이에 붙잡힌 교인 수가 육십여명이었다. 나머지는 민병들의 사냥감으로 놔두었다.

먼저 서진 민병이 공포를 낭자히 쏘아대며 입성하였다. 성내 백성들이 연도에 늘어서서 환호하는 가운데, 털빛 고운 가라말(黑馬)을 탄 서진 대장 이재수가 갑사 전복의 붉은빛을 화사하게 주위에 퍼뜨리며 이백여명의 포수·집사들에게 옹호되어 호기있게 들어왔다. 눈에는 대모테 풍안경, 머리엔 꼭두서니빛 붉은 실 전립, 전립에 맵시 있게 꽂은 공작털 한 쌍, 날렵하게 빼어든 일본도엔 서릿발 같은 검광(劍光)이 뻗쳤다. 교인을 여럿 목 베어 황천으로 보냈다는 '황천검'. 그러나 칼은 피얼룩 한점 없이 소름끼치게 희디흰 빛이었다. 포수들은 의기양양하게 걸어가며 연방 공포를 쏘아대고 그때마다 뒤따르는 수천 민병들이 깃발과 창을 흔들며 우렁차게 함성을 질러댔다. 연도의 백성들도 덩달아 함성을 올렸다.

"우리 의군 입성 만세!"

"이대장 만세!"

재수는 만면에 웃음을 띠고 목례로 답하였다.

재수는 관덕정에 도착한 즉시 축대 위에 척사기 수십개를 꽂고, 교살용 돛대를 세웠다. 그러고는 교인 포로 육십여명을 성내민으로부터 넘겨받았는데 그 자리에서 김남학·이언방 부부·쟁반두리·만성월 등 개문 장두들의 노고를 크게 치하하고, 그중 공이 큰 김남학을 선봉장이라 칭하여 당장 군복 일습과 환도 한 자루를 내려주었다.

"애초에 우리가 주성 백성 알기를 교인과 한 무리인 줄로 여겨, 입성하는 대로 모조리 무찔러버릴 작정이더니, 이제 보니 우리와 한마음 한뜻이었구료. 덕분에 우리 의군이 힘 안 들이고 입성하였으니, 실로 그 공이 막대하오. 이제 성문이 여러날 닫혀 성중이 극히 곤핍할 터인즉, 군사들에게 일절 민폐가 없도록 단속하겠소!"

개문 장두들은 송구스러워 두 손을 앞에 모으고 머리를 조아렸다.

재수는 곧 민병들을 마을별로 정연히 대오 맞춰 앉힌 다음, 민간에 들어 노략질하거나 밥을 토식하는 자는 엄벌에 처할 테니, 용변 외에는 될 수 있는 대로 관덕정 마당을 벗어나지 말라고 단단히 신칙했다. 그러고는 곧장 교인 색출이 시작되었는데, 그것도 수가 많으면 민폐가 될 터인즉, 포수 백명만 풀어 성내민들과 함께 활동하도록 했다.

웬일인지 동진은 그때까지도 입성하기를 망설이며 동문 밖에 머물고 있었다. 재수가 기다리다 못해 집사들을 보내 입성하기를 청했는데 동진 장두들이 하는 말이, 서진보다 두 배나 많은 동진 민병까지 입성하면 성안이 좁아터져 필경 예기치 않은 불상사가 일어나고 말 테니 잠시 성 밖에 유진해 있겠다는 것이었다. 핑계인즉 그럴듯했으나 그 속내는 능히 헤아릴 만했다. 한마디로 우린 따로 놀 테니 너희들 멋대로 하라는 투가 아니고 무엇이랴! 소위 "군마(軍馬)로 관부(官府)를 범한 자는 때를 기다리지 말고 목 베라(不待時梟首)"는 국법이 두려운 것이다. 비겁한 유생 나부랭이들 같으니! 화가 잔뜩 난 이재수는 몸소 집사 댓명을 데리고 동진으로 달려갔다. 쌍방 간에 대판 말다툼이 벌어졌다. 재수는, 이미 죽을죄를 저질러놓은 터에 주성만 범하지 않는다고 살 줄 아느냐, 죄를 나한테만 뒤집어씌우려는 흉계가 아니냐 하고 언성을 높이고, 오대현과 강우백, 마찬삼 등은 이젠 피에 멀미 날 대로 났다, 그만큼 교인들을 물고 냈으면 됐지, 이미 적이 무릎을 꿇은 마당에 또 피를 보아야 하느냐, 최형순 이하 오적만 잡아 죽이고 나머지 교인들은 곤장으로 다스리자 하고 극구 타일렀다. 그러나 이재수는 막무가내였다. 교인 씨를 하나라도 남겨두었다간 다시 새끼 쳐서 온 섬에 창궐할 텐데, 이왕 벌인 일을 예서 그만두자 함은 천부당만부당하다는 것이었다. 어찌하나? 관덕정 마당은 바야흐로 교인 도살장이 되고 말 텐데…… 그렇다고 마냥 성 밖에 머물 수도 없는 노릇, 게다가 휘하의 동진 민병들마저 어서 입성하자고 성화같이 재촉하지 않는가.

이렇게 한참 실랑이를 벌인 끝에 동진 장두·집사들은 이재수로부터 법국인 두 사람만은 해치지 않겠다는 다짐을 받아놓고 결국 입성하기에 이르렀다. 그러나 동진은 남문 근처 넓은 공터에 진주한 채 관덕정의 서진과 어울리지 않고 별도로 행동했다.

곧 동서남북 사문에다 먹물이 뚝뚝 흐르는 큼직한 글씨로 방문을 내걸었다. 첫째가 세폐를 구함이요, 둘째가 교폐를 구함이요, 셋째가 무술년의 난괴(亂魁)를 다스림이라 하였다. 무술년의 난괴라 함은 말할 것도 없이 방성칠란 때 주성 백성을 몰아 남학당을 쳤던 송대정, 홍정의 등을 일컬음이었다.

교당은 무참히 파괴되었다. 민병들이 벌 떼같이 달려들어 지붕 위 기왓장을 홀떡 벗겨 박살내고 풀무 망치를 휘둘러 벽을 헐어뜨렸다. 야소(耶蘇)와 그 부모의 소상(塑像)이 뭇매를 맞아 산산조각이 나고 벽에 붙였던 성인(聖人)들 상본(像本)이 갈기갈기 찢겼다. 두 신부의 의복이나 제의(祭衣) 가용 기물을 비롯한 갖은 잡동사니들은 마당 한가운데 쌓아놓고 불 질러졌다. 교당은 삽시에 폐허가 되어버렸다. 심지어 정원의 나무들마저 분풀이를 당했으니 가지가 찢겨나가지 않은 것이 드물었다.

피란 가고 비어 있는 송대정과 홍정의 집도 쑥밭이 되었음은 물론이다.

교인들이 속속 붙잡혀 동진과 서진 장두 앞으로 끌려갔다. 더러는 민병들 속에 숨어 있다가 발각되기도 하고 보리밭에 숨었다가 붙잡혀오기도 했다. 그런 경황 중에도 성벽에 밧줄을 걸거나 성벽에 얽힌 늙은 담쟁이덩굴을 잡고 성을 탈출한 교인이 꽤 많았다.

엉겁결에 그냥 성벽을 뛰어내린 자들도 있었는데 그들은 대개 발목을 부러뜨린 채 민병들에게 붙잡혔다. 동헌 마루 밑에 몸을 피해 있던 최형순과 박전대는 민당이 입성하자 얼른 담을 넘어 튀었는데, 박전대는 성 밖으로 피해 무사했으나, 최형순은 보리밭에 숨었다가 잡히고 말았다. 최선달의 기첩 군자홍은 운양 대감이 숨겨주었다. 무작정 울담을 넘고 들어와 살려달라고 호소하는데 차마 박정히 내쫓을 수 없었다. 군자홍은 초렴 모녀와 친분이 자별한 사이였던 것이다.

한편 이때를 당하여 두 사또가 하는 일은 고작 법국 신부들을 내동헌에 숨기고 방문 앞에 순교 세명을 세워놓는 것뿐이었다. 이제 백성의 관장은 따로 있었다. 관장 외에는 못 오르는 관덕정 정자는 채군수의 통인 이재수가 차지해버렸다. 이런 판국에 섣불리 밖에 나섰다간 십중팔구 노한 군중에게 봉욕만 당할 게 틀림없었다. 다른 일은 고사하고 법국인 두 사람을 보호하는 것만도 힘겨운 일이었다. 관덕정의 장두들에게 글을 보내 법국인은 절대로 해쳐선 안 된다고 신신당부해두었지만, 도무지 마음이 놓이지 않았다. 난민들이란 흥분이 극에 달하면 고삐를 풀어버리고 멋대로 날뛰게 마련인데, 국법이 두렵다고 관정돌입을 주저하랴. 자칫 포정문 안으로 벌 떼같이 몰려들어 두 신부를 낚아채가면 그만이었다. 속수무책인 두 사또는 그저 바늘방석 같은 동헌 상방에 앉아 바로 지척에서 터지는 아우성 소리에 탄식만 할 따름이었다. 관속들은 쥐 풀방구리 드나들듯이 연신 포정문 밖으로 들락거리며 소식을 물어오더니, 해가 설핏 기울어 반공에 걸리자, 관덕정 마당에 붙잡혀온 교인 수가 백오십명에 달한다는 전갈이었다. 동진 장두들은 교인들이 잡혀오는 대로 일일이 사핵하여 그중 행위가 괘씸한 자들만 십여 명 잡아놓고 나머지는 다 풀어줬는데, 풀려나도 갈 데 없는 그들인지라, 노상에서 서성거리다 다시 서진 민병에게 붙잡혀가기 일쑤라는 것이었다.

그런데 이때 갑자기 포정문 쪽에서 "저놈 잡아라!" 하는 고함 소리와 함께 동헌으로 떼몰려오는 발소리가 요란한데, 웬 귀밑머리 땋은 총각 하나가 숨이 턱에 닿게 헐레벌떡 달려오더니 관속들이 미처 손쓸 겨를도 없이 내동헌 안으로 뛰어들었다.

"신부님! 살려주세요!"

열아홉살 난 구신부의 하인이었다. 신부들이 황급히 방문을 밀치고 곤두박질치듯이 허겁지겁 달려드는 총각을 맞아 얼른 방 안으로 끌어들였다. 총각이 벽장 속에 숨기 바쁘게 뒤미처 민병들이 아우성치며 들이닥쳤다. 대정 민당이었다. 삽시에 내동헌은 포위되고 마당은 죽창 든 사람들로 가득했다. 앞장선 포수 셋이 서슴없이 툇마루 위로 뛰어오르고, 그중 수포수로 보이는 텁석부리가 마루 천장에다 총을 벼락같이 쏘아붙였다. 그러자 잠시 멈칫했던 민병들이 일제히 함성 지르며 짚신발로 옥내로 뛰어들었다. 이 방 저 방 사또의 침소까지 가리지 않고 방문과 벽장문을 벌컥벌컥 열어젖혔다. 마침내 신부들이 숨어 있는 구석방 지게문이 활짝 열렸다. 두 신부는 기겁하여 뒷벽에 가 붙었다.

"양놈들이 여기 숨었져!"

신부들을 보자, 사람들은 대번에 분통을 터뜨렸다.

"이 비겁한 놈들아! 제자들은 다 죽게 내버려두고 느이들만 살자고 여기 숨었더냐!"

"그 두 놈을 끌어내 당장 숨통을 잘라라!"
"괴수는 살리고 졸개들만 죽이라니 말이 되나! 장두가 못 죽이면 우리 손으로 죽이는 거여!"
"끌어내라!"
모두들 무섭게 숨을 헐떡거리며 악을 바락바락 쓰는 것이 당장 방 안에 뛰어들어 묵사발 낼 듯이 험악한 기세였다. 위기였다. 신부들은 새파랗게 질려 사시나무 떨듯 바들바들 떨었다.
이때 채군수가 창황히 사람들을 헤치고 나와 방 앞을 막아섰다.
"조용히, 조용히들 하시오! 시방 천주교 아이놈을 찾지 않고 무슨 소란이오? 어서 그놈을 찾으시오. 필시 벽장 속에 들었을 것이오! 자, 두 사람만 방에 들어가서 수색하고 나머지는 뒤로 물러나시오! 다섯발짝 뒤로!"
신부들에게 향한 화살을 다시 하인 쪽으로 되돌리려는 임기응변이었다. 다행히 민병들은 제 고을 사또 말이라 투덜거리면서도 뒤로 물러서는 척해주었다. 마당을 가득 메운 민병들이, "벽장문 열라! 벽장문 열라!" 아우성치는 가운데 두명이 비호같이 방 안으로 뛰어들었다. 벽장문이 열리고 곧 하인 아이가 끌려나왔다. 하인 아이는 우악스레 머리채를 잡힌 채 방 밖으로 질질 끌려가면서 애처롭게 신부님을 불렀다. 벽에 붙어 부들부들 떨고 있던 구신부가 방바닥에 몸을 내던지며 통곡했다.
"아, 그 착한 아이를…… 차라리 나를 죽여라!"
텁석부리 수포수가 툇마루 아래서 하인을 넘겨받으면서 통쾌한 듯 웃음을 터뜨렸다.
"죽여달라고? 하하하! 느이 두 놈을 잡아먹고 싶어도 장 값이 아까워 못 잡아먹겠다" 하고 큰 소리로 빈정거리더니, 별안간 얼굴을 험악하게 일그러뜨리면서 소리쳤다.

"대신 느이 종놈을 죽여주마! 예전엔 대속(代贖)이라 하여 죄진 주인 대신에 그 종을 잡아 죽이던 법이 있었다. 바로 당장 느이놈들 눈앞에서 죽여주마! 자, 모두들 비켜라!"

앞에 있던 민병들이 화들짝 놀라 우르르 뒷걸음질쳤다. 텁석부리는 지체 없이 총을 겨눈 채 댓발짝 물러서더니 미처 채군수가 말릴 사이도 없이 혼이 나가 멍하니 서 있는 구신부의 하인의 가슴팍에다 총을 쏘아붙였다. 하인은 외마디 단말마의 비명을 지르며 쓰러지고, 사람들이 "와아!" 하고 함성을 터뜨렸다. 구신부는 가슴에 얼굴을 묻고 까무러쳐버렸다.

그동안 내내 고을에 머물면서 제 고을 백성들을 효유하던 정의군수 김희주가 이때쯤 입성하였다. 김군수가 회유한 탓인지, 애초에 장두로 나섰던 오씨 형제도 떨어져나가버린 정의 민당은 제주 고을 중면·좌면과 더불어 대정 상무사들의 지휘를 받고 있었다.

저물녘이 가까워지자 관덕정의 서진은 교인 색출을 일단락 짓고 곧장 처형을 서둘렀다. 종각 앞에 붙잡혀온 사람은 모두 백여명인데 그중 교인 아닌 성내 주민들이 더러 끼여 있어 김남학, 이언방이 성내 동소임들을 데리고 선별하니, 교인은 모두 구십오명이었다. 선별이 끝나자 오들오들 떨던 교인들은 미친 듯이 결박당한 몸을 솟구치며, 엎으러지며, 발에 밟힌 지렁이처럼 땅바닥을 떼굴떼굴 구르며 살려달라고 울부짖었다. 먼저 최형순이가 축대 위로 끌려갔다. 민병들의 아우성이 요란한 가운데 축대 위에 홀로 세워진 최형순은 혼비백산하여 비칠거리는데, 이재수가 앉았던 의자를 자

빠뜨리며 정자 아래로 뛰어내렸다.

"악한 최형순은 내가 처치하겠소!"

그 서슬에 최형순이 벌렁 뒤로 엉덩방아를 찧고 재수는 날파람 일으키면서 맹수처럼 그 위를 덮쳤다. 일본도는 거침없이 최형순의 배 복판에 박혔다. 처절한 비명 소리가 민병들의 귓구멍을 찔렀다. 재수의 두 손아귀에 잡힌 칼은 일순 진저리를 치더니, 부욱 옷 찢는 소리와 함께 배를 가르며 사타구니께로 내려갔다. 내장이 왈칵 쏟아져나왔다. 잔뜩 숨죽였던 수천 민병들이 일시에 와아 환성을 터뜨렸다. 이재수는 피 묻은 칼을 가죽신에 두어번 쓱쓱 문질러 본때있게 칼집에 꽂고는, 축대 밑에 늘어선 포수들에게 나머지 교인들을 모두 포살하라고 명하였다. 뉘엿뉘엿 지는 해는 관덕정의 큰 그림자를 광장에 드리우고 있었다.

목숨이 경각에 놓인 교인들은 완전히 공포에 질려 서로 엉겨붙은 채 울며불며 몸부림쳤다. 이때 한 교인이 벌떡 자리에서 일어나더니 크게 소리쳤다.

"봅서, 교우 여러분들! 내 말 들읍서!"

양베드로였다.

"모두들 정신 차립서! 시방 천주님이 부르시는 소리가 들리지들 않소?"

그러나 교인들의 곡성은 좀처럼 그치지 않았다. 양베드로는 결박 지인 몸을 거세게 흔들며 우렁찬 목소리로 외쳤다.

"용기를 냅서! 울음을 그치고 용기를 냅서! 천주님 앞으로 갈 때가 왔수다. 이제 곧 우리는 모두 천당에 가게 되니 마음의 준비를 해야 합니다. 용기를 냅서."

"이 죽음을 두려워하는 자 신심이 약한 잡니다. 신심이 약한 자는 천당에 못 갑네다. 천주께서 나를 위해 죽는 자, 영원히 살 것이라고 하였소. 자, 주모경을 외웁시다!"

그제야 교인들이 눈물이 질펀한 얼굴로 양베드로를 보았다. 이때 한 교인이 울먹거리며 걱정스럽게 물었다.

"난 무식해서 기도문을 못 외웁니다. 아는 건 '예수, 마리아' 두 말뿐인디 그래도 천당에 갈 수 있으까 마씸?"

양베드로가 크게 고개를 주억거리며 대답하기를,

"물론입쥬. 천주님을 위해 죽는 것보다 더 큰 축복은 없수다. 우리 중에는 요사이 입교하여 기도문을 못 깨친 교우님이 많을 텐데, 모두 나를 따라 하십서. 자, 우리 다 같이 큰 소리로 기도문을 외우면서 기꺼운 마음으로 천주님 앞으로 나아갑시다!"

양베드로가 먼저 얼굴을 하늘로 쳐들고 장쾌한 목소리로 성모경을 외우기 시작했다. 다른 교인들도 하나둘 울음을 삼키며 뒤따라 외웠다. 몸은 결박되어 손을 모아쥘 수도 없고 묵주도 만질 수 없고 성호도 그을 수 없었다. 그러나 기도 소리는 점점 커져갔다.

"성총을 가득히 입으신 마리아여! 네게 하례하나이다! 주께서 너 함께 계시니, 여인 중에 복되시며 복중(腹中)에 나신 예수 또한 복되시도다. 천주의 성모 마리아여! 이제 와 우리 죽을 때 우리 죄인을 위하여 빌으소서. 아멘."

이리하여 관덕정은 피비린내 물씬 나는 도살장으로 변하고 말았다. 교인 포살은 이재수가 수족같이 부리는 소위 내진(內陣) 포수 삼십여명이 도맡아 했다. 포수들은 서로 꽉 엉겨붙은 교인들을 총대로 후려갈기며 스물댓명씩 떼어내서 동헌 담벼락에다 몰아세우고 총을 쏘아붙였다. 그중 행실이 괘씸한 자는 돛대에 매달아 숨을 끊었다. 총소리가 터질 때마다 관덕정을 가득 메운 수천 민병들이 죽창을 흔들어대며 신이야 넋이야 뛰어오르며 고래고래 소리 질렀다. 광증에 불 지펴진 민병들은 심지어 포수들만 재미 본다고 여간 불평이 아니었다. 사냥감을 달라고 죽창을 빗발치듯 흔들며 악을 써댔다. 모처럼 잡은 죽창 한번 그럴듯하게 써먹고 싶다는 것인가. 포수들이, 옛다 너희들도 먹어라 하고 교인 서너명을 군중 속에 던져주었는데, 순식간에 뭇 발에 짓밟히고 죽창에 찔려 참혹하게 죽고 말았다.

이렇게 한참 동안 총소리, 비명, 아우성, 피, 먼지가 한데 뒤섞여 가마솥 물같이 들끓던 관덕정 마당은 해가 저물어서야 겨우 가라앉았다. 동헌 담벼락을 따라서 시체들이 늘비하게 널리고 피가 고랑을 이루어 흘러내리고 있었다. 그 담 울타리 너머 바로 지척인 내동헌에서는 법국 신부들이 하염없이 울기만 하고 있었다.

이날 하루 사이에 죽은 교인 수는 동진의 십여명을 합하여 백명이 훨씬 넘었다. 밤이 이슥하여, 동헌에 숨어 있던 이위원이 운양대감 댁으로 몰래 숨어들었다.

4월 12일

죽은 최형순의 시체를 돛대 끝에 매달아놓고 총을 쏘아 맞히면서 밤새도록 악성을 질러대던 서진 민병들은 날이 밝자 다시 동헌에 돌입하였다. 한 패는 신부들에게 몰려가 교인 명부를 바치라고 핍박하고 다른 한 패는 동헌 안팎을 북새질 놓으며 숨은 교인을 수색했다. 결국 김군수가 깔고 앉은 동헌 마룻장 밑과 천장에서 교인

십여명이 무더기로 나오자, 화가 난 재수는 김군수를 포박하라는 명령까지 내렸다. 이에 놀란 동진 장두 오대현과 강우백이 급히 관덕정으로 내달았다. 관장을 포박하다니, 도대체 일을 어디로 끌고 갈 작정이냐고 노발대발하자 재수도 지지 않고 언성을 높였다. 관장도 관장 나름이지 시종여일하게 신부의 창귀 노릇을 한 자가 어찌 백성의 관장이라고 할 수 있느냐는 것이었다. 이렇게 한때 양진 장두 간에 싱갱이가 있더니 결국 재수가 양보하여 체포령을 거두었다.

 그런데 중낮이 가까워 서진 민병들은 다시 공포를 쏘아대며 동헌을 침입하였다. 기어코 신부들에게 교인 명부를 받아낼 작정인 모양이었다. 신부들은 사제관 속에 교인 명부를 놔두었노라고 했지만 쑥밭이 된 사제관은 흙무더기, 나무 쪼가리, 사금파리만 어지럽게 널려 있을 뿐 아무리 뒤져도 교인 명부는 나오지 않았던 것이다.

 때마침 사또들과 난리 끝마무리를 의논하러 포정문 안으로 들어서던 오대현이 이 광경을 보고 대경실색했다. 아무리 교인 색출에 혈안이기로, 어쩌자고 관정을 범하고 총질까지 낭자히 하는가. 이번 창의가 자칫 역적 난리로 오해받을 판이었다. 오대현은 당장 총 쏜 자를 붙잡아 삼읍 사또들이 지켜보는 앞에서 볼기를 수십대 쳤다. 이것이 탈이 되어 동서 양진 간에 분란이 일어났다. 이재수는 자기가 보낸 포수가 볼기가 헌 짚신 바닥 되게 얻어맞고 업혀온 꼴을 보자 도저히 분을 참을 수가 없었다. 그렇잖아도 교인 징벌 문제로 사사건건 불화가 잦더니 간밤에는 동진 장두들이 자기를 해칠 음모를 꾸민다는 소문이 들리던 터였다. 재수는 즉각 용맹한 포수 다섯을 보내 동진으로 돌아가는 오대현을 도중에 급습 생포하기에 이르렀다. 그러자 이번엔, 장두가 붙잡혔다는 소식에 동진 민병들이 크게 분개하여 공포를 쏘아대며 아우성을 치기 시작했으니 그 기세가 실로 험악하기 짝이 없었다. 자칫 자중지란이 일어날 판이었다. 이에 아차 싶어 재수는 얼른 오좌수를 놓아주고, 성내 여인 장두들이 양진 가운데 끼어들어 울며불며 애원하여 화해를 붙였다. 삼읍 군수들도 명함을 보내 화해를 종용했다.

이리하여 양진 간의 분란은 곧 가라앉았으나, 장두 오대현과 강우백에 대한 동진 민병의 불만은 컸다. 매사에 우유부단하니까 애송이 서진 장두에게 그런 능멸을 당한 게 아니냐, 서진은 관부의 상징인 관덕정을 차지하고 적을 통쾌하게 무찌르는데 우리는 고작 남의 집 굿구경하러 온 것이냐 하고 노골적으로 불만을 터뜨리더니, 젊은 축들 중에 수백명이 빠져나가 관덕정의 서진에 가담해버렸다.

이날 오후에도 이재수는 다시 민병을 보내 동헌을 침범했다. 이번엔 아예 신부들을 붙잡아오라는 명이었다. 아침 식전부터 교인 명부를 바치지 않으면 물고를 내겠다고 으름장 놓더니, 기어코 착납령(捉納令)이 떨어진 것이다. 삼읍 사또들이 모두 나와 앞을 가로막았으나 소용이 없었다. 두 신부가 포수들에게 둘러싸여 포정문을 나오자 관덕정 마당은 회오리바람처럼 아우성이 휘몰아쳤다.

"저 머리 붉은 양귀신 놈들을 당장 물고 내라!"
"제주 땅 동티 낸 잡귀야! 오늘이 느이들 죽는 날이다!"
"법국이 무엇이고, 군함이 무엇이냐! 죽여라, 죽여!"
"홑벌로 죽여선 안된다! 천참만륙해서 고깃점을 삼읍에 돌려 씹어사 한다!"

두 신부는 핏기 가신 핼쑥한 얼굴로 기도문을 외우며 축대 위로 끌려갔다.

재수는 좌우에 집사들을 거느리고 정자 안의 의자에 버티고 앉아 있었다. 갑사 전복이 동백꽃 무더기같이 눈부시게 붉었다. 재수는 옆의 집사들과 무슨 말을 나누더니 튕겨나듯 벌떡 일어났다.

"그 두 놈을 당장 무릎 꿇려라!"

호령 소리가 떨어지기가 무섭게 포수 댓명이 양옆에서 와락 달려들며 윽박질렀다.

"어서 무릎 꿇어라, 정갱이뼈를 꺾어놓기 전에!"

겁결에 신부들은 무릎을 반쯤 꺾고 엉거주춤하는데 포수들이 어깨를 눌러 억지로 꿇어앉혔다. 이 광경을 본 민병들이 와 웃음을 터뜨리며 손뼉을 쳐댔다. 재수가 계하에 꿇린 법국인 둘을 뚫어지게 노려보더니, 큰 소리로 문죄하기 시작했다. 채군수의 통인으로 동헌치죄 광경을 익히 보아온 재수는 격식대로 성명·나이·본향·관직을 차례로 물었다.

"관직이 무엇이냐? 느네 나라 왕이 내린 벼슬 말이다!"

구신부가 떨리는 목소리로 대답했다.

"우린 관직에 있지 않고, 성교를 가르치는 교사입니다."

"발칙한 놈! 어디서 거짓뿌렁이냐! 느이가 법국 왕의 명을 받들어 조선 내정을 탐지하러 온 첩자인 줄 만천하가 다 아는 사실인데."

"아니오. 우린 천주의 말씀을 가르쳐 조선 백성의 영혼을 구하러 온 교사요!"

"허, 그놈, 자백이 빨라서 좋다. 영혼을 구하러 왔다고? 옳거니, 바로 그것이다! 조선 백성의 영혼을 빼앗아 법국인 맹글라는 것이 바로 너희들의 흉계가 아니냐. 내 비록 무식한 천출이긴 하다만 자연 귀가 있어 들었거니와 총칼로 침노하는 외적보다, 느이들같이 백성의 영혼을 빼앗아가는 외적이 더 무섭다고 했다!"

분노에 치받친 재수는 급히 숨을 몰아쉬더니 급격히 몸을 뒤틀며 피를 토하는 듯 절규하였다.

"듣거라! 느이들 두 오랑캐는 성교다, 천주교다 하는 허울 좋은 간판 아래 혹세무민하여 제주섬을 집어삼킬 흉계를 꾸몄을 뿐 아니라, 저 악독한 봉세관과 결탁하여 백성을 침학하고 재물 늑탈과 폭행을 일삼았으니, 그 죄가 실로 막대하다! 참으로 천번 죽여 마땅한 놈들이여!"

이 말에 관덕정 마당은 다시 와아 함성이 터져 파도처럼 축대 위를 덮쳤다. 금방 일이 벌어질 듯이 다급했다. 두 신부는 숫제 머리를 푹 땅에 박고 정신없이 기도문만 외우고 있었다.

"그러나 살길은 오직 하나! 지금 당장 교인 명부 숨긴 곳을 말하라."

이때 돌연 포정문 쪽에서 웬 곡성이 서럽게 들려왔다. 모두들 그쪽으로 눈길이 쏠렸다. 무슨 영문일까? 예복 차림의 김군수를 앞세우고 관속 십여명이 포정문을 나오면서 아이고, 아이고 애처롭게 호곡하고 있지 않은가. 김군수도 하염없이 눈물을 흘리고 있었다. 어리둥절한 민병들은 주춤주춤 물러나며 길을 비켰다. 포정문을 나온 군수 일행은 관덕정을 등지고 동쪽을 향해 슬픔에 겨워 비칠비칠 발걸음을 떼어놓았다. 이 무슨 난데없는 초상집 곡성인가?

사람들이 괴이쩍어 그 사유를 물은즉, 관속들이 손으로 눈물을 뿌리며 하는 말이, 신부가 죽으면 사또도 임금의 전패(殿牌) 앞에서 자결할 작정으로 객사에 간다는 것이었다. 이 말이 삽시에 퍼져 광장은 물 끼얹은 듯 조용한데, 이번엔 채군수와 정의 군수 김희주가 허겁지겁 뒤쫓아 달려오더니 김군수의 양팔을 잡고 늘어졌다. 채군수의 얼굴이 울상으로 일그러지고 목소리가 비통했다.

"사또! 이 어인 일이오! 사또가 무슨 죄가 있길래 스스로 목숨을 끊겠단 말이오. 고정하시오!"

김창수가 팔을 뿌리치면서 울부짖었다.

"놓으시오! 신부를 죽이면 이 제주땅이 아주 망하는 줄 저 무지한 백성들이 모르고 있으니, 이런 분통이 터질 데가 어디 있소! 저 백성들 눈에는 나라님도 없는가? 신부가 죽기 전에 내가 먼저 죽어야 하겠소!"

이에 관속들은 더욱 서럽게 곡성을 터뜨리는데, 민병 중에는 덩달아 엉엉 우는 자들이 더러 있었다.

이것이 세 군수가 궁여지책으로 꾸민 연극임을 아는 사람은 별반 없었다. 워낙 눈물이 헤픈 김군수는 이 연극에 적격이었다. 과연 이 속임수가 주효했던 것인지, 아니면 애당초 신부들을 해칠 의사가 없었던지는 몰라도, 두 신부를 교당으로 끌고 가 교인 명부를 찾아보다가 안되니까 도로 풀어주었던 것이다.

법국 신부들을 당장 도륙 낼 듯이 으름장 놓던 이재수가 이렇게 용두사미로 뒤끝이 시지부지해버리자, 회민들은 적이 실망한 기색이었다. 집사들도 불평을 토로했다. 신부를 꿇어앉혀 꾸짖는 것만으로는 부족하다, 죽이지는 못할망정 관덕정에 엎쳐놓고 볼기 매질이라도 톡톡히 내려야 회민들이 좀 풀릴 게 아니냐는 것이었다.
 이런 중에 마침 비양도의 왜어부 두목 황천이 부하 셋을 거느리고 입성하였다. 문안차 장군님 뵈러 왔노라고 했지만 이재수에게 황천검을 선사한 장본인임을 은근히 대중 앞에서 자랑하여 환심을 사두자는 속셈이 분명했다. 양총이나 거저 주었다면 또 모를까, 그까짓 칼 하나 장두에게 선사했다고 생색내려고 들다니! 회민들은 시큰둥한 눈길로 왜인들을 흘겨보았다. 어림도 없는 수작 마라! 칼 한 자루로 천년 원수를 풀란 말이여? 난처해진 왜인들은 낯색이 말고기 자반같이 벌게져 몸 둘 바를 몰라했다. 이재수도 처음에는 도통 시답지 않다는 투로, 계하에 늘어선 왜어부들을 내려다보며 검다 굿다 한마디 인사가 없더니, 옆의 집사들이 뭐라고 귀엣말을 속삭이자 별안간 태도가 달라졌다. 재수는 얼른 정자 아래로 내려가 반색하며 왜인들을 맞는 것이었다. 장두가 황천의 손을 붙잡고 파안대소하며 유쾌히 담소하는 꼴을 보자 회민들은 눈이 휘둥그레졌다.
 "아니, 시상에 저런 변이 있나! 장두란 자가 왜놈 몽구리들하고 상종하다니!"
 "다른 데도 아니고, 백성들 보는 앞에서 참말로 목불인견이로고!"
 "그 서릿발같이 매운 기상이 벌써 시어져버렸나?"
 그러나 재수로서는 그럴 만한 이유가 있었다. 말하자면 왜어부들의 출현은 절로 굴러들어온 횡재라 할 만했다. 조만간에 법국 군함이 들이닥칠 게 뻔한데, 어떻게든 이 민란에 왜인들이 개입되어 있는 듯이 꾸며 선전하는 것이 상책이었다. 민란에 왜인들이 끼여 있다는 소문이 나면 법국 군함도 섣불리 무력행사는 벌이지 못하리라는 것이 장두와 집사들의 생각이었던 것이다.
 이런 재수의 심중을 알 턱이 없는 회민들은 불만스러운 기색이 역력했다. 이에 재수는 서둘러 환담을 끝내고 황천 일행을 서문 앞까지 배웅해 보냈는데, 그사이에 소요가 벌어졌다. 백성의 장두가 법국 신부 놈들을 잡아다 족칠 생각은 않고 같잖은 왜놈 종자들과 어울려 희희낙락거린다고 불평을 하더니, 기어코 장정 백여명이 "신부 놈 잡으러 가자!" 소리치며 포정문 안으로 몰려들어간 것이다.
 이번에도 세 사또는 대성통곡하며 한사코 만류했는데, 특히 채구석은 장도칼을 제 명치 끝에 갖다대고, "신부들을 끌고 가려면 나 먼저 죽이라! 나를 못 죽이면 신부도 못 죽인다!" 하고 악을 쓰며 막무가내로 버텨댔다. 이렇게 한바탕 실랑이를 벌이던 장정들은 서문에 나갔다가 소식 듣고 급히 달려온 이재수에게 쫓겨 물러나고 말았다.
 어느덧 해가 관덕정 용마루 위에 걸려 저물녘이 가까웠는데, 민병들은 다시 교인 수색에 나섰다. 죽창 든 사람들이 골목 어귀마다 삼엄하게 지키는 가운데, 성내 주민을 앞세운 포수들이 민가를 뒤지기 시작했다. 천장, 방고래, 마루 밑, 조짚가리 속, 헛간에 세워둔 멍석 뒤, 엎어놓은 나무절구 속 할 것 없이 샅샅이 뒤졌다.
 운양은 서참서, 정세마, 김승지, 이부위와 더불어 안방에 모여 앉아 바깥 동정에 바싹 귀를 세우고 있는데, 군자홍의 늙은 아비가 숨이 턱에 닿게 허겁지겁 달려들었다. 노인은 빗장 질린 대문 밖에서 하염없이 눈물지으며, 시방 딸이 대감 댁에 숨어 있다는 소문이 나돌고 있으니, 혹시 숨어 있으면 내달라고 애원했다. 여인 장두들 중에 딸과 친분 있는 기녀가 많은데 자기네한테 데려오면 아무 탈 없이 보호해주겠다고 약속했다는 것이었다. 이에 운양은 기연가미 연가하면서도 더이상 숨겨두었다간 탈이 될 것 같아 군자홍을 내주었다. 나중에 들으니 기녀들이 선봉대장 김남학 앞에 데리고 가 자수시키자, 김남학은 그 자리에서 흔쾌히 방면해주었다는 것이었다. 숨어버린 이교리와 이위원의 기첩들도 집에서 붙잡혀 한때 남편을 찾아내라는 닦달에 큰 고초를 겪었는데 이들도 장두 기녀들이 구해주었다.

가택 수색은 해가 떨어진 후에도 한참 계속되어, 붙잡혀 죽은 교인 수가 이십여명이라는 소문이었다. 이날도 운양 대감 댁만은 용케 집뒤짐을 당하지 않아 이위원은 무사했다.

4월 13일

11일과 12일 양일간에 교인을 백오십명가량 대거 살육한 동서 양진 민병은 이날 아침 각각 동서로 섬 일주 순력길에 올랐다. 그물을 빠져나간 교인 잔당을 포착하고 교인들의 가산을 척매하여 군비에 충당할 목적인바, 닷새 후에 다시 주성으로 돌아와 합치기로 했다는 것이다. 교인이 버린 총이 이백여정이나 되어 민병 포수는 거진 오백명 가까이 불어났다. 포수를 앞세운 민병들은 성내 주민들이 모두 나와 전송하는 가운데, 천지를 뒤흔드는 큰 함성을 올리며 동진은 동문으로, 서진은 서문으로 주성을 빠져나갔다.

전송하는 사람들은 특히 서진 쪽에 많이 모여들었다. 동진 장두들은 여전히 도포 차림에 말도 타지 않고 민병들과 어울려 걸어가는 데 반해서, 이재수는 관장의 행차를 뺨치게 그 위의가 대단했다. 쇠미늘 갑옷, 솜누비 전복, 개가죽 외투 차림의 살기등등한 포수들을 전배·후배 세우고 덩덩, 깽깽, 뚜따, 취타성이 낭자한 가운데, 재수의 앳된 모습이 말 위에 높이 솟아 있었다. 연도의 사람들은 이재수를 향하여 빗발치듯 손을 흔들며 환호성 쳤다. 아낙네들 중에는 촛불을 들고 나와 머리를 조아리는 이들도 있었다.

"장군님 덕분으로 성교꾼이 씨멸족되었으니, 이제사 우리 섬 백성 허리 패와 살게 됐수다."

허위대가 걸출한 가라말 위에 높이 앉은 이재수는 붉은 비단옷 때문에 흡사 햇덩어리같이 눈이 부셨다. 스물한살의 천한 하인 아이가 저렇게 일월같이 찬란한 영웅으로 탈바꿈할 줄이야! 한라산 정기를 타고난 불세출의 영웅이라고 사람들은 입을 모았다. 한라산 아흔아홉 골〔谷〕, 골짜기 하나 모자라서 호랑이도 안 나고 인물도 안 난다는 이 섬에 비로소 사나운 맹호가 솟아난 것이다. 재수는 아이들 사이에선 이미 날개 달린 장수로 소문나 있었다. 워낙 행보가 빠르기로 이름난데다가 민병을 이끌고 주성을 향할 제, 민첩하게 사람들 어깨를 디디고 뛰어다니며 지휘한 것이 사실이고 보니 그런 소문도 있을 만했다. 양 겨드랑이에 나무 잎새만 한 날개가 돋은 아기장수들, 혹시 나라에 역적이 될까 두려워 인둣불로 지져버리거나, 맷돌로 눌러 죽였다는 전설이 파다한 고장이었다.

거진 육천에 달하는 민병들이 썰물 나듯 한꺼번에 빠져나가자, 주성 안은 해일의 사나운 물발에 할퀸 갯바닥처럼 황량하기 이를 데 없었다. 교인 시체가 즐비한 관덕정 마당과 동진이 주둔했던 북성 근처는 민병들이 깔고 누워 노숙했던 검불이 잔뜩 널리고 화톳불 피웠던 잿더미가 군데군데 쌓였는데, 생피 냄새, 똥오줌 냄새에 코를 못 들 지경이었다. 파리 떼가 잉잉거리고 함성 소리에 놀라 얼씬 못하던 까마귀들이 떼 지어 날아다니기 시작했다.

그런데 민병 행렬의 선두가 십리도 채 못 가 정체불명의 군함 한 척이 동북방 쪽에서 나타났다. 배는 흡사 거대한 새처럼 엄청 큰 돛 세개를 활짝 펴고, 검은 연기를 토하며 쾌속으로 미끄러져왔는데 이를 본 동진은 즉시 회군하여 연무정에 둔취했다. 군함은 산지포 앞바다에 들어서자 돛을 하나씩 내리면서 속력을 줄이다가 포구에서 한참 떨어진 곳에 우뚝 멈춰 섰다. 이에 포수 삼백명은 공포를 쉴 새 없이 쏘아대고, 수천 민병들은 우렁차게 함성을 질러댔다. 운양 대감은 이런 바깥 동정을 전해들으면서 그래봐야 개미 떼 고목나무 흔드는 격인데 저렇게 한군데 몰려 있다가 대포라도 맞으면 피해가 클 텐데 어쩌자고 저러나 하고 탄식했다. 그런데 웬일일까? 대포 한 방 없이 한참 미동도 않고 서 있던 군함이 저번 때 현익호처럼 싱겁게 뱃머리를 돌려버리지 않는가! 어느 나라 군함일까? 법국 군함이라면 그리 쉽게 물러나지 않을 텐데……

이날 운양 대감은 두가지 반가운 일로 오랜만에 다소 심기가 폈는데, 하나는 육지 장사 나갔다 돌아온 배편에 무사히 목포에 도착했노라는 나기주의 편지를 받아본 것과 하나는 집안에 숨겨두어 노상 마음에 켕기던 이위원을 채군수에게 떠맡긴 것이었다. 밤에 이위원은 동헌 천장에 숨어 있던 이교리와 더불어 채군수의 하인으로 변복하여 한 사람은 채군수의 말을 끌고 한 사람은 등짐 져 성 밖 다호 부락의 채군수 집으로 가 은신하였다.

16

4월 14일

 아침참이 좀 지나 법국 군함 알루에뜨호가 들이닥쳤다. 동산만한 몸집에 마당만 한 흰 돛을 두개나 달고, 우람한 화통에서 물컥물컥 검은 연기를 토해내는데, 그 위용이 대단했다. 이 군함에는 법국 수병이 칠십명에 불과하나 오전 중으로 더 큰 군함이 오리라 했다. 섬 일주 순력 중인 민병들은 멀리 이삼십리 밖에 있었다.

 그러나 그것은 이미 때늦은 사후 약방문에 불과했다. 왜 이리 늦었던가? 당초 장감찰 일행이 배를 훔쳐 탈 적에 키를 못 구해 그냥 돛만 달고 떠났던 게 탈이었다. 역풍을 만나 만 구일 동안 지향 없이 표류하다가 나흘 전인 지난 10일에야 겨우 목포에 닿아 전보를 친 것이었다. 교인 수백명 외에 두 신부도 살해되었다고 했는데, 그것은 물론 법국 군함을 한시바삐 보내도록 하려는 뜻에서 과장한 것이었다. 이에 법국 공사 갈림덕은 즉각 청국에 머문 함대에 무전을 쳤는데, 배가 인천항까지 와 명령을 수령하는 데 또 이틀이 걸렸다. 그 이틀 사이에 성은 몰락되고 대학살이 벌어진 것이다.

법국 군함이 삼색기를 펄럭이며 산지포에 들자마자 맨 먼저 환호작약하며 내달려간 것은 구신부와 문신부였다. 두 신부가 무사한 것을 보고 함장은 겉으로는 반가우면서도 한편으로는 못내 섭섭했으리라. 이 군함은 청국 의화단 난리를 진압하는 연합군에 끼여 한몫 챙기려고 갔다가 너무 늦어 기회를 놓치고 엉거주춤 머물러 있던 차에 때마침 의화단 난리와 비슷한 것이 제주섬에 발생했다는 소식에 옳다구나 하고 달려온 것이었다. 이제 두 신부가 죽지 않았으니 무력을 행사할 하등의 명분이 없었다. 게다가 이번 난리에 일본인이 몇명 끼여 있다는 소문이고 보니 섣불리 대들 일이 아니었다.

이 군함 편으로 새 목사 이재호가 도임했는데, 목사 일행 중에는 그를 맞으러 왔던 주사 최창순과 그리고 뜻밖에도 봉세관 강봉헌이 끼여 있었다. 적반하장이라더니, 민란의 장본인인 봉세관이 대정 군수가 되어 돌아온 것이다. 대신 채구석은 민란의 책임을 물어 면직되었다. 세도가 이용익의 심복인 강봉헌은 대정민에게 쫓겨 섬을 탈출한 이래 복수하고 말겠다는 일념에서 이용익에게 매달려 기어코 대정 군수를 따내고 만 것이 틀림없었다.

지금까지 조정은, 오로지 난리 당초에 상경한 강봉헌의 보고와 최창순이 휴대한 김군수의 장계를 통해서만 제주 민란의 소식을 듣고 있었을 뿐 이렇게 난리가 커진 줄은 까맣게 모르고 있었다. 양인의 보고서는 각각 음력 4월 1일과 4월 3일자『황성신문』에 실

렸듯이 그 내용이 전혀 상반되었다. 강봉헌의 것은 민란의 발생 원인을 전적으로 상무사와 채구석의 경거망동으로 치부한 반면에, 최창순의 것은 그 원인이 봉세관의 세폐와 성교의 교폐에 있음을 조목조목 예거하여 밝히고 있었다. 그럼에도 불구하고 왕은 강봉헌을 대정 군수에 임명하여 보복의 기회를 주었으니, 이 무슨 해괴한 처사이던가. 그야말로 운양이 개탄했듯이 섶을 안고 불을 끄는 격이었다.

  법국 군함 한척이 더 나타난 것은 중낮이 지나서였다. 어제 산지포 앞까지 접근했다가 물러난 바로 그 군함으로, 이름이 쉬르프리스호라고 했다. 몸체가 먼저 온 군함보다 훨씬 커, 수병도 이백명이나 타고 있었다. 그 배는 어제 인천에 들르지 않고 급한 대로 곧장 제주로 향했던 것인데, 배 안에 안내인이 없어 정박할 곳을 모를뿐더러, 인천에 들러 명령을 받고 올 다른 군함과 함께 행동하라는 지시인지라, 할 수 없이 섬 한바퀴를 천천히 일주하며 기다린 것이다.

  쉬르프리스호는 바람 먹어 탱탱 부푼 돛 세개를 차례로 감으며 천천히 알루에뜨호 곁으로 미끄러져갔다. 두 군함 사이에 쉴 새 없이 수기(手旗) 신호가 오고 가고 양쪽 수병들이 서로 함성 지르며 손을 흔들어댔다. 두 군함이 쌍나란히 늘어서자, 산지포 밖은 흡사 먼 데 섬 두개가 흘러와 앞을 떡 가로막아버린 듯했다. 두 군함은 얼마 동안 흉물스러운 대포 아가리들을 번쩍거리며 요란한 기계 소리와 함께 시꺼먼 연기를 토하더니 느닷없이 대포를 한방 쏘았다. 엄청난 폭발음이 해안을 뒤흔들고 주성이 들썩하게 메아리쳤다. 상륙하기 앞서 위협으로 놓은 공포였다. 벌써부터 피란 갈 채비를 챙겨놓고 동정을 살피던 성내 남정네들이 대포 소리에 기겁하여 앞다퉈 성 밖으로 빠져나와 산 쪽으로 달아났다.

그러나 다행히 상륙한 법국 병정은 두 함장 이하 십여명뿐이었다. 그들은 살해된 교인 시체와 파괴된 교당을 돌아보며 사진을 찍은 다음 신임 목사 이재호를 만나, 금명간에 관에서 영장지(營葬地)를 마련하여서 자기네들이 지켜보는 앞에서 피살된 교인을 장례 지내주기를 강구(强求)하였다. 그러나 법국 함장이 요구하는 영장지란 이번 난리의 피해자뿐만 아니라 차후 다른 교인의 유골도 묻힐 수 있는, 상당한 면적의 교인 공동묘지를 뜻함이었다. 목사는 비위를 거스르지 않으려고 얼결에 응낙은 했지만, 해결하기에 실로 난감한 문제였다.

이날 성안에 용케 숨어 목숨을 부지했던 교인들이 밖으로 나왔는데, 그 수가 오십명가량 되었다. 이교리, 이위원도 다호 부락에서 돌아오고 조천으로 피란 갔던 김판관도 돌아왔다. 무수히 총질을 당해 반쯤 타버린 최선달의 시체도 이날 비로소 돛대에서 내려졌.

동서 양진은 법국 군함이 쳐들어왔다는 첩보에 즉각 행군을 멈추고, 육십세 이하 십오세 이상 남자는 빠짐없이 의군에 가담하라고 통문을 띄웠다.

4월 15일
수십리 밖에 머물고 있는 동서 양진 민병들은 통문 받고 몰려드는 사람들로 그 수가 시시각각으로 불어나고 있다는 소문이 들려오는 가운데 아무 예고 없이 법국 수병 오십명이 상륙했다. 깜짝 놀란 목사 이재호가 그 까닭을 물은즉, 오랜 해상 생활로 흙냄새가 그리워 잠깐 산보하노라고 천연덕스레 대꾸했다. 목사가 이를 항의하러 함장을 만났더니, 그쪽에서 오히려 잘 만났다는 듯이, 민란의 괴수 채구석을 포박하지 않는 이유가 무엇이냐고 닦아세우는 것이었다. 채군수는 난괴가 아니라 오히려 두 신부를 보호한 유공자라고 목사가 답변하자, 그들은 벌컥 화를 내며, 시방 영감의 언동을 본즉, 난당 무리들과 내통하는 기미가 있으니, 만약 명일 오시를 기한하고 성안은 물론 성 밖의 난괴들을 모두 포박하지 않으면 대포를 놓아 모조리 소탕하겠노라고 으름장 놓는 것이었다. 명색이 목사일 뿐 휘하에 병졸 하나 없는 무졸지장(無卒之將)이 되어버린 처지에 무슨 일을 할 수 있단 말인가. 다만 어제 동서 양진에 효유차 파견한 순교 두명이 돌아오기를 기다릴밖에 속수무책이었다. 법국 함장은 목사의 항의 따위는 아랑곳없이 즉시 수병 이십명을 입성시켜 성문을 지키게 했다. 이에 의기양양해진 교인 생존자들은, 법국 대포로 난민을 깡그리 쳐부숴야 한다고 큰소리치고 다녔다.

저녁에 동진과 서진에 파견했던 순교가 해답을 받아가지고 돌아왔는데 법국 군함이 물러가지 않는 한 대포에 맞아 죽을지언정 결단코 화의에 응할 수 없다는 내용이었다. 게다가 거진 만명으로 불어난 동진 민병은 바야흐로 주성을 향해 행군해오고 있다는 것이다.

이날 밤, 두 법국 군함은 위용을 과시하기 위해서 선내의 전등이란 전등은 죄다 켜놓았는데, 그 불빛이 물에 어리어 흡사 바다 가운데 불야성을 이룬 듯했다. 그러나 밤이 좀 이슥해지자, 그 휘황한 전깃불 빛에 맞서기라도 하려는 듯이 사라봉과 그 뒤로 잇대어 있는 별도봉 꼭대기에 커다란 봉홧불이 치솟았다. 이 밤중에 동진이 돌아온 것이다. 함성 소리가 좀 멀게 들리는 점으로 미루어 민병들은 법국 대포를 피할 수 있게 사라봉과 별도봉 뒤에 진을 치고 있는 듯했다.

4월 16일

날이 밝자 동진 민병 오천은 법국 대포에 대비해서 한곳에 둔취하지 않고 사라봉에서 남문 밖 신산마루에 이르기까지 오리에 걸쳐 산개(散開)하였다. 때때로 군함을 향해 함성만 질러댈 뿐 총질은 별반 없었으니 아마도 먼저 도발하지는 않겠다는 심산인 듯했다. 포수가 많다는 걸 시위할 요량이던지 딱 한번 콩 볶듯 일제히 공포를 쏘아댔을 뿐이었다. 들리는 말로는 동진 포수가 칠백이 되리라고 했으나 아마 그 절반밖에 안되는 것을 과장해서 퍼뜨린 말일 것이다.

이렇게 민병들의 기세가 자못 녹록잖은데 중낮이 겨워 마침내 강화병 백명이 조주부(潮州鳧)라는 조그만 화륜선을 타고 입도했다. 그 배는 세를 내어 빌린 청국 상선인데, 관군을 상륙시키자니 이번엔 법국 군함의 주정(舟艇)을 빌려 써야 했다. 뭍에 오른 병정들은 이틀 밤낮 시달린 뱃멀미로 여간 추레한 몰골이 아니었다. 지휘관은 중대장 홍순명과 궁내부 고문관 산도(山島)였다. 왕은 앞서 간 법국 함대가 무슨 일을 저지를지 몰라 서둘러 강화병을 파견한 것이었다. 미국인 산도를 보낸 것도 언어가 통하는 서양인끼리 잘 담판해보라는 뜻이었다.

산도가 외국 화륜선을 세내어 왕명을 수행하기는 이번이 두번

째였다. 지난해 가을 청국의 의화단 민병이 법국도 한몫 낀 연합군에게 패하여 진압될 즈음, 만주로 망명해 있던 의병장 유인석이 배외척양(排外斥洋)의 기치를 쳐들고 그곳 조선인과 패주한 의화단 유민(流民)을 규합하여 국경 넘어 쳐들어오리라는 소문이 파다했는데 그때 왕은 부화뇌동할지 모르는 국내 백성에게 경각심을 주고 또 서양제국의 환심도 살 겸해서 산도를 시켜 화륜선 한척을 세내어 쌀·담배를 가득 싣고 가 연합군을 도왔던 것이다. 그런데 배외척양의 대난리가 조선 땅, 그것도 절해고도 제주에서 일어날 줄이야.

함장들과의 담판은 법국 공사의 친서를 전달하자 의외로 쉽게 끝났다. 갈림덕은 각국 공사들의 감시하는 눈초리가 아무래도 꺼림칙했던지, 두 신부가 무사하면 상륙하지 말라고 지시한 모양이었다.

그러나 모처럼 요란하게 행차했는데 실속 없이 물러날 그들이 아니었다. 교인들에게 아직도 위험이 상존해 있으므로 물러나긴 하되 아주 가는 게 아니라 해안으로부터 멀찍이 떨어져 동정을 살피겠다는 것이었다. 그들은 또 산도에게 로켓과 조명탄 한 다발과 신호용 삼각기를 주면서 훈련 안된 군졸 백명으로 어찌 수만 난민을 당해내겠느냐, 위급할 때 이것으로 신호하면 즉시 달려와 도와주겠노라고 했다. 그리고 물러나기 앞서, 목사로부터 약속한 영장지 건을 꼭 이행하겠다는 다짐을 받아내는 것도 잊지 않았다. 두 군함은 동시에 돛을 올려 해안을 벗어나 바다 가운데로 나아가 머물렀다.

법국 함대가 이렇게 뒷전으로 물러나자 민병들은 환호성을 올리고 교인들은 다시 의기소침해졌다. 곧 관군과 동진 민병 사이에 화의가 활발하게 진행되었다. 목사와 중대장이 사람을 보내 한참 효유를 벌이더니 조사성 등 동진 집사 두명이 입성하였다. 두 집사는 봉세관이 대정 군수가 되어 돌아온 것에 매우 분개하면서 일체의 교폐·세폐를 혁파할 것을 당당히 요구했다. 이에 목사는, 두 집사에게 술까지 권하며 달래기를, 대황제께서 제주의 변란 소식에 주야로 노심초사 걱정이시더니, 법국 군함이 먼저 제주를 향하매, 혹여 숱한 생명이 다칠까 저어하시어 화속히 강화 병정을 보내신 것인즉, 이는 백성을 무찌르고자 함이 아니라 백성을 보호하기 위함이다, 법국병이 물러간 마당에 더 모여 있을 필요가 있느냐, 일체의 세폐와 교폐는 백성의 원대로 혁파할 터이니 아무 염려 말고 해산하라 하였다. 강봉헌은 동헌에 틀어박혀 나오지 않았다.

이렇게 집사를 달래어 보낸 뒤, 이번에는 김군수와 목사가 차례로 동진에 나가 간곡히 효유한즉, 장두들도 태도가 다소 누그러져, 내일 입성하여 강화를 의논하겠노라고 했다.

그러나 서진은 아직도 이십리 밖 외도(外都) 근처에 머물면서, 숨은 교인을 색출하고 있었다.

이날 종일 추적추적 내리던 비는 저녁이 되자 바람이 드세지면서 억수로 퍼붓기 시작했다. 민병은 비를 피하여 화북포 민가로 물러가고 바다 가운데 나란히 머물러 있던 법국 군함도 바람 피할 항구를 찾아 물마루를 넘어갔다. 쉬르프리스호는 차제에 제주 사태를 보고할 요량으로 인천으로 향하고 알루에뜨호는 가까운 목포항에 가 머물렀다.

4월 17일

아침에 동진 장두 오대현과 강우백이 화승총을 멘 포수 백여명을 거느리고 입성하였다. 동진 장두들은 세폐와 교폐를 혁파하는 조건 외에도 난민의 죄를 묻지 말 것을 요구하면서, 이에 대한 조정의 회보가 올 때까지는 해산할 수 없다고 버텼다. 이에 목사와 중대장은 한편으로 달래고 한편으로 위협하면서 설유하기를, 서울 왕복에 한달은 좋이 걸릴 텐데 그동안 저 들판에 익은 보리는 썩게 내버릴 것이냐, 우리가 제주의 실상을 적실히 장계에 올려 보고하면 성덕 높으신 우리 대황제께서 제반사를 다 신원(伸寃)해주실 텐데 무엇을 의심하느냐, 폐하의 호생지덕(好生之德)을 의심하느냐, 만약 해산하지 않으면 부득불 무력을 쓰지 않을 수 없다라고 하였다. 그래도 장두들이 굽히지 않아, 한참 쌍방 간에 밀고 당기고 설왕설래하더니, 결국 장두들 쪽에서 양보하여 조정에 띄우는 장계 내용을 직접 본 다음 진퇴를 결정하겠노라고 했다. 목사와 중대장은 쾌히 이를 허락하여 장계를 꾸미는 즉시 보여주겠다고 약속했다.

중낮쯤에 법국 군함 알루에뜨호가 다시 와서, 전보 치러 출륙했던 장윤선, 최제보 형제, 그리고 용케 배를 구해 가족끼리 피란했던 고백령 삼부자 등 교인 십여명을 내려주고는 바다 가운데로 물러나 머물렀다. 뒤이어 일본 군함 제원호가 왔다. 난리에 자기네 어부들이 개입했다는 소문이 들리는데 그 진상을 캐러 왔노라고 했다. 함장은 제주 사건의 자초지종을 듣고 법국병이 상륙하여 무슨 작폐가 없었나 알아본 다음, 목포 영사관 소속 일본 순사 세명을 떨어뜨리고 배로 돌아갔다. 그 배도 바다 가운데 머문 채 물러가지 않았다.

돌아온 고백령 삼부자와 최제보 형제는 여러 사람 앞에서 눈을 부라리며, 난민은 모조리 도륙 내서 복수해야 한다고 기고만장 떠들어댔는데 이 말을 전해들은 운양 대감은 "유명한 작폐자로서 정작 죽어야 마땅한 작자들은 오히려 살아서 큰소리치고 있다" 하고 개탄해 마지않았다.

아닌 게 아니라 오후 늦게 주성 백성들에게 고백령을 포박하여 보내라는 동진 장두의 통문이 떨어졌다. 미리 눈치챈 고백령은 숨고 그 처와 막내아들이 잡혔다. 성내 주민 수십명이 둘을 결박 지어 앞세우고 당당하게 동문으로 향하는데, 병정들은 멍청하게 서서 구경만 할 뿐이었다. 벌건 대낮에, 관군이 보는 앞에서 차마 이럴 수 있나? 병정들은 너무 기가 막혔던 모양인데, 뒤미처 창황히 달려온 중대장이 호통을 치자, 그제야 정신 난 듯 우르르 달려들어 두 사람을 빼앗아냈다. 그것으로 그뿐, 중대장은 감히 이를 문책할 용기가 나지 않았다. 성안의 관장은 무시하고 성 밖의 난민 장두를 관장으로 섬기는 주성 사람들도 문제지만, 휘하의 병졸들도 다루기 어려웠다. 병졸들은 관덕정 마당에 널린 떼송장을 보고, 마치 사지(死地)에 들어온 것처럼 초장부터 기가 죽어 있었다. 그 시체들을 성 밖 공터에 가매장하라고 명령해도 듣는 자가 없었다. 주민들은 물론 휘하의 병졸들까지도 명령을 받들지 않았다. 교인 시체를 묻어주다간 민병들의 미움을 산다고 한사코 고개를 내두르는 것이었다.

동진 장두의 교인 포박령이 있은 뒤부터는 성문이 닫히고 성 밖 출입이 금지되었다. 저녁에 중대장은 몸소 동진에 나가 장두들을 만나고 약속한 장계의 초본을 보여주며 즉시 해산할 것을 종용했다.

그러나 아직 난리가 종식되지 않은 마당에 법국 군함이 교인 원흉들을 실어나른 것이 불찰이었다. 밤이 되자, 어제와 오늘의 화의는 수포로 돌아가는 듯, 동진 민병들이 다시 주성을 에워싸고 총질하며 무섭게 함성을 질렀다. 성 밖은 봉홧불·화톳불·횃불로 온 들판이 뻘겠다. 통첩문을 매단 화살이 잇달아 성안으로 떨어졌다. 통첩문에는, 법국 신부들과 강봉헌을 섬 밖으로 축출하고, 고백령 이하 교인 작폐자들을 포박, 성 밖으로 내치라는 것 외에 관군을 협박하는 글도 있었다.

"너희 잔약한 관군 백명이 어찌 우리 용맹한 산포수 천명과 수만 민병을 당해낼 테냐. 서양 오랑캐와 난신적자를 물리침은 조선 백성과 조선 병대의 임무이니, 우리 의병과 다퉈 공연히 해도(海島) 고혼(孤魂)이 되지 말고 어서 바다 건너 돌아가거라."

이에 강화병들은 술렁술렁 동요하기 시작하여, 중대장과 미 고문관에게 타고 온 배를 당장 돌려보내 병대를 더 부르라고 다그치는가 하면 뒷전에서는 심지어 상관들을 내버려두고 저희들끼리만 배를 타고 후퇴하자는 수군거림도 있었다.

4월 18일

이렇게 병정들마저 동정이 자못 심상치 않자, 목사와 중대장은 날이 밝는 즉시 타고 온 중국 화륜선을 떠나보냈다. 그 배에는 제주 사건의 정황을 알리고 병대를 더 요청하는 장계를 휴대한 관속들이 타고 있었다. 그제야 안심이 된 병정들은 아연 활기를 되찾고 동문 밖 한길까지 나가 한바탕 시위를 벌였다. 멀리서 민병들이 지켜보는 가운데, 대검 꽂은 신식총을 번쩍이며 모양있게 신식 교련도 벌이고, "얼화 군인들아, 천공 내공 하여보세" 하고 씩씩하게 군가도 불렀다.

관군 측은 이렇게 병졸들을 단속하랴, 동서 양진에 사람을 보내 효유하랴, 종일 여념이 없었다. 채구석도 목사의 서찰을 휴대하고 서진에 가서 해산하기를 간곡히 호소하고 있었다.

이날 동진은 화북포로 물러나 둔취하고, 시오리 밖의 서진은 금명간에 주성 근처로 모여 동진과 함께 관을 상대로 담판을 벌이겠노라고 했다.

이제 민병들은 진퇴양난에 처한 셈이었다. 과연 성교꾼을 향한 총부리를 관군에 돌려야 하느냐. 총검으로 관군에 대항하면 나라에 역적이 되고 마는데…… 더구나 때는 바야흐로 농사철이었다. 농사일을 걷어치우고 집을 떠나 도로와 산야에 풍찬노숙을 한 지 벌써 한달, 그사이에 보리는 무르익어 자칫 추수기를 놓칠 지경에 이른 것이다. 벌써 보릿대가 곰삭아 쓰러져 누운 보리밭도 더러 있었다. 바로 모레가 햇보리를 먹는다는 망종, 밭곡식을 자식만큼이나 애지중지하는 게 농사꾼들인데, 이제 더는 붙잡아놓을 수 없게 되었다. 관군이 더 오기 전에 사태를 마무리 지어야 하는 것이다.

법국 군함과 일본 군함은 여전히 바다 가운데 머물러 있었다.

4월 19일

이날 화북포로 물러난 동진으로부터 교폐와 세폐를 논열(論列)한 등장(等狀)이 들어온 뒤부터 각 면별로 따로이 폐단의 사례를 적은 등장이 속속 도래하였다. 대정민의 소장에는, 우리 사또 도임

했다니 그 낯짝 한번 보기가 소원이라고 적힌 글도 있었다. 잔뜩 풀이 죽은 강봉헌은 여전히 동헌 내아에 숨어 나오지 않았다.

그동안 운양 대감 댁에는 중대장 홍정위를 비롯해서 장교들이 문안차 들러서 사태를 의논하고 가더니, 이날은 목포 영사관 소속 일본 순사부장이 찾아와서 글자 몇자 써달라고 청했다. 그가 들려주는 말로는 일본은 바야흐로 불요불급한 재정(財政)은 정지하고 오로지 군비에만 전념하고 있는바 불원간 아라사와의 일전(一戰)이 불가피하다고 했다.

4월 20일

이날도 등장이 그치지 않았다. 교폐와 세폐를 논하는 외에도, 평소에 선정을 베푼 채구석의 면관은 부당한 처사라는 항의가 있었다.

조천 마을에서는 이날 술 열 항아리와 돼지 일곱마리를 보내 관군을 먹였다. 서진은 서문 십리 밖의 도두리에 머물고 있었다.

양일간에 들어온 등장에 논열한 세폐와 교폐를 종합하면 다음과 같다.

천주교인 작폐는 ① 함부로 인명을 살해하되 관으로 하여금 죄인을 포박 못하게 할뿐더러 검시(檢屍)조차 못하게 한 일. ② 평민의 부녀를 탈취하되 입을 열지 못하게 한 일. ③ 매매한 지 여러해 된 전택(田宅)이 싯가가 갑절로 올랐는데도 불구하고 본가(本價)에 다시 늑탈해간 일. ④ 신부의 명령이라고 평민을 잡아들여 결박, 구타한 일. ⑤ 평민에게 갚을 빚은 갚지 않고, 받을 빚만 강제로 받아낸 일. ⑥ 밤을 타 떼를 지어 평민의 재물을 약탈한 일. ⑦ 마을에 횡행하며 교리책을 억지로 맡기고 책값으로 전곡을 토색한 일. ⑧ 길에서 행인을 만나면 무단히 탈 잡고 억지로 교리책을 맡긴 일. ⑨ 남의 묘역(墓域)에 함부로 입장(入葬)한 일. ⑩ 사소한 원한이라도 도당을 불러모아 반드시 보복한 일. ⑪ 임의대로 마을 공지(空地)의 해묵은 수목을 절취한 일. ⑫ 봉세관의 마름이 되어 평민이 먼저 세를 내고 경작하는 밭을 빼앗은 일. ⑬ 봉세관의 집세 감색이 되어 전냥(錢兩)을 토색한 일. ⑭ 관에서 붙잡아가는 범죄인을 교인이라 칭하여 도중에 빼앗아간 일. ⑮ 교인 범죄인을 관이 혹 잡아 가두면 교인은 법국인이라 조선 국법으로 다스릴 수 없다고 칭하며 빼앗아간 일. ⑯ 평민이 교인과 언쟁이 생기면 신부에게 고하여 훼교(毁敎)한다고 칭하여 도당을 끌고 와 잡아가서 형벌을 준 일. ⑰ 교당에 형틀·채찍·태장(笞杖)을 비치하고 평민을 붙잡아다 형벌 주고 구류 살린 일.

봉세관 작폐는 ① 이미 세금을 낸 공토(公土)에서 다시 세를 거둔 일. ② 주인 있는 공토를 마름을 보내 경작권을 빼앗은 일. ③ 오직 교인만을 집세 감색으로 삼아 무뢰배와 더불어 공토·사토의 집세를 난잡하게 하고 전냥을 토색한 일. ④ 오직 교인만을 공토 마름으로 삼고, 평민이 먼저 세를 내고 경작하는 땅을 억탈(抑奪)한 일. ⑤ 면제된 문묘(文廟)의 위토(位土)에 세금을 매기거나 빼앗아간 일. ⑥ 묘지의 소나무, 마을의 수목, 뜰 안의 실과나무, 심지어 잡초지까지 징세한 일. ⑦ 어망세·어장세를 신설하여 가혹하게 징세한 일. ⑧ 각 포구의 소산물을 오로지 교인을 시켜 집세하고 오로지 교인에게만 도매(都賣)하게 하여 평민 상인이나 원주인은 매매하지 못하게 한 일. ⑨ 경작한 지 오래되어 세를 이미 낸 화전(火田)

을 새로 일군 화전이라 하여 다시 세를 징수하고 뇌물을 받은 일. ⑩ 몇 칸 집인가 헤아려 한 칸에 한냥씩 징세한 일. ⑪ 경작하던 공토가 관에 들어간 뒤에도 다시 징세를 한 일. ⑫ 목양위원(牧養委員)이 사사로이 평민의 우마에 낙인을 찍어 도둑질한 일.

4월 21일

민병들이 달리 시위를 벌이지 않고 이틀 내내 소장만 올리면서 해산할 기미를 보이자, 안심한 관군은 이날 다시 성문을 개방했다. 그러나 안심할 때가 아니었다. 민병 장두들은 기어코 교인 작폐자들을 잡아 죽인 다음 해산할 뜻을 굳히고 있었으니, 이날 저녁 죄인을 착납하라는 이재수의 통문을 몰래 가지고 들어오던 민병 넷이 관군에게 붙잡혔다.

교인들은 교당에 숨어 일절 밖에 나오지 않았다. 4월 22일에 남문 십리 밖인 오라위로 옮아간 서진은 주성의 동소임 셋을 몰래 납치해다 결박 지어 꿇려놓고, 죄인들을 착납하지 않는다고 호통치더니 4월 23일에는 광양촌까지 바싹 다가와 함성을 올리며 총을 쏘아댔다. 이날 아침 법국 군함 알루에뜨호가 성급하게도 교당을 재건할 목적으로 목재와 성물(聖物)·집기들을 목포에서 들여와 민병의 비위를 건드린 것이었다. 이에 법국 함장은 목사에게, 민병들의 난동이 아직도 저리 자심한데 영감은 어찌 한만히 수수방관이냐, 영감이 못하면 우리가 대신 처리해줄 테니 대포 한두방만 쏘게 허락해달라고 여간 핍박하는 게 아니었다.

이날 밤 법국 군함은, 교인들이 성안에 남아 있는 한 아무래도 사태 수습이 어렵다는 미 고문관 산도의 말을 받아들여, 문신부 외에 말썽 많은 고백령, 최제보 등 교인 사십명을 태우고 목포로 향했다. 구신부와 유배지 이탈이 어려운 적객 교인들과 그밖에 여자 교인 십여명이 남았다.

4월 24일

오후에 현익호로 강화병 백명과 수원 진위대 백명, 순검 열세명이 왔다. 찰리사에 황기연, 제주 군수에 홍희, 대정 군수에 허철, 대대장에 참령(參領) 윤철규였다. 따라서 제주 군수 김창수와 도임도 못해보고 내아에 숨어 있던 강봉헌이 이날로 파직된 것이다.

이제 관군 병력은 모두 삼백명, 양총 삼백자루에 실탄 일만발이었다. 민병의 화승총이 착탄 거리가 불과 백보 남짓한 데 비해, 얼마 전 일본을 통해 사들인 이 양총은 능히 천팔백보 밖의 표적을 명중시킬 수 있었다.

찰리사와 대대장은 저간의 사정을 청취한 다음 왕명으로 모든 세폐와 교폐를 혁파한다는 방문(榜文)을 게시하고 서진 집사들을 불러들였다. 찰리사와 대대장은 게시한 방문대로 모든 세폐와 교폐를 민원을 좇아 일시 혁파하고 강봉헌을 포박하라는 윤음(綸音)을 받들고 왔음을 일러주고, 내일 오시 정각을 기하여 장두 이하 모든 백성은 입성하여 왕의 윤음을 듣고 해산하라고 명했다. 그러나 민당 집사 십여명은, 고백령 삼부자, 최제보 형제, 고시준, 김수석, 이기선, 박전대, 장윤선, 이교리, 이위원 등 열두명의 죄인을 붙잡아 징치하지 않으면 해산할 수 없다고 버텼다. 이에 찰리사는 죄인들은 거개가 어제 법국 군함을 타고 육지로 망명해버렸으니 당장 포박이 어렵고, 나머지 적객 교인 세명은 곧 포박할 테니 아무 염려 말라고 달랬다. 회담을 마친 민당 집사들은, 총을 받쳐들고 삼엄하게 도열한 삼백명의 관군 앞을 지나 태연히 돌아갔는데 그 거동이 어찌나 당당한지 조금도 위축된 기색이 없었다.

이날 밤 동서 양진 장두 오대현, 강우백, 이재수는 투항하기로 합의하고, 세 장두 외에 난괴자로서 목숨을 잃을 자가 없도록 집사·포수 중 특히 활동이 두드러진 자들에게 당장 피신하라고 종용했다. 장두와 생사를 같이하겠다고 끝까지 버텨 남은 자는 동진의 상무사 사원 마찬삼, 조사성, 강박과 서진의 수포수 고형수, 고삼백이었다. 이들은 오랜만에 안주 푸짐한 술상을 받고 잔을 주고받으며 밤늦도록 술에 취했다.

4월 25일

아침에 강봉헌, 이용호, 이범주, 장윤선, 그리고 채구석이 수감되었다. 신부를 보호하고 난민을 효유함에 공이 컸던 채구석을 가둔 것은 물론 법국 함장의 간섭이 두려워 취한 부득이한 처사였다. 관군 측은 관덕정 축대 위에 대포들을 올려 안치해놓고 그 뒤로 병정들을 도열시킨 다음 민병들을 불러들였다.

오시 정각에 포정문 종소리가 연해 울리는 가운데 먼저 서진 민병이 입성하였다. 선두에 붉은 비단 전복 차림의 이재수가 포수들을 거느리고 성큼성큼 걸어들어왔다. 포수들은 원래 수효의 반도 못 미치는 칠십여명에 불과했다. 이들이 가진 총은 모두 군기고에서 나온 것들인데 사물(私物)인 사냥총을 가진 산포수들은 총을 빼앗길까봐 입성하지 않고 있었다. 그 뒤로 수많은 민병이 잇달아 들어왔다. 손에 들린 것은 죽창 외에도 활·철창·환도·쇠도리깨 등 군기고의 물건도 적지 않았다. 포수들 중에는 총알을 막아볼 요량으로 쇠미늘 갑옷이나 솜누비 전복을 입은 자들도 더러 있었으나, 대개는 산이나 들에서 노숙할 때 입는 개가죽 두루마기를 걸치고 있었다. 어깨에 대롱대롱 매달린 개꼬리들이 우스꽝스러웠다. 몸에 착 달라붙는 말쑥한 신식 군복에 단검 꽂힌 양총을 들고 위풍당당하게 도열한 관군 앞에서 구닥다리 화승총에 뻣뻣한 개가죽을 뒤집어쓴 민병 포수들은 그 얼마나 볼썽사나운 몰골이던가. 그 뒤를 이은 민병들은 숫제 떼거지 형용이었다. 입은 입성은 하나같이 흙빛 갈옷인데, 그야말로 밭의 허수아비나 입음직한 넝마옷과 조금도 다르지 않았다. 집을 나온 지 한달, 노천에서 풍우에 시달리며 이리 뛰고 저리 뒹굴며 지냈으니 옷인들 어찌 성한 대로 있을까. 해어진 옷 틈새로 살점이 울긋불긋하고 낯은 때가 눌어붙어 굴왕신 같았다. 그러나 눈은 초롱초롱하여 조금도 의기소침한 빛이 없었다.

서진 민병 삼천여명이 들어선 관덕정 마당은 숨 막히게 숙연했다. 모두가 입을 굳게 다물고 침통한 빛이었다.

이재수는 즉시 관군 중대장의 안내를 받아 포수들만 거느리고 포정문 안으로 들어갔다. 동헌 뜰에는 특별히 이 행사를 위해 백포장 차일이 높다랗게 쳐져 있었다. 재수 일행이 들어서자, 관군 취타수들이 일시에 군악을 울리고 예복 차림의 찰리사·대대장·목사, 그리고 삼읍 군수들이 의자에서 일어났다. 잠시 후 찰리사의 손짓에 따라 취타성이 멎고, 곧 의식이 거행되었다. "국, 궁, 배, 평신!" 하고 외치는 예리(禮吏)의 호창(呼唱)에 맞춰 모두들 엎드려 북향사배하고 나자 찰리사 황기연이 앞으로 썩 나와 탁자 위의 두루마리를 펴들었다. 왕의 윤음이었다.
"너희 탐라 민인들은 듣거라. 너희들 해도(海島)에 처하여, 자고로 토속은 순박하고 풍기는 예스러워, 험란한 해로(海路)를 탓하지 않고 말과 귤 진상에 힘써 나라에 순종하는 뜻이 갸륵하더니, 금일의 거역은 어인 작변이냐! 뼈에 사무친 원고(怨苦)가 있으면 거듭거듭 애소(哀訴)로서 청하면 듣지 않음이 없거늘 불측하게 난을 일으켜 인명 살상을 낭자히 했으니, 순(順)을 범한 자 그 성명(性命)을 안보치 못함은 장전(章典)에 명기한 바다……"
찰리사의 입을 통해서 왕은 이렇게 얼마간 준엄하게 꾸짖는 듯하더니 차차 말씨가 부드러워져 무마조로 나왔다.
"연이나 『춘추』에 이르기를 제왕은 모름지기 인(仁)을 베풀어 호생지덕을 근본으로 삼으라고 했다. 절해의 물결 가운데 한 점 산으로 솟은 탐라여! 창해일속(滄海一粟)으로 떠서 황파에 부대끼는 가난한 나의 적자(赤子)여! 해로가 멀다는 구실로 왕화(王化)를 끼쳐주지 못하였도다. 기근과 역병으로 읍리(邑里)는 비어 곤핍한데 이리 같은 탐관오리와 교인의 학대가 횡행하여 그 원성이 하늘에 가닿아도 내가 듣지 못하였다. 모든 허물이 실로 나에게 있도다. 이에 민원에 따라 세폐와 교폐를 일체 혁파하고 또한 난민의 죄는 불문에 부칠 터인즉, 대소민인들은 즉각 귀가하여 생업에 힘쓰라!"
엎드려 윤음을 듣고 일어난 이재수는 지체 없이 칼을 풀어 찰리사에게 바쳤다. 끊겼던 군악이 다시 낭자하게 울려퍼지고 찰리사 이하 관장들은 금방 덩실덩실 춤출 듯이 입이 벌어졌다. 재수는 이어서 붉은 비단 전복을 벗어 공작털 꽂힌 실전립과 함께 뜰 가운데 갖다놓았다. 외자상투에 동저고리 바람이 된 재수는 목멘 소리로 외쳤다.

"자, 백성님네! 이로써 우리의 거사는 끝났수다. 모두들 여기다 군기를 갖다놓읍서!"

이에 포수들은 일시에 "장군님!" 하고 오열을 터뜨렸다. 재수도 눈에 눈물이 흥건했다.

"소인은 이제 장군이 아니우다. 모든 게 끝났으니 소인은 다시 천한 종놈일 뿐입네다. 자, 백성님네! 어서들 군기를 놓읍서. 그 무기와 갑옷은 다 나라 물건이우다."

이렇게 무장해제된 포수들이 다시 관덕정 마당으로 나오자, 대기하고 있던 관군들은 즉시 나머지 민병들이 가진 죽창·환도·철창·쇠도리깨를 거둬들였다.

이어서 동진도 같은 절차를 밟아 투항했다. 장두 오대현, 강우백, 이재수를 내아에 연금시킨 즉시 찰리사와 대대장은 함께 관덕정에 올라 회민들에게 아까와 같이 왕의 윤음을 선포하고 해산할 것을 명했다. 그러나 관덕정 마당에 입추의 여지 없이 빼곡 들어찬 회민들은 왕이고 뭐고 빨리 장두를 내보내달라고 아우성치면서, 보복은 일절 않겠다고 해놓고서 장두를 잡아 가둠은 무엇이냐고 따졌다. 이에 찰리사는 세폐 건에 대해서 강봉헌과 대질시켜 알아본 다음 내일 중으로 석방하겠노라고 둘러댔는데, 회민들은 믿을 수 없다고 한참 버티며 옥신각신하더니 결국 공포를 쏘아대며 밀어붙이는 관군에게 쫓겨 성 밖으로 물러났다.

이리하여 제주 민요(民擾)는 발생한 지 한달 이틀 만에 그 끝장을 본 것이다. 법국 군함과 일본 군함도 떠나고 여러날 노천에 방치되어 푹푹 썩어가던 교인 시체들은 사라봉 밑 공터에 매장되었다. 피살된 교인 수는 확실치 않았다. 예비 교인들은 교인 명부에 기록되지 않은 자가 태반인데다, 교인 외에도 마을 불량배들이 다수 죽었으니, 죽은 교인 수만 따지기는 어려운 일이었다.

산도가 보고한 바로는 양쪽 희생자를 모두 합해 대략 삼백명이 난리 중에 죽었다고 하였고, 교당 측 추측으로는 교인만 따져서 오륙백 죽었다고 보았다.

17

 이로부터 한달 뒤 모든 조사를 끝내고 민란의 죄인들이 서울로 압송될 때까지 정황을 살펴보면 대강 이러했다.

 민병들은 투항한 이후에도 사흘 동안이나 흩어지지 않고 성 밖에 머물면서 장두들을 풀어달라고 호소하다가 결국 관군에게 쫓겨나더니, 이번엔 부녀자들이 나섰다. 28일에 동촌 여인 수백명이 입성하여 장두를 풀어달라고 대성통곡한 데 이어 29일에는 서촌 여인 수천명이 몰려와 관군을 놀라게 했다. 때마침 윤참령이 병정들을 모아놓고 조련시키는 연무정에 몰려가 장두를 석방해달라고 호소했는데, 병정들이 달려들어 총대로 후려갈기며 해산시키는 바람에 여러 사람이 부상당했다. 이에 분개한 아낙네들은 병정들에게 대들며, 너희들은 백성을 살리러 오지 않고 죽이러 왔느냐고 욕설을 퍼붓고 어느 중대장은 물바가지를 뒤집어써 금빛 휘장이 근사

한 군복이 쫄딱 젖었는데, 아낙네들은 병정들이 입은 신식 군복을 보고 왜놈의 병대 같다고 비웃었다.

이렇듯 민란이 재발할 듯이 사세가 심각하고 보니 관군 측은 난감했다. 장두들 외에도 나머지 죄인 십여명을 더 잡아야 서울로 압송할 텐데, 섣불리 손쓸 계제가 아니었다.

그러나 미처 거두지 못한 보리가 밭에서 썩어가는데 어찌할 것이냐. 며칠을 더 기다리니 과연 예상한 대로 백성들은 보리 추수에 매달리기 시작하고 민심은 차차 가라앉는 듯했다. 그래도 소규모의 관정 호소는 여전히 그치지 않았으니, 장두들을 석방 못하겠으면 서울로 압송하지 말고, 제주에서 심판하여 귀결지어달라고 외치는 한편, 구류간으로 장두들을 찾아가 술·고기·떡을 권하며, "만백성을 위해 홀로 고생한다"고 위로하기도 했다. 이때 찰리사는 법국 군함이 물러간 것을 기화로 채구석을 풀어주었는데, 신부들이 이를 항의하자 교인 적객 세명도 마저 내주고 말았다.

5월 5일 단옷날에 현익호로 법부 주사가 왔다. 같은 배편에 운양의 아들 김세마도 왔다. 이번 제주 사건에 적객 네명이 관계되어 있어 혹시 다른 적객들에게도 구정물이 튀어 모개로 당하지 않나 걱정이더니 과연 타지로 이배시키라는 법부의 명령이 떨어진 것이다. 열명의 적객은 전라도의 여러 섬에 뿔뿔이 흩어지게 되었다. 운양의 새 유배지는 전라도의 지도(智島)였다. 법국 공사가 두려운 정부는 교인 적객들을 따로이 문죄하지 않고 이배시키는 데 그친 것이다. 다만 장윤선이 배소를 이탈했다고 해서 가죽 채찍으로 치는 시늉을 했을 뿐이었다. 더욱이 웃지 못할 일은, 최형순이 이미 죽은 것도 모르고 이배자 명단에 올린 것이니, 교폐의 원흉인 그도 행여 살아 있다면 달리 처벌받지 않았을 게 틀림없었다.

적객들이 며칠 말미 받아 귀양 행장을 꾸리는 동안 장마철이 시작되었다. 온 섬이 비구름에 잠겨 천지가 어둑하고 비바람 소리만 귀에 쟁쟁했다. 섬 백성들이 빗속에 갇혀 옴짝달싹 못하게 되자, 관군은 서둘러 나머지 죄인들을 색출했다. 그러나 중죄인에 해당할 만한 집사·포수들은 태반이 육지로 망명한 뒤였다.

적객들이 제주섬을 떠난 것은, 민란의 죄인들이 서울로 압송되기 8일 전이었다. 5월 25일, 운양 김윤식은 아들 김세마에게, 집을 처분한 다음 초렴 모자와 같이 뒤따라오라고 이른 다음 지도로 귀양길에 올랐다.

이 날짜 그의 일기에는 다음과 같이 적혀 있다.

"동풍이 크게 불고 늦게 비가 왔다. 새벽에 산지포로 나갔다. 어제 찰리사 황기연, 제주 군수 홍희, 정위 홍순명, 참위 김존성이 와 고별하더니, 새벽에 홍정의, 김판관, 송대정이 찾아왔다. 그외에도 최창순 등 여러 친지가 뱃머리에 나와 전송했으나 어두워 알아보지 못했다. 오년 동안 풍상을 겪은 땅, 산천·인물이 다 낯이 익고 친숙해졌는데, 이제 떠나니 어찌 고향 떠나는 것과 같지 않겠는가. 같은 배에 탄 사람은 위도(蝟島) 적객 정병조, 임자도(荏子島) 적객 김사찬, 법부 주사 남길희, 법부 사령 순검 세 사람, 청사(廳使) 세 사람 모두 열두명, 일본 순사부장 고옥(古屋)도 목포 가는 길에 편승하다. 진도(珍島) 적객 장윤선의 배는 먼저 떠났고 추자도(楸子島) 적객 한선희, 신지도(薪智島) 적객 이용호, 이범주의 배는 곧 뒤따라 출선하리라 한다. 여도(呂島) 적객 서주보, 녹도(鹿島) 적객 김경하, 사도(蛇島) 적객 이태황은 배가 없어 발행이 늦어진다고 한다……"
 6월 3일, 드디어 봉세관 강봉헌, 목양 위원 윤행구를 포함한 제주 민란 관계자 사십명이 압송되었으니 난민 쪽 죄인은 세 장두 외에 열한명이고, 나머지는 참고인으로 따라갔다. 채구석도 참고인 중의 하나였다.
 재판은 보름 후 서울 평리원(平理院)에서 열렸는데 명색이 조선 최초의 신식 재판이라는데 그 심판관 구성이 가관이었다. 조선 판검사 외에 법국인 네명, 미국인 한명이 함께 회심(會審)하였으니, 법부 법률학교 교사인 끄리마시, 제주의 두 신부, 약현 성당의 두세 신부, 그리고 미 고문관 산도가 그들이었다. 참고인으로 온 채구석도 피고인석에 서는 신세가 되어버렸는데, 이 모든 것이 법국 공사의 간섭으로 말미암은 것이었다.
 전해오는 말로는 이렇게 시종 법국이 간섭한 재판에서 오대현과 강우백은 법국인 끄리마시의 제자인 젊은 재판관을 향하여,
 "우리가 죽인 자는 법국인이 아니라 조선의 난신적자요. 난적을 죽인 게 어찌 죄가 됩니까?『춘추』에 이르기를 난신적자는 사람마다 그 목을 벨 수 있다 하였소. 참으로 황상폐하를 뵙고 우리의 정실(情實)을 호소치 못함이 한이오."
하면서 외국인에게 재판을 받아야 함을 통탄해 마지않았고, 어느 날 법국 공사가 나타나 회심관들과 귀엣말을 나누자, 울분을 못 참은 이재수가 벌떡 일어나,
 "너는 어떤 놈이길래 감히 계상(階上)에 올라서 있느냐. 당장 내려오지 않으면, 마땅히 네놈을 쳐 죽이리라!"
하고 당당하게 호통을 쳤다고 한다.

재판 결과 오대현, 강우백, 이재수 세 장두는 교수형에 처해지고, 동진 집사 조사성과 개문 장두 김남학은 징역 15년, 서진의 포수 고영수와 개문 장두 이언방은 징역 10년, 동진 집사 마찬삼과 강박 그리고 서진 포수 고삼백은 곤장 80대, 나머지는 무죄 석방이었다.

채구석은 법국 회심원들이 한결같이 교수형을 주장하여 한때 목숨이 위태롭더니, 용케 미결(未決)로 처리되었다.

강봉헌은 무죄 방면이었다. 하기야 그 원성 높은 세폐가 어찌 강봉헌 혼자의 죄이겠는가. 아마 그는 정부의 훈령을 충실히 봉행한 죄밖에 없다고 극구 변명했으리라. 더구나 그는 왕의 제일 총신(寵臣)인 내장경 이용익의 심복이었으니, 나중에 사사로이 챙긴 돈냥이 적잖음이 밝혀졌지만, 곧 유야무야 넘어가고 말았다.

왕은 미결 중인 채구석도 무죄를 주고 싶었지만, 법국 공사의 눈치를 보느라고 여덟달 더 구류를 살린 뒤 석방해주었다. 이 무렵 법국 공사는 정부에 두 신부가 민란 중에 입은 손해를 배상하고 교인 영장지를 정급하라고 촉구하고 있었다. 두 신부가 입은 피해액이란 것이 실로 엄청나 백미 516석에 맞먹는 5160원이었는데 훼손된 교당 수리비, 불에 타거나 실물된 여러개 물목(物目) 외에도 거진 한달가량 수백 교인을 먹인 식량, 땔감, 목포 왕복에 쓰인 선비, 목포에 피란 간 교인들이 쓴 비용, 기타 잡비 등 난리 중에 쓰인 돈이란 돈은 다 들어가고, 그리고 구신부의 죽은 하인의 휼금(恤金)이 천원이었다. 조선 정부로서는 어느 모로 보나 무리한 요구였다. 교인 영장지라는 것도 난중에 피살된 교인뿐만 아니라 차후 다른 교인의 유골도 묻힐 수 있는 상당한 면적의 교인 공동묘지를 뜻하는 것이라 정부는 장차 법국이 제주 땅에 저들의 조계(租界)를 만

들려는 흉계가 아닐까 하고 의심했다. 그래서 정부는 두 신부의 피해액의 세목과 그 액수에 뚜렷한 증거가 없고 구신부의 하인은 조선인이므로 휼금을 지급하는 것은 미타(未妥)하며, 영장지 건에 대해서도 피살된 유골들은 이미 친척이 묻어주거나 친척이 없는 자는 관에서 휼금을 내어 장례를 지냈은즉, 따로이 묘역을 정급할 하등의 이유가 없다고 난색을 보였다. 이러한 정부의 태도에 가뜩이나 화가 나 있던 터에 채구석까지 임의대로 석방해버리자, 법국 공사는 직접 왕에게 서면으로 강력히 항의하는 일방, 본국에다 이 사실을 보고했다. 그러자 법국 정부는 그곳에 주재하는 조선 공사에게 핍박을 가하고 또 조선 공사는 본국으로 전보 쳐 양국 간 외교에 문제가 생길 듯하니 제발 선처해달라고 졸랐다. 이에 놀란 정부는 다시 채구석을 압송하여 재수감시키기에 이르렀다.

이미 망신살이 뻗친 정부지만 그래도 피해 보상과 영장지 두 건만은 얼른 양보하려 들지 않았다. 배상의 책임은 정부에 있지 않고 난민에게 있는데, 난민 괴수들이 다 죽고 없으니 어찌하느냐고 했다. 그러자 갈림덕은 바로 채구석이가 난민 괴수가 아니냐, 그에게 배상 책임을 지우든지, 아니면 난민인 제주도민에게 물게 하라고 완강히 고집을 세웠다. 그러나 고양이도 낯짝이 있지, 왕실의 가렴주구 때문에 난리를 일으킨 도민들에게 어찌 배상금을 물라 하며, 신부를 보호한 공이 있다고 무죄로 판결한 채구석을 어찌 난민 괴수로 둔갑시킬 것이냐. 무능한 정부는 이러지도 저러지도 못하고 세월이 약이라 때가 되면 해결되겠지 하고 시일만 끌었는데, 그동안 배상금은 법국 공사가 골탕 먹어보라고 갖다붙인 7푼 5리의 고리(高利) 때문에 액수가 더럭더럭 불어나고 애꿎은 채구석은 감옥에서 점점 몸이 축나갔다.

마침내 이 난관을 타개해준 것은 제주도민들이었다. 채구석이 재수감된 지 만 일년 만에 제주도민들은 채구석을 먼저 석방하는 조건으로 배상금을 물겠다고 자원한 것이었다. 이년 동안 이 문제로 골치 앓던 정부로서야 오죽이나 반가운 소식이던가. 배상금은 그동안 이자가 천원 이상으로 불어나 합계가 6305원, 백미로 치면 630석 5두요, 승마용 말로는 215필이나 되는 엄청난 액수였으나, 제주 삼읍 민인 사만여명은 흔쾌히 채구석과 공범임을 자처하고 각자 십시일반으로 그 돈을 모아 탁지부에 냈다.

영장지 문제도, 때를 맞추어 도민 한 사람이 자기 소유인 황사평 한 귀퉁이 땅을 자진해서 내놓자 쉽사리 풀렸다. 노일전쟁을 눈앞에 두고 이미 망조가 분명하여 인사불성인 정부는 그래도 체면 세워본다고 안간힘 썼으니, 황사평 장지(葬地)는 광무 5년의 민란 중 피살된 유골에 한할 뿐, 기타의 교인이나 신부의 그것은 매장할 수 없다는 것을 간신히 법국 공사에게 설득시켜 승낙을 받아냈다.

이때가 광무 7년(1903) 섣달이었으니, 전후 이년 수개월 지루하게 끌어오던 제주 민란의 배상 문제는 이로써 끝을 맺었다.

한편 『속음청사』를 통하여 우리에게 신축년 제주 민란의 귀중한 기록을 남겨준 운양 김윤식과 그의 문객 나기주, 즉 나인영의 행적은 어떠했는가? 이듬해 노일전쟁이 터져 승승장구하던 일본은 정부에 강요하여 한일의정서를 받아냈는데, 허울인즉 일본이 조선 독립과 안전을 보호해주겠다고 하면서, 속셈은 조선을 지배하려는 흉계가 분명했다. 전국에서 반대 여론이 크게 일어나 상소문이 쇄도하고 서울 거리에는 연일 연설대회가 열려 민심을 격발시켰다.

이때 나인영은 오기호, 이기, 김인식 등 동지와 함께 연설대회의 연사로 활약하더니, 곧 일본으로 건너가 그곳 정계 여론을 탐지, 노일전쟁이 끝나면 조선이 일본의 보호국이 된다는 걸 알고, 두 차례에 걸쳐 일본 정부와 국회에 장문의 글을 띄워 이를 규탄했다.

그 이듬해인 1905년, 노일전쟁이 끝나자 운양은 특사를 받고 귀양이 풀렸는데, 복 없는 정승 계란에도 뼈가 있다더니, 팔년 만에 모처럼 부름 받아 거동해보았더니, 나라 꼴은 이미 이렇게 파장 난 뒤였다. 제수받은 관직은 한직인 중추원(中樞院) 의장이었다. 내각에 들어가기에는 오랜 유배 생활로 시류에 어두울뿐더러 이미 칠순을 넘긴 노쇠한 나이였던 것이다.

얼마 없어 이등박문이 특파 대사로 왔다. 그의 임무가 무엇인지 감지한 나인영 등이 다시 한번 글을 보내 그 흉계를 통박하였으나, 이미 대세는 기울어져 있었다. 치욕의 을사조약은 마침내 조인되고 말았다.

내각에 들지 않고 한직을 맡은 것이 다행이었다라고 할까, 온 나라 백성이 아우성치며 매국 내각을 규탄할 때 운양은 용케 그 화살을 비켜갈 수 있었다. 그러나 국가 멸망에 즈음하여 온 천지가 통곡하고 스스로 목숨 끊어 순국하는 열사가 속출하고 항일 의병이 벌 떼같이 일어나는데, 어찌하여 운양은 단 한마디 항의도 못했던가. 면천 시절까지 합쳐 무려 십육년간의 지긋지긋한 귀양살이로 성정이 무디어져버렸는가. 한편 나인영은 일년 뒤 오기호 등 네명의 동지와 더불어 을사오적을 암살하려다 실패하여 스승의 배소였던 지도로 귀양 갔거니와, 어찌하여 스승과 제자는 이렇게 그 거취가 다르단 말인가.

나인영은 유배지 지도에서 독서와 묵상을 일과로 삼았는데, 단군교를 부흥시켜야 하겠다는 결심도 아마 이때 생겼으리라. 수년 전 겪었던 제주 민란과 지금 벌어지고 있는 일본의 앞잡이 일진회의 작태를 곰곰이 생각해보았을 것이다. 특히 일진회는 타락한 동학교도들을 선두로 그 도당 수십만이 전국에 창궐하여 세간에 친일 여론을 조성하려고 광분하고 있었다. 나인영은 민족 갱생을 꾀하려면 국조(國祖) 단군을 드높여 국혼(國魂)을 발양시켜야 한다고 믿었다. 특사로 일년 만에 귀양이 풀린 나인영은 나철이라 개명하고 대종교(大倧敎)를 창시하여 학도를 모았다. '한일합방' 전후 팔년 동안 나철은 일경(日警)으로부터 연행·미행을 당하면서도 포교에 힘쓰다가 3·1운동이 일어나기 삼년 전에 구월산 삼성사(三聖祠)에 들어가 한배님(단군)의 큰 도를 빛내지 못하고 능히 한 겨레의 망케 됨을 건지지 못하매 한 오리의 목숨을 끊어 겨레와 대종교를 위해 죽노라는 유서를 남기고 자결했다. 이때 그의 나이 오십오세였다.

한편 운양은 '한일합방'에 앞서 일진회가 합방청원문을 왕에게 내자 그 두목 송병준과 이용구를 처형하라고 한때 주장하기는 했으나 합방 이후에는 일제가 마련한 귀족 반열에 끼여 자작 칭호와 은사금을 받은데다 저서 『운양집(雲養集)』으로 일본 학사원 상까지 받아 세간의 빈축을 샀다. 그러나 운양도 마지막에는 심기일전하여 속죄하였으니 3·1운동이 일어나자 스스로 독립 청원서를 내 징역 이년, 집행유예 삼년을 선고받고 치욕스러운 작위를 박탈당했다. 이때 그의 나이 팔십오세, 바로 저승 문턱 앞이었다.

초판 작가의 말

가렴주구와 탐관오리의 발호가 도저히 민중이 감내할 수 없을 정도로 가학적일 때 필연적인 결과로 발생하는 것이 민란이다. 그러나 봉건주의 외에 다른 이념을 알지 못하던 왕조시대의 민란은 몇몇 희귀한 예를 제외하면 대개 거납(拒納)운동의 범주를 넘어서지 못했다. 전(前) 시대의 '백성'은 먹이 피라미드의 하부구조를 이루는 자신의 숙명을 여간해서는 거역하려 들지 않았다. 민란은 도탄에 빠진 백성들의 살려달라는 아우성이지 결코 거역의 몸짓은 아니었다. 언론이 없는 민중이 입을 열 수 있는 방법이란 오직 그 길밖에 없던 시절이었다.

이 소설은 왕조 말기에 제주도에서 삼년 간격으로 발생했던 방성칠란과 이재수란을 다룬다. 이른바 남학당(南學黨)이 주축이 된 방성칠란은 거납운동으로 시작되어 자칫 반란으로 뒤바뀔 뻔하다가 좌절된, 비교적 성격이 단순한 민란인 데 비해서 이재수란은 여러가지 복합적인 요인이 뒤얽혀 있다. 거납운동으로 시작된 이 민란에서 어째서 수많은 천주교인이 희생당해야 했는가? 관에 의한 천주교 박해가 막을 내린 지 어언간 이십여년이 지난 세월에 어째서 관이 아닌 민에 의해서 그러한 불상사가 저질러졌는가? 그것이 과연 천주교 측이 주장하듯이 '박해'인가, 아니면 마을 촌로들이 말하듯이 '의거'인가? 교난(敎難)이냐, 교란(敎亂)이냐? 제주시 동남쪽 황사평의 교인 묘지에는 그때 죽은 교인들을 순교자로 모시고 해마다 추모제가 벌어지고 있고, 민란의 진원지인 대정읍 인성리 네거리에는 이재수 등 민란의 세 장두를 기리는 삼의사비(三義士碑)가 세워져 있다.

전(全) 도민이 봉기했던 이 두 민란은 그 규모로 보나, 그 쟁점의 심각성으로 보나 역사의 정당한 조명을 받아야 함에도 전혀 그렇지 못한 것이 실상이다. 남학당에 대한 연구는 물론이고, 이재수란에 대해서도 천주교 측 호교가(護敎家)의 아전인수 격인 논문이 두어편 있을 뿐이다.

한마디로 이 소설은 두 민란에 대한 고찰이다. 당시 제주로 귀양가서 두 민란을 차례로 겪었던 한말(韓末)의 거물 정객 김윤식의 『속음청사』를 근본 사료로 하고 천주교 측이 공개한 신부와 주교의 서한문, 『황성신문』, 그리고 민간에서 취재한 촌로의 증언을 참고하여 이 글이 씌어졌다.

나는 이 소설에서 문학성의 추구보다는 두 민란의 진정한 성격을 구명하는 데 더 큰 관심을 쏟았다. 민란은 결코 평지돌출 현상이 아니다. 화산의 분출은 그것의 지질학적 까닭이 있고, 종기가 곪아 터짐은 그것의 병리학적 연유가 있게 마련이다. 민란이 있게 한 당시의 정치적·사회적 병리현상을 찾아내고 그것을 국사의 문맥에서 파악해보려는 것이 이 소설이 지닌 최대의 의의일 것이다.

  민란의 진행 과정을 재생시키는 데 나는 적잖이 애를 먹었다. 그 복원작업은 깨어진 사금파리 몇 조각을 맞춰보며 도자기의 원형을 살려내려는 일과 흡사했다. 바로 이 대목에서 상상력이 문제가 되는데, 문학에서 높이 평가하는 '분방한 상상력'은 사건의 원형을 크게 왜곡시킬 것 같아서 삼가지 않을 수 없었다. 나의 작가적 상상력은 사료의 투망 안에 갇혀 기를 펴지 못한 것이 사실이다. 문학은 분방한 상상력에 의한 창조작업일진대, 상상력을 절제하여 복원작업에 더 열중한 이 작품은 아마 문학이 아닐지도 모르겠다.

  이 소설은, 작년 월간지에 연재될 때 나의 개인 사정으로 제대로 마무리를 짓지 못한 끝부분을 이번 기회에 개작하여 분량을 늘렸고, 앞에도 몇군데 수정 가필했다. 그렇다고 해서 남루한 본래의 행색이 한결 나아졌을 리 없을 것이다.

  이 미숙한 소설을 마다않고 출간해준 창작과비평사의 우정에 재삼 감사를 드린다.

1983년 4월
지은이

개정판 작가의 말

초판 30년 만에 이 소설의 개정판을 얻게 된 지금, 나의 기쁨은 자못 크다.

서슬 푸른 군부독재의 억압 속에서 태어났던 이 소설은 그 때문에 일부 독자로부터 분에 넘치는 사랑을 받기도 했다. 80년대는 수많은 젊은이들이 변혁의 갈망으로 몸부림친 역사의 시대였다. 소설집 『순이삼촌』의 내용 때문에 군부로부터 모진 고문을 당했던 나는 4·3을 더이상 정면으로 다루기가 두려워서 공동체의 보다 먼 과거인 이재수란으로 시간 여행을 할 수밖에 없었는데, 그것의 결과가 이 소설이다.

이것은 제주 민중과 천주교 사이에 벌어진 비극적 충돌 사건을 다룬 소설이어서 불에 덴 자 부지깽이만 봐도 놀란다고, 이 소설 발표로 또다시 필화를 입지 않을까, 나는 적이 걱정이 되었다. 혹시 교인들이 반발할까 걱정했는데, 다행스럽게도 단 한번의 항의 도 받지 않았다. 항의는커녕 오히려 호의적인 반응을 보내오기도 했다. 한국교회사를 다시 써야 한다고 말하는 교인들도 있었고, 심지어는 명동성당의 마당극패가 이 소설의 주인공 이재수를 메시아로 삼아 마당극을 만들겠다면서 나에게 조언을 구해오기도 했다. 무엇보다 감동적이었던 것은 2000년의 대희년을 맞은 한국 교회가 심포지엄을 열어 그 사건에 대해 공식적으로 반성하는 시간을 가졌을 때였다. 그 뜻깊은 자리에 이 어리석은 필자를 토론자로 초대까지 해주었으니, 얼마나 크나큰 너그러움이었던가!

  1987년 6월, 민중항쟁의 고조된 분위기 속에서 이 소설이 연극화되어 무대에 올랐을 때, 문공부(지금의 문화부)가 죽창의 날카로운 끝을 자르고 이재수의 이마에 두른 붉은 머리띠를 떼라고 압력을 가했던 일, 6월항쟁이 끝난 직후 그 연극이 재공연되었을 때, 대통령 후보 노태우 씨가 재야 예술계에 추파를 던지면서 극장을 찾아왔던 일도 생각난다. 이 소설은 1999년에 「이재수의 난」이란 이름의 영화로 각색되어 상영되기도 했지만, 관객의 호응은 기대한 만큼 높지 않았다. 그때 이미 역사의 시대가 저물어버린 탓이었을 것이다.

  이제 역사는 민중 삶의 현장에서 뒷전으로 멀리 밀려나고 말았다. '역사의 종언'을 예언했던 후꾸야마는 축복으로서의 종언을 말했지만, 과연 그러할까? 역사는 넓은 의미에서 인류가 추구해온 보편적 진리로서의 역사를 포함한다고 하는데, 역사가 실종된 우리의 삶은 영혼은 없고 육체만 있는 삶은 아닌지? 역사가 실종되어버린 자리에서 우리는 무엇이 진리이고 무엇이 정의인지 판독할 수 없다.

개정판 발간으로 나에게 큰 기쁨을 준 창비에 깊이 감사한다.

5월의 싱그러운 신록을 바라보면서
현기영

변방에 우짖는 새

초판 발행 • 1983년 4월 25일
개정판 1쇄 발행 • 2013년 6월 5일
개정판 3쇄 발행 • 2023년 4월 27일

지은이 / 현기영
펴낸이 / 강일우
책임편집 / 이상술
펴낸곳 / (주)창비
등록 / 1986년 8월 5일 제85호
주소 / 10881 경기도 파주시 회동길 184
전화 / 031-955-3333
팩시밀리 / 영업 031-955-3399 · 편집 031-955-3400
홈페이지 / www.changbi.com
전자우편 / lit@changbi.com

ⓒ 현기영 2013
ISBN 978-89-364-3403-8 03810

* 이 책 내용의 전부 또는 일부를 재사용하려면
  반드시 저작권자와 창비 양측의 동의를 받아야 합니다.
* 책값은 뒤표지에 표시되어 있습니다.

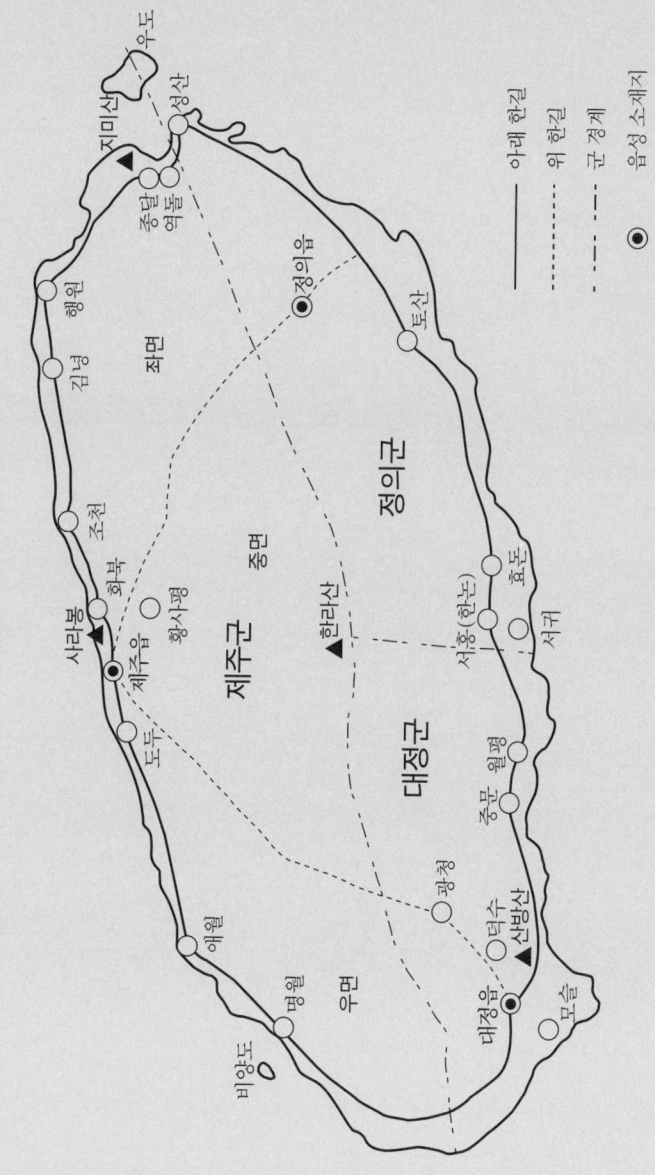